Ein Mann mit Hut und Pfeife, zur Fülle neigend, Calvados, Pernod, Weißwein und Bier nicht verachtend, kindlich verliebt in einen eisernen Ofen, den er sogar in sein neues Büro einbauen läßt, bisweilen schrullig wirkend, aber jederzeit bedächtig, kühl überlegend, sich in jegliches Milieu hineinarbeitend: das ist Jules Maigret – Kommissar Jules Maigret, den sein geistiger Vater Georges Simenon (geb. 1903 in Lüttich) am 15. April 1913 die kriminalistische Szene von Paris betreten ließ. Bis 1973 war er ihr ungekrönter König, dessen Ruf in alle Winkel Frankreichs und bis ins fernste Ausland drang. Er war der Held von 85 Büchern, die als »Maigrets« legendäre Kriminalliteratur wurden, und schlüpfte unzählige Male als Film- und Bildschirmfigur in die Gestalt großer Schauspieler wie Jean Gabin, Charles Laughton oder Heinz Rühmann. Die drei in diesem Band vereinten Romane zeichnen bedeutsame Etappen auf dem Weg zu Ruhm und Weltbekanntheit nach:

Maigrets erste Untersuchung
Maigret und das Verbrechen in Holland
Maigret und der Minister

Georges Simenon

Drei Fälle aus dem Leben des Kommissars Maigret

Kriminalromane

Aus dem Französischen von
Annerose Melter, Renate Nickel,
Roswitha Plancherel-Walter

Verlag Volk und Welt Berlin

ISBN 3-353-00712-1

4. Auflage (2. Auflage Broschur)
Lizenzausgabe des Verlages Volk und Welt, Berlin 1989
für die Deutsche Demokratische Republik
L. N. 302, 410/215/89

Printed in the German Democratic Republic
Einbandentwurf: Anneliese Ernst
Satz: Karl-Marx-Werk Pößneck V15/30
Druck und Einband: Druckerei Neues Deutschland, Berlin
LSV 7354
Bestell-Nr. 648 257 8

00660

Maigrets erste Untersuchung

1 Die Aussage des Flötisten

Eine schwarze Schranke unterteilte den Raum. Auf der Seite, die für das Publikum bestimmt war, stand nur eine Bank ohne Lehne, ebenfalls schwarz gestrichen, vor einer weißgekalkten und mit amtlichen Verlautbarungen überklebten Wand. Auf der anderen Seite standen Pulte, Tintenfässer, Regale voller dicker Aktenbündel, alles schwarz. Ein schwarz-weißer Raum. Das Auffallendste darin war ein gußeiserner Ofen, der auf einer Blechplatte stand, einer dieser Öfen, wie man sie heute nur noch in Kleinstadtbahnhöfen sieht. Sein Rohr strebte zuerst zur Decke, bog dann ab und durchquerte das ganze Zimmer, ehe es in der Mauer verschwand.

Der Polizist mit dem runden Kindergesicht, der seine Uniform aufgeknöpft hatte und zu schlafen versuchte, hieß Lecœur.

Die schwarz umrandete Wanduhr zeigte fünfundzwanzig Minuten nach eins an. Von Zeit zu Zeit zischte die einzige Gasflamme; ab und zu auch begann der Ofen zu keuchen, ohne ersichtlichen Grund.

Draußen war es stiller geworden. Nur noch vereinzelte Knallfrösche, der Gesang eines Betrunkenen, das Rattern einer Droschke auf der schräg abfallenden Straße störten die nächtliche Ruhe.

Am Pult zur Linken saß der Sekretär des Kommissariats Saint-Georges über ein kleines Buch gebeugt und bewegte die Lippen wie ein Schüler. Das Büchlein war soeben erschienen. Es trug den Titel: *Das beschreibende Signalement (gesprochenes Porträt). Handbuch für Polizeioffiziere und -inspektoren.*

Auf dem Deckblatt stand in Druckbuchstaben mit violetter Tinte geschrieben: *J. Maigret.*

Schon dreimal seit Beginn der Nachtschicht war der junge Kommissariatssekretär aufgestanden, um das Feuer im Ofen wieder anzufachen, und nach diesem Ofen sollte er sich sein Leben lang zurücksehnen. Den gleichen oder annähernd gleichen Ofen sollte er eines Tages am Quai des Orfèvres wiederfinden und noch später, als Oberkommissar Maigret, Chef der Sonderbrigade, in seinem Arbeitszimmer aufstellen lassen, während alle anderen Räume der Kriminalpolizei längst ihre Zentralheizung hatten.

Es war der 15. April 1913. Damals sagte man noch nicht Kriminalpolizei, man sagte *La Sûreté.* Am Morgen war ein ausländischer Monarch mit großem Pomp an der Gare de Longchamp eingetroffen. Der Präsident der Republik hatte ihn am Bahnhof empfangen. Flankiert von Nationalgardisten in Galauniform, waren die Staatskarossen zwischen Spalieren von Menschenmengen und Fahnen durch die Avenue du Bois und die Champs-Elysées defiliert.

In der Oper hatten sie eine große Abendvorstellung gegeben. Feuerwerk war abgebrannt worden, festliche Umzüge hatten stattgefunden, und der Lärm der Volksbelustigungen begann erst jetzt nachzulassen.

Die Polizei hatte alle Hände voll zu tun. Trotz aller Vorsichtsmaßnahmen, trotz vorsorglicher Inhaftierungen und geheimer Absprachen mit gewissen Persönlichkeiten, mußte man bis zuletzt mit der Bombe eines Anarchisten rechnen.

Maigret und der Polizist Lecœur saßen um halb zwei Uhr morgens allein im Quartierbüro Saint-Georges an der stillen Rue La Rochefoucauld.

Beide hoben den Kopf, als sie von der Straße her eilige Schritte vernahmen. Die Tür flog auf. Ein atemloser junger Mann schaute um sich, geblendet vom Gaslicht.

»Wo ist der Kommissar?« fragte er keuchend.

»Ich bin sein Sekretär«, sagte Maigret, ohne sich vom Stuhl zu erheben.

Er wußte nicht, daß in dieser Sekunde seine erste Untersuchung begann.

Der Mann war blond, schmächtig, hatte blaue Augen und ein rosiges Gesicht. Über seinem dunklen Anzug trug er einen Gummimantel, in der einen Hand hielt er einen steifen Hut, während er mit der anderen ab und zu seine eingeschlagene Nase betastete.

»Sind Sie überfallen worden?«

»Nein. Ich wollte einer Frau beistehen, die um Hilfe rief.«

»Auf der Straße?«

»In einer Villa an der Rue Chaptal. Ich glaube, es ist besser, Sie kommen gleich mit. Sie haben mich hinausgeschmissen.«

»Wer?«

»Irgendein Butler oder Pförtner.«

»Vielleicht wäre es gut, wenn Sie ganz von vorn anfangen würden. Was taten Sie in der Rue Chaptal?«

»Ich kam von der Arbeit. Mein Name ist Justin Minard. Ich bin zweiter Flötist beim Orchester Lamoureux, aber abends spiele ich in der Brasserie Clichy am Boulevard de Clichy. Ich wohne an der Rue d'Enghien, gerade gegenüber dem Petit Parisien. Wie jeden Abend ging ich auf dem Heimweg durch die Rue Ballu, dann durch die Rue Chaptal.«

Als gewissenhafter Sekretär machte Maigret sich Notizen.

»Etwa in der Mitte der Straße, die fast immer menschenleer ist, sah ich einen Wagen stehen, einen Dion-Bouton mit laufendem Motor. Am Steuer saß ein Mann in einem grauen Ziegenfellmantel. Sein Gesicht wurde von einer großen Brille fast ganz verdeckt. Als ich mich etwa auf gleicher Höhe befand, wurde irgendwo im zweiten Stock ein Fenster aufgerissen.«

»Haben Sie sich die Hausnummer gemerkt?«

»Nummer 17a. Es ist eine Villa mit einer Hofeinfahrt. Alle anderen Fenster waren dunkel. Nur das zweite Fenster von links war beleuchtet, eben das, welches geöffnet wurde. Ich schaute hinauf. Ich sah eine weibliche Gestalt. Sie versuchte sich hinauszubeugen, und sie schrie: ›Hilfe!‹ «

»Was taten Sie?«

»Moment! Jemand, der im Zimmer war, muß sie zurückgezerrt haben. Im gleichen Augenblick knallte ein Schuß. Ich sah mich nach dem Auto um, an dem ich vorbeigegangen war. Es fuhr plötzlich los.«

»Und Sie sind sicher, daß es nicht nur Motorenlärm war, was Sie gehört hatten?«

»Todsicher. Ich bin zum Tor gegangen und hab geklingelt.«

»Sie waren ganz allein?«

»Ja.«

»Bewaffnet?«

»Nein.«

»Was hatten Sie vor?«

»Nun . . .«

Die Frage brachte den Flötisten so sehr aus der Fassung, daß ihm keine Antwort einfiel. Ohne den blonden Schnurrbart und die spärlichen Haare am Kinn hätte man ihm sechzehn Jahre gegeben.

»Was ist mit den Nachbarn? Haben die nichts gehört?«

»Offenbar nicht.«

»Hat man Ihnen aufgemacht?«

»Nicht gleich. Ich habe mindestens dreimal geklingelt. Dann habe ich gegen das Tor getreten. Schließlich hörte ich Schritte. Jemand nahm eine Kette ab und stieß den Riegel zurück. In der Einfahrt brannte kein Licht, aber direkt vor dem Haus steht eine Straßenlaterne.«

Ein Uhr siebenundvierzig. Der Flötist warf dann und wann einen ängstlichen Blick auf die Wanduhr.

»Ein großer Kerl in schwarzer Butlertracht fragte, was ich wolle.«

»War er vollständig angekleidet?«

»Klar.«

»Mit Hose und Krawatte?«

»Ja.«

»Dabei brannte kein Licht im Haus?«

»Nur im Zimmer im zweiten Stock.«

»Was haben Sie geantwortet?«

»Ich weiß nicht mehr. Ich wollte hinein.«

»Warum?«

»Um nachzuschauen. Er vertrat mir den Weg. Ich erzählte ihm von der Frau, die um Hilfe gerufen hatte.«

»Schien er überrascht?«

»Er starrte mich an, ohne etwas zu sagen, dann drängte er mich mit seinem ganzen Gewicht von der Tür weg.«

»Und dann?«

»Dann schnauzte er mich an, ich hätte geträumt, ich sei betrunken, ich erinnere mich nicht mehr genau, dann hörte ich eine Stimme im Dunkel, als ob jemand auf der Treppe im oberen Stock etwas riefe.«

»Was sagte sie?«

»›Beeilen Sie sich, Louis.‹ «

»Und?«

»Er stieß mich noch heftiger fort, und als ich mich wehrte, schlug er mir die Faust mitten ins Gesicht. Als ich wieder klarer sehen konnte, stand ich auf dem Gehsteig vor dem verschlossenen Tor.«

»Brannte immer noch Licht im zweiten Stock?«

»Nein.«

»Und der Wagen war nicht wieder zurückgekommen?«

»Nein. Sollten wir jetzt nicht besser hingehen?«

»Wir? Sie meinen, Sie wollen mich begleiten?«

Er wirkte komisch und rührend zugleich, dieser Flötist mit seinem fast mädchenhaft zerbrechlichen Äußeren und seiner entschlossenen Miene.

»Habe ich den Fausthieb abbekommen oder nicht? Überhaupt werde ich Anzeige erstatten.«

»Klar, das ist Ihr gutes Recht.«

»Aber das verschieben wir wohl besser auf später, meinen Sie nicht?«

»Wie war doch die Hausnummer?«

»17a.«

Maigret zog die Stirn kraus. Die Adresse kam ihm irgendwie bekannt vor. Er nahm eine Akte aus seinem Regal, blätterte darin, las einen Namen, und die Runzeln auf seiner Stirn vertieften sich.

An diesem Abend trug er sein Jackett. Es war sogar sein erstes Jackett. Eine Dienstmeldung hatte vor einigen Tagen allen Polizeibeamten empfohlen, aus Anlaß der Staatsvisite in zeremonieller Kleidung zu erscheinen, da jeder mit der Order rechnen mußte, sich unter die offiziellen Gäste zu mischen. Sein Gummimantel, von der Stange gekauft, glich Minards Mantel wie ein Ei dem anderen.

»Also, kommen Sie! Lecœur, falls jemand nach mir fragt, ich bin gleich wieder da.«

Er hatte ein ungutes Gefühl. Der Name, den er soeben in der Akte gelesen hatte, war nicht dazu angetan, seine Stimmung zu heben.

Er war sechsundzwanzig Jahre alt und erst seit fünf Monaten verheiratet. Seit seinem Eintritt bei der Polizei vor vier Jahren hatte er alle niederen Dienstgrade durchlaufen, die Straßen, die Bahnhöfe, die Warenhäuser »gemacht«, und es war noch kein Jahr her, seitdem er seinen neuen Posten als Sekretär des Kommissariats Saint-Georges versah.

Und im ganzen Quartier Saint-Georges gab es wohl keinen berühmteren Namen als den der Hausbewohner in Nummer 17a, Rue Chaptal.

Gendreau-Balthazar. Die Cafés Balthazar. Der Name prangte in dicken braunen Buchstaben an allen Wänden der Metro. Und die Lieferwagen der Firma Balthazar mit ihrem prächtig aufgezäumten Vierergespann waren sozusagen ein fester Bestandteil des Pariser Stadtbilds.

Maigret trank Balthazar-Kaffee. Und an der Avenue de l'Opéra gab es eine bestimmte Stelle, gleich neben einer Waffenhandlung, wo er im Vorbeigehen jedesmal den feinen Duft des Kaffees einatmete, der hinter den Fenstern des Balthazar-Ladens geröstet wurde.

Die Nacht war klar und kalt. Auf der steilen Straße war keine Menschenseele, keine Droschke zu sehen. In jenen Jahren war Maigret fast so mager wie sein Flötist; man hätte die beiden für zwei halbverhungerte Jünglinge halten können, wie sie da zusammen die Straße hinaufschritten.

»Sie sind nicht etwa betrunken?«

»Ich trinke nie. Der Arzt hat es mir verboten.«

»Und Sie sind ganz sicher, daß Sie gesehen haben, wie ein Fenster aufgestoßen wurde?«

»Absolut sicher.«

Es war das erstemal, daß Maigret auf eigene Faust handelte. Bis zu dieser Nacht hatte er immer nur Monsieur Le Bret, den elegantesten Kommissar von Paris, der sein Vorgesetzter war, bei Haussuchungen begleitet, unter anderem viermal zwecks Feststellung von Ehebruch.

Die Rue Chaptal lag ebenso verlassen da wie die Rue La Rochefoucauld. In der Villa Gendreau-Balthazar, einem der schönsten Privathäuser des Quartiers, brannte nirgends Licht.

»Sie sagten, ein Auto habe hier gestanden?«

»Ja, genau da.«

Nicht unmittelbar vor dem Eingang. Ein Stück weiter. Maigret, mit den neuesten Theorien über Zeugenaussagen im Kopf, zündete ein Streichholz an und beugte sich über das Holzpflaster.

»Sehen Sie?« triumphierte der Musiker, auf eine große schwärzliche Öllache deutend.

»Schön, kommen Sie mit! Ich finde es zwar nicht ganz in Ordnung, daß Sie mich begleiten.«

»Aber man hat mir die Faust ins Gesicht gerammt!«

Trotzdem fühlte sich Maigret nicht wohl in seiner Haut. Er verspürte einen Druck in der Magengegend, als er die Hand zur Türklingel hob. Er fragte sich, auf welchen Paragraphen er sich berufen konnte. Er handelte ohne jegliche Befugnis. Außerdem war es lange nach Mitternacht. Konnte man es »auf frischer Tat ertappt« nennen, wenn man als Beweis nur die zerschundene Nase eines Flötisten vorzuweisen hatte?

Auch Maigret mußte dreimal läuten, doch gegen die Tür brauchte er nicht zu treten. Eine Stimme fragte von innen: »Wer ist da?«

»Polizei!« Maigrets Stimme klang nicht sehr fest.

»Augenblick, bitte. Ich hole den Schlüssel.«

Es klickte in der Einfahrt. Die Villa war schon mit elektrischem Strom versehen. Danach mußten sie lange warten.

»Das war er«, sagte der Musiker. Er hatte die Stimme wiedererkannt.

Ah, endlich! Kette, Riegel, ein verschlafen wirkendes Gesicht, ein Blick, der an Maigret vorbeiwanderte und sich auf Justin Minard heftete.

»Sie haben ihn also erwischt!« sagte der Mann. »Er hat sich wohl noch anderswo ein Späßchen geleistet, wie?«

»Sie gestatten, daß wir reinkommen?«

»Wenn Sie es für unbedingt notwendig halten. Aber machen Sie bitte keinen Lärm, damit nicht das ganze Haus aufwacht. Hier entlang!«

Drei Marmorstufen führten links hinauf zu einer Glastür mit Doppelflügeln, durch die man in eine Säulenhalle gelangte. Zum erstenmal in seinem Leben betrat Maigret einen so prunkvollen Raum. Die Dimensionen erinnerten an den Empfangssaal in einem Ministerium.

»Heißen Sie Louis?«

»Woher wissen Sie das?«

Wie auch immer, Louis stieß jedenfalls eine Tür auf, die zwar nicht in die Salons, wohl aber in eine Art Dienstraum führte. Er steckte nicht mehr in der Butlertracht. Offenbar kam er gerade aus dem Bett und hatte sich eilig eine Hose übergestreift. Der Kragen seines weißen Nachthemds war mit roten Stickereien verziert.

»Ist Monsieur Gendreau-Balthazar da?«

»Welcher? Vater oder Sohn?«

»Der Vater.«

»Monsieur Félicien ist noch nicht zurückgekehrt. Was den Sohn, Monsieur Richard, betrifft, so ist er bestimmt längst schlafen gegangen. Vor etwa einer halben Stunde kam dieser Trunkenbold . . .«

Louis war groß und stämmig. Er mochte etwa fünfundvierzig Jahre alt sein. Sein bartloses Kinn schimmerte bläulich. Er hatte sehr dunkle Augen und ungewöhnlich dichte schwarze Brauen.

Maigret schluckte leer, und mit dem Gefühl, daß er sich kopfüber ins Wasser stürzte, erklärte er: »Ich möchte Monsieur Richard sprechen.«

»Sie wünschen also, daß ich ihn wecke?«

»Richtig.«

»Würden Sie mir Ihren Ausweis zeigen?«

Maigret reichte ihn ihm.

»Sind Sie schon lange in diesem Quartier?«

»Seit zehn Monaten.«

»Sie sind dem Kommissariat Saint-Georges zugeteilt?«

»Jawohl.«

»Dann kennen Sie Monsieur Le Bret?«

»Er ist mein Vorgesetzter.«

Worauf Louis wie beiläufig, jedoch mit einem drohenden Unterton in der Stimme erwiderte: »Ich kenne ihn auch. Ich habe öfter die Ehre, ihn zu bedienen, wenn er hier zu Mittag oder zu Abend speist.«

Er ließ etliche Sekunden verstreichen, indem er geflissentlich an Maigret vorbeisah.

»Wünschen Sie immer noch, daß ich Monsieur Richard wecke?«

»Ja.«

»Haben Sie einen Haussuchungsbefehl?«

»Nein.«

»Schön. Warten Sie hier, bitte.«

Ehe er das Zimmer verließ, nahm er eine gestärkte Hemdbrust, einen Kragen und eine schwarze Krawatte aus einem Schrank. Dann zog er seinen Rock an, der an einem Kleiderhaken gehangen hatte.

Ein einziger Stuhl stand im Zimmer. Weder Maigret noch Justin Minard ließen sich darauf nieder. Tiefe Stille umgab sie. Das ganze Haus lag im Halbdunkel, sehr feierlich, sehr eindrucksvoll.

Zweimal zog Maigret seine Uhr aus der Tasche. Es vergingen zwanzig Minuten, ehe Louis wieder zurückkam, immer noch mit eisiger Miene. »Bitte folgen Sie mir . . .«

Minard schickte sich an, hinter Maigret herzugehen, doch der Butler hielt ihn auf. »Sie nicht! Außer Sie wären auch von der Polizei!«

Maigret fand es lächerlich. Aber er kam sich feige vor, weil er den Flötisten allein zurückließ. Das Zimmer mit seiner dunklen Holzverkleidung wirkte plötzlich wie eine Gefängniszelle, und im Geist sah er den Butler mit dem bläulichen Kinn zurückkehren und sich auf sein Opfer stürzen.

Hinter Louis durchquerte er die Säulenhalle und begann die breite, mit einem dunkelroten Läufer belegte Treppe hinaufzugehen.

Nur wenige Lampen brannten. Die gelblichen Glühbirnen ließen weite Flächen im Schatten. Eine Tür auf dem Treppenabsatz im ersten Stock war offen. Im Licht, das durch ihren Rahmen fiel, stand ein Mann im Hausrock.

»Ich höre, Sie wollen mich sprechen. Bitte, treten Sie ein! Lassen Sie uns allein, Louis!«

Das Zimmer diente als Wohn- und Arbeitsraum. Die Wände waren mit Leder bespannt. Es roch nach Havannazigarren und nach einem Parfüm, das Maigret nicht kannte. Die Tür zum Schlafzimmer stand halb offen; man konnte ein Himmelbett mit zerwühlten Kissen erkennen.

Richard Gendreau-Balthazar trug einen Pyjama unter dem Hausrock; seine nackten Füße steckten in Pantoffeln aus russischem Leder. Er mochte etwa um die Dreißig sein. Er hatte braunes Haar, und sein Gesicht hätte alltäglich gewirkt, wäre nicht die schiefe Nase gewesen.

»Louis sagt, Sie gehören dem Kommissariat unseres Quartiers an.«

Er öffnete ein geschnitztes Kästchen, das Zigaretten enthielt, und schob es seinem Besucher hin. Maigret lehnte dankend ab.

»Sie rauchen nicht?«

»Nur Pfeife.«

»Dazu will ich Sie nicht auffordern. Pfeifenrauch ist mir verhaßt. Ich nehme an, Sie haben meinen Freund Le Bret angerufen, ehe Sie herkamen.«

»Nein.«

»Ach so. Entschuldigen Sie bitte, aber ich kenne mich in den Bräuchen Ihres Gewerbes nicht so gut aus. Le Bret kommt zwar oft hierher, aber – und das sage ich Ihnen gleich – nicht in seiner Eigenschaft als Polizeikommissar. Den sieht man ihm übrigens kaum an! Ein sympathischer Mann, wirklich, und seine Frau ist ausgesprochen charmant. Doch kommen wir zur Sache. Wie spät ist es?«

Er tat, als suchte er nach seiner Uhr. Es war Maigret, der schließlich seine große silberne Zwiebel aus der Tasche zog. »Fünf vor halb drei.«

»Und in dieser Jahreszeit wird es gegen fünf Uhr hell, nicht wahr? Ich weiß es, weil es hin und wieder vorkommt, daß ich sehr früh im Bois ausreite. Ich hatte geglaubt, die Wohnung eines französischen Bürgers sei von Sonnenuntergang bis Sonnenaufgang unantastbar.«

»Das stimmt, aber ...«

Er fiel Maigret ins Wort: »Wohlverstanden, ich erwähne das nur, um Ihr Gedächtnis aufzufrischen. Sie sind jung, ohne Zweifel auch jung in Ihrem Beruf. Sie haben das Glück gehabt, einem Freund Ihres Vorgesetzten in die Arme zu laufen. Nun, ich nehme an, Sie sind nicht ohne triftigen Grund in dieses Haus eingedrungen. Louis hat mir berichtet. Der Kerl, den er hinausgeschmissen hat, ist wohl gemeingefährlich, wie? Doch selbst in diesem Fall hätten Sie bis zum Morgen warten können, lieber Freund, glauben Sie nicht? Aber so setzen Sie sich doch!«

Er selbst ging im Zimmer auf und ab, den Rauch seiner Zigarette vor sich her paffend. Es war eine ägyptische Zigarette mit goldenem Mundstück.

»So, und jetzt, nachdem ich Ihnen diese kleine, verdiente Lektion erteilt habe, sagen Sie mir, was Sie wissen möchten.«

»Wer bewohnt das Zimmer im oberen Stock?«

»Wie bitte?«

»Verzeihen Sie, ich weiß, Sie sind nicht verpflichtet, mir zu antworten, zumindest nicht im Augenblick.«

»Verpflichtet, Ihnen ...?« wiederholte Richard, als traute er seinen Ohren nicht.

Maigret errötete. »In dem besagten Zimmer ist heute nacht ein Schuß gefallen.«

»Wie bitte? Was? Sie sind wohl nicht ganz bei Trost? ... Sie haben doch nicht etwa zuviel getrunken, ich meine, bei all den öffentlichen Festlichkeiten ...«

Vom Treppenhaus her ertönten Schritte. Die Tür war offengeblieben. Auf dem Treppenabsatz erblickte Maigret eine Gestalt. Sie schien einer Titelseite der »Vie Parisienne« entsprungen zu sein. Es war ein Mann in Frack, Cape und Zylinder. Er war mager und alt, und sein dünner Schnurrbart mit den aufgezwirbelten Enden war offensichtlich gefärbt. Er blieb auf der Schwelle stehen, unschlüssig, erstaunt, vielleicht ängstlich.

»Komm herein, Vater. Du wirst schallend lachen. Der Herr hier ist ein Angestellter unseres Freundes Le Bret ...«

Félicien Gendreau-Balthazar machte einen merkwürdigen Eindruck. Er schien nicht betrunken, dennoch wirkte er fahrig, unsicher, irgendwie haltlos.

»Hast du Louis gesehen?« fragte ihn sein Sohn.

»Er ist unten mit einem Mann.«

»Das ist es eben. Ein Betrunkener – es kann auch ein Irrer sein, der aus einer Anstalt entwichen ist – hat heute nacht beinahe die Tür eingeschlagen. Louis ist hinuntergegangen und hat ihn nur mit größter Anstrengung daran hindern können, gewaltsam einzudringen. Und jetzt ist Monsieur ...«

Er sah Maigret fragend an.

»Maigret.«

»... Monsieur Maigret, der Sekretär unseres Freundes Le Bret, ist hier und möchte wissen ... Ach ja, was möchten Sie eigentlich wissen?«

»Wer bewohnt das Zimmer mit dem zweiten Fenster von links, gerade über uns?«

Der Vater hat Angst, dachte Maigret, aber es ist eine undefinierbare Angst. Die Art, zum Beispiel, wie er seinen Sohn anblickte. Geradezu furchtsam, ja unterwürfig. Er wagte nicht einmal, den Mund aufzumachen. Es schien, als wartete er auf Richards Erlaubnis.

»Meine Schwester«, antwortete Richard endlich. »Jetzt wissen Sie's.«

»Ist sie im Haus?«

Maigret sah nicht den Sohn, sondern den Vater an. Doch wieder war es der Sohn, der antwortete: »Nein. Sie ist in Anseval.«

»Wie bitte?«

»Auf unserem Schloß. Schloß Anseval bei Pouilly-sur-Loire, Departement Nièvre.«

»Das Zimmer ist also unbewohnt?«

»Alles spricht dafür.«

Im gleichen spöttischen Ton fuhr er fort: »Sie möchten wohl auf sicher gehen? Nur zu, ich begleite Sie! So kann ich morgen unserem Freund Le Bret zum Eifer seiner Untergebenen gratulieren. Bitte folgen Sie mir!«

Zu Maigrets Verwunderung kam auch der Vater mit, ziemlich verschüchtert, wie ihm schien.

»Hier, das ist das Zimmer, das Sie meinen. Glücklicherweise ist es nicht abgeschlossen.«

Er drehte einen Schalter. Die Möbel im Schlafzimmer waren aus weißlackiertem Holz, die Wände mit blauer Seide bespannt. Eine zweite Tür führte in ein Boudoir, und alles sah ordentlich aus, jeder Gegenstand befand sich offenbar an seinem Platz.

»Ich flehe Sie an, machen Sie Ihre Bestandsaufnahme! Meine Schwester wird sicher entzückt sein, wenn sie erfährt, daß die Polizei in ihren Sachen gewühlt hat.«

Maigret ließ sich nicht aus der Ruhe bringen. Er trat ans Fenster. Auch die schweren Vorhänge waren aus blauer Seide, aber dunkler als die Tapeten. Er schob sie beiseite. Dahinter kam eine Tüllgardine, die das Tageslicht dämpfen sollte, zum Vorschein. Maigret bemerkte, daß eine Ecke der Gardine im Fensterrahmen festgeklemmt war.

»Heute abend hat wohl niemand das Zimmer betreten?« fragte er.

»Höchstens eines der Mädchen.«

»Sind mehrere im Haus?«

»O ja«, erwiderte Richard sarkastisch. »Zwei. Germaine und Marie. Außerdem die Frau von Louis, die für uns kocht. Wir haben sogar eine Waschfrau, aber die ist verheiratet. Kommt am Morgen und geht am Abend.«

Der alte Gendreau blickte fortwährend vom einen zum anderen. »Was ist denn passiert?« fragte er endlich, nachdem er sich geräuspert hatte.

»Ich weiß es nicht genau. Frag Monsieur Maigret.«

»Jemand, der kurz vor halb zwei Uhr an diesem Haus vorüberging, hörte, wie dieses Fenster plötzlich aufgestoßen wurde. Er schaute nach oben und sah eine Frau, die anscheinend verzweifelt um Hilfe rief.«

Maigret sah, wie die Hand des Vaters sich um den Goldknauf seines Stockes spannte.

»Und?« fragte Richard.

»Dann wurde die Frau zurückgezerrt, und im gleichen Moment fiel ein Schuß.«

»Ach nein!«

Mit gespieltem Entsetzen blickte der junge Gendreau um sich. Dann trat er auf die seidene Tapete zu, als suchte er dort die Spuren einer Kugel.

»Mich wundert nur eines, Monsieur Maigret – Sie heißen doch Maigret, nicht wahr? Warum haben Sie angesichts einer so schwerwiegenden Anklage nicht sofort die elementarsten Vorsichtsmaßnahmen getroffen und Ihre Vorgesetzten benachrichtigt? Mir scheint, es war etwas leichtfertig von Ihnen, gleich hierherzulaufen. Dieser Passant mit seiner blühenden Phantasie – wissen Sie denn überhaupt, wer er ist?«

»Er wartet unten.«

»Was für ein Vergnügen, ihn unter meinem Dach zu wissen! Genaugenommen sind Sie nicht nur mitten in der Nacht hier eingedrungen, unter Mißachtung der Gesetze, die die Freiheit der Bürger schützen – Sie haben auch noch ein Individuum mitgebracht, das ich im besten Fall als zweifelhaft betrachte. Doch da Sie nun einmal hier sind und damit Sie morgen unserem Freund Le Bret ausführlich rapportieren können, bitte ich Sie, tun Sie Ihre Pflicht, machen Sie die üblichen Ermittlungen. Sie wollen doch sicher wissen, ob das Bett heute nacht benutzt worden ist.«

Er riß die Seidendecke vom Bett. Die Laken waren glattgestrichen, das Kopfkissen makellos.

»Machen Sie sich auf die Suche, bitte! Schnüffeln Sie in allen Winkeln! Sie haben doch sicher eine Lupe mitgebracht?«

»Die brauche ich nicht.«

»Verzeihen Sie, doch abgesehen von Le Bret, habe ich noch nie die Ehre gehabt, mit der Polizei Bekanntschaft zu machen, außer natürlich in Kriminalromanen. Sie behaupten, jemand habe geschossen? Vielleicht liegt da irgendwo eine Leiche? Folgen Sie mir! Lassen Sie uns gemeinsam suchen! In dem Schrank dort? Wer weiß?«

Er öffnete die Schranktür. Man sah nur Kleider darin hängen.

»Hier? Das sind lauter Schuhe von Lise. Wie Sie sehen, ist sie verrückt auf Schuhe. Gehen wir jetzt ins Boudoir hinüber . . .«

Er wirkte immer gespannter, wurde immer sarkastischer.

»Die Tür dort? Sie ist seit Mamas Tod tabu. Aber man kann auch durch den Flur in die Räume gelangen. Kommen Sie mit! Aber ja, ich bitte darum . . .«

Die nächste halbe Stundc war ein einziger Alptraum. Maigret blieb nichts übrig, als zu gehorchen, denn Richard erteilte ihm buchstäblich Befehle. Und was ihre Irrwege durch die Villa besonders gespenstisch machte, das war die Art, wie der alte Gendreau-Balthazar ihnen auf den Fersen blieb, den Zylinder auf dem Kopf, das Cape über den Schultern, den Stock mit dem Goldknauf in der Hand.

»Nein, nein, wir gehen noch nicht hinunter! Sie vergessen, daß es über uns eine weitere Etage gibt, das Stockwerk mit den Mansarden, wo die Dienstboten schlafen.«

Im Korridor hingen nackte Glühbirnen, die Decke war abgeschrägt. Richard klopfte an die Türen.

»Aufmachen, Germaine! Aber ja! Egal, ob Sie im Nachthemd sind. Die Polizei ist hier.«

Ein ziemlich üppiges Mädchen mit verschlafenen Augen. Ein säuerlicher Geruch. Ein verschwitztes Bett. Ein Kamm voller Haare auf dem Waschtisch.

»Haben Sie einen Schuß gehört?«

»Einen was?«

»Wann sind Sie zu Bett gegangen?«

»Ich bin um zehn Uhr heraufgekommen.«

»Und Sie haben nichts gehört?«

Es war Richard, der die Fragen stellte.

»So, und jetzt die nächste, bitte! Öffnen Sie, Marie . . . nein, meine Kleine, es spielt keine Rolle . . .«

Ein Mädchen von sechzehn Jahren, das einen grünen Mantel über das Nachthemd gestreift hatte und an allen Gliedern zitterte.

»Haben Sie einen Schuß gehört?«

Entsetzt starrte Marie die Männer an.

»Schlafen Sie schon lange?«

»Ich weiß nicht ...«

»Haben Sie irgend etwas gehört?«

»Nein. Warum? Was ist geschehen?«

»Noch eine Frage, Monsieur Maigret?«

»Ich möchte sie fragen, woher sie stammt.«

»Aus Anseval.«

»Und Germaine?«

»Auch aus Anseval.«

»Und Louis?«

»Aus Anseval, Monsieur Maigret.« In Richards Stimme lag purer Hohn. »Ich sehe, es ist Ihnen nicht bekannt, daß Schloßherren sich ihr Gesinde aus ihrer Umgebung zu beschaffen pflegen.«

»Was ist mit der nächsten Tür?«

»Das Zimmer von Madame Louis.«

»Schläft auch ihr Mann dort?«

»Er schläft unten in der Pförtnerwohnung.«

Es dauerte eine Weile, ehe Madame Louis öffnete. Sie war klein, dunkelhäutig, sehr dick, und ihre Augen blickten argwöhnisch.

»Hört denn der Lärm nie auf? Wo ist Louis?«

»Unten. Sagen Sie mal, haben Sie vielleicht einen Schuß gehört?«

Mit einem erbosten Gemurmel schlug sie ihnen die Tür fast vor der Nase zu. Und immer noch mehr Türen wurden geöffnet, mit leeren Zimmern dahinter, Abstellräumen, Dachkammern. Selbst der Dachboden blieb Maigret nicht erspart. Danach mußte er auch noch den ersten Stock besichtigen, die Räume des alten und des jungen Gendreau.

»Jetzt bleiben nur noch die Salons. Ja, doch, mir liegt sehr viel daran.«

Er zündete den riesigen Leuchter an. Die Kristalle klirrten.

»Keine Leiche. Kein Verwundeter. Haben Sie jetzt alles gesehen? Möchten Sie nicht auch die Keller inspizieren? Übrigens, es ist jetzt Viertel nach drei.«

Er öffnete die Tür zum Dienerzimmer. Justin Minard saß auf dem Stuhl am Fenster. Louis stand in einer Ecke und schien ihn wie einen Gefangenen zu bewachen.

»Ist das der junge Mann mit der Schießereigeschichte? Sehr erfreut, sein interessantes Gesicht gesehen zu haben. Und nun, Monsieur Maigret, habe ich wohl das Recht, Anzeige zu erstatten wegen übler Nachrede und versuchten Hausfriedensbruchs?«

»Gewiß, das Recht steht Ihnen zu.«

»Ja, dann also gute Nacht. Louis, führen Sie die Herren hinaus!«

Der alte Gendreau öffnete den Mund, sagte aber nichts.

Maigret stieß ein mühsames »Ich danke Ihnen« hervor.

Louis schritt dicht hinter ihnen bis zum schweren Portal, das gleich darauf ins Schloß fiel.

Allein, verwirrt, ziemlich ratlos standen sie auf dem linken Gehsteig in der Rue Chaptal. Maigret drehte sich mechanisch nach dem Ölfleck auf dem hölzernen Pflaster um, als hätte er nach alledem das Bedürfnis, sich an etwas Greifbares zu klammern.

»Ich schwöre, daß ich nicht betrunken war.«

»Ich glaube Ihnen.«

»Und verrückt bin ich auch nicht.«

»Natürlich nicht.«

»Glauben Sie, es wird Ihnen schaden? Ich habe undeutlich gehört, wie ...«

In dieser Nacht trug Maigret, wie gesagt, sein erstes Jackett. Es war ihm eine Spur zu eng unter den Armen.

2 Richard hat gelogen

Um zehn Minuten vor neun zog eine lächelnde, frisch nach Seife duftende Madame Maigret die Vorhänge im Schlafzimmer hoch und ließ die kecke Aprilsonne herein. Sie war noch nicht lange verheiratet und konnte sich noch immer nicht an den Anblick eines schlafenden Mannes gewöhnen, an das Zucken der rötlichen Schnurrbartenden, das Stirnrunzeln, wenn eine Fliege sich auf seinem Gesicht niederließ, an das dichte, zerzauste Haar. Sie mußte lachen. Sie lachte immer, wenn sie am Morgen mit einer Tasse Kaffee an sein Bett trat und er zu ihr aufschaute wie ein schlaftrunkenes Kind.

Sie war ein frisches, molliges Ding, wie man sie nur noch in den Konditoreien oder hinter der Marmortheke eines Milchladens sieht. Ein molliges Mädchen voll Lebensfreude, das Maigret trotzdem ganze Tage lang in ihrer kleinen Wohnung am Boulevard Richard-Lenoir allein lassen konnte, ohne daß es sich auch nur eine Sekunde langweilte.

»Woran denkst du, Jules?«

Damals nannte sie ihn noch nicht Maigret, doch schon in jenen ersten Zeiten behandelte sie ihn mit einem Respekt, der für sie typisch war. Die gleiche Achtung mußte sie vor ihrem Vater empfunden haben, die gleiche würde sie für ihren Sohn empfinden, sollte sie jemals einen Sohn haben.

»Ich denke . . .«

Und er sagte ihr eine Lektion auf, die ihm – kaum hatte er nach nur zwei Stunden Schlaf die Augen geöffnet – wieder eingefallen war. Es waren Sätze aus den internen Polizeivorschriften:

Es ist die feste Regel, daß die Beamten der Sûreté ihre ganze Zeit dem Dienst zu widmen haben.

Da jede begonnene Untersuchung oder Überwachung grundsätzlich ohne Unterbrechung durchgeführt werden muß, besteht kein Anspruch auf freie Stunden oder Tage.

Er hatte das Kommissariat um sechs Uhr früh verlassen, als Albert Luce, der Hilfssekretär, ihn ablöste. Die Luft draußen war so erfrischend gewesen, die Straßen von Paris hatten so würzig gerochen, daß er zu Fuß gegangen war und beinahe den Umweg durch die Hallen gemacht hätte, um den Duft von jungem Gemüse und Obst einzuatmen.

In diesen Tagen gab es in Paris Hunderte, ja Tausende von Menschen, die nicht länger schliefen als er. Der Besuch des fremden Staatsoberhaupts würde genau drei Tage dauern, doch die Polizeibrigaden befanden sich in ständiger Alarmbereitschaft. Einige standen schon seit Wochen im Einsatz, jene zum Beispiel, die die Stundenhotels, die Bahnhöfe, die Fremden, die öffentlichen Verkehrswege überwachten.

Sowohl die verschiedenen Dienststellen als auch die Kommissariate liehen sich gegenseitig Leute aus. Da sich das minuziös geplante Besuchsprogramm des Souveräns außerhalb des Quartiers Saint-Georges abwickelte, waren alle verfügbaren Beamten ins Kommissariat des Opéra-Bezirks abkommandiert worden.

Nicht nur die Anarchisten raubten der Polizei den Schlaf. Es gab auch die Verrückten, die in solchen Zeiten unweigerlich in Trance gerieten; es gab die Taschendiebe, die Strichmädchen, die sich während der Festumzüge an die Provinzler unter den Zuschauern heranmachten und sie nach Strich und Faden ausnahmen.

»Ist das Balthazar-Kaffee?« wollte Maigret wissen.

»Warum fragst du? Schmeckt er dir nicht?«

»Ich wüßte gern, warum du gerade diese Marke kaufst. Ist er besser als andere Sorten?«

»Jedenfalls nicht schlechter, und außerdem bekommt man diese Bilder.«

Er hatte das Album vergessen. Sie klebte die Bildchen aus den Kaffeepackungen, die alle Arten von Blumen zeigten, immer sorgfältig ein.

»Wenn man drei vollständige Sammlungen hat, kann man sie gegen ein Nußbaum-Schlafzimmer einlösen.«

Er badete in einem Zuber, denn damals gab es in der Wohnung noch kein Badezimmer. Später aß er seine Suppe, wie er es zu Hause jeden Morgen getan hatte.

»Du weißt wohl noch nicht, wann du heute abend nach Hause kommst?«

Lächelnd dozierte er: ». . . *besteht kein Anspruch auf freie Stunden oder Tage . . .*«

Sie wußte es auswendig. Sie hatte schon den Hut aufgesetzt. Sie liebte es, ihn ins Büro zu begleiten, so wie sie ein Kind zur Schule gebracht hätte. Aber sie kam nie bis zum Büro mit, er sollte sich vor seinen Kollegen nicht genieren müssen.

Punkt zehn Uhr würde der Wagen des Kommissars in der Rue La Rochefoucauld vorfahren. Das Pferd würde wiehern und stampfen, und der Kutscher würde anstelle seines Herrn wieder die Zügel übernehmen. Maxime Le Bret war vermutlich der einzige Polizeikommissar in Paris, der eine eigene Equipage besaß und in der Nähe des Parks Monceau wohnte, in einem der neuen Häuser am Boulevard de Courcelles.

Wenn er beim Kommissariat vorfuhr, war er jeweils schon im Club Hoche gewesen, wo er zu fechten und zu schwimmen pflegte und sich anschließend massieren ließ.

Voller Unbehagen dachte Maigret daran, daß sein Rapport jetzt auf dem Schreibtisch des Kommissars lag. Es war sein erster wichtiger Rapport. Bis zum Morgengrauen hatte er daran herumgefeilt, immer darauf bedacht, nur ja nichts von den Lehrsätzen zu vergessen, die er sich eben erst eingeprägt hatte.

Der Flötist hatte ihn bis zum Büro zurückbegleitet.

Vor der Tür waren sie stehengeblieben.

»Sind Sie verheiratet?«

»Ja.«

»Glauben Sie nicht, daß Ihre Frau sich ängstigen wird?«

»Das spielt keine Rolle.«

Justin Minard war mit hineingegangen. Maigret hatte seine Aussage protokolliert, und der Musiker hatte unterschrieben, war aber sitzen geblieben.

»Und wenn Ihnen Ihre Frau eine Szene macht?«

Mit sanfter Beharrlichkeit hatte Minard wiederholt: »Es spielt keine Rolle.«

Warum mußte Maigret jetzt daran denken? Er hatte ihn beinahe vor die Tür setzen müssen, als es dämmerte. Und obendrein hatte ihn der Flötist halb schüchtern, halb verwegen gefragt: »Ich darf Sie doch wieder aufsuchen?«

Er hatte gegen einen gewissen Louis Anzeige erstattet. Er bestand darauf. Alle diese Papiere lagen jetzt wohlgeordnet auf Le Brets Schreibtisch, zuoberst auf dem Stapel der weniger wichtigen Tagesrapporte.

Kaum jemals konnte man Maxime Le Bret hereinkommen sehen, denn er ging stets durch den Flur und von dort direkt in sein Arbeitszimmer. Aber man konnte ihn hören, und diesmal versetzte es Maigret einen Stich ins Herz.

Auf der Bank an der Wand saßen die üblichen »Kunden«, meist arme Kerle. Er rief sie der Reihe nach auf, stellte Niederlassungsbewilligungen aus oder Zeugnisse, die ihre Bedürftigkeit bestätigten; er notierte Anzeigen von verlorenen oder gefundenen Gegenständen, schickte Bettler, die man auf den Boulevards aufgelesen hatte, oder Hausierer, die keinen Gewerbeschein besaßen, hinter Schloß und Riegel.

Unmittelbar unter der schwarz umrandeten Wanduhr befand sich eine elektrische Klingel. Wenn es klingelte . . .

Er hatte sich ausgerechnet, daß es etwa zwölf Minuten dauern würde, bis Le Bret seinen Rapport und Minards Aussage gelesen hatte. Zwanzig Minuten verstrichen. Niemand rief nach ihm. Aber ein leises Klicken verriet, daß der Chef telefonierte.

Eine Polstertür trennte Le Brets Arbeitszimmer vom Büro der Polizeibeamten. Man hörte kaum mehr als ein schwaches Gemurmel.

Ob Le Bret sich schon mit Richard Gendreau hatte verbinden lassen, bei dem er so oft zu Gast war?

Die Klingel schlug nicht an. Dafür ging die Tür auf.

»Maigret?«

War das ein gutes oder ein schlechtes Zeichen?

»Kommen Sie doch mal herüber, mein Lieber!«

Eine Zigarette rauchend, ging der Kommissar im Zimmer auf und ab, ehe er sich an seinen Schreibtisch setzte. Endlich legte er die Hand auf das Aktenbündel vor ihm. Er schien nach Worten zu suchen, dann seufzte er: »Ich habe Ihr Dingsda gelesen.«

»Jawohl, Herr Kommissar.«

»Sie haben getan, was Sie für Ihre Pflicht hielten. Ihr Bericht ist sehr klar, sehr ausführlich.«

»Danke, Herr Kommissar.«

»Sogar von mir ist darin die Rede.«

Mit einer Handbewegung brachte er Maigret, der gerade den Mund öffnen wollte, zum Schweigen.

»Ich mache Ihnen keinen Vorwurf daraus, im Gegenteil.«

»Ich habe mich bemüht, möglichst alles, was gesagt wurde, im Wortlaut wiederzugeben.«

»Sie konnten demnach das Haus in aller Ruhe besichtigen?«

»Man hat mich von einem Zimmer zum andern geführt.«

»Und Sie konnten feststellen, daß alles in Ordnung war?«

»In dem von Justin Minard bezeichneten Zimmer war die Tüllgardine im Fenster eingeklemmt, als ob das Fenster hastig geschlossen worden wäre.«

»Das könnte aber irgendwann passiert sein, nicht wahr? Nichts beweist, daß die Gardine nicht schon seit Tagen eingeklemmt war.«

»Außerdem schien der Vater, Monsieur Félicien Gendreau-Balthazar, von meiner Anwesenheit im Haus sehr überrascht zu sein.«

»Sie schreiben hier, er sei ›erschrocken‹ gewesen.«

»So habe ich es empfunden.«

»Ich kenne Gendreau persönlich. Wir treffen uns mehrmals in der Woche im Club.«

»Ich weiß, Herr Kommissar.«

Der Kommissar war ein sehr stattlicher, sehr gut aussehender Mann, dem man bei allen gesellschaftlichen Anlässen begegnen konnte. Er hatte eine der reichsten Frauen von Paris geheiratet: Das mochte auch der Grund sein, weshalb er sich trotz seines aufwendigen Lebens zu einer geregelten Arbeit zwang. Seine Augenlider waren von feinen Fältchen durchzogen, die Schläfen von Krähenfüßen gezeichnet. Offenbar hatte er letzte Nacht oder alle die letzten Nächte nicht viel mehr geschlafen als Maigret.

»Rufen Sie Besson herein!«

Besson war der einzige Inspektor, den man während der Staatsvisite im Kommissariat zurückbehalten hatte.

»Ich habe eine kleine Arbeit für Sie, mein Lieber.«

Er notierte den Namen und die Adresse des Flötisten Justin Minard auf einen Zettel.

»Ich möchte, daß Sie über diesen Herrn Erkundigungen einholen, möglichst diskret und je schneller, desto besser.«

Besson warf einen Blick auf die Adresse. Offensichtlich erleichtert, daß es eine Pariser war, versicherte er: »Wird gemacht, Chef.«

Wieder allein mit Maigret, lächelte der Kommissar fast unmerklich. »So«, sagte er in mildem Ton, »ich glaube, das ist das einzige, was wir im Augenblick tun können.«

An seinem schwarzen Pult sitzend, verbrachte Maigret die wohl bittersten Stunden seines Lebens damit, fettige Ausweise zu überprüfen, Beschwerden von Conciergen und Beteuerungen von Hausierern anzuhören.

Die ausgefallensten Gedanken gingen ihm durch den Kopf, wie zum Beispiel, daß er um fristlose Entlassung nachsuchen wollte.

Der Kommissar meinte also, es sei damit getan, daß man über den Flötisten diskrete Informationen einholte. Warum den Mann nicht gleich verhaften, warum ihn nicht gleich in die Zange nehmen?

Maigret hätte auch den höchsten Chef anrufen oder aufsuchen können. Denn Xavier Guichard, den Leiter der *Sûreté,* kannte er persönlich. Guichard hatte seine Ferien oft auf dem Land verbracht, in der Nähe des Dorfes, wo Maigrets Familie lebte, und er war mit Maigrets Vater jahrelang befreundet gewesen. Man konnte es nicht gerade Protektion nennen, doch Maigret wußte, daß Guichard seine Laufbahn diskret und von fern oder vielmehr von oben verfolgte. Zweifellos war er es, der Maigret seit vier Jahren ständig von einer Abteilung in die andere versetzen ließ, damit er sich mit dem ganzen Polizeiapparat schneller vertraut machte.

Minard ist nicht verrückt. Er war nicht betrunken. Er sah, wie ein Fenster aufgestoßen wurde. Er hörte einen Schuß. Und die Öllache auf der Straße habe ich mit eigenen Augen gesehen. Das würde er sagen. Wütend. Er würde verlangen ...

Plötzlich kam ihm ein Gedanke. Er verließ das Büro, ging drei Stufen hinunter und betrat die Wachstube, wo uniformierte Polizisten Karten spielten.

»Sagen Sie mal, Wachtmeister, haben alle Leute, die letzte Nacht Dienst taten, ihre Rapporte schon geschrieben?«

»Noch nicht alle.«

»Ich möchte, daß Sie etwas fragen. Ich möchte wissen, ob einer von ihnen zwischen Mitternacht und zwei Uhr einen Dion-Bouton im Quartier gesehen hat. Der Fahrer trug einen grauen Pelzmantel und eine große Autobrille. Ich weiß nicht, ob jemand im Fond saß.«

Mochte der Kommissar sagen, was er wollte ... *Jede begonnene Untersuchung oder Überwachung ...*

Er hatte seine Theorien im Kopf. Und Balthazar hin oder her, aber normalerweise wäre die Untersuchung seine Sache gewesen.

Gegen Mittag begann er sich schläfrig zu fühlen, doch zum Essen war es zu früh, die Reihe war noch nicht an ihm. Seine Lider brannten. Mehrmals ertappte er sich dabei, daß er seinen »Kunden« zweimal die gleiche Frage stellte.

Besson kam zurück. Sein Schnurrbart roch nach Absinth. Maigret mußte an ein kühles Bistro denken, an gedämpftes Sonnenlicht auf einer Kaffeehausterrasse.

»Ist der Chef noch da?«

Er war nicht mehr da, und Besson setzte sich hin, um seinen Bericht abzufassen.

»Der arme Kerl«, brummte er.

»Wer?«

»Der Musiker.«

»Erstens ist er tuberkulös«, fuhr der kerngesunde, rotwangige Inspektor fort, »und das ist nicht lustig. Seit zwei Jahren versuchen sie, ihn in die Berge zu schicken, aber er denkt nicht daran.«

Von der Place Saint-Georges her ertönte Pferdegetrappel. Am Vormittag waren die Truppen vor dem Invalidendom aufmarschiert; jetzt kehrten sie in ihre Kasernen zurück. Die Stadt lag noch immer wie im Fieber. Fahnen, Uniformen, Musikkapellen defilierten durch die Straßen, und feierlich gekleidete Herren eilten ins Elysée, wo ein offizielles Déjeuner stattfand.

»Sie bewohnen zwei Zimmer über dem Hof, im fünften Stock, und das Haus hat keinen Fahrstuhl.«

»Sind Sie hinaufgegangen?«

»Erst habe ich mit dem Kohlenhändler geplaudert, der auch im Haus wohnt, dann mit der Concierge. Sie stammt aus meiner Gegend. Jeden Monat beschweren sich die Mieter bei ihr, weil er den lieben langen Tag bei offenem Fenster Flöte spielt. Sie kann ihn gut leiden. Der Kohlenhändler auch, obwohl ihm Minard seit zwei, drei Monaten das Geld für die Kohlen schuldet. Was seine Angetraute betrifft . . .«

»Sie haben sie gesehen?«

»Sie kam gerade vorbei, als ich mit der Concierge schwatzte. Eine stämmige Brünette, dunkle Haut, feurige Augen. Eine wahre Carmen! Immer im Morgenrock und in Pantoffeln. Lungert in den Läden des Quartiers herum. Läßt sich die Karten legen. Sie schnauzt ihn an. Die Concierge sagt, sie verprügle ihn sogar. Der arme Kerl!«

Mühsam schrieb Besson ein paar Sätze hin. Rapporte waren nicht seine Stärke.

»Ich habe die Metro genommen und bin zur Brasserie Clichy gefahren, zu seinem Chef. Kein böses Wort über Minard. Er trinkt nicht. Er kommt immer fünf Minuten zu früh. Er ist zu allen freundlich, und die Kassiererin betet ihn an.«

»Wo war er heute morgen?«

»Ich weiß nicht. Jedenfalls nicht zu Hause. Die Concierge hätte es mir gesagt.«

Maigret verließ sein Büro und ging in eine kleine Bar an der Place Saint-Georges, wo er zwei hartgekochte Eier aß und ein Helles trank. Als er zurückkam, fand er einen Zettel auf seinem Pult. Der Wachtmeister hatte geschrieben:

Der Schutzmann Jullian hat um ein Uhr dreißig in der Rue Mansart, vor dem Haus Nr. 28, den Dion-Bouton stehen sehen. Im Wagen saß nur der Fahrer, auf den Ihre Beschreibung paßt. Er blieb etwa zehn Minuten in der Rue Mansart und fuhr dann in Richtung Rue Blanche davon.

Die Klingel unter der Wanduhr schlug an. Maigret fuhr hoch, öffnete die Polstertür. Der Kommissar war schon zurück. Maigret konnte die losen Seiten seines Rapports auf dem Schreibtisch ausgebreitet sehen. An den Rändern standen Vermerke in roter Schrift.

»Kommen Sie herein und setzen Sie sich, mein Lieber!«

Das war eine seltene Gunst. Der Kommissar ließ seine Mitarbeiter gern stehen.

»Sie haben mich sicher den ganzen Vormittag über verflucht?«

Auch er trug ein Jackett, doch dieses stammte vom besten Schneider an der Place Vendôme, und die Weste darunter war wie alle seine Westen in den zartesten Tönen gehalten.

»Ich habe Ihren Rapport nochmals gründlich durchgelesen. Übrigens ein ausgezeichneter Bericht. Ich glaube, das habe ich Ihnen schon gesagt. Ich hatte auch eine Unterhaltung mit Besson über Ihren Freund, den Flötisten.«

Maigret unterbrach ihn dreist: »Haben die Gendreau-Balthazars noch nicht angerufen?«

»Gewiß, aber nicht in dem Ton, den Sie vermuten. Richard Gendreau war reizend, auch wenn er sich ein klein wenig über Sie und Ihren Eifer mokiert haben mag. Sie waren wohl auf massive Beschwerden gefaßt, nicht wahr? Nun, das Gegenteil ist der Fall. Daß er Sie für noch sehr jung und überschwenglich hält, wird Sie ja nicht verwundern. Deshalb auch hat er sich das boshafte Vergnügen geleistet, Ihnen alle Türen zu öffnen.«

Stirnrunzelnd saß Maigret da, während sein Chef ihn mit einem leisen Lächeln beobachtete, einem Lächeln, dachte Maigret, das in seinen Kreisen den blasierten »Lebemann«, wie man damals sagte, kennzeichnete.

»Und jetzt sagen Sie mir eines, lieber Freund. Was hätten Sie denn heute morgen an meiner Stelle getan?«

Da Maigret stumm blieb, fuhr er fort: »Einen Haussuchungsbefehl erlassen? Ich frage Sie: mit welchem Recht? Hat jemand Anzeige erstattet? Jedenfalls nicht gegen die Gendreaus. Wurde jemand auf frischer Tat ertappt? Keineswegs. Ist ein Verletzter, eine Leiche vorhanden? Nicht daß ich wüßte. Dabei haben Sie heute nacht das Haus von oben bis unten durchsucht. Sie haben alle Bewohner gesehen, einige sogar in höchst notdürftiger Bekleidung.

Verstehen Sie mich richtig. Ich weiß ziemlich genau, was Ihnen seit heute früh durch den Kopf geht. Ich bin ein Freund der Familie Gendreau. Ich verkehre in ihrem Haus. Ich gehöre dem gleichen Club an wie sie. Ich bin sicher, Sie haben mich im stillen verflucht. Geben Sie es zu!«

»Immerhin liegen eine Aussage und eine Anzeige von Minard vor.«

»Auf den Flötisten komme ich gerade zu sprechen. Gegen halb zwei Uhr morgens hat er versucht, mehr oder weniger gewaltsam in ein Privathaus einzudringen, angeblich, weil er Hilferufe gehört hatte.«

»Er hat gesehen . . .«

»Vergessen Sie nicht, daß er der einzige ist, der etwas gesehen haben will. Keiner der Nachbarn ist aufgeschreckt worden. Versetzen Sie sich jetzt einmal in die Lage des Butlers, der von Fußtritten gegen das Tor aufgeweckt wird.«

»Verzeihung, der Mann namens Louis war um halb zwei Uhr früh vollständig angezogen, samt Krawatte, und dabei brannte nirgends mehr Licht im Haus, als Minard klingelte.«

»Nun gut. Bedenken Sie aber, daß es wiederum Ihr Flötist ist, der behauptet, der Butler sei angekleidet gewesen. Und selbst wenn das stimmt: ist es ein Verbrechen? Minard wurde ziemlich brutal hinausgeworfen, gewiß. Aber wie würden Sie sich denn verhalten, wenn mitten in der Nacht ein Verrückter bei Ihnen eindringen und behaupten würde, Sie seien im Begriff, Ihre Frau zu ermorden?«

Er hielt Maigret sein goldenes Etui hin, und sein Sekretär mußte ihn vielleicht zum hundertstenmal daran erinnern, daß er keine Zigaretten rauchte. Es mochte ein Tick bei ihm sein, eine Geste aristokratischer Herablassung.

»Betrachten wir die Sache jetzt einmal vom rein amtlichen Standpunkt aus. Sie haben ein Protokoll erstellt, und dieses muß den üblichen Dienstweg gehen, das heißt, es wird dem Polizeipräfekten vorgelegt, der entscheidet, ob es der Staatsanwaltschaft unterbreitet werden soll oder nicht. Auch die Anzeige des Flötisten gegen den Butler geht diesen Weg.«

Maigret starrte ihn aus zusammengekniffenen Augen an und dachte von neuem an seinen Rücktritt. Er wußte, was jetzt kam.

»Die Gendreau-Balthazars gehören zu den angesehensten Familien in Paris. Jedes kleine Skandalblatt würde sich mit Wonne auf den Fall stürzen, wenn auch nur die geringste Indiskretion begangen würde.«

»Ich verstehe«, bemerkte Maigret trocken.

»Und Sie finden mich ekelhaft, nicht wahr? Sie glauben, ich nehme diese Leute in Schutz, weil sie Macht besitzen oder weil sie meine Freunde sind.«

Maigret streckte die Hand nach den Papieren auf dem Schreibtisch aus. Er würde sie zerreißen, da dies doch offenbar von ihm erwartet wurde. Dann würde er in sein Büro zurückkehren und mit fester Hand, jawohl, sein Entlassungsgesuch schreiben.

»Und jetzt, mein lieber Maigret, habe ich noch eine Neuigkeit für Sie.«

Sonderbar. Die spöttische Stimme klang auf einmal liebevoll.

»Heute morgen, während ich Ihren Rapport las, und später, als ich mich mit Ihnen unterhielt, plagte mich etwas, was ich nicht zu deuten vermochte. Eine schwache Erinnerung. Ich weiß nicht, ob es Ihnen bisweilen nicht auch so ergeht. Je mehr man sich etwas zu vergegenwärtigen sucht, um so mehr verflüchtigt es sich. Und doch wußte ich genau, daß es etwas Wichtiges war, ja, daß es unter Umständen die ganze Sachlage verändern konnte. Beim Mittagessen fiel es mir wieder ein. Entgegen meiner Gewohnheit aß ich heute zu Hause, weil wir Gäste hatten. Ich sah meine Frau an, und die Erinnerung stellte sich wieder ein. Was mich den ganzen Vormittag verfolgt hatte, war eine nebensächliche Bemerkung von ihr gewesen. Sie hatte irgend etwas gesagt . . . aber was? Plötzlich wußte ich's. Ehe ich gestern das Haus verlassen hatte, hatte ich sie, wie ich es oft tue, gefragt: ›Was tust du heute nachmittag?‹

Meine Frau antwortete:

›Ich treffe mich zum Tee mit Lise und Bernadette im Faubourg Saint-Honoré.‹

Bernadette ist die Gräfin d'Estirau. Und Lise, das ist Lise Gendreau-Balthazar.«

Er verstummte, schaute Maigret an. Seine Augen glänzten.

»Jawohl, mein Lieber. Danach ging es nur noch darum, zu wissen, ob Lise Gendreau gestern um fünf Uhr nachmittags tatsächlich im Salon Pihan gesessen und mit meiner Frau Tee getrunken hatte. Sie war dort, meine Frau hat es mir bestätigt. Kein einziges Mal hat Lise erwähnt, daß sie nach Anseval fahren wollte. Daraufhin habe ich Ihren Bericht noch einmal genau studiert.«

Maigrets Gesicht hatte sich aufgehellt. Er öffnete den Mund, wollte etwas sagen, seine Freude bekunden.

»Moment! Keine voreiligen Schlüsse! Heute nacht fanden Sie das Zimmer dieser gleichen Lise Gendreau leer vor. Ihr Bruder erklärte, sie sei in Anseval.«

»Also . . .«

»Das beweist noch gar nichts. Richard Gendreau hat nicht unter Eid ausgesagt. Sie hatten keinerlei Befugnis, keinerlei Recht, ihn zu verhören.«

»Aber jetzt . . .«

»Auch jetzt nicht. Deshalb rate ich Ihnen . . .«

Maigret begriff nichts mehr. Erst wurden ihm Hoffnungen gemacht, dann kam die kalte Dusche. Es war ihm nicht klar, welche Haltung er einnehmen sollte. Er bekam einen roten Kopf. Er fand es demütigend, daß man ihn wie ein Kind behandelte.

»Haben Sie schon Pläne für Ihren Urlaub gemacht?«

Fast hätte er etwas Ungehöriges gesagt.

»Es ist mir bekannt, daß unsere Beamten meist lange im voraus wissen, wie sie ihre freien Tage und Wochenenden verbringen werden. Nun, mein Lieber, Sie können Ihren Urlaub schon heute antreten, wenn Sie wollen. Ich glaube sogar, es würde mein Gewissen beruhigen. Vor allem, wenn Sie nicht die Absicht hätten, Paris zu verlassen. Ein Polizeibeamter im Urlaub ist kein Polizeibeamter mehr. Er kann sich dann auch Handlungen erlauben, die sonst von seinen Vorgesetzten kaum gebilligt werden könnten.«

Ein neuer Hoffnungsschimmer. Aber die Angst blieb. Er machte sich auf den nächsten Widerruf gefaßt.

»Selbstverständlich hoffe ich, daß ich Ihretwegen keine Klagen zu hören bekomme. Falls Sie mir etwas mitteilen wollen oder irgendeine Auskunft brauchen, können Sie mich am Boulevard de Courcelles erreichen. Meine Privatnummer finden Sie im Telefonverzeichnis.«

Wieder öffnete Maigret den Mund, diesmal um zu danken, aber der Kommissar drängte ihn sacht zur Tür, schien sich dann plötzlich einer unbedeutenden Einzelheit zu entsinnen und bemerkte wie nebenbei: »Übrigens steht Félicien Gendreau, der Vater, schon seit sechs oder sieben Jahren unter der Vormundschaft eines Familienrats, ganz wie ein unzurechnungsfähiges Kind. Der Sohn Richard leitet die Firma seit dem Tod seiner Mutter. – Und wie geht es Ihrer Frau? Hat sie sich in Paris und in ihrer neuen Wohnung gut eingelebt?«

Ein trockener Händedruck, dann stand Maigret wieder diesseits der gepolsterten Tür. Er war noch immer völlig verwirrt. Mechanisch schritt er auf sein schwarzes Pult zu. Sein Blick blieb an einer der Gestalten hängen, die jenseits der Schranke, die er die »Theke« nannte, auf der Bank saßen.

Es war Justin, der Flötist, diesmal jedoch nicht im Smoking, sondern in einem schwarzen Anzug, und ohne Gummimantel. Geduldig wartete er zwischen einem Clochard und einer dicken Frau, die unter ihrem grünen Schal einen Säugling stillte.

Der Musiker blinzelte ihm zu, wie um zu fragen, ob er an die Schranke treten dürfe. Maigret blinzelte zurück, ordnete seine Papiere und übergab einem Kollegen die laufenden Geschäfte.

»Urlaub!« verkündete er.

»Urlaub? Im April? Mit einem ausländischen Staatsoberhaupt am Hals?« wunderte sich der Kollege.

»Jawohl, Urlaub!«

Dem anderen schien einzufallen, daß Maigret frisch verheiratet war. »Baby?« fragte er.

»Kein Baby.«

»Krank?«

»Nicht krank.«

Der Kollege musterte ihn besorgt, dann schüttelte er den Kopf. »Na ja, das ist deine Sache. Schöne Ferien, trotzdem. Es gibt doch immer noch Glückspilze auf der Welt!«

Maigret ergriff seinen Hut, zog die Manschetten an – er streifte sie immer ab, wenn er zur Arbeit kam – und ging durch die Schwingtür, die das Büro vom Warteraum trennte. Mit größter Selbstverständlichkeit erhob sich Justin Minard von seiner Bank und folgte Maigret unaufgefordert und wortlos ins Freie.

Bekam er wirklich Prügel von seiner Frau, wie Besson erzählt hatte? Da ging er, sehr blond, sehr schmächtig, mit seinen rosigen Wangen und blauen Augen dicht hinter Maigret her, so wie ein verirrtes Hündchen sich einem Passanten an die Fersen heftet.

Draußen schien die Sonne. Von allen Fenstern wehten Fahnen. Die Luft schien von Trommeln und Trompeten zu vibrieren. Die Menschen blickten fröhlich drein, und viele Männer marschierten im Taktschritt, was nach all den Militärparaden kein Wunder war.

Endlich kam der Flötist nach vorn. »Hat man Sie entlassen?« fragte er schüchtern.

Er war offenbar überzeugt, daß ein Beamter ebenso leicht entlassen werden konnte wie ein Orchesterflötist, und er war unglücklich beim Gedanken, daß es eigentlich seine Schuld war.

»Man hat mich nicht entlassen. Man hat mich beurlaubt.«

»Ach!«

Dieses »Ach!« klang betreten. Es drückte Befremden aus, fast schon Tadel.

»Man will Sie jetzt lieber nicht in der Nähe haben, ist es das? Ich nehme an, sie lassen die Sache fallen. Und meine Anzeige?« Sein Ton wurde härter. »Sie werden doch meine Anzeige nicht einfach unter den Tisch wischen? Das lasse ich mir nämlich nicht gefallen, soviel kann ich Ihnen jetzt schon sagen.«

»Die Anzeige wird weitergeleitet.«

»Um so besser! Zumal ich Neuigkeiten für Sie habe, oder jedenfalls eine Neuigkeit ...«

Sie hatten die Place Saint-Georges erreicht, den stillen, ländlich wirkenden Platz mit seinem kleinen Bistro, wo es nach Weißwein roch. Ohne Zögern stieß Maigret die Tür auf. An diesem Nachmittag lag wirklich Ferienstimmung in der Luft. Der Zinkbelag der Theke war frisch poliert. Der Vouvray in den Gläsern schimmerte grünlich, und das machte durstig.

»Sie haben zwei Dienstmädchen im Haus gesehen, nicht wahr? Das sagten Sie mir selber.«

»Germaine und Marie«, bestätigte Maigret, »Madame Louis, die Köchin, nicht mitgerechnet.«

»Und ich sage Ihnen, es war nur eine da!«

Die Augen des Musikers strahlten vor kindlicher Freude. Mehr denn je glich er einem anhänglichen Hund, aber jetzt war es ein Hund, der seinem Meister ein Stück Holz apportierte.

»Ich habe mit der Milchhändlerin an der Rue Fontaine gesprochen, gleich neben dem Tabakladen an der Ecke. Sie bringt den Gendreaus die Milch ins Haus.«

Überrascht, etwas verlegen auch, starrte Maigret ihn an. Er mußte an Carmen und ihre Prügel denken.

»Das ältere Mädchen, Germaine, ist seit Samstag auf dem Land, wo ihre Schwester ein Kind erwartet. Tagsüber habe ich immer frei, verstehen Sie?«

»Und Ihre Frau?«

»Das tut nichts zur Sache«, wiederholte Minard mit einem Anflug von Ungeduld. »Ich dachte mir, ich könnte Ihnen vielleicht da und dort behilflich sein, falls Sie die Untersuchung weiterführen. Meist sind die Leute nett zu mir. Ich weiß eigentlich auch nicht, warum.«

Außer Carmen, dachte Maigret.

»Jetzt spendiere ich aber eine Runde. Doch! Daß ich selber nur Erdbeerlimonade trinke, will schließlich nicht heißen, daß ich nicht auch eine Runde bezahlen kann. Das mit dem Urlaub ist ein Bluff, oder?«

Ob man ein Berufsgeheimnis verriet, wenn man mit den Augen zwinkerte?

»Wenn nein, würden Sie mich nämlich enttäuschen. Ich kenne diese Leute nicht, ich habe persönlich nichts gegen sie. Aber ihr Louis hat eine Mördervisage, und gelogen haben sie auch.«

Ein kleines Mädchen in einem roten Kleid verkaufte frische Mimosen aus Nizza, und Maigret kaufte einen Strauß für seine Frau, weil sie die Côte d'Azur nur von einer farbigen Ansichtskarte her kannte, auf welcher die Engelsbucht abgebildet war.

»Sie brauchen mir nur zu sagen, was ich tun soll. Und seien Sie ganz unbesorgt, ich werde Ihnen keine Scherereien machen. Ich bin es so gewohnt, den Mund zu halten!«

Seine Augen flehten. Am liebsten hätte er Maigret noch einen Vouvray spendiert, um ihn zu überzeugen, aber er wagte es nicht.

»In diesen Häusern wird immer viel Schmutz unter den Teppich gekehrt. Nur bleibt er nicht jedermann verborgen. Die meisten Dienstboten reden zuviel, und die Lieferanten wissen ziemlich genau Bescheid.«

Mechanisch und ohne zu bedenken, daß er damit ein Bündnis mit dem Flötisten besiegelte, erklärte Maigret: »Mademoiselle Gendreau ist nicht in Anseval, wie ihr Bruder behauptet hat.«

»Wo ist sie?«

»Da Germaine, die Kammerzofe, nicht im Haus war, war es vermutlich Lise Gendreau, die ich in der Mansarde im Nachthemd sah.«

Die Vorstellung war ihm peinlich. Er hatte seine Jugend im Schatten eines Schlosses verbracht, als Sohn des Verwalters. Das hatte ihn die Großen, die Reichen achten gelehrt, wenn auch wider Willen. Merkwürdigerweise schien jetzt auch der Flötist verlegen zu sein; eine ganze Weile blieb er stumm und starrte auf seine Erdbeerlimonade.

»Glauben Sie das wirklich?« fragte er endlich bedrückt.

»Jedenfalls befand sich eine Frau im Nachthemd in jenem Zimmer. Eine üppige Person, die säuerlich roch.«

Auch das störte ihn, als ob die Töchter aus gutbürgerlichem Hause, dessen Name in großen Lettern an den Wänden der Metro prangt, nicht ebenso säuerlich riechen können wie die Mädchen vom Land.

So hingen beide Männer ihren Gedanken nach, jeder vor seinem Glas, im Duft von Mimosen, Weißwein und Erdbeerlimonade, einen Sonnenstrahl im Nacken. Maigret fuhr zusammen, als ihn die Stimme seines Gefährten in die Wirklichkeit zurückrief und im natürlichsten Ton der Welt fragte: »Was machen wir jetzt?«

3 Père Paumelle und seine Runden

Den Inspektoren wird nahegelegt, stets über einen Frack, einen Smoking sowie einen dunklen Anzug zu verfügen, ohne die es unmöglich ist, sich in gewissen Gesellschaftskreisen Zutritt zu verschaffen.

Das stand in den Vorschriften, die er so gut auswendig kannte wie ein Erstkommunikant seinen Katechismus. Aber die Vorschriften mußten allzu optimistisch abgefaßt worden sein. Oder aber man mußte den Ausdruck »in gewissen Gesellschaftskreisen« in höchst einschränkendem Sinn verwenden.

Mit der Absicht, sich Zutritt zu den Kreisen zu verschaffen, in denen die Gendreaus verkehrten, im Club Hoche zum Beispiel oder im Club Haussmann, hatte er am Vorabend seinen Frack anprobiert. Eine Bemerkung seiner Frau hatte genügt, um ihn wieder zur Vernunft zu bringen.

»Schön siehst du aus, Jules!« hatte sie gerufen, während er sich im Schrankspiegel betrachtete.

Sie meinte es keineswegs ironisch, das hätte sie sich nicht erlaubt. Sie meinte es sicher ehrlich. Dennoch lag in ihrem Ton, ihrem Lächeln etwas, was er nicht zu deuten vermochte und was ihn davon abhielt, den jungen *clubman* spielen zu wollen.

Auf der Place de la Bastille erklang im Fackelschein der Zapfenstreich. Sie lehnten beide am Fenster, und je kühler die Nacht sie umfing, um so schwerer fiel es Maigret, seine Zuversicht zu bewahren.

»Weißt du, wenn ich Glück habe, kann ich sozusagen fest damit rechnen, daß sie mich gleich an den Quai des Orfèvres versetzen. Und wenn ich erst einmal dort bin . . .«

Konnte er sich etwas Besseres wünschen? Gab es überhaupt etwas Besseres als der *Sûreté* anzugehören, vielleicht sogar der berühmten Chefbrigade, wie man damals die Mordkommission nannte?

Um dieses Ziel zu erreichen, genügte es, wenn er diese eine Untersuchung mit Erfolg zu Ende führte, und das bedeutete, daß er die verborgensten Geheimnisse einer Luxusvilla an der Rue Chaptal aufdecken mußte, ohne Aufsehen zu erregen.

Er hatte unruhig geschlafen und schon beim Erwachen um sechs Uhr morgens von neuem Grund gehabt, mit einer gewissen Ironie an sein »Handbuch« zu denken.

Eine Mütze, ein Halstuch, eine abgetragene Jacke bilden erfahrungsgemäß eine sehr wirkungsvolle Verkleidung.

Diesmal hatte Madame Maigret nicht gelächelt, während er sich im Spiegel betrachtete. Fast gerührt hatte sie gesagt: »Nächsten Monat mußt du dir unbedingt einen neuen Anzug kaufen.«

Sehr subtil. Mit anderen Worten: Sein alter Rock war nicht viel »abgetragener« als sein sogenannter guter Anzug. Also brauchte er sich gar nicht erst zu verkleiden.

So kam es, daß er sich am Ende seinen Kragen und seine Krawatte umband und seinen steifen Hut aufsetzte.

Es war noch immer herrliches Wetter, als wäre es eigens für den Souverän bestellt worden, der an diesem Vormittag nach Versailles fahren sollte. Hundert-, zweihunderttausend Pariser hatten sich schon auf den Weg zur königlichen Residenzstadt gemacht, und die berühmten Gärten würden an diesem Abend mit Butterbrotpapier und leeren Weinflaschen übersät sein.

Justin Minard dagegen würde mit der Bahn nach Conflans fahren und versuchen, Germaine zu finden, die seltsame Kammerzofe aus dem Hause Gendreau.

»Wenn ich sie erst einmal aufgestöbert habe«, hatte er mit seiner entwaffnenden Kindlichkeit gesagt, »dann erzählt sie mir sicher auf der Stelle alles, was sie weiß. Ich kann es mir selber nicht erklären, aber die Leute haben immer das Bedürfnis, mir ihre Lebensgeschichte zu erzählen.«

Es war sieben Uhr morgens, als Maigret auf seine Weise von der Rue Chaptal Besitz ergriff, und er beglückwünschte sich zu seinem Entschluß, auf Mütze und Halstuch zu verzichten, denn der erste Mensch, dem er begegnete, war ein Polizist vom Kommissariat, der ihn als »Monsieur Maigret« begrüßte.

Es gibt Straßen, in deren Gewirr von Menschen, Läden und Cafés sich ein einzelner postieren kann, ohne aufzufallen. Die Rue Chaptal gehört nicht zu dieser Sorte. Sie ist kurz und breit; es gibt hier keine Geschäfte und nur wenig Verkehr.

In der Villa Gendreau-Balthazar waren alle Vorhänge geschlossen, und mit den meisten anderen Fenstern längs der Straße verhielt es sich ebenso. Maigret blieb bald an der einen Ecke, bald an der anderen stehen. Er fühlte sich nicht wohl in seiner Haut, und als das erste Dienstmädchen aus einem der Häuser trat, um zum Milchhändler neben dem Tabakladen, Ecke Rue Fontaine, zu gehen, bildete er sich ein, daß sie ihn argwöhnisch musterte und ihre Schritte beschleunigte.

Es war die schlechteste Stunde des Tages. Trotz der Sonne war die Luft noch immer kühl, und Maigret war ohne Mantel ausgegangen, da es bald warm werden würde. Die Gehsteige lagen völlig verlassen da. Der Tabakladen an der Ecke wurde erst um halb acht geöffnet, und Maigret trank dort einen Kaffee, der so schlecht war, daß es ihm den Magen umdrehte.

Wieder ein Mädchen mit einer Milchkanne, dann noch eines. Sie sahen aus, als kämen sie schnurstracks aus dem Bett und hätten sich noch nicht gewaschen. Da und dort wurden Jalousien hochgezogen, Frauen mit Lockenwicklern schauten auf die Straße hinaus und beobachteten ihn ausnahmslos mit Mißtrauen. Bei den Gendreaus rührte sich noch immer nichts. Erst um Viertel nach acht bog ein Chauffeur in enganliegender schwarzer Livree in die Straße ein, ging auf das Haus zu und klingelte.

Ein Glück, daß das »Vieux Calvados« eben geöffnet worden war! Es war weit und breit der einzige Zufluchtsort. Er lag an der Ecke der Rue Henner, der Villa Gendreau fast direkt gegenüber, und Maigret hatte gerade noch Zeit, hineinzuschlüpfen.

Ein Louis in gestreifter Weste öffnete das Portal. Er wechselte ein paar Worte mit dem Chauffeur. Das Tor blieb offen. Wahrscheinlich würde es den ganzen Tag geöffnet bleiben. Durch die Einfahrt konnte man einen übersonnten Hof sehen, grüne Büsche, eine Garage. Hufgeklapper ließ vermuten, daß es irgendwo auch Ställe gab.

»Möchten Sie eine Kleinigkeit essen?«

Ein sehr dicker Mann mit einem sehr roten Gesicht und winzigen Augen musterte Maigret in aller Seelenruhe. Maigrets Nerven flatterten.

»Wie wär's mit ein paar Scheiben Wurst und einem Glas Most? Das ist immer noch das Beste gegen einen Kater.«

Damit begann der Tag – einer jener Tage, wie sie Maigret in seinem späteren Leben noch oft auf ähnliche Weise verbringen sollte, damals aber wie im Traum erlebte.

Schon allein das Lokal war ziemlich ungewöhnlich. In dieser Straße, wo es nur Villen und Miethäuser gab, wirkte das »Vieux Calvados« wie ein Landgasthof, den man versehentlich stehengelassen hatte, als Paris sich nach dieser Seite hin auszubreiten begann. Das Haus war niedrig und schmal. Über eine Stufe gelangte man in einen eher dunklen, sehr kühlen Raum, wo die Zinktheke nur selten einen Sonnenstrahl widerspiegelte und die Flaschen seit ewigen Zeiten an ihrem Platz festgefroren schienen.

Auch der Geruch war eigenartig. Das mochte mit der Falltür im Fußboden zusammenhängen, die in den Keller führte.

Ein säuerlicher Duft stieg von dort auf, Most und Calvados, alte Fässer, Schimmel. Dazu kamen die Gerüche aus der Küche. An der Hinterwand führte eine Wendeltreppe ins Obergeschoß. Das Ganze wirkte wie eine Theaterkulisse, und der Wirt kam und ging wie ein Schauspieler auf seinen kurzen Beinen, mit seinem dicken Bauch, seiner eigensinnigen Stirn und den funkelnden kleinen Augen.

Was blieb Maigret anderes übrig, als anzunehmen, was ihm aufgetischt wurde? Er hatte noch nie Most zum Frühstück getrunken. Es war eine neue Erfahrung, und wider Erwarten wurde ihm warm davon.

Er hatte das Bedürfnis, seine Anwesenheit zu rechtfertigen. »Ich warte auf einen Bekannten«, sagte er.

»Ist ja egal!«

Oder sollte das Zucken der fetten Schultern etwa besagen: Ist ja gar nicht wahr!?

Denn in den Augen des dicken Mannes lag Spott, so viel Spott, daß Maigret schon nach kurzer Zeit ein ausgesprochenes Unbehagen empfand.

Auch der Wirt aß an der Theke. Er verschlang dicke Wurstscheiben, und der Krug Most, den er vom Faß im Keller gezapft hatte, war eine Viertelstunde später leer.

Drüben bei den Gendreaus konnte man den Chauffeur im Hof

werken sehen. Er hatte seine Jacke abgelegt und wusch mit dem Schlauch ein Auto, von dem man nur die Vorderräder sah. Es war kein Dion-Bouton, sondern eine schwarze Limousine mit großen, kupfernen Scheinwerfern.

Nach wie vor kam selten ein Fußgänger vorbei, dann und wann ein Angestellter auf dem Weg zur Metro, ein Dienstmädchen oder eine Hausfrau, die in der Rue Fontaine einkaufen ging.

Niemand kehrte im »Vieux Calvados« ein. Dafür kam auf der Wendeltreppe, Füße voran in roten Pantoffeln, eine gewaltige Frau zum Vorschein, die wortlos in der Küche verschwand.

Die mit einer Überwachung betrauten Beamten sind nicht mehr unabhängig. Ihre Handlungen werden durch die des überwachten Individuums diktiert.

Vorhänge wurden im ersten Stock beiseite geschoben, dort, wo Richard Gendreaus Schlafzimmer lag. Mittlerweile war es neun Uhr geworden. Der Wirt des »Vieux Calvados« bewegte sich schwerfällig durch den Schankraum, einen Lappen in der Hand, offensichtlich darauf bedacht, einem Gespräch auszuweichen.

»Es scheint, man läßt mich warten«, sagte Maigret, um sich Haltung zu geben.

Es war keine Bar, eher eine Stammkneipe. Auf den Tischen lagen rot-weiß karierte Tücher vom gleichen Stoff wie die Vorhänge. Durch die Tür, die in die Küche führte, drangen appetitliche Düfte, und man hörte, wie die Kartoffeln, die dort offenbar geschält wurden, eine nach der anderen in einen Wassereimer plumpsten.

Weshalb wohl sprachen der Wirt und seine Frau nicht miteinander? Seitdem die Frau heruntergekommen war, schienen alle beide, oder vielmehr alle drei, eine seltsame Pantomime aufzuführen.

Der Wirt rieb seine Gläser blank, seine Flaschen, die Zinkplatte auf der Theke. Dann musterte er unschlüssig eine Reihe von Tonkrügen und holte schließlich einen herunter. Ohne Maigret zu fragen, goß er zwei Gläser voll, deutete auf die Uhr, die neben einem Reklamekalender an der Wand hing, und erklärte lakonisch: »Genau der richtige Moment.«

Seine Äuglein lauerten auf Maigrets Reaktion beim ersten Kontakt mit seinem Calvados. Er selbst schnalzte mit der Zunge, nahm den Lappen wieder in die Hand, den er an seinem Hosenträger befestigte, wenn er ihn nicht benutzte.

Um halb zehn zog der Chauffeur drüben im Hof seine Jacke wieder an. Bald darauf hörte man, wie der Motor angelassen wurde. Das Auto fuhr im Torbogen vor. Wenige Minuten später stieg Richard Gendreau ein. Er trug einen grauen Anzug und eine Nelke im Knopfloch.

War der Wirt nur ein mürrischer Trottel? Oder hatte er im Gegenteil schon alles erraten? Er folgte dem vorüberfahrenden Auto mit den Blicken, sah Maigret an, stieß einen kleinen Seufzer aus und machte sich wieder an die Arbeit.

Um Viertel vor zehn begab er sich wieder hinter die Theke, ergriff einen neuen Krug, füllte wortlos zwei Gläser und schob eines seinem Gast hin.

Erst später am Tag sollte Maigret entdecken, daß dies ein Ritual war, vielleicht auch eine Manie. Jede halbe Stunde gab's ein Gläschen Calvados, was die Kupfernase und den wässerigen Blick des Wirtes erklärte.

»Vielen Dank, aber ...«

Nein, man konnte unmöglich ablehnen. Etwas so Gebieterisches lag in den kleinen Augen, die Maigret fixierten, daß er den Schnaps lieber gleich hinuntergoß, obwohl er sich schon leicht benebelt fühlte.

Um zehn Uhr fragte er: »Gibt es hier ein Telefon?«

»Oben, neben den Toiletten.«

Maigret kletterte die Wendeltreppe hinauf und kam in einen kleinen Raum, wo nur vier Tische mit karierten Tüchern standen. Die Decke war niedrig. Die Fenster reichten vom Fußboden bis zur Decke.

Balthazar-Café ... Avenue de l'Opéra ... Lager ... Quai de Valmy ... Direktion ... Rue Auber ...

Er rief die Rue Auber an.

»Ist Monsieur Richard Gendreau zu sprechen?«

»Wer ist am Apparat?«

»Sagen Sie, Louis sei am Telefon.«

Gleich darauf hörte er Gendreaus Stimme.

»Hallo! Louis?«

Es klang besorgt. Maigret hängte ein. Durch das Fenster konnte er den Butler in seiner gestreiften Weste sehen. Er hatte sich auf dem Gehsteig häuslich niedergelassen und rauchte geruhsam eine Zigarette. Aber er blieb nicht lange. Er mußte das Telefon läuten gehört haben.

Sein Chef war beunruhigt und rief ihn an.

Sehr gut. Richard Gendreau war also in seinem Büro, wo er offenbar jeweils den größten Teil des Tages verbrachte. Louis kam nicht wieder zum Vorschein, doch das Hoftor blieb offen.

An einem Fenster im zweiten Stock wurden die Vorhänge zurückgezogen, und ein sehr junges Gesicht tauchte im Rahmen auf. Es war Marie, das junge Dienstmädchen. Sie hatte eine spitze Nase, einen Hals wie ein gerupfter Vogel, und auf dem wirren Haarschopf balancierte ein hübsches Spitzenhäubchen. Sie trug ein schwarzes Kleid und eine kokette Schürze, wie Maigret sie bisher nur im Theater gesehen hatte.

Er fürchtete, den Argwohn des Wirtes zu erregen, wenn er zu lange oben blieb. So ging er hinunter, gerade zur rechten Zeit, um den dritten Calvados ebenso gebieterisch wie die früheren vorgesetzt zu bekommen. Mit dem Glas wurde ihm eine Untertasse hingeschoben, auf der eine Portion Wurstscheiben lag.

»Ich bin aus Pontfarcy«, bemerkte der dicke Mann.

Er sprach den Namen so feierlich aus, daß man dahinter gleich eine geheimnisvolle Bedeutung witterte.

Ob das die Wurst erklärte? Ob die Bürger von Pontfarcy die Gewohnheit hatten, jede halbe Stunde ein Glas Calvados zu trinken?

»Bei Vire«, ergänzte der Wirt.

»Kann ich noch mal telefonieren?«

Es war noch nicht halb elf, und schon fühlte er sich mit den Örtlichkeiten vertraut. Eine angenehme, geradezu heitere Stimmung überkam ihn. Wie lustig, dieses Fenster vom Boden bis zur Decke! Wenn man von der Straße hereinschaute, konnte man die Gäste von unten sehen.

»Hallo! Ist dies die Residenz von Monsieur Gendreau-Balthazar?«

Diesmal antwortete die Stimme des finsteren Louis.

»Kann ich Mademoiselle Gendreau sprechen, bitte?«

»Mademoiselle ist nicht da. Wer ist am Apparat?«

Wie zuvor legte Maigret den Hörer auf und kehrte in den Schankraum zurück, wo der Wirt, bedächtiger denn je, das Tagesmenü auf eine Schiefertafel schrieb, vor jedem Wort eine nachdenkliche Pause einschaltend.

Viele Fenster längs der verlassenen Straße standen jetzt offen, und viele kleine Teppiche wurden geklopft. Eine alte Dame in Schwarz mit einem malvenfarbenen Hutschleier führte ein Hündchen spazieren, das an jedem Türpfosten das Hinterbein hob, aber nichts von sich gab.

Mit gezwungenem Lachen erklärte Maigret: »Ich glaube, mein Freund hat unsere Verabredung vergessen.«

Was mochte der andere denken? Hatte er erraten, daß Maigret von der Polizei war?

Um elf Uhr spannte drüben ein Kutscher einen Braunen vor eine Kalesche. Aber der Kutscher hatte das Haus nicht durch den Torbogen betreten. Vermutlich schlief er auch nicht in der Villa. Folglich mußte das Haus einen zweiten Eingang haben.

Eine Viertelstunde später kam Félicien Gendreau aus dem Haus. Er trug einen Straßenanzug, gelbe Handschuhe, einen beigefarbenen Hut, seinen Spazierstock und einen tadellos gewachsten Schnurrbart. Der Kutscher half ihm in den Wagen, dann fuhr das Coupé in Richtung Rue Blanche davon. Der alte Herr machte wohl eine Runde durch den Bois de Boulogne, ehe er in seinem Club frühstückte.

... den Inspektoren wird nahegelegt, stets über einen Frack, einen Smoking sowie einen dunklen Anzug zu verfügen ...

Bitter lächelnd betrachtete sich Maigret im Spiegel zwischen den Flaschen. Warum nicht auch gelbe Handschuhe? Und einen Spazierstock mit Goldknauf? Und helle Gamaschen über den Lackschuhen?

Zum Teufel, wenn das nicht Pech war! Sein erster Fall! Er hätte ja in Ausübung seiner Pflicht in irgendwelche Kreise eindringen können, bei Kleinbürgern, Händlern, Lumpensammlern, Clochards. Nichts leichter als das, dachte er. Aber diese Villa, dieses Tor, das ihn mehr beeindruckte als ein Kirchenportal, diese Säulenhalle, ja sogar der Hof, wo man für einen der Herren eine Limousine blank rieb, ehe man für den zweiten ein Rassepferd vor den Wagen spannte ...

Calvados! Das war das einzige, was ihm blieb. Er würde durchhalten bis zum Ende. Er würde sich an das »Vieux Calvados« klammern, solange es notwendig war.

Madame Louis hatte er nicht gesehen. Wahrscheinlich ging sie nicht jeden Morgen auf den Markt, wahrscheinlich hatte sie Vorräte im Haus. Wo die Herren mittags ohnehin auswärts speisten.

Justin Minard hatte Glück. Er war jetzt auf dem Land. Er beschäftigte sich mit Germaine Babœuf – den Namen hatten sie von der Milchfrau erfahren –, und die war bei ihrer Schwester, in einem zweifellos blitzsauberen Häuschen mit einem Garten, wo Hühner gackerten.

»Aber Ihre Frau?«

»Tut nichts zur Sache.«

Er mußte an Madame Maigret denken, die beschlossen hatte, an diesem Tag die Wohnung gründlich reinezumachen.

»Wozu?« hatte er ihr gesagt. »Wir werden ja doch nicht lange hier wohnen. Sicher finden wir bald etwas Besseres in einem angenehmeren Quartier.«

Er ahnte nicht, daß sie dreißig Jahre später noch immer am Boulevard Richard-Lenoir hausen würden, wenn auch etwas bequemer, da sie zu jenem Zeitpunkt auch über die benachbarte Wohnung verfügten.

Um halb zwölf erschienen die ersten Gäste im »Vieux Calvados«. Maler in weißen Kitteln, die sich hier offenbar heimisch fühlten, denn einer begrüßte den Wirt vertraulich mit: »Salut, Paumelle!«

Sie bestellten einen Aperitif und tranken ihn im Stehen, während sie das Menü auf der Schiefertafel studierten. Dann ließen sie sich an einem Fenstertisch nieder.

Mittags waren alle Tische besetzt. Immer wieder tauchte Madame Paumelle mit Tellern und Schüsseln aus ihrer Küche auf, während ihr Mann sich um die Getränke kümmerte, wobei er ständig zwischen Keller, Schankraum und Obergeschoß pendelte. Die meisten Gäste waren Arbeiter von den benachbarten Baustellen, aber Maigret sah auch zwei Kutscher, deren Droschken vor dem Haus standen.

Er hätte gern Le Bret angerufen und ihn um Rat gebeten. Er hatte zuviel gegessen, zuviel getrunken. Er war schläfrig, und wäre er jetzt statt des Flötisten an der Oise gewesen, so hätte er sich ein Nickerchen gestattet, im Gras, unter einem Baum, eine Zeitung auf dem Gesicht.

Er begann an sich selber zu zweifeln, schlimmer noch, er zweifelte plötzlich an seinem Beruf, empfand ihn sogar als sinnlos. War das denn eine Männerarbeit, wenn man einen ganzen Tag in einem Bistro hockte und ein Haus beschattete, in dem nichts passierte? Die Menschen, die hier saßen, hatten alle ihre Aufgabe. In der ganzen Stadt liefen die Leute wie Ameisen umher, aber sie wußten wenigstens, wohin sie liefen.

Kein Mensch mußte zum Beispiel alle halben Stunden ein Glas Calvados austrinken, noch dazu mit einem dicken Burschen, der einen immer glasiger anblickte und immer komischer anlächelte.

Paumelle amüsierte sich auf seine Kosten, das stand fest. Und was konnte er, Maigret, dagegen tun? Sich draußen auf dem Gehsteig aufpflanzen, an der prallen Sonne, in Sichtweite all der zahllosen Fenster längs der Straße?

Die Vorstellung rief eine unangenehme Erinnerung wach. Das peinliche Erlebnis, damals, hatte ihn um ein Haar bewogen, seinen Polizistenberuf aufzugeben. Es war noch keine zwei Jahre her. Man hatte ihn im »Straßendienst« eingesetzt, und seine Hauptaufgabe bestand darin, daß er in der Metro nach Taschendieben fahndete.

Eine Mütze, ein Halstuch, eine abgetragene Jacke bilden . . .

Zu jener Zeit glaubte er noch daran. Im Grunde glaubte er noch immer daran. Die Geschichte trug sich vor dem Warenhaus Samaritaine zu. Er stieg die Treppe der Metro hinauf. Genau vor ihm schnitt ein Mann mit steifem Hut mit einer flinken Bewegung die Kordel am Beutel einer alten Dame durch. Maigret stürzte sich auf ihn, entriß ihm den schwarzen Samtbeutel, versuchte den Mann festzuhalten. Der begann zu schreien: »Haltet den Dieb!«

Worauf die Menge mit den Fäusten auf Maigret losging, während der Herr mit dem steifen Hut sich unauffällig verdrückte.

Er war jetzt so weit gekommen, daß er sogar an seinem Freund Justin Minard zu zweifeln begann. Jemand hatte das Fenster im zweiten Stock vielleicht aufgestoßen, vielleicht auch nicht. Und wenn schon! Jeder Mensch hat das Recht, mitten in der Nacht sein Fenster zu öffnen. Es gibt Nachtwandler, die zu schreien anfangen . . .

Im »Vieux Calvados« war es stiller geworden. Den ganzen Vormittag über hatten der Wirt und seine Frau kein Wort miteinander gewechselt. Jeder verrichtete seine Arbeit stumm wie in einem gut einstudierten Ballett.

Dann aber, um zwei Uhr fünfundzwanzig, ereignete sich endlich etwas. Ein Wagen fuhr langsam die Straße entlang. Es war ein grauer Dion-Bouton, und der Fahrer trug einen Ziegenpelz und eine große Autobrille.

Das Auto hielt vor Gendreaus Haus nicht an. Es fuhr langsam daran vorbei, und Maigret konnte sehen, daß niemand im Fond saß. Als er zum Fenster lief, konnte er auch die Nummer erkennen: B. 780.

Der Wagen bog in die Rue Fontaine ein. Nachlaufen war sinnlos. Klopfenden Herzens blieb Maigret am Fenster stehen, und da, kaum fünf Minuten später, fuhr das gleiche Auto wieder im Schritttempo vorbei.

Als er sich umdrehte, stand Paumelle hinter der Theke und beobachtete ihn interessiert. Nichts in seinem Gesicht verriet, was er dachte. Wortlos füllte er zwei Gläser und schob das eine seinem Gast hin.

Das Auto kehrte nicht mehr zurück. Um diese Zeit huschten wohl gerade die Balletteusen von der Opéra als Nymphen durch die Gärten von Versailles, zum Entzücken all der Herren in Galauniform und Frack, im Gewimmel von hunderttausend einander erdrückenden Zuschauern, Kindern, die auf Schultern gehoben wurden, roten Luftballons, Kokosnußverkäufern, Papierfähnchen.

Die Rue Chaptal dagegen döste vor sich hin. Selten nur fuhr eine Droschke vorbei, und der Hufschlag der Pferde klang gedämpft auf dem hölzernen Pflaster.

Um zehn vor vier trat Louis aus dem Haus. Er trug einen schwarzen Rock über der gestreiften Weste und einen schwarzen Hut. Im Torbogen blieb er einen Augenblick stehen, zündete sich eine Zigarette an, atmete den Rauch ein und stieß ihn lässig wieder aus, bewegte sich dann gemächlich auf die Rue Fontaine zu und verschwand in dem Tabakladen an der Ecke.

Bald darauf kam er wieder heraus und kehrte zur Villa zurück. Sekundenlang verweilte sein Blick auf dem Schild des »Vieux Calvados«. Draußen war es zu hell und innen zu dunkel, als daß er den Sekretär des Kommissariats Saint-Georges hätte erkennen können.

Wartete er auf jemanden? War er unschlüssig, was er tun sollte? Er ging bis zur Ecke der Rue Blanche, schien dort jemanden zu entdecken, den Maigret nicht sehen konnte, und war gleich darauf verschwunden.

Maigret wollte ihm folgen, doch dann hatte er Hemmungen. Er spürte den verschwommenen Blick des Wirtes auf sich ruhen. Er hätte eine Erklärung finden müssen, fragen, was er schuldete, Kleingeld wechseln, und bis er die Rue Blanche erreicht hätte, wäre der Butler bestimmt schon längst über alle Berge gewesen.

Er hatte eine andere Idee: ruhig seine Rechnung bezahlen, sich die Abwesenheit des Butlers zunutze machen und drüben klingeln und dann nach Mademoiselle Gendreau fragen oder einfach nach der kleinen Marie.

Er tat weder das eine noch das andere. Noch während er nachdachte, bog eine Droschke in die Rue Chaptal ein. Unter seiner Ledermütze hervor betrachtete der Kutscher prüfend die Hausnummern und hielt unmittelbar neben der Villa Gendreau an. Er stieg nicht vom Bock. Offenbar hatte er bestimmte Anweisungen bekommen. Das Fähnchen an seiner Taxuhr war nach unten geklappt.

Zwei, drei Minuten verstrichen. Im Torgewölbe tauchte Maries Mausgesicht auf. Sie trug noch immer ihr Schürzchen und das Spitzenhäubchen. Sie kehrte ins Haus zurück, kam mit einer Reisetasche wieder heraus, blickte die Straße hinauf und hinunter und trat auf den Wagen zu.

Durch die Fensterscheibe konnte Maigret nicht hören, was sie dem Kutscher sagte. Der Mann beugte sich von seinem Sitz hinab, hob die Tasche, die nicht schwer sein konnte, hoch und stellte sie neben sich auf den Bock.

Munter hüpfend kehrte Marie ins Haus zurück. Sie war so schlank und so zierlich, daß es schien, sie müsse unter der Last ihrer Haare zusammenbrechen.

Sie verschwand, und gleich darauf erschien eine neue Gestalt, eine Frau oder vielmehr ein junges Mädchen, groß, üppig. Sie trug ein dunkelblaues Kostüm und einen blauen Hut mit einem weißen, großgepunkteten Schleier.

Maigret wurde rot. Warum? Etwa weil er die junge Frau im Nachthemd erblickt hatte, in einem unaufgeräumten Dienstbotenzimmer?

Daß dies kein Dienstmädchen war, sah ein Blinder. Es konnte nur Lise Gendreau sein, die jetzt trotz ihrer Eile sehr würdevoll und mit leicht wiegenden Hüften die Droschke bestieg.

Maigret war so verwirrt, daß er fast vergessen hätte, sich die Wagennummer zu merken: 48. Er notierte sie und wurde wieder rot, als er Paumelles Blick begegnete.

»Das wär's«, seufzte dieser, indem er sich nach einem neuen Krug umsah.

»Das wäre was?«

»So geht's eben bei den sogenannten besseren Leuten zu.«

Er schien innerlich zu jubeln, brachte aber trotzdem kein Lächeln zustande.

»Das ist es, worauf Sie gewartet haben, wie?«

»Was wollen Sie damit sagen?«

Verächtlich stellte der Wirt ein Glas vor Maigret hin. Seine Miene schien zu sagen: Sie sind mir ein schöner Geheimniskrämer!

Um sich seine Gunst nicht ganz zu verscherzen, bemerkte Maigret einlenkend: »Das war Mademoiselle Gendreau, nicht wahr?«

»Balthazar-Kaffee, jawohl, Monsieur. Und ich glaube, wir werden sie in unserer Straße nicht so bald wiedersehen.«

»Sie meinen, sie ist abgereist?«

Paumelles Gesicht verfinsterte sich. Er schien seinen jungen Gast mit dem ganzen Gewicht seiner fünfzig oder sechzig Jahre, mit all den Gläschen, die er mit Menschen aller Art getrunken hatte, mit seinem Wissen um alle Geheimnisse des Viertels erdrücken zu wollen.

»Für wen arbeiten Sie?« fragte er plötzlich.

»Ich? Aber ... ich arbeite für niemanden.«

Ein Blick nur, aber er sagte deutlicher als Worte: Du lügst. Dann, achselzuckend: »Ist ja egal.«

»Was dachten Sie denn?«

»Sie haben sich schon früher im Viertel herumgetrieben, geben Sie's zu!«

»Ich schwöre Ihnen ...«

Es war die Wahrheit. Er empfand das Bedürfnis, seine Ehrlichkeit zu beweisen. Der andere musterte ihn gelassen, schien zu überlegen, dann seufzte er: »Ich hatte Sie für einen Freund des Grafen gehalten.«

»Welches Grafen?«

»Das spielt keine Rolle mehr, jetzt, wo es nicht wahr ist. Sie haben den gleichen Gang, die gleiche Art, in bestimmten Momenten die Schultern hochzuziehen.«

»Sie glauben, Mademoiselle Gendreau ist zu einem Grafen gefahren?«

Paumelle antwortete nicht, weil er Louis beobachtete, der eben wieder an der Ecke der Rue Fontaine aufgetaucht war. Er mußte um den ganzen Häuserblock gewandert sein. Er blickte heiterer als noch vor einer halben Stunde. Er schien wirklich nur spazierenzugehen, den Sonnenschein zu genießen und an nichts anderes zu denken. Nach einem Blick in die schnurgerade, verlassene Rue Chaptal betrat er von neuem die Tabakbar an der Ecke, ein Mann, der sich einen wohlverdienten Schluck Weißwein gönnt.

»Kommt er manchmal hierher?«

Ein »Nein«, trocken, kategorisch.

»Er hat eine unsympathische Visage.«

»Es gibt viele Leute, die eine unsympathische Visage haben, aber das läßt sich nun einmal nicht gut ändern.«

Spielte er auf Maigret an? Während das Klappern von Geschirr aus der Küche drang, fuhr er wie im Selbstgespräch fort: »Es gibt auch Leute, die aufrichtig sind, und andere, die es nicht sind.«

Maigret spürte, daß ihn nur noch eine Kleinigkeit von wichtigen Entdeckungen trennte, aber diese Kleinigkeit war, leider, das Vertrauen des dicken, von Calvados durchtränkten Mannes vor ihm. Ob es zu spät war, sein Vertrauen zu gewinnen? Vermutlich hatte er es verloren, als er erklärte, er sei kein Freund des Grafen. Er hatte das deutliche Gefühl, daß der ganze Vormittag ein einziges Mißverständnis gewesen war.

»Ich arbeite für ein privates Detektivbüro«, sagte er aufs Geratewohl.

»Sieh mal an!«

Schließlich hatte ihm der Chef geraten, die offizielle Polizei aus dem Spiel zu lassen.

Er gab sich als Lügner aus, um die Wahrheit zu erfahren. In diesem Augenblick hätte er viel darum gegeben, zwanzig Jahre mehr auf dem Buckel und außerdem das Gewicht, die Statur seines Gesprächspartners zu haben.

»Ich vermutete, daß etwas passieren würde.«

»Und es ist passiert, sehen Sie!«

»Sie glauben also, daß sie nicht mehr zurückkommt?«

Es schien, daß er fortwährend danebentraf, denn Paumelle zuckte nur mit den Schultern, fast mitleidig.

Maigret versuchte es auf anderem Weg. »Das ist meine Runde«, verkündete er, auf die Tonkrüge deutend. Würde der Wirt sich weigern, mit ihm anzustoßen?

Wieder zuckte der mit den Schultern und brummte: »Um diese Zeit trinkt man besser eine anständige Flasche.«

Er ging in den Keller, um sie zu holen. Während Maigret sich nach all den Calvados-Gläsern dieses Tages reichlich benommen fühlte, bewegte sich Paumelle noch immer auf sicheren Beinen, und auch die Treppe, die kein Geländer hatte und eher einer Leiter glich, schien ihm keinen Eindruck zu machen.

»Sehen Sie, junger Mann, wenn man lügen will, muß man ein alter Affe sein.«

»Glauben Sie denn, ich . . .«

Der andere füllte die Gläser.

»Wer würde denn einen Privatdetektiv beauftragen, sich mit dieser Sache zu befassen? Doch sicher nicht der Graf, oder? Und erst recht nicht diese Herren Gendreau, weder der alte noch der junge. Was Monsieur Hubert betrifft . . .«

»Was für ein Hubert?«

»Sehen Sie? Sie kennen nicht einmal die ganze Familie!«

»Ist da noch ein zweiter Sohn?«

»Wie viele Häuser stehen in dieser Straße?«

»Was weiß ich? . . . Vierzig? . . . Fünfzig? . . .«

»Schön, dann zählen Sie sie . . . Und dann gehen Sie und klopfen Sie an jede Tür. Vielleicht finden Sie einen, der Sie aufklärt. Ich muß Sie jetzt bitten, mich zu entschuldigen. Ich schmeiße Sie nicht hinaus. Sie können bleiben, solange Sie wollen, aber mein Mittagsschläfchen ist fällig, und das, junger Mann, ist mir heilig.«

Hinter der Theke stand ein Stuhl mit einem Sitz aus Strohgeflecht. Paumelle ließ sich darauf nieder, den Rücken zum Fenster gekehrt, faltete die Hände über dem Bauch, schloß die Augen und schien sogleich in Schlaf zu versinken.

Wohl weil sie nichts mehr hörte, steckte seine Frau den Kopf durch die Küchentür, ein Spültuch in der einen Hand, einen Teller in der anderen. Beruhigt kehrte sie zu ihrem Geschirr zurück. Sie hatte Maigret keines Blickes gewürdigt. Wie ein armer Sünder trat Maigret ans Fenster und setzte sich.

4 Der alte Herr von der Avenue du Bois

Er hatte mit Minard abgemacht, daß dieser nach seiner Rückkehr aus Conflans eine Nachricht am Boulevard Richard-Lenoir hinterlassen würde.

Erst hatte Maigret protestiert: »Meine Wohnung liegt doch überhaupt nicht an Ihrem Weg!«

Er hatte die übliche Antwort erhalten: »Das tut nichts zur Sache.«

Maigret hatte ihm auch eine Frage gestellt, schüchtern, weil er fürchtete, sie könnte den Flötisten entmutigen. »Wie wollen Sie dort auftreten? Was gedenken Sie den Leuten zu sagen?«

Erst jetzt, aus der Distanz, nach einem zermürbenden Tag, auf dem Heimweg durch die großen, hellerleuchteten Boulevards erschrak Maigret, als er an Minards Antwort dachte: »Etwas wird mir schon einfallen, machen Sie sich keine Sorgen!«

Dennoch, nach einer kurzen Phase der Niedergeschlagenheit am Nachmittag, ausgelöst vielleicht durch die erdrückende Persönlichkeit des Wirts vom »Vieux Calvados«, vielleicht auch durch die schwer verdaulichen Gläschen Calvados, die er seit den frühen Morgenstunden geleert hatte, war Maigret jetzt bedeutend besser gelaunt.

Es ging sogar etwas in ihm vor, was er noch nicht zu deuten vermochte. Er konnte nicht wissen, daß dieses Umschalten jetzt eben so typisch für ihn werden sollte, daß es ihn eines Tages zur legendären Figur am Quai des Orfèvres machen würde.

Mittlerweile empfand er nichts als eine wohlige Wärme im ganzen Körper, ein Bedürfnis, strammer auszuschreiten, die Menschen ringsum, die Schatten und Lichter, die Droschken und Straßenbahnen genauer ins Auge zu fassen.

Eben noch hatte er an der Rue Chaptal seinem Kommissar gegrollt, weil der ihm gestattet hatte, diesen Fall weiterzuverfolgen, denn er war fast sicher gewesen, daß Le Bret ihm damit bewußt einen bösen Streich spielte.

Konnte denn ein einzelner Mann eine Festung wie die Villa Gendreau-Balthazar überhaupt erstürmen? Arbeiteten so die *Großen* von der Chefbrigade? Die hatten doch Unmengen von Mitteln zur Verfügung, Akten, Karteien, Mitarbeiter, Spitzel überall. Wenn sie Lust hatten, zehn Leute überwachen zu lassen, so setzten sie eben zehn Inspektoren auf ihre Fährten, und damit hatte es sich.

Doch jetzt war Maigret mit einemmal froh, daß er allein war, allein in den Winkeln umherschnüffeln konnte.

Er konnte auch nicht voraussehen, daß dies eines Tages seine ganz persönliche Methode sein würde. Selbst als Chef der Sonderbrigade, von einem kleinen Heer von Polizeibeamten umgeben, sollte er später immer wieder auf eigene Faust einem Verdächtigen nachspüren, ihn beschatten, stundenlang in einem Bistro warten ...

Ehe er das »Vieux Calvados« verlassen hatte, wo Paumelle ihn nur noch mit herablassender Gleichgültigkeit behandelte, hatte er zweimal telefoniert. Zuerst mit der »Urbaine«, weil die Droschke, mit welcher Lise Gendreau abgefahren war, das Firmenzeichen dieser Gesellschaft trug. Lange hatte er am Apparat warten müssen.

»Nr. 48 gehört zum Depot von La Villette. Der Kutscher heißt Eugène Cornille. Er ist heute mittag zum Dienst angetreten und wird kaum vor Mitternacht ins Depot zurückkehren.«

»Wissen Sie nicht, wo ich ihn vorher erreichen könnte?«

»In der Regel steht er an der Place Saint-Augustin, aber das kommt natürlich auf seine Fahrten an. Es gibt dort ein Restaurant, das ›Au Rendez-vous du Massif Central‹ heißt. Er ißt dort, sagt man, wann immer er kann.«

Das zweite Gespräch führte er mit der Automobilkontrolle in der Polizeipräfektur. Es dauerte lange, bis sie die Wagennummer in der Kartei fanden. Da Maigret angeblich vom Kommissariat aus telefonierte, sagte ihm der Beamte, er würde ihn dort anrufen.

»Ich bleibe lieber am Apparat.«

Endlich nannte man ihm einen Namen und eine Adresse: Marquis de Bazancourt, Avenue Gabriel Nr. 3.

Schon wieder ein Luxusquartier, zweifellos eine Villa mit Fenstern, die auf die Champs-Elysées hinausgingen. Er konnte es sich nicht leisten, hinzugehen und einfach zu klingeln, deshalb trat er in einen Tabakladen und rief an.

»Verbinden Sie mich bitte mit dem Marquis de Bazancourt.«

Eine hochmütige Stimme am anderen Ende: »Handelt es sich um etwas Persönliches?«

»Ja«, sagte er, worauf die Stimme fortfuhr: »Monsieur le Marquis ist vor drei Monaten gestorben.«

Reichlich naiv fragte er: »Ist niemand da, der ihn vertritt?«

»Wie bitte? Ich verstehe nicht. Sein ganzer Besitz ist verkauft worden. Nur für die Villa hat sich noch kein Käufer gefunden.«

»Wissen Sie nicht, wer den Dion-Bouton gekauft hat?«

»Ein Mechaniker an der Rue des Acacias, Nähe Avenue de la Grande-Armée. Den Namen habe ich vergessen, aber meines Wissens gibt es an dieser Straße keine andere Garage.«

Um fünf Uhr war Maigret mit der Metro zur Place de l'Etoile gefahren. Tatsächlich fand er eine Garage in der Straße, die man ihm genannt hatte, aber sie war geschlossen, und jemand hatte auf einen Zettel die Worte gekritzelt: *Bitte nebenan fragen!*

Auf der einen Seite befand sich eine Schusterwerkstatt, auf der anderen ein Bistro. Er mußte sich wohl im Bistro erkundigen. Leider wußte der Wirt nichts.

»Dédé war heute nicht da. Er macht in Geschäften, wissen Sie. Manchmal fährt er für seine Kunden.«

»Kennen Sie seine Privatadresse?«

»Er wohnt in einer Pension bei der Place des Ternes, wo, weiß ich nicht genau.«

»Ist er verheiratet?«

Maigret war seiner Sache nicht sicher, denn er durfte nicht zu viele Fragen stellen, aber er vermutete, daß Dédé ein etwas besonderer Herr war, und wenn er eine Gefährtin hatte, so würde er sie am ehesten auf der Straße zwischen Etoile und Place des Ternes antreffen.

Den Rest des Nachmittags verbrachte er mit der Suche nach dem Kutscher Cornille. Er entdeckte das »Rendez-vous du Massif Central«.

»Es kommt selten vor, daß er mal nicht zum Essen erscheint.«

Pech, daß das ausgerechnet an diesem Tag vorkam. Cornilles unberechenbarer Fahrplan hatte ihn kein einziges Mal in die Nähe seines Standorts an der Place Saint-Augustin geführt.

Maigret ging nach Hause. Als er den Eingang betrat, öffnete die

Concierge das Schalterfenster an ihrer Glastür. »Monsieur Maigret! ... Monsieur Maigret! ... Ich habe hier etwas Wichtiges für Sie!«

Er müsse die Nachricht lesen, sagte sie, ehe er seine Wohnung betrete.

Gehen Sie nicht gleich hinauf. Erst muß ich Sie sprechen. Ich habe gewartet, solange ich konnte. Kommen Sie in die »Brasserie Clichy«. Das Fräulein ist oben bei Ihrer Frau.

Ihr sehr ergebener *Justin Minard.*

Die Nacht war hereingebrochen. Maigret stand auf dem Gehsteig, schaute empor, bemerkte, daß die Vorhänge in seiner Wohnung zugezogen waren, und stellte sich die beiden Frauen im Eßzimmer vor, das als Salon diente. Worüber mochten sie sprechen? Wie er Madame Maigret kannte, hatte sie bestimmt den Tisch gedeckt, vielleicht auch schon das Abendessen aufgetragen.

Er nahm die Metro bis zur Place Blanche, stieg aus und ging in die Brasserie. In der großen Halle roch es nach Bier und Sauerkraut. Das kleine Orchester bestand aus fünf Musikern und war mitten in einem Konzertstück. Justin spielte nicht Flöte, sondern Baßgeige, und hinter dem riesigen Instrument wirkte er schmächtiger denn je.

Maigret setzte sich an einen der Marmortische, überlegte, bestellte schließlich eine Portion Sauerkraut und ein Helles. Als das Stück zu Ende war, setzte sich Minard zu ihm.

»Es tut mir leid, daß ich Sie herbitten mußte, aber ich wollte Sie unbedingt sprechen, bevor Sie ihr begegnen.«

Minard war sehr aufgeregt, vielleicht auch besorgt, und Maigret spürte, daß seine Unruhe auf ihn überging.

»Ich hatte nicht daran gedacht, daß ihre Schwester als verheiratete Frau einen anderen Namen trägt als sie, deshalb verlor ich Zeit, ehe ich sie fand. Der Mann arbeitet bei der Eisenbahn. Er ist Schaffner und bleibt oft zwei bis drei Tage von zu Hause fort. Sie wohnen in einem Häuschen im Grünen, an einem Abhang. Im Hof ist eine Ziege angebunden, und hinter einem Zaun sah ich Gemüsebeete.«

»Und Germaine?«

»Als ich hereinkam, saßen beide Frauen am Tisch vor einer Riesenportion Blutwurst, und im ganzen Haus roch es nach Zwiebeln.«

»Hat die Schwester noch nicht entbunden?«

»Nein. Sie warten. Es kann noch ein paar Tage dauern. Ich sagte, ich käme von der Versicherung. Ich hätte erfahren, daß die junge Dame ein Kind erwarte, und das sei der beste Augenblick, um eine Police zu unterschreiben.«

Der Geiger, der zugleich Dirigent war, hängte ein Pappschild mit einer Nummer an eine Stange, klopfte mit dem Bogen an sein Pult. Justin entschuldigte sich und kehrte auf das Podium zurück.

Etwas später war er wieder da.

»Machen Sie sich keine Sorgen«, sagte er schnell, »ich glaube, alles kann noch gut werden. Im Versicherungswesen kenne ich mich ziemlich gut aus. Das ist nämlich eine Marotte meiner Frau. Sie behauptet, ich hätte keine drei Jahre mehr zu leben, und ... Aber das gehört nicht hierher. Die Germaine ist ein hübsches Mädchen, gut gewachsen. Hat einen Haarknoten, den sie immer wieder hochstekken muß. Ihre Augen haben etwas Sonderbares. Sie werden sehen! Sie schaute mich fortwährend an. Einmal fragte sie plötzlich, bei welcher Gesellschaft ich angestellt sei. Ich habe aufs Geratewohl einen Namen genannt, worauf sie wissen wollte, wer mein Abteilungschef sei. Sie stellte mir noch eine Menge Fragen und erklärte zum Schluß: ›Ich hab drei Monate lang einen Freund gehabt, der auch dort arbeitet.‹

Dann, wie aus der Pistole geschossen: ›Hat Louis Sie hergeschickt?‹ «

Danach stieg Justin wieder auf das Podium und blinzelte Maigret einen ganzen Wiener Walzer lang zu, wie um ihn zu beschwichtigen, wie um zu sagen: Keine Angst, die Geschichte geht weiter!

Die Geschichte ging folgendermaßen weiter:

»Ich versicherte ihr, ich hätte nichts mit Louis zu tun.

›Auch nichts mit dem Grafen?‹ wollte sie wissen.

›Nein.‹

›Und was ist mit Monsieur Richard? He, Sie! Sie sind doch nicht etwa einer von Monsieur Richards Leuten?‹

Jetzt wissen Sie, was das für ein Mädchen ist. Ich mußte einen Entschluß fassen. Ihre Schwester ist jünger als sie. Erst seit einem Jahr verheiratet. Sie war Mädchen für alles im Quartier Saint-Lazare und hat dort ihren Mann kennengelernt. Germaine hatte es nicht ungern, daß sie sich vor ihr aufspielen konnte. Wenn Sie meine Meinung hören wollen: Sie ist ein Mädchen, das sich sehr gern vor anderen Leuten aufspielt. Sie will um jeden Preis interessant erscheinen, verstehen Sie?

Sicher hat sie einmal davon geträumt, Schauspielerin zu werden.

Nach dem Essen zündete sie sich eine Zigarette an, obschon sie keine Ahnung hat, wie man eine Zigarette raucht.

In dem Haus gibt es nur ein einziges Zimmer mit einem Doppelbett. An der Wand hängt eine Vergrößerung des Hochzeitsfotos in einem ovalen Rahmen.

›Sind Sie ganz sicher‹, wiederholte sie, ›daß Sie keiner von Monsieur Richards Leuten sind?‹

Sie hat vorstehende Augen, und beim Sprechen bekommt sie manchmal einen starren Blick. Es ist ziemlich peinlich. Sie sieht dann aus, als ob sie nicht mehr ganz bei Sinnen sei, aber der Eindruck täuscht. Sie weiß ganz genau, was sie will.

›Siehst du, Olga‹, bemerkte sie ihrer Schwester gegenüber und verzog angewidert das Gesicht, ›so kompliziert ist das Leben in diesen Kreisen! Ich hab ja immer gesagt, daß das noch mal schiefgeht.‹

Ich fragte sie, wann sie ihren Dienst wieder antreten wollte. Sie antwortete: ›Ich glaube, ich werde nie mehr einen Fuß in diese Bude setzen.‹

Sie wollte immer noch wissen, ob ich ... Ja, und dann ...«

Musik! Die Augen des Flötisten flehten Maigret an, sich zu gedulden und sich ja keine Sorgen zu machen.

»Also, ob es falsch war oder nicht, ich hab ihr jedenfalls die Wahrheit gesagt.«

»Was für eine Wahrheit?«

»Daß das Fräulein um Hilfe gerufen hat, daß Louis mir die Faust ins Gesicht schlug, daß man Ihnen ein Mädchen im Nachthemd vorführte und behauptete, es sei Germaine. Sie war erbost. Ich habe betont, daß es sich nicht um eine offizielle Untersuchung handele. Ich erklärte ihr, Sie befaßten sich als Privatmann mit der Affäre und würden sich freuen, sie kennenzulernen, worauf sie sich sofort anzukleiden begann, ohne das Ende meiner Rede abzuwarten. Ich sehe sie jetzt noch vor mir, wie sie, nur mit bestickter Hose und Mieder bekleidet, im Koffer wühlte, während sie ihrer Schwester erklärte: ›Du mußt mich verstehen. Ein Bébé kommt immer irgendwann einmal zur Welt, bei mir aber geht's jetzt um Leben und Tod.‹

Ich wußte nicht, wie ich es anstellen sollte, aber ich dachte, es könnte Ihnen weiterhelfen, wenn Sie mit ihr sprächen. Ich wußte auch nicht, wohin ich sie bringen sollte. Da hab ich sie eben zu Ihnen gebracht. Draußen im Treppenhaus konnte ich mit Ihrer Frau noch schnell ein paar Worte wechseln. Gott, was für eine liebenswürdige Frau Sie haben! Ich hab ihr geraten, auf Germaine aufzupassen und sie nicht entwischen zu lassen. Sind Sie mir böse?«

Wie hätte man ihm böse sein können? Maigret war zwar nicht übermäßig erfreut, dennoch atmete er tief ein und sagte: »Vielleicht ist es gut so.«

»Wann sehe ich Sie wieder?«

Maigret fiel ein, daß er um Mitternacht den Kutscher Cornille treffen sollte.

»Vielleicht noch heute abend.«

»Wenn nein, komme ich morgen bei Ihnen vorbei, falls Sie nichts dagegen haben. Ich weiß ja jetzt, wo Sie wohnen. Ach, noch etwas ...«

Er stockte, zögerte.

»Sie hat gefragt, wer für ihre Auslagen aufkomme, und ich habe ihr gesagt ... Es fiel mir nichts Besseres ein ... Ich sagte, sie brauche sich deswegen keine Sorgen zu machen ... Aber wenn es schwierig ist für Sie, kann ich Ihnen schon ...«

Diesmal verließ Maigret das Lokal, noch während die Kapelle spielte, und nahm die nächste Metro. Zu Hause angekommen, sah er Licht durch die Türritze schimmern. Seine Spannung wuchs. Den Schlüssel brauchte er nicht aus der Tasche zu kramen, denn Madame Maigret erkannte seine Schritte immer schon von weitem.

Mit einem vielsagenden Blick und in heiterem Ton rief sie ihm entgegen: »Ein reizendes junges Mädchen wartet hier auf dich!«

Gut gemacht, Madame Maigret! Sie meinte es auch gar nicht ironisch, sie wollte ganz einfach freundlich sein. Das Mädchen saß am Tisch, die Ellbogen aufgestützt, vor einem leeren Teller und hatte eine Zigarette im Mund. Die runden Augen starrten Maigret an, als wollten sie ihn verschlingen. Dennoch zögerte sie.

»Sind Sie wirklich von der Polizei?«

Wortlos zeigte er ihr seinen Ausweis. Danach ließ sie ihn nicht mehr aus den Augen. Ein kleines Glas stand vor ihr. Madame Maigret hatte ihren Festtagskirsch aus dem Schrank geholt.

»Du hast wohl noch nicht zu Abend gegessen?«

»Doch, ich hab gegessen.«

»In diesem Fall lasse ich euch allein. Ich muß noch abwaschen.«

Sie räumte den Tisch ab, ging in die Küche, schloß langsam die Tür hinter sich.

»Ist Ihr Freund auch bei der Polizei?«

»Nicht ganz, nein. Er ist nur zufällig ...«

»Ist er verheiratet?«

»Ich glaube ja.«

Er fühlte sich etwas unbehaglich in der doch so vertrauten Umgebung, mit diesem sonderbaren Mädchen, das sich hier offenbar wie zu Hause fühlte. Germaine war aufgestanden, hatte vor dem Spiegel über dem Kamin ihren Haarknoten aufgesteckt und ließ sich jetzt in den Sessel seiner Frau fallen.

»Sie gestatten?« fragte sie.

»Kennen Sie Mademoiselle Gendreau schon lange?«

»Wir sind zusammen zur Schule gegangen.«

»Sie stammen aus Anseval, nicht wahr? Und Mademoiselle Gendreau war dort Ihre Mitschülerin, stimmt's?«

Daß die Erbin der Firma Balthazar jemals eine kleine Dorfschule besucht hatte, kam ihm reichlich merkwürdig vor.

»Das heißt, wir sind gleich alt, nur ein paar Wochen auseinander. Sie wird nächsten Monat einundzwanzig, und ich hab meinen Geburtstag vor vierzehn Tagen gefeiert.«

»Und Sie gingen beide in Anseval zur Schule?« wiederholte er.

»Sie nicht. Sie war bei den Klosterfrauen in Nevers, aber zur gleichen Zeit.«

Er begriff. Danach mißtraute er ihren Aussagen und war in der Folge stets darauf bedacht, das Falsche vom Wahren, das Wahre vom annähernd Wahren oder Wahrscheinlichen zu trennen.

»Erwarteten Sie, daß in der Rue Chaptal etwas passieren würde?«

»Ich hab mir immer gedacht, daß das noch mal schiefgehen würde.«

»Warum?«

»Weil sie einander hassen.«

»Wer?«

»Mademoiselle und ihr Bruder. Ich bin seit vier Jahren im Haus. Gleich nachdem Madame starb, bin ich dort eingetreten. Sie wissen ja, nicht wahr, daß sie bei einem Eisenbahnunglück ums Leben kam, als sie zur Kur nach Vittel fuhr? Es war entsetzlich!«

Sie sagte es, als wäre sie dabeigewesen und hätte gesehen, wie die über hundert Leichen aus den Wagentrümmern geborgen wurden.

»Solange Madame noch lebte, spielte das Testament keine Rolle, verstehen Sie.«

»Sie kennen die Familie gut.«

»Ich bin in Anseval geboren. Mein Vater ist dort geboren. Mein Großvater war Pächter beim Grafen. Er und der alte Herr haben noch zusammen Murmeln gespielt.«

»Der alte Herr?«

»So nennen sie ihn heute noch in der Gegend. Wissen Sie das denn nicht? Ich dachte, die Polizei sei über alles informiert.«

»Sprechen Sie vom alten Herrn Balthazar?«

»Von Monsieur Hector, ja. Sein Vater war der Dorfsattler gewesen. Er läutete auch die Kirchenglocken. Monsieur Hector begann schon mit zwölf Jahren zu hausieren. Er ging mit seinem Kasten auf dem Rücken von Hof zu Hof.«

»Und das ist der Mann, der die Kaffeefirma Balthazar gegründet hat?«

»Das ist er. Was meinen Großvater nicht gehindert hat, ihn bis ans Lebensende zu duzen. Lange Zeit blieb er vom Dorf weg. Als er zurückkam, war er schon reich, und dann erfuhr man, daß er das Schloß gekauft hatte.«

»Wem hatte das Schloß gehört?«

»Dem Grafen d'Anseval, wem denn sonst?«

»Es gibt also keinen Grafen d'Anseval mehr?«

»Doch, es gibt noch einen. Den Freund von Mademoiselle. Möchten Sie mir nicht noch ein Gläschen Likör anbieten? Ist das ein Likör aus Ihrer Gegend?«

»Aus der Heimat meiner Frau.«

»Wenn ich mir vorstelle, daß dieses Luder – ich spreche jetzt nicht von Ihrer Frau – die Frechheit hatte, in meinem Bett zu schlafen und zu behaupten, sie sei ich! Stimmt es, daß Sie sie im Nachthemd gesehen haben? Sie ist dicker als ich. Ich könnte Ihnen noch manches über sie erzählen. Zum Beispiel ihr Busen . . .«

»Der alte Balthazar, der Kaffee-König, hat also das Schloß Anseval gekauft. War er verheiratet?«

»Früher einmal, ja, aber seine Frau war damals schon tot. Er hatte eine Tochter, eine Schönheit, aber viel zu stolz. Er hatte auch einen Sohn, Monsieur Hubert, der hat nie was getaugt. Der Junge war so weich, wie seine Schwester hart war. Er reiste viel in der Welt herum, in fremde Länder.«

»Das alles ereignete sich vor Ihrer Geburt?«

»Klar, aber es geht noch immer so weiter.«

Automatisch hatte Maigret nach seinem Notizbuch gegriffen. Jetzt begann er Namen aufzuschreiben, etwa so, wie wenn man einen Stammbaum zeichnet. Bei einem Mädchen wie Germaine kam es auf Genauigkeit an.

»Schön. Da hätten wir also zuerst Hector Balthazar, den Sie den alten Herrn nennen. Wann ist er gestorben?«

»Vor fünf Jahren. Genau ein Jahr vor seiner Tochter.«

Maigret dachte an Félicien Gendreau, der selber schon ein alter Herr war, und sagte verwundert: »Er muß ja steinalt gewesen sein!«

»Achtundachtzig. Er lebte allein in einem riesigen Haus an der Avenue du Bois de Boulogne. Er leitete seine Firma noch selber, mit Hilfe seiner Tochter.«

»Nicht mit seinem Sohn?«

»Nie im Leben! Der durfte die Büros nicht einmal betreten. Er bekam eine Rente. Er wohnt an den Quais, irgendwo beim Pont-Neuf. Er ist so eine Art Künstler, wissen Sie.«

»Moment! ... Avenue du Bois ... Tochter verheiratet mit Félicien Gendreau.«

»Richtig. Aber auch Monsieur Félicien durfte sich nicht um die Geschäfte kümmern.«

»Warum nicht?«

»Sie haben es einmal mit ihm versucht, aber das ist schon lange her ... Er ist immer ein Spieler gewesen. Heute noch verbringt er seine Nachmittage auf dem Rennplatz. Es heißt, er habe sich einmal einen bösen Fehltritt geleistet, mit Wechseln oder Schecks. Sein Schwiegervater sprach überhaupt nicht mehr mit ihm.«

Jahre später sollte Maigret den Palast an der Avenue du Bois kennenlernen, einen der häßlichsten und kitschigsten in ganz Paris, mit mittelalterlichen Türmen und farbigen Fenstern. Auch eine Fotografie des Alten sollte er zu Gesicht bekommen: ausgeprägte Züge, ein fahler Teint, ein weißer Backenbart, ein Gehrock, der zu beiden Seiten der schwarzen Krawatte nur zwei schmale Hemdbruststreifen freigab.

Wäre er mit dem Pariser Leben besser vertraut gewesen, so hätte er gewußt, daß der alte Balthazar sein Haus samt allen Gemälden, die er gesammelt hatte, dem Staat vermachen wollte, unter der Bedingung, daß das Ganze in ein Museum verwandelt würde. Die Experten hatten sich über ein Jahr lang gestritten, und zum Schluß hatte die Regierung die Erbschaft ausgeschlagen, weil die meisten Bilder gefälscht waren.

Eines Tages würde Maigret auch das Porträt der Tochter zu sehen bekommen, das straff zurückgekämmte Haar, die Figur à la Kaiserin Eugénie, das Gesicht genauso kalt wie jenes des Dynastiegründers.

Was Félicien Gendreau betraf, den kannte er bereits, mit seinem gefärbten Schnurrbart, seinen hellen Gamaschen, seinem Stock mit dem goldenen Knauf.

»Man sagt, der Alte habe sie alle zusammen nicht ausstehen können, weder den Sohn noch den Schwiegersohn noch den Enkel, Monsieur Richard, den er gut gekannt hat. Nur bei seiner Tochter und seiner Enkelin, Mademoiselle Lise, machte er eine Ausnahme. Er sagte immer, die beiden seien die einzigen waschechten Balthazars, und er hat ein kompliziertes Testament hinterlassen. Monsieur Braquement könnte Ihnen mehr darüber sagen.«

»Wer ist Monsieur Braquement?«

»Sein Notar. Er muß jetzt etwa achtzig sein. Sie fürchten ihn alle, weil er der einzige ist, der es weiß.«

»Der was weiß?«

»Mir hat man es nicht gesagt. Die ganze Sache kommt an den Tag, wenn Mademoiselle Lise einundzwanzig wird, und deshalb sind sie jetzt so außer sich. Ich persönlich nehme weder für die einen noch für die anderen Partei. Wenn ich gewollt hätte . . .«

Er hatte eine Eingebung. »Monsieur Richard?« fragte er, auf ihr Spiel eingehend.

»Er ist mir lange genug nachgelaufen. Ich hab ihm aber deutlich gesagt, daß er bei mir an die falsche Adresse geraten ist. Ich hab ihm gesagt, er soll es bei Marie versuchen. ›Die ist dumm genug, daß sie sich so was gefallen läßt‹, habe ich ihm ins Gesicht gesagt.«

»Und hat er Ihren Rat befolgt?«

»Keine Ahnung. Bei diesen Leuten weiß man nie. Unter uns gesagt, sie sind alle ein wenig verrückt, und ich kenne sie, bei Gott!«

Ihre Augen waren jetzt runder denn je und ihr Blick so starr, daß es Maigret peinlich wurde. Sie beugte sich vor. Es sah aus, als wollte sie ihn gleich bei den Knien packen.

»Stammt Louis auch aus Anseval?«

»Er ist ein Sohn des früheren Lehrers. Es gibt Leute, die behaupten, in Wirklichkeit sei er der Sohn des Pfarrers.«

»Hält er zu Monsieur Richard?«

»Wo denken Sie hin! Im Gegenteil, er lebt überhaupt nur für das Fräulein. Er hat beim Alten gedient, bis der starb. Er hat ihn während seiner Krankheit gepflegt und weiß wahrscheinlich mehr als jeder andere, vielleicht sogar noch mehr als Monsieur Braquement.«

»Hat er Ihnen nie den Hof gemacht?«

»Der?« Sie lachte schallend. »Das würde ihm schwerfallen. Er sieht zwar aus wie ein richtiger Mann, mit seinen schwarzen Stoppeln. Aber erstens ist er viel älter, als man glaubt. Mindestens fünfundfünfzig. Und zweitens ist er eben doch kein richtiger Mann. Sie verstehen? Darum hat seine Frau mit Albert . . .«

»Verzeihung, wer ist Albert?«

»Der Kammerdiener. Kommt auch aus Anseval. Bis zu seinem einundzwanzigsten Lebensjahr war er Jockei.«

»Einen Augenblick! Man hat mich durch das ganze Haus geführt, aber ich habe nirgends ein Zimmer gesehen, das . . .«

»Er schläft über den Ställen, wie Jérôme.«

»Jérôme?«

»Der Kutscher von Monsieur Félicien. Nur Arsène, der Chauffeur, schläft außer Haus, weil er verheiratet ist und ein Kind hat.«

Zu guter Letzt hatte Maigret eine ganze Seite seines Notizbuchs kreuz und quer mit Namen vollgekritzelt.

»Wenn jemand auf Mademoiselle Lise geschossen hat, was mich übrigens nicht wundern würde, so war es bestimmt Monsieur Richard. Sie haben wohl wieder mal Streit gehabt.«

»Streiten sie sich oft?«

»Sozusagen jeden Tag. Einmal hat er sie so fest bei den Handgelenken gepackt, daß sie hernach eine Woche lang zwei blaue Flecke hatte. Aber sie kann sich wehren. Ein paarmal hat er richtiggehend Fußtritte abbekommen, ans Schienbein und vielleicht sogar noch etwas höher. Trotzdem möchte ich wetten, daß man nicht auf das Fräulein geschossen hat.«

»Sondern?«

»Auf den Grafen.«

»Von welchem Grafen sprechen Sie?«

»Sie sind wohl schwer von Begriff, was? Vom Grafen d'Anseval natürlich.«

»Richtig, es gibt ja noch einen Grafen d'Anseval.«

»Und sein Großvater hat dem alten Balthazar das Schloß verkauft. Mademoiselle Lise hat den jungen d'Anseval irgendwo ausfindig gemacht.«

»Ist er reich?«

»Der? Der hat keinen Sou!«

»Und er verkehrt bei den Gendreaus?«

»Er verkehrt mit Mademoiselle.«

»Er . . . ich meine . . .«

»Sie meinen, ob er mit ihr schläft? Ich glaube nicht, daß ihm das Spaß macht. Verstehen Sie endlich? Sie haben alle einen Knacks. Sie raufen sich wie Hunde. Monsieur Hubert ist der einzige, der sich aus der ganzen Sache heraushält, und beide, der Bruder und die Schwester, versuchen ihn zu überreden, damit er für die eine Seite Partei ergreift.«

»Sie sprechen jetzt von Hubert Balthazar, dem Sohn des Alten, nicht wahr? Wie alt ist er?«

»Etwa fünfzig oder auch etwas mehr. Er ist ein feiner Herr, sehr vornehm. Immer, wenn er kommt, plaudert er mit mir. Aber was mache ich jetzt? So spät fährt kein Zug mehr nach Conflans, und irgendwo muß ich ja wohl übernachten. Gibt es hier ein Bett?«

In dem Blick, den sie ihm zuwarf, lag etwas so Herausforderndes, daß Maigret hüstelte und unwillkürlich zur Küchentür blickte.

»Leider haben wir kein Gästezimmer. Wir haben uns eben erst eingerichtet.«

»Sie sind frisch verheiratet?«

So, wie sie das sagte, klang es geradezu unanständig.

»Ich besorge Ihnen ein Hotelzimmer in der Nähe.«

»Gehen Sie denn schon schlafen?«

»Ich treffe noch jemanden in der Stadt.«

»Ach ja, die Polizisten schlafen wohl nicht oft in ihren eigenen Betten. Komisch. Sie sehen gar nicht wie ein Polizist aus. Ich hab mal einen gekannt, einen Wachtmeister im hiesigen Quartier, groß, sehr dunkel, Léonard ...«

Maigret wollte lieber nichts mehr hören. Sie schien viele Männer gekannt zu haben, unter anderem einen Versicherungsbeamten.

»Ich nehme an, Sie werden mich noch brauchen. Ich könnte ja auch in die Rue Chaptal gehen und so tun, als ob nichts passiert sei. Dann könnte ich Ihnen jeden Abend das Neuste berichten.«

Von der Küche her hörte man Tellergeklapper, doch das war nicht der Grund, weshalb Maigret das Angebot ablehnte. Germaine war ihm buchstäblich unheimlich.

»Ich sehe Sie morgen wieder. Wollen Sie jetzt mitkommen ...?«

Ehe sie den Mantel anzog und den Hut aufsetzte, ordnete sie sich nochmals das Haar vor dem Spiegel. Dann griff sie nach der Kirschflasche.

»Darf ich? Ich habe so viel geredet, so viel nachgedacht. Trinken Sie eigentlich nicht?«

Es hatte keinen Sinn, die vielen Gläschen Calvados zu zählen, die er an diesem Tag freiwillig oder unfreiwillig in sich hineingeschüttet hatte.

»Ich kann Ihnen sicher noch eine Menge erzählen. Es gibt Leute, die schreiben Romane, und dabei haben sie nicht ein Viertel von alledem erlebt, was ich erlebt habe. Wenn ich anfangen würde, ein Buch zu schreiben ...«

Er ging in die Küche, küßte seine Frau auf die Stirn. Sie sah ihn lächelnd an. In ihren Augen tanzten kleine Funken.

»Kann sein, daß ich erst später zurückkomme.«

»Laß dir Zeit, Jules«, erwiderte sie neckend.

In der Nähe des Boulevard Voltaire gab es eine Pension. Germaine hatte sich auf der Straße unverfroren bei ihm eingehängt.

»Mit meinen Louis-Quinze-Absätzen ...«

Wo sie sonst, bei Gott, immer Holzpantinen trug!

»Ich finde, Sie haben eine sehr nette Frau. Sie kocht ausgezeichnet.«

Er wagte nicht, ihr Geld für das Zimmer auszuhändigen. Er betrat die Rezeption und wurde rot, als der Nachtportier ihn fragte: »Für eine Nacht oder eine Stunde?«

»Für eine Nacht. Und nur für Mademoiselle.«

Während der Portier sein Schlüsselbrett musterte, stützte Germaine sich noch mehr auf Maigrets Arm, obwohl sie jetzt nicht mehr zu gehen brauchte.

»Nummer 18, zweiter Stock, links. Warten Sie, ich gebe Ihnen Handtücher mit!«

Maigret wollte lieber nicht mehr daran denken, wie er sich von ihr verabschiedet hatte. Auf der Treppe lag ein roter Läufer. Sie hielt die beiden Tücher in der einen Hand, ihren Schlüssel, der an einem Kupferplättchen befestigt war, in der anderen. Der Portier hatte sich wieder in seine Zeitung vertieft.

»Sind Sie sicher, daß Sie keine weiteren Fragen haben?«

Sie stand auf der ersten Stufe. Ihre Augen waren so rund und starr wie noch nie. Warum nur mußte er an die Gottesanbeterin denken, die ihre Männchen nach dem Geschlechtsakt auffrißt?

»Nein ... heute nicht ...«, stammelte er.

»Ach ja, ich vergaß, Sie sind noch verabredet!« Ihre Lippen verzogen sich spöttisch. »Also dann morgen?«

»Morgen, ja.«

So etwa hatte es sich jedenfalls abgespielt. Maigret war solche Dinge noch nicht gewohnt. Er konnte sich nur noch an den Waschküchengeruch erinnern, als er die Treppe zur Metro hinunterlief, an das Klicken der automatischen Türen, an eine lange Fahrt durch das Halbdunkel des Untergrunds, an Gestalten, die im Rhythmus des Zuges schwankten, an Gesichter im ätzenden Licht der elektrischen Birnen, an schlaftrunkene Augen.

Er irrte durch menschenleere, schlecht beleuchtete Straßen rings um die Porte de la Villette, fand endlich eine große Halle voller unbenutzter Droschken mit hochragenden Deichseln und dahinter, am anderen Ende eines Hofs, die Wärme der Pferdeställe.

»Cornille? Nein, der ist noch nicht da. Sie können auf ihn warten, wenn Sie wollen . . .«

Erst um halb ein Uhr morgens starrte ihn ein völlig betrunkener Kutscher fassungslos an.

»Die kleine Dame von der Rue Chaptal? Warten Sie! Das ist die, die mir einen Franc Trinkgeld gegeben hat. Und der große Dunkle . . .«

»Was ist mit dem?«

»Nun, der, der mich in der Rue Blanche angehalten hat, den meine ich. Ich soll in die Rue Chaptal fahren, hat er gesagt. Zum Haus Nummer . . . Nummer . . . Komisch, Zahlen kann ich nie behalten . . . Sollte ich aber, in meinem Beruf . . .«

»Haben Sie sie zum Bahnhof gebracht?«

»Bahnhof? Wer redet denn von Bahnhof?«

Seine Augen tränten, und um ein Haar wäre der Saft seines Kautabaks, den er in einem Bogen ausspuckte, auf Maigrets Hose gelandet.

»Erstens hab ich sie nicht zum Bahnhof gefahren. Zweitens . . . zweitens . . .«

Auch Maigret steckte ihm einen Franc in die Hand.

»Es ist das Hotel gegenüber den Tuilerien, auf einem kleinen Platz . . . Warten Sie . . . es gibt ein Denkmal, das so heißt . . . Diese Denkmäler verwechsle ich immer . . . das Hôtel du Louvre . . . Komm, Kleiner!« Das sagte er zu seinem Pferd.

Es fuhr keine Metro, kein Omnibus, keine Straßenbahn mehr, und Maigret mußte die endlose Rue de Flandre zu Fuß abschreiten, ehe er die Lichter eines belebteren Viertels erreichte.

Die Brasserie Clichy war sicher schon geschlossen, und Justin Minard war wohl endlich in seine Wohnung an der Rue d'Enghien zurückgekehrt, um seiner Frau Rede und Antwort zu stehen.

5 Maigrets höchster Ehrgeiz

Maigret rasierte sich vor seinem Spiegel. Der Spiegel hing an einem Fensterriegel im Eßzimmer. Es wurde nachgerade zur Manie, daß er am Morgen seiner Frau immer von einem Zimmer zum anderen nachlief und überall dort Toilette machte, wo sie stand und ging.

Vielleicht lag es daran, daß der Morgen ihre schönste Zeit zusammen war. Außerdem hatte Madame Maigret eine schätzenswerte Eigenschaft: Sie war schon beim Erwachen so frisch und lebendig wie den ganzen übrigen Tag. Zusammen öffneten sie alle Fenster, atmeten die neue Luft ein. Von unten hörte man den Hammer einer Schmiede, das Rattern von Lastwagen, das Wiehern von Pferden; man konnte sogar den warmen Pferdemist riechen, wenn die Ställe der Transportfirma nebenan gesäubert wurden.

»Glaubst du, sie ist wirklich überspannt?«

»Wenn sie in ihrem Dorf geblieben wäre, wenn sie geheiratet und zehn Kinder bekommen hätte, so würde es wahrscheinlich nicht auffallen. Es wäre höchstens denkbar, daß die Kinder nicht alle den gleichen Vater hätten.«

»Du, Jules, da unten geht ein Mann auf und ab. Ich glaube, es ist dein Freund.«

Die Wangen noch voller Seifenschaum, beugte er sich aus dem Fenster. Auf dem Gehsteig stand Justin Minard und wartete wie immer ohne ein Zeichen von Ungeduld.

»Willst du ihn nicht heraufkommen lassen?«

»Wozu? In fünf Minuten bin ich fertig. Wolltest du heute ausgehen?«

Maigret fragte sie selten nach ihren Plänen, und sie erriet sogleich, was er dachte.

»Möchtest du, daß ich auf das Fräulein aufpasse?«

»Kann sein, daß ich dich noch darum bitten muß. Wenn ich sie in Paris frei herumlaufen lasse, so weiß der Himmel, mit wem sie zu schwatzen anfängt und was sie daherredet – denn das Reden kann sie nun einmal nicht lassen.«

»Gehst du jetzt zu ihr?«

»Ich mache mich gleich auf den Weg.«

»Sie liegt bestimmt noch im Bett.«

»Das ist anzunehmen.«

»Ich wette, so schnell wirst du sie nicht wieder los.«

Als er aus dem Hauseingang trat, kam Minard auf ihn zu und begann wieder neben ihm herzugehen.

»Was machen wir heute, Chef?« fragte er.

Viel später sollte Maigret sich erinnern, daß der kleine Flötist der erste gewesen war, der ihn jemals Chef genannt hatte.

»Haben Sie sie gesehen? Haben Sie etwas herausgefunden? Ich konnte kaum schlafen. Gerade als ich einschlafen wollte, kam mir etwas in den Sinn.«

Ihre Schritte hallten auf der Straße. Von weitem konnten sie das rege Treiben auf dem Boulevard Voltaire sehen.

»Eine Frage. Wenn jemand geschossen hat, dann hat er auf eine Person geschossen, das liegt auf der Hand. Und da habe ich mich gefragt, ob diese Person auch getroffen wurde. Langweile ich Sie nicht?«

Ganz im Gegenteil. Auch Maigret hatte sich diese Frage gestellt.

»Angenommen, der Schuß hat niemanden getroffen. Es ist natürlich schwierig, sich an die Stelle solcher Leute zu versetzen ... Aber mir scheint, sie hätten nicht dieses ganze Theater aufgeführt, wenn es keinen Verletzten oder Toten gegeben hätte ... Sie verstehen, was ich meine? ... Nachdem sie mich hinausgeworfen hatten, richteten sie schleunigst das Zimmer so her, daß jedermann annehmen mußte, kein Mensch habe es betreten ... Noch etwas: Während der Butler mich vom Tor wegdrängte, wie Sie ja wissen, rief eine Stimme aus dem ersten Stock: ›Beeilen Sie sich, Louis!‹

Als ob dort oben etwas faul gewesen wäre, nicht wahr? Vermutlich haben sie dann das Fräulein in die Mansarde gesteckt, weil sie zu aufgeregt war, um ihre Rolle zu spielen ...

Ich bin den ganzen Tag frei. Sie können mich schicken, wohin Sie wollen.«

Neben der Pension, wo Germaine übernachtet hatte, gab es ein Café mit einer Terrasse davor, weiße Marmortischchen, einen Kellner mit Backenbart, wie auf einem Reklamekalender. Er reinigte eben die Fensterscheiben mit Kreide.

»Warten Sie hier auf mich.«

Er hatte gezögert. Am liebsten hätte er Minard an seiner Stelle hinaufgeschickt. Hätte ihn einer gefragt, weshalb er das Mädchen unbedingt sehen wollte, er wäre um eine Antwort verlegen gewesen.

An diesem Morgen hatte er das Bedürfnis, überall zugleich zu sein. Fast hatte er Heimweh nach dem »Vieux Calvados«, und es ärgerte ihn, daß er jetzt nicht dort am Fenster stand, um das Kommen und Gehen im Haus an der Rue Chaptal zu beobachten. Nun, da er die Bewohner der Villa etwas besser kannte, hätte er vermutlich alles mit anderen Augen betrachtet. Die Art, wie Richard Gendreau ins Auto stieg, wie sein Vater auf seinen Wagen zuging, wie Louis auf den Gehsteig trat und frische Luft schöpfte, hätte für ihn eine ganz neue, besondere Bedeutung gehabt.

Er wäre auch gern im Hôtel du Louvre an der Avenue du Bois gewesen und sogar in Anseval.

Aber eben, von allen diesen Menschen, die er noch vor zwei Tagen überhaupt nicht gekannt hatte, war nur einer für ihn erreichbar, und an diesen Menschen, Germaine, klammerte er sich jetzt instinktiv.

Merkwürdigerweise wurzelte dieses Gefühl in Träumen, die er als Kind, als Heranwachsender gehabt hatte. Der Tod seines Vaters hatte seinem Medizinstudium schon nach zwei Jahren ein Ende bereitet, aber eigentlich hatte er nie ein richtiger Arzt werden und Kranke behandeln wollen.

Kurz und gut, den Beruf, den er von jeher hatte ausüben wollen, den gab es nicht. Schon als Kind hatte er manchmal das Gefühl gehabt, eine Menge Leute in seinem Dorf seien nicht an ihrem Platz; sie gingen einen Weg, der nicht der ihre war, weil sie es nicht besser wußten.

Und er stellte sich einen sehr klugen oder vielmehr sehr verständnisvollen Mann vor, Arzt und Priester in einem, einen Mann, der das Schicksal eines anderen auf den ersten Blick erfaßte.

Auch das, was er eben seiner Frau erklärt hatte, als sie ihn nach Germaine fragte, paßte dazu: Wenn sie in Anseval geblieben wäre ...

Man wäre zu diesem Mann gegangen und hätte ihn um Rat gefragt, so wie man einen Arzt aufsucht. Er wäre so etwas wie ein »Schicksalsflicker« gewesen. Nicht nur, weil er intelligent war. Vielleicht brauchte er gar nicht besonders intelligent zu sein. Nein, weil er sich in das Leben aller Menschen, in die Haut aller Menschen versetzen konnte.

Noch nie hatte Maigret mit jemandem über diese Dinge gesprochen. Er selbst wollte lieber nicht länger darüber nachdenken, denn sonst würde er sich über sich selber lustig machen. Er war bei der Polizei gelandet, weil er sein Medizinstudium nicht beenden konnte. Aus purem Zufall. Oder war das etwa kein Zufall? Sind nicht gerade Polizeibeamte manchmal »Schicksalsflicker«?

Die ganze letzte Nacht hatte er zwischen Wachen und Träumen mit jenen Leuten gelebt, die er doch kaum kannte, von denen er so wenig wußte – angefangen beim alten Balthazar, der vor fünf Jahren gestorben war. Und jetzt nahm er die ganze Familie mit zu Germaine, als er an ihre Tür klopfte.

»Herein!« antwortete eine teigige Stimme. Und gleich darauf: »Moment! Ich hab vergessen, daß die Tür abgeschlossen ist.«

Ihre nackten Füße patschten über den Teppich. Sie war im Nachthemd. Das Haar hing ihr bis zur Taille, und sie hatte schwere, volle Brüste. Sie mußte schon vor einer Weile aufgewacht sein, denn auf dem Nachttisch sah man ein Tablett mit einem Rest Schokolade in der Tasse und die Krümel eines *croissant*.

»Gehen wir irgendwohin? Muß ich mich anziehen?«

»Sie können wieder ins Bett gehen oder ein Kleid anziehen. Ich möchte mich nur mit Ihnen unterhalten.«

»Kommt Ihnen das nicht komisch vor – Sie so angezogen und ich im Nachthemd?«

»Nein.«

»Ist Ihre Frau nicht eifersüchtig?«

»Nein. Ich möchte, daß Sie mir vom Grafen d'Anseval erzählen. Oder vielmehr ... Sie kennen das Haus mit allen Leuten, die dort wohnen und dort verkehren ... Stellen Sie sich vor, es ist ein Uhr morgens ... Ein Uhr morgens ... Im Zimmer von Mademoiselle Gendreau bricht ein Streit aus ... Hören Sie mir jetzt gut zu! Wer könnte Ihrer Meinung nach in ihrem Zimmer sein?«

Sie hatte sich vor dem Spiegel zu kämmen begonnen. Man sah die rötlichen Haarbüschel in ihren Achselhöhlen und ihre rosige Körperhaut unter dem dünnen Hemd. Sie überlegte angestrengt.

»Louis?« fragte er, um ihr zu helfen.

»Nein. So spät wäre Louis nicht hinaufgegangen.«

»Warten Sie mal! Ich habe etwas vergessen. Louis war vollständig angezogen, Rock, Hose, weiße Hemdbrust, schwarze Krawatte. Hat er die Gewohnheit, spät schlafen zu gehen?«

»Es kommt hin und wieder vor. Aber dann bleibt er nicht in seiner steifen Tracht. Jemand von draußen muß oben gewesen sein.«

»Könnte sich zum Beispiel Hubert Balthazar, Mademoiselle Gendreaus Onkel, im Zimmer seiner Nichte befunden haben?«

»Ich glaube nicht, daß er um ein Uhr früh noch gekommen wäre.«

»Aber wenn er gekommen wäre, wo hätte sie ihn empfangen? In einem Salon im Erdgeschoß?«

»Auf keinen Fall! So geht es nicht zu in der Rue Chaptal. Da lebt jeder für sich. Die Salons sind nur für große Empfänge da. In der übrigen Zeit verkriecht sich jeder in seinen Winkel.«

»Hätte Richard Gendreau zu seiner Schwester hinaufgehen können?«

»Gewiß, das hat er schon oft getan. Vor allem, wenn er eine Wut auf sie hatte.«

»Trug er manchmal einen Revolver bei sich? Haben Sie ihn schon einmal mit einem Revolver in der Hand gesehen?«

»Nein.«

»Und Mademoiselle Gendreau?«

»Einen Augenblick! Monsieur Richard besitzt zwei Revolver, einen großen und einen kleinen, aber die liegen in seinem Schreibtisch. Auch Mademoiselle hat einen in ihrer Nachttischlade, mit einem Perlmuttgriff. Sie legt ihn jeden Abend auf den Nachttisch.«

»Ist sie furchtsam?«

»Nein, aber mißtrauisch. Wie alle diese Weiber bildet sie sich fortwährend ein, daß andere Leute etwas gegen sie haben. Wenn Sie wüßten, wie geizig sie ist, schon in ihrem Alter! Sie läßt absichtlich Kleingeld herumliegen, das sie vorher gezählt hat, um zu sehen, ob jemand sie bestiehlt. Das Mädchen, das vor Marie im Haus war, ist dabei ertappt worden. Man hat sie fristlos entlassen.«

»Hat sie den Grafen schon früher in ihrem Zimmer empfangen?«

»Vielleicht nicht in ihrem Zimmer, aber im Boudoir nebenan.«

»Um ein Uhr morgens?«

»Kann schon sein. Ich hab mal ein Buch über Elisabeth von England gelesen, eine Königin ... Kennen Sie's? Es ist zwar ein Roman, aber die Geschichte ist sicher wahr. Sie war eine kalte Frau, die nicht mit Männern schlafen konnte. Es würde mich nicht wundern, wenn Mademoiselle so eine wäre.«

Der Kamm knisterte in ihrem Haar. Sie reckte sich, beobachtete Maigret im Spiegel.

»Ein Glück, daß das bei mir nicht der Fall ist.«

»Wäre es denkbar, daß Monsieur Richard mit seinem Revolver nach oben ging, weil er im zweiten Stock ein Geräusch hörte?«

Sie zuckte die Achseln.

»Wozu hätte er das tun sollen?«

»Um den Liebhaber seiner Schwester zu ertappen ...«

»Das wäre ihm völlig egal gewesen. Bei diesen Leuten zählt nur das Geld.«

Sie schlug immer noch das Rad vor ihm, nicht ahnend, daß er weit weg war, daß er in jenem Zimmer an der Rue Chaptal war und die Menschen dort auf ihre Plätze zu weisen versuchte wie im Theater.

»Hat der Graf d'Anseval auch schon mal einen Freund mitgebracht?«

»Möglich, aber dann wurde er im Erdgeschoß empfangen, und ich gehe selten nach unten.«

»Rief Mademoiselle Lise den Grafen bisweilen an?«

»Ich bezweifle, daß er Telefon hat. Sie rief nie an. Er rief sie an, vermutlich aus einem Café.«

»Wie nannte sie ihn?«

»Jacques – natürlich.«

»Wie alt ist er?«

»Um die fünfundzwanzig. Er sieht blendend aus, aber er hat so etwas Lausbübisches an sich. Man hat immer das Gefühl, daß er sich über die Leute mokiert.«

»Ist er der Typ Mann, der eine Waffe bei sich tragen könnte?«

»Bestimmt.«

»Weshalb sind Sie so sicher?«

»Weil er eben dieser Typ ist. Haben Sie ›Fantômas‹ gelesen?«

»Für wen nahm Monsieur Félicien Partei? Für die Tochter oder den Sohn?«

»Für keinen von beiden. Oder vielmehr für mich, wenn Sie's genau wissen wollen. Er ist hin und wieder in mein Zimmer gekommen, in Pantoffeln, um acht Uhr morgens. Sagte, ich solle ihm einen Knopf annähen.

Die anderen kümmern sich kaum um ihn. Das Personal nennt ihn einen alten Heuchler oder auch ›Schnauzbart‹. Abgesehen von Albert, seinem Kammerdiener, nimmt keiner Notiz von dem, was er sagt. Es ist ohnehin nicht wichtig, das weiß man. Einmal habe ich ihm rundheraus gesagt: ›Wenn Sie so weitermachen, trifft Sie noch mal der Schlag. Und das hilft Ihnen auch nicht weiter.‹

Trotzdem gibt er nicht auf. Jetzt ist Marie an der Reihe, und ich weiß nicht, ob sie nicht schon hat dran glauben müssen.

Hören Sie, macht es Ihnen eigentlich nichts aus, einer Frau bei ihrer Toilette zuzusehen?«

Maigret erhob sich, suchte seinen Hut.

»Wo gehen Sie hin? Sie werden mich doch nicht etwa allein lassen?«

»Ich habe ein paar wichtige Verabredungen. Mein Freund, der Sie nach Paris gebracht hat, wird gleich kommen und Ihnen Gesellschaft leisten.«

»Wo ist er?«

»Unten.«

»Warum haben Sie ihn nicht mitgebracht? Na, gehen Sie! Geben Sie zu, Sie haben sich was gedacht dabei. Sie wollen es nicht zugeben? Ist es wegen Ihrer Frau?«

Sie hatte schon Wasser in die Schüssel gegossen, um sich zu waschen, und Maigret sah den Augenblick kommen, wo sie ihr Nachthemd fallen lassen würde. Die Träger rutschten bei jeder Bewegung etwas tiefer.

»Wir sehen uns noch mal im Lauf des Tages«, sagte er, schon unter der Tür.

Justin Minard saß im schräg einfallenden Sonnenlicht auf der Terrasse und trank Milchkaffee.

»Eben war Ihre Frau da.«

»Wa-as?«

»Gleich nachdem Sie von zu Hause weggegangen waren, kam ein Rohrpostbrief. Sie ist Ihnen nachgelaufen, weil sie hoffte, sie könnte Sie noch einholen. Ich glaube, sie hat Sie überall gesucht.«

Maigret nahm Platz, bestellte automatisch ein Bier, ohne die frühe Stunde zu bedenken, und riß den Umschlag auf. Der Brief war mit Maxime Le Bret unterzeichnet.

Ich wäre froh, wenn Sie heute vormittag im Büro vorbeikommen könnten. Herzlich.

Er mußte es in seiner Wohnung geschrieben haben, denn im Kommissariat hätte Le Bret einen Bogen mit Briefkopf benutzt. Mit der Form nahm er es sehr genau. Er besaß mindestens vier verschiedene Sorten Visitenkarten, jede für einen bestimmten Zweck: *Monsieur et Madame Le Bret de Plouhinec – Maxime Le Bret de Plouhinec – Maxime Le Bret, Offizier der Ehrenlegion – Maxime Le Bret, Polizeikommissar* . . .

Diese handschriftliche Botschaft kennzeichnete eine neue Vertraulichkeit zwischen ihm und seinem Sekretär, und er hatte sich gewiß überlegt, wie er beginnen sollte: *Mein lieber Maigret? Lieber Monsieur Maigret? Monsieur Maigret?* Schließlich hatte er sich aus der Affäre gezogen, indem er auf eine Anrede verzichtete.

»Hören Sie, Minard, haben Sie wirklich Zeit?«

»Soviel Sie wollen!«

»Das Mädchen ist oben. Ich weiß nicht, wann ich wieder frei bin. Ich fürchte aber, daß sie, wenn wir sie allein lassen, in die Rue Chaptal spaziert und dort alles ausplaudert.«

»Ich verstehe.«

»Wenn Sie mit ihr fortgehen, hinterlassen Sie eine Nachricht für mich, damit ich weiß, wo ich Sie finde. Und wenn Sie den Drang nach Freiheit verspüren, bringen Sie sie zu meiner Frau.«

Eine Viertelstunde später betrat er das Kommissariat. Seine Kollegen betrachteten ihn mit jener etwas neidischen Bewunderung, die man für Beamte im Urlaub oder in Sondermission empfindet, weil sie dem Stundenplan, dem täglichen Trott auf wunderbare Weise entronnen sind.

»Ist der Kommissar da?«

»Schon seit einer ganzen Weile.«

In der Art, wie Le Bret seinen Sekretär empfing, lag das gleiche undefinierbare Etwas wie in seinem Brief. Er reichte ihm sogar die Hand, was er sonst nie tat.

»Ich frage Sie nicht, wie weit Sie mit Ihrer Untersuchung gekommen sind. Es wäre wohl etwas verfrüht. Wenn ich Sie hergebeten habe ... Ich möchte, daß Sie mich richtig verstehen, denn es handelt sich um eine delikate Angelegenheit. Einerseits geht das, was ich zu Hause am Boulevard de Courcelles erfahre, den Polizeikommissar nicht das geringste an. Andererseits ...«

Er ging, eine seiner Zigaretten mit goldenem Mundstück rauchend, im Büro auf und ab. Er wirkte frisch, ausgeruht.

»Ich bringe es nicht über mich, Sie im dunkeln tappen zu lassen, indem ich Ihnen eine Neuigkeit vorenthalte. Gestern abend rief Mademoiselle Gendreau meine Frau an.«

»Vom Hôtel du Louvre aus?«

»Woher wissen Sie das?«

»Sie ist gestern nachmittag mit einer Mietdroschke hingefahren.«

»Tja, denn ... Das ist alles ... Ich weiß, wie schwierig es ist, in Erfahrung zu bringen, was in gewissen Häusern vor sich geht ...«

Es klang irgendwie besorgt, als fragte er sich, was Maigret außerdem hatte in Erfahrung bringen können.

»Sie will nicht mehr in die Rue Chaptal zurückkehren. Sie trägt sich mit dem Gedanken, das Haus ihres Großvaters neu herzurichten.«

»An der Avenue du Bois de Boulogne.«

»Ja. Ich sehe, Sie wissen manches.«

Maigret gab sich einen Ruck. »Gestatten Sie mir eine Frage: Kennen Sie den Grafen d'Anseval?«

Le Bret runzelte überrascht die Stirn. Er schien erst nicht zu verstehen, dachte eine geraume Weile nach.

»Ach ja! Die Balthazars haben das Schloß Anseval gekauft. Das meinen Sie doch, nicht wahr? Aber ich sehe keinen Zusammenhang.«

»Mademoiselle Gendreau und der Graf d'Anseval sehen sich häufig.«

»Sind Sie sicher? Das ist ziemlich merkwürdig.«

»Sie kennen den Grafen?«

»Nicht persönlich, und ich möchte sagen: glücklicherweise. Aber ich habe von ihm gehört. Was mich wundert ... es sei denn, sie hätten sich schon als Kind gekannt oder sie wisse nicht ... Bob d'Anseval ist sehr tief gesunken. Er wird nirgends mehr empfangen, er gehört keinem Club an, und ich glaube, die Sittenpolizei hat sich schon öfter mit ihm befassen müssen.«

»Wissen Sie zufällig seine Adresse?«

»Man sagt, er verkehre in gewissen berüchtigten kleinen Bars an der Avenue de Wagram und im Ternes-Quartier. Vielleicht wissen sie bei der Sittenpolizei mehr darüber.«

»Gestatten Sie, daß ich mich dort erkundige?«

»Unter der Bedingung, daß Sie die Familie Gendreau-Balthazar nicht erwähnen.«

Es war offensichtlich, daß ihn etwas beschäftigte. Ein paarmal murmelte er vor sich hin: »Merkwürdig!«

Kühner werdend, fragte Maigret: »Halten Sie Mademoiselle Gendreau für normal?«

Diesmal zuckte Le Bret zusammen. Im Blick, den er seinem Sekretär zuwarf, lag ungewollte Entrüstung.

»Wie bitte?«

»Verzeihen Sie, wenn ich die Frage nicht richtig gestellt habe. Ich habe jetzt die Gewißheit, daß es wirklich Lise Gendreau war, die ich in der bewußten Nacht im Mädchenzimmer sah. Also muß sich in ihrem eigenen Zimmer etwas so Wichtiges ereignet haben, das jenes Täuschungsmanöver notwendig machte. Und ich habe keinen Grund, an der Aussage des Musikers zu zweifeln, der zu diesem Zeitpunkt gerade durch die Rue Chaptal ging und einen Schuß hörte.«

»Sprechen Sie weiter!«

»Ich glaube, Mademoiselle Gendreau war in jener Nacht nicht allein mit ihrem Bruder.«

»Was wollen Sie damit sagen?«

»Daß aller Wahrscheinlichkeit nach eine Drittperson dort war, und zwar der Graf d'Anseval. Wenn wirklich geschossen wurde, wenn sich wirklich drei Personen im Zimmer befanden, wenn wirklich jemand getroffen wurde . . .«

Insgeheim war Maigret stolz darauf, daß sein Chef ihn so verblüfft musterte.

»Haben Sie noch mehr herausgefunden?«

»Nicht viel.«

»Ich dachte, man hätte Ihnen das ganze Haus gezeigt.«

»Bis auf die Zimmer über den Ställen und der Garage.«

Sekundenlang, und zum erstenmal, wurde das Drama gegenwärtig. Le Bret wies die Möglichkeit eines blutigen Ereignisses, eines Mordes, eines Verbrechens nicht länger von der Hand. Und es hatte sich in seiner Welt zugetragen, bei Menschen, mit denen er verkehrte, denen er in seinem Club begegnete, bei einem jungen Mädchen, das mit seiner Frau eng befreundet war.

Es war seltsam, aber die Erschütterung des Kommissars bewirkte, daß jetzt auch Maigret die Tragödie als solche empfand. Es war nicht mehr nur ein Problem, das der Lösung harrte. Es ging um ein Menschenleben, vielleicht um mehrere Menschenleben.

»Mademoiselle Gendreau ist unermeßlich reich«, seufzte der Kommissar endlich, als ob er diese Tatsache bedauerte. »Wahrscheinlich ist sie die Universalerbin eines der fünf, sechs größten Vermögen von Paris.«

»Wahrscheinlich?«

Sein Chef wußte mehr darüber, doch als Mann von Welt, der er war, widerstrebte es ihm sichtlich, dem Polizeikommissar, der er ebenfalls war, zu Hilfe zu kommen.

»Sehen Sie, Maigret, was diesen Fall betrifft, so sind hier sehr große Geldinteressen im Spiel. In deren Mittelpunkt steht Lise Gendreau, und das weiß sie schon seit ihrer Kindheit. Sie war nie ein Mädchen wie alle anderen. Immer hat sie sich als Erbin der Balthazar-Cafés und vor allem als geistige Erbin des alten Hector Balthazar gefühlt.«

Mitleidig fügte er hinzu: »Sie ist ein armes Kind.« Dann, interessiert: »Was Sie mir von d'Anseval erzählten . . . sind Sie sicher, daß es stimmt?«

Es war wieder der Weltmann, der sprach. Die Frage interessierte ihn brennend; trotzdem blieb er skeptisch.

»Er hat Mademoiselle Gendreau oft spätabends besucht, wenn nicht in ihrem Schlafzimmer, dann jedenfalls in ihrem Boudoir im zweiten Stock.«

»Das ist ein Unterschied.«

Genügte dieser Unterschied zwischen Boudoir und Schlafzimmer, damit Le Bret aufatmen konnte?

»Ich möchte Ihnen gern noch eine Frage stellen, wenn Sie gestatten, Herr Kommissar. Hat Mademoiselle Gendreau sich jemals mit der Absicht getragen, sich zu verheiraten? Bedeuten ihr Männer überhaupt etwas? Oder glauben Sie, daß sie frigid ist?«

Le Bret verschlug es die Sprache. Fassungslos starrte er den jungen Mann an, der plötzlich auf diese Weise mit ihm sprach, noch dazu über Menschen, mit denen er selber nie verkehrt hatte. Seine Miene drückte unfreiwillige Bewunderung aus, aber auch Unruhe, als sehe er sich unvermittelt einem Zauberer gegenüber.

»Es wird viel über sie getratscht. Sicher ist, daß sie die glänzendsten Partien ausgeschlagen hat.«

»Sagt man ihr Seitensprünge nach?«

»Davon weiß ich nichts.«

Es war offensichtlich, daß der Kommissar log.

In kühlerem Ton fuhr Le Bret fort: »Ich muß Ihnen gestehen, daß ich mir nie erlauben würde, mich solche Dinge zu fragen, wo es sich um Freundinnen meiner Frau handelt. Sie müssen bedenken, junger Mann ...«

Er sprach jetzt fast so schneidend, wie er es vermutlich am Boulevard de Courcelles getan hätte, doch er besann sich noch rechtzeitig.

»... *unser* Beruf erfordert unendlich viel Vorsicht und Takt. Ich frage mich sogar ...«

Maigret überlief es kalt. Man würde ihm seine Untersuchung fortnehmen, man würde verlangen, daß er an seinen Platz hinter dem schwarzen Pult zurückkehrte und wieder tagein, tagaus Protokolle ins reine schrieb und Bedürftigkeitszeugnisse ausstellte.

Sekundenlang hing der Satz in der Luft. Dann siegte der Beamte der Republik über den Mann von Welt.

»Sie müssen sehr, sehr behutsam vorgehen, glauben Sie mir. Im Notfall, wenn Sie aus irgendeinem Grund nicht weiterkommen, rufen Sie mich zu Hause an. Ich glaube, das habe ich Ihnen schon einmal gesagt. Haben Sie meine Nummer?«

Er notierte sie auf einem Zettel.

»Ich habe Sie heute hergebeten, weil ich Sie nicht im unklaren lassen wollte. Ich konnte ja nicht wissen, daß Sie selber schon so weit vorangekommen sind.«

Dennoch reichte er ihm zum Abschied nicht mehr die Hand. Maigret war wieder ein Polizeibeamter geworden, ein Beamter, der plump in eine Welt einzudringen drohte, wo nur die Visitenkarte *Monsieur et Madame Le Bret de Plouhinec* etwas galt.

Es war beinahe Mittag. Maigret war durch den Torbogen am Quai des Orfèvres geschritten und hatte im Vorbeigehen in den Raum zur Linken geblickt, der mit Meldezetteln der Fremdenpolizei tapeziert war. Er war die breite verstaubte Treppe hinaufgegangen, nicht als Überbringer irgendeiner Mitteilung aus dem Kommissariat wie bei früheren Gelegenheiten, sondern gewissermaßen auf eigene Rechnung.

Er hatte zu beiden Seiten des langen Korridors die vielen Türen gesehen, auf denen die Namen der Kommissare prangten. Er hatte auch den Warteraum mit den Glaswänden gesehen und einen Inspektor, der mit einem Mann in Handschellen an ihm vorüberging.

Jetzt stand er in einem Büro, dessen offene Fenster auf die Seine hinausgingen. Es hatte keinerlei Ähnlichkeit mit seinem Büro im Kommissariat. Männer saßen über Telefonapparate oder Rapporte gebeugt; ein Inspektor balancierte auf einer Tischkante, während er friedlich seine Pfeife rauchte. Das alles lebte, summte, widerspiegelte eine Atmosphäre ungezwungener Kameradschaft.

»Hör zu, Kleiner, von mir aus kannst du ruhig in die ›Aktenkammer‹ raufgehen, aber ich glaube nicht, daß es ein Dossier über ihn gibt. Meines Wissens ist er nie verurteilt worden.«

Ein etwa vierzigjähriger Wachtmeister hörte sich Maigrets Fragen an, väterlich, als hätte er einen Chorknaben vor sich. Das hier war die *Brigade mondaine,* die Sittenpolizei, und diese Männer kannten das Milieu, in dem der Graf d'Anseval verkehrte, wie ihre Westentasche.

»He, Vanel, wie lange ist es her, seit du den Grafen gesehen hast?«

»Bob?«

»Ja.«

»Den hab ich das letztemal beim Rennen getroffen. Er war mit Dédé.«

»Dédé«, wurde Maigret erklärt, »ist ein Typ, der an der Rue des Acacias eine Garage hat. Eine Garage, wo nie mehr als ein oder zwei Wagen stehen. Kapiert, Junge?«

»Kokain?«

»Auch das, sicher. Daneben vermutlich noch andere kleine Geschäfte. Von den Weibern nicht zu reden. Der Graf – man nennt ihn einfach Graf – steckt bis zum Hals in der Sache. Wir hätten ihn uns schon zwei-, dreimal bei einer krummen Tour angeln können, aber es ist besser, wir behalten ihn von weitem im Auge. Mit ein bißchen Glück bringt er uns die größeren Fische an die Leine.«

»Haben Sie seine letzte Adresse?«

»Willst du damit sagen, dein Kommissar trample in unseren Gartenbeeten herum? Junge, Junge, paß auf! Mach mir Bob nicht kopfscheu! Nicht weil er uns persönlich interessiert, aber so einer wie er, so ein Emanzipierter, bringt uns manchmal weiter. Ist was Ernstes dran an deiner Geschichte?«

»Ich muß ihn unbedingt finden.«

»Weißt du die Adresse, Vanel?«

Mürrisch, mit der Verachtung der Leute vom Quai des Orfèvres für die kleinen Pinscher vom Kommissariat, antwortete Vanel: »Hôtel du Centre, Rue Brey, gleich hinter der Etoile.«

»Wann war er das letztemal dort?«

»Vor vier Tagen habe ich ihn im Bistro, Ecke Rue Brey, mit seiner Nutte gesehen.«

»Darf man wissen, wie sie heißt?«

»Lucile. Sie ist leicht zu erkennen. Hat eine Narbe auf der linken Wange.«

Ein Kommissar kam herein, Papiere in der Hand, geschäftig. »Hört mal, Kinder . . .«

Er hielt inne, als er einen Unbekannten im Büro seiner Inspektoren erblickte, und schaute die Beamten fragend an.

»Der Sekretär des Kommissars von Saint-Georges.«

»Oh!«

Dieses Oh! hatte Maigret gerade noch gefehlt. Heftiger denn je wünschte er sich, dem »Haus« anzugehören. Er selber war nichts, er war weniger als nichts. Kein Mensch kümmerte sich mehr um ihn. Der Kommissar und der Inspektor standen beisammen und besprachen eine Razzia, die für die kommende Nacht im Umkreis der Rue de la Roquette geplant war.

Da es nicht weit war bis zur Place de la République, beschloß Maigret, zum Mittagessen nach Hause zu gehen, ehe er zur Etoile fuhr, um den Grafen oder Lucile zu suchen.

Als er in den Boulevard Richard-Lenoir einbog, sah er in der Brasserie an der Ecke ein Paar an einem gedeckten Tisch sitzen.

Justin Minard und Germaine. Eilig wollte er weitergehen, um nicht aufgehalten zu werden. Ihm schien, Minard habe ihn gesehen und dann absichtlich in eine andere Richtung geschaut. Aber das Mädchen klopfte von innen an die Scheibe, so daß ihm keine andere Wahl blieb, als hineinzugehen.

»Ich hatte schon Angst, daß Sie mich in der Pension verpassen würden«, sagte sie. »Haben Sie ordentlich gearbeitet?«

Minard studierte die Speisekarte. Er wirkte sehr verlegen. Das Mädchen dagegen war wie aufgeblüht. Maigret hatte den Eindruck, ihre Haut sei heller, rosiger geworden, ihre Augen strahlender, ihre Brüste noch voller.

»Brauchen Sie uns heute nachmittag? Wenn Sie uns nämlich nicht brauchen . . . Ich hab gesehen, daß es im Ambigu-Theater eine Matinee gibt.«

Sie saßen nebeneinander auf der Plüschbank, und Maigret bemerkte, daß Germaine ihre Hand mit schöner Selbstverständlichkeit auf dem Knie des Musikers ruhen ließ.

Die Blicke der beiden Männer kreuzten sich. Minards Augen schienen zu sagen: Ich habe nicht anders gekonnt.

Maigret unterdrückte ein Lächeln.

Schließlich ging er nach Hause und speiste allein mit Madame Maigret in ihrem kleinen Eßzimmer im vierten Stock, von dessen Fenster aus man die Passanten im Kleinformat durch die Straße flanieren sehen konnte.

Es war Madame Maigret, die mitten in einem Gespräch über andere Dinge verkündete: »Ich wette, sie hat ihn rumgekriegt.«

Keinen Augenblick wäre ihr der Gedanke gekommen, daß das Mädchen mit dem prallen Busen auch ihren Mann hätte rumkriegen können.

6 Eine kleine Familienfeier

Erst um acht Uhr abends, als die Gaslaternen die Perspektive der Straßen rund um den Arc de Triomphe mit einem Hohlsaum aus Lichtern nachzeichneten und Maigret nicht mehr viel Hoffnung hatte, kam er mit der Wirklichkeit, die er suchte, in Berührung.

Von seinem Nachmittag blieb ihm die strahlende Erinnerung an den schönsten Frühling in Paris, an eine Luft, die so milde war und so wundervoll roch, daß man stehenblieb, um sie einzuatmen. Sicher gingen die Frauen schon seit Tagen in den lauen Stunden ohne Mantel aus, doch er bemerkte es erst jetzt. Ihm war, als hätte allenthalben ein Blühen von hellen Kleidern begonnen; auf den Hüten wippten schon Margeriten, Kornblumen und Mohn, und viele Männer wagten sich mit dem Strohhut auf die Straße.

Stundenlang hatte er nichts anderes getan, als einen kleinen Abschnitt zwischen Etoile, Place des Ternes und Porte Maillot abzuschreiten. An der Rue Brey stieß man, gleich wenn man um die Ecke bog, auf drei Frauen in hochhackigen Stiefeletten und enggeschnürten Korsetts. Sie sprachen nicht miteinander, sie bildeten kein Grüppchen, doch sowie ein Passant auftauchte, stürzten sich alle drei auf ihn. Ihr Ankerplatz war das Hotel, wo der Graf wohnte, und neben dem Eingang wartete eine vierte Frau, viel dicker als die anderen, zu träge, um weiter draußen auf Kunden zu lauern.

Warum fiel Maigret auf, daß sich gleich gegenüber eine Wäscherei voller frischer junger Mädchen befand, die emsig mit dem Bügeleisen hantierten? Lag es am Kontrast?

»Ist der Graf oben?« erkundigte er sich in der Rezeption.

Er wurde von Kopf bis Fuß gemustert. Alle Menschen, denen er an diesem Tag noch begegnen sollte, hatten die gleiche Art, ihn prüfend anzusehen, bedächtig, wie im Zeitlupentempo, eher gelangweilt als verächtlich, und alle antworteten ihm widerstrebend.

»Gehen Sie rauf und sehen Sie nach!«

Er sah sich schon am Ziel seines ersten Vorhabens.

»Können Sie mir seine Zimmernummer sagen?«

Ein Zögern. Die Frage hatte bewiesen, daß er den Grafen nicht näher kannte.

»32 . . .«

Er ging nach oben. Es roch nach Menschen und nach Küche. Am Ende des Korridors stand ein Zimmermädchen und stapelte Bettlaken, die aussahen, als wären sie noch feucht von Schweiß. Vergeblich klopfte er an eine Tür.

»Wollen Sie zu Lucile?« rief das Mädchen von weitem.

»Zum Grafen.«

»Er ist nicht da. Niemand ist da.«

»Wissen Sie zufällig, wo ich ihn treffen kann?«

Das schien eine so alberne Frage zu sein, daß das Mädchen sich nicht mal die Mühe machte, darauf zu antworten.

»Und Lucile?«

»Ist sie denn nicht im ›Coq‹?«

Wieder hatte er sich verraten. Sie wurde sofort mißtrauisch. Was tat er hier, wenn er nicht einmal wußte, wo Lucile zu finden war?

»Le Coq« war eines der beiden Cafés an der Ecke der Avenue de Wagram. Die Terrassen waren breit. Ein paar Frauen ohne Begleitung saßen an den Tischen, und Maigret vermutete, daß es zwischen ihnen und jenen, die an der Ecke der Rue Brey auf der Lauer lagen, gewisse unterschiedliche Nuancen gab. Es gab noch eine dritte Sorte, Frauen, die bis zur Etoile schlenderten, dann langsam, immer wieder vor den Schaufenstern stehenbleibend, zur Place des Ternes zurückkehrten.

Einige von ihnen hätte man für achtbare Bürgerfrauen halten können, die sich einen kleinen Spaziergang gönnten.

Er suchte eine Narbe. Er sprach den Kellner an.

»Ist Lucile nicht da?«

Augen, die forschend die Runde machten.

»Ich hab sie heute noch nicht gesehen.«

»Glauben Sie, daß sie heute noch kommt? Und haben Sie auch den Grafen nicht gesehen?«

»Den habe ich seit mindestens drei Tagen nicht bedient.«

Er ging in die Rue des Acacias. Die Garage war immer noch geschlossen. Der tabakkauende Schuhflicker gegenüber fand seine Fragen ebenfalls müßig.

»Mir ist, ich hätte das Auto heute morgen wegfahren sehen.«

»Ein grauer Wagen? Ein Dion-Bouton?«

Für den Tabakkauer war ein Auto ein Auto; er achtete nicht auf die Marke.

»Können Sie mir nicht sagen, wo ich ihn finde?«

Etwas wie Mitleid lag im Blick des Mannes, der da in seiner düsteren Werkstatt saß.

»Ich befasse mich mit Schuhen . . .«

Maigret kehrte in die Rue Brey zurück, ging die Treppe hinauf, klopfte an die Tür Nr. 32. Keine Antwort. Er suchte weiter, vom »Coq« bis zur Place des Ternes, drehte sich nach allen Frauen um, musterte sie, suchte die Narbe, so daß sie ihn über eine Stunde lang für einen Freier hielten, der sich nicht entschließen konnte.

Dann und wann überkam ihn die Angst. Er warf sich vor, daß er hier seine Zeit vergeudete, während anderswo vielleicht irgendwelche Dinge geschahen. Er hatte vorgehabt, den Eingang zu den Büros der Firma Balthazar zu überwachen. Er hatte sich auch vergewissern wollen, daß Lise Gendreau noch immer im Hôtel du Louvre wohnte. Und er hätte gern die Menschen beobachtet, die im Haus in der Rue Chaptal ein und aus gingen.

Weshalb harrte er hier aus? Er sah Männer das Hotel an der Rue Brey betreten, gesenkten Kopfes, wie von einer unsichtbaren Hundeleine gezogen. Er sah Männer herauskommen, noch kläglicher, mit unsteten Augen; sie durchquerten eilig den leeren Raum, der sie von der Menschenmenge auf der Straße trennte und in der sie ihre Sicherheit wiederfanden. Er sah Frauen, die einander Zeichen gaben, und Geld, das von Hand zu Hand ging.

Er ging von einer Bar in die andere. Er war auf die Idee verfallen, Minard nachzuahmen, und bestellte Erdbeerlimonade, doch das Zeug widerte ihn an, und um fünf Uhr nachmittags kehrte er wieder zum Bier zurück.

»Nein, den Dédé hab ich auch nicht gesehen. Sind Sie mit ihm verabredet?«

In diesem Quartier schien sich alles gegen ihn verschworen zu haben. Erst gegen sieben Uhr sagte jemand: »War er denn nicht beim Rennen?«

Auch von Lucile keine Spur. Schließlich hatte er eine der Frauen, die nicht so unfreundlich aussah wie die anderen, nach ihr gefragt.

»Vielleicht ist sie aufs Land gefahren.«

Er begriff nicht gleich.

»Fährt sie oft aufs Land?«

Sie sah ihn an, lachte.

»Nun, der ergeht's eben wie allen Frauen. Wenn's so weit ist, kann man ebensogut ein bißchen frische Luft schnappen gehen . . .«

Drei-, viermal war er nahe daran aufzugeben. Er war sogar schon am Eingang zur Metro stehengeblieben, ein paar Stufen hinuntergegangen.

Und dann, kurz nach halb acht, noch während er auf und ab patrouillierte und die vorübergehenden Frauen musterte, fiel sein Blick zufällig auf die stille Rue de Tilsit. Am Bordstein standen Mietdroschken, ein Herrschaftswagen und gleich davor ein graues Auto, dessen Marke und Nummer er sogleich erkannte.

Es war Dédés Wagen. Niemand saß darin. Ein Wachtmeister in Uniform vertrat sich die Füße an der Straßenecke.

»Ich bin vom Kommissariat Saint-Georges. Ich möchte Sie um einen Gefallen bitten. Falls der Besitzer dieses Wagens zurückkommt und wegfahren will, könnten Sie ihn wohl unter irgendeinem Vorwand daran hindern?«

»Können Sie sich ausweisen?«

Sogar die Friedenshüter in diesem Quartier trauten ihm nicht! Es war die Stunde, da alle Restaurants voll waren. Da Dédé nicht im »Coq« war – man hatte es ihm eben wieder bestätigt –, aß er wahrscheinlich irgendwo in der Nähe zu Abend. In einer offenbar ziemlich beliebten Kneipe wurde Maigret erst herumgeschubst, dann warf man ihm über die Schulter zu: »Dédé? Kenn ich nicht . . .«

Auch in der Brasserie daneben kannte man Dédé nicht.

Zweimal ging Maigret in die Rue de Tilsit, um zu sehen, ob das Auto noch dort stand. Am liebsten hätte er mit seinem Taschenmesser vorsichtshalber einen der Reifen aufgeschlitzt, doch die Nähe des Polizeiwachtmeisters, der schon so viele Jahre länger Dienst tat als er, hinderte ihn daran.

Er stieß die Tür eines italienischen Restaurants auf, trat ein, stellte seine Fragen: »Haben Sie den Grafen heute nicht gesehen?«

»Bob? Nein. Weder heute noch gestern.«

»Und Dédé?«

Das Lokal war klein und ziemlich elegant mit seinen Sitzpolstern aus rotem Samt. Im Hintergrund trennte eine Zwischenwand, die nicht ganz bis zur Decke reichte, das Restaurant von einer Art Privatsalon, und im Eingang sah Maigret einen Mann in kariertem Anzug stehen. Er hatte ein rötliches Gesicht und blondes, gescheiteltes Haar.

»Was gibt's?« rief er an Maigret vorbei dem Wirt zu, der hinter der Theke stand.

»Er fragt nach dem Grafen und nach Dédé.«

Mit vollem Mund, eine Serviette in der Hand, kam der Mann auf Maigret zu, trat dicht an ihn heran und begann ihn gelassen zu mustern.

»Nun?« fragte er.

Maigret suchte nach Worten.

»Ich bin Dédé«, fuhr der Mann fort.

Maigret hatte sich verschiedene Verhaltensweisen ausgedacht für den Fall, daß er dem Mann endlich gegenüberstehen würde, doch jetzt fiel ihm eine neue Variante ein.

»Ich bin gestern angekommen«, erklärte er linkisch.

»Von wo angekommen?«

»Von Lyon. Ich wohne in Lyon.«

»Interessant.«

»Ich suche einen Freund von mir, einen Schulkameraden, der mit mir im Internat war.«

»Wenn er im Internat war, bin ich's nicht.«

»Es ist der Graf d'Anseval, Bob.«

»Ach, sieh mal an!«

Er lächelte nicht. Er fuhr sich mit der Zungenspitze über die Zähne und dachte nach.

»Und wo haben Sie Bob gesucht?«

»Überall. In seinem Hotel habe ich ihn nicht angetroffen.«

»Weil er Ihnen seine Hoteladresse gegeben hat, als Sie zusammen im Internat waren, ja?«

»Die Adresse hab ich von einem Freund.«

Dédé gab dem Barmann ein kaum merkliches Zeichen.

»Schön. Da Sie ein Freund von Bob sind, müssen Sie mit uns anstoßen. Wir feiern heute abend gerade ein kleines Familienfest.«

Er bedeutete Maigret, ihm in den Privatsalon zu folgen. Maigret erblickte einen gedeckten Tisch, Champagner in einem silbernen Kübel, Sektgläser, eine Frau in Schwarz mit aufgestützten Ellbogen, einen Mann mit gebrochener Nase und stierem Blick, der sich langsam wie ein Boxer vor der nächsten Runde von seinem Sitz erhob.

»Das ist Albert, ein Kollege von mir.«

Dédé blickte Albert mit dem gleichen rätselhaften Ausdruck an wie eben noch den Wirt. Er sprach nicht lauter als vorher, er lächelte noch immer nicht, dennoch spürte Maigret den ätzenden Hohn in seiner Stimme.

»Und das ist Lucile, Bobs Frau.«

Maigret sah die Narbe. Sie hatte ein sehr schönes, sehr ausdrucksvolles Gesicht, und als er sich über sie beugte, um sie zu begrüßen, standen Tränen in ihren Augen. Sie wischte sie mit dem Taschentuch fort.

»Machen Sie sich nichts daraus! Sie hat gerade ihren Papa verloren. Drum mixt sie jetzt ihren Champagner mit ein paar Tränen. Angelino! Noch ein Glas und ein Gedeck!«

Sonderbar, wie eisig, ja drohend seine Herzlichkeit wirkte! Maigret warf einen Blick auf den Eingang hinter ihm. Er hatte das sichere Gefühl, daß er hier nicht wieder herauskommen würde, wenn es dem kleinen Mann im karierten Anzug nicht paßte.

»Sie sind also aus Lyon hergereist, um Ihren alten Kameraden Bob wiederzusehen?«

»Nicht nur deswegen. Ich hatte in Paris geschäftlich zu tun. Ein Freund sagte mir, Bob lebe hier. Ich habe ihn schon vor langer Zeit aus den Augen verloren.«

»Vor langer Zeit, soso. Nun dann, auf Ihr Wohl! Die Freunde unserer Freunde sind auch unsere Freunde. Trink, Lucile!«

Sie gehorchte. Das Glas stieß gegen ihre Zähne, so sehr zitterte ihre Hand.

»Sie bekam heute nachmittag ein Telegramm, ihr Papa sei gestorben. Das macht einem immer Eindruck. Zeig das Telegramm, Lucile!«

Verwundert schaute sie ihn an.

»Zeig diesem Herrn . . .«

Sie kramte in ihrer Tasche.

»Ich muß es in meinem Zimmer liegengelassen haben.«

»Mögen Sie Ravioli? Der Chef bereitet gerade seine Spezialität für uns zu. Übrigens, wie heißen Sie?«

»Jules.«

»Jules gefällt mir. Es tönt gut. Also los, alter Jules, erzähl!«

»Ich hätte Bob vor meiner Rückreise gern noch gesehen.«

»Fahren Sie schon so bald wieder nach Bordeaux zurück?«

»Ich sagte: Lyon.«

»Lyon, ach ja! Schöne Stadt, Lyon! Bob wäre sicher untröstlich, wenn er Sie verpassen würde. Zumal er seine Internatsfreunde heiß liebt, nicht wahr? Versetzen Sie sich an seine Stelle. Kameraden vom Internat sind ehrbare Leute. Ich wette, Sie sind ein ehrbarer Mensch. Lucile, was, glaubst du, ist der Herr von Beruf?«

»Ich weiß es nicht.«

»Denk mal ein bißchen nach. Ich möchte wetten, er züchtet Hühner.«

War das nur so hingesagt? Warum gebrauchte er das Wort »Hühner«, das in gewissen Kreisen als Spitzname für die Polizei verwendet wurde? War es als eine Warnung an die beiden anderen gedacht?

»Ich bin in der Versicherungsbranche tätig«, sagte Maigret. Er mußte das Spiel bis zum Schluß weiterspielen, es blieb ihm nichts anderes übrig.

Das Essen wurde serviert. Eine neue Flasche wurde gebracht, von Dédé offenbar durch einen Wink herbeigezaubert.

»Komisch, wie man sich wiedertrifft. Man kommt nach Paris, einfach so. Man erinnert sich halb und halb an einen alten Schulkameraden und stößt zufällig auf einen Bekannten, der einem die richtige Adresse gibt. Andere hätten zehn Jahre lang suchen können, schon weil es im ganzen Quartier keine Menschenseele gibt, die den Namen d'Anseval kennt. Es ist wie mit meinem Namen. Fragen Sie den Wirt, fragen Sie Angelino nach meinem Namen! Die kennen mich seit Jahren. Sie werden Ihnen sagen, ich sei Dédé. Schlicht und einfach Dédé. Hör auf zu heulen, Lucile! Der Herr wird denken, du hättest keine Tischmanieren.«

Der mit der Boxernase sagte nichts. Er aß, trank, machte ein mürrisches Gesicht, und doch schien er hin und wieder ein Gelächter zu unterdrücken, als fände er die Scherze des Garagisten ungeheuer lustig.

Einmal zog Lucile eine kleine goldene Uhr, die an einem Band hing, aus ihrem Gürtel.

Dédé beruhigte sie: »Keine Angst, du wirst den Zug schon noch erwischen!«

Seinem Gast erklärte er: »Ich setze sie später in den Bummelzug. Wenn sie nur rechtzeitig zum Begräbnis kommt, das ist die Hauptsache. Tja, so ist nun mal das Leben. Heute zum Beispiel geht ihr Vater ins Jenseits, und ich gewinne in Longchamps. Ich schwimme im Geld. Ich lasse eine kleine Bombe steigen. Und jetzt ist Bob nicht da, um mit uns anzustoßen.«

»Ist er verreist?«

»Du sagst es, Jules. Er ist verreist. Trotzdem werden wir gleich dafür sorgen, daß du ihn zu sehen kriegst.«

Wieder schluchzte Lucile auf.

»Trink, Mädchen! Es gibt nichts Besseres, um den Kummer zu ersäufen. Hätten Sie jemals gedacht, daß sie so sensibel sein könnte? Seit zwei Stunden tu ich alles, was ich kann, um sie aufzuheitern. Auch Väter müssen nun mal eines Tages in ein besseres Jenseits übersiedeln, stimmt's? Wie lange hast du ihn nicht gesehen, Lucile?«

»Sei still!«

»Eine Flasche vom gleichen, Angelino! Und was ist mit dem Soufflé? Sag dem Chef, das Soufflé darf er mir nicht verpatzen. Auf dein Wohl, Jules!«

Maigret mochte noch so viel trinken, sein Glas blieb immer voll, und Dédé hatte eine Art, es wieder zu füllen und mit ihm anzustoßen, daß es schon fast eine Drohung war.

»Wie heißt der Freund, der so gut Bescheid weiß?«

»Bertrand.«

»Muß ein Schlaukopf sein. Hat dich nicht nur über den alten Bob aufgeklärt, sondern dich auch zur Garage geschickt.«

Demnach wußte er, daß jemand sich in der Rue des Acacias umgesehen und nach ihm gefragt hatte. Wahrscheinlich war er noch am späten Nachmittag dort vorbeigegangen.

»Zu welcher Garage?« fragte Maigret trotzdem.

»Ich dachte, du hättest von einer Garage gesprochen. Jedenfalls hast du nach mir gefragt, als du hier hereinkamst, ja oder nein?«

»Ich weiß, daß Sie mit Bob befreundet sind.«

»Was seid ihr doch für Schlaumeier, ihr Lyoner! Prosit, Jules! Auf russisch! In einem Zug! Los! Oder paßt dir das nicht?«

Der Boxer in seiner Ecke sah aus, als heulte er innerlich vor Wonne. Lucile dagegen hatte ihren Kummer offenbar ein wenig vergessen und schien von Maigrets wachsender Unruhe angesteckt zu sein. Einige Male glaubte Maigret den fragenden Blick, den sie Dédé zuwarf, deuten zu können.

Wie würde das alles enden? Der Garagist, das war sonnenklar, hatte etwas ganz Bestimmtes mit ihm vor. Er gab sich immer ungezwungener, auf seine besondere Art, ohne ein Lächeln, ein eigenartiges Glitzern in seinen Augen. Bisweilen blickte er die anderen beifallheischend an wie ein Schauspieler, der sich in Form fühlt.

Vor allem kaltes Blut bewahren! dachte Maigret, während er gezwungenermaßen ein Glas Champagner nach dem anderen hinunterstürzte.

Er war unbewaffnet. Er war zwar kräftig, aber gegen die beiden Männer, den Garagisten und vor allem den Boxer, vermochte er nichts auszurichten. Er fühlte ihre kalte Entschlossenheit mit jeder Minute stärker.

Ob sie wußten, daß er von der Polizei war? Es war anzunehmen. Vielleicht war Lucile in die Rue Brey gegangen, vielleicht hatte man ihr von ihrem hartnäckigen Besucher erzählt, der am Nachmittag ins Hotel gekommen war? Wer weiß, vielleicht hatten sie hier auf ihn gewartet!

Und doch wirkte diese Champagner-Party echt. Dédé hatte verkündet, er schwimme im Geld, und es war offenkundig, daß das stimmte. Er befand sich in jenem Zustand freudiger Erregung, in den Leute seines Schlags geraten, wenn sie plötzlich über eine pralle Brieftasche verfügen.

Beim Rennen gewonnen? Sicher ging er oft zum Rennen, aber Maigret hätte geschworen, daß er an diesem Nachmittag nicht in Longchamps gewesen war.

Und was Lucile betraf, so war es nicht der Tod ihres Vaters, weswegen sie in fast regelmäßigen Abständen in Tränen ausbrach. Die Augen liefen ihr über, sowie Bobs Name erwähnt wurde. Weshalb?

Es war zehn Uhr, und sie saßen noch immer am Tisch, noch immer vor ihrem Champagner. Und Maigret kämpfte weiter gegen seine wachsende Benommenheit an.

»Du gestattest, Jules, daß ich eben mal telefoniere?«

Die Telefonkabine befand sich im Restaurant vorn links. Von seinem Platz aus konnte Maigret sie deutlich sehen. Dédé mußte zwei oder drei Nummern verlangen, ehe er die gewünschte Verbindung bekam. Maigret sah, wie sich seine Lippen bewegten, konnte aber die Worte nicht erraten. Lucile wurde nervös. Der Boxer dagegen hatte sich eine dicke Zigarre angezündet, lächelte verklärt und zwinkerte Maigret sogar dann und wann zu.

Hinter dem Kabinenfenster schien Dédé jemandem Anweisungen zu geben, langsam, jedes Wort betonend. Jede Spur von Heiterkeit war aus seinem Gesicht gewichen.

»Entschuldige, mein Lieber, aber es wäre mir nicht recht gewesen, wenn du deinen Freund Bob verpaßt hättest.«

Da verlor Lucile vollends die Fassung. Hinter ihrem Taschentuch brach sie in lautes Weinen aus.

»Haben Sie mit ihm gesprochen?«

»Nicht direkt, aber es kommt aufs selbe raus. Ich habe es so arrangiert, daß ihr zwei euch trefft, das ist alles. Ist ja die Hauptsache, nein? Du willst ihn doch unbedingt treffen, wie?«

Offenbar war das sehr witzig, denn der Boxer geriet förmlich in Ekstase und gab einen bewundernden Gluckser von sich.

Bildeten sie sich etwa ein, Maigret hätte nicht genausogut kapiert wie sie, was vor sich ging? Der Graf war tot oder jedenfalls so gut wie tot. Und wenn Dédé sagte, er wolle Maigret mit ihm zusammenbringen ...

»Ich sollte auch mal telefonieren«, sagte er so beiläufig wie möglich.

Trotz Le Brets Warnung hatte er soeben beschlossen, sein Kommissariat zu alarmieren. Er konnte sich nicht gut an die Polizei eines anderen Quartiers wenden. Besson, der Dienst hatte, oder Colombani und Wachtmeister Duffieu saßen um diese Zeit in der Wachstube und spielten Karten. Er mußte nur die Dinge etwas in die Länge ziehen, damit sie Zeit hatten, herzukommen und sich beim Wagen zu postieren.

Hier im Lokal würden sie nichts gegen ihn unternehmen. Es waren noch andere Gäste da, man hörte ihre Stimmen jenseits der Trennwand, und mochten auch viele von ihnen zu Dédés Milieu gehören, so gab es doch sicher noch andere darunter.

»Telefonieren möchtest du? Mit wem?«

»Mit meiner Frau.«

»Du hast deine Frau bei dir? Bist ein braver Bürger, wie? Hast du gehört, Lucile? Jules ist ein braver Mann. Nichts für dich! Kannst das Füßchenspiel unter dem Tisch ruhig lassen, es lohnt sich nicht. Auf dein Wohl, Jules! Brauchst dich nicht zu bemühen. Angelino wird für dich anrufen. Angelino! In welchem Hotel ist sie denn abgestiegen, deine Süße?«

Der Kellner stand wartend am Tisch. Auch er schien die Situation zu genießen.

»Es ist nicht so dringend.«

»Weißt du das bestimmt? Wird sie sich nicht sorgen? Wäre es nicht möglich, daß sie sich irgend etwas Hirnverbranntes einbildet und dir die Polizei auf den Hals hetzt? Noch eine Flasche, Angelino! Nein, warte! Jetzt wird Cognac getrunken. Jetzt ist Cognaczeit. In Schwenkern. Ich wette, unser Freund Jules hat eine Schwäche für Cognac.«

Sekundenlang spielte Maigret mit dem Gedanken, aufzuspringen und zum Ausgang zu laufen, doch sogleich wurde ihm klar, daß er die Tür nicht ungehindert erreichen würde. Es war mehr als wahrscheinlich, daß die beiden Männer Waffen besaßen. Zweifellos hatten sie auch Freunde im Lokal, wenn nicht gar Komplizen, und der Kellner Angelino würde nicht zögern, ihm ein Bein zu stellen, um ihn aufzuhalten.

Daraufhin wurde Maigret ganz ruhig, ruhig und nüchtern, ungeheuer nüchtern, trotz all des Champagners und Cognacs, der ihm aufgezwungen worden war. Ab und zu warf er einen Blick auf die Uhr. Wie Lucile. Es war noch nicht so lange her, seitdem er Bahnhofdienst getan hatte, und die Fahrpläne der wichtigsten Züge hatte er immer noch im Kopf.

Dédé hatte nicht einfach dahergeredet, als er von einer Bahnfahrt sprach. Sie reisten tatsächlich ab, vielleicht alle drei. Die Fahrkarten hatten sie wohl schon in der Tasche. Mit jeder halben Stunde, die verstrich, verringerten sich nun aber die Möglichkeiten. Der Zug nach Le Havre, mit welchem sie ein Schiff hätten erreichen können, war vor zehn Minuten von der Gare Saint-Lazare abgedampft. Der Zug nach Strasbourg verließ die Gare de l'Est in zwanzig Minuten.

Dédé war nicht der Mann, der sich in irgendeinem ländlichen Winkel verkroch, wo man ihn früher oder später aufstöbern würde. Er hatte seinen Wagen draußen stehen, am Bordstein in der Rue de Tilsit.

Sie fuhren ohne Gepäck weg. Das Auto würden sie vermutlich irgendwo stehenlassen.

»Hör auf zu trinken, Lucile. Wie ich dich kenne, wirst du uns noch aufs Tischtuch kotzen, und das wäre unfein. Angelino! Die Rechnung!« Und zu Maigret gewandt, als hätte dieser Miene gemacht, seine Brieftasche zu zücken: »Nie im Leben! Ich hab dir doch gesagt, daß dies eine kleine Familienfeier ist.«

Stolz öffnete er seine eigene, von Tausendfrancnoten fast berstende Brieftasche. Ohne die Rechnung zu beachten, steckte er Angelino eine der Banknoten in die Hand und sagte: »Behalt den Rest.«

Er mußte seiner Sache sehr sicher sein.

»Und jetzt los, Kinder. Zuerst bringen wir Lucile zum Bahnhof, dann gehen wir zu Bob. Ist dir das recht, Jules? Kannst du noch gerade gehen? Unser Freund Albert wird dich stützen. Aber ja! Faß ihn unter, Albert! Ich kümmere mich um die Kleine.«

Es war elf Uhr dreißig. Die Avenue de Wagram war in dieser Gegend nur spärlich beleuchtet; erst unten gegen die Place des Ternes zu wurde es heller.

Als sie das Lokal verließen, blickte ihnen der Wirt mit undurchdringlicher Miene nach, und sie waren noch keine zehn Schritte gegangen, da ließ er hastig die Rolläden herunter, obwohl noch mehrere Gäste im Restaurant saßen.

»Stütz ihn gut, Albert! Wir wollen nicht, daß er sein Porträt beschädigt. Wär ja ein Jammer, wenn sein Freund Bob ihn nicht mehr erkennen würde. Hier entlang, meine Damen und Herren!«

Wenn jetzt ein Polizist an der Straßenecke gestanden hätte, so hätte Maigret um Hilfe gerufen. Er wußte nur zu gut, was ihm bevorstand. Man hatte ihm zuviel gesagt, zuviel gezeigt. Es war ihm klar, daß sein Schicksal sich in dem Moment entschieden hatte, als er das italienische Restaurant betrat.

Weit und breit war kein Polizist zu sehen. Im Halbdunkel auf der anderen Seite der Avenue zeichneten sich die Umrisse einiger Strichmädchen ab. Am oberen Ende stand ein Straßenbahnwagen an der Endhaltestelle, aber er war leer; durch die Wagenfenster fiel gelbliches, klebriges Licht.

Immerhin blieb ihm die Hoffnung, daß sie nicht schießen würden. Die Zeit hätte nicht gereicht, um ins Auto zu springen und das Viertel auf schnellstem Weg zu verlassen, ehe der Alarm ausgelöst wurde.

Also Messer? Wahrscheinlich. Messer waren jetzt große Mode. Und der Boxer Albert sorgte dafür, daß er den rechten Arm nicht bewegen konnte, indem er so tat, als müsse er Maigret stützen.

Ein Jammer, daß er nicht dazugekommen war, einen der Reifen aufzuschlitzen. Hätte er ein paar Minuten gewartet, bis ihm der Wachtmeister den Rücken zukehrte, die Lage wäre eine ganz andere gewesen.

Es war beinahe Mitternacht. Noch zwei Züge blieben übrig. Einer fuhr von der Gare du Nord aus nach Belgien, der zweite von der Gare de Lyon nach Ventimiglia. Aber Ventimiglia war weit.

Madame Maigret saß zu Hause bei ihrer Näharbeit und wartete auf ihn. Justin Minard spielte Kontrabaß in der Brasserie Clichy, wo die Nummer des Stücks jeweils auf einem Pappschild angekündigt wurde. Ob es ihm gelungen war, Germaine loszuwerden? Maigret hätte schwören mögen, daß sie jetzt in der Brasserie saß und daß der Musiker sich überlegte, was er mit ihr anfangen sollte.

In der Rue de Tilsit war kein Mensch zu sehen, nicht einmal eine Droschke. Nur das graue Auto stand am Bordstein. Dédé setzte sich, nachdem er Lucile auf dem Rücksitz verstaut hatte, ans Steuer und ließ den Motor an.

Vielleicht würden sie ihn in eine noch verlassenere Gegend bringen, ans Ufer der Seine oder des Kanals Saint-Martin, und seine Leiche ins Wasser werfen.

Maigret hatte keine Lust zu sterben, und doch hatte er sich irgendwie damit abgefunden. Er würde sich wehren, so gut er konnte, aber das würde ihm nicht viel nützen. Mit der linken Hand umklammerte er das Schlüsselbund in der Tasche.

Wenn nur der Motor nicht anspringen wollte! Aber nach ein paar hüstelnden Geräuschen begann er zu laufen, und der Wagen bebte auf den Rädern.

Der Ziegenpelz lag auf dem Sitz. Dédé dachte nicht daran, ihn anzuziehen. War es Dédé, der zuschlagen würde, von oben nach unten? Oder war es der Boxer, der hinter Maigret stand und seinen rechten Arm fest gepackt hielt.

Der Augenblick war gekommen, und niemand weiß, ob Maigret nicht betete: Lieber Gott, gib, daß ...

Als hätte der Zufall es gewollt, ertönten laute Schritte. Zwei ziemlich beschwipste Männer kamen die Avenue de Wagram herunter. Sie trugen Frack und schwarzen Mantel, hatten den Knauf des Spazierstocks in die Tasche gesteckt und trällerten einen Gassenhauer, der in den *Café-concerts* gerade im Schwang war.

»Komm, Jules!« rief Dédé mit einer Hast, die Maigret eben noch registrieren konnte.

Als er den rechten Fuß hob, um ins Auto zu steigen, wurde ihm ein heftiger Schlag auf den Kopf versetzt. Er hatte sich noch rechtzeitig gebückt, so daß der Schock geringer war als erwartet. Er glaubte Schritte zu hören, die sich näherten, Stimmen, Motorgeknatter, danach wußte er nichts mehr.

Als er die Augen aufschlug, sah er als erstes Beine, Lackschuhe, dann Gesichter, fahl im Dunkel. Es schienen viele Gesichter zu sein, eine ganze Menge, dann stellte er fest, daß nur fünf Personen um ihn herumstanden, und das verwunderte ihn sehr.

Eines der Gesichter gehörte zu einem dicken, gutmütigen Mädchen, das wohl auf der anderen Seite der Avenue auf den Strich ging und vom Lärm angelockt worden war. Er hatte es am Nachmittag ein paarmal dort stehen sehen, und vermutlich hatte es kein Glück gehabt, da es zu dieser späten Stunde noch auf einen Freier wartete. Auch die zwei angeheiterten Festbrüder waren da. Einer von ihnen stand über ihn gebeugt und fragte mit der Hartnäckigkeit des Betrunkenen: »He, alter Freund, geht's besser? He, alter Freund, hörst du mich? Geht's dir besser?«

Er wußte nicht, warum da ein Korb stand und warum es nach Veilchen roch. Er versuchte sich auf einen Ellbogen zu stützen. Der Festbruder half ihm. Eine alte Blumenverkäuferin stand da. Sie jammerte: »Wieder diese Banditen! Wenn es so weitergeht ...«

Und ein Hotelpage, ein Junge in roter Livree, setzte sich in Trab mit dem Ruf: »Ich hol die Polente!«

»Geht's besser, Freundchen?«

Mit der Stimme eines Schlafwandlers erkundigte sich Maigret: »Wie spät ist es?«

»Fünf nach zwölf.«

»Ich muß telefonieren.«

»Klar, alter Freund, gleich kannst du das. Sie bringen dir ein Telefon her. Sie sind es holen gegangen.«

Er trug keinen Hut mehr auf dem Kopf, statt dessen klebten seine Haare oben am Schädel. Albert, der Schweinehund, hatte ihn wohl mit einem Totschläger niedergestreckt. Albert hätte ihn fertiggemacht, wenn die beiden Nachtvögel nicht gewesen wären und wenn Maigret sich nicht gebückt hätte ...

»Ich muß telefonieren«, sagte er wieder.

Es gelang ihm, sich auf allen vieren aufzurichten. Blut tropfte von seinem Kopf auf das Pflaster. Er hörte, wie einer der Festbrüder schrie: »Er ist besoffen, mein Lieber. Ich lach mich kaputt! Er ist immer noch besoffen!«

»Ich versichere Ihnen, ich muß ...«

»... telefonieren ... gewiß, mein Bester! Hören Sie, Armand? Holen Sie ihm ein Telefon!«

Das dicke Mädchen sagte entrüstet: »Sehen Sie denn nicht, daß er völlig hinüber ist? Sie sollten lieber einen Arzt holen.«

»Kennen Sie einen in dieser Gegend?«

»In der Rue de l'Etoile gibt's einen.«

Doch schon kam der Hotelpage atemlos zurück, gefolgt von zwei Polizisten auf Fahrrädern. Die anderen machten Platz. Die Beamten beugten sich über Maigret.

»Ich muß telefonieren ...«, sagte er.

Sonderbar, den ganzen langen Abend hatte er sich nicht betrunken gefühlt, und jetzt lallte seine Zunge, alle seine Gedanken waren durcheinandergeraten. Alle, bis auf einen. Der blieb klar, gebieterisch.

Es ärgerte ihn maßlos, daß er so dahockte, auf dem Boden, in einer lächerlichen Haltung und unfähig, sich zu erheben.

»Polizei«, stammelte er, »... sehen Sie in meiner Brieftasche nach ... Kommissariat Saint-Georges ... Man muß sofort anrufen,

Gare du Nord ... Der Zug nach Brüssel ... fährt in wenigen Minuten ... sie haben einen Wagen.«

Einer der Beamten war unter die Gaslaterne getreten, um den Inhalt seiner Brieftasche zu prüfen.

»In Ordnung, Germain.«

»Hören Sie ... es eilt ... sie haben ihre Fahrkarten. Eine Frau in Schwarz mit einer Narbe auf der Wange ... einer der Männer trägt einen karierten Anzug, der andere hat eine Boxernase.«

»Germain, los!«

Bis zum Posten an der Rue de l'Etoile war es nicht weit. Einer der Polizisten schwang sich auf sein Rad. Der Hotelpage hatte das Ganze nicht richtig mitbekommen.

»Ist er einer von der Polente?« fragte er.

Maigret fiel wieder in Ohnmacht, während einer der Festbrüder stotternd verkündete: »Und ich sage euch, er ist total besoffen!«

7 Madame Maigret lacht

Er wollte sie mit der Hand wegstoßen, aber seine Hand war schlaff und kraftlos. Er wollte sie anflehen, ihn in Ruhe zu lassen. Oder hatte er das schon getan? Er wußte es nicht mehr. Er hatte so vieles im Kopf, daß es schmerzte.

Ein Gedanke beherrschte alle anderen: Es war unerläßlich, daß man ihn bis ans Ende gehen ließ. An wessen Ende? Gott, was sind die Leute doch schwer von Begriff! *Bis ans Ende!*

Aber nein, man behandelte ihn wie ein Kind, oder wie einen Kranken. Man fragte ihn nicht nach seiner Meinung. Noch ärgerlicher war, daß man sich mit lauter Stimme über seinen Fall unterhielt, als wäre er unfähig, ihre Worte zu verstehen. Weil er auf dem Boden gelegen hatte wie ein großes zerquetschtes Insekt? Nun gut, da waren die vielen Beine um ihn herum gewesen. Dann der Krankenwagen. Er hatte genau gewußt, daß es ein Krankenwagen war, und er hatte sich gewehrt. Kann man denn nicht einmal einen Schlag auf den Kopf kriegen, ohne daß man ins Krankenhaus gefahren wird?

Auch das dunkle Portal des Beaujon-Hospitals hatte er wiedererkannt, die gewölbte Einfahrt mit der grellen elektrischen Lampe, die einem in den Augen weh tat. Leute kamen und gingen, völlig unbeteiligt, ein großer junger Mann im weißen Kittel war da, der aussah, als machte er sich über alle Welt lustig.

Als ob er nicht wüßte, daß dies der Arzt vom Dienst war! Eine Krankenschwester schnitt ihm das Haar oben auf dem Kopf, und der Arzt redete dummes Zeug dazu. Sie war sehr hübsch in ihrer Tracht. So wie sie einander anschauten, hatten sie sich vermutlich gerade geküßt, als Maigret eingeliefert wurde.

Er wollte sich nicht übergeben und erbrach sich dann trotzdem, infolge des Äthers.

Das wird ihm eine Lehre sein, dachte er.

Was gaben sie ihm da zu trinken? Er weigerte sich zu trinken. Er mußte nachdenken. Hatte der Polizist mit dem Fahrrad nicht gesagt, er sei ein Kriminalbeamter, ein mit einer wichtigen, einer *vertraulichen* Untersuchung betrauter Kriminalbeamter?

Niemand glaubte ihm. Das war die Schuld des Kommissars. Er wollte nicht, daß sie ihn trugen. Und warum lachte Madame Maigret, als sie das Bett aufdeckte?

Er war sicher, daß sie gelacht hatte, daß es ein nervöses Lachen war, das er an ihr nicht kannte, danach hatte er sie noch lange im Zimmer umhergehen hören, so lautlos wie möglich.

Hätte er anders handeln können? Sie mußten ihn nachdenken lassen. Sie mußten ihm einen Bleistift und Papier geben. Irgendein Stück Papier, ja. So.

Angenommen, der Strich hier ist die Rue Chaptal ... Sie ist sehr kurz ... Gut ... Es ist etwa ein Uhr morgens, und niemand ist auf der Straße.

Verzeihung, es ist doch jemand da. Dédé ist da, am Steuer seines Wagens. Beachten Sie, daß er den Motor nicht abgestellt hat. Dafür kann es zwei Gründe geben. Entweder er hat den Wagen nur für ein paar Minuten angehalten – oder er rechnet damit, daß er rasch abfahren muß. Es ist schwierig, ein Auto anzulassen, wenn es draußen kalt ist, und im April sind die Nächte kalt.

Nein, nicht unterbrechen! Also hier, dieser Strich. Und hier ein kleines Viereck, das Balthazar-Haus. Er sagt Balthazar, weil es echter tönt als Gendreau. Im Grunde dreht sich das Ganze um die Balthazar-Familie, das Balthazar-Geld, das Balthazar-Drama.

Wenn Dédés Auto dort steht, so hat das seinen Grund. Der Grund ist, daß es vermutlich den Grafen hergebracht hat und daß es mit ihm wieder davonfährt, wenn er herauskommt.

Ein sehr wichtiger Punkt. Bitte nicht unterbrechen ... Es ist sinnlos, ihm irgendwelche Sachen auf den Kopf zu legen oder Wasser aufzukochen in der Küche. Sie kochen Wasser, er hört es genau. Sie verbringen ihre Zeit mit Wasserkochen, und am Ende wird man nur nervös davon, es hindert am Denken.

Hat sich der Graf schon früher von Dédé begleiten lassen, wenn er Lise besuchte? Das zu wissen wäre ungeheuer wichtig. Wenn nein, dann ist dieser Besuch um ein Uhr morgens etwas ganz Besonderes, dann hat er einen ganz bestimmten Zweck.

Warum hat Madame Maigret so gelacht? Was gibt's denn da zu lachen? Glaubt vielleicht auch sie, er habe sich mit Mädchen vergnügt?

Justin Minard, der hat mit der Germaine geschlafen. Sie hat ihn todsicher nicht mehr losgelassen und macht ihm vermutlich noch lange das Leben sauer. Und Carmen? Er hat Carmen nie gesehen. Es gibt eine Menge Leute, die er noch nie gesehen hat.

Das ist ungerecht. Wenn man eine *vertrauliche* Untersuchung leitet, sollte man das Recht haben, alle Menschen zu sehen, von innen zu sehen.

Man soll ihm seinen Bleistift zurückgeben. Das Viereck hier ist ein Zimmer. Das Zimmer von Lise, klar. Die Möbel sind nicht wichtig. Es stört nur, wenn man die Möbel einzeichnet, es verwirrt nur. Höchstens den Nachttisch, weil in der Schublade oder auf dem Tisch ein Revolver liegt.

Jetzt kommt es darauf an. Lag Lise im Bett, ja oder nein? Erwartete sie den Grafen oder erwartete sie ihn nicht? Wenn sie im Bett lag, mußte sie den Revolver aus der Lade genommen haben.

Sie sollen aufhören, ihm den Kopf einzudrücken, verdammt noch mal! Man kann doch nicht nachdenken, wenn sie einem ständig etwas Gott weiß wie Schweres auf den Kopf drücken.

Wieso ist es überhaupt taghell? Wer ist das? Ein Mann ist im Zimmer, ein kleiner Herr mit Glatze, er kennt ihn, aber auf den Namen kann er sich nicht besinnen. Madame Maigret flüstert etwas. Sie stecken ihm einen kalten Gegenstand in den Mund.

Haben Sie Erbarmen, meine Herren! Gleich wird er vor Gericht aussagen müssen, und wenn er sich verhaspelt, wird Lise Gendreau in Gelächter ausbrechen und behaupten, er könne das alles nicht verstehen, weil er nicht im Club Hoche verkehrt.

Er muß sich auf das Viereck konzentrieren. Der kleine Kreis, das ist Lise, und in der Familie haben nur die Frauen den Charakter des alten Balthazar geerbt, des alten Einsiedlers in der Avenue du Bois. Er hat es selber gesagt, und er muß es wissen.

Aber warum stürzt sie dann ans Fenster, zerrt die Vorhänge weg und schreit um Hilfe?

Warten Sie, Herr Kommissar ... Vergessen Sie Minard nicht, den Flötisten, denn jetzt kommt Minard, und das ändert alles.

Niemand hat Zeit gehabt, das Haus zu verlassen, als Minard an der Tür klingelt, und während er mit Louis verhandelt, ruft eine Männerstimme im Treppenhaus: »Beeilen Sie sich, Louis!«

Und Dédé ist abgefahren. Halt! Er ist nicht endgültig abgefahren. Er macht die Runde um den Häuserblock. Also hat Dédé auf jemanden gewartet.

Ist er das zweitemal nur vorbeigefahren, um Nachschau zu halten? Oder hat er angehalten? Ist die Person, auf die er wartete, eingestiegen?

Bei Gott, wenn sie ihn nur in Ruhe ließen! Er mag nicht mehr trinken. Er hat es satt. Er arbeitet. Hört ihr? *Ich ar-bei-te! Ich re-kon-stru-iere!*

Es ist heiß. Er wehrt sich. Er wird nicht zulassen, daß man sich über ihn lustig macht. Niemand darf das, nicht einmal seine Frau. Es ist zum Heulen. Ihm ist wirklich zum Weinen zumute. Es ist sinnlos, ihn so zu demütigen, wie sie es tun. Sie dürfen ihn nicht verachten und über alles, was er sagt, spöttisch lachen, nur weil er auf dem Gehsteig hockt.

Man wird ihm keine Untersuchungen mehr anvertrauen. Schon bei dieser ersten haben sie gezögert. Was kann er denn dafür, daß man manchmal gezwungen wird, mit anderen Leuten zu trinken, damit man weiß, wie's in ihrem Bauch aussieht?

»Jules ...«

Er schüttelt den Kopf.

»Jules! Wach auf ...«

Er wird sie bestrafen, er wird die Augen nicht aufmachen. Er beißt auf die Zähne. Er hofft, daß er furchterregend aussieht.

»Jules, es ist ...«

Und eine andere Stimme sagt: »Nun, mein kleiner Maigret?«

Er hat seinen Vorsatz vergessen. Mit einem Satz schnellt er hoch, und es ist, als schlage er sich den Schädel an der Zimmerdecke ein. Automatisch greift er sich an den Kopf und entdeckt einen dicken Verband.

»Verzeihen Sie, Herr Kommissar ...«

»Ich bitte um Entschuldigung, wenn ich Sie geweckt habe.«

»Ich habe nicht geschlafen.«

Seine Frau ist auch da. Sie lächelt ihm zu und macht unverständliche Zeichen hinter Le Brets Rücken.

»Wie spät ist es?«

»Halb elf. Als ich ins Büro kam, erzählte man mir, was passiert ist.«

»Haben sie einen Rapport gemacht?«

Einen Rapport über ihn! Wie demütigend! Wo er es ist, der immer die Rapporte schreibt und weiß, wie so was zustande kommt:

Vergangene Nacht um elf Uhr fünfundvierzig, als wir durch die Avenue de Wagram patrouillierten, wurde uns gemeldet . . .

Und weiter:

. . . lag ein Individuum auf dem Gehsteig und erklärte, sein Name sei Maigret, Jules, Amédée, François . . .

Aber der Kommissar sah frisch aus wie immer. Er war von Kopf bis Fuß in Perlgrau gekleidet und hatte eine Blume im Knopfloch. Sein Atem roch nach Vormittagsportwein.

»Die Polizei an der Gare du Nord hat sie noch rechtzeitig geschnappt.«

Ach ja, die hätte er fast vergessen, die drei. Tut nichts zur Sache, möchte er sagen, wie der Flötist.

Es stimmt. Auf Dédé kommt es jetzt nicht an, auch nicht auf Lucile und schon gar nicht auf den Boxer, der ihm, wie es im Rapport heißen wird, »mit einem stumpfen Gegenstand« den Schädel eingeschlagen hat.

Es ist ihm peinlich, vor seinem Chef im Bett zu liegen, und er streckt ein Bein hinaus.

»Bewegen Sie sich nicht.«

»Ich versichere Ihnen, es geht mir ausgezeichnet.«

»Das meint auch der Arzt. Trotzdem brauchen Sie ein paar Tage Ruhe.«

»Kommt nicht in Frage!«

Sie wollen ihm seine Untersuchung stehlen. Er weiß es. Er wird es nicht zulassen.

»Regen Sie sich nicht auf, Maigret!«

»Ich bin ja ruhig, vollkommen ruhig. Und ich weiß genau, was ich sage. Nichts hindert mich, aufzustehen und zur Arbeit zu gehen.«

»Das hat keine Eile. Ich verstehe Ihre Ungeduld, aber was Ihre Untersuchung betrifft, wird alles so gemacht, wie Sie es für richtig halten.«

Ihre Untersuchung, hat er gesagt, weil er ein Mann von Welt ist. Er hat sich gedankenlos eine Zigarette angezündet und sieht jetzt Madame Maigret betreten an.

»Genieren Sie sich nicht! Mein Mann raucht von morgens bis abends Pfeife, sogar im Bett.«

»Ach ja, reich mir die Pfeife herüber!«

»Glaubst du . . .?«

»Hat der Arzt gesagt, ich dürfte nicht rauchen?«

»Davon hat er nicht gesprochen.«

»Also!«

Sie hat alles, was sich in seinen Taschen fand, säuberlich auf die Spiegelkommode gelegt. Jetzt stopft sie ihm eine Pfeife, reicht sie ihm samt einem Streichholz.

»Ich lasse die Herren allein«, sagt sie und verschwindet in der Küche.

Maigret möchte sich alles, woran er in der Nacht gedacht hat, wieder ins Gedächtnis rufen. Er erinnert sich nur verschwommen, und doch weiß er, daß er der Wahrheit nahegekommen ist. Maxime Le Bret hat sich hingesetzt. Man sieht ihm an, daß ihn etwas beschäftigt. Er wird noch viel unruhiger, als sein Sekretär zwischen zwei Zügen aus der Pfeife erklärt: »Der Graf d'Anseval ist tot.«

»Wissen Sie das bestimmt?«

»Ich habe keine Beweise, aber ich würde darauf schwören.«

»Tot! Wie ist es passiert?«

»Die Kugel hat *ihn* getroffen.«

»In der Rue Chaptal?«

Maigret nickt.

»Sie glauben, Richard Gendreau hat . . .«

Zu präzis, diese Frage. So weit ist Maigret noch nicht. Er erinnert sich an sein Viereck mit den kleinen Kreuzen.

»Auf dem Nachttisch oder in der Schublade lag ein Revolver. Lise Gendreau hat am Fenster um Hilfe gerufen. Man hat sie vom Fenster fortgezerrt. Dann fiel der Schuß.«

»Was hat dieser Dédé mit der Geschichte zu tun?«

»Er wartete draußen auf der Straße, er saß am Steuer des Dion-Bouton.«

»Hat er es zugegeben?«

»Das ist nicht mehr nötig.«

»Und die Frau?«

»Sie war die Mätresse des Grafen, den übrigens alle Welt Bob nannte. Aber das wissen Sie wohl ebensogut wie ich.«

Maigret möchte sich gern von diesem lächerlichen Turban befreien, der auf seinem Kopf lastet.

»Was hat man mit ihnen gemacht?« Auch er stellte jetzt Fragen.

»Man hat sie provisorisch in Haft genommen.«

»Was heißt: provisorisch?«

»Vorerst lautet die Anklage nur auf bewaffneten Überfall auf offener Straße. Man könnte sie vermutlich auch des Diebstahls bezichtigen.«

»Inwiefern?«

»Der Mann namens Dédé hatte neunundvierzig Tausendfrancsscheine in der Tasche.«

»Er hat sie nicht gestohlen.«

Der Kommissar muß seine Gedanken erraten haben, denn seine Miene verdüstert sich. »Wollen Sie behaupten, jemand habe sie ihm gegeben?«

»Ja.«

»Damit er schweigt?«

»Ja. Dédé war gestern nachmittag unauffindbar. Als er wieder auftauchte, wenn man so sagen darf, strahlte er über das ganze Gesicht und brannte nur noch darauf, einen Teil der Banknoten, die seine Brieftasche garnierten, wieder loszuwerden. Während Lucile den Tod ihres Geliebten beweinte, feierte er seine Glückssträhne. Ich war dabei.«

Armer Le Bret! Er kann sich nicht an Maigrets Verwandlung gewöhnen. Er ist wie jene Eltern, die es gewohnt sind, ihr Kind als Baby zu behandeln, und dann plötzlich einen Menschen vor sich haben, der als Erwachsener denkt und handelt.

Wer weiß? Während Maigret seinen Chef beobachtet, kommt ihm ein leiser Verdacht. Allmählich verdichtet sich der Verdacht zur Gewißheit.

Man hat ihn mit dieser Untersuchung betraut, weil man hoffte, er würde nichts herausfinden.

So hat sich das abgespielt. Dem Weltmann Le Bret ist keineswegs daran gelegen, daß man einem anderen Weltmann und Clubfreund Scherereien macht, und noch viel weniger einer intimen Freundin seiner Frau, einer Erbin der Balthazar-Cafés.

Verflucht sei der Flötist! Kommt und steckt seine Nase in Dinge, die ihn nichts angehen.

Und geht das, was sich auf einer höheren Ebene abspielt, nämlich in einer Villa in der Rue Chaptal, geht das die Zeitungen, die Öffentlichkeit oder gar das Schwurgericht, diese Ansammlung von vorwiegend kleinbürgerlichen Händlern oder Bankangestellten, überhaupt etwas an?

Der Kommissar Le Bret kann nun aber nicht einfach vor den Augen seines Sekretärs ein Protokoll vernichten.

Sie verstehen, mein Junge ...

Diskretion. Nur kein Skandal. Äußerste Vorsicht. Wetten wir, daß Maigret nichts herausfindet. Und dann, nach ein paar Tagen, hätte man ihn mit lächelnder Herablassung empfangen: Aber mein Lieber, machen Sie sich keine Vorwürfe! Verlieren Sie nicht den Mut. Sie haben getan, was Sie konnten. Es ist nicht Ihre Schuld, wenn sich dieser Flötist als Phantast entpuppt hat, der Träume für Wirklichkeit hält. Und nun zurück ins Büro, mein Bester! Ich verspreche Ihnen, daß man Ihnen den nächsten wichtigen Fall übergeben wird.

Jetzt ist er natürlich besorgt. Vielleicht wäre es ihm sogar lieber gewesen, Maigret hätte sich nicht im richtigen Moment gebückt und dadurch die Wirkung des Schlages abgeschwächt. Dann wäre er, Maigret, jetzt tagelang, wochenlang zur Unbeweglichkeit verurteilt.

Wie, zum Teufel, hat dieser Bursche bloß all das entdeckt, was er entdeckt hat?

Der Kommissar hüstelt, bemerkt so gleichgültig wie möglich: »Kurz und gut, Sie bezichtigen Richard Gendreau des Mordes.«

»Nicht unbedingt. Vielleicht hat seine Schwester geschossen. Es könnte auch Louis gewesen sein. Vergessen Sie nicht, daß der Flötist lange klingeln und hämmern mußte, ehe man ihm öffnete, und daß der Butler vollständig angekleidet war.«

Ein Hoffnungsstrahl! Welche Entlastung, wenn der Butler der Täter wäre!

»Finden Sie diese letzte Hypothese nicht logischer?«

Er errötet, weil Maigret ihn unverwandt beobachtet. Überstürzt beginnt er zu sprechen: »Ich für mein Teil sähe die Dinge gern folgendermaßen ...«

Gern hat er gesagt, und das ist das kostbare Stichwort. Maigret freut sich darüber.

»Ich weiß nicht genau, was der Graf nun eigentlich in der Villa wollte ...«

»Es war nicht sein erster Besuch.«

»Das haben Sie mir schon gesagt, und es überrascht mich. Er war schon immer ein unberechenbarer Mensch. Sein Vater wahrte immerhin noch eine gewisse Würde, obwohl er ruiniert war. Er lebte in einer kleinen Wohnung im Quartier Latin und ging Menschen, die er in seiner Jugend gekannt hatte, sorgfältig aus dem Weg.«

»Hat er gearbeitet?«

»Nicht eigentlich, nein.«
»Wovon lebte er?«
»Wenn er Geld brauchte, verkaufte er Sachen, die er aus dem Zusammenbruch gerettet hatte, Bilder, eine Tabakdose, Familienschmuck. Es ist auch denkbar, daß Leute, die seinen Vater gekannt hatten und mit ihm auf die Jagd gegangen waren, dem alten d'Anseval diskret unter die Arme griffen. Bob dagegen, der ist so eine Art Anarchist geworden. Er hat es darauf angelegt, sich in den verrufensten Kreisen zu zeigen. Einmal ließ er sich als Page im Restaurant Voisin anstellen, nur um die Freunde seiner Familie in Verlegenheit zu bringen, indem er ihre Trinkgelder annahm. Er sank immer tiefer und ist schließlich bei einer Lucile, einem Dédé gelandet. Aber worüber haben wir eben gesprochen?«
Maigret denkt nicht daran, ihm zu helfen.
»Ach ja! In jener Nacht ist er bestimmt mit unlauteren Absichten zu den Gendreaus gegangen.«
»Wieso?«
»Das beweist die Tatsache, daß er sich von diesem Dédé begleiten ließ, daß der auf der Straße wartete und nicht einmal den Motor abstellte.«
»Bob wurde aber in der Villa erwartet.«
»Woher wissen Sie das?«
»Glauben Sie, man hätte ihn ins Schlafzimmer eines jungen Mädchens gehen lassen, wenn es anders gewesen wäre? Und warum war Louis um ein Uhr früh noch angekleidet?«
»Schön, nehmen wir also an, er wurde erwartet. Das heißt aber noch nicht, daß er auch erwünscht war. Vielleicht hatte er seinen Besuch tatsächlich angekündigt.«
»Im Schlafzimmer, vergessen Sie das nicht!«
»Nun gut. Ich gehe noch weiter und gebe zu, daß Lise sich ihm gegenüber unvorsichtig verhielt. Über ihr Verhalten haben wir nicht zu befinden.«
Soso!
»Kann sein, daß sie miteinander ein Verhältnis hatten. Immerhin ist er ein d'Anseval geblieben. Seine Großeltern waren Schloßherren, wogegen der alte Balthazar, der ihnen das Schloß abkaufte, nur einer ihrer kleinen Pächter gewesen war.«
»Das hat der Enkelin des Hausierers vielleicht imponiert.«
»Warum nicht? Möglich wäre auch, daß sie wußte, was für ein Leben er führte, und daß sie ihn retten wollte.«
In Maigret stieg die Wut hoch. Er hatte den Eindruck, daß Le

Bret ihm seine ganze Untersuchung in einem Zerrspiegel zeigte. Auch der unaufrichtige Ton gefiel ihm nicht. Der Kommissar schien ihm eine Lektion erteilen zu wollen.

»Es gibt noch eine Möglichkeit«, sagte er leise.

»Welche?«

»Daß Mademoiselle Gendreau-Balthazar ihrem Vermögen einen Titel anhängen wollte. Es ist ja schön und gut, wenn man das Schloß d'Anseval erworben hat. Aber vielleicht fühlte sie sich dort eher als Eindringling? Auch ich habe meine Kindheit in der Umgebung eines Schlosses verbracht, und mein Vater war nur der Verwalter. Ich weiß noch gut, wie eifrig sich gewisse neureiche Herrschaften um eine Einladung zur Jagd bemühten.«

»Soll das heißen, daß Lise ihn heiraten wollte?«

»Bob d'Anseval heiraten? Warum nicht?«

»Darüber will ich nicht diskutieren, aber eine solche Vermutung finde ich reichlich gewagt.«

»Die Kammerzofe ist anderer Meinung.«

»Sie haben die Kammerzofe verhört, trotz ...«

Um ein Haar hätte er gesagt: ... trotz meiner Warnungen.

Was bedeutet hätte: Trotz meiner Befehle!

Er sagte es nicht, und Maigret fuhr fort: »Ich habe sie sogar gewissermaßen entführt. Sie ist nicht weit von hier.«

»Hat sie Ihnen Einzelheiten berichtet?«

»Sie weiß nichts Genaues, außer daß Mademoiselle Gendreau sich in den Kopf gesetzt hatte, eine Gräfin zu werden.«

Resigniert hob Le Bret die Hand. Es fiel ihm offensichtlich schwer, etwas von seinem Glauben an die Würde, die Menschen seines Standes eigen war, preiszugeben.

»Nun, das mag stimmen. Im übrigen ändert es nichts an den Ereignissen. Sie werden zugeben, daß Bob durchaus imstande war, sich rüpelhaft aufzuführen.«

»Wir wissen nicht, was sich in jenem Zimmer abgespielt hat. Wir wissen nur, daß ein Schuß fiel.«

»Damit kommen Sie zu den gleichen Schlüssen wie ich. Ein Mann, von dem wir wissen, daß er sich schlecht benimmt, benimmt sich schlecht. Der Bruder des Mädchens ist im Haus, ebenso der Butler. Das Mädchen ruft um Hilfe. Einer der beiden eilt nach oben und greift, außer sich vor Empörung, nach dem Revolver, der, wie Sie selber sagen, auf dem Nachttisch liegt.«

Ausnahmsweise schien Maigret dem Kommissar zuzustimmen. Er sog an seiner Pfeife – es war eine der besten Pfeifen, die er jemals geraucht hatte – und erwiderte milde: »Was hätten Sie an der Stelle des Betreffenden getan? Stellen Sie sich vor: Sie haben den Revolver noch in der Hand, die rauchende Waffe, wie es in der Zeitungssprache heißt, und auf dem Boden liegt ein Toter oder Schwerverletzter.«

»Wenn wir den Fall eines Verletzten annehmen wollen: Ich hätte einen Arzt rufen lassen.«

»Das hat man nicht getan.«

»Und Sie schließen daraus, daß auf dem Boden ein Toter lag?«

Geduldig spann Maigret seinen Gedankengang weiter. Er schien selber nach einer Antwort zu suchen.

»In diesem Augenblick klopft es an die Haustür. Es ist ein Passant, der Hilferufe vernommen hat.«

»Sie müssen zugeben, mein lieber Maigret, es ist nicht angenehm, wenn irgendeine wildfremde Person sich in die Privatangelegenheiten anderer Leute mischt.«

»Jemand ruft im Treppenhaus: ›Beeilen Sie sich, Louis!‹ Was soll das heißen?«

Er war sich kaum bewußt, daß er die Initiative an sich gerissen hatte, daß die Rollen irgendwie vertauscht waren, daß sein Chef immer ratloser dasaß.

»Vielleicht war der Mann noch nicht tot«, antwortete Le Bret. »Oder Lise verlor die Nerven. Ich weiß es nicht. Ich nehme an, in solchen Augenblicken weiß man nicht mehr genau, was man tut.«

»Louis hat den Eindringling mit der Faust auf die Straße befördert.«

»Das hätte er nicht tun sollen.«

»Aber deswegen hat offenbar niemand die Nerven verloren. Sie müssen sich doch gesagt haben, daß der junge Mann, der soeben malträtiert worden war, zur Polizei gehen würde. Und daß diese umgehend erscheinen und Erklärungen verlangen würde.«

»Was Sie getan haben.«

»Es blieben ihnen nur soundso viele Minuten. Sie hätten ja selber die Polizei anrufen können: Hören Sie, das und das ist passiert. Es ist kein Verbrechen, sondern ein Unglücksfall. Ein Irrer hat uns bedroht. Wir mußten ihn unschädlich machen.

Ich glaube, das hätten Sie an ihrer Stelle getan, Herr Kommissar.«

Wie anders war die Situation, nur weil er hier war in seinem Zimmer, in seinem Bett, anstatt im Büro. Hinter der gepolsterten Tür des Kommissariats hätte er nicht ein Drittel von dem, was er soeben gesagt hatte, zu sagen gewagt. Er hatte entsetzliche Kopfschmerzen, aber das war jetzt unwichtig. Madame Maigret in ihrer Küche war gewiß erschrocken, als sie ihn in diesem selbstbewußten Ton reden hörte.

Er wurde sogar aggressiv. »Nun, Herr Kommissar, und genau das haben sie nicht getan. Ich werde Ihnen sagen, was sie getan haben. Zuerst brachten sie die Leiche oder den Verwundeten irgendwohin, wahrscheinlich in eines der Zimmer über den Ställen, da dies die einzigen Zimmer sind, die man mir nicht gezeigt hat.«

»Das ist nur eine Vermutung.«

»Gestützt auf die Tatsache, daß die Leiche nicht mehr vorhanden war, als ich kam.«

»Und wie, wenn Bob das Haus lebend und heil verlassen hätte?«

»Dann hätte sein Freund Dédé gestern keine fünfzigtausend Francs in der Tasche gehabt, vor allem aber wäre er nicht im Begriff gewesen, mit Lucile nach Belgien zu fahren.«

»Da mögen Sie recht haben.«

»Unsere Freunde in der Rue Chaptal hatten also etwa eine halbe Stunde Zeit. Genügend Zeit, um alles wieder in Ordnung zu bringen und auch die kleinste Spur zu verwischen. Und sie sind auf eine fast geniale Idee verfallen: Um die Aussage des Flötisten zu entkräften, um die Polizei im Glauben zu lassen, sie habe es mit den Phantasien eines Trunkenbolds zu tun, gab es kein geeigneteres Mittel, als zu beweisen, daß das von Minard bezeichnete Zimmer unbewohnt war. Das bot einen weiteren Vorteil. Lise Gendreau war vielleicht trotz allem wirklich durchgedreht, wie man so sagt. Sie in ihrem Bett liegend zeigen und behaupten, sie schlafe? Sie in wachem Zustand vorführen und versichern, sie habe nichts gehört? Beides war zu riskant.

Deshalb steckte man sie in ein – o Wunder! – leerstehendes Mädchenzimmer. Würde denn ein armer Trottel vom Kommissariat den Unterschied überhaupt merken? Man brauchte ihm ja nur zu sagen, das Fräulein sei abwesend, im Familienschloß auf dem Land. Nichts gehört, nichts gesehen, ein Schuß? Wo denn?

Leute, die nachts um ein Uhr noch auf der Straße herumlungern, sind ohnehin meist nicht ganz zurechnungsfähig.

Morgen ist auch ein Tag. Wer wird es wagen, die Familie Gendreau-Balthazar zur Rechenschaft zu ziehen?!«

»Sie sind hart, Maigret.« Seufzend erhob sich der Kommissar. »Aber vielleicht haben Sie recht. Ich gehe jetzt gleich zum Chef der Sûreté, um den Fall mit ihm zu besprechen.«

»Muß das sein?«
»Wenn es sich tatsächlich um Mord handelt, und Sie haben mich davon überzeugt ...«
»Herr Kommissar!« Maigret rief es mit dünner, fast flehender Stimme.
»Bitte?«
»Können Sie nicht noch vierundzwanzig Stunden warten?«
»Eben noch haben Sie mir beinahe Vorwürfe gemacht, weil ich nicht schneller handelte.«
»Ich kann doch schon aufstehen, glauben Sie mir! Sehen Sie?«
Trotz Le Brets Einwänden schälte er sich aus den Bettlaken, stand gleich darauf, wenn auch wacklig, auf den Beinen, etwas verlegen, weil er sich vor seinem Chef im Nachthemd zeigte.
»Es ist meine erste Untersuchung ...«
»Und ich beglückwünsche Sie zu dem Eifer, den Sie ...«
»Wenn Sie jetzt schon die Sûreté einschalten, dann wird die Chefbrigade den Fall erledigen.«
»Vermutlich ja. Falls Bob umgebracht wurde, geht es jetzt vor allem darum, daß wir die Leiche finden.«
»Ein Mann, der tot ist, kann warten, nicht?«
Wieder waren die Rollen vertauscht. Der Kommissar wandte lächelnd den Kopf ab.
Nachdem Maigret sich eben noch so heftig gebärdet hatte, wirkte er jetzt in seinem Nachthemd mit dem rotgestickten Kragen wie ein großes Kind, das sich um eine Freude betrogen sieht.
»Das Ding auf dem Kopf brauche ich überhaupt nicht.« Er versuchte den Verband fortzuzerren. »Ich kann ausgehen und die Untersuchung allein beenden. Ich bitte Sie nur um die Erlaubnis, Dédé und Lucile zu verhören. Vor allem Lucile. Was haben die beiden ausgesagt?«
»Heute früh, als der Kommissar vom Dienst sie einvernahm, fragte Dédé als erstes: ›Ist Jules tot?‹ Ich nehme an, damit meinte er Sie.«
»Wenn ich den Fall morgen um diese Zeit nicht aufgeklärt habe, können Sie ihn der Sûreté übergeben.«
Madame Maigret hatte die Tür einen Spaltbreit geöffnet und erschrak, als sie ihren Mann vor dem Bett stehen sah. Im gleichen Augenblick klingelte es. Sie durchquerte das Zimmer, öffnete die Tür. Man hörte ein Flüstern im Korridor.
»Wer ist es?« fragte Maigret, als sie allein zurückkam.

Sie machte ihm ein Zeichen, das er nicht verstand. Als er nochmals fragte, erwiderte sie achselzuckend: »Der Musiker.«

»Ich gehe«, sagte Le Bret. »Ich kann Ihnen Ihren Wunsch nicht gut abschlagen.«

»Verzeihung, Herr Kommissar. Ich möchte noch ... Da die Ereignisse nun einmal diese Wendung genommen haben und da die Sûreté es ohnehin täte, möchte ich Sie fragen, ob Sie mir gestatten, mich im Notfall an Mademoiselle Gendreau zu wenden.«

»Vorausgesetzt, Sie wissen die Form zu wahren. Seien Sie trotzdem vorsichtig!«

Maigret strahlte. Er hörte, wie die Tür ins Schloß fiel. Während er seine Hose suchte, trat Justin Minard ins Zimmer, gefolgt von Madame Maigret. Der Musiker blickte kläglich drein. »Sie sind verletzt?«

»Nicht der Rede wert.«

»Ich bringe Ihnen eine schlechte Nachricht.«

»Heraus damit!«

»Sie ist abgehauen.«

Fast hätte Maigret laut herausgelacht, so komisch war Justins Miene.

»Wann?«

»Gestern abend oder vielmehr nachts. Sie wollte mich unbedingt in die Brasserie Clichy begleiten. Sie behauptete, sie sei verrückt nach Musik und wolle mich spielen hören.«

Madame Maigrets Anwesenheit machte ihm die Beichte sichtlich schwer. Sie spürte es und zog sich wieder in die Küche zurück.

»Sie saß am gleichen Platz wie Sie damals, als Sie mich besuchen kamen. Mir war nicht sehr wohl dabei. Ich war zum Abendessen nicht nach Hause gegangen, ich war überhaupt den ganzen Tag nicht zu Hause gewesen, daher mußte ich jeden Augenblick damit rechnen, daß meine Frau auftauchte.«

»Und sie ist gekommen?«

»Ja.«

»Haben die beiden sich ausgesprochen?«

»Es war gerade zwischen zwei Stücken. Ich saß am Tisch. Meine Frau riß Germaine zuerst den Hut vom Kopf, dann packte sie sie am Haarknoten.«

»Hat man sie hinausgeworfen?«

»Ja, alle beide. Ich kehrte auf das Podium zurück. Das Orchester spielte, um den Skandal zu übertönen. Wie bei einem Schiffsuntergang, wissen Sie. Man hörte, wie der Streit draußen weiterging.

Nach dem Stück kam der Wirt zu mir und sagte, ich solle zu meinem Harem hinausgehen. Harem, sagte er.«

»Haben die beiden auf Sie gewartet?«

»Nur eine. Meine Frau. Sie brachte mich nach Hause. Sie nahm mir die Schuhe weg und schloß sie ein, damit ich nicht weggehen konnte. Ich bin trotzdem weggegangen, etwa vor einer Stunde, und habe mir Schuhe von der Concierge geliehen. Germaine ist nicht mehr in ihrer Pension. Sie hat ihren Koffer geholt.

Was machen wir nun?«

8 Einer schweigt, der andere spricht zuviel

»Tu mir wenigstens den Gefallen und nimm den wollenen Überzieher mit«, hatte Madame Maigret ihn beschworen.

In jenen Jahren besaß er zwei Mäntel, einen langen schwarzen mit Samtkragen, reichlich abgewetzt, und einen sehr kurzen Gummimantel, den er eben erst erstanden hatte. Von einem Gummimantel hatte er schon als Knabe geträumt.

Er hatte seine Frau im Verdacht, daß sie Minard beim Verlassen der Wohnung zugeflüstert hatte: »Lassen Sie ihn um Gottes willen nicht aus den Augen!«

Sie mochte den Flötisten, auch wenn sie über ihn lächelte; sie fand, er sei sehr sanft, sehr höflich und überaus bescheiden. Am Himmel zogen Wolken auf, leichte, durchsichtige Wolken von einem schönen Hellgrau. Nach einer Weile begann es zu regnen, zum erstenmal seit etwa zehn Tagen, und zwar in Schauern. Der warme Regen durchnäßte Maigret trotz seines Mantels bis auf die Haut, so daß er allmählich nach nassem Tierfell zu riechen begann.

Seinen steifen Hut trug er in der Hand. Er konnte ihn nicht aufsetzen, solange er das dicke Zeug auf dem Kopf hatte. Minard begleitete ihn zum Arzt am Boulevard Voltaire, wo Maigret es durchsetzte, daß man ihm einen unauffälligen Verband anlegte.

»Müssen Sie wirklich unbedingt in die Stadt?«

Der Arzt gab ihm eine Schachtel mit Pillen, die mit einer gelben Pulverschicht überzogen waren.

»Für den Fall, daß Sie sich benommen fühlen.«

»Wie viele kann ich einnehmen?«

»Vier bis fünf bis zum Abend, nicht mehr. Ich sähe Sie lieber im Bett.«

Maigret wußte, offen gestanden, nicht recht, was er mit dem Musiker anfangen sollte. Er wollte ihn auch nicht enttäuschen und einfach nach Hause schicken, jetzt, da er ihn nicht mehr brauchte.

Schließlich schickte er Minard mit einem angeblich wichtigen Auftrag in die Rue Chaptal.

»Schräg gegenüber der Villa, die Ihnen ja bekannt ist, befindet sich ein kleines Restaurant, das ›Vieux Calvados‹. Ich möchte, daß Sie sich dort häuslich niederlassen und alles, was bei den Gendreaus vorgeht, genau beobachten.«

»Und wenn Ihnen übel wird?«

»Ich werde nicht allein sein.«

Minard verließ ihn erst beim Eingang zur Hauptwache am Quai de l'Horloge. In diesem Augenblick war Maigret noch voll Zuversicht; sogar die Luft in der düsteren Einfahrt fand er belebend. Alles hier war schmutzig, verdreckt. Nacht für Nacht brachten die Polizisten alles verdächtige Zeug, das sie auf den Straßen aufgelesen hatten, hierher. Hier luden die grünen Minnas, die »Salatkörbe«, wie die Pariser sagen, das verlauste Gesindel ab, das im Laufe einer Razzia eingesammelt worden war.

Er betrat die Wachstube, die nach Kaserne roch, und fragte nach dem Kommissar. Man musterte ihn, wie ihm schien, auf eine merkwürdige Weise, doch er dachte nicht weiter darüber nach. Von einem kleinen Kommissariatssekretär hielt man hier offenbar nicht viel.

»Nehmen Sie Platz.«

Drei Polizisten saßen im Raum; der eine schrieb, die beiden anderen taten nichts. Das Büro des Kommissars lag gleich nebenan, doch niemand meldete ihn an, keiner kümmerte sich um Maigret; sie behandelten ihn wie einen Außenseiter, nicht wie einen Kollegen. Es war so peinlich, daß er seine Pfeife nicht zu stopfen wagte.

Nach einer Viertelstunde nahm er einen Anlauf und fragte: »Ist der Kommissar nicht da?«

»Besetzt.«

»Wo sind die Leute, die gestern nacht eingeliefert wurden?«

Denn als er an dem großen Raum vorbeigegangen war, wo das gefangene Wild eingesperrt wurde, hatte er niemanden gesehen.

»Sie sind oben.«

Er hatte nicht den Mut zu fragen, ob er hinaufgehen dürfe. Oben, das hieß in der Anthropometrie, bei den Männern vom Erkennungsdienst. Dort mußten sich die Häftlinge auf Geheiß in einer Reihe aufstellen wie in der Schule, einer hinter dem anderen und völlig nackt. Jeder einzelne wurde untersucht, jede Tätowierung, jedes noch so kleine besondere Merkmal wurde registriert. Wieder angekleidet, mußten sie sich messen und fotografieren lassen, dann wurden ihnen die Fingerabdrücke abgenommen.

Ob Dédé immer noch so großspurig tat, während er zwischen Clochards und Vagabunden Schlange stand?

Auch Maigret würde eines Tages das Recht haben, sich im ganzen Haus frei zu bewegen. Eines Tages, wenn er der Chefbrigade angehörte.

Die Frauen wurden in einem anderen Raum von einem Polizeiarzt untersucht. Kranke schickte man ins Gefängnislazarett Saint-Lazare.

»Sind Sie ganz sicher, daß der Kommissar noch immer beschäftigt ist?«

Er wartete jetzt schon über eine halbe Stunde. Die drei Männer schienen belustigte Blicke zu wechseln.

»Man wartet, bis er klingelt.«

»Aber er weiß ja gar nicht, daß ich hier bin. Ich bin in wichtiger Mission hier. Man muß es ihm melden.«

»Sie sind vom Quartier Saint-Georges, nicht wahr?«

Einer der Polizisten, der Schreiber, warf einen Blick auf den Zettel vor ihm.

»Jules Maigret.«

»Jawohl.«

»Sie müssen warten, junger Mann, ich kann es nicht ändern.«

Aus dem Nebenzimmer, wo der Chef sich angeblich aufhielt, drang kein Ton. Nachdem Maigret über eine Stunde lang dagesessen hatte, kam der Kommissar herein, aber er kam nicht aus seinem Büro, sondern von draußen.

»Sie sind Le Brets Sekretär?«

Endlich kümmerte man sich um ihn, nachdem sie ihn auf seiner Bank hatten warten lassen wie irgendeinen Bittsteller.

»Sie sind verletzt?«

»Es ist nicht schlimm. Ich möchte . . .«

»Ich weiß. Sie sollen einen gewissen Dédé verhören. Ich glaube, er ist wieder unten. Sehen Sie bitte mal nach, Gérard. Wenn er da ist, bringen Sie ihn in mein Büro.«

Und zu Maigret gewandt: »Bitte, treten Sie ein! Ich werde Ihnen mein Büro für eine Weile überlassen.«

»Ich muß auch die Frau verhören.«

»In Ordnung. Sie brauchen es nur dem Wachtmeister zu sagen, wenn er sie bringen soll.«

Konnte das alles mit rechten Dingen zugehen? Maigret hatte sich den Ablauf anders vorgestellt, doch noch machte er sich darüber keine Gedanken. Er kannte sich in den Bräuchen dieses Hauses nicht aus, und er war von seinen Eindrücken benommen.

Ein Polizist führte Dédé herein. Mit ihm verließ auch der Kommissar den Raum, und die Tür schloß sich hinter ihnen.

»Na, Jules?«

Der Garagist von der Rue des Acacias trug immer noch den gleichen Anzug wie am Vorabend. Nur die Krawatte und die Schnürsenkel hatten sie ihm weggenommen, wie es die Vorschrift verlangte. Es verlieh ihm ein etwas liederliches Aussehen. Maigret ließ sich zögernd am Schreibtisch des Kommissars nieder.

»Ich bin froh, daß wir Sie nicht allzu schlecht behandelt haben«, erklärte Dédé. »Sie können die Herren hier fragen. Als ich herkam, habe ich mich als erstes nach Ihrem Befinden erkundigt.«

»Ihr habt gewußt, wer ich bin, nicht wahr?«

»Klar.«

»Und ich«, sagte Maigret trocken, »ich hab gewußt, daß ihr es wußtet.«

»Sie waren demnach darauf gefaßt, daß wir Sie zusammenschlagen würden? Und wenn wir Sie endgültig erledigt hätten?«

»Setz dich!«

»In Ordnung. Sie können ruhig du zu mir sagen.«

Maigret war das Duzen noch nicht gewohnt, aber er wußte, daß es hier so üblich war.

»Ich weiß eine ganze Menge, und ich glaube, wir werden uns noch verständigen können.«

»Das würde mich aber sehr wundern.«

»Der Graf ist tot.«

»Glauben Sie?«

»In der Nacht vom 15. auf den 16. April hast du den Grafen in deinem Wagen in die Rue Chaptal gefahren und dort auf ihn gewartet, mit laufendem Motor.«

»Ich erinnere mich nicht.«

»Ein Fenster flog auf, eine Frau rief um Hilfe, dann fiel ein Schuß. Darauf bist du in Richtung Rue Fontaine und von dort um den Häuserblock herumgefahren. In der Rue Victor-Massé hast du ziemlich lange gewartet, dann bist du noch einmal durch die Rue Chaptal gekommen, um zu sehen, ob Bob das Haus schon verlassen hatte.«

Dédé betrachtete ihn mit einem gutmütigen Lächeln.

»Sprechen Sie ruhig weiter«, sagte er. »Haben Sie eine Zigarette für mich? Die Schweinehunde haben mir alles weggenommen, was ich in den Taschen hatte.«

»Ich rauche nur Pfeife. Du warst darüber im Bilde, was der Graf in der Villa wollte.«

»Nur weiter.«

»Du hast gemerkt, daß etwas schiefgegangen war. Am nächsten Tag stand nichts in den Zeitungen. Der Graf kam nicht wieder zum Vorschein. Auch am zweiten Tag geschah nichts.«

»Es wird immer spannender.«

»Du bist nochmals durch die Rue Chaptal gefahren. Dann hast du dir die Geschichte zusammengereimt und bist zu Richard Gendreau gegangen. Nicht in die Villa, sondern in sein Büro.«

»Was soll ich ihm gesagt haben, diesem Herrn?«

»Daß du gegen Bezahlung einer bestimmten Summe, sagen wir mal, fünfzigtausend Francs, den Mund halten würdest. Da du wußtest, weshalb Bob in die Villa gegangen war, weißt du auch, weshalb er ermordet wurde.«

»Ist das alles?«

»Das ist alles.«

»Was schlagen Sie mir vor?«

»Nichts. Daß du auspackst.«

»Was wollen Sie von mir hören?«

»Der Graf war mit den Gendreaus bekannt. Er hat die Tochter mehrmals besucht. War er ihr Geliebter?«

»Haben Sie ihn jemals gesehen?«

»Nein.«

»Wenn Sie ihn gesehen hätten, würden Sie nämlich nicht fragen. Er war nicht der Mann, der eine Chance verpaßte.«

»Es ging um Heiratspläne, nicht wahr?«

»Wissen Sie, daß Sie mir eigentlich sympathisch sind? Ich hab's auch zu Lucile gesagt: ›Schade, daß er ein Schroter ist!‹ Wie kann man nur auf die Idee kommen und ein *flic* werden, wenn man so gebaut ist wie Sie und gar nicht heuchlerisch.«

»Möchtest du lieber ins Kittchen?«

»Lieber als was?«

»Wenn du auspackst, wird man vielleicht vergessen, daß du Richard Gendreau erpreßt hast.«

»Sie glauben, er zeigt mich an?«

»Man wird auch den versuchten Mord vergessen, der mich fast das Leben gekostet hat.«

»Hör zu, Jules! Die Chancen sind ungleich. Also verschwend keine Spucke, denn davon kriege ich Bauchweh. Du bist ein guter Kerl. Vielleicht treffen wir uns wieder eines Tages und heben einen zusammen. Aber hier in diesem Haus stehen wir nicht auf gleichem Fuß. Du bist so naiv wie ein Meßdiener. Die machen mit dir, was sie wollen.«

»Wer?«

»Ist ja egal. Aber jetzt will ich dir eines sagen: Bob war ein Prachtkerl. Er hatte zwar so seine eigenen Ideen, was das Leben betrifft und das Verhalten im allgemeinen. Gewisse Leute konnte er nicht riechen. Aber zu einer Gemeinheit wäre er nicht fähig gewesen. Merk dir das ein für allemal.«

»Er ist tot.«

»Möglich. Ich weiß von nichts. Oder wenn ich etwas weiß, dann geht das andere Leute einen Dreck an. Und jetzt sag ich dir als Kollege: Gib auf, Jules! Hörst du mich? Gib die ganze Sache auf, Jules! Mehr habe ich nicht zu sagen. Mehr werde ich auch nicht sagen. Diese faulen Tricks da, die sind nichts für dich. Die gehen über unseren Horizont, würde ich sagen, deinen und meinen.

Ich weiß von nichts, ich habe nichts gesehen, nichts gehört. Die fünfzig Lappen? Die habe ich in Longchamps gewonnen, und das werde ich behaupten bis zum Schluß, wenn's sein muß.

Von wegen hier rauskommen – das wird sich ja zeigen, nicht wahr?«

Das sagte er mit einem sonderbaren Lächeln.

»Und jetzt, wenn du deinerseits ein bißchen nett sein willst, so mach der armen Lucile die Hölle nicht heiß. Sie hat ihren Bob wirklich geliebt. Kannst du das verstehen? Ein Mädchen kann auf den Strich gehen und trotzdem an ihrem Mann hängen. Nimm sie nicht in die Zange, und ich werde es dir vielleicht eines Tages vergelten. Das ist alles.«

Er stand auf und ging unbekümmert zur Tür.

Auch Maigret stand auf. »Dédé!« rief er.

»Fertig. Von jetzt an halte ich die Klappe. Aus mir kriegst du keinen Ton mehr heraus.«

Er öffnete die Tür, rief nach dem Polizisten. »Wir zwei sind fertig miteinander«, wiederholte er mit seinem hintergründigen Lächeln.

Der Wachtmeister stand in der Tür. »Soll ich Ihnen jetzt die Frau bringen?« fragte er.

Sie lehnte den angebotenen Stuhl ab. Kerzengerade stand sie vor ihm am Schreibtisch.

»Wissen Sie, unter welchen Umständen Bob gestorben ist?«
Sie seufzte: »Ich weiß nichts.«
»Er wurde in einem Haus in der Rue Chaptal umgebracht.«
»Das glauben Sie?«
»Er war der Geliebte einer anderen Frau.«
»Ich bin nicht eifersüchtig.«
»Warum wollen Sie nicht sprechen?«
»Weil ich nichts zu sagen habe.«
»Wenn Sie gewußt hätten, daß Bob am Leben gewesen wäre, so wären Sie nicht nach Belgien gefahren.«
Sie schwieg.
»Warum möchten Sie nicht, daß Bob gerächt wird?«
Sie biß sich auf die Lippen und wandte den Kopf ab.
»Sind Ihnen ein paar Geldscheine wichtiger als die Verurteilung seines Mörders?«
»Sie haben kein Recht, so zu sprechen.«
»Dann sprechen Sie.«
»Ich weiß nichts.«
»Und wenn ich Ihnen helfen würde?«
»Ich würde nichts sagen.«
»Mit wem haben Sie gesprochen, seitdem Sie hier sind?«
Jetzt hatte er endlich begriffen. Nicht weil der Kommissar beschäftigt war, hatten sie ihn warten lassen. Vom Erkennungsdienst da oben gab es eine direkte Verbindung zum Quai des Orfèvres.

War Dédé überhaupt durch die ganze Prozedur im Obergeschoß gegangen? War Lucile ärztlich untersucht worden? Kaum.

Fast sicher dagegen war es, daß jemand die beiden verhört hatte. Jemand von der *Sûreté*.

Bei Maigrets Eintreffen war mindestens eine Stunde verflossen, seitdem Le Bret sich in der Wohnung am Boulevard Richard-Lenoir von ihm verabschiedet hatte.

Es schien undenkbar, und doch: Hatte nicht Dédé selber angedeutet, daß Maigret hintergangen wurde?

Er verließ das Büro, wähnte ein heimliches Grinsen auf den Gesichtern zu sehen. Wie zufällig kehrte der Kommissar in diesem Augenblick zurück.

»Nun, mein Lieber! Erfolg gehabt? Haben sie gestanden?«
»Was geschieht mit ihnen?«
»Das ist noch nicht klar. Ich warte auf Weisungen.«
»Von wem?«
»Von oben, wie üblich.«

»Ich danke Ihnen.«

Als er wieder auf der Straße stand, goß es gerade in Strömen, und er fühlte sich so mutlos, daß er erneut drauf und dran war, um seine Entlassung zu bitten.

»Du bist so naiv wie ein Meßdiener«, hatte ihm der Garagist fast mitleidig gesagt.

Er, der so gern zu diesem Haus gehört hätte, das er jetzt mit gesenktem Kopf und einem Brechreiz im Hals verließ!

Er betrat die Brasserie Dauphine, wo immer ein paar Inspektoren vom Quai des Orfèvres bei einem Glas Bier saßen.

Er kannte sie alle vom Sehen, doch für sie war er ein Niemand.

Er würgte eine der Pillen hinunter, die ihm der Arzt gegeben hatte, in der Hoffnung, sie würde ihn aufpulvern; dann goß er einen großen Schnaps hinterher.

Er sah sie an einem Tisch sitzen, etwas beschwipst oder jedenfalls sehr ungezwungen. Die dort durften ungestraft überall ein und aus gehen, sie kannten alles und jeden, tauschten Informationen über ihre laufenden Fälle aus.

Hatte er, Maigret, nach alledem noch Lust, auch einer von ihnen zu sein? War er nicht vielmehr im Begriff zu entdecken, daß das Bild, das er sich von der Polizeiarbeit gemacht hatte, völlig falsch war?

Nach dem zweiten Schnaps war er entschlossen, seinen höchsten Chef und Gönner Xavier Guichard aufzusuchen und ihm sein Herz auszuschütten.

Sie hatten ihn übertölpelt. Le Bret hatte an seinem Bett gesessen und ihm die Würmer aus der Nase gezogen. Er hatte den Wagen vor der Tür warten lassen. Zweifellos war er stracks zum Quai des Orfèvres gefahren, und ihn hatten sie bestimmt nicht stundenlang hingehalten.

Mein Sekretär tobt, konnte Maigret ihn sagen hören. Er wird eine Ungeschicklichkeit begehen, uns Unannehmlichkeiten bereiten.

Wer weiß, vielleicht hatte er noch höheren Orts vorgesprochen, zum Beispiel beim Polizeipräfekten oder gar beim Innenminister.

Vielleicht gehörte auch der Innenminister zu den ständigen Gästen in der Rue Chaptal?

Sie hatten Maigret den Fall übergeben – und mit welchen Ermahnungen zur Vorsicht! –, damit er sich das Genick breche, dessen war er jetzt sicher.

Sie möchten Dédé verhören? Warum nicht? Nur zu, mein Bester!

Nur eben, sie hatten den Garagisten noch vorher ins Gebet genommen. Der Himmel mochte wissen, was sie ihm versprochen hatten, damit er den Mund hielt. Es war ein leichtes. Er war vorbestraft. Was Lucile betraf, so konnte man sie immer noch für eine Weile nach Saint-Lazare verfrachten, falls sie nicht schwieg.

Du bist so naiv wie ein Meßdiener.

Er verzog den Mund, denn daheim in seinem Dorf war er wirklich Ministrant gewesen.

Sie zogen ihm alles in den Dreck, sie zogen ihm *seine* Polizei in den Dreck. Er war nicht verärgert, weil man ihn um einen kleinen Erfolg gebracht hatte. Das Gefühl ging tiefer. Es glich eher der Enttäuschung eines Verliebten.

»Garçon!«

Er wollte einen dritten Schnaps bestellen, besann sich anders, zahlte und verließ das Lokal mit dem Gefühl, daß die Männer am Tisch ihm ironisch nachblickten.

Er wußte, daß fortan alles, was er zu sehen und zu hören bekam, lauter Schwindel sein würde. Was konnte er tun? Den Flötisten aufsuchen. Ha! Ein Flötist! Der einzige Trumpf, der ihm verblieben war. Justin Minard, über den Le Bret schon am ersten Tag Erkundigungen hatte einziehen lassen.

Und er, Maigret, konnte sich empören noch und noch – sie würden höchstens behaupten, der Schlag auf den Kopf habe bei ihm einen Hirnschaden bewirkt.

Er stieg in den nächsten Omnibus und blieb verdrossen auf der Plattform stehen, in der Nase den Geruch von nassem Hundefell, der von seinem Mantel ausging. Er schwitzte. Vielleicht hatte er Fieber.

In der Rue Chaptal hätte er beinahe kehrtgemacht, als ihm einfiel, wie gönnerhaft auch Paumelle, der Wirt vom »Vieux Calvados«, ihn behandelt hatte.

Wie konnte er wissen, ob am Ende nicht doch die anderen recht hatten? Vielleicht hatte er sich auf der ganzen Linie getäuscht, vielleicht eignete er sich überhaupt nicht für den Polizeiberuf?

Und doch spürte er deutlich, wie es gewesen wäre, wenn man ihm freie Hand gelassen hätte. Er hätte in diesem Haus, das er jetzt von der Straße aus betrachtete, jeden Winkel gekannt, er hätte auch sämtliche Bewohner gekannt, es hätte für ihn keine Geheimnisse mehr gegeben, vom alten Balthazar bis hin zu Lise Gendreau oder zu Louis wäre ihm nichts mehr verborgen geblieben.

Es ging nicht mehr darum, zu wissen, was sich in der Nacht vom 15. auf den 16. wirklich zugetragen hatte, denn das war nur der letzte Akt. Wenn er gewußt hätte, was in den Köpfen der Menschen da drinnen vorging, wäre es ein leichtes, ihre Handlungen zu rekonstruieren.

Nun aber war dieses Haus, wie übrigens auch jenes an der Avenue du Bois, eine Festung, zu der man ihm den Zugang verwehrte. Beim geringsten Alarm kam von allen Seiten Hilfe herbei. Dédé wurde plötzlich schweigsam, und Lucile wünschte nicht mehr, daß Bob gerächt wurde.

Er merkte, daß er laut mit sich selber sprach, zuckte die Achseln, stieß heftig die Tür zum kleinen Restaurant auf.

Justin war da. Er stand an der Theke, in der Hand ein Glas. Er hatte Maigrets Nachfolge angetreten in seinem Tête-à-tête mit Paumelle, der beim Anblick des Neuankömmlings keinerlei Erstaunen zeigte.

»Das gleiche«, sagte Maigret.

Das Hoftor stand weit offen. Der Regen ließ nach, und durch die fallenden Tropfen schimmerte die Sonne. Das Pflaster glänzte; man spürte, daß es bald trocken sein würde.

»Ich wußte, daß Sie wiederkommen würden«, sagte der Wirt. »Mich wundert nur, daß Sie nicht bei den Herren da drüben sind.«

Maigret drehte sich mit einem Ruck um, sah Justin Minard an. Der Flötist setzte zum Sprechen an, stieß schließlich hervor: »Eine Menge Leute befinden sich im Haus. Sie sind vor etwa einer halben Stunde gekommen.«

Man sah keine Wagen auf der Straße. Wahrscheinlich hatten die Besucher eine Mietdroschke benutzt.

»Was für Leute?«

»Ich kenne sie nicht; es ist etwa so, wie ich mir immer einen ›Lokaltermin‹ vorgestellt habe. Ein Herr mit weißem Bart ist dabei. Er kam zusammen mit einem jungen Mann. Vielleicht der Staatsanwalt und sein Schreiber?«

Maigrets Finger krampften sich um das Glas.

»Wer noch?« fragte er.

»Leute, die ich noch nie gesehen habe.«

Justin war zu taktvoll, um zu sagen, was er dachte, doch Paumelle brummte dazwischen: »Kollegen von Ihnen. Nicht vom Kommissariat. Vom Quai. Einen der Männer habe ich wiedererkannt.«

Der arme Minard wand sich vor Verlegenheit. Im Grunde, dachte Maigret bitter, hatte er auch seinen treuen Helfer hinters Licht geführt. Er hatte ihn im Glauben gelassen, er, Maigret, leite die Untersuchung, und der Flötist war ihm voll Begeisterung gefolgt.

Jetzt aber war Maigret ein Niemand geworden, eine Null. Man hielt ihn nicht einmal mehr auf dem laufenden über das, was vorging.

Wieder war er nahe daran, aufzugeben, nach Hause zu gehen, wütend sein Entlassungsgesuch zu schreiben und sich dann ins Bett zu legen. Sein Kopf glühte. Er verspürte stechenden Schmerz. Der Wirt hob eine Flasche Calvados hoch, und Maigret nickte.

Es spielte keine Rolle mehr. Sie hatten ihn von A bis Z betrogen. Sie hatten vollkommen recht. Er war nur ein Meßdiener.

»Germaine ist im Haus«, bemerkte Minard leise. »Ich hab sie am Fenster gesehen.«

Die auch, zum Teufel! Natürlich. Sie mochte ja nicht eben intelligent sein, aber sie hatte einen Riecher wie alle Frauen. Sie hatte begriffen, daß sie auf die falsche Karte gesetzt hatte, daß Maigret und sein Flötist nichts als Strohpuppen waren.

»Ich gehe rüber«, erklärte er plötzlich und stellte das Glas auf die Theke zurück.

Die Angst, im letzten Moment den Mut zu verlieren, trieb ihn über die Straße. Als er die Einfahrt betrat, sah er am anderen Ende des Hofes zwei Männer in der Erde graben. Neben der Tür, die in die Halle führte, stand ein uniformierter Wachtposten.

»Ich gehöre dem Kommissariat dieses Quartiers an«, sagte Maigret.

»Sie müssen warten.«

»Warten? Worauf?«

»Bis die Herren hier fertig sind.«

»Aber *ich* habe diese Untersuchung geleitet.«

»Möglich, aber ich muß mich an meine Weisungen halten, mein Junge.«

Noch einer vom Quai des Orfèvres!

Sollte ich jemals bei der *Sûreté* dienen, dachte Maigret ungeachtet seines festen Entschlusses, den Polizeidienst zu quittieren, ich schwöre, daß ich die armen Teufel vom Kommissariat nie so verächtlich behandeln werde.

»Der Staatsanwalt?«

»Alle sind da.«

»Mein Kommissar?«

»Kenne ich nicht. Wie sieht er aus?«

»Grauer Anzug. Groß, schlank, schmaler blonder Schnurrbart.«

»Nicht gesehen.«

»Wer ist vom Quai dabei?«

»Kommissar Barodet.«

Der Mann, dessen Namen man wohl am häufigsten in den Zeitungen las. In Maigrets Augen war er der berühmteste Mann der Welt, mit seinem glattrasierten Gesicht, das ihm das Aussehen eines Butlers verlieh, und den kleinen Wieselaugen, die ständig an einem vorbeizusehen schienen.

»Was ist mit den beiden dort drüben?«

»Sie graben nach der Leiche.«

Der Polizist antwortete nur zögernd auf Maigrets Fragen, und die Antworten klangen herablassend.

»Ist Richard Gendreau im Haus?«

»Wie sieht er aus?«

»Dunkles Haar, lange, schiefe Nase.«

»Ja, der ist drin.«

Also war Gendreau entweder nicht wie üblich ins Büro gegangen oder aber in aller Eile zurückgekehrt.

In diesem Augenblick hielt eine Droschke auf der Straße an. Eine junge Frau stieg aus, lief auf die Tür zu, vor der sich die beiden Männer unterhielten.

Sie mußte Maigret übersehen haben.

»Mademoiselle Gendreau«, hauchte sie.

Beflissen öffnete ihr der Polizist die Tür, dann erklärte er seinem Kollegen: »Ich habe meine Befehle.«

»Wird sie erwartet?«

»Man hat mir nur gesagt, ich soll sie einlassen.«

»Haben Sie den Butler gesehen?«

»Der ist jetzt gerade mit den Herren zusammen. Sind Sie über die Affäre im Bild?«

Maigret schluckte die Demütigung hinunter. »Einigermaßen«, erwiderte er.

»Man sagt, er sei ein lausiger Bursche gewesen.«

»Wer?«

»Der Kerl, der sich vom Diener hat umlegen lassen.«

Mit offenem Mund starrte Maigret ihn an. »Sind Sie sicher?«

»Sicher, daß was?«

»Daß Louis . . .«

»Sehen Sie, ich selber weiß noch nicht einmal, wer dieser Louis ist. Ich hab nur so ein paar Fetzen aufgeschnappt. Das einzige, was ich weiß, ist, daß ich einen Menschenauflauf verhindern soll.«

Einer der beiden Männer im Hof, offensichtlich ein Polizist, kam in die Einfahrt gelaufen; der andere, wahrscheinlich der Kammerdiener, blieb bei der Grube zurück. Der erste Mann hatte Erde an den Händen, Erde an den Sohlen und einen Ausdruck des Abscheus im Gesicht.

»Kein schöner Anblick!« sagte er zu den beiden am Tor.

Die Haustür wurde ihm geöffnet, und er verschwand im Innern. In den wenigen Sekunden, da die Tür offenstand, konnte Maigret Lise Gendreau und ihren Bruder in der Halle erkennen. Die anderen, die von der Staatsanwaltschaft, hielten sich vermutlich in einem der Salons auf und tagten hinter verschlossener Tür.

»Werden Sie erwartet?« fragte der Polizist, als er Maigrets Nervosität bemerkte.

»Ich weiß es nicht.«

Es war zum Heulen. Noch nie hatte er sich so tief gedemütigt gefühlt!

»Ich glaube, am meisten fürchten sie die Journalisten. Deshalb treffen sie alle diese Vorsichtsmaßnahmen. Das Komischste ist, daß bei uns nur Balthazar-Kaffee getrunken wird. Ich hätte nie gedacht, daß ich eines Tages . . .«

Im Haus schien man viel zu telefonieren, denn ständig hörte man es klicken und klingeln.

»Wenn Ihr Kommissar Sie hergeschickt hat, kann ich ja mal reingehen und ihnen sagen, daß Sie draußen warten.«

»Es ist nicht die Mühe wert.«

Der andere zuckte die Achseln. Er begriff nichts mehr. Er sah, wie Maigret eine Pille schluckte.

»Ist etwas nicht in Ordnung mit Ihnen?«

»Wissen Sie zufälllig, wie das Ganze angefangen hat?«

»Wie was angefangen hat?«

»Sie waren am Quai des Orfèvres?«

»Ja. Ich wollte gerade ins La Villette-Quartier fahren, um einen Burschen zu beschatten. Kommissar Barodet war im Begriff, sich einen Galgenvogel vorzuknöpfen.«

»Einen Kleinen in kariertem Anzug?«

»Ja, einen auf Bewährung.«

»Kam ein Anruf für den Kommissar?«

»Nein, der Allerhöchste persönlich hat ihn zu sich rufen lassen. Inzwischen mußte ich den Kleinen bewachen. Ein Spaßvogel. Er wollte mir eine Zigarette abbetteln, aber ich hatte keine.«

»Und dann?«

»Als Monsieur Barodet zurückkam, schloß er sich noch mal eine

Weile mit dem kleinen Karierten ein, nachdem er uns gesagt hatte, wir sollten uns bereit halten.«

»Wir?«

»Wir von der Brigade. Wir sind zu dritt hierhergefahren, plus der Kommissar. Die zwei anderen sind da drinnen. Der, der gegraben hat, ist Barrère. Das ist der, der angeschossen worden ist. Vor einem Monat. Als er den Polen in der Rue Caulaincourt verhaftete.«

Jedes Wort schmerzte. Maigret stellte sich das Büro am Quai vor, die freundschaftliche Autorität des Kommissars, der seine Leute »Kinder« nannte.

Warum hatten sie ihm, Maigret, das angetan? Hatte er etwas falsch gemacht? Hatte er die Sache nicht richtig angepackt? War er nicht so diskret wie nur möglich vorgegangen?

Nach Le Brets Krankenbesuch an diesem Morgen hatte Maigret das Gefühl gehabt, sein Vorgesetzter hätte ihm eine Blankovollmacht erteilt. Und danach war Le Bret Hals über Kopf zum Quai des Orfèvres gefahren. Und dann? War er vielleicht hierhergekommen?

»Der Butler hat also gestanden?«

»Soviel ich gehört habe, ja. Sicher ist, daß er eine widerliche Schnauze hat.«

»Ich begreife überhaupt nichts mehr.«

»Haben Sie sich denn schon mal eingebildet, daß Sie etwas begreifen?«

Es war vielleicht die erste wirkliche Lektion in Bescheidenheit, die Maigret jemals erteilt worden war. Der Polizist war älter als er. Er hatte die Dreißig überschritten. Er besaß die Ruhe, die Gelassenheit derer, die schon viel gesehen haben. Er paffte aus seiner Pfeife und kümmerte sich keinen Deut um das, was im Haus vorging.

»Es ist immer noch besser als in einer Sackgasse von La Villette Gott weiß wie lange den Aufpasser spielen.«

Ein Wagen hielt am Bordstein, diesmal ein Auto. Ein junger Mann mit braunem Bart stieg eilig aus. Er trug einen kleinen Koffer, und Maigret erkannte ihn, weil er sein Bild in den Zeitungen gesehen hatte. Es war Doktor Paul, Gerichtsmediziner und eine angehende Berühmtheit.

»Wo sind die Herren?«

»Drinnen, Doktor. Der Tote liegt im Garten, aber zuerst werden Sie den Staatsanwalt sehen wollen.«

Alle betraten das Allerheiligste, alle außer Maigret. Er allein war dazu verdammt, im Torbogen zu stehen und zu warten.

»Sie werden sehen«, sagte der andere, »das wird in den Zeitungen mit drei Zeilen abgetan.«

»Warum?«

»Darum.«

Tatsächlich konnte man am Abend in »La Presse« lesen:

In der Nacht vom 15. auf den 16. dieses Monats schlich sich ein Einbrecher in die Villa der Familie Gendreau-Balthazar in der Rue Chaptal ein. Er wurde vom Butler Louis Viaud, 56, gebürtig aus Anseval (Nièvre) ertappt und durch einen Schuß in die Brust getötet.

Doch da lag Maigret schon mit neununddreißig Grad Fieber im Bett, und Madame Maigret wußte nicht, wie sie den Flötisten loswerden sollte. Der rührte sich nicht aus dem Zimmer und erinnerte mehr denn je an einen Hund, der sich verlaufen hatte.

9 Dejeuner auf dem Land

Es dauerte drei Tage. Erst hatte er gehofft, er sei ernstlich erkrankt, und das würde *sie* maßlos ärgern. Doch alles, was er am ersten Morgen, als er vorsichtig die Augen öffnete, an sich feststellte, war ein anständiger Stirnhöhlenkatarrh.

Danach hatte er gemogelt. Mit einem simplen Stirnhöhlenkatarrh hätte er sich sogar vor seiner eigenen Frau lächerlich gemacht, deshalb stöhnte und hustete er und klagte über Schmerzen in der Brust.

»Ich leg dir ein Senfpflaster auf, Jules. Das ist gut gegen Bronchitis.«

Sie war heiter wie immer. Sie pflegte ihn zärtlich, mehr, sie verwöhnte ihn. Dennoch hatte er sie im Verdacht, daß sie ihn durchschaute.

»Kommen Sie nur herein, Monsieur Minard«, hörte er sie im Vorzimmer sagen. »Nein, es geht ihm nicht schlechter. Ich möchte Sie nur bitten, ihn nicht zu ermüden.«

Das hieß, daß sie auf sein Spiel einging.

»Wie ist die Temperatur?« fragte der Flötist besorgt.

»Nicht mehr so hoch«, antwortete sie.

Womit sie es geschickt vermied, eine Zahl zu nennen. Tatsächlich lag Maigrets Temperatur eher unter als über siebenunddreißig.

Sie liebte es, Lindenblütentee zu kochen, Umschläge zu machen, Rührei und Hühnerbrühe zuzubereiten. Sie liebte es auch, sorgsam die Vorhänge zu schließen, auf den Zehenspitzen umherzugehen, dann und wann durch die Tür zu blicken, um sich zu vergewissern, daß er schlief.

Der arme, unerwünscht gewordene Minard! Maigret machte sich Vorwürfe. Er mochte ihn. Er hätte ihm gern eine Freude bereitet.

Schon gegen neun oder zehn Uhr morgens sah man ihn immer anmarschieren. Er klingelte nie, er klopfte nur sacht an die Tür, weil er annahm, daß Maigret schlief. Dann hörte man ihn flüstern, hörte auch, wie er sich an der Wand entlang ins Zimmer schob und sich dem Bett näherte.

»Nein, bleiben Sie liegen! Ich wollte nur wissen, wie's Ihnen geht. Haben Sie keine Arbeit für mich? Ich wäre so froh, wenn ich Ihnen irgendeinen Dienst erweisen könnte!«

Nicht mehr Detektiv spielen; das war vorbei. Aber irgend etwas tun! Er bot sich auch Madame Maigret an.

»Darf ich nicht für Sie einkaufen gehen? Das kann ich nämlich gut, wissen Sie.«

Schließlich ließ er sich mit einer Hinterbacke auf dem Stuhl am Fenster nieder, nur für einen Augenblick, und dort blieb er stundenlang sitzen. Fragte man ihn nach seiner Frau, so antwortete er wie aus der Pistole geschossen: »Das tut nichts zur Sache.«

Jeden Spätnachmittag kam er wieder, im Smoking, ehe er zur Arbeit ging, denn er spielte jetzt in einem Tanzorchester am Boulevard Saint-Michel. Er spielte nicht mehr Kontrabaß, sondern Kornett, und das war sicher hart für ihn, denn auf seinem Mund hatte sich ein rosaroter Kreis gebildet, der nicht mehr verschwand.

Auch Le Bret ließ sich jeden Morgen durch einen Boten nach Maigrets Befinden erkundigen, sehr zur Enttäuschung der Concierge. Sie hatte zwar gewußt, daß ihr Mieter beim Staat angestellt war, aber er hatte ihr nie gesagt, daß er bei der Polizei diente.

»Der Kommissar läßt Ihnen sagen, Sie sollen sich gut pflegen und sich keine Sorgen machen, alles stehe zum Besten.«

Er vergrub sich tiefer in sein feuchtes Bett, in den guten Schweißgeruch, der von ihm ausging. Es war seine Art, sich in sich selbst zu verkriechen. Er wußte noch nicht, daß auch dies eine Manie werden würde, daß er später, wenn er mutlos oder ratlos war, oft zu diesem Mittel Zuflucht nehmen würde.

Dieses Absinken erfolgte fast wie auf Befehl. Statt daß seine Gedanken sich klärten, gerieten sie durcheinander wie bei einem, der Fieber hat. Allmählich glitt er in einen Halbschlaf hinüber, und die

Wirklichkeit nahm neue Formen an, vermengte sich mit Jugenderinnerungen; auch die Schatten und Lichter im Zimmer spielten dabei ihre Rolle, sogar die Blumen auf den Tapeten, sogar die Gerüche aus der Küche und Madame Maigrets gedämpfte Schritte.

Er begann immer wieder am gleichen Punkt, ordnete seine Figuren wie auf dem Schachbrett: der alte Balthazar, Félicien, Lise, Richard Gendreau, Schloß Anseval, Louis, Germaine, die Zofe Marie.

Er sah sie kommen und gehen, wechselte sie aus. Dann war die Reihe an Le Bret, wie er Maigrets Wohnung verließ, wie er in seinen Wagen stieg, dem Kutscher zurief: »Quai des Orfèvres!«

Ob er seinen Vorgesetzten, den großen Xavier Guichard, duzte? An dieser Stelle setzte die Angst ein. Was erzählte Le Bret seinem Chef in diesem riesigen Büro, das Maigret nur zweimal in seinem Leben betreten hatte und das ihn beeindruckte wie kein anderer Ort auf der Welt?

Mein Sekretär, dieser junge Mann, den Sie mir empfohlen haben, beschäftigt sich mit einem Fall. Ich mußte ihm die Sache übergeben, ich hatte keine andere Wahl. Ich fürchte nur, er wird ins Fettnäpfchen treten.

Würde er so reden? Es war denkbar. Le Bret war in erster Linie ein Weltmann. Jeden Morgen ging er im Club Hoche fechten, er verkehrte in den mondänen Salons, ging in alle Premieren und zeigte sich auf dem Turf im hellgrauen Zylinder.

Aber Xavier Guichard? Der war mit Maigrets Vater befreundet und von der gleichen Art. Er wohnte nicht in der Monceau-Gegend, er hatte eine kleine Wohnung im Quartier Latin und zog seine Bücher der Gesellschaft schöner Frauen vor.

Nein, Guichard ließ sich nicht auf schmutzige Dinge ein, auch nicht auf Kompromisse.

Und doch hatte er Barodet zu sich bestellt? Welche Weisung mochte er ihm gegeben haben?

Und wenn sich wirklich alles so verhielt, war es nicht Maigret, der unrecht hatte? Gewiß, er hatte seine Untersuchung nicht zu Ende geführt. Er wußte nicht, wer den Grafen erschossen hatte. Er wußte auch nicht, warum er erschossen worden war. Aber er hätte es herausgefunden.

Er war überzeugt, daß er gute Arbeit geleistet hatte, und zwar in kurzer Zeit. Das bewies schon allein die Tatsache, daß sein Kommissar es mit der Angst bekam.

Also, warum das alles?

Die Zeitungen berichteten schon nicht mehr über die Affäre. Sie war vertuscht worden. Sie hatten den toten Bob gewiß schon zur Autopsie in die Leichenhalle gebracht.

Er sah sich wieder im Hof an der Rue Chaptal, der letzte in der Reihe, weit hinter all den Herren, die ihn nicht beachteten. Barodet kannte ihn nicht persönlich und hielt ihn wohl für einen Hausangestellten. Der Staatsanwalt, der Untersuchungsrichter, der Gerichtsschreiber dachten, er sei einer von Barodets Leuten.

Nur Louis hatte ihn mit einem höhnischen Blick bedacht. Ohne Zweifel hatte Germaine ihm von Maigrets Nachforschungen erzählt.

Alles war so demütigend, so entmutigend. Bisweilen lag er mit geschlossenen Augen und in Schweiß gebadet da und entwarf den Plan einer idealen Untersuchung.

Das nächste Mal mache ich es so und so . . .

Dann, am Morgen des vierten Tages, hatte er das Kranksein plötzlich satt. Noch ehe der Flötist erschien, stand er auf, wusch sich gründlich, rasierte sich mit Sorgfalt, befreite sich vom Verband, den er immer noch um den Kopf trug.

»Gehst du ins Büro?«

Er sehnte sich nach dem Geruch seines Kommissariats, nach seinem schwarzen Pult, den armseligen »Kunden« auf ihrer Bank vor der weißgetünchten Wand.

»Was soll ich Justin bestellen?«

Sie nannte ihn jetzt Justin, wie einen Freund, einen entfernten Verwandten der Familie.

»Wenn er mich um ein Uhr abholen will, können wir zusammen essen gehen.«

Er hatte seine Bartbinde seit Tagen nicht angelegt und mußte jetzt die Enden mit dem Brenneisen hochzwirbeln. Er ging ein gutes Stück Wegs zu Fuß, um die Atmosphäre der Boulevards einzuatmen, und sein ganzer Groll verflüchtigte sich in der Frische dieses Frühlingsmorgens.

Was soll ich mich mit diesen Leuten herumplagen!

Diese Gendreaus in ihrer Festung. Der Charakter des Alten, von der Tochter auf die Tochter vererbt. Ihre Testamentgeschichten. Die Frage, wer die Balthazar-Cafés erben würde . . .

Denn so viel war ihm klar: Hier ging es nicht mehr nur ums Geld. Von einem gewissen Grad des Reichtums an zählt nicht das Geld, sondern die Macht.

Es ging um den Entscheid, wem die Aktienmehrheit gehören und wer zum Vorsitzenden des Aufsichtsrates gewählt würde. Lise? Richard?

Der Balthazar-Charakter mußte in den Frauen schon sehr tief verwurzelt sein, wenn ein Mädchen seine einundzwanzig Jahre vergaß und, wie vor ihm die Mutter, nur noch an einen leitenden Posten dachte.

Chef sein – oder Chefin!

Sollen sie sich darum streiten!

Richtig. Genau das hatten sie getan. Und dann gab es einen Toten, um den zwar niemand weinte, gewiß, wenn man von einem Mädchen absah, das in der Avenue de Wagram auf den Strich ging.

Er betrat das Kommissariat, schüttelte seinen Kollegen die Hand.

»Bertrand ist eben unterwegs zu dir, um nach deinem Befinden zu fragen.«

Er meldete sich nicht beim Kommissar. Wortlos setzte er sich an seinen Platz, und es wurde halb elf, ehe Le Bret die Polstertür öffnete und ihn erblickte.

»Nanu, Sie sind wieder da, Maigret? Kommen Sie doch mal herüber!«

Er schien sich bewußt leutselig zu geben.

»Setzen Sie sich. Ich frage mich, ob es klug ist, so bald wieder ins Büro zu kommen. Ich wollte Ihnen eben einen Erholungsurlaub vorschlagen. Glauben Sie nicht, ein paar Tage auf dem Land würden Ihnen guttun?«

»Ich fühle mich restlos gesund.«

»Um so besser, um so besser! Übrigens haben Sie sicher schon gehört, daß sich die ganze Geschichte von selbst erledigt hat. Ich möchte Ihnen auch noch gratulieren. Sie waren nicht mehr weit von der Wahrheit entfernt. Genau an dem Tag, da ich Sie besuchte, rief Louis die Polizei an.«

»Freiwillig?«

»Das entzieht sich, ehrlich gesagt, meiner Kenntnis. Hauptsache, er hat sich schuldig bekannt. Er muß von Ihren Nachforschungen Wind bekommen haben und hat vermutlich gewußt, daß Sie die Wahrheit herausfinden würden.«

Maigret starrte auf die Schreibtischplatte. Sein Gesicht drückte keinerlei Gefühle aus. Etwas unsicher fuhr Le Bret fort: »Er hat sich über unseren Kopf hinweg direkt an die Polizeipräfektur gewandt. Haben Sie die Zeitungen gelesen?«

»Ja.«

»Die wahre Geschichte ist natürlich etwas frisiert worden. Notgedrungen. Eines Tages werden Sie das verstehen. Es gibt Fälle, da mit einem Skandal niemandem gedient ist, da die nackte Wahrheit mehr schadet als nützt. Hören Sie mir jetzt gut zu! Wir wissen beide, daß der Graf nicht als Einbrecher ins Haus gedrungen ist. Kann sein, daß er erwartet wurde. Lise Gendreau hat ihm gewisse Gefälligkeiten erwiesen. Ich möchte diesen Ausdruck im besten Sinn verstanden wissen.

Vergessen Sie nicht, daß sie im Schloß d'Anseval zur Welt kam und daß es zwischen den beiden Familien gewisse Bande gibt.

Bob war unzurechnungsfähig. Er sank immer tiefer, er hatte das, was man den Zerstörungswahn nennt. Es wäre ja denkbar, daß sie versucht hat, ihn wieder auf die rechte Bahn zu bringen. Dieser Meinung ist jedenfalls meine Frau, und sie kennt Lise gut.

Wie dem auch sei, wir müssen uns fragen, ob Bob in jener Nacht nicht etwa betrunken war, was ja oft genug vorkam. Und ob er sich nicht skandalös benommen hat.

Louis hält mit Einzelheiten zurück. Er hörte Schreie, ging ihnen nach, und als er ins Zimmer trat, sah er Bob im Kampf mit Richard, und in Bobs Hand habe, sagt er, ein Messer geblitzt.«

»Ist das Messer gefunden worden?« fragte Maigret tonlos, ohne vom Schreibtisch aufzusehen.

Er schien einen kleinen Fleck auf der Mahagoniplatte zu fixieren.

»Das weiß ich nicht. Barodet hat das Verhör geleitet. Fest steht, daß auf dem Nachttisch ein Revolver lag und daß Louis schoß, weil er für das Leben seines Herrn fürchtete.

Jetzt sagen Sie mir bitte, junger Freund, wem hätte ein Skandal gedient? Die Öffentlichkeit hätte die Wahrheit nicht ohne weiteres geschluckt. Wir leben in einer Zeit, da gewisse Gesellschaftsklassen nur allzu oft als Zielscheibe herhalten müssen. Mademoiselle Gendreaus Ehre stand auf dem Spiel. Ihre Ehre wäre öffentlich angegriffen worden.

So oder so, wir haben es hier eindeutig mit einem Fall von berechtigter Notwehr zu tun.«

»Sie sind also überzeugt, daß es der Butler war, der Bob erschossen hat.«

»Wir haben sein Geständnis. Bedenken Sie das, Maigret. Überlegen Sie sich, welches die Reaktion einer gewissen Presse und die Folgen dieser Affäre für ein junges Mädchen gewesen wären, dem wir nichts vorzuwerfen haben außer Unvorsichtigkeit.«

»Ich verstehe.«

»Mademoiselle Gendreau ist in die Schweiz gereist. Ihre Nerven sind völlig zerrüttet, und sie wird sich wohl mehrere Monate lang erholen wollen. Louis wurde auf freien Fuß gesetzt. Das Verfahren gegen ihn wird höchstwahrscheinlich eingestellt. Sein einziger Fehler war, daß er die Leiche im Garten vergrub, statt sogleich ein Geständnis abzulegen.«

»Hat er sie allein begraben?«

»Versetzen Sie sich in die Lage des jungen Richard Gendreau! Ich sehe, Sie haben noch nicht ganz begriffen, aber das ist nur eine Frage der Zeit. Es gibt Fälle, da wir kein Recht haben . . .«

Noch während er nach Worten suchte, hob Maigret den Kopf und sagte gelassen, fast beiläufig: ». . . unserem Gewissen zu folgen?«

Darauf wurde Le Bret plötzlich wieder hart, hochmütig, hochmütiger denn je.

»Mein Gewissen wirft mir nichts vor«, erwiderte er in schneidendem Ton, »und ich bilde mir ein, daß ich ein ebenso empfindsames Gewissen habe wie jeder andere. Sie sind noch jung, Maigret, sehr jung, und das ist der einzige Grund, weshalb ich Ihnen diese Bemerkung nicht verübeln kann.«

Gegen Mittag läutete im großen Büro das Telefon. Inspektor Besson nahm den Hörer auf.

»Für Sie, Maigret. Es ist der Kerl, der schon dreimal angerufen hat, immer um die gleiche Zeit.«

Maigret ergriff den Hörer.

»Hallo! Jules?«

Er erkannte Dédés Stimme.

»Geht's Ihnen besser? Sind Sie wieder im Betrieb? Hören Sie, sind Sie zum Mittagessen frei?«

»Warum?«

»Nur so eine Idee von mir. Seit unserer letzten Begegnung hätte ich Lust, mit Ihnen zum Dejeuner aufs Land zu fahren. Keine Angst, ich hole Sie mit meinem Schlitten ab! Vielleicht nicht gerade vor dem Kommissariat, ich hab was gegen Kommissariate, aber Ecke Rue Fontaine. Klappt das?«

Der arme Flötist würde wieder einmal vergebens warten.

»Sagen Sie Minard, ich hätte weggehen müssen. Ein dringender Fall. Ich sehe ihn heute abend oder morgen.«

Eine Viertelstunde später stieg er in den grauen Dion-Bouton. Dédé war allein.

»Haben Sie eine besondere Vorliebe? Mögen Sie gebackene

Gründlinge? Aber erst halten wir ein Weilchen an der Porte Maillot und gießen uns einen hinter die Binde.«

Wenig später betraten sie eine Bar, wo Dédé eigenmächtig zwei große Absinth bestellte und dann das Wasser tropfenweise auf das Stück Zucker fallen ließ, das sich, auf dem gelochten Löffel schwankend, langsam auflöste. Er war aufgekratzt, aber in seinen Augen lag eine Spur von Ernst. Er trug seinen karierten Anzug, dazu Schuhe, so gelb wie Gänsekacke, und eine knallrote Krawatte.

»Noch einen? Nein? Wie Sie wollen. Heute hab ich keinen Grund, Sie abzufüllen.«

Wieder die Straße, die Ufer der Seine, Fischer mit Angelruten in ihren Kähnen, zuletzt ein kleiner Gasthof am Fluß, mit einer Gartenlaube.

»Was Kleines, Leckeres, Gustave! Wir fangen mit einer guten *friture* an, aber nur mit Gründlingen.«

Und zu Maigret: »Für uns wirft er persönlich die Netze aus, damit sie ja lebend in die Pfanne kommen.« Wieder zum Wirt: »Was kannst du uns nachher bieten?«

»Wie wär's mit einem Hähnchen in *Rosé de Beaujolais?«*

»Hähnchen in *Rosé* ist in Ordnung.«

Dédé benahm sich hier wie zu Hause. Er lungerte in der Küche herum, ging in den Keller, kam mit einer Flasche Loire-Weißwein wieder herauf.

»Das ist besser als alle Aperitifs der Welt. Und jetzt, bis die *friture* kommt, können Sie ruhig Ihre Pfeife stopfen. Hier können wir reden.«

Offenbar empfand er das Bedürfnis zu reden, denn er fuhr fort: »Ich wollte Sie sehen, weil ich Sie eigentlich mag. Sie sind noch nicht so verdorben wie die meisten anderen Bullen.«

Auch Dédé war einer von denen, die die Wahrheit frisierten. Maigret war sich darüber klar. Leute von Dédés Sorte waren geborene Schwätzer, und das war es auch, was ihnen bisweilen zum Verhängnis wurde. Sie waren so eingebildet, daß es sie fortwährend drängte, von sich und ihren Taten zu reden.

»Wo ist Lucile?« fragte Maigret. Er hatte damit gerechnet, daß sie mit von der Partie sein würde.

»Ob Sie es glauben oder nicht, sie ist wirklich krank. Das Mädchen hat auf Bob gestanden, wissen Sie. Für ihn hätte sie sich durch den Fleischwolf drehen lassen. Es war ein Schlag für sie. Erst wollte sie die Rue Brey überhaupt nicht verlassen. Sie sagte, nur dort finde sie ihn wieder, auf Schritt und Tritt. Gestern habe ich sie überredet, aufs Land zu fahren. Hab sie selber hingebracht. Werde auch wieder hinfahren. Aber Schluß damit! Vielleicht sprechen wir später noch mal darüber.«

Er zündete sich eine Zigarette an, stieß den Rauch langsam durch die Nase aus. In den Gläsern funkelte der Wein, das junge Laub über ihren Köpfen bebte in der Brise, der Wirt stand in seinem Kahn und ließ den Blick prüfend über das Wasser gleiten, ehe er das Netz auswarf.

»Ich nehme an, Sie haben aus purer Neugier einen Blick in meine Akte geworfen. Dann wissen Sie auch, daß ich mich nie auf große Sachen eingelassen habe. Hie und da ein krummer Dreh, ja. Zweimal habe ich ein halbes Jahr gesessen. Und mir geschworen, daß es dabei bleibt.«

Er trank, wohl um sich noch besser in Schwung zu bringen.

»Haben Sie die Zeitungen gelesen?«

Maigret nickte.

»Wenn das keine Schlaumeier sind! Sie hätten Lucile sehen sollen. Kreidebleich ist sie geworden. Sie wollte unbedingt hingehen, ihnen die Hölle heiß machen. Ich hab sie beruhigt. Hab ihr zugeredet. ›Wozu?‹ hab ich gesagt.

Sie müssen aber zugeben, die haben ihn ganz schön durch den Dreck gezogen. Und wenn ich den Kerl mit der schiefen Nase, diesen Richard oder wie er heißt, eines Tages in die Finger bekomme, an einem Ort, wo kein Schroter hinkommt, dann schlage ich ihm garantiert die Fresse ein, Ehrenwort.

Er hat fünfzigtausend Mille ausgespuckt und hält sich für einen Schlaumeier. Unter uns gesagt, und obwohl Sie zur Schmiere gehören, kann ich Ihnen versichern, daß er nicht damit wegkommt. Früher oder später kommt der Tag, wo wir einander wiedertreffen. Es gibt Schweinehunde und Schweinehunde. Die Gendreau-Sorte kann ich nicht riechen. Sie etwa?«

»Man hat mich die Untersuchung nicht fortsetzen lassen«, antwortete Maigret halblaut.

»Ich weiß. Ich weiß es nur zu gut.«

»Hat man Ihnen befohlen zu schweigen?«

»Sie haben mir gesagt, ich brauchte nur schlau zu sein, dann kriegte ich meinen ›Paß‹.«

Mit anderen Worten, man würde ein Auge zudrücken, Dédés kleine Sünden geflissentlich übersehen, den Schlag auf den Kopf vergessen und nicht wissen wollen, woher die neunundvierzigtausend Francs stammten, die man in seiner Brieftasche gefunden hatte.

»Was mich total umgeschmissen hat, das ist der Trick mit dem Butler. Oder glauben Sie etwa an den Schwindel?«

»Nein.«

»Gott sei Dank. Sie wären nämlich in meiner Achtung gesunken. Der Fall ist klar. Wenn schon jemand geschossen haben muß, dann ist es eben besser, der Diener hat geschossen. Und Sie, was glauben Sie? Wer hat nun eigentlich das Schützenfest veranstaltet? Hier sind wir ja ganz unter uns, nicht wahr? Ich meine, wenn Sie etwa versuchen sollten, das, was ich Ihnen jetzt sage, für Ihre Zwecke auszuwerten, so werde ich hoch und heilig schwören, ich hätte den Mund nie aufgemacht. Ich behaupte, es war das Mädchen.«

»Ich auch.«

»Mit dem Unterschied, daß ich gute Gründe habe, es zu behaupten. Ich gehe noch weiter und sage, sie hat Bob aus Versehen umgelegt. Eigentlich wollte sie den Bruder erschießen. Weil die beiden sich so wenig ausstehen können, wie das nur in solchen Familien vorkommt.

Sie haben Bob nicht gekannt, und das ist ein Jammer. Er war ein Prachtkerl, der beste auf der Welt. Wie der sie alle fertigmachte! Nicht auf gemeine Art, wissen Sie. Es war keine Spur von Bosheit an ihm. Es war mehr. Er verachtete sie dermaßen, daß er sie nur noch lächerlich fand.

Als die Junge anfing, ihm schöne Augen zu machen . . .«

»Wann war das?«

»Im Herbst. Ich weiß nicht, wie sie ihm auf die Spur gekommen ist. Aber die halbe Welt wußte, daß man Bob gegen halb sechs, nach den Rennen, in einer bestimmten Bar an der Avenue de Wagram antreffen konnte.«

»Und sie ist hingegangen?«

»Und ob! Sogar ohne Schleier und alles. Sie erzählte ihm, wer sie sei, daß sie auf Schloß Anseval wohne, daß sie sich für ihn interessiere, daß sie sich freuen würde, wenn er sie besuche.«

»Hat er mit ihr geschlafen?«

»Klar, und wie! Er hat sie sogar in sein Hotel an der Rue Brey mitgenommen. Das kennen Sie ja. Er wollte sehen, wie weit sie gehen würde, verstehen Sie? Der Junge sah blendend aus. Und sie war nicht die Art Puppe, die in so ein Hotel geht, nur um Händchen zu halten.

Bei alledem nicht mehr Temperament als eine Betonmauer. Vor

Lucile hatte er keine Geheimnisse. Wenn sie auf alle hätte eifersüchtig sein wollen, die durch seine Hände gingen ...! Da kommt unsere *friture*. Sie werden mir gleich sagen, was Sie davon halten.«

Er konnte essen und reden zugleich, und er tat sowohl das eine wie das andere ohne Unterlaß, dieweil er ebenso pausenlos der zweiten Flasche zusprach, die man vor sie hingestellt hatte.

»Sie brauchen es nicht zu verstehen, also strengen Sie sich nicht an. Sogar Bob, der doch gerissener war als wir beide zusammen, und das ist jetzt nicht bös gemeint, hat ziemlich lange gebraucht, bis er aus dem Mädchen klug wurde. Was ihn am meisten wunderte, war, weshalb sie ihn unbedingt heiraten wollte.

Sie hat sich ihm auf dem Teller präsentiert. Inklusive daß er nicht zu arbeiten brauchte, daß er soundso viel im Monat für seine kleinen Hobbys bekommen würde und so weiter. Er ließ der Sache ihren Lauf. Er sagte sich, daß sie vermutlich scharf darauf war, Gräfin d'Anseval zu heißen. Das kommt vor. Es gibt Leute, die kaufen sich ein Schloß, und dann kriegen sie auf einmal Lust, auch den Schloßnamen zu tragen und die Schloßahnen zu kaufen. So hat Bob es erklärt.«

Er schaute Maigret gerade in die Augen und endete, den Überraschungseffekt im voraus auskostend, mit dem lapidaren Satz: »Es war aber überhaupt nicht so.«

Er knapperte an den gebackenen Fischen, schaute von Zeit zu Zeit hinaus auf die Seine, wo Frachtkähne langsam vorüberfuhren und zu tuten begannen, wenn sie sich der Schleuse bis auf wenige hundert Meter genähert hatten.

»Suchen Sie nicht weiter. Sie finden die Antwort nicht. Bob ist die Spucke weggeblieben, als er die Wahrheit erfuhr, und er kannte die Familie in- und auswendig. Wissen Sie, von wem die Idee zu der Heirat stammte? Vom Alten!«

Seine Stimme triumphierte.

»Sie müssen zugeben, es hat sich bezahlt gemacht, daß Sie heute mit mir zum Mittagessen nach Bougival gefahren sind. Sie haben doch von dem alten Fossil gehört, der sein Haus und seine Gemälde dem Staat als Museum vermachen wollte? Wenn Sie jetzt etwas ganz Lustiges hören wollen, lassen Sie mich weitererzählen. Ich weiß natürlich nicht alles. Auch Bob wußte nicht alles. Aber eines ist sicher: Der alte Herr, der als Hausierer auf dem Land angefangen hat, träumte nur noch davon, Enkel von echt adeligem Geblüt zu haben.

Soll ich Ihnen sagen, was ich glaube? Für ihn war es eine Rache.

Es heißt, die d'Ansevals seien ihm gegenüber nicht anständig gewesen. Sie hätten ihm das Schloß und die Pachthöfe verkauft, sie hätten sich diskret zurückgezogen, aber sie hätten ihn kein einziges Mal zum Diner oder auch nur zum Mittagessen einladen wollen.

Deshalb hat er in sein Testament ein paar Klauseln eingebaut, die hinterher die ganze Familie durcheinanderbrachten.

Seine Tochter lebte noch, als er starb, aber Leute mit so vielen Millionen, die planen auf weite Sicht.

Nach dem Tod der Tochter sollten die Aktien in zwei Teile geteilt werden. 51 Prozent für das kleine Fräulein, 49 Prozent für den Schiefnasigen. Man sagt mir, das sei sehr wichtig, es verschaffe dem Mädchen das Stimmenmehr, wie sie sagen.

Ich persönlich bin nicht sehr gebildet. Na ja. Das mit den Aktien sollte übrigens passieren, wenn sie einundzwanzig werden würde.«

»In einem Monat«, unterbrach ihn Maigret.

»Ich nehme noch eine Portion, und wenn für den *coq au vin* hinterher kein Platz mehr ist! Wo sind wir stehengeblieben? Ach ja! Es gab da noch einen kleinen Haken. Wenn die Kleine einen d'Anseval heiratete, würde sie sämtliche Aktien bekommen, unter der Bedingung, daß sie ihrem Bruder eine Rente in der Höhe seines Anteils aussetzte.

Mit anderen Worten, er hätte dann mit den Balthazar-Cafés, dem Schloß und allem Drum und Dran nichts mehr zu tun gehabt. Die Familien Balthazar und Gendreau wären samt und sonders d'Ansevals geworden bis hinauf zu den Kreuzrittern.

Auf diesem Gebiet war Bob ein Fachmann, und Sie können sich nicht vorstellen, was für einen Spaß er an dem Vorschlag hatte.«

»Ist er darauf eingegangen?«

»Wofür halten Sie ihn?«

»Wie hat er die Wahrheit erfahren?«

»Durch den Bruder. Und jetzt werden Sie sehen, wie blödsinnig ein Mann seine Haut zu Markte tragen kann. Der Gendreau mit der schiefen Nase ist nämlich nicht auf den Kopf gefallen. Er hat keine Lust, in den Clubs herumzusitzen wie sein Vater und den Dämchen in der Rue de la Paix nachzulaufen. Er will *auch* der Chef sein.«

»Allmählich beginne ich zu begreifen.«

»Nein. Das ist unmöglich, wo sogar Bob nicht gleich kapiert hat. Er hat ihn zu sich in sein Büro bestellt. Bob sagt, das sei wie eine Sakristei, mit geschnitzten Holzwänden, gotischen Möbeln und einem Porträt des Alten, das vom Boden bis zur Decke reicht und auf dem er aussieht, als halte er jeden zum Narren.

Von der ganzen Familie ist dieser Alte derjenige, den ich eigentlich noch am ehesten verdauen könnte. Bob nannte ihn die bösartigste Kanaille, die ihm jemals begegnet sei. Eine Redensart. Der Alte war ja tot. Lassen wir das.

Da sitzt nun also der Bruder und deckt seine schmierigen Karten auf. Fragt, ob Bob entschlossen sei, seine Schwester zu heiraten. Bob antwortet, er denke nicht im Traum daran.

Der andere erklärt rundheraus, er sei ein Trottel, es wäre für alle Beteiligten ein gutes Geschäft.

Und weshalb wäre es ein gutes Geschäft? Weil er, Richard Gendreau, dem Mann seiner Schwester eine schöne Stange Geld zustekken würde, so viel Geld, wie er nur wolle. Unter einer Bedingung: daß er mit seiner Schwester in der Welt herumgondelt, daß er dafür sorgt, daß sie sich amüsiert und jedes Interesse am Geschäft verliert.

Kapiert?

Bob erklärt, diese Rolle liege ihm nicht.

Darauf teilt ihm der schiefnasige Schweinehund klipp und klar mit, dann sei das eben sein Pech, und es könnte ihn teuer zu stehen kommen.

Wenn ich mir überlege, daß Sie mich einbuchten wollten, nur weil ich diesem Erzgauner fünfzig Mille abgenommen habe. Aber ich nehm's Ihnen nicht übel, Sie konnten's ja nicht wissen.«

Sie saßen jetzt eingehüllt in den köstlichen Duft von gebratenem Hähnchen und Weinsauce. Dédé legte trotz seiner früher geäußerten Befürchtungen einen beachtlichen Appetit an den Tag.

»Probieren Sie diesen Beaujolais und dann geben Sie zu, daß es ein Jammer gewesen wäre, wenn Sie mich um solche Gaumenfreuden gebracht und statt dessen auf Knastdiät gesetzt hätten.

Wissen Sie, was für einen Trumpf er in der Hand hatte, der Lump? Daß Bob ein Prachtkerl war, habe ich Ihnen schon gesagt, aber ich habe nie behauptet, er sei ein kleiner Heiliger gewesen. Manchmal war er knapp bei Kasse; das kann jedem passieren. Aber er kannte seit seiner Kindheit eine Menge Leute, bessere Leute. Und da hat er eben bisweilen zum Spaß ihre Unterschriften nachgemacht, auf Wechseln und anderen Papierchen.

Es war weiter nicht schlimm. Das kann man schon daraus ersehen, daß die Betreffenden keine Anzeige erstatteten oder daß die Sache sich irgendwie einrenkte.

Aber weißt du was, mein lieber Jules? Der Lump hatte, Gott weiß wie, eine ganze Sammlung solcher Papierchen aufgekauft.

Wenn Sie meine Schwester nicht heiraten, lasse ich Sie verhaften. Und wenn Sie nach der Heirat nicht schnurgerade laufen, lasse ich Sie ebenfalls verhaften.

Ein Gauner. Ein noch größerer Gauner als der Alte!

Ich schwöre Ihnen, Bob hätte sich ohrfeigen können, weil er mit der Kleinen ins Bett gehüpft war und damit die ganze Sache ins Rollen gebracht hatte.

Was die Junge betrifft, die hatte es eilig. Sie wollte ihre Hochzeit sofort, noch ehe sie einundzwanzig wurde. Sie schickte ihm Rohrpostbriefe, Depeschen. Sie schickte ihm eine Einladung nach der anderen.

Er ging hin oder er ging nicht hin. Meist ging er nicht hin, und dann kam sie in die Rue Brey, um ihn abzufangen. Sie wartete an der Straßenecke, und es war ihr egal, wenn man sie für etwas anderes hielt.

Lucile hat sie gut gekannt.«

»Als Sie Bob in die Rue Chaptal fuhren, in der Nacht vom 15. auf . . .«

»Da wollte er mit ihr Schluß machen. Er wollte ihr die Wahrheit ins Gesicht sagen. Er wollte ihr sagen, er lasse sich nicht kaufen, nicht von ihr und nicht von ihrem Bruder.«

»Sagte er, Sie sollten auf ihn warten?«

»Nicht direkt, aber er meinte, es würde nicht lange dauern. Flügel oder Schenkel? Sie sollten nochmals von den Pilzen nehmen. Gustave sucht sie selber hier in der Gegend und legt sie ein.«

Maigret fühlte sich unendlich wohl. Das lag vielleicht am Beaujolais, zusammen mit dem vorher genossenen Weißwein.

»Sie fragen sich, weshalb ich Ihnen das alles erzähle, nein?«

»Nein.«

»Sie wissen weshalb?«

»Ja.«

Zumindest fühlte er es. Dédé hatte zuviel auf dem Herzen – oder auf der *Patate,* wie er es genannt hätte –, und wes Herz voll ist, des läuft bekanntlich der Mund über. Hier riskierte er nichts. Überdies hatte er seinen »Paß«.

Gerade darauf aber war er nicht eben stolz. Mit diesem Mittagessen, diesem Dejeuner wollte er sein Gewissen entlasten. Es war auch ein Mittel, sich im Vergleich mit der schmutzigen Gesellschaft, die er eben beschrieben hatte, in ein besseres Licht zu setzen.

Noch lange danach würde Maigret an jenes Essen in Bougival zurückdenken, und vielleicht lag es an dieser Erinnerung, daß er sich später hütete, vorschnelle Urteile zu fällen.

»Was sich dort oben abgespielt hat, kann ich Ihnen nicht sagen. Ich hab keine Ahnung.«

Auch Maigret wußte es nicht, aber wenigstens ließen sich die Geschehnisse leichter rekonstruieren. Die Frage war nur, ob es nicht ungewöhnlich war, daß Richard Gendreau sich im Haus befand. Hätte er in jener Nacht nicht in seinem Club oder irgendwo anders sein sollen?

Vielleicht auch hatte der junge Graf ihn selber nach oben gerufen. Warum nicht? Es hätte zu Bobs Charakter gepaßt.

Es wäre ja möglich gewesen, daß Bob beiden zusammen seine Meinung sagen wollte, ihnen erklären wollte, was er von ihren Machenschaften hielt.

Erstens heirate ich nicht.

Maigret hatte ihn nie gesehen, aber er begann sich von seinem Wesen und sogar von seinem Äußeren ein Bild zu machen.

Zweitens bin ich keineswegs darauf erpicht, einen Namen zu verkaufen, den ich selber nicht trage, weil es nicht lohnt.

Womit er sagen wollte, daß er zwar für gewisse Leute aus der Umgebung der Place des Ternes und der Rennplätze »der Graf« war, daß jedoch die meisten seiner Bekannten dachten, es sei ein Spitzname, und von seinem wirklichen Namen keine Ahnung hatten.

Waren Lise Gendreau in jener Nacht die Nerven durchgegangen? Sprach sie von ihrer Ehre? Geriet der Bruder in Wut?

Und Sie, halten Sie gefälligst die Klappe! Ich werde Ihrer Schwester jetzt mal von dem kleinen Geschäft erzählen, das Sie sich ausgedacht haben.

Ob ihm genügend Zeit dazu blieb? Oder war der andere sogleich auf ihn losgegangen?

Hunderttausende von Franzosen tranken Balthazar-Kaffee, klebten wie Madame Maigret die Bilder mit allen Blumensorten drauf in Alben und ahnten nicht, daß ihr Morgenkaffee der Einsatz war, um den in einem Zimmer an der Rue Chaptal so erbittert gekämpft wurde.

Ein wüster Kampf, viel Lärm, ein Butler, der hinter der Tür stand und alles mit anhörte.

Die beiden jungen Männer mußten miteinander gerungen haben, vielleicht sogar auf dem Fußboden.

War Richard Gendreau bewaffnet? Bestimmt gehörte er zu der Sorte Männer, die hinterlistige Mittel gebrauchen.

»Ich behaupte, es war die Junge, die geschossen hat. Sicher nicht in böser Absicht. Sie hat schlicht und einfach durchgedreht. Warum sonst hätte sie das Fenster aufgerissen und um Hilfe gerufen, was sie hinterher sicher bereut hat? Vielleicht auch stand das Fenster schon offen. Ehrlich gesagt, ich habe nicht nach oben geschaut.

Sehen Sie, ich frage mich, ob sie am Ende nicht doch noch in Bob verknallt war. So was kommt vor. Angefangen hat es mit Geschäftsinteressen. Dann hat es sie erwischt. Nicht in Sachen Bett, das habe ich Ihnen schon gesagt, daß sie aus Holz ist. Aber er war eben ganz anders als alle die Eisheiligen, mit denen sie für gewöhnlich verkehrte ...

Ich sehe es so: Als sie merkte, daß Bob nicht mehr hochkam oder daß ihr Bruder ihn auf hinterhältige Art fertigmachen wollte, verlor sie den Kopf. Sie drückte ab. Ihr Pech, daß sie nicht zielen kann. Der Schuß traf Bob. Mitten ins Herz. Wie wär's mit einer neuen Flasche? Dieses Weinchen! Von wegen giftig! Nicht die Spur! So, alter Jules, das wär's!

Als ich den Burschen sah, der an die Tür polterte und partout hinein wollte, hab ich mich dünnegemacht, dann bin ich zurückgekommen, aber es gab nichts mehr zu sehen. Da bin ich lieber verduftet.

Wir haben uns alles überlegt, Lucile und ich. Wir haben gehofft, daß Bob doch noch zurückkommt oder daß es heißt, sie hätten ihn ins Krankenhaus gebracht.

Schließlich bin ich zum jungen Gendreau ins Büro gegangen. Deshalb weiß ich, wie der Alte auf dem Bild aussieht.

Wäre es denn besser gewesen, wenn keiner von der Sache profitiert hätte?

Er hat die fünfzig Mille sozusagen sofort ausgespuckt, so schnell, daß es mir richtiggehend leid tat, daß ich nicht von Anfang an hunderttausend gesagt hatte.

Das sind mir Schweinehunde!

Sie sind genau im richtigen Augenblick aufgetaucht. Wir wollten gerade türmen. Wir waren Idioten, daß wir uns schnappen ließen, geben Sie's zu.

Auf Ihr Wohl, alter Freund!

Die haben natürlich das ganze Ding vertuscht, wie man es so macht in ihren Kreisen. Mit der Zeit gewöhnt man sich daran. Trotzdem wird mir jedesmal kotzübel, wenn ich auf der Straße einen ihrer Lieferwagen sehe, mit den gestriegelten Pferden und dem geschniegelten Kutscher auf dem Bock.

Gustave! Zwei Kaffee, aber keinen Balthazar!«

Wider Willen trank er Balthazar, weil es im Haus keinen anderen gab.

»Verfluchte Scheiße!« stieß er hervor. »Ein Glück, daß wir aufs Land ziehen können.«

»Mit Lucile?«

»Sie hat nicht nein gesagt. Wir haben fünfzigtausend Piepen, oder fast. Ich hab schon immer von einem kleinen Bistro am Wasser geträumt, so wie das hier, mit Gästen, die ich mag. Es wird nicht leicht zu finden sein, weil es nicht allzu weit von einem Rennplatz entfernt sein sollte. Morgen sehe ich mich mal in der Gegend von Maisons-Laffitte um. Dort irgendwo habe ich Lucile untergebracht.«

Er blickte etwas verlegen drein und fügte eilig hinzu: »Deswegen brauchen Sie uns noch lange nicht für Tugendbolde zu halten!«

Eine Woche verging. Jeden Morgen wurde Maigret durch ein Klingelzeichen ins Büro des Kommissars gerufen, und jeden Morgen legte er seinem Chef die Tagesrapporte vor. Jeden Morgen auch schien Le Bret etwas sagen zu wollen, dann wandte er den Kopf ab.

Sie wechselten kein Wort miteinander, außer über dienstliche Angelegenheiten. Maigret war ernster als früher, scheinbar massiver auch, obwohl er noch nicht Fett angesetzt hatte. Er machte sich nicht die Mühe zu lächeln. Und er wußte ganz genau, daß er für Le Bret gleichsam ein lebendiger Vorwurf war.

»Sagen Sie mir, mein Lieber . . .«

Das war Anfang Mai.

»Wann steigen Sie in die Prüfungen?«

Das berühmte Handbuch, das er in jener Nacht studiert hatte, als der Flötist in sein Büro und damit in sein Leben eingedrungen war . . .

»Nächste Woche.«

»Glauben Sie, daß Sie es schaffen?«

»Ich denke schon.«

Er blieb ungerührt, beinahe kalt.

»Guichard hat mir gesagt, daß es schon immer Ihr Wunsch war, am Quai des Orfèvres zu arbeiten.«

»Stimmt.«

»Und jetzt? Möchten Sie nicht mehr an den Quai?«

»Ich weiß nicht.«

»Ich finde, Sie wären dort besser am Platz, und ich habe die Absicht, mich in diesem Sinn für Sie zu verwenden, obschon Sie hier wertvolle Dienste leisten.«

Maigret, dem die Kehle wie zugeschnürt war, sagte kein Wort. Er grollte. Im Grunde war er noch immer wütend auf alle, auf seinen Kommissar, auf die Gendreaus, auf die Leute von der Sûreté, vielleicht sogar auf Guichard, den er doch beinahe so verehrte wie seinen eigenen Vater.

Und doch, wenn Guichard ...

Sie hatten eben doch recht gehabt, zwangsläufig, darüber war er sich jetzt mehr oder weniger klar. Ein Skandal hätte niemandem gedient. Und Lise Gendreau wäre so oder so freigesprochen worden.

Also?

Grollte er etwa dem Leben selbst, und war es etwa nicht sein Fehler, wenn er das Leben nicht begreifen konnte?

Er dachte nicht daran, sich kaufen zu lassen. Er weigerte sich, dem Herrn Kommissar Le Bret auch nur das geringste zu schulden.

»Ich kann warten, bis ich ordnungsgemäß versetzt werde«, brachte er endlich hervor.

Schon am folgenden Tag wurde er an den Quai gerufen.

Der Große Mann legte ihm die Hand auf die Schulter.

»Immer noch böse?«

Er konnte sich nicht länger beherrschen. Zornig, wie ein kleiner Junge, stieß er hervor: »Es ist Lise Gendreau, die Bob erschossen hat.«

»Wahrscheinlich.«

»Sie wußten es?«

»Ich ahnte es. Wäre es ihr Bruder gewesen, so hätte Louis sich nicht geopfert.«

Die Fenster standen offen. Unten floß die Seine vorbei. Schlepper, die einen Rosenkranz aus Frachtkähnen hinter sich herzogen, ließen ihre Sirenen ertönen und zogen ihren Schornstein ein, ehe sie unter der Brücke durchfuhren. Straßenbahnen, Omnibusse, Droschken, Taxis rollten unaufhörlich über den Pont Saint-Michel, und die hellen Kleider der Frauen bildeten fröhliche Farbtupfer im Straßenbild.

»Nehmen Sie Platz, mein Junge.«

Die Lektion, die er an diesem Tag in väterlichem Ton erteilt bekam, war in keinem polizeiwissenschaftlichen Handbuch zu finden.

»Verstehen Sie? So wenig Schaden wie möglich anrichten. Was hätte es genützt?«

»Es hätte der Wahrheit genützt.«

»Welcher Wahrheit?«

Der Große Mann schloß mit den Worten: »Sie können Ihre Pfeife wieder anzünden. Am Montag treten Sie als Inspektor in die Brigade des Kommissars Barodet ein.«

An jenem Morgen konnte Maigret nicht wissen, daß er eines Tages, zweiundzwanzig Jahre später, Lise Gendreau wiederbegegnen würde, und daß sie dann einen anderen Namen tragen würde, einen adligen italienischen Namen, den Namen ihres Gatten.

Und auch nicht, daß sie ihn im unveränderten Büro der Kaffeefirma Balthazar empfangen würde, das er nur dank einem gewissen Dédé kannte und wo er endlich mit dem Porträt des Alten, das noch immer an seinem Platz hing, Bekanntschaft machen sollte.

»Herr Kommissar...«

Der Kommissar, das war er, Maigret.

»Ich glaube, es erübrigt sich, Sie um äußerste Diskretion zu bitten...«

Die Sûreté hieß nicht mehr so, sie wurde jetzt Kriminalpolizei genannt.

Und es sollte sich um etwas handeln, das in der Amtssprache mit »Nachforschungen im Interesse der Familie« bezeichnet wurde.

»Leider hat meine Tochter den Charakter ihres Vaters geerbt...«

Sie selbst war sehr beherrscht und kalt wie der alte Balthazar, dessen Bildnis hinter ihrem Sessel aufragte.

»Sie hat sich von einem skrupellosen Individuum nach England entführen lassen, wo er sich eine Heiratslizenz verschafft hat. Sie darf *auf keinen Fall*...«

Nein, an jenem Morgen wußte er noch nicht, daß er eines Tages zum zweitenmal die Ehre der Familie Balthazar zu beschützen haben würde.

Er war sechsundzwanzig Jahre alt. Er hatte es eilig, nach Hause zu gehen und seiner Frau die Neuigkeit zu verkünden: »Ich trete in die Chefbrigade ein!«

Aber er ging nicht gleich nach Hause. Auf der Straße erwartete ihn Justin Minard.

»Schlechte Nachrichten?«

»Gute Nachrichten. Ich bin befördert worden.«

Der Flötist gebärdete sich freudiger als Maigret.

»Sie verlassen also das Kommissariat?«

»Schon morgen.«

»Trinken wir einen darauf?«

Brasserie Dauphine, zwei Schritte vom Quai entfernt. Inspektoren vom »Bau« sitzen vor ihren Biergläsern. Keiner kümmert sich um die beiden Männer, die sich mit Schaumwein zuprosten und glückliche Gesichter machen.

Noch ein paar Tage, und die Inspektoren werden zumindest einen der beiden kennen. Maigret wird zu ihnen gehören. Er wird hereinkommen, als sei er hier zu Hause, und der Kellner wird ihn beim Namen nennen und wissen, was er ihm bringen soll.

Als er an jenem Abend nach Hause kam, war er betrunken. Zehnmal hatten sie einander von einer Straßenecke zur anderen begleitet, der Flötist und er.

»Was wird deine Frau sagen?« hatte Maigret gesagt.

»Spielt keine Rolle.«

»Mußt du nicht zu deiner Tanzkapelle?«

»Was für eine Kapelle?«

Er machte Lärm im Treppenhaus. Unter der Wohnungstür verkündete er feierlich: »Du kannst einen neuen Inspektor der Chefbrigade begrüßen!«

»Und dein Hut?«

Er langte sich an den Kopf, stellte fest, daß er seinen Hut irgendwo verloren hatte.

»So sind die Frauen! Aber jetzt hör zu, hör gut zu, denn es ist sehr wichtig ... Sehr wichtig, hörst du? ... Es war nicht der Kommissar ... Sie hatten mich im Auge, die ganze Zeit, und ich hatte keine Ahnung ... Weißt du, wer es mir gesagt hat? ... Der Große Chef ... Er hat mir gesagt ... Ich kann nicht alles wiederholen, was er gesagt hat, aber der Chef, das ist ein Vater ... Das ist ein Vater, verstehst du ...«

Worauf sie ihm seine Pantoffeln brachte und einen starken Kaffee kochte.

Oktober 1948

Maigret
und das Verbrechen
in Holland

1 Das Mädchen mit der Kuh

Als Maigret an einem Mainachmittag in Delfzijl ankam, kannte er den Fall, der ihn in die kleine Stadt im äußersten Norden Hollands rief, nur in groben Zügen.

Ein gewisser Jean Duclos, Professor an der Universität Nancy, war auf Vortragsreise in den Ländern des Nordens. In Delfzijl war er Gast von Monsieur Popinga, einem Lehrer an der Marineschule. Nun war dieser Monsieur Popinga ermordet worden, und wenn man den französischen Professor auch nicht direkt beschuldigte, so hatte man ihn doch gebeten, die Stadt nicht zu verlassen und sich den holländischen Behörden zur Verfügung zu halten.

Das war alles, oder fast alles. Jean Duclos hatte die Universität Nancy benachrichtigt, und diese hatte durchgesetzt, daß jemand von der Pariser Kriminalpolizei nach Delfzijl geschickt wurde.

Der Auftrag wurde Maigret übergeben. Ein eher offiziöser denn offizieller Auftrag, den er noch weniger offiziell gemacht hatte, indem er es unterließ, seine holländischen Kollegen von seiner Ankunft zu unterrichten.

Von Jean Duclos hatte er einen ziemlich verworrenen Bericht erhalten, dem eine Liste der Personen beigefügt war, die mehr oder weniger in diese Geschichte verwickelt waren.

Kurz bevor er in Delfzijl ankam, las er diese Liste durch:

Conrad Popinga (das Opfer), zweiundvierzig Jahre alt, ehemaliger Kapitän auf Überseestrecken, Lehrer an der Marineschule in Delfzijl. Verheiratet. Keine Kinder. Spricht fließend Englisch und Deutsch und ziemlich gut Französisch.

Liesbeth Popinga, seine Frau, Tochter eines Gymnasialdirektors in Amsterdam. Sehr gebildet. Ausgezeichnete Französischkenntnisse.

Any Van Elst, jüngere Schwester von Liesbeth Popinga, für ein paar Wochen in Delfzijl auf Besuch. Hat vor kurzem ihren Doktor in Jura gemacht. Fünfundzwanzig Jahre. Versteht etwas Französisch, spricht es aber nur gebrochen.

Familie Wienands, wohnt in der Villa neben den Popingas. Carl Wienands ist Mathematiklehrer an der Marineschule. Frau und zwei Kinder. Keine Französischkenntnisse.

Beetje Liewens, achtzehn Jahre alt, Tochter eines Bauern, der auf den Export reinrassiger Kühe spezialisiert ist. Zwei Aufenthalte in Paris. Spricht perfekt Französisch.

Das alles war nichtssagend. Namen, mit denen zumindest Maigret nichts anfangen konnte, der von Paris kam und für die Eisenbahnfahrt eine Nacht und einen halben Tag gebraucht hatte.

Delfzijl verwirrte ihn von Anfang an. In der Morgendämmerung war er durch das traditionelle Tulpen-Holland gefahren, dann durch Amsterdam, das er schon kannte. Die Provinz Drenthe, eine richtige Heidekrautwüste, durch die sich bis zum Horizont in dreißig Kilometer Entfernung Kanäle zogen, hatte ihn überrascht.

Er war in eine Gegend geraten, die nichts mit den holländischen Postkarten gemein hatte und die hundertmal nördlicher wirkte, als er sich vorgestellt hatte.

Eine kleine Stadt: zehn oder höchstens fünfzehn Straßen, gepflastert mit schönen roten Klinkersteinen, die so gleichmäßig aneinandergereiht waren wie Küchenfliesen. Niedrige Häuser, aus Backsteinen und reich mit Holz in hellen, fröhlichen Farben verziert.

Wie eine Spielzeugstadt. Um so mehr, als er einen Deich sah, der die Stadt ganz umschloß. In diesem Deich gab es Durchgangsstellen, die bei Flut durch schwere schleusenähnliche Tore geschlossen werden konnten.

Dahinter die Emsmündung. Die Nordsee. Ein langes silbernes Band. Frachtschiffe, die unter den Kränen am Kai entladen wurden. Kanäle und eine Unmenge Segelschiffe, groß und schwer wie Lastkähne, aber seetüchtig.

Die Sonne schien. Der Bahnhofsvorsteher trug eine hübsche orangefarbene Mütze und grüßte den unbekannten Reisenden ganz selbstverständlich.

Gegenüber befand sich ein Café. Maigret ging hinein und wagte kaum, sich hinzusetzen. Weil es nicht nur gebohnert war wie im Eßzimmer einer Kleinbürgerfamilie, sondern auch ebenso privat wirkte.

Ein einziger Tisch mit Zeitungen in Kupferhalterungen darauf. Der Wirt, der mit zwei Gästen Bier trank, stand auf, um Maigret zu begrüßen.

»Sprechen Sie Französisch?« fragte dieser.

Verneinende Bewegung. Eine Spur Verlegenheit.

»Bringen Sie mir Bier . . . Bier!«

Und als er saß, zog er seinen kleinen Zettel aus der Tasche. Der letzte Name fiel ihm in die Augen. Er deutete auf ihn, sagte zwei- oder dreimal: »Liewens . . .«

Die drei Männer redeten untereinander. Dann stand einer von ihnen auf, ein großer Bursche mit Seemannsmütze, und gab Maigret ein Zeichen, ihm zu folgen. Da der Kommissar noch kein holländisches Geld hatte und einen Hundertfrancsschein wechseln wollte, sagte man ihm mehrmals: »Morgen! . . . Morgen! . . .«

Morgen! Wenn er wiederkam!

Es ging familiär zu hier. Es hatte etwas sehr Unkompliziertes, ja Naives an sich. Schweigend führte der Cicerone Maigret durch die Straßen der Kleinstadt. Zur Linken stand ein Schuppen voller alter Anker, voller Taue, Ketten, Bojen und Kompasse, die zum Teil sogar auf dem Gehsteig lagen. Ein Stück weiter arbeitete ein Segelmacher unter der Tür. Und in dem Schaufenster einer Konditorei lag eine unglaubliche Auswahl an Schokoladen und kunstvoll verziertem Zuckerwerk.

»Nicht Englisch sprechen?«

Maigret schüttelte den Kopf.

»Nicht Deutsch?«

Wieder Kopfschütteln, und der Mann schwieg wieder. Am Ende einer Straße fing schon das freie Feld an: grüne Wiesen, ein Kanal, auf dem beinahe über die ganze Breite Baumstämme aus dem Norden schwammen, die durch das Land befördert werden sollten.

In der Ferne ein Dach mit glasierten Ziegeln.

»Liewens! . . . *Dag, mijnheer!*«

Und Maigret ging allein weiter, nachdem er versucht hatte, sich bei dem Mann zu bedanken, der ihn, ohne ihn zu kennen, fast eine Viertelstunde lang begleitet hatte, um ihm behilflich zu sein.

Der Himmel war wolkenlos, die Luft von erstaunlicher Klarheit. Der Kommissar kam an einem Holzlager vorbei, wo die Stapel von Eichen-, Mahagoni- und Teakholz die Höhe von Häusern erreichten.

Ein vertäutes Schiff. Kinder spielten. Dann einen Kilometer kein Mensch. Noch immer die Baumstämme auf dem Kanal. Weiße Zäune um Felder, auf denen prächtige Kühe weideten.

Wieder prallte die Wirklichkeit mit der vorgefaßten Meinung zusammen: Für Maigret bedeutete das Wort Bauernhof ein Strohdach, Misthaufen und eine Menge Tiere.

Und nun stand er vor einem hübschen neuen Haus, das von einem Garten mit wunderschönen blühenden Blumen umgeben war. Vor dem Haus auf dem Kanal ein elegant geschnittenes Mahagoniboot. Am Zaun ein vernickeltes Damenfahrrad.

Er suchte vergebens nach einer Klingel. Er rief, aber niemand antwortete. Ein Hund kam und rieb sich an ihm.

Links an das Wohnhaus schloß sich ein langes Gebäude mit regelmäßig verteilten Fenstern ohne Vorhänge an. Ohne die solide

Bauweise und vor allem ohne die hübsche Bemalung hätte man es für einen Schuppen halten können.

Von dorther hörte man ein Muhen, und Maigret ging um die Blumenbeete herum und stand vor einer weit offenen Tür.

Das Gebäude war ein Stall, aber ein Stall, in dem es so sauber war wie in einem Haus. Überall roter Klinker, der dem Ganzen einen warmen, ja prächtigen Glanz verlieh. Abflußrinnen, über den Raufen ein System für automatische Futterverteilung. Und hinter jedem Verschlag ein Flaschenzug, dessen Zweck Maigret erst später erfuhr: er diente dazu, den Schwanz der Tiere beim Melken hochzuhalten, so daß die Milch nicht verunreinigt wurde.

Im Innern war es halb dunkel. Die Tiere waren draußen, nur eines lag im ersten Verschlag auf der Seite.

Ein junges Mädchen kam auf den Besucher zu und fragte ihn zuerst etwas auf holländisch.

»Mademoiselle Liewens?«

»Ja . . . Sind Sie Franzose?«

Während sie redete, schaute sie auf die Kuh. Sie lächelte etwas ironisch, was Maigret nicht gleich begriff.

Und hier erwiesen sich die vorgefaßten Meinungen wieder als falsch. Beetje Liewens trug schwarze Gummistiefel, in denen sie wie eine Reiterin aussah.

Darüber ein grünes Seidenkleid, das von einer Schwesternschürze beinahe ganz verdeckt wurde.

Ein rosiges, vielleicht zu rosiges Gesicht. Ein gesundes, fröhliches Lächeln, dem aber Zartheit fehlte. Große, blaue Augen. Rote Haare.

Zuerst mußte sie sich auf die französischen Wörter besinnen, und sie redete mit starkem Akzent. Aber bald war sie wieder mit der Sprache vertraut.

»Sie wollen meinen Vater sprechen?«

»Sie.«

Beinahe hätte sie schallend gelacht.

»Sie müssen mich entschuldigen . . . Mein Vater ist nach Groningen gefahren und kommt erst heute abend zurück. Die beiden Knechte sind auf dem Kanal und laden Kohle ab. Das Mädchen macht Einkäufe. Und ausgerechnet jetzt kalbt die Kuh! Damit hatten wir nicht gerechnet. Ich bin ganz allein . . .«

Sie hatte sich an eine Winde gelehnt, die sie auf alle Fälle vorbereitet hatte, falls das Tier Unterstützung brauchte. Sie lächelte strahlend.

Draußen schien die Sonne. Ihre Stiefel glänzten. Sie hatte dickliche, rosige Hände mit gepflegten Fingernägeln.

»Es ist wegen Conrad Popinga ...«

Sie runzelte die Stirn. Die Kuh hatte versucht aufzustehen und war schwerfällig wieder zurückgefallen.

»Passen Sie auf ... Wollen Sie mir helfen?«

Sie nahm die bereitliegenden Gummihandschuhe.

So fing Maigret diese Untersuchung damit an, daß er zusammen mit einem jungen Mädchen, dessen sichere Bewegungen sportliches Training verrieten, einem reinrassigen friesischen Kalb auf die Welt half.

Eine halbe Stunde später, als das neugeborene Tier schon die Zitzen seiner Mutter suchte, stand er neben Beetje über einen Wasserhahn gebeugt und seifte sich die Arme bis zu den Ellbogen ein.

»Haben Sie das zum erstenmal gemacht?« scherzte sie.

»Zum erstenmal.«

Sie war achtzehn Jahre alt. Als sie ihre weiße Schürze auszog, zeichneten sich unter ihrem Seidenkleid volle Formen ab, die vielleicht wegen der Sonne etwas äußerst Verlockendes an sich hatten.

»Wir können beim Tee reden. Kommen Sie ins Haus.«

Das Wohnzimmer war streng und etwas dunkel, aber gepflegt eingerichtet. Die kleinen Fensterscheiben waren kaum merklich rosa getönt, wie es Maigret noch nie gesehen hatte. Ein Schrank voll mit Büchern. Zahlreiche Werke über Viehzucht und Tiermedizin. An den Wänden Goldmedaillen von internationalen Ausstellungen und Diplome. Dazwischen die neuesten Werke von Claudel, von André Gide, von Valéry.

Beetje lächelte kokett. »Möchten Sie mein Zimmer sehen?« Und sie beobachtete, was es für einen Eindruck auf ihn machte. Kein Bett, sondern ein mit blauem Samt bezogenes Sofa. Die Wände mit bedruckten Stofftapeten bespannt. Dunkle Regale und wiederum Bücher, eine Puppe aus Paris, ganz in Seide.

Beinahe ein Boudoir, doch mit einer etwas schweren, soliden und bedächtigen Atmosphäre.

»Ist es nicht wie in Paris?«

»Würden Sie mir erzählen, was letzte Woche passiert ist ...«

Beetjes Gesicht verdüsterte sich, aber nicht sehr, nicht genug, um den Anschein zu erwecken, sie nehme die Ereignisse tragisch. Hätte sie sonst so stolz gelächelt, als sie ihr Zimmer vorzeigte?

»Trinken wir Tee!«

Und sie setzten sich einander gegenüber, vor die Teekanne, die mit einer Art Krinoline zugedeckt war, damit der Tee nicht kalt wurde.

Beetje mußte nach den Wörtern suchen. Es ging aber schon besser. Sie bewaffnete sich mit einem Wörterbuch und suchte manchmal längere Zeit, bis sie den genauen Ausdruck gefunden hatte.

Auf dem Kanal fuhr ein Schiff vorbei, das von einem großen grauen Segel überragt wurde. Da kein Wind ging, wurde mit Staken nachgeholfen. Das Schiff suchte sich einen Weg durch die Baumstämme, die den Fluß blockierten.

»Sind Sie schon bei den Popingas gewesen?«

»Ich bin vor einer Stunde hier angekommen und hatte bisher erst Zeit, Ihrer Kuh beim Kalben zu helfen.«

»Ja, Conrad war ein reizender, ein wirklich sympathischer Mann. Früher ist er in allen Ländern herumgekommen, erst als Zweiter, dann als Erster Offizier ... Sagen Sie auch so in Französisch? ... Als er dann sein Kapitänspatent bekam, hat er geheiratet und wegen seiner Frau eine Stelle als Lehrer an der Marineschule angenommen ... Keine so gute Stellung ... Er hat eine kleine Jacht gehabt. Aber Madame Popinga hatte Angst vor dem Wasser. Er hat die Jacht verkaufen müssen. Er hatte nur noch ein Boot auf dem Kanal ... Haben Sie meins gesehen? ... Beinahe dasselbe! ... Abends gab er den Schülern noch Privatunterricht. Er arbeitete viel.«

»Wie war er?«

Sie verstand nicht gleich. Schließlich holte sie ein Foto, auf dem ein großer, pausbäckiger Mann mit hellen Augen und kurzem Haar abgebildet war, der auffallend gutmütig und gesund aussah.

»Das ist Conrad ... Man würde nicht meinen, daß er vierzig ist, nicht wahr? ... Seine Frau ist älter, vielleicht fünfundvierzig. Haben Sie sie gesehen? ... Und sie ist ganz anders. Zum Beispiel: Hier sind alle protestantisch. Ich gehöre der modernen Kirche an. Liesbeth Popinga dagegen gehört einer Religionsgemeinschaft an, die viel strenger ist, viel – wie sagen Sie – konservatorischer?«

»Konservativer.«

»Ja. Sie ist Vorsitzende aller Wohltätigkeitsvereine ...«

»Sie mögen sie nicht?«

»Doch, aber das ist nicht dasselbe. Sie ist die Tochter von einem Gymnasialdirektor, verstehen Sie? Mein Vater ist nur ein Bauer. Doch sie ist sehr lieb und nett.«

»Was ist passiert?«

»Hier werden oft Vorträge gehalten. Es ist eine Kleinstadt: fünftausend Einwohner. Doch man will sich weiterbilden ... Letzten Donnerstag war Professor Duclos aus Nancy da ... Kennen Sie ihn?«

Sie war sehr erstaunt, daß Maigret den Professor nicht kannte, den sie für eine Größe der französischen Wissenschaft hielt.

»Ein berühmter Rechtsanwalt, Spezialist für kriminalistische und – wie heißt das? – psychologische Probleme. Er sprach über die Verantwortlichkeit der Verbrecher ... Ist das richtig? ... Sie müssen mir sagen, wenn ich Fehler mache ...

Madame Popinga ist Vorsitzende der Gesellschaft. Die Redner werden immer zu ihr nach Hause eingeladen. Um zehn Uhr kamen alle noch im engeren Kreis zusammen: Professor Jean Duclos, Conrad Popinga, seine Frau, dann Wienands, seine Frau und seine Kinder ... Und ich.

Die Popingas wohnen einen Kilometer von hier, auch am Amsteldiep. Das Amsteldiep ist der Kanal, den Sie sehen ... Wir haben Wein getrunken und Kuchen gegessen. Conrad hat das Radio angestellt. Any war auch da. Sie hatte ich vergessen, sie ist die Schwester von Madame Popinga und Rechtsanwältin. Conrad wollte tanzen. Wir rollten den Teppich auf ... Die Wienands sind zuerst gegangen, wegen der Kinder. Das kleinste weinte. Sie wohnen im Haus neben den Popingas ... Um Mitternacht war Any müde. Ich hatte mein Fahrrad dabei. Conrad hat mich nach Hause gebracht. Er ist mit seinem Fahrrad gefahren.

Ich bin nach Hause gekommen. Mein Vater hatte auf mich gewartet.

Wir haben erst am nächsten Morgen von dem Drama erfahren. Ganz Delfzijl war in Aufregung ...

Ich glaube nicht, daß es meine Schuld war ... Als Conrad nach Hause kam, wollte er sein Fahrrad in den Schuppen hinter dem Haus stellen. Jemand schoß mit einem Revolver ... Er fiel zu Boden ... Er starb nach einer halben Stunde. Armer Conrad! ... Mit seinem offenen Mund! ...«

Sie wischte eine Träne ab, die sich auf ihrer glatten, rosigen Wange, die aussah wie ein reifer Apfel, etwas merkwürdig ausnahm.

»Ist das alles?«

»Ja. Die Polizei aus Groningen kam, um der Landpolizei zu helfen. Sie sagte, man habe vom Haus aus geschossen. Anscheinend hat man gleich danach den Professor gesehen, wie er mit dem Revolver in der Hand die Treppe herunterkam. Es war der Revolver, mit dem geschossen worden war ...«

»Professor Jean Duclos?«

»Ja. Deshalb hat man ihn nicht abreisen lassen.«

»Kurz, zu diesem Zeitpunkt waren noch Madame Popinga, ihre Schwester Any und Professor Duclos im Haus?«

»Ja!«

»Und am Abend waren außerdem die Wienands, Sie und Conrad da.«

»Und auch Cor! Ich vergaß ihn.«

»Cor?«

»Das ist die Abkürzung für Cornelius. Ein Kadett der Marineschule, der Privatunterricht bekam.«

»Wann ist er gegangen?«

»Zusammen mit mir und Conrad. Aber er fuhr nach links mit seinem Rad, zum Schulschiff zurück, das auf dem Emskanal liegt. – Nehmen Sie Zucker?«

Der Tee dampfte in den Tassen. Ein Auto hatte eben an der Treppe gehalten. Etwas später trat ein Mann ein, groß, breitschultrig, leicht ergraut, mit einem ernsten Gesicht und einer Schwerfälligkeit, die seine Ruhe noch hervorhob. Es war der Bauer Liewens, der darauf wartete, daß seine Tochter ihm den Besucher vorstellte.

Er drückte Maigret kräftig die Hand, sagte aber nichts.

»Mein Vater kann kein Französisch.«

Sie goß ihm eine Tasse Tee ein, die er im Stehen in kleinen Schlucken trank. Dann berichtete sie ihm auf Holländisch von der Geburt des Kälbchens.

Sie erzählte ihm wohl von der Rolle, die der Kommissar dabei gespielt hatte, denn er schaute diesen erstaunt und etwas ironisch an, und ging dann, nachdem er sich etwas förmlich verabschiedet hatte, zum Stall hinüber.

»Hat man Professor Duclos ins Gefängnis gebracht?« fragte Maigret.

»Nein! Er wohnt im Hotel Van Hasselt, zusammen mit einem Polizisten.«

»Conrad?«

»Seine Leiche wurde nach Groningen gebracht. Ungefähr dreißig Kilometer von hier entfernt. Eine große Stadt mit hunderttausend Einwohnern und mit einer Universität, an der Jean Duclos am Abend vorher gesprochen hatte ... Es ist entsetzlich, nicht wahr? Man kann es nicht verstehen ...«

Entsetzlich vielleicht! Aber man merkte nichts davon! Sicher kam das von der heiteren Atmosphäre, dieser netten und gemütlichen Umgebung, von dem dampfenden Tee und der ganzen kleinen Stadt, die wie ein Spielzeug aussah, das man zum Spaß am Ufer des Meeres aufgestellt hatte.

Wenn man aus dem Fenster schaute, konnte man über der roten Backsteinstadt Schornstein und Kommandobrücke eines großen Frachters sehen, der entladen wurde. Und auf der Ems ließen sich Schiffe von der Strömung aufs Meer treiben.

»Hat Conrad Sie oft nach Hause gebracht?«

»Jedesmal, wenn ich ihn besuchte. Er war ein Freund.«

»War Madame Popinga nicht eifersüchtig?«

Maigret sagte dies aufs Geratewohl, weil sein Blick eben auf den verführerischen Busen des jungen Mädchens gefallen war und vielleicht, weil ihm deshalb die Röte in die Wangen stieg.

»Warum?«

»Ich weiß nicht ... Nachts ... Sie beide ...«

Sie lachte und zeigte ihre strahlenden Zähne.

»In Holland ist das immer so. Auch Cor brachte mich nach Hause.«

»Und er war nicht in Sie verliebt?«

Sie sagte weder ja noch nein. Sie gluckste. Genau das war es. Ein leises Glucksen zufriedener Koketterie.

Durch das Fenster sah man, wie ihr Vater das Kalb aus dem Stall holte, es wie ein Baby auf dem Arm trug und mitten auf die Wiese in die Sonne stellte.

Das Tier stand wackelig auf seinen vier zu dünnen Beinen, fiel beinahe um, setzte plötzlich zu einem Galopp von vier oder fünf Metern an und blieb dann wie angewurzelt stehen.

»Hat Conrad Sie nie geküßt?«

Wieder ein Lachen, aber sie wurde ein wenig rot dabei. »Doch ...«

»Und Cor?«

Sie reagierte etwas zurückhaltender, wandte halb den Kopf ab. »Auch! Warum fragen Sie mich das?«

Sie hatte einen eigenartigen Blick. Vielleicht erwartete sie, daß auch Maigret sie küßte?

Draußen rief ihr Vater nach ihr. Sie öffnete das Fenster. Er redete holländisch mit ihr. Als sie sich umdrehte, sagte sie: »Entschuldigen Sie mich, ich muß in die Stadt zum Bürgermeister. Wegen des Stammbaums des Kalbes. Das ist sehr wichtig. Wollen Sie nicht auch nach Delfzijl?«

Er ging mit ihr hinaus. Sie hielt ihr Fahrrad an der Lenkstange und lief neben ihm her, wiegte sich dabei etwas in den Hüften, die schon breit wie die einer Frau waren.

»Ein schönes Land, nicht wahr? ... Armer Conrad, er wird es nie mehr sehen! ... Morgen machen die Bäder auf! Früher kam er immer und blieb eine Stunde im Wasser ...«

Maigret schaute beim Gehen auf den Boden.

2 Die Mütze des Baes

Gegen seine Gewohnheit prägte sich Maigret ein paar äußerliche, vor allem topografische Einzelheiten ein und bewies damit seinen Spürsinn, denn die Lösung sollte in der Folge von Fragen nach Minuten und Metern abhängen.

Zwischen dem Hof der Liewens und dem Haus der Popingas lagen ungefähr eintausendzweihundert Meter. Beide Häuser standen am Kanal, und um von einem zum anderen zu gelangen, folgte man dem Treidelweg. Ein übrigens beinahe unbenutzter Kanal, seitdem der viel breitere und tiefere Emskanal gebaut worden war, der Delfzijl mit Groningen verband.

Dieser hier, das Amsteldiep, war schlammig, gewunden, lag im Schatten schöner Bäume und wurde nur noch für den Transport der Holzstämme benutzt und von ein paar Schiffen mit geringer Tonnage durchfahren.

Hier und da Bauernhöfe, eine Werft für Schiffsreparaturen.

Wenn man vom Haus der Popingas zum Hof ging, kam man zuerst, nach dreißig Metern, am Haus der Wienands vorbei. Dann an einem Haus im Rohbau. Danach kam ein großer leerer Platz und das Lager mit den Holzstößen.

Hinter diesem Lagerplatz folgte wieder freies Gelände, dann machten der Kanal und der Weg eine Biegung. Von dort aus konnte man deutlich die Fenster bei den Popingas sehen und genau links davon den weißen Leuchtturm, der auf der anderen Seite der Stadt stand.

»Ist das ein Leuchtturm mit einem rotierenden Feuer?« fragte Maigret.

»Ja.«

»So daß er nachts immer wieder dieses Stück Weg beleuchtet?«

»Ja«, sagte sie abermals mit einem leisen Lächeln, als ob sie sich an etwas Erfreuliches erinnerte.

»Für Verliebte nicht sehr lustig«, sagte er.

Sie verließ ihn vor dem Haus der Popingas, angeblich, um eine Abkürzung zu fahren, aber wahrscheinlich wollte sie nicht mit ihm gesehen werden.

Maigret blieb nicht stehen. Es war ein modernes Haus, ein Backsteinbau mit einem kleinen Garten davor und einem Gemüsegarten dahinter, einer Allee zur Rechten und einem freien Gelände zur Linken.

Er wollte lieber in die Stadt, die nur fünfhundert Meter entfernt war. Er kam an die Schleuse, die den Kanal vom Hafen trennte. Im Hafenbecken wimmelte es von Schiffen von hundert bis dreihundert Tonnen, die mit aufgerichteten Masten nebeneinanderlagen und eine kleine schwimmende Welt bildeten.

Linker Hand lag das Hotel Van Hasselt, in das er hineinging.

Ein dunkler Saal mit glänzender Holztäfelung, in dem es nach Bier, Genever und Bohnerwachs roch. Ein großer Billardtisch. Ein Tisch, auf dem Zeitungen in Kupferhalterungen lagen.

In einer Ecke stand ein Mann auf, als Maigret hereinkam, und ging auf ihn zu. »Sind Sie es, der mir von der französischen Polizei geschickt wurde?«

Er war groß, hager, knochig, mit einem langen markanten Gesicht, einer Hornbrille und dichten Haaren im Bürstenschnitt.

»Sie sind sicher Professor Duclos?« entgegnete Maigret.

Er hatte ihn sich nicht so jung vorgestellt. Duclos mußte zwischen fünfunddreißig und achtunddreißig Jahre alt sein. Aber er hatte ein gewisses Etwas, das Maigret auffiel.

»Stammen Sie aus Nancy?«

»Ich habe dort einen Lehrstuhl für Soziologie an der Universität...«

»Aber Sie sind nicht in Frankreich geboren!«

Das ließ sich wie ein Kleinkrieg an.

»In der französischen Schweiz. Ich bin naturalisierter Franzose. Ich habe mein Studium in Paris und Montpellier absolviert.«

»Und Sie sind protestantisch?«

»Woran sehen Sie das?«

An nichts! An allem! Duclos gehörte zu einer Kategorie von Menschen, die der Kommissar gut kannte. Männer der Wissenschaft. Das Studium um des Studiums willen! Der Gedanke um des Gedankens willen! Eine gewisse Strenge im Benehmen und in der

Lebensführung, zugleich eine Neigung zu internationalen Kontakten. Begeisterung für Vorträge, für Kongresse, für Korrespondenz mit ausländischen Partnern.

Er war ziemlich nervös, wenn man dies von einem Mann sagen kann, dessen Züge nie eine Reaktion zeigen. Auf seinem Tisch stand eine Flasche Mineralwasser, daneben lagen zwei dicke Bücher und ausgebreitete Blätter.

»Ich sehe den Polizisten nicht, der Sie überwachen soll . . .«

»Ich habe mein Ehrenwort gegeben, daß ich nicht abreise. Ich möchte Sie darauf aufmerksam machen, daß ich von den literarischen und wissenschaftlichen Gesellschaften in Emden, Hamburg und Bremen erwartet werde. Ich sollte in diesen drei Städten Vorträge halten, als . . .«

Eine dicke blonde Frau, die Wirtin des Hotels, erschien, und Jean Duclos erklärte ihr auf holländisch, wer der Besucher war.

»Ich habe auf gut Glück angefragt, ob mir ein Polizeibeamter geschickt wird. Ich hoffe nämlich, das Rätsel lösen zu können.«

»Würden Sie mir erzählen, was Sie wissen?« Und Maigret ließ sich in einen Sessel fallen und bestellte: »Einen Bols! . . . In einem großen Glas.«

»Hier sind zuerst einmal die Pläne, maßstabsgetreu gezeichnet. Ich kann Ihnen ein Duplikat davon geben. Auf dem ersten ist das Erdgeschoß des Hauses der Popingas zu sehen: links der Flur, rechts das Wohnzimmer, dann das Eßzimmer; hinten die Küche, dahinter der Schuppen, in dem Popinga immer sein Boot und seine Fahrräder unterstellte.«

»Sie haben sich alle im Wohnzimmer aufgehalten?«

»Ja. Zweimal sind Madame Popinga, dann Any in die Küche gegangen, um Tee zu kochen, denn das Dienstmädchen schlief schon. Hier ist der Plan vom ersten Stock: hinten, genau über der Küche das Bad; vorn hinaus zwei Zimmer, links das Schlafzimmer der Popingas, rechts ein Arbeitszimmer, wo Any auf dem Sofa schlief; dahinter schließlich das Zimmer, das mir zugeteilt worden war.«

»Von welchen Zimmern aus konnte überhaupt geschossen werden?«

»Aus meinem Zimmer, dem Bad und dem Eßzimmer im Erdgeschoß.«

»Erzählen Sie mir, wie der Abend verlief.«

»Mein Vortrag war ein voller Erfolg. Ich habe ihn in dem Saal gehalten, den Sie dort sehen.«

Ein langer, mit Papiergirlanden dekorierter Saal, der für die Gesellschaftsabende, die Bankette und die Theateraufführungen diente. Ein Podium mit den Kulissen eines Schloßparks.

»Danach sind wir in Richtung des Amsteldieps gegangen.«

»Am Kai entlang? Können Sie mir sagen, in welcher Reihenfolge Sie gegangen sind?«

»Ich ging vorn mit Madame Popinga, die eine sehr gebildete Frau ist. Conrad Popinga flirtete mit diesem kleinen, dummen Bauernmädchen, das immer nur lacht und nichts von dem, was ich sagte, verstanden hat. Dann folgten die Wienands, Any und der Schüler von Popinga, irgend so ein blasser Junge.«

»Sie kamen vor dem Haus an.«

»Man hat Ihnen sicher erzählt, daß ich von der Verantwortlichkeit der Verbrecher gesprochen habe. Madame Popingas Schwester, die gerade ihr Jurastudium beendet hat und sich nach ihrer Rückkehr als Anwältin niederlassen will, hat mich nach ein paar Einzelheiten gefragt. Dabei kamen wir auf die Rolle des Anwalts in einem Kriminalfall zu sprechen. Dann ging es um die Kriminologie, und ich erinnere mich, daß ich ihr empfahl, die Bücher des Wiener Professors Grosz zu lesen. Ich vertrat die These, daß ein strafloses Verbrechen absolut unmöglich sei. Ich sprach von Fingerabdrücken, von der Analyse jedes kleinsten Hinweises, von Schlußfolgerungen ... Conrad Popinga dagegen wollte durchaus, daß ich Radio Paris zuhöre!«

Maigret lächelte unmerklich.

»Er schaffte es! Man spielte Jazzmusik. Popinga holte eine Flasche Kognak und war erstaunt, einem Franzosen zu begegnen, der keinen trank. Er selber und auch das Bauernmädchen tranken ganz schön. Sie waren ziemlich lustig ... Sie tanzten ...

›Wie in Paris!‹ jubelte Popinga.«

»Sie mochten ihn nicht?« bemerkte Maigret.

»Ein großer Junge ohne Interessen! Wienands dagegen hörte uns zu, obwohl er sich mit Mathematik befaßt ... Ein Baby hat dann geweint. Die Wienands sind gegangen ... Das Bauernmädchen war ziemlich angeheitert. Conrad schlug vor, sie nach Hause zu bringen, und beide fuhren mit den Fahrrädern los. Madame Popinga brachte mich auf mein Zimmer. Ich ordnete in meinem Koffer ein paar Papiere. Ich wollte mir ein paar Notizen für ein Buch machen, das ich vorbereite, als ich einen Schuß hörte, so nahe, daß ich hätte glauben können, es würde in meinem Zimmer geschossen. Ich stürzte nach draußen. Die Tür zum Bad stand halb offen. Ich stieß sie auf. Das

Fenster war sperrangelweit offen. Jemand röchelte im Garten, in der Nähe des Fahrradschuppens ...«

»War Licht im Bad?«

»Nein. Ich habe mich zum Fenster hinausgebeugt. Dabei fühlte ich unter meiner Hand den Lauf eines Revolvers, den ich automatisch ergriff. Ich sah undeutlich eine ausgestreckte Gestalt neben dem Schuppen. Ich wollte hinuntergehen. Ich stieß mit Madame Popinga zusammen, die fassungslos aus ihrem Zimmer kam. Wir sind beide die Treppe hinuntergelaufen und waren noch nicht durch die Küche, als Any uns einholte, die so aufgeregt war, daß sie im Unterrock herunterkam ... Sie werden das besser verstehen, wenn Sie sie kennengelernt haben.«

»Popinga?«

»Schon beinahe tot ... Er schaute uns mit großen verwirrten Augen an und hatte eine Hand auf die Brust gepreßt ... Als ich ihn hochheben wollte, wurde er starr ... Er war tot, eine Kugel in der Brust.«

»Ist das alles, was Sie wissen?«

»Man hat die Polizei und den Arzt gerufen. Man hat Wienands angerufen, der kam und uns half ... Ich spürte eine gewisse Verlegenheit ... Ich vergaß, daß man mich mit dem Revolver in der Hand gesehen hatte ... Die Polizisten haben mich daran erinnert, eine Erklärung von mir verlangt. Sie haben mich höflich gebeten, mich zu ihrer Verfügung zu halten.«

»Das war vor einer Woche?«

»Ja. Ich bemühe mich, das Problem zu lösen, denn es ist eines! Sehen Sie sich diese Blätter an!«

Maigret klopfte seine Pfeife aus, ohne die Papiere eines Blickes zu würdigen.

»Sie verlassen das Hotel nicht?«

»Ich könnte es, aber ich tue es nicht, um jeden Zwischenfall zu vermeiden. Popinga war bei seinen Schülern sehr beliebt, und man begegnet ihnen dauernd.«

»Hat man irgendein Indiz gefunden?«

»Ach ja, entschuldigen Sie! Any, die ihrerseits Untersuchungen anstellt und hofft, darin erfolgreich zu sein, auch wenn es ihr noch an Erfahrung fehlt, bringt mir von Zeit zu Zeit Informationen. Zuvor müssen Sie wissen, daß die Badewanne mit einem Holzdeckel zugedeckt und dadurch in einen Bügeltisch umgewandelt werden kann. Am nächsten Tag hat man diesen Deckel hochgehoben und eine alte Seemannsmütze gefunden, die noch nie im Haus gesehen worden war. Im Erdgeschoß wurde nach langem Suchen auf dem Eßzimmerteppich ein Zigarrenstummel aus ganz schwarzem Tabak gefunden, ich glaube eine Manila, wie sie weder Popinga noch Wienands noch der Schüler rauchte ... Und ich rauche nie ... Nun war aber das Eßzimmer gleich nach dem Abendessen gefegt worden ...«

»Was schließen Sie daraus?«

»Nichts!« ließ Jean Duclos fallen. »Ich werde meine Schlüsse erst ziehen, wenn ich soweit bin. Entschuldigen Sie, daß ich Sie von so weit herkommen ließ. Außerdem hätte man einen Polizeibeamten nehmen können, der die Landessprache versteht! Ich werde Sie nur dann brauchen können, wenn Maßnahmen gegen mich ergriffen werden, gegen die Sie offiziell Protest einlegen müssen!«

Maigret fuhr sich über die Nase und lächelte dabei genießerisch. »Sind Sie verheiratet, Monsieur Duclos?«

»Nein!«

»Und Sie kannten weder die Popingas noch die kleine Any, noch die anderen anwesenden Personen vorher?«

»Niemanden! Sie kannten meinen Namen.«

»Natürlich! Natürlich!«

Und er nahm die beiden mit dem Lineal gezeichneten Pläne vom Tisch, stopfte sie in seine Tasche, tippte an seinen Hut und ging.

Das Polizeibüro war modern, gemütlich und hell. Maigret wurde schon erwartet. Der Bahnhofsvorsteher hatte seine Ankunft gemeldet, und man wunderte sich, daß er bis jetzt noch nicht erschienen war.

Er kam herein, als ob er hier zu Hause sei, zog seinen Übergangsmantel aus und legte seinen Hut auf ein Möbelstück.

Der Inspektor, der von Groningen geschickt worden war, sprach langsam und etwas affektiert Französisch. Er war ein großer blonder und hagerer Mann von bemerkenswerter Liebenswürdigkeit, der bei jedem seiner Sätze kurz nickte, als ob er sagen wollte: Sie verstehen? Wir sind uns doch einig?

Doch Maigret ließ ihn kaum zu Wort kommen.

»Wenn Sie sich schon eine Woche lang mit diesem Fall beschäftigen«, sagte er, »müssen Sie die Zeiten nachgeprüft haben.«

»Welche Zeiten?«

»Es wäre zum Beispiel interessant zu wissen, wieviel Minuten das Opfer genau gebraucht hat, um Mademoiselle Beetje nach Hause zu bringen und dann wieder zurückzufahren ... Warten Sie! Ich möchte auch gern wissen, wann Mademoiselle Beetje auf dem Hof angekommen ist; das kann Ihnen sicher ihr Vater, der auf sie gewartet hat, beantworten. Schließlich, wann der junge Cor auf das Schulschiff, auf dem es sicher einen Wachposten gibt, zurückgekehrt ist.«

Der Polizeibeamte machte ein verärgertes Gesicht, stand plötzlich auf, als fiele ihm etwas ein, ging in ein Zimmer nach hinten und kam mit einer völlig verbeulten Seemannsmütze zurück. Dann sagte er betont langsam: »Wir haben den Besitzer dieses Gegenstandes gefunden, der in der Badewanne entdeckt wurde. Es ist ... es ist ein Mann, der bei uns Baes genannt wird. Im Französischen würden Sie Chef sagen.«

Hörte Maigret überhaupt zu?

»Wir haben ihn nicht festgenommen, weil wir ihn überwachen wollen und er hier in der Gegend sehr bekannt ist ... Kennen Sie die Emsmündung? ... Wenn man an die Nordsee kommt, liegen etwa zehn Meilen von hier Sandinseln, die bei starker Flut beinahe völlig unter Wasser sind. Eine dieser Inseln heißt Workum. Dort hat sich ein Mann mit seiner Familie und Knechten häuslich eingerichtet und sich in den Kopf gesetzt, Viehzucht zu betreiben. Das ist der Baes. Er hat einen Staatszuschuß erhalten, denn er muß den Leuchtturm bedienen. Man hat ihn sogar zum Bürgermeister von Workum ernannt, dessen einziger Bewohner er ist. Er hat ein Motorboot, mit dem er zwischen Delfzijl und seiner Insel hin- und herfährt.«

Maigret rührte sich noch immer nicht. Der Polizeibeamte zwinkerte.

»Ein komischer Mensch! Der Alte ist sechzig Jahre und hart wie Granit. Er hat drei Söhne, die genau solche Seeräuber sind wie er. Denn ... hören Sie ... Das darf man zwar gar nicht erzählen ... Sie wissen, daß Delfzijl vor allem aus Finnland und Riga Holz bekommt. Die Dampfer, die es bringen, haben einen Teil der Ladung auf Deck. Diese Ladung ist mit Ketten befestigt. Bei Gefahr haben die Kapitäne Order, die Ketten zu lösen und die Ladung dem Meer zu überlassen, um den Untergang des Schiffes zu vermeiden ... Verstehen Sie immer noch nicht?«

Maigret schien sich für diese Geschichte nicht im geringsten zu interessieren.

»Der Baes ist ein schlauer Fuchs ... Er kennt alle Kapitäne, die hierherkommen. Er wird mit ihnen handelseinig. Wenn also die Inseln in Sicht kommen, findet sich immer irgendein Grund, um wenigstens eine Kette zu lösen. Das sind dann ein paar Tonnen Holz, die die Flut bei Workum an den Strand spült ... Strandrecht! Verstehen Sie nun? Der Baes macht mit den Kapitänen halbe halbe. Und es ist seine Mütze, die in der Badewanne gefunden wurde. Das einzige Problem ist, daß er nur Pfeife raucht ... Aber er muß ja nicht unbedingt allein gewesen sein ...«

»Ist das alles?«

»Nein! Monsieur Popinga, der überall Beziehungen hat oder vielmehr hatte, wurde vor zwei Wochen zum Vizekonsul von Finnland in Delfzijl ernannt ...«

Der hagere, blonde junge Mann schnaufte vor Genugtuung.

»Wo war sein Schiff in der Nacht, als der Mord geschah?«

Es hörte sich beinahe wie ein Aufschrei an: »In Delfzijl ... Am Kai! ... In der Nähe der Schleuse! Das heißt fünfhundert Meter vom Haus entfernt.«

Maigret stopfte seine Pfeife, ging im Büro auf und ab, blickte gelangweilt auf die Berichte, von denen er kein Sterbenswörtchen verstand.

»Haben Sie nichts anderes herausgefunden?« fragte er plötzlich und bohrte seine Hände in die Taschen.

Es überraschte ihn kaum, als er sah, daß der Polizeibeamte rot wurde.

»Wissen Sie schon ...?« Er fing sich wieder. »Stimmt, Sie haben ja den ganzen Nachmittag in Delfzijl zugebracht ... Französische Methode!«

Er redete verlegen.

»Ich weiß noch nicht, was diese Aussage wert ist ... Es war am vierten Tag ... Madame Popinga war hier ... Sie hat mir gesagt, daß sie den Pastor um Rat gefragt hat, ob sie reden soll. Kennen Sie das Haus? ... Noch nicht? ... Ich kann Ihnen einen Plan davon geben.«

»Danke! Ich habe einen!« sagte der Kommissar und zog ihn aus der Tasche.

Verblüfft redete der andere weiter: »Sehen Sie das Schlafzimmer der Popingas? ... Vom Fenster aus kann man nur ein kleines Stück von der Straße sehen, die zum Hof führt. Genau das Stück, das alle fünfzehn Sekunden vom Leuchtturm angestrahlt wird.«

»Und Madame Popinga beobachtete eifersüchtig ihren Mann?«

»Sie schaute ... Sie sah die beiden Radfahrer, die zum Hof fuhren. Dann ihren Mann, als er zurückkam. Dann, kurze Zeit später, hundert Meter dahinter, Beetje Liewens ...«

»Anders ausgedrückt, nachdem Conrad Popinga Beetje nach

Hause gebracht hatte, kam sie ganz allein zum Haus der Popingas zurückgefahren. Was sagt sie dazu?«

»Wer?«

»Das Mädchen.«

»Bis jetzt nichts. Ich wollte sie nicht gleich vernehmen, denn das ist ziemlich schwerwiegend. Und Sie haben das Wort schon ausgesprochen. Eifersucht! Verstehen Sie? . . . Monsieur Liewens ist Mitglied des Stadtrats . . .«

»Wann ist Cor auf das Schulschiff zurückgekehrt?«

»Das wissen wir. Fünf Minuten nach Mitternacht.«

»Und wann wurde der Schuß abgegeben?«

»Fünf Minuten vor Mitternacht. Doch da sind die Zigarre und die Mütze . . .«

»Hat er ein Fahrrad?«

»Ja. Jeder fährt hier mit dem Fahrrad. Das ist praktisch. Ich selbst . . . Aber an jenem Abend hatte er es nicht dabei.«

»Wurde der Revolver untersucht?«

»Ja! Es ist der Revolver von Conrad Popinga. Seine Dienstpistole. Er war mit sechs Kugeln geladen und lag immer im Nachttisch.«

»Aus wieviel Metern Entfernung wurde geschossen?«

»Ungefähr aus sechs. Das ist die Entfernung vom Badezimmerfenster aus. Es ist auch die Entfernung vom Zimmer von Monsieur Duclos aus. Und vielleicht wurde der Schuß gar nicht von oben abgefeuert. Man weiß es nicht, denn vielleicht hat sich der Lehrer, als er sein Rad unterstellte, gerade gebückt. Doch da ist die Mütze und die Zigarre . . . Vergessen Sie das nicht!«

»Zum Teufel mit der Zigarre«, brummte Maigret zwischen den Zähnen. Und laut: »Weiß Mademoiselle Any von der Aussage ihrer Schwester?«

»Ja.«

»Was sagt sie dazu?«

»Sie sagt nichts! Sie ist ein sehr gebildetes Mädchen und redet nicht viel. Sie ist nicht wie die anderen Mädchen.«

»Ist sie häßlich?«

Ganz eindeutig hatte jede Zwischenfrage Maigrets die Eigenschaft, den Holländer zusammenzucken zu lassen.

»Nicht gerade hübsch!«

»Gut! Also ist sie häßlich. Und Sie sagten, daß . . .?«

». . . sie den Mörder finden will. Sie bemüht sich. Sie hat darum gebeten, die Berichte lesen zu dürfen.«

Es war reiner Zufall. Ein junges Mädchen kam herein, eine Aktenmappe unter dem Arm, und war so streng gekleidet, daß es beinahe geschmacklos aussah.

Sie ging direkt auf den Polizeibeamten aus Groningen zu. Ohne den Fremden zu bemerken – vielleicht übersah sie ihn auch absichtlich –, fing sie an, in ihrer Muttersprache zu reden.

Der andere errötete, trat von einem Bein auf das andere, blätterte in Papieren, um Haltung zu bewahren, deutete mit dem Blick auf Maigret. Aber sie wollte von diesem keine Notiz nehmen.

Als ihm nichts anderes mehr übrigblieb, sagte der Holländer, beinahe wider Willen, auf französisch: »Sie sagt, es verstoße gegen das Gesetz, wenn Sie auf unserem Boden Untersuchungen anstellen.«

»Ist das Mademoiselle Any?«

Ein unregelmäßiges Gesicht, ein zu großer Mund mit schiefen Zähnen, ohne die sie nicht unangenehmer ausgesehen hätte als jede andere. Ein platter Busen. Große Füße. Aber vor allem die aufreizende Selbstsicherheit einer Frauenrechtlerin.

»Ja. Nach dem Gesetz hat sie recht. Aber ich lasse ihr sagen, daß es üblich ist ...«

»Mademoiselle Any versteht Französisch, nicht wahr?«

»Ich glaube ...«

Das Mädchen regte sich nicht, wartete mit erhobenem Kopf, bis die beiden ihre Unterhaltung beendet hatten, die sie nichts anzugehen schien.

»Mademoiselle«, sagte Maigret mit übertriebener Zuvorkommenheit, »ich habe das Vergnügen, mich Ihnen vorzustellen! Kommissar Maigret von der Pariser Kriminalpolizei. Alles, was ich wissen möchte, ist, was Sie von Mademoiselle Beetje und ihren Beziehungen zu Cornelius halten.«

Sie versuchte zu lächeln. Zu lächeln wie jemand, der schüchtern ist und sich Gewalt antun muß. Sie sah Maigret an, dann ihren Landsmann, stotterte mühsam auf französisch: »Ich ... ich ... nicht gut verstehen ...«

Und diese Anstrengung genügte, daß sie bis über beide Ohren rot wurde und hilfesuchend um sich schaute.

3 Der Klub der Kairatten

Es waren ungefähr zehn Männer, in dicken blauen Wolljacken, mit Seemannsmützen und lackierten Holzschuhen. Die einen lehnten am Stadttor, die anderen an den Ankerpollern, wieder andere standen breitbeinig in weiten Hosen da und sahen darin riesig aus.

Sie rauchten, priemten, spuckten vor allem, und dann und wann lachten sie lauthals über einen Satz und klopften sich die Schenkel.

Ein paar Meter von ihnen entfernt lagen die Schiffe vor Anker. Dahinter die kleine vom Deich umschlossene Stadt. Etwas weiter weg entlud ein Kran ein Kohleschiff.

Zuerst bemerkten die Männer in der Gruppe Maigret nicht, der am Warf entlangspazierte. So konnte der Kommissar sie in aller Ruhe beobachten.

Er wußte, daß man diese Leute in Delfzijl ironisch den Klub der Kairatten nannte. Auch wenn es ihm niemand gesagt hätte, hätte er erraten, daß die meisten dieser Seeleute den größten Teil des Tages an dieser Stelle verbrachten, ob es regnete oder ob die Sonne schien, und in Muße miteinander schwatzten und dabei auf den Boden spuckten.

Einem von ihnen gehörten drei Klipper, schöne Segel- und Motorboote von vierhundert Tonnen, von denen eins gerade die Ems hinunterfuhr und bald in den Hafen einlaufen würde.

Aber es gab auch weniger großartige Gestalten: einen Kalfaterer, der sicher nicht viel Arbeit hatte, und den Aufseher einer nicht mehr befahrenen Schleuse, der die staatliche Dienstmütze trug.

Aber mitten unter ihnen stach einer alle anderen aus, nicht nur weil er am dicksten und größten und sein Gesicht am rötesten war, sondern weil er auch eine starke Persönlichkeit zu sein schien.

Holzschuhe. Eine Seemannsjacke. Auf dem Kopf eine ganz neue Mütze, die sich noch nicht an die Kopfform angepaßt hatte und albern aussah.

Dieser Mann war Oosting, meistens der Baes genannt, und er war dabei, eine kurze Tonpfeife zu rauchen und zuzuhören, was die neben ihm erzählten.

Er lächelte unbestimmt. Ab und zu nahm er seine Pfeife aus dem Mund und blies langsam den Rauch aus.

Ein kleiner Dickhäuter. Ein grober Klotz, der aber sehr sanfte Augen hatte und von dessen ganzer Person etwas zugleich Hartgesottenes und Empfindsames ausging.

Sein Blick war auf ein etwa fünfzehn Meter langes Schiff gerichtet, das am Kai festgemacht lag. Ein schnelles, gut geschnittenes Boot, wahrscheinlich eine ehemalige Jacht, die aber jetzt unordentlich und schmutzig aussah.

Das Boot gehörte ihm, und von dieser Stelle aus konnte man die zwanzig Kilometer breite Ems sehen, ein fernes Glitzern – die Nordsee – und irgendwo einen roten Sandstreifen – die Insel Workum, Oostings Reich.

Der Abend brach herein, und die rotglühend untergehende Sonne ließ diese rote Backsteinstadt noch röter erstrahlen, verwandelte den Mennigeanstrich eines Frachters, der repariert wurde, in flammendes Rot, das sich auf dem Wasser des Hafenbeckens widerspiegelte.

Der Blick des Baes wanderte langsam über die Dinge und blieb an Maigret hängen. Die blaugrünen Pupillen waren ganz klein. Sie verweilten einen Augenblick bei dem Kommissar, dann klopfte der Mann seine Pfeife an seinem Holzschuh aus, spuckte, suchte in seiner Tasche nach der Schweinsblase mit dem Tabak und lehnte sich bequemer an die Mauer.

Von da an spürte Maigret diesen Blick auf sich, der ihn nicht mehr losließ und in dem weder Prahlerei noch Trotz lag; der Blick war ruhig und doch beunruhigt, es war ein Blick, der abmaß, abschätzte, prüfte.

Der Kommissar war als erster vom Polizeibüro weggegangen, nachdem er sich mit dem holländischen Inspektor Pijpekamp verabredet hatte.

Any war dortgeblieben, und es dauerte nicht lange, da ging sie eilig mit ihrer Aktenmappe unter dem Arm und mit leicht nach vorn gebeugtem Oberkörper vorbei – eine Frau, die sich für das, was auf der Straße geschieht, nicht interessiert.

Sie schaute Maigret nicht an, sondern den Baes, der ihr lange nachsah und sich dann mit gerunzelter Stirn dem Kommissar zuwandte.

Da ging Maigret, ohne eigentlich recht zu wissen warum, auf die Gruppe zu, die plötzlich verstummte. Zehn Gesichter drehten sich mit einem gewissen Erstaunen zu ihm.

Er wandte sich an Oosting. »Verzeihung! Verstehen Sie Französisch?«

Der Baes rührte sich nicht, schien zu überlegen. Ein schlanker Matrose neben ihm erklärte: *»Frenchman! . . . Frenchpolitie!«*

Vielleicht waren dies die seltsamsten Minuten in Maigrets Laufbahn. Sein Gesprächspartner drehte sich nach seinem Boot um und schien zu zögern.

Es war offensichtlich, daß er dem Kommissar vorschlagen wollte, er sollte mit ihm an Bord kommen. Man sah eine kleine Kajüte mit Eichenwänden, eine Karbidlampe und einen Kompaß.

Die anderen warteten. Er öffnete den Mund. Dann zuckte er plötzlich die Achseln, als ob er sagen wollte: Es ist zu dumm! ...

Das sagte er nicht. Er sagte mit heiserer, kehliger Stimme: »Nicht verstehen ... *Hollandsch* ... *English* ...«

Anys schwarze Gestalt mit ihrem Trauerflor ging über die Brücke und schlug dann den Weg entlang dem Amsteldiep ein.

Der Baes fing den Blick auf, den Maigret auf seine neue Mütze warf, aber er zuckte nicht zusammen. Eher huschte der Anflug eines Lächelns über seine Lippen.

In diesem Augenblick hätte der Kommissar viel darum gegeben, sich in seiner Sprache mit diesem Mann unterhalten zu können, und wären es auch nur fünf Minuten gewesen. Seine Bereitschaft war so groß, daß er ein paar Silben auf englisch stammelte, aber mit einem solchen Akzent, daß ihn niemand verstand.

»Nicht verstehen! Niemand verstehen!« sagte wieder der, der sich vorher schon eingemischt hatte.

Die Männer setzten also ihr Gespräch fort, und Maigret ging weiter mit dem unbestimmten Gefühl, daß er der Lösung des Rätsels eben ganz nah gewesen war, sie ihm aber wieder entglitten war, weil er sich nicht verständigen konnte.

Ein paar Minuten später drehte er sich um. Die Gruppe der Kairatten stand in der untergehenden Sonne und redete noch immer, und die letzten Sonnenstrahlen ließen das dicke Gesicht des Baes, der noch immer dem Polizeibeamten nachschaute, noch dunkelroter erscheinen.

Bis dahin hatte Maigret sich irgendwie um das Drama herum bewegt und den immer peinlichen Besuch im Trauerhaus bis zuletzt hinausgeschoben.

Dort klingelte er nun. Es war kurz nach sechs Uhr. Er hatte nicht daran gedacht, daß die Holländer um diese Zeit zu Abend essen, und als ein kleines Dienstmädchen ihm öffnete, sah er im Eßzimmer zwei Frauen am Tisch sitzen.

Beide erhoben sich gleichzeitig, mit der etwas steifen Eilfertigkeit gut erzogener Internatsschülerinnen.

Sie waren ganz in Schwarz. Auf dem Tisch stand Tee, dünn geschnittenes Brot und Aufschnitt. Trotz der Abenddämmerung brannte kein Licht, nur die Flamme eines Gasofens, die durch die feuerfeste Scheibe zu sehen war, kämpfte gegen das Halbdunkel.

Any war es, die gleich daran dachte, das Licht anzuknipsen, während das Dienstmädchen die Vorhänge zuzog.

»Entschuldigen Sie bitte«, sagte Maigret. »Es ist mir unangenehm, Sie ausgerechnet beim Essen zu stören.«

Madame Popinga deutete verlegen auf einen Sessel und schaute verwirrt um sich, als sich ihre Schwester ganz nach hinten ins Zimmer zurückzog.

Es war ungefähr so eingerichtet wie der Bauernhof. Moderne, aber unauffällige Möbel. Gedämpfte Farben, in einer vornehmen und düsteren Harmonie.

»Sie kommen wegen ...« Madame Popingas Unterlippe schob sich nach vorn, und sie mußte das Taschentuch vor den Mund halten, um ein plötzliches Schluchzen zu unterdrücken. Any rührte sich nicht.

»Entschuldigen Sie! Ich komme ein andermal ...«

Madame Popinga schüttelte den Kopf. Sie bemühte sich, ihre Selbstbeherrschung wiederzugewinnen. Sie mußte ein paar Jahre älter sein als ihre Schwester. Sie war groß und viel fraulicher. Sie hatte ein regelmäßiges Gesicht, einen ganz leichten Ausschlag auf den Wangen und ein paar graue Haare.

Und eine zurückhaltende Vornehmheit in ihrem Benehmen! Maigret erinnerte sich, daß sie die Tochter eines Schuldirektors war, mehrere Sprachen fließend sprach und sehr gebildet war. Trotzdem war sie schüchtern wie eine Kleinstädterin, die sich von einer Kleinigkeit einschüchtern läßt.

Er erinnerte sich auch, daß sie der strengsten reformierten Religionsgemeinschaft angehörte, Vorsitzende der Wohltätigkeitsvereine von Delfzijl und der intellektuellen Frauenzirkel war.

Sie hatte sich wieder in der Gewalt. Sie schaute ihre Schwester an, wie um sie um Beistand zu bitten.

»Entschuldigen Sie! ... Aber es ist unfaßlich, nicht wahr? ... Conrad! ... Ein Mann, den alle mochten!«

Ihr Blick fiel auf das Radio, das in einer Ecke stand, und sie brach beinahe in Tränen aus. »Das war sein einziges Vergnügen«, stammelte sie. »Und sein Boot, im Sommer, am Abend, auf dem Amsteldiep. Er hatte viel zu tun ... Wer kann das nur getan haben?«

Und als Maigret nichts sagte, redete sie, etwas lebhafter aussehend, in dem Ton weiter, den sie angeschlagen hätte, wenn man sie gerichtlich belangt hätte: »Ich beschuldige niemanden. Ich weiß nicht... Ich will es nicht glauben, verstehen Sie?... Die Polizei hat an Professor Duclos gedacht, weil er mit dem Revolver in der Hand herauskam. Es ist so entsetzlich! Jemand hat Conrad ermordet! Warum?... Warum ihn?... Und nicht einmal, um etwas zu stehlen! Warum dann?...«

»Sie haben der Polizei erzählt, was Sie vom Fenster aus gesehen haben...«

Wieder wurde sie rot. Sie hielt sich aufrecht, stützte sich mit einer Hand auf den gedeckten Tisch. »Ich wußte nicht, ob es notwendig war. Ich glaube nicht, daß Beetje etwas getan hat. Ich habe nur zufällig gesehen... Man hat mir gesagt, die kleinsten Kleinigkeiten könnten bei einer Untersuchung von Nutzen sein. Ich habe den Pastor um Rat gefragt. Er hat mir gesagt, ich soll es erzählen. Beetje ist ein gutes Mädchen. Ich wüßte wirklich nicht, wer... Bestimmt jemand, der in ein Irrenhaus gehört.«

Sie redete ohne Stocken. Ihr Französisch war korrekt und von einem ganz leichten Akzent gefärbt.

»Any erzählte mir, daß Sie aus Paris gekommen sind! Wegen Conrad! Ich kann es kaum glauben!«

Sie war ruhiger geworden. Ihre Schwester saß noch immer in derselben Ecke des Zimmers und rührte sich nicht. Maigret konnte sie nur über einen Spiegel teilweise sehen.

»Sie müssen sicher das Haus sehen?« Sie hatte sich schon damit abgefunden. Doch seufzte sie: »Wenn Sie mit Any gehen wollen...«

Ein schwarzes Kleid ging dem Kommissar voraus. Er folgte ihm auf einer mit einem neuen Teppich ausgelegten Treppe. Das Haus, das noch keine zehn Jahre alt war und wie eine Nippsache wirkte, war leicht gebaut, aus Hohlziegeln und Tannenholz. Aber die Anstriche der Holztäfelungen gaben dem Ganzen ein frisches Aussehen.

Die Badezimmertür wurde zuerst geöffnet. Der Holzdeckel lag auf der Badewanne, die so zu einem Bügeltisch wurde. Maigret beugte sich zum Fenster hinaus, sah den Fahrradschuppen, den gepflegten Gemüsegarten und hinter den Feldern Delfzijl, wo kein einziges Haus höher als einstöckig gebaut war.

Any wartete an der Tür.

»Es scheint, daß auch Sie den Mörder suchen!« sagte Maigret zu ihr.

Sie fuhr zusammen, antwortete aber nicht, sondern beeilte sich, die Tür zum Zimmer von Professor Duclos zu öffnen.

Ein Messingbett. Ein Pitchpineschrank. Linoleumboden.

»Wessen Zimmer war das?«

Es machte ihr Mühe, zu sagen: »Meins ... Wenn ich auf Besuch kam.«

»Kamen Sie oft?«

»Ja ... Ich ...«

Sie war tatsächlich schüchtern. Die Worte blieben ihr im Hals stecken. Hilfesuchend schaute sie sich um.

»Als der Professor hier war, schliefen Sie also im Arbeitszimmer Ihres Schwagers?«

Sie nickte und öffnete die Tür zu dem Zimmer. Ein Tisch voll mit Büchern, darunter neue Werke über giroskopische Kompasse und über Steuerung von Schiffen mit Hertz-Wellen. Sextanten. An der Wand Fotos von Conrad Popinga in Asien, in Afrika, in der Uniform eines Ersten Offiziers oder Kapitäns.

Ein Sortiment malaysischer Waffen. Japanische Emailarbeiten. In den Regalen ein paar Präzisionswerkzeuge, ein auseinandergenommener Kompaß, den Popinga wohl reparieren wollte.

Ein mit blauem Rips bezogenes Sofa.

»Das Schlafzimmer Ihrer Schwester?«

»Nebenan.«

Das Arbeitszimmer war mit dem Zimmer des Professors und dem Schlafzimmer der Popingas verbunden, das exquisit eingerichtet war. Eine Alabasterlampe am Kopfende des Bettes. Ein ziemlich schöner Perserteppich. Möbel aus exotischem Holz.

»Sie waren im Arbeitszimmer ...« sagte Maigret wie abwesend.

Ein Nicken.

»Also konnten Sie es nur durch das Zimmer des Professors oder durch das Ihrer Schwester verlassen?«

Wieder Nicken.

»Nun, der Professor war im Zimmer. Ihre Schwester ebenfalls ...«

Aufs äußerste bestürzt, riß sie die Augen auf und öffnete den Mund. »Sie glauben ...?«

Er ging in den drei Zimmern hin und her und brummte: »Ich glaube nichts! Ich suche! Ich sortiere! Und bis jetzt sind Sie die einzige, die logisch gesehen nicht in Frage kommt, es sei denn, man hält Duclos oder Madame Popinga für Ihre Komplizen.«

»Sie ... Sie ...«

Aber er redete weiter vor sich hin: »Duclos hat entweder aus seinem Zimmer oder aus dem Bad schießen können, das ist klar! Madame Popinga hätte auch ins Bad gehen können. Aber der Professor, der nach dem Schuß gleich dorthineilte, hat sie dort nicht gesehen. Im Gegenteil! Er hat gesehen, wie sie ein paar Sekunden später aus Ihrem Zimmer kam.«

Verlor sie nicht etwas von ihrer Schüchternheit? Bei der Aufzählung der Möglichkeiten siegte die Studentin über das junge Mädchen. »Man hat auch von unten schießen können«, sagte sie, mit scharfem Blick und gestrafftem Körper. »Der Arzt sagte . . .«

»Doch der Revolver, mit dem Ihr Schwager erschossen wurde, ist der, den Duclos in der Hand hatte. Der Mörder hätte ihn also durch das Fenster in den ersten Stock werfen müssen . . .«

»Warum nicht?«

»Eben! Warum nicht!«

Und ohne auf sie zu warten, ging er die Treppe hinunter, die für ihn viel zu eng schien und deren Stufen unter seinem Gewicht knarrten.

Madame Popinga stand im Wohnzimmer noch immer an der Stelle, wo sie vorher gestanden hatte. Any folgte ihm.

»Kam Cornelius oft her?«

»Beinahe jeden Tag. Er hatte nur dreimal in der Woche Stunden, am Dienstag, Donnerstag und Samstag. Aber er kam auch an den anderen Tagen. Seine Eltern wohnen in Indien. Vor einem Monat erfuhr er, daß seine Mutter gestorben ist und schon beerdigt war, als er den Brief erhielt. Also . . .«

»Und Beetje Liewens?«

Eine gewisse Verlegenheit kam auf. Madame Popinga schaute Any an. Any schlug die Augen nieder.

»Sie kam . . .«

»Oft?«

»Ja . . .«

»Haben Sie sie eingeladen?«

Seine Fragen wurden schärfer, präziser. Maigret spürte, daß er vielleicht nicht der Wahrheit näher kam, doch wenigstens das Leben im Haus kennenlernte.

»Nein . . . ja . . .«

»Ich glaube, sie ist ganz anders als Sie und Mademoiselle Any?«

»Sie ist sehr jung, nicht wahr? Ihr Vater war ein Freund von Conrad. Sie brachte uns Äpfel, Himbeeren oder Sahne . . .«

»War sie nicht in Cor verliebt?«

»Nein!«

»Sie mochten sie nicht sehr?«

»Warum nicht? Sie kam ... Sie lachte ... Sie redete die ganze Zeit ... Wie ein Vogel, verstehen Sie?«

»Kennen Sie Oosting?«

»Ja.«

»Hatte er mit Ihrem Mann zu tun?«

»Im letzten Jahr hat er einen neuen Motor in sein Boot einbauen lassen. Da hat er Conrad um Rat gefragt. Conrad hat ihm die Pläne gezeichnet. Sie sind zusammen auf *zeehond*-Jagd gegangen. Wie sagen Sie? Der Hund, ja, der Seehund, auf den Sandbänken ...«

Und plötzlich: »Sie glauben, daß ...? Die Mütze vielleicht? ... Das ist unmöglich ... Oosting!«

Und sie stöhnte, verlor wieder die Fassung.

»Oosting auch nicht! ... Nein! Niemand! ... Niemand kann Conrad getötet haben! ... Sie haben ihn nicht gekannt ... Er ... er ...«

Sie wandte den Kopf ab, weil sie weinte. Maigret zog es vor zu gehen. Keine gab ihm die Hand, und er begnügte sich mit einer leichten Verbeugung, bei der er sich brummend entschuldigte.

Draußen war er überrascht über die frische, feuchte Luft, die vom Kanal her kam. Am anderen Ufer, nicht weit entfernt von der Schiffsreparaturwerft, sah er den Baes im Gespräch mit einem Kadetten der Marineschule.

Beide standen in der Abenddämmerung. Oosting schien energisch auf den jungen Mann in Uniform einzureden. Dieser senkte den Kopf, und man sah nur das helle Oval seines Gesichts.

Maigret ahnte, daß dies Cornelius sein mußte. Und er war ganz sicher, als er ein schwarzes Band an dem Ärmel aus blauem Tuch sah.

4 Die Flöße auf dem Amsteldiep

Es war keine Beschattung im eigentlichen Sinn. Jedenfalls hatte Maigret nicht einen Augenblick lang das Gefühl, jemandem nachzuspionieren.

Er trat aus dem Haus der Popingas und ging ein paar Schritte. Er bemerkte zwei Männer auf der anderen Kanalseite und blieb einfach stehen, um sie zu beobachten. Er versteckte sich nicht. Er stand in seiner ganzen Größe am Kanalufer, mit der Pfeife im Mund und den Händen in den Taschen.

Aber vielleicht war jener Augenblick ebendarum so eindrucksvoll, weil er sich nicht versteckte und die anderen ihn trotzdem nicht sahen und ihr erregtes Gespräch nicht abbrachen.

Das Ufer des Kanals, wo die beiden standen, war sonst menschenleer. In der Mitte einer Werft, in der zwei Schiffe eingedockt waren, stand ein Schuppen. Am Ufer lagen verfaulte Boote.

Auf dem Kanal selber schließlich schwammen Baumstämme, so viele, daß vom Wasser beinahe nichts mehr zu sehen war und die Landschaft leicht fremdländisch wirkte.

Es war Abend. Trotz des Halbdunkels war die Luft klar, und alle Farben waren genau zu unterscheiden.

Es war so still, daß es einen erstaunte und man beim Quaken eines Froschs in einem entfernten Teich zusammenzuckte.

Der Baes redete. Er redete nicht laut. Aber man spürte, daß er jedes Wort stark betonte, als ob er wollte, daß man ihn verstand oder ihm gehorchte. Mit gesenktem Kopf hörte der junge Mann in seiner Kadettenuniform zu. Er trug weiße Handschuhe, die beiden einzigen hellen Flecken in der Landschaft.

Plötzlich erklang ein ohrenbetäubender Schrei. Auf der Wiese hinter Maigret fing ein Esel an zu schreien. Und schon war der Zauber gebrochen. Oosting schaute in die Richtung, wo das Tier stand und den Kopf zum Himmel hob, bemerkte Maigret und ließ ohne sichtbare Bewegung seinen Blick über ihn gleiten.

Er redete noch ein paar Worte mit seinem Begleiter, steckte seine kurze Tonpfeife in den Mund und ging in Richtung Stadt davon.

Das sagte gar nichts, bewies nichts. Maigret ging auch weiter, und beide gingen zusammen, jeder auf seiner Seite des Kanals. Doch Oosting bog auf seinem Weg bald vom Ufer ab. Der Baes verschwand hinter neugebauten Schuppen. Ungefähr eine Minute lang hörte man noch das Klappern seiner Holzschuhe.

Es war dunkel, bis auf einen kaum wahrnehmbaren Hof um den Mond.

In der Stadt und am Kanal gingen die Straßenlampen an, doch hinter dem Haus der Wienands hörte die Straßenbeleuchtung auf. Am anderen Ufer, wo keiner wohnte, blieb alles dunkel.

Maigret drehte sich um, wußte selbst nicht warum. Er schimpfte, weil der Esel wieder verzweifelt schrie.

Und in der Ferne, weit hinter den Häusern, sah er zwei kleine weiße Flecken, die über dem Kanal auf und ab tanzten. Die Handschuhe von Cornelius.

Wenn man nicht achtgab und vor allem wenn man vergaß, daß das Wasser von den Baumstämmen überdeckt war, war es ein gespenstischer Anblick. Diese Hände, die sich im Leeren bewegten. Der Körper, der mit dem Dunkel verschmolz. Und auf dem Wasser spiegelte sich die letzte elektrische Straßenlampe.

Oostings Schritte waren nicht mehr zu hören. Maigret kam zu den letzten Häusern, ging an Popingas, dann an Wienands Haus vorbei.

Er versteckte sich noch immer nicht, aber er wußte, daß auch er im Dunkeln nicht mehr zu sehen war. Er ließ die Handschuhe nicht aus den Augen. Er begriff, Cornelius wollte nicht den Umweg über die Brücke in Delfzijl machen und ging auf den Baumstämmen über das Wasser wie über ein Floß. In der Mitte mußte er einen Sprung von zwei Metern machen. Die weißen Hände bewegten sich heftiger, beschrieben eine schnelle Kurve, und man hörte, wie Wasser klatschte.

Ein paar Sekunden später ging er am Ufer entlang, und Maigret folgte ihm in kaum hundert Meter Entfernung.

Beide taten dies instinktiv, außerdem ahnte Cornelius sicher nichts von der Anwesenheit des Kommissars. Jedenfalls gingen sie gleich nach den ersten Schritten im Takt, und das Knirschen des Schotters war eins. Maigret wurde sich dessen bewußt, als er einmal stolperte und für den Bruchteil einer Sekunde der Gleichklang ihrer Schritte unterbrochen wurde.

Er wußte nicht, wohin er ging. Und doch lief auch er schneller, als er merkte, daß der junge Mann seinen Schritt beschleunigte. Besser gesagt: Allmählich ergriff ihn eine Art Schwindel.

Zu Anfang waren die Schritte lang, regelmäßig. Sie wurden kürzer. Sie wurden schneller.

Genau in dem Augenblick, als Cornelius an der Holzfabrik vorbeikam, setzte ein wahres Froschkonzert ein, und er hielt abrupt inne.

Hatte Cornelius Angst? Er ging wieder weiter, aber nicht mehr so gleichmäßig, manchmal zögernd, dann wieder zwei, drei Schritte so schnell, daß man meinen konnte, er beginne zu rennen.

Nun war es vorbei mit der Ruhe, denn das Froschkonzert hörte nicht mehr auf. Es klang laut durch das Dunkel.

Und der Schritt wurde schneller. Verblüffend, wie Maigret im Gleichschritt mit seinem Begleiter dessen Gemütsverfassung erriet!

Cornelius hatte Angst! Er lief schnell, weil er Angst hatte! Er hatte es eilig, ans Ziel zu kommen. Als er aber an einem dunklen Schatten mit seltsamen Umrissen vorbeiging, einem toten Baum oder einem Busch, hielt er für den Bruchteil einer Sekunde ein.

Der Kanal machte eine Biegung. Hundert Meter weiter, in Richtung des Bauernhofs, lag die kurze, vom Leuchtturm angestrahlte Strecke.

Und bei diesem Licht schien der junge Mann zu zögern. Er schaute nach hinten. Dann durchlief er den Lichtstreifen und drehte sich dabei noch einmal um.

Als dieses Stück Weg hinter ihm lag, schaute er immer wieder zurück, während Maigret ganz ruhig in seiner ganzen Breite und seinem ganzen Ausmaß in den Lichtschein trat.

Der andere mußte ihn sehen. Cornelius blieb stehen. Gerade so lange, um Atem zu holen. Er ging weiter.

Das Licht lag hinter ihnen. Vor ihnen ein erleuchtetes Fenster im Bauernhof. Folgte ihnen das Froschkonzert? Sie gingen weiter, und es war immer gleich nah zu hören, schloß sie ein, als ob Hunderte von Tieren sie begleiteten.

Plötzlich blieb er endgültig stehen, etwa hundert Meter vom Haus entfernt. Eine Gestalt hob sich von einem Baumstamm ab. Jemand flüsterte.

Maigret wollte nicht umkehren. Es wäre albern gewesen. Er wollte sich nicht verstecken. Dafür war es außerdem zu spät, denn er war ja schon durch den Lichtstrahl des Leuchtturms gegangen.

Man wußte, daß er da war. Er ging langsam weiter, etwas verwirrt, weil kein anderer Schritt mehr das Echo abgab.

Das Dunkel war undurchdringlich, denn zu beiden Seiten der Straße standen dichtbelaubte Bäume. Aber ein weißer Handschuh lag auf etwas ...

Eine Umarmung ... Cornelius' Hand um die Taille eines jungen Mädchens, Beetje ...

Noch höchstens fünfzig Meter. Maigret hielt inne, zog Streichhölzer aus der Tasche, zündete eins an, um seine Pfeife anzubrennen und so seine genaue Position anzugeben.

Dann ging er weiter. Die Verliebten bewegten sich. Als er nur noch zehn Meter weg war, löste sich Beetje von Cornelius, stellte sich mitten auf den Weg und drehte sich zu ihm, als ob sie auf ihn wartete. Und Cornelius blieb an einen Baumstamm gelehnt stehen.

Acht Meter ...

Das Fenster des Bauernhofs hinter ihnen war noch immer erleuchtet. Ein klares, rötliches Viereck.

Plötzlich ein leiser, heiserer, unbeschreiblicher Schrei, ein Schrei der Angst, der Erregung, einer von diesen Schreien, denen Schluchzen und Tränen folgen.

Es war Cornelius, der weinte, den Kopf zwischen den Händen, und sich schutzsuchend an den Baum preßte.

Beetje stand vor Maigret. Sie trug einen Mantel, aber der Kommissar bemerkte, daß sie darunter nur ein Nachthemd anhatte und ihre nackten Füße nur in Pantoffeln steckten.

»Achten Sie nicht auf ihn.«

Sie war die Ruhe selbst! Sie warf Cornelius sogar einen vorwurfsvollen, ungeduldigen Blick zu.

Er drehte ihnen den Rücken zu. Er versuchte sich zu beruhigen. Es gelang ihm nicht, und er schämte sich, daß er so aufgeregt war.

»Er ist nervös. Er glaubt . . .«

»Was glaubt er?«

»Daß man ihn anklagen wird.«

Der junge Mann hielt sich weiterhin abseits. Er wischte sich die Augen. Würde er nicht fliehen, so schnell er nur konnte?

»Bisher habe ich noch niemand angeklagt!« sagte Maigret, um irgend etwas zu sagen.

»Nicht wahr?«

Und sie sagte etwas auf holländisch zu ihrem Begleiter. Maigret glaubte zu verstehen oder eher zu erraten: »Siehst du! Der Kommissar klagt dich nicht an! Beruhige dich, es ist kindisch!«

Aber sie verstummte plötzlich. Sie rührte sich nicht, spitzte die Ohren. Maigret hatte nichts gehört. Ein paar Sekunden später glaubte auch er aus der Richtung des Bauernhofs ein Knacken zu hören.

Bei diesem Geräusch kam Cornelius wieder zu sich. Er schaute sich um, angespannt und wach.

Niemand sagte etwas.

»Haben Sie gehört?« sagte Beetje leise.

Der junge Mann wollte mit dem Mut eines jungen Hahns auf die Stelle zugehen, von der das Geräusch kam. Er atmete schwer.

Es war zu spät. Der Feind war viel näher, als sie angenommen hatten.

In zehn Meter Entfernung richtete sich eine Gestalt auf, die sie sofort erkannten: der Bauer Liewens, mit Pantoffeln an den Füßen.

»Beetje!« rief er.

Sie wagte nicht, gleich zu antworten. Aber als er den Namen wiederholte, hauchte sie ängstlich: »Ja!«

Liewens kam immer näher. Er ging zuerst an Cornelius vorbei, tat aber so, als ob er ihn nicht sähe. Vielleicht hatte er Maigret noch nicht bemerkt?

Doch stellte er sich vor ihm auf, schaute ihn fest an, und seine Nasenflügel bebten vor Zorn. Er nahm sich zusammen. Er blieb regungslos stehen. Als er redete, wandte er sich in eindringlichem, gedämpftem Tonfall an seine Tochter.

Zwei oder drei Sätze. Sie hielt den Kopf gesenkt. Dann wiederholte er mehrmals in gebieterischem Ton das gleiche Wort, und Beetje sagte auf französisch: »Ich soll Ihnen sagen ...«

Ihr Vater beobachtete sie, als ob er sichergehen wollte, daß sie seine Worte genau übersetzte.

»... daß sich holländische Polizeibeamte nicht nachts draußen auf dem Feld mit jungen Mädchen verabreden ...«

Maigret bekam einen roten Kopf, wie es ihm noch kaum je passiert war. Blut hämmerte ihm heiß in den Ohren.

Die Anschuldigung war dermaßen albern! Sie zeugte von einer solchen Böswilligkeit!

Denn schließlich war Cornelius da, stand mit unruhigem Blick und hochgezogenen Schultern geduckt im Dunkeln!

Und der Vater mußte doch wissen, daß Beetje seinetwegen hinausgelaufen war! Also? Was sollte er darauf antworten? Vor allem, wo er auf eine Dolmetscherin angewiesen war!

Übrigens erwartete der Bauer nicht einmal eine Antwort! Er schnalzte mit den Fingern, als ob er einen Hund riefe, und wies seiner Tochter den Weg. Diese zögerte noch, wandte sich zu Maigret, traute sich nicht, ihren Liebhaber anzureden, und ging schließlich vor ihrem Vater her.

Cornelius hatte sich nicht gerührt. Er hob zwar die Hand, vielleicht um den Bauern im Vorbeigehen anzuhalten, aber er ließ sie wieder sinken. Vater und Tochter entfernten sich. Etwas später fiel die Tür des Bauernhofs ins Schloß.

Waren die Frösche während dieses Auftritts verstummt? Maigret wußte es nicht, doch jetzt wurde ihr Konzert ohrenbetäubend laut.

»Sprechen Sie Französisch?«

Cornelius antwortete nicht.

»Sprechen Sie Französisch?«

»Etwas ...«

Er schaute Maigret haßerfüllt an, machte nur widerstrebend den Mund auf und hielt sich etwas seitwärts, wie um weniger Angriffsfläche zu bieten.

»Warum haben Sie solche Angst?«

Tränen kamen ihm in die Augen, aber nicht ein einziger Schluchzer war zu hören. Cornelius putzte sich umständlich die Nase. Seine Hände zitterten. Bekam er gleich noch einen Weinkrampf?

»Haben Sie wirklich Angst, man könnte Sie des Mordes an Ihrem Professor anklagen?« Und Maigret fügte schroff hinzu: »Gehen wir!«

Er schob ihn in Richtung Stadt. Er redete langsam, weil er merkte, daß sein Gegenüber die Hälfte von dem, was er sagte, nicht verstand.

»Haben Sie um sich selber Angst?«

Ein Kind! Ein schmales Gesicht mit noch weichen Zügen und blassem Teint. Schmale Schultern in einer enganliegenden Uniform. Die Kadettenmütze war viel zu groß für ihn, wie bei einem Jungen, der sich als Matrose verkleidet hatte.

Und dieses Mißtrauen in seinem Benehmen und seinem Gesichtsausdruck! Wenn Maigret lauter gesprochen hätte, hätte er sicher die Hände gehoben, um die Schläge abzuwehren!

Die schwarze Armbinde jedoch wirkte ernst, jammervoll. Hatte der Junge nicht einen Monat vorher erfahren, daß seine Mutter in Indien gestorben war, vielleicht an einem Abend, als er in Delfzijl fröhlich war, vielleicht am Abend des jährlichen Schulballs?

Mit dem Dienstgrad eines Dritten Offiziers würde er in zwei Jahren nach Hause zurückkehren, und sein Vater würde ihn zu dem schon alten Grab führen, ihm vielleicht sogar eine andere Frau vorstellen, die er geheiratet hatte. Und dann würde auf einem großen Dampfer das Leben beginnen: die Wachstunden, die Zwischenhalte, Java – Rotterdam, Rotterdam – Java, zwei Tage hier, fünf oder sechs Stunden dort ...

»Wo waren Sie in dem Augenblick, als Ihr Lehrer getötet wurde?«

Wieder ein entsetzliches, herzzerreißendes Schluchzen. Der Junge packte Maigret mit seinen weißen, behandschuhten Händen, die wie bei einem Krampf zitterten, an den Mantelaufschlägen. »Es ist nicht wahr! Nicht wahr!« wiederholte er mindestens zehnmal. »Nein! Sie nicht verstehen! Nicht ... Nein! Nicht wahr!«

Sie kamen wieder in das milchige Strahlenbündel des Leuchtturms. Das Licht blendete sie, ließ sie gestochen scharf erscheinen.

»Wo waren Sie?«

»Dort.«

»Dort« war das Haus der Popingas und der Kanal, den er wohl immer auf den Baumstämmen überquerte.

Dies war ein entscheidendes Detail. Popinga war um fünf Minuten vor Mitternacht gestorben, Cornelius um fünf Minuten nach Mitternacht an Bord zurückgekehrt.

Um auf dem normalen Weg durch die Stadt zurückzulaufen, brauchte man eine halbe Stunde. Aber nur sechs oder sieben Minuten, wenn man den Kanal so wie er überquerte und den Umweg vermied!

Maigret ging schwerfällig und langsam neben dem jungen Mann her, der wie Espenlaub zitterte. In dem Augenblick, als der Esel von neuem zu schreien anfing, zuckte Cornelius zusammen und zitterte von Kopf bis Fuß, als ob er, so schnell er konnte, weglaufen wollte.

»Lieben Sie Beetje?«

Trotziges Schweigen.

»Haben Sie gesehen, wie sie wieder zurückkehrte, nachdem Ihr Lehrer sie nach Hause gebracht hatte?«

»Es ist nicht wahr! Nicht wahr . . . nicht wahr . . .«

Maigret war drauf und dran, ihn mit einem ordentlichen Stoß in die Rippen zur Vernunft zu bringen. Und doch schaute er ihn geduldig, beinahe liebevoll an. »Sehen Sie Beetje jeden Tag?«

Wieder Schweigen.

»Wann müssen Sie wieder auf dem Schulschiff sein?«

»Um zehn Uhr, außer bei Urlaub. Wenn ich zu Monsieur Popinga ging, ich können . . .«

»Später zurückkommen! Also heute abend nicht?«

Sie standen am Ufer des Kanals, genau an der Stelle, wo Cornelius übergesetzt hatte. Maigret ging ganz selbstverständlich auf die Baumstämme zu, setzte einen Fuß darauf und wäre beinahe ins Wasser gefallen, weil er es nicht gewohnt war und das Holz unter seiner Sohle wegrollte.

Cornelius zögerte.

»Los! Es ist gleich zehn Uhr!«

Der Junge staunte. Er hatte wohl erwartet, er würde sein Schulschiff nie wiedersehen, verhaftet werden und ins Gefängnis kommen!

Und jetzt brachte ihn der entsetzliche Kommissar zum Schiff zurück, nahm wie er einen Anlauf, um über die zwei Meter in der Mitte des Kanals zu springen. Sie spritzten sich gegenseitig an. Am anderen Ufer blieb Maigret stehen, um seine Hose abzuputzen.

»Wo sind wir hier?«

Auf dieser Seite war er noch nicht gewesen. Es war ein großes freies Gelände zwischen dem Amsteldiep und dem neuen, breiten und tiefen Kanal, auf dem auch Hochseeschiffe fahren konnten.

Als er sich umdrehte, sah der Kommissar ein erleuchtetes Fenster im ersten Stock bei den Popingas. Hinter dem Vorhang bewegte sich eine Gestalt. Es war Any im Arbeitszimmer von Popinga.

Aber er konnte nicht erraten, womit sich die junge Anwältin beschäftigte.

Cornelius hatte sich etwas beruhigt.

»Ich schwöre ...«, begann er.

»Nein!«

Das entwaffnete ihn. Er schaute seinen Begleiter so verblüfft an, daß dieser ihm auf die Schulter klopfte und sagte: »Man soll nie etwas schwören! Vor allem nicht in Ihrer Lage. Hätten Sie Beetje geheiratet?«

»Ja! ... Ja!«

»Wäre ihr Vater einverstanden gewesen?«

Schweigen. Gesenkter Kopf. Cornelius ging weiter, vorbei an den alten, aufs Trockene gezogenen Schiffen, die das Gelände versperrten.

Man sah die weite Fläche des Emskanals. An einer Biegung ragte ein großes schwarz-weißes Schiff auf, dessen Bullaugen alle erleuchtet waren. Ein sehr hoher Bug. Ein Mast und seine Rahen.

Es war ein altes Kriegsschiff der holländischen Marine, ein hundert Jahre altes Schiff, das da vor Anker lag und das, da es nicht mehr seetüchtig war, die Kadetten der Marineschule aufnahm.

Ringsherum dunkle Gestalten, brennende Zigaretten. Aus dem Aufenthaltsraum kamen Klavierklänge.

Als plötzlich eine laute Glocke ertönte, drängten sich alle Gestalten vor der Gangway auf dem Kai, während in der Ferne auf dem Weg von der Stadt noch vier Nachzügler angerannt kamen.

Wie bei einem Schulbeginn, obwohl alle diese Leute zwischen sechzehn und zweiundzwanzig Jahren die Uniform der Marineoffiziere trugen, weiße Handschuhe und die steife Mütze mit Goldborte.

Ein alter Maat lehnte an der Reling und rauchte seine Pfeife, während er zuschaute, wie sie nacheinander an ihm vorbeiliefen.

Es war ansteckend, jung, fröhlich. Scherze, die Maigret nicht verstehen konnte, flogen hin und her. Beim Überqueren der Gangway wurden die Zigaretten weggeworfen. Und an Bord ging das Jagen und Balgen weiter.

Atemlos kamen die Nachzügler vor der Gangway an. Cornelius sah erschöpft aus, hatte rote Augen und einen fiebrigen Blick und wandte sich zu Maigret.

»Na los! Geh!« brummte dieser.

Der andere verstand eher die Handbewegung als die Worte, legte die Hand an die Mütze, deutete linkisch einen militärischen Gruß an und wollte etwas sagen.

»Ist schon gut! Verschwinde!«

Denn der Maat war schon daran hineinzugehen, und ein Kadett bezog seinen Wachposten am Eingang. Durch die Bullaugen konnte man die Jungen sehen, wie sie ihre Hängematten herunterließen, ihre Kleider irgendwohin warfen.

Maigret blieb stehen, bis er Cornelius in den Raum kommen sah, schüchtern und verlegen und mit hängenden Schultern; er sah, wie ihm ein Kopfkissen mitten ins Gesicht flog und er zu einer Hängematte im Hintergrund ging.

Ein anderer, spannender Auftritt begann. Maigret war noch keine zehn Schritte in Richtung Stadt gegangen, als er Oosting bemerkte, der wie er die Rückkehr der Kadetten beobachtet hatte.

Beide waren ungefähr gleichaltrig, beide kräftig, korpulent und ruhig.

Machten sie sich beide eigentlich nicht lächerlich, wenn sie hier die Jungen beobachteten, die in ihre Hängematten kletterten und Kissenschlachten veranstalteten?

Sehen sie nicht aus wie dicke Hennen, die ein unternehmungslustiges Küken bewachten?

Sie schauten sich an. Der Baes rührte sich nicht, tippte aber an den Rand seiner Mütze.

Sie wußten von vornherein, daß jede Unterhaltung zwischen ihnen unmöglich war, da sie nicht die gleiche Sprache redeten.

»Goed avond«, brummte der Mann aus Workum jedoch.

»Gute Nacht!« echote Maigret.

Sie gingen den gleichen Weg, einen Weg, der nach ungefähr zweihundert Metern zur Straße wurde und in die Stadt führte. Sie gingen beinahe auf gleicher Höhe. Um größeren Abstand voneinander zu bekommen, hätte einer von ihnen langsamer gehen müssen, aber dazu schien keiner gewillt zu sein.

Oosting in Holzschuhen. Maigret im Straßenanzug. Beide rauchten Pfeife; mit dem Unterschied, daß Maigrets Pfeife aus Bruyèreholz und Oostings Pfeife aus Ton war.

Das dritte Haus, das sie sahen, war ein Café, und Oosting ging hinein, nachdem er die Holzschuhe abgestreift und nach holländischem Brauch auf der Fußmatte stehengelassen hatte.

Maigret überlegte nur eine Sekunde und ging dann ebenfalls hinein.

Um einen großen Tisch saßen ungefähr zehn Matrosen und Seeleute, rauchten Pfeife und Zigarren und tranken Bier und Genever.

Oosting drückte einigen die Hand, ließ sich dann schwerfällig auf einen Stuhl fallen und hörte der Unterhaltung zu.

Maigret setzte sich abseits, merkte aber, daß die Aufmerksamkeit eigentlich auf ihn konzentriert war. Der Wirt, der in der Gruppe saß, wartete etwas, bis er kam und ihn fragte, was er trinken wolle.

Der Genever floß aus einem Hahn aus Porzellan und Kupfer. In allen holländischen Cafés roch es danach, deshalb war die Atmosphäre so anders als in einem französischen Café.

Oostings kleine Augen lachten jedesmal, wenn er den Kommissar ansah.

Dieser streckte die Beine aus, zog sie wieder unter den Stuhl, streckte sie wieder aus, stopfte sich eine Pfeife, um sich zu beschäftigen, und der Wirt stand geflissentlich auf, um ihm Feuer zu geben.

»Moïe veer!«

Maigret verstand nicht, runzelte die Stirn, ließ es sich wiederholen.

»Moïe veer, ya! Oostvind.«

Die andern hörten zu, stießen sich an. Einer zeigte auf das Fenster, auf den Sternenhimmel.

»Moïe veer! Schönes Wetter!«

Und er versuchte zu erklären, daß der Wind aus Osten kommt und dies gut sei.

Oosting suchte sich aus einer Kiste Zigarren aus. Er nahm fünf oder sechs in die Hand, die ihm hingelegt wurden. Ostentativ nahm er eine Manila, die so schwarz wie Kohle war, und spuckte das Ende aus, bevor er sie anzündete.

Dann zeigte er seinen Kameraden seine neue Mütze. »Vier Gulden!«

Vier Gulden! Vierzig Francs! Seine Augen lachten immer noch.

Aber da kam jemand herein, schlug eine Zeitung auf und redete von den letzten Frachtnotierungen an der Amsterdamer Börse.

Und in der folgenden angeregten Unterhaltung, die sich durch die tiefen Stimmen und die harten Konsonanten fast wie ein Streit anhörte, vergaß man Maigret, der aus seiner Tasche Kleingeld zog und ins Hotel Van Hasselt ging, um sich schlafen zu legen.

5 Die Hypothesen des Jean Duclos

Vom Café Van Hasselt aus, wo Maigret am nächsten Morgen frühstückte, konnte er die Durchsuchung mit ansehen, über die man ihn nicht unterrichtet hatte. Aber er hatte der holländischen Polizei ja auch nur einen kurzen Besuch abgestattet.

Es mußte etwa acht Uhr morgens sein. Der Nebel hatte sich noch nicht ganz aufgelöst, doch merkte man, daß es ein sonniger Tag werden würde. Ein finnischer Frachter verließ, von einem Schlepper gezogen, den Hafen.

Vor einem kleinen Café an der Ecke des Kais standen viele Männer in kleinen Grüppchen, alle in Holzschuhen und mit Seemannsmützen, und redeten miteinander. Das war die Börse der *schippers,* das heißt der Seeleute, deren Schiffe jeglicher Bauart zusammen in einem Hafenbecken lagen und auf denen es von Frauen und Kindern wimmelte.

Weiter weg eine andere Gruppe, eine Handvoll Männer: der Klub der Kairatten.

Jetzt kamen zwei Polizisten in Uniform. Sie gingen an Deck von Oostings Schiff, und dieser kam aus seiner Kajüte, denn wenn er in Delfzijl war, schlief er immer an Bord.

Auch ein Polizeibeamter in Zivil erschien: Monsieur Pijpekamp, der Inspektor, der die Untersuchung leitete. Er zog seinen Hut, redete höflich. Die beiden Polizisten verschwanden im Schiff.

Die Durchsuchung begann. Alle *schippers* wußten das. Und trotzdem gab es nicht den geringsten Auflauf, nicht ein Anzeichen offenkundiger Neugier.

Der Klub der Kairatten zeigte auch keine besondere Reaktion. Ein paar Blicke, mehr nicht.

Das dauerte eine gute halbe Stunde. Die Polizisten kamen heraus, salutierten. Monsieur Pijpekamp schien sich zu entschuldigen.

Doch schien der Baes an jenem Morgen keine Lust zu haben, an Land zu kommen. Er gesellte sich nicht zu seiner Gruppe, die etwas weiter weg stand, sondern setzte sich auf die Wachbank, schlug die Beine übereinander, schaute auf das offene Meer, wo der finnische Frachter langsam dahinfuhr, und rauchte regungslos seine Pfeife.

Als Maigret sich umdrehte, kam Jean Duclos aus seinem Zimmer herunter, den Arm voll mit Büchern, einer Aktenmappe, Papieren, die er auf dem für ihn reservierten Tisch ablegte. Er fragte, ohne Maigret zu begrüßen: »Nun? . . .«

»Nun, ich glaube, ich sage Ihnen guten Morgen ...«

Der andere sah ihn mit einem gewissen Erstaunen an, zuckte die Schultern, als ob er sagen wollte, es sei wirklich nicht der Mühe wert, sich darüber zu ärgern.

»Haben Sie etwas herausgefunden?«

»Und Sie?«

»Sie wissen genau, daß ich das Hotel eigentlich nicht verlassen darf. Ihr holländischer Kollege hat glücklicherweise begriffen, daß meine Kenntnisse für ihn nützlich sein könnten, und ich werde über die Untersuchungsergebnisse auf dem laufenden gehalten. Das ist eine Angewohnheit, die sich die französische Polizei zu eigen machen könnte!«

»Was Sie nicht sagen!«

Der Professor stürzte auf Madame Van Hasselt zu, die mit Lokkenwicklern hereinkam, grüßte sie, als ob er sich in einem Salon befände, und erkundigte sich offensichtlich nach ihrem Befinden.

Maigret warf einen Blick auf die ausgebreiteten Papiere, sah neue Pläne und Modelle darunter, nicht nur vom Haus der Popingas, sondern auch Stadtpläne mit gestrichelten Linien, die den Weg einiger Personen andeuten sollten.

Die Sonne kam durch die bunten Glasfenster und füllte den Raum mit grünem, rotem und blauem Licht. Ein Bierwagen stand vor der Tür, und während der ganzen folgenden Unterhaltung rollten zwei Riesenkerle unaufhörlich Fässer über den Boden, überwacht von Madame Van Hasselt in Morgentoilette. Noch nie hatte es so stark nach Genever und Bier gerochen. Noch nie auch hatte Maigret so intensiv holländische Atmosphäre gespürt.

»Haben Sie den Täter gefunden?« fragte er halb im Scherz, halb im Ernst und zeigte auf die Papiere.

Ein scharfer Blick von Duclos. Er antwortete: »Ich glaube, die Ausländer haben recht! Der Franzose ist vor allem ein Mensch, der immer ironisch sein muß! Gelegentlich ist Ironie aber fehl am Platz, Monsieur!«

Maigret schaute ihn an und lächelte, war keineswegs aus der Fassung gebracht. Und der andere redete weiter: »Ich habe den Mörder nicht gefunden, das nicht! Ich habe vielleicht etwas mehr getan. Ich habe das Geschehen analysiert. Ich habe es auseinandergenommen. Ich habe alle Details einzeln betrachtet, und jetzt ...«

»Jetzt?«

»Wird sicher ein Mann wie Sie sich meine Folgerungen zunutze machen und den Fall aufklären.«

Er hatte sich gesetzt. Er war fest entschlossen zu reden, selbst in dieser Atmosphäre, die durch seine eigene Schuld feindselig geworden war.

Maigret setzte sich ihm gegenüber und bestellte ein Glas Bols. »Ich höre!«

»Zunächst weise ich Sie darauf hin, daß ich Sie nicht einmal frage, was Sie getan haben oder denken ... Ich komme zu dem, der als erster als Mörder in Frage kommt, das heißt zu mir. Ich hatte, wenn ich so sagen darf, die beste strategische Position, um Popinga zu töten; außerdem hat man mich ein paar Augenblicke nach dem Mord mit der Tatwaffe in der Hand gesehen.

Ich bin nicht reich, und wenn ich in der ganzen oder beinahe in der ganzen Welt bekannt bin, so gilt das nur für eine kleine Anzahl von Intellektuellen. Ich lebe in eher schwierigen, bescheidenen Verhältnissen. Doch wurde nicht gestohlen, und ich konnte mir in keiner Weise einen Nutzen vom Tod des Lehrers erhoffen ...

Warten Sie! Das soll nicht heißen, daß man mich nicht anklagen könnte! Man wird es nicht versäumen, mich darauf hinzuweisen, daß ich im Lauf des Abends, als wir über Kriminologie diskutierten, behauptet habe, ein intelligenter Mensch, der kaltblütig ein Verbrechen begehe und seine ganzen Fähigkeiten einsetze, könne es mit einer schlecht ausgebildeten Polizei aufnehmen.

Gewisse Leute werden daraus schließen, ich hätte meine Behauptung anhand eines Beispiels beweisen wollen. Unter uns gesagt, etwas kann ich Ihnen versichern: Wenn es so wäre, hätte die Möglichkeit, mich zu verdächtigen, gar nicht bestanden.«

»Auf Ihr Wohl!« sagte Maigret, der das Kommen und Gehen der stiernackigen Bierträger verfolgte.

»Ich fahre fort. Ich behaupte: Wenn ich das Verbrechen nicht begangen habe, es aber trotzdem von jemandem, der sich im Haus befand, begangen worden ist, worauf alles hinzuweisen scheint, dann ist die ganze Familie schuldig ...

Verlieren Sie nicht gleich die Geduld! Schauen Sie diesen Plan an! Und versuchen Sie vor allem die psychologischen Überlegungen zu verstehen, die ich Ihnen darlegen werde.«

Diesmal konnte Maigret ein Lächeln über die verächtliche Herablassung des Professors nicht unterdrücken.

»Sie haben sicher gehört, daß Madame Popinga, geborene Van Elst, der konservativsten reformierten Religionsgemeinschaft angehört. Ihr Vater tritt in Amsterdam als radikaler Konservativer auf.

Und ihre Schwester mischt sich mit ihren fünfundzwanzig Jahren schon mit den gleichen Ansichten in die Politik.

Sie sind erst seit gestern hier und kennen viele Sitten und Gebräuche noch nicht. Wissen Sie beispielsweise, daß ein Lehrer der Marineschule sich eine strenge Rüge seines Vorgesetzten einhandeln würde, wenn er in ein Café wie dieses hier ginge?

Einmal wurde einer einzig und allein deswegen entlassen, weil er sich weigerte, eine als fortschrittlich geltende Zeitung abzubestellen ...

Ich kenne Popinga nur von diesem einen Abend. Das hat mir genügt, vor allem nach dem, was ich schon vorher von ihm gehört hatte.

Sie würden sagen: ein netter Kerl! Sogar ein ganz netter Kerl! Ein pausbäckiges Gesicht! Helle, frohe Augen!

Nur: Als Seemann war er weit herumgekommen. Und als er zurückkam, hängte er sich den Mantel der Moral um. Aber der Mantel wurde ihm rasch zu eng!

Verstehen Sie? Sie lachen vielleicht. Das Lachen eines Franzosen! Vor zwei Wochen fand eine der regelmäßigen Zusammenkünfte seines Klubs statt. Die Holländer, die nicht ins Café gehen, treffen sich unter dem Vorwand, in einem Klub zu sein, in einem für sie reservierten Saal und spielen Billard oder kegeln ...

Vor zwei Wochen nun war Popinga abends um elf Uhr betrunken ... In der gleichen Woche sammelte der Wohltätigkeitsverein, dessen Vorsitzende seine Frau ist, um für die Eingeborenen auf den ozeanischen Inseln Kleidung zu kaufen. Und man hörte, wie Popinga mit rotem Gesicht und glänzenden Augen sagte: ›So etwas Albernes! Wo sie sich nackt so wohl fühlen! ... Wir sollten ihnen keine Kleidung kaufen, sondern es genau wie sie machen!‹ Sie lachen natürlich! Das ganze scheint eine Lappalie zu sein! Doch hat sich die Erregung noch nicht gelegt, und wenn Popinga in Delfzijl beerdigt werden sollte, gibt es sicher ein paar Leute, die nicht kommen werden!

Ich habe nur ein Beispiel von hundert, von tausend genommen! Überall platzten die Nähte an Popingas Mäntelchen der Ehrbarkeit, wie ich Ihnen schon sagte!

Versuchen Sie nur einmal sich vorzustellen, was es bedeutet, wenn sich hier einer betrinkt! Schüler haben ihn in diesem Zustand gesehen! Vielleicht bewundern sie ihn deswegen!

Jetzt stellen Sie sich die Atmosphäre im Haus am Amsteldiep vor. Erinnern Sie sich an Madame Popinga, an Any.

Schauen Sie zum Fenster hinaus. Auf beiden Seiten sehen Sie den Rand der Stadt. Sie ist ganz klein, und jeder kennt jeden. Ein Skandal ist in einer Stunde herum.

Und die Beziehungen Popingas zu dem sogenannten Baes, der, es muß einmal gesagt werden, eine Art Räuber ist. Sie sind zusammen auf die Seehundjagd gegangen. Der Lehrer trank auf Oostings Boot Genever.

Ich verlange nicht von Ihnen, daß Sie sofort Ihre Schlüsse ziehen. Ich wiederhole nur, und denken Sie an diesen Satz: *Wenn das Verbrechen von jemand begangen wurde, der sich im Haus aufgehalten hat, dann ist das ganze Haus schuldig . . .*

Bleibt noch diese kleine Närrin Beetje, die Popinga immer nach Hause brachte . . .

Wollen Sie noch etwas ganz Typisches hören? Diese Beetje ist die einzige hier, die jeden Tag in einem enganliegenden Trikot anstatt in einem Badeanzug mit angeschnittenem Röckchen schwimmen geht, und dazu noch in einem roten! Ich werde Sie in Ihren Untersuchungen nicht stören. Es lag mir nur daran, Sie auf ein paar Dinge hinzuweisen, die die Polizei gewöhnlich übersieht . . .

Was Cornelius Barens angeht, so gehört er für mich mit zur Familie, zur Partei der Frauen.

Man kann es so betrachten: auf der einen Seite Madame Popinga, ihre Schwester Any und Cornelius, auf der anderen Seite Beetje, Oosting und Popinga.

Wenn Sie verstanden haben, was ich Ihnen erzählt habe, kommen Sie vielleicht zu einem Ergebnis.«

»Eine Frage!« sagte Maigret ernst.

»Bitte!«

»Sind Sie auch protestantisch?«

»Ich gehöre zwar der reformierten Kirche an, aber nicht einer ähnlichen Richtung.«

»Auf welcher Seite stehen Sie?«

»Ich mochte Popinga nicht.«

»Das heißt?«

»Ich verurteile das Verbrechen, egal, wer es getan hat!«

»Hat er nicht Jazzmusik gespielt und getanzt, als Sie sich mit den Damen unterhielten?«

»Noch etwas Typisches, das ich vergessen habe, Ihnen zu sagen . . .«

Als Maigret aufstand, war er ernst, ja beinahe feierlich, und er fragte: »Kurz, wen sollte ich nach Ihrer Meinung festnehmen lassen?«

Professor Duclos zuckte zusammen. »Ich habe nicht von Festnahme gesprochen. Ich habe Ihnen ein paar allgemeine Tips gegeben, auf rein gedanklicher Ebene, wenn ich so sagen darf.«

»Gewiß. Aber wenn Sie an meiner Stelle wären?«

»Ich bin nicht von der Polizei. Ich suche die Wahrheit um der Wahrheit willen, und die Tatsache, daß ich selber verdächtigt werde, kann mein Urteil nicht beeinflussen.«

»So daß also niemand verhaftet werden soll?«

»Das habe ich nicht gesagt. Ich ...«

»Ich danke Ihnen!« sagte Maigret abschließend und streckte die Hand aus.

Und er schlug mit einem Geldstück an sein Glas, um die Wirtin zu rufen.

Duclos schaute ihn schief an. »So etwas ist hier zu vermeiden!« murmelte er. »Zumindest wenn Sie für einen Gentleman gehalten werden wollen ...«

Die Klappe, durch die die Bierfässer in den Keller gelassen worden waren, wurde geschlossen. Der Kommissar bezahlte, warf einen letzten Blick auf die Pläne.

»Also entweder Sie oder die ganze Familie.«

»Das habe ich nicht gesagt. Hören Sie ...«

Aber er war schon an der Tür. Sobald er Duclos den Rücken gekehrt hatte, beherrschte er seinen Gesichtsausdruck nicht länger, und wenn er auch nicht lauthals lachte, so lächelte er doch beglückt vor sich hin.

Draußen schien die Sonne, es war warm und ruhig. Der Eisenwarenhändler stand unter der Tür. Der kleine Jude, der Schiffszubehör verkaufte, zählte seine Anker und kennzeichnete sie mit einem roten Strich.

Der Kran lud noch immer Kohle ab. Ein paar *schippers* hißten die Segel, aber nicht um auszulaufen, sondern um die Segel zu trocknen. In dem Gewimmel der Masten wirkten sie wie große, sanft flatternde weiße oder braune Vorhänge.

Oosting saß im Heck seines Kutters und rauchte seine kurze Tonpfeife. Ein paar Kairatten unterhielten sich gelassen.

Wenn man sich gegen die Stadt wandte, sah man die schön verputzten Bürgerhäuser mit ihren sauberen Fensterscheiben, ihren tadellos sauberen Vorhängen, den üppigen Pflanzen hinter jedem Fenster. Dahinter ein undurchdringliches Dunkel.

Bekam dies unter dem Eindruck der Unterhaltung mit Jean Duclos nicht eine andere Bedeutung?

Auf der einen Seite dieser Hafen, diese Männer in Holzschuhen, die Schiffe, die Segelboote, der Geruch von Teer und schmutzigem Wasser.

Auf der anderen Seite diese verschlossenen Häuser mit den polierten Möbeln, den düsteren Tapeten, wo zwei Wochen lang über einen Lehrer der Marineschule geredet wurde, weil er ein oder zwei Gläser über den Durst getrunken hatte!

Beiden gemeinsam derselbe Himmel, traumhaft klar! Aber welche Kluft zwischen diesen beiden Welten!

Maigret versuchte sich Popinga vorzustellen, den er nie gesehen hatte, auch nicht als Toten, der aber ein lustiges rosiges Gesicht hatte, das seine starken Begierden verriet.

Er stellte sich ihn zwischen diesen beiden Fronten vor, stellte sich vor, wie er Oostings Schiff betrachtete oder den Fünfmaster, dessen Besatzung alle südamerikanischen Häfen kannte, oder die holländischen Schiffe, denen in China Dschunken mit Frauen so zierlich und hübsch wie Nippfiguren entgegenkamen ...

Man hatte ihm nur noch ein schön lackiertes, mit blitzendem Messing verziertes Boot gelassen, mit dem er sich auf dem ruhigen Wasser des Amsteldieps zwischen den aus dem Norden kommenden und den aus den tropischen Wäldern kommenden Hölzern hindurchwinden mußte.

Maigret war es, als ob der Baes ihn anders ansähe als sonst, als ob er auf ihn zugehen und mit ihm reden wollte. Aber es war unmöglich! Sie konnten keine zwei Worte miteinander wechseln!

Oosting wußte es, blieb unbeweglich sitzen und rauchte seine Pfeife etwas schneller, während seine Lider sich wegen der Sonne halb schlossen.

Cornelius Barens saß in diesem Augenblick auf der Schulbank und hörte eine Stunde in Trigonometrie oder Astronomie. Er war sicher noch immer ganz blaß.

Der Kommissar wollte sich gerade auf einen bronzenen Ankerpoller setzen, als er Inspektor Pijpekamp bemerkte, der auf ihn zukam und ihm die Hand schütteln wollte.

»Haben Sie heute morgen an Bord etwas gefunden?«

»Noch nicht. Es war nur eine Formalität.«

»Haben Sie Oosting in Verdacht?«

»Da ist die Mütze ...«

»Und die Zigarre!«

»Nein! Der Baes raucht nur Brasil, und das war eine Manila.«

»So daß...?«

Pijpekamp zog ihn ein wenig weiter, um nicht im Blickfeld des Herrn von Workum stehen zu müssen.

»Der Bordkompaß hat einem Schiff aus Helsingfors gehört... Die Rettungsringe kommen von einem englischen Kohledampfer... Und so weiter.«

»Diebstahl?«

»Nein! Das wird immer so gemacht! Wenn ein Frachter in einen Hafen einläuft, gibt es immer jemanden, einen Maschinisten, den Dritten Offizier, einen Matrosen, manchmal auch den Kapitän, der etwas zu verkaufen hat. Verstehen Sie?...

Man sagt der Gesellschaft, die Rettungsringe seien von einer riesigen Welle weggespült worden. Der Kompaß habe nicht mehr funktioniert. Oder die Positionslichter! Alles! Manchmal sogar ein Rettungsboot!«

»So daß dadurch nichts bewiesen ist!«

»Nichts! Der Jude, dessen Laden Sie gesehen haben, lebt nur von solchen Geschäften.«

»Also, Ihre Untersuchung...«

Der Inspektor drehte ärgerlich den Kopf zur Seite. »Ich habe Ihnen gesagt, daß Beetje Liewens nicht gleich nach Hause gegangen ist. Sie hat rechtsum kehrtgemacht... Ist das richtig so? Sagt man das?«

»Aber ja! Reden Sie weiter!«

»Vielleicht hat sie nicht geschossen.«

»Ach!«

Der Inspektor fühlte sich ganz entschieden nicht sehr wohl in seiner Haut. Er wollte leiser sprechen und zog Maigret an eine abgelegene Stelle am Kai, wo er dann fortfuhr: »Da ist noch der Holzhaufen... Wissen Sie... Der *timmerman*... Sie sagen der Zimmermann, ja... Der Zimmermann behauptet, an diesem Abend Beetje und Monsieur Popinga schon vorher gesehen zu haben! Ja. Alle beide.«

»Hinter dem Holzhaufen, oder?«

»Ja. Und ich glaube...«

»Sie glauben?«

»Es könnten zwei andere Personen in der Nähe gewesen sein... Der junge Mann aus der Schule. Cornelius Barens! Er wollte Beetje heiraten. Man hat ein Foto des Mädchens in seinem Koffer gefunden.«

»Wirklich?«

»Dann Monsieur Liewens, Beetjes Vater. Er ist sehr einflußreich. Rinderzucht für den Export. Er exportiert sogar nach Australien. Er ist Witwer und hat nur das eine Kind.«

»Wäre es möglich, daß er Popinga ermordet hat?«

Der Inspektor benahm sich so gezwungen, daß Maigret beinahe Mitleid mit ihm hatte. Man merkte, wie peinlich es ihm war, einen einflußreichen Mann zu verdächtigen, der Rinder züchtete, die bis nach Australien exportiert wurden.

»Wenn er gesehen hat, nicht wahr . . .«

Maigret gab nicht nach. »Wenn er was gesehen hat?«

»Hinter dem Holzhaufen . . . Beetje und der Lehrer . . .«

»Ach so! Ja.«

»Es ist ganz vertraulich . . .«

»Natürlich! Aber Barens?«

»Vielleicht hat er es auch gesehen. Er war vielleicht eifersüchtig. Doch war er fünf Minuten nach dem Mord auf dem Schiff . . . Das verstehe ich nicht.«

»Kurz«, sagte der Kommissar mit demselben Ernst, mit dem er bei Jean Duclos geredet hatte, »Sie verdächtigen Beetjes Vater und Cornelius, der in sie verliebt ist.«

Verlegenes Schweigen.

»Dann verdächtigen Sie Oosting, dessen Mütze in der Badewanne gefunden wurde.«

Pijpekamp machte eine mutlose Handbewegung.

»Dann natürlich den Mann, der im Eßzimmer eine Manila zurückgelassen hat . . . Wieviel Zigarrenläden gibt es in Delfzijl?«

»Fünfzehn.«

»Das erleichtert die Sache nicht gerade. Schließlich verdächtigen Sie Duclos . . .«

»Wegen des Revolvers, den er in der Hand hatte. Ich kann ihn nicht abreisen lassen, verstehen Sie?«

»Und ob ich verstehe!«

Sie gingen ungefähr fünfzig Meter schweigend weiter.

»Was meinen Sie?« murmelte schließlich der Groninger Polizeibeamte.

»Das ist die Frage! Und da liegt genau der Unterschied zwischen uns beiden! Sie, Sie meinen etwas! Sie meinen eine Menge Dinge! Während ich noch gar nichts meine.« Und plötzlich fragte er: »Kannte Beetje Liewens den Baes?«

»Ich weiß nicht. Ich glaube nicht.«

»Kannte Cornelius ihn?«

Pijpekamp fuhr sich mit der Hand über die Stirn. »Vielleicht. Vielleicht auch nicht. Eher nicht. Ich kann es aber herausbekommen.«

»Tun Sie das! Versuchen Sie herauszubekommen, ob sie vor der Tat irgendwelche Kontakte hatten.«

»Sie meinen . . .?«

»Ich meine überhaupt nichts! Noch eine Frage: Gibt es auf der Insel Workum Rundfunk?«

»Das weiß ich nicht.«

»Stellen Sie das fest.«

Man hätte nicht sagen können, wie es dazu gekommen war, aber es existierte jetzt eine Art Hierarchie zwischen Maigret und seinem Begleiter. Dieser betrachtete ihn ungefähr so, wie er einen Vorgesetzten betrachtet hätte.

»Untersuchen Sie diese beiden Punkte! Ich muß noch einen Besuch machen.«

Pijpekamp war zu höflich, um zu fragen bei wem, aber sein Blick verriet, daß er es zu gern gewußt hätte.

»Bei Mademoiselle Beetje!« sagte Maigret. »Welches ist der kürzeste Weg?«

»Am Amsteldiep entlang.«

Man konnte sehen, wie das Lotsenschiff von Delfzijl, ein schönes Schiff von fünfhundert Tonnen, eine Kurve auf der Ems beschrieb, bevor es in den Hafen einlief. Und wie der Baes langsam, mit schweren Schritten und kaum verborgener Unruhe an Deck seines Schiffes hin und her ging, hundert Meter von den Kairatten entfernt, die von der Sonne schläfrig waren.

6 Die Briefe

Es war Zufall, daß Maigret nicht am Amsteldiep entlangging, sondern den Weg über die Felder einschlug.

Der Bauernhof lag in der späten Vormittagssonne, und Maigret erinnerte sich an seine ersten Schritte auf holländischem Boden, an das junge Mädchen in seinen glänzenden Stiefeln in dem modernen Stall, an das gutbürgerliche Wohnzimmer und die Teekanne unter dem Teewärmer.

Es herrschte dieselbe Stille. Ganz in der Ferne, fast am Ende des unendlich weiten Horizonts, schwebte ein großes rötliches Segel über den Wiesen und sah aus wie ein Geisterschiff, das über einen Rasenozean fährt.

Wie beim erstenmal bellte der Hund. Es vergingen gut fünf Minuten, bis die Tür geöffnet wurde, aber nur ein paar Zentimeter, gerade genug, daß Maigret das rote Gesicht und die karierte Schürze des Dienstmädchens erkennen konnte.

Sie war drauf und dran, die Tür zu schließen, bevor er überhaupt den Mund aufgemacht hatte.

»Mademoiselle Liewens?« sagte er.

Der Garten lag zwischen ihnen. Die Alte blieb auf der Schwelle stehen, und der Kommissar stand hinter dem Zaun. Zwischen ihnen der Hund, der den Eindringling zähnefletschend beobachtete.

Das Dienstmädchen schüttelte den Kopf.

»Ist sie nicht da? *Niet hier?*«

Maigret hatte ein paar Brocken Holländisch aufgeschnappt.

Wieder Kopfschütteln.

»Und Monsieur? *Mijnheer?*«

Ein letztes Kopfschütteln, und die Tür schloß sich wieder. Aber da der Kommissar nicht gleich ging, öffnete sie die Tür wieder, diesmal nur ein paar Millimeter, und Maigret vermutete, daß die Alte ihn beobachtete.

Er zögerte, weil er gesehen hatte, wie sich am Fenster des Zimmers, das dem jungen Mädchen gehörte, ein Vorhang bewegte. Dann hatte er ein Gesicht verschwinden sehen. Es war schlecht zu erkennen gewesen. Aber Maigret hatte deutlich die leichte Bewegung einer Hand wahrgenommen, die vielleicht einfach grüßte, vielleicht aber auch sagen wollte: Ich bin hier. Bestehen Sie nicht weiter darauf, mich zu sehen! Vorsicht!

Auf der einen Seite die Alte hinter der Tür. Auf der anderen Seite diese geisterhafte Hand. Und der Hund, der bellend am Zaun hochsprang. Ringsumher die Kühe, die in ihrer Reglosigkeit künstlich wirkten.

Maigret riskierte ein ganz kleines Experiment. Er ging zwei Schritte nach vorn, als ob er eintreten wollte. Er mußte lächeln, weil nicht nur hastig die Tür geschlossen wurde, sondern auch der Hund mit eingezogenem Schwanz zurückwich.

Diesmal ging der Kommissar endgültig und nahm den Weg am Amsteldiep entlang. Aus diesem Empfang ergab sich nur, daß Beetje eingeschlossen worden war und der Bauer Anweisung gegeben hatte, den Franzosen nicht hereinzulassen.

Maigret rauchte in kleinen Zügen bedächtig seine Pfeife. Er schaute einen Augenblick auf die Holzstapel, an denen das junge Mädchen und Popinga stehengeblieben waren, sicher oft stehengeblieben waren, mit einer Hand das Rad hielten, mit dem freien Arm sich umschlangen.

Und es war noch immer alles ruhig. Von einer heiteren, fast zu vollkommenen Ruhe. Einer Ruhe, bei der ein Franzose glauben konnte, daß dieses ganze Leben hier so unwirklich wie auf einer Postkarte war.

Zum Beispiel drehte er sich plötzlich um und sah ein Schiff mit hohen Steven, das er nicht hatte kommen hören. Er erkannte das Segel wieder, das breiter als der Kanal war. Es war das gleiche, das er vorher am Horizont gesehen hatte und das schon hier war, obwohl es unmöglich schien, daß es die lange Strecke schon zurückgelegt hatte.

An der Reling stand eine Frau und gab einem Baby die Brust, während sie mit der Hüfte das Steuerruder bewegte. Und auf dem Bugspriet saß rittlings ein Mann, ließ seine Beine über dem Wasser baumeln und reparierte ein Tau.

Das Schiff fuhr an Wienands, dann an Popingas Haus vorbei, und sein Segel war höher als die Dächer. Für einen Augenblick bedeckte es die ganze Fassade mit einem großen, beweglichen Schatten.

Wieder einmal war Maigret stehengeblieben. Er zögerte. Das Dienstmädchen der Popingas wischte gebückt die Eingangsstufen. Die Tür stand offen.

Sie fuhr zusammen, als er plötzlich hinter ihr stand. Ihre Hand mit dem Lappen zitterte.

»Madame Popinga?« sagte er und deutete ins Hausinnere.

Sie wollte vor ihm hineingehen. Aber der Scheuerlappen, aus dem das Schmutzwasser tropfte, hinderte sie daran. Er ging zuerst in den Flur. Im Wohnzimmer hörte er eine Männerstimme, und er klopfte.

Plötzlich war alles still. Total still. Mehr noch als still: ein Abwarten, in dem jedes Leben stillstand.

Schließlich zwei Schritte. Eine Hand drehte den Türknopf im Innern. Die Tür ging auf. Maigret sah zuerst Any, die ihm gerade geöffnet hatte und ihn unfreundlich anstarrte. Dann erkannte er die Gestalt eines Mannes nahe am Tisch, mit blaßroten Gamaschen und einem groben Tuchanzug.

Bauer Liewens!

Hinter ihnen Madame Popinga, die sich mit dem Ellbogen am Kamin aufstützte und das Gesicht hinter der Hand verbarg.

Offensichtlich hatte die Ankunft des Eindringlings eine wichtige Unterhaltung unterbrochen, einen dramatischen Auftritt, vielleicht auch einen Streit.

Auf dem Tisch mit der gestickten Überdecke lagen wirr durcheinander Briefe, so, als ob sie mit einer heftigen Bewegung hingeworfen worden wären.

Das Gesicht des Bauern zeigte äußerste Erregung, er hatte sich aber auch am schnellsten wieder in der Gewalt.

»Ich störe wohl . . .«, begann Maigret.

Niemand antwortete. Niemand machte den Mund auf. Doch verließ Madame Popinga nach einem tränenverschwommenen Blick das Zimmer und rannte fast in die Küche.

»Glauben Sie, es tut mir leid, wenn ich Ihre Unterhaltung unterbreche . . .«

Endlich sagte Liewens etwas auf holländisch. Er sprach zu dem jungen Mädchen ein paar schneidende Sätze, und der Kommissar fragte: »Was hat er gesagt?«

»Daß er wiederkommt! Daß die französische Polizei . . .«

Sie stockte und versuchte weiterzureden.

». . . von einer bodenlosen Unverschämtheit ist, nicht wahr?« sagte statt dessen der Polizeibeamte. »Wir hatten schon Gelegenheit, einander zu begegnen, Monsieur und ich.«

Der andere versuchte an Maigrets Ton und Gesichtsausdruck zu erraten, was Maigret sagte.

Und der Kommissar warf einen Blick auf die Briefe, von denen einer mit »Conrad« unterschrieben war.

Die Peinlichkeit der Situation war nicht mehr zu überbieten. Der Bauer holte seine Mütze von einem Stuhl, konnte sich aber nicht entschließen zu gehen.

»Hat er Ihnen die Briefe gebracht, die Ihr Schwager seiner Tochter geschrieben hat?«

»Woher wissen Sie das?«

Zum Teufel! Die Szene ließ sich aus der gespannten, drückenden Atmosphäre nur zu leicht rekonstruieren! Liewens, der kam und den Atem anhielt, um seine Wut zu beherrschen. Liewens, der in das Wohnzimmer geführt und von zwei verschreckten Frauen begrüßt wurde und der plötzlich redete und die Briefe auf den Tisch warf!

Madame Popinga, die, außer sich, ihr Gesicht in den Händen verbarg; vielleicht weigerte sie sich, diesen Beweisstücken zu glauben, oder war so erschüttert, daß sie nichts sagen konnte.

Und Any, die versuchte, dem Mann die Stirn zu bieten, indem sie redete ...

In diesem Augenblick hatte er an die Tür geklopft, waren alle in Schweigen erstarrt und hatte Any geöffnet.

Maigret täuschte sich indessen bei der Rekonstruktion des Ablaufs im Charakter einer Person. Denn Madame Popinga, die er niedergeschlagen von dieser Enthüllung, gebrochen und wehrlos in der Küche vermutete, kam etwas später wieder herein mit einer Ruhe, wie man sie nur in der äußersten Erregung besitzt.

Und langsam legte auch sie Briefe auf den Tisch. Sie warf sie nicht hin, sie legte sie hin. Sie sah den Bauern an, dann den Kommissar. Ein paarmal machte sie den Mund auf, bevor sie ein Wort herausbekam; dann sagte sie: »Man soll darüber urteilen ... Jemand soll das lesen ...«

Im selben Augenblick wurde Liewens rot.

Er war zu sehr Holländer, als daß er sich gleich auf die Briefe gestürzt hätte, aber sie zogen ihn magnetisch an.

Die Schrift einer Frau ... Bläuliches Papier ... Offensichtlich Briefe von Beetje.

Etwas fiel auf: das Mißverhältnis zwischen beiden Stapeln. Es waren vielleicht zehn Briefe von Popinga mit nur je einem Bogen, auf dem meistens vier oder fünf Zeilen standen.

Dagegen dreißig lange, ausführliche Briefe von Beetje!

Conrad war tot. Es blieben diese beiden ungleichen Stöße und die Holzhaufen, Komplizen der Rendezvous am Amsteldiep.

»Sie sollten sich beruhigen!« sagte Maigret. »Und vielleicht ist es besser, diese Briefe in aller Ruhe zu lesen.«

Der Bauer schaute ihn mit scharfem Blick an und hatte wohl verstanden, denn er ging unwillkürlich einen Schritt auf den Tisch zu.

Maigret stützte sich mit beiden Armen auf. Er griff wahllos einen Brief von Popinga heraus.

»Hätten Sie die Liebenswürdigkeit, ihn zu übersetzen, Mademoiselle Any?«

Aber das junge Mädchen schien ihn nicht gehört zu haben. Sie schaute auf das Geschriebene und sagte nichts. Ihre Schwester nahm ihr den Brief aus der Hand, ernst und gefaßt.

»Das ist in der Schule geschrieben worden«, sagte sie. »Ohne Datum. Oben steht ›sechs Uhr‹.« Dann:

»Meine kleine Beetje,

es ist besser, wenn Du heute abend nicht kommst, denn der Direktor kommt auf eine Tasse Tee zu uns.

Bis morgen. Kuß.«

Sie schaute in stiller Herausforderung um sich. Sie nahm einen anderen Brief. Sie las langsam:

»Kleine, hübsche Beetje,

beruhige Dich. Und denk daran, das Leben ist noch lang. Ich habe viel Arbeit mit den Prüfungen in der dritten Klasse. Ich kann heute abend nicht kommen.

Warum sagst Du immer wieder, ich würde Dich nicht lieben? Ich kann doch die Schule nicht aufgeben. Was sollten wir dann anfangen?

Bleibe ganz ruhig. Wir haben viel Zeit. Ich umarme Dich zärtlich.«

Und obwohl Maigret dies für ausreichend zu halten schien, nahm Madame Popinga noch einen Brief.

»Diesen hier noch, vielleicht ist es der letzte.

»Meine Beetje,

es ist unmöglich! Ich flehe Dich an, sei vernünftig. Du weißt genau, daß ich kein Geld habe und es lange dauert, bis man im Ausland eine Stellung gefunden hat!

Du mußt vernünftiger sein und Dich nicht so aufregen. Und vor allem hab Vertrauen!

Fürchte nichts! Wenn das eintreten würde, was Du befürchtest, würde ich dazu stehen!

Ich bin nervös, weil ich im Augenblick viel Arbeit habe und weil ich nicht gut arbeiten kann, wenn ich an Dich denke. Der Direktor hat mir gegenüber gestern eine Andeutung gemacht. Ich war sehr traurig. Ich will versuchen, morgen abend unter dem Vorwand wegzukommen, daß ich ein norwegisches Schiff im Hafen ansehen will.

Ich nehme Dich in die Arme, kleine Beetje.«

Madame Popinga schaute sie alle der Reihe nach an, müde, mit Tränen in den Augen. Ihre Hand glitt zu dem anderen Stoß, den sie heruntergebracht hatte, und der Bauer zuckte zusammen. Sie griff einen Brief heraus.

»Lieber Conrad, den ich liebe,

eine gute Nachricht: Papa hat zu meinem Geburtstag noch einmal tausend Gulden auf mein Bankkonto eingezahlt. Das reicht, um nach Amerika zu gehen, denn ich habe in der Zeitung die Schiffstarife nachgesehen. Und wir können doch dritter Klasse fahren!

Aber warum hast Du es nicht eiliger? Ich sterbe. Holland erstickt mich. Ich habe das Gefühl, die Leute in Delfzijl schauen mich geringschätzig an.

Und doch bin ich so glücklich und so stolz, einem Mann wie Dir zu gehören!

Wir müssen unbedingt vor den Ferien weg, denn Papa will, daß ich einen Monat in der Schweiz verbringe, und ich will nicht. Dann könnten wir erst wieder im Winter unseren großen Plan verwirklichen.

Ich habe Englischbücher gekauft. Ich kann schon viele Sätze.

Schnell! Schnell! Dann haben wir das schönste Leben! Nicht wahr? Wir können nicht mehr hierbleiben. Vor allem jetzt! Ich glaube, Madame Popinga zeigt mir die kalte Schulter. Und ich habe immer Angst vor Cornelius, der mir den Hof macht und den ich nicht loswerden kann. Er ist ein lieber, guterzogener Junge, aber so dumm!

Ganz abgesehen davon, daß er kein Mann ist, Conrad, ein Mann wie Du, der überall herumgekommen ist und alles weiß . . .

Erinnerst Du Dich, daß ich Dir vor einem Jahr auflauerte und Du mich nicht einmal ansahst?

Und jetzt bekomme ich vielleicht sogar ein Kind von Dir . . . Jedenfalls könnte ich es!

Aber warum bist Du so zurückhaltend? Liebst Du mich nicht mehr?«

Der Brief war noch nicht zu Ende, aber Madame Popinga versagte die Stimme, und sie schwieg. Einen Augenblick wühlten ihre Hände in dem Haufen Briefe. Sie suchte etwas.

Sie las noch einen Satz aus der Mitte eines Briefes heraus:

». . . und ich glaube allmählich, daß Du Deine Frau mehr liebst als mich; ich bin allmählich eifersüchtig auf sie, hasse sie. Wenn es nicht so ist, warum weigerst Du Dich dann, mit mir wegzugehen? . . .«

Der Bauer konnte die Briefe nicht verstehen, aber er hörte so angespannt zu, daß man hätte schwören können, er errate den Inhalt. Madame Popinga schluckte, nahm einen letzten Brief, las mit noch leiserer Stimme:

». . . In der Stadt habe ich gehört, daß Cornelius mehr in Madame Popinga als in mich verliebt sei und daß die beiden sich sehr gut verstünden . . . Wenn das wahr wäre! Dann könnten wir beruhigt sein, und Du brauchtest keine Gewissensbisse mehr zu haben . . .«

Das Papier glitt ihr aus den Händen, fiel langsam auf den Teppich vor Anys Füße, die es starr anblickte.

Und wieder herrschte Schweigen. Madame Popinga weinte nicht. Aber durch die Art, wie sie ihren Schmerz zu verbergen suchte und unter unglaublicher Anstrengung ihre Würde bewahrte, wirkte sie tragisch, und auch durch ihre unerschütterliche Liebe.

Sie stand da, um Conrad zu verteidigen! Sie wartete auf einen Angriff. Sie war bereit zu kämpfen, wenn es sein mußte.

»Wann haben Sie diese Briefe gefunden?« fragte Maigret verlegen.

»Am Tag nach . . .« Ihre Stimme erstickte. Sie öffnete den Mund und rang nach Luft. Ihre Lider schwollen an. ». . . nach Conrads . . .«

»Ja!«

Er hatte verstanden. Er schaute sie teilnahmsvoll an. Sie war nicht hübsch, doch hatte sie ein regelmäßiges Gesicht. Sie hatte keine der Unebenmäßigkeiten, die Any so häßlich machten.

Sie war groß und kräftig, aber nicht korpulent. Dichtes schönes Haar umrahmte ihr etwas rosiges, typisch holländisches Gesicht.

Aber hätte er es nicht lieber gehabt, wenn sie häßlich gewesen wäre? Diese gleichmäßigen Züge, dieser vernünftige, ruhige Gesichtsausdruck verbreitete etwas wie eine große Langeweile.

Selbst ihr Lächeln mußte vernünftig und gemessen, ihre Freude vernünftig und zurückhaltend sein!

Und mit sechs Jahren war sie sicher schon ein vernünftiges Mädchen, mit sechzehn sicher genauso wie heute gewesen!

Eine von diesen Frauen, die die geborenen Tanten, Schwestern, Krankenschwestern sind, oder Witwen, welche Vorsitzende von Wohltätigkeitsvereinen sind.

Conrad war nicht da, aber Maigret hatte ihn noch nie so lebendig vor sich wie in diesem Augenblick, sein gutmütiges Gesicht, seine Genußsucht, oder vielmehr seinen Lebenshunger, seine Schüchternheit, seine Angst, jemand vor den Kopf zu stoßen; er sah ihn vor diesem Radio, an dessen Knöpfen er stundenlang drehen konnte, um Jazz aus Paris, Zigeunermusik aus Budapest, eine Operette aus Wien oder sogar die fernen Funkrufe der Schiffe aufzufangen.

Any ging zu ihrer Schwester, wie man zu jemandem geht, der Schmerzen hat und gleich ohnmächtig wird. Aber Madame Popinga ging auf Maigret zu, zumindest machte sie zwei Schritte.

»Ich hatte nie gedacht . . .«, hauchte sie. »Niemals! Ich lebte . . . Ich . . . Und als er tot war, ich . . .«

An ihrer Atmung erriet er, daß sie herzkrank sein mußte, und kurz darauf bestätigte sich die Vermutung, denn sie blieb einen Augenblick lang unbeweglich stehen und hielt eine Hand auf die Brust.

Im Zimmer bewegte sich jemand; es war der Bauer, der hart und erregt dreinblickte, auf den Tisch zuging und mit der Nervosität eines Diebes, der fürchtet, dabei ertappt zu werden, nach den Briefen seiner Tochter griff.

Madame Popinga ließ es geschehen. Maigret ebenfalls.

Doch wagte Liewens nicht zu gehen. Er sagte etwas, redete aber mit niemand im besonderen. Das Wort *franzose* klang in Maigrets Ohr, und ihm schien, daß er Holländisch verstand, so wie Liewens an diesem Tag sicher Französisch verstanden hatte.

Er rekonstruierte sich den Satz: War es nötig, dem Franzosen diese Dinge vorzulesen?

Liewens ließ seine Mütze auf den Boden fallen, hob sie wieder auf, verbeugte sich vor Any, die ihm im Weg stand, aber nur vor ihr, brummte noch ein paar unverständliche Worte und ging. Das Dienstmädchen hatte inzwischen wohl den Hauseingang fertiggewischt, denn man hörte, wie die Haustür auf- und zuging, dann Schritte, die sich entfernten.

Trotz der Anwesenheit von Any fragte Maigret weiter, doch so vorsichtig, wie man es bei ihm nicht für möglich gehalten hätte: »Haben Sie diese Briefe Ihrer Schwester gezeigt?«

»Nein! Aber als dieser Mann . . .«

»Wo lagen sie?«

»In der Nachttischschublade. Ich habe nie hineingeschaut. Dort lag auch der Revolver.«

Any sagte etwas auf holländisch, und Madame Popinga übersetzte mechanisch: »Meine Schwester sagt, ich solle schlafen gehen. Weil ich schon drei Nächte lang nicht geschlafen habe . . . Er wäre nicht fortgegangen . . . Er muß wohl einmal unvorsichtig gewesen sein . . . Er lachte und spielte so gerne . . . Mir sind wieder Einzelheiten eingefallen: Beetje, die immer Obst und selbstgebackenen Kuchen mitbrachte. Ich glaubte, das sei meinetwegen. Dann kam sie auch, um zu fragen, ob wir Tennis mitspielen. Immer dann, wenn sie wußte, daß ich keine Zeit hatte! Aber ich wollte die Gefahr nicht sehen. Ich freute mich, wenn Conrad sich etwas entspannen konnte, denn er hatte viel Arbeit, und Delfzijl war ihm zu langweilig. Letztes Jahr wäre sie beinahe mit uns nach Paris gefahren ... Und ich hatte auch noch darauf bestanden!«

Sie sagte das ganz normal, mit einer Müdigkeit, in der kaum noch Groll mitschwang.

»Er wollte nicht weggehen. Sie haben es gehört. Aber er hatte Angst, jemandem weh zu tun. So war er. Er wurde getadelt, weil er zu gute Noten im Examen gab. Deswegen mochte mein Vater ihn nicht.«

Sie stellte eine Nippfigur wieder an ihren richtigen Platz, und dieser hausfrauliche Handgriff kontrastierte stark mit der Stimmung im Zimmer.

»Ich wollte nur, daß alles schon vorbei wäre, denn man will ihn nicht einmal beerdigen. Verstehen Sie? Ich weiß nicht mehr ein noch aus! Man soll ihn mir wieder herausgeben! Gott wird den Schuldigen schon bestrafen.« Sie wurde lebhaft. Sie redete mit fester Stimme weiter: »Ja, das glaube ich! Diese Dinge da, nicht wahr, das ist eine Sache zwischen Gott und dem Mörder. Was können wir schon wissen?«

Sie schauderte, als fiele ihr plötzlich etwas ein. Sie zeigte auf die Tür, sagte ganz schnell: »Vielleicht tötet er sie! Er wäre dazu imstande! Das wäre schrecklich ...«

Any sah sie mit einer gewissen Ungeduld an. Sie hielt diese Worte gewiß alle für sinnlos, denn sie sagte ganz ruhig: »Was denken Sie jetzt, Herr Kommissar?«

»Nichts!«

Sie fragte nicht weiter, aber ihr Gesicht zeigte, daß die Antwort sie nicht befriedigte.

»Ich denke nichts, weil da vor allem Oostings Mütze ist!« sagte er. »Sie haben die Thesen von Duclos gehört. Sie haben die Bücher von Grosz gelesen, von denen er Ihnen erzählt hat. Ein Grundsatz: sich nicht durch psychologische Erwägungen von der Wahrheit abbringen lassen, bis zum Schluß den Indizien nachgehen ...«

Es war unmöglich herauszufinden, ob er scherzte oder es ernst meinte.

»Wir haben nun aber eine Mütze und einen Zigarrenstummel! Jemand hat sie hierhergebracht oder in das Haus geworfen.«

Madame Popinga seufzte vor sich hin: »Ich kann nicht glauben, daß Oosting ...« Und plötzlich hob sie den Kopf und sagte: »Da fällt mir etwas ein, was ich vergessen hatte ...« Aber sie schwieg wieder, als ob sie fürchtete, zuviel gesagt zu haben, als ob sie vor den Konsequenzen ihrer Worte erschräke.

»Reden Sie!«

»Nein ... Es ist nicht so wichtig.«

»Ich bitte Sie!«

»Wenn Conrad Seehunde jagte auf den Sandbänken von Workum ...«

»Ja ... Und?«

»War Beetje dabei, denn sie jagt auch. Hier in Holland haben die jungen Mädchen viele Freiheiten.«

»Übernachteten sie unterwegs?«

»Immer ein- oder zweimal.«

Sie nahm ihren Kopf in beide Hände und seufzte, wobei sie eine äußerst ungeduldige Handbewegung machte. »Nein! Ich will nicht mehr dran denken! Es ist zu schrecklich! ... Zu schrecklich! ...«

Diesmal fing sie an zu schluchzen, zuerst leise, dann immer heftiger, bis Any die Hände auf die Schultern ihrer Schwester legte und sie sanft nach nebenan schob.

7 Ein Mittagessen im Hotel Van Hasselt

Als Maigret ins Hotel kam, merkte er, daß etwas Ungewöhnliches im Gang war. Am Tag zuvor hatte er am Tisch neben Jean Duclos zu Abend gegessen.

Jetzt lagen drei Gedecke auf dem runden Tisch, der in der Mitte des Saales stand. Das Tischtuch, an dem man noch die Falten vom Zusammenlegen sah, war blütenweiß. Schließlich gab es drei Gläser für jeden Gast, was in Holland nur bei einem Festessen üblich ist.

Schon an der Tür wurde der Kommissar von Inspektor Pijpekamp begrüßt, der mit ausgestreckter Hand auf ihn zuging und lachte wie jemand, dem eine Überraschung gelungen ist.

Er hatte seinen besten Anzug an! Er trug einen acht Zentimeter hohen steifen Kragen! Ein Jackett! Er war frisch rasiert und mußte direkt vom Friseur kommen, denn er roch noch nach Veilchenwasser.

Jean Duclos stand im Vergleich dazu etwas farblos hinter ihm und schaute gelangweilt.

»Sie werden mich entschuldigen, lieber Kollege. Ich hätte es Ihnen heute früh sagen sollen. Ich wollte Sie zu mir nach Hause einladen, aber ich wohne in Groningen und bin Junggeselle. Doch habe ich mir erlaubt, Sie hier zum Mittagessen einzuladen ... Oh, nur ein bescheidenes Essen.«

Bei den letzten Worten schaute er auf die Tafel und wartete sichtlich auf Maigrets Protest.

Der kam aber nicht.

»Ich habe mir gedacht, da der Professor ein Landsmann von Ihnen ist, wäre es für Sie nett ...«

»Sehr gut, sehr gut«, sagte der Kommissar. »Erlauben Sie, daß ich mir die Hände wasche?«

Er tat es langsam und mürrisch in dem kleinen Waschraum nebenan. Die Küche war in der Nähe, und er hörte ein geschäftiges Rumoren, das Klappern von Tellern und Töpfen.

Als er in den Saal zurückkam, goß Pijpekamp persönlich Portwein in die Gläser und murmelte mit entzücktem, bescheidenem Lächeln: »Wie in Frankreich, nicht wahr? Prosit! Auf Ihr Wohl, mein lieber Kollege!«

Er war rührend aufmerksam. Er bemühte sich um eine gewählte Aussprache, wollte sich von Kopf bis Fuß als ein Mann von Welt erweisen.

»Ich hätte Sie schon gestern einladen sollen. Aber diese Geschichte hat mich so – wie sagen Sie? – erschüttert ... Haben Sie etwas herausgefunden?«

»Nichts!«

In den Augen des Holländers blitzte es, und Maigret dachte: Aha, mein Bürschchen, du hast einen Sieg in der Tasche und wirst ihn mir als Nachtisch servieren, falls du bis dahin die Geduld nicht verlierst ...

Er täuschte sich nicht. Zuerst wurde Tomatensuppe gereicht, zugleich ein Saint-Emilion, der für Exportzwecke so gepanscht worden war, daß einem übel werden konnte.

»Auf Ihr Wohl!«

Guter Pijpekamp! Er tat sein möglichstes und sogar mehr als das. Und Maigret schien es gar nicht zu bemerken! Er würdigte es einfach nicht!

»In Holland trinkt man nie etwas zum Essen. Erst danach. Auf den großen Abendgesellschaften wird zur Zigarre ein Gläschen Wein serviert. Man stellt auch kein Brot auf den Tisch.«

Und er schielte zu dem Brotkorb, den er bestellt hatte. Und an Stelle des Nationalgetränks Genever hatte er sogar Portwein gewählt!

Konnte man es besser machen? Sein Gesicht war dabei ganz rosig geworden. Er schaute ganz gerührt auf die Weinflasche. Jean Duclos aß und war mit seinen Gedanken woanders.

Und Pijpekamp hätte so gern ein bißchen Leben und Fröhlichkeit hineingebracht, eine ausgelassene Atmosphäre geschaffen für dieses Mittagessen, dieses wahre Festessen *à la française!*

Man brachte den *huchpot,* das Nationalgericht. Fleisch schwamm in Litern von Soße, und Pijpekamp setzte eine geheimnisvolle Miene auf, als er sagte: »Sie müssen mir sagen, ob es Ihnen schmeckt.«

Leider war Maigret nicht in Stimmung. Er witterte ein kleines Geheimnis in seiner Umgebung, das er sich noch nicht recht erklären konnte.

Ihm schien, daß es zwischen Jean Duclos und dem Polizeibeamten eine Art Verschwörung gab. Jedesmal, wenn dieser Maigrets Glas nachfüllte, schaute er kurz zum Professor hinüber.

Neben dem Ofen wurde Burgunder chambriert.

»Ich dachte, Sie trinken viel mehr Wein . . .«

»Das kommt darauf an . . .«

Duclos war bestimmt nicht ganz wohl zumute. Er vermied es, sich an der Unterhaltung zu beteiligen. Er trank Mineralwasser unter dem Vorwand, er müsse Diät halten.

Pijpekamp hielt es nicht mehr länger aus. Er hatte von der Schönheit des Hafens, von der Bedeutung der Schiffahrt auf der Ems und von der Universität Groningen gesprochen, wo die berühmtesten Wissenschaftler Vorträge hielten.

»Wissen Sie, daß ich Neuigkeiten habe?«

»Tatsächlich?«

»Auf Ihr Wohl! Auf das Wohl der französischen Polizei! Ja, das Rätsel ist jetzt in etwa gelöst . . .«

Maigret schaute ihn mit seinen graugrünen Augen an, ohne die geringste Spur von Spannung oder Neugier zu zeigen.

»Heute morgen gegen zehn Uhr wurde mir gesagt, jemand warte auf mich in meinem Büro . . . Raten Sie, wer?«

»Barens! Reden Sie weiter!«

Pijpekamp war darüber noch enttäuschter als über den geringen Eindruck, den der so luxuriös gedeckte Tisch auf seinen Gast gemacht hatte.

»Woher wissen Sie das? Man hat es Ihnen erzählt, nicht wahr?«

»Überhaupt nichts! Was wollte er?«

»Sie kennen ihn. Er ist sehr schüchtern, sehr . . . auf französisch ... ja, verschlossen. Er traute sich kaum, mich anzusehen. Man hätte meinen können, er beginne gleich zu weinen. Er gestand, daß er in der Mordnacht nicht sofort an Bord gegangen sei, nachdem er von Popingas weggegangen war...« Und der Inspektor zwinkerte gleich ein paarmal. »Verstehen Sie? Er liebt Beetje... Und er war eifersüchtig, weil Beetje mit Popinga getanzt hatte. Und er war böse, weil sie Kognak getrunken hatte. Er sah sie beide weggehen. Er folgte ihnen von weitem. Er hat bis dicht zu seinem Lehrer aufgeschlossen...«

Maigret blieb unbarmherzig, obwohl er wußte, daß Pijpekamp alles für ein Zeichen des Erstaunens, der Bewunderung, des Mitbangens gegeben hätte.

»Auf Ihr Wohl, Herr Kommissar! Barens hat es nicht gleich gesagt, weil er Angst hatte, aber es ist die Wahrheit! Er hat gleich nach dem Schuß einen Mann gesehen, der zum Holzhaufen rannte, wo er sich dann versteckt hat.«

»Er hat ihn Ihnen genau beschrieben, nicht wahr?«

»Ja.«

Der Inspektor wußte nicht, woran er war. Es war aussichtslos, seinen Kollegen verblüffen zu wollen. Seine Geschichte war verpufft.

»Ein Matrose. Sicher ein ausländischer Matrose. Sehr groß, sehr schlank und ganz kahlgeschoren...«

»Und es gibt natürlich auch ein Schiff, das am nächsten Tag ausgelaufen ist...«

»Seitdem sind drei ausgelaufen... Der Fall ist klar! Wir brauchen nicht in Delfzijl zu suchen. Ein Ausländer hat ihn getötet. Sicher ein Matrose, der Popinga von früher kannte, als er noch zur See fuhr. Ein Matrose, den er vielleicht bestrafen ließ, als er Offizier oder Kapitän war...«

Jean Duclos zeigte Maigret beharrlich nur sein Profil. Pijpekamp gab Madame Van Hasselt, die in großer Aufmachung an der Kasse saß, ein Zeichen, damit sie eine neue Flasche brachte.

Es galt noch ein Meisterwerk zu essen, einen mit drei Sorten Krem garnierten Kuchen, auf dem obendrein noch der Name Delfzijl in Schokolade stand.

Und der Inspektor senkte bescheiden den Blick.

»Wenn Sie ihn bitte anschneiden wollen...«

»Haben Sie Cornelius wieder laufenlassen?«

Der Inspektor fuhr hoch, sah Maigret an, als ob er sich überlegte, ob dieser verrückt geworden sei.

»Aber...«

»Wenn es Ihnen nichts ausmacht, vernehmen wir ihn gleich alle beide.«

»Nichts einfacher als das! Ich rufe gleich die Schule an.«

»Wenn Sie schon dabei sind, rufen Sie auch Oosting, den wir gleich anschließend befragen werden.«

»Wegen der Mütze? Jetzt klärt sich alles auf, nicht wahr? Ein Matrose hat im Vorbeigehen die Mütze auf dem Deck liegen sehen, hat sie aufgehoben und...«

»Natürlich!«

Pijpekamp war zum Weinen zumute. Maigrets beinahe unmerkliche, unerträgliche Ironie verwirrte ihn so, daß er sich am Türrahmen stieß, als er in die Telefonzelle ging.

Der Kommissar blieb einen Augenblick allein mit Jean Duclos, der nicht von seinem Teller aufblickte.

»Sie haben ihm nicht zufällig gesagt, er solle mir ein paar Gulden zustecken?«

Er sagte dies ganz ruhig und ohne jede Bitterkeit; Duclos hob den Kopf, machte den Mund auf und wollte sich dagegen verwahren.

»Pst! Wir können keine Zeit mit Diskussionen verlieren. Sie haben ihm geraten, mich zu einem opulenten Essen mit viel Wein einzuladen. Sie haben ihm gesagt, daß man so in Frankreich die Beamten herumkriegt... Ruhe, sag ich!... Und daß man mich danach um den Finger wickeln könne.«

»Ich schwöre Ihnen, daß...«

Maigret zündete seine Pfeife an, wandte sich zu Pijpekamp, der vom Telefon zurückkam und mit einem Blick auf den Tisch stammelte: »Ich darf Sie doch noch zu einem Gläschen Kognak einladen... Sie haben hier ganz alten.«

»Erlauben Sie, daß ich Sie dazu einlade! Wenn Sie nur Madame sagen, daß sie eine Flasche Kognak und Probiergläser bringen soll.«

Aber Madame Van Hasselt brachte kleine Gläser. Maigret stand auf, holte selber andere aus einem Regal und füllte sie bis an den Rand.

»Auf das Wohl der holländischen Polizei!« sagte er.

Pijpekamp wagte nicht zu widersprechen. Der Kognak war so stark, daß ihm Tränen in die Augen traten. Aber der Kommissar hob lächelnd und unbarmherzig immer wieder sein Glas und wiederholte: »Auf das Wohl Ihrer Polizei... Wann ist Barens in Ihrem Büro?«

»In einer halben Stunde!... Eine Zigarre?«

»Danke! Ich rauche lieber meine Pfeife.«

Und wieder füllte Maigret die Gläser nach, ohne zu fragen, und weder Pijpekamp noch Duclos wagten abzulehnen.

»Das ist ein schöner Tag«, sagte er zwei- oder dreimal. »Vielleicht täusche ich mich. Aber ich habe das Gefühl, daß heute abend der Mörder dieses armen Popinga verhaftet wird.«

»Falls er nicht auf der Ostsee herumfährt!« antwortete Pijpekamp.

»Bah! Glauben Sie, daß er so weit weg ist?«

Duclos hob sein blasses Gesicht. »Ist das eine Verdächtigung, Kommissar?« fragte er schneidend.

»Was für eine Verdächtigung?«

»Sie schienen zu behaupten, daß er, wenn er nicht weit weg ist, vielleicht ganz in der Nähe ist...«

»Was Sie sich nicht alles vorstellen, Professor!«

Fast wäre es zu einem Streit gekommen. Schuld daran waren bestimmt die großen Gläser Schnaps. Pijpekamps Gesicht war ganz rot. Seine Augen glänzten.

Bei Duclos dagegen wirkte sich die Trunkenheit in einer krankhaften Blässe aus.

»Ein letztes Glas, meine Herren, und dann werden wir uns das arme Bürschchen vornehmen!«

Die Flasche stand auf dem Tisch. Jedesmal, wenn Maigret nachgoß, befeuchtete Madame Van Hasselt mit dem Mund die Bleistiftspitze und machte einen Strich in ihrem Buch.

Als sie hinausgingen, empfing sie drückende Hitze und Stille. Oostings Schiff lag an seinem Platz. Pijpekamp hatte das Bedürfnis, sich aufrechter als sonst zu halten.

Sie brauchten nur dreihundert Meter zu gehen. Die Straßen waren menschenleer. Ein Laden lag neben dem anderen; sie hatten geschlossen, waren aber sauber und einladend wie auf einer Weltausstellung, deren Pforten jeden Augenblick geöffnet werden.

»Es wird beinahe unmöglich sein, den Matrosen ausfindig zu machen«, sagte Pijpekamp. »Trotzdem ist es gut, daß wir wissen, daß er es war, und niemand anderen mehr verdächtigen. Ich werde einen Bericht schreiben, damit Monsieur Duclos, Ihr Landsmann, sich wieder frei bewegen kann.«

Mit unsicherem Gang betrat er die Büros der Ortspolizei, stieß im Vorbeigehen an ein Möbelstück und setzte sich dann etwas ungestüm hin.

Er war eigentlich nicht betrunken. Aber er hatte durch den Alkohol etwas von dieser liebenswürdigen Höflichkeit verloren, die für die meisten Holländer typisch ist.

Lässig drückte er einen Klingelknopf und lehnte sich ganz in seinem Stuhl zurück. Auf holländisch wandte er sich an einen Polizisten in Uniform, der verschwand und gleich darauf in Begleitung von Cornelius wieder erschien.

Obgleich ihn der Polizeibeamte mit betonter Herzlichkeit begrüßte, schien der junge Mann den Boden unter den Füßen zu verlieren, als er ins Büro kam, weil er Maigret gesehen hatte.

»Der Kommissar will Sie ein paar Kleinigkeiten fragen!« sagte Pijpekamp auf französisch.

Maigret nahm sich Zeit. Er ging im Büro auf und ab und zog in kleinen Zügen an seiner Pfeife.

»Sagen Sie mal, mein lieber Barens, was hat Ihnen der Baes gestern abend erzählt?«

Wie ein verängstigter Vogel blickte Barens um sich.

»Ich ... ich glaube ...«

»Gut! Ich werde Ihnen nachhelfen. Sie haben noch einen Vater, nicht wahr? Dort unten in Indien. Er wäre sicher sehr traurig, wenn Ihnen etwas zustoßen würde ... Unannehmlichkeiten ... Was weiß ich? Nun kostet Sie eine falsche Aussage in einem Fall wie diesem ein paar Monate Gefängnis.«

Cornelius blieb die Luft weg; er wagte nicht, sich zu bewegen oder auch nur jemanden anzusehen.

»Geben Sie zu, daß Oosting, der Sie gestern auf der Böschung des Amsteldiep erwartete, Ihnen gesagt hat, Sie sollten der Polizei das erzählen, was Sie erzählt haben! Geben Sie zu, daß Sie nie einen großen schlanken Mann um das Haus der Popingas herumstreichen sahen!«

»Ich ...«

Nein! Er konnte nicht mehr, er fing an zu schluchzen. Er gab auf.

Und Maigret schaute zuerst Jean Duclos, dann Pijpekamp mit diesem schweren, undurchdringlichen Blick an, wegen dem ihn manche Leute für einen Dummkopf hielten. Denn dieser Blick war so starr, daß er wie leer wirkte.

»Sie glauben ...?« begann der Inspektor.

»Sehen Sie selbst.«

Der junge Mann, der in der Offiziersuniform noch schmaler wirkte, putzte sich die Nase, biß die Zähne zusammen, um sein Schluchzen zu unterdrücken, und stammelte endlich: »Ich habe nichts getan.«

Solange Barens sich zu beruhigen versuchte, schauten ihn alle an.

»Das ist alles«, entschied schließlich Maigret. »Ich habe nicht gesagt, daß Sie etwas getan haben. Oosting hat von Ihnen verlangt zu behaupten, Sie hätten einen Unbekannten in der Nähe des Hauses gesehen. Er hat Ihnen sicher gesagt, daß dies die einzige Möglichkeit sei, gewisse Personen zu decken ... Wen?«

»Ich schwöre bei meiner Mutter, daß er keine Namen genannt hat. Ich weiß es nicht ... Ich möchte am liebsten sterben!«

»Ja, ja! Mit achtzehn will man immer sterben! Haben Sie keine Fragen mehr, Monsieur Pijpekamp?«

Der Inspektor zuckte die Achseln auf eine Art, die bedeutete, daß er nichts begriff.

»Also, mein Lieber, Sie können gehen.«

»Wissen Sie, es ist nicht Beetje ...«

»Das kann gut sein! ... Es ist Zeit, daß Sie wieder zu Ihren Kameraden in die Schule gehen.«

Und er schob Cornelius hinaus und murmelte: »Der nächste! Ist Oosting schon da? Schade, daß er kein Französisch versteht!«

Die Türglocke ertönte. Dann brachte der Polizist den Baes herein, der in der Hand seine neue Mütze und seine Pfeife hielt, die er hatte ausgehen lassen.

Er warf Maigret nur einen einzigen Blick zu. Seltsamerweise einen vorwurfsvollen Blick. Er stellte sich vor den Schreibtisch des Inspektors und begrüßte ihn.

»Würden Sie ihn bitte fragen, wo er war, als Popinga getötet wurde?«

Der Polizeibeamte übersetzte. Oosting fing eine lange Rede an, von der Maigret nichts verstand, was ihn indessen nicht hinderte, ihn zu unterbrechen: »Nein! Er soll aufhören! Eine kurze Antwort!«

Pijpekamp übersetzte wieder. Wiederum ein vorwurfsvoller Blick. Dann eine Antwort, die wieder sofort übersetzt wurde.

»Er war auf seinem Schiff!«

»Sagen Sie ihm, daß das nicht stimmt!«

Maigret ging noch immer auf und ab und hatte die Hände auf dem Rücken verschränkt.

»Was antwortet er darauf?«

»Daß er es schwören könne.«

»Gut! In diesem Fall soll er Ihnen sagen, wer seine Mütze gestohlen hat.«

Pijpekamp war von unbedingter Folgsamkeit. Maigret wirkte aber auch mächtig beeindruckend!

»Nun?«

»Er war in seiner Kajüte. Er machte Abrechnungen. Er hat durch die Luke Beine auf Deck gesehen. Er erkannte eine Matrosenhose auf Deck.«

»Und ist er dem Mann gefolgt?«

Oosting zögerte, schloß halb die Augen, schnalzte mit den Fingern und wurde gesprächiger.

»Was sagt er?«

»Daß er lieber die Wahrheit sagt! Daß er genau weiß, daß er es tun muß, um seine Unschuld zu beweisen ... Als er auf Deck kam, verschwand der Seemann. Er ist ihm von fern gefolgt. So gelangte er entlang dem Amsteldiep bis in die Nähe des Hauses von Popinga. Dort hat sich der Seemann versteckt. Neugierig geworden, hat Oosting gewartet und sich auch versteckt.«

»Hat er zwei Stunden später den Schuß gehört?«

»Ja, aber er konnte den Mann, der flüchtete, nicht einholen.«

»Hat er gesehen, daß dieser Mann ins Haus ging?«

»Zumindest in den Garten. Er vermutet, daß er über die Dachrinne in den ersten Stock hinaufgeklettert ist.«

Maigret lächelte. Das unbestimmte, beglückende Lächeln von jemand, der sich sehr behaglich fühlt.

»Würde er den Mann wiedererkennen?«

Übersetzung. Schulterzucken des Baes.

»Er weiß es nicht.«

»Hat er gesehen, wie Barens dem Lehrer und Beetje nachspionierte?«

»Ja.«

»Und da er Angst hatte, beschuldigt zu werden, andererseits aber die Polizei auf eine gute Spur setzen wollte, hat er Cornelius beauftragt, an seiner Stelle zu reden.«

»Das behauptet er. Ich muß es nicht glauben, oder? Er ist eindeutig schuldig.«

Jean Duclos wurde allmählich ungeduldig. Oosting war ruhig, ein Mann, der von nun an auf alles gefaßt war. Er sagte etwas, das der Polizeibeamte übersetzte.

»Er sagt, man kann jetzt mit ihm machen, was man will, aber Popinga sei sein Freund und auch sein Wohltäter gewesen.«

»Was werden Sie tun?«

»Ihn zur Verfügung der Justiz halten. Er gesteht, daß er dort war . . .«

Infolge des Kognaks war Pijpekamps Stimme noch lauter als sonst, seine Bewegungen fahriger, und das war in seinen Maßnahmen zu spüren. Er wollte bestimmt auftreten. Er stand einem ausländischen Kollegen gegenüber, und es lag ihm daran, den eigenen und auch Hollands Ruf zu wahren.

Er setzte eine bedeutungsvolle Miene auf, drückte wiederum auf den Klingelknopf.

Dem Polizisten, der eilig hereinkam, trug er, während er kurz mit seinem Brieföffner auf den Schreibtisch klopfte, auf: »Verhaften Sie diesen Mann. Man soll ihn abführen! Ich werde mich später um ihn kümmern!«

Dies hatte er auf holländisch gesagt, aber aus dem Tonfall begriff man, was er sagte.

Dann stand er auf und erklärte: »Ich werde diesen Fall restlos aufklären. Ich werde die Rolle, die Sie dabei gespielt haben, besonders hervorheben. Ihr Landsmann ist selbstverständlich auf freiem Fuß.«

Er konnte nicht ahnen, daß Maigret, als er ihn mit glänzenden Augen gestikulieren sah, bei sich dachte: Mein Armer, du wirst es noch bereuen, was du da gemacht hast, wenn du dich wieder beruhigt hast.

Pijpekamp öffnete die Tür. Der Kommissar wollte aber noch nicht gehen.

»Ich wollte Sie um einen letzten Gefallen bitten«, sagte er mit ungewöhnlicher Höflichkeit.

»Ich höre, mein lieber Kollege.«

»Es ist noch nicht vier Uhr. Heute abend könnten wir den Fall mit allen, die mehr oder weniger daran beteiligt waren, rekonstruieren. Würden Sie die Namen notieren? Madame Popinga, Any, Monsieur Duclos, Barens, die Wienands Beetje, Oosting . . . und schließlich Monsieur Liewens, Beetjes Vater.«

»Sie wollen . . .«

»Die Ereignisse noch einmal aufrollen – von dem Augenblick an, als im Saal des Hotels Van Hasselt der Vortrag zu Ende war.«

Schweigen. Pijpekamp überlegte.

»Ich werde mit Groningen telefonieren«, sagte er endlich, »und meine Vorgesetzten fragen.« Er fügte hinzu, war aber von seinem Scherz nicht ganz überzeugt und beobachtete sein Gegenüber: »Jemand wird fehlen: Conrad Popinga wird verhindert sein . . .«

»Ich werde diese Rolle übernehmen«, sagte Maigret. Und er ging, in Begleitung von Jean Duclos, nachdem er noch gesagt hatte: »Und Dank für Ihr ausgezeichnetes Mittagessen!«

8 Maigret und die jungen Mädchen

Der Kommissar ging vom Polizeibüro nicht auf dem kürzesten Weg durch die Stadt zum Hotel Van Hasselt, sondern machte den Umweg über die Kais; er wurde noch immer begleitet von Jean Duclos, dessen Gang, Kopfhaltung und Gesichtsausdruck schlechte Laune verrieten.

»Wissen Sie auch, daß Sie sich unbeliebt machen werden?« murmelte er endlich, während er unverwandt auf den Kran schaute, dessen Greifer beinahe ihre Köpfe gestreift hätte.

»Weil?«

Duclos zuckte die Achseln, ging ein paar Schritte schweigend weiter.

»Sie verstehen es ja doch nicht! Oder Sie wollen nicht verstehen! Sie sind wie alle Franzosen ...«

»Mir schien es, wir hätten die gleiche Nationalität ...«

»Nur bin ich in der Welt herumgekommen. Ich besitze Allgemeinbildung. Ich kann mich dem Land, in dem ich lebe, anpassen. Sie dagegen schauen, seit Sie hier sind, weder rechts noch links und scheren sich keinen Deut um die kleinen, alltäglichen Dinge.«

»Und ich schere mich beispielsweise auch nicht darum zu erfahren, ob man den Schuldigen überhaupt finden will!«

Duclos wurde lebhaft. »Und warum nicht? Es handelt sich nicht um Raubmord. Also ist der Täter kein professioneller Mörder oder Dieb. Er ist nicht unbedingt ein Mensch, den man zum Schutz der Gesellschaft einsperren muß ...«

»Und in dem Fall ...?« Maigret wirkte vergnügt, wie er seine Pfeife rauchte und die Hände auf dem Rücken verschränkt hielt.

»Sehen Sie ...«, murmelte Duclos und zeigte auf die Umgebung, die saubere Stadt, in der alles so ordentlich war wie im Küchenschrank einer tüchtigen Hausfrau, auf den Hafen, der viel zu klein war, um eine rauhe Atmosphäre aufkommen zu lassen, auf die heiteren Leute in ihren gelben Holzschuhen.

Dann fuhr er fort: »Jeder arbeitet. Jeder ist einigermaßen glücklich. Und vor allem nimmt sich jeder zusammen, weil es so sein muß. Es ist eine Notwendigkeit, wenn man in einer Gemeinschaft leben will. Pijpekamp kann Ihnen bestätigen, daß Diebstähle äußerst selten vorkommen. Es ist so, daß einer, der auch nur ein Zweipfundbrot gestohlen hat, hier gleich für ein paar Wochen ins Gefängnis muß ... Wo sehen Sie Unordnung? Keine Landstreicher! Keine Bettler! Es ist die organisierte Sauberkeit.«

»Und ich komme und zerschlage Porzellan!«

»Einen Augenblick! Die Häuser dort links am Amsteldiep sind die Wohnungen der besseren Leute, der Reichen, jener, die Macht haben. Jeder kennt sie, den Bürgermeister, die Pastoren, die Lehrer, die Beamten, alle, die über das Wohl der Stadt wachen und aufpassen, daß jeder dort bleibt, wo er hingehört, und dem Nachbarn nicht in die Quere kommt. Ich glaube, ich habe es Ihnen schon gesagt, aber diese Leute gestehen sich nicht einmal zu, ein Café zu betreten, denn damit würden sie ein schlechtes Beispiel geben. Nun ist ein Verbrechen geschehen ... Sie vermuten ein Familiendrama ...«

Maigret hörte zu und schaute dabei auf die Schiffe, deren Deck höher als der Kai lag und die wie bunte Mauern aufragten, denn es war Flut.

»Ich kenne Pijpekamps Meinung nicht; er ist ein Inspektor, den man sehr schätzt. Ich weiß nur, daß es für alle besser wäre, wenn heute abend gesagt würde, der Mörder des Lehrers sei ein ausländischer Matrose und die Untersuchungen würden weitergeführt. Für jeden! Für Madame Popinga! Für ihre Familie! Für ihren Vater unter anderem, der ein allgemein bekannter Gelehrter ist! Für Beetje und für Monsieur Liewens! Aber vor allem um des Beispiels willen! Für die Kleinbürger in der Stadt, die beobachten, was sich in den großen Häusern am Amsteldiep tut, und die es ebenso machen wollen. Sie, Sie wollen die Wahrheit um der Wahrheit willen herausfinden, wegen des Glorienscheins, einen schwierigen Fall aufgeklärt zu haben.«

»Das ist es wohl, was Pijpekamp Ihnen heute früh gesagt hat? Bei der gleichen Gelegenheit hat er gefragt, wie man meinen ungezügelten Eifer eindämmen könnte. Und Sie haben ihm gesagt, daß man in Frankreich Leute wie mich mit einem guten Essen, ja sogar mit Geld besticht.«

»So genau haben wir darüber nicht gesprochen.«

»Wissen Sie, woran ich denke, Monsieur Jean Duclos?« Maigret war stehengeblieben, um die Aussicht auf den Hafen besser genießen zu können. Ein ganz kleines, in einen Laden umgebautes Boot fuhr von Schiff zu Schiff, legte mit knatterndem und qualmendem

Motor neben Schleppern und Segelbooten an und verkaufte Brot, Lebensmittel, Tabak, Pfeifen und Genever.

»Ich höre ...«

»Ich glaube, Sie haben Glück gehabt, daß Sie mit dem Revolver in der Hand aus dem Badezimmer kamen.«

»Das heißt?«

»Nichts! Wiederholen Sie, daß Sie niemanden im Badezimmer gesehen haben?«

»Ich habe niemanden gesehen.«

»Und Sie haben nichts gehört?«

Er wandte den Kopf ab. »Ich habe nichts Genaues gehört ... Vielleicht hatte ich das Gefühl, als ob sich etwas unter dem Badewannendeckel bewegte ...«

»Entschuldigen Sie mich. Ich sehe jemand, der auf mich wartet.«

Und Maigret eilte mit großen Schritten auf den Eingang des Hotels Van Hasselt zu, vor dem Beetje Liewens auf und ab ging und auf ihn wartete.

Sie versuchte ihm zuzulächeln, wie sonst auch, aber es war nicht echt. Man spürte ihre Nervosität. Sie fuhr fort, die Straße zu beobachten, als ob sie fürchtete, jemanden auftauchen zu sehen.

»Ich warte schon fast eine halbe Stunde auf Sie.«

»Möchten Sie hineingehen?«

»Nicht ins Café, oder?«

Auf dem Gang zögerte er eine Sekunde. Er konnte sie auch nicht auf seinem Zimmer empfangen. Also stieß er die Tür zum großen, leeren Ballsaal auf, wo die Stimmen wie in einer Kirche hallten.

Bei Tageslicht wirkte die Dekoration auf dem Podium trist und verstaubt. Das Klavier war aufgeklappt. In einer Ecke standen eine große Kiste und bis zur Decke aufgestapelte Stühle.

Hinten Papiergirlanden, die sicher für einen Gesellschaftsball gebraucht worden waren.

Beetje sah so frisch aus wie immer. Sie trug ein blaues Kostüm und unter einer weißen Seidenbluse sah ihr Busen verführerischer denn je aus.

»Konnten Sie denn von zu Hause weg?«

Sie antwortete nicht gleich. Sie hatte offensichtlich viel auf dem Herzen und wußte nicht, womit sie anfangen sollte.

»Ich bin ausgerissen«, sagte sie schließlich. »Ich hielt es nicht mehr aus. Ich hatte Angst! Das Dienstmädchen ist gekommen und sagte mir, daß mein Vater wütend sei, daß er imstande wäre, mich umzubringen ... Er hatte mich schon in meinem Zimmer eingesperrt und redete nicht mit mir. Denn er sagt nie etwas, wenn er wütend ist ... An jenem Abend sind wir ohne ein Wort nach Hause gegangen. Er hat die Tür abgeschlossen. Heute nachmittag hat das Mädchen durch das Schlüsselloch mit mir gesprochen. Er ist anscheinend ganz blaß nach Hause gekommen am Mittag. Er hat gegessen, ging dann mit großen Schritten um den Hof und hat sich schließlich auf den Friedhof an das Grab meiner Mutter begeben.

Er geht jedesmal dorthin, wenn er einen wichtigen Entschluß faßt. Da habe ich ein Fenster zerschlagen, das Mädchen hat mir einen Schraubenzieher gegeben, und ich habe das Türschloß abgeschraubt ... Ich will nicht mehr zurück! Sie kennen meinen Vater nicht!«

»Eine Frage!« unterbrach Maigret. Und er schaute auf die kleine Lackledertasche, die sie in der Hand hielt. »Wieviel Geld haben Sie mitgenommen?«

»Ich weiß nicht, vielleicht fünfhundert Gulden.«

»Die in Ihrem Zimmer waren?«

Sie errötete, stammelte: »Sie waren im Büro ... Ich wollte zuerst zum Bahnhof gehen, aber gegenüber stand ein Polizist ... Ich habe dann an Sie gedacht ...«

Sie standen da wie in einem Wartesaal, wo unmöglich eine persönliche Atmosphäre entstehen kann, und sie dachten nicht einmal daran, zwei Stühle zu nehmen und sich zu setzen.

Wenn Beetje auch nervös war, so verlor sie doch nicht die Nerven. Vielleicht schaute Maigret sie deshalb mit einer gewissen Feindseligkeit an, die sich vor allem in seiner Stimme bemerkbar machte, als er fragte: »Wie vielen Männern haben Sie schon vorgeschlagen, mit Ihnen wegzugehen?«

Sie wurde unsicher, wandte den Kopf ab und stotterte: »Was sagen Sie?«

»Zuerst Popinga ... War er der erste?«

»Ich verstehe nicht ...«

»Ich frage Sie, ob er Ihr erster Liebhaber war.«

Ziemlich langes Schweigen. Dann: »Ich hätte nie gedacht, daß Sie so gemein zu mir sein würden. Ich kam ...«

»War er der erste? ... Kurz, es dauerte etwas über ein Jahr. Aber davor?«

»Ich ... Ich habe mit dem Turnlehrer des Gymnasiums in Groningen geflirtet ...«

»Geflirtet?«

»Er war es, der ...«

»Gut! Sie hatten also vor Popinga schon einen Liebhaber. Keine anderen?«

»Nie!« rief sie entrüstet.

»Und waren Sie die Geliebte von Barens?«

»Nein, ich schwöre es!«

»Sie haben sich mit ihm getroffen . . .«

»Weil er in mich verliebt war. Er traute sich ja kaum, mich zu küssen.«

»Und bei Ihrem letzten Rendezvous, das von mir unterbrochen wurde und bei dem Ihr Vater dazukam, haben Sie ihm vorgeschlagen, mit ihm zu fliehen.«

»Woher wissen Sie . . .?«

Er hätte beinahe laut gelacht. So viel Naivität war verwirrend! Sie hatte sich teilweise wieder gefangen. Sie redete über diese Dinge mit einer bemerkenswerten Unbefangenheit!

»Hat er nicht gewollt?«

»Er hatte Angst. Er sagte mir, er hätte kein Geld.«

»Und Sie schlugen ihm vor, Sie würden zu Hause welches nehmen. Kurz, Sie haben schon lange die fixe Idee, sich aus dem Staub zu machen. Ihr großes Lebensziel ist es, Delfzijl zu verlassen in Begleitung irgendeines Mannes.«

»Nicht irgendeines!« korrigierte sie verärgert. »Sie sind gemein! Sie wollen nicht verstehen!«

»Aber doch! Aber doch! Das ist sogar kindlich einfach! Sie lieben das Leben! Sie lieben die Männer! Sie lieben alle Vergnügungen, die sich Ihnen bieten.«

Sie senkte die Augen und fingerte an ihrer Tasche.

»Sie langweilen sich auf dem Mustergut Ihres Papas! Sie wollen etwas anderes! Mit siebzehn fangen Sie auf dem Gymnasium mit dem Turnlehrer an . . . Unmöglich, ihn zum Weggehen zu bewegen. In Delfzijl lassen Sie die Männer Revue passieren, und Sie entdekken einen, der mutiger als die anderen zu sein scheint. Popinga ist herumgekommen. Auch er liebt das Leben. Er fühlt sich nicht wohl in dieser Welt der Vorurteile. Sie werfen sich ihm an den Hals . . .«

»Warum sagen Sie . . .«

»Vielleicht übertreibe ich! Nehmen wir an, daß er, da Sie ein hübsches Mädchen sind, ein verteufelt verführerisches Mädchen, Ihnen ein bißchen den Hof macht. Aber nur ganz vorsichtig, denn er fürchtet Komplikationen, fürchtet seine Frau, Any, seinen Direktor, seine Schüler . . .«

»Vor allem Any!«

»Auf sie kommen wir gleich ... Er küßt Sie also verstohlen. Ich möchte wetten, daß er nicht einmal den Mut hatte, mehr zu wollen. Doch Sie glauben, es sei soweit ... Sie schaffen es, ihn jeden Tag zu treffen. Sie bringen ihm Obst, zu ihm nach Hause. Sie nisten sich bei ihm zu Hause ein. Sie lassen sich mit dem Rad nach Hause bringen und halten hinter dem Holzhaufen an. Sie schreiben ihm Briefe, in denen Sie von Ihrem Wunsch auszubrechen berichten ...«

»Haben Sie sie gelesen?«

»Ja.«

»Und Sie glauben, daß nicht er angefangen hat?« Sie ereiferte sich. »Anfangs sagte er mir, er sei sehr unglücklich, Madame Popinga verstehe ihn nicht und denke immer nur daran, was die Leute sagen könnten. Es sei ein ödes Leben und alles ...«

»Selbstverständlich!«

»Sie sehen genau, daß ...«

»Sechzig von hundert verheirateten Männern sagen dies zum erstbesten jungen, verführerischen Mädchen, dem sie begegnen. Nur ist der Arme einem begegnet, das ihn beim Wort genommen hat ...«

»Sie sind gemein, gemein!«

Sie war nahe daran zu weinen. Sie faßte sich, stampfte mit dem Fuß auf, um das Wort gemein noch zu betonen.

»Kurz, er hat diese berühmte Abreise immer wieder verschoben, und Sie haben genau gemerkt, daß er sie nie in die Tat umsetzen würde.«

»Das stimmt nicht!«

»Aber ja! Der Beweis ist doch, daß Sie sich irgendwie gegen diese Möglichkeit absicherten, indem Sie Barens' Werbung hinnahmen, vorsichtig natürlich, weil er ein schüchterner, wohlerzogener, achtbarer junger Mann ist, den man nicht vor den Kopf stoßen darf ...«

»Das ist entsetzlich!«

»Es ist eine kleine wahre Geschichte.«

»Sie hassen mich, nicht wahr?«

»Ich? Überhaupt nicht.«

»Sie hassen mich! Und ich bin so unglücklich! Ich liebte Conrad!«

»Und Cornelius? Und den Turnlehrer?« Diesmal weinte sie wirklich. Und stampfte mit dem Fuß auf. »Ich verbiete Ihnen ...«

»Wieso behaupten Sie, daß Sie sie nicht geliebt haben? Sie liebten sie in dem Maß, in dem sie für Sie ein anderes Leben verkörperten, den großen Aufbruch, von dem Sie stets besessen waren.«

Sie hörte nicht mehr hin. Sie seufzte: »Ich hätte nicht kommen sollen. Ich glaubte ...«

»... daß ich Sie unter meine Fittiche nehmen würde? Aber das tue ich doch! Nur betrachte ich Sie deswegen weder als Opfer noch als Heldin. Sie sind ein kleines, genießerisches Mädchen, ein bißchen dumm, ein bißchen egoistisch, das ist alles! Ein kleines Mädchen, wie es viele gibt.«

Sie blickte ihn mit feuchten, aber schon hoffnungsvollen Augen an. »Alle hassen mich!« schimpfte sie.

»Wer, alle?«

»Zuerst Madame Popinga, weil ich ganz anders bin als sie! Sie möchte, daß ich den ganzen Tag Kleider für die Eingeborenen in Ozeanien nähe oder etwas für die Armen stricke. Ich weiß, daß sie zu den Mädchen im Nähkurs gesagt hat, sie sollten nicht so werden wie ich. Und sie hat mir angekündigt, es würde ein schlimmes Ende mit mir nehmen, wenn ich nicht schnell einen Mann fände. Man hat es mir immer wieder gesagt ...«

Wieder war der abgestandene Geruch der Kleinstadt zu spüren: der Nähkurs, der Klatsch, die jungen Mädchen aus guter Familie, die sich um die Vorsitzende des Wohltätigkeitsvereins scharten, die Ratschläge, die perfiden Vertraulichkeiten ...

»Aber es ist vor allem Any ...«

»... die Sie haßt?«

»Ja! Wenn ich kam, ging sie sogar meistens aus dem Wohnzimmer in ihr Zimmer hinauf. Ich könnte schwören, daß sie schon seit langem wußte, was los war! ... Madame Popinga ist trotz allem eine nette Frau. Sie versuchte nur immer, mir ein anderes Benehmen beizubringen, den Schnitt meiner Kleider zu ändern. Und vor allem sollte ich andere Bücher als Romane lesen! Aber sie ahnte nichts. Sie war es, die zu Conrad sagte, er solle mich nach Hause bringen!«

Ein seltsames Lächeln huschte über Maigrets Gesicht.

»Any ist ganz anders. Sie haben sie ja gesehen! Sie ist häßlich! Sie hat schiefe Zähne! Nie hat ihr ein Mann den Hof gemacht! Sie weiß es genau! Sie weiß, daß sie als alte Jungfer sterben wird. Und deshalb hat sie studiert, wollte sie einen Beruf erlernen. Sie tut so, als ob sie die Männer haßt! Sie ist in Feministinnenvereinen!« Beetje wurde wieder lebhaft. Man spürte, wie endlich der alte Groll aus ihr herausbrach. »Also strich sie dauernd im Haus herum, um Conrad zu überwachen. Weil sie dazu verurteilt ist, tugendhaft zu bleiben, muß es jeder sein, verstehen Sie? Sie hat es geahnt, da bin ich sicher. Sie hat bestimmt versucht, ihren Schwager von mir abzubringen. Und auch Cornelius! Sie merkte genau, daß alle Männer mich ansahen, auch Wienands, der nie gewagt hat, mich anzusprechen, aber immer ganz rot wird, wenn ich mit ihm tanze. Seine Frau haßt mich deswegen auch! Vielleicht hat Any ihrer Schwester nichts gesagt, vielleicht doch. Vielleicht war sogar sie es, die meine Briefe gefunden hat.«

»Und wer war der Mörder?« fragte Maigret brutal.

Sie stotterte. »Ich schwöre, ich weiß es nicht . . . Das habe ich damit nicht gesagt, aber Any ist ein boshaftes Frauenzimmer! Ist es meine Schuld, wenn sie häßlich ist?«

»Wissen Sie bestimmt, daß sie nie einen Liebhaber gehabt hat?«

Ach! Das Lächeln, vielmehr das leise Lächeln Beetjes, dieses instinktiv triumphierende Lächeln einer begehrenswerten Frau, die eine häßliche Person aussticht.

Man hätte glauben können, es handelte sich um kleine Pensionatsmädchen, die sich um irgendeine Lappalie stritten!

»Jedenfalls nicht in Delfzijl!«

»Haßte sie auch ihren Schwager?«

»Ich weiß nicht . . . Das ist etwas anderes! Er gehörte zur Familie. Und gehörte ihr nicht die ganze Familie ein bißchen? Also mußte er überwacht und behütet werden.«

»Aber nicht getötet werden?«

»Was denken Sie? Sie reden immer nur davon!«

»Ich denke nichts. Antworten Sie! Wußte Oosting von Ihren Beziehungen zu Popinga?«

»Hat man Ihnen das auch gesagt?«

»Sie fuhren zusammen an Bord seines Schiffes zu den Sandbänken nach Workum. Ließ er Sie allein?«

»Ja. Er saß am Steuer, an Deck.«

»Und überließ Ihnen die Kajüte?«

»Natürlich. Draußen war es frisch.«

»Haben Sie ihn seitdem nicht wiedergesehen, seit Conrads Tod?«

»Nein! Ich schwöre es.«

»Hat er Ihnen nie den Hof gemacht?«

Sie lachte gezwungen.

»Er?«

Und doch wollte sie beinahe schon wieder weinen vor Erregung. Madame Van Hasselt, die ein Geräusch gehört hatte, steckte ihren Kopf durch den Türspalt, stammelte irgendwelche Entschuldigungen und ging wieder an ihre Kasse. Es herrschte Schweigen.

»Glauben Sie wirklich, daß Ihr Vater imstande wäre, Sie zu töten?«

»Ja. Er würde es tun.«

»Also wäre er auch imstande gewesen, Ihren Liebhaber zu töten ...«

Sie riß entsetzt die Augen auf und protestierte sofort: »Nein! Das ist nicht wahr! Papa hat nicht ...«

»Immerhin war er nicht da, als Sie am Abend des Verbrechens nach Hause kamen.«

»Woher wissen Sie ...?«

»Er ist kurz nach Ihnen nach Hause gekommen, nicht wahr?«

»Gleich danach. Aber ...«

»In Ihren letzten Briefen äußern Sie Ihre Ungeduld. Sie spürten, daß Conrad Ihnen entglitt, daß er vor dem Abenteuer zurückzuschrecken begann, daß er jedenfalls sein Heim niemals aufgeben würde, um mit Ihnen ins Ausland zu gehen.«

»Was wollen Sie damit sagen?«

»Nichts! Ich habe nur etwas klargestellt. Ihr Vater wird sicher bald hiersein.«

Sie schaute ängstlich um sich. Sie schien einen Fluchtweg zu suchen.

»Sie brauchen keine Angst zu haben. Ich brauche Sie heute abend.«

»Heute abend?«

»Ja! Wir wollen das, was jeder am Abend des Verbrechens getan hat, genau rekonstruieren.«

»Er wird mich umbringen!«

»Wer?«

»Mein Vater!«

»Ich bin da. Sie brauchen keine Angst zu haben.«

Die Tür ging auf. Jean Duclos kam herein, machte sie heftig hinter sich zu, drehte den Schlüssel herum und kam mit geschäftiger Miene näher.

»Vorsicht! Der Bauer ist hier! Er ...«

»Bringen Sie sie auf Ihr Zimmer.«

»Auf mein ...«

»Auf meins, wenn Ihnen das lieber ist!«

Man hörte Schritte auf dem Gang. In der Nähe des Podiums führte eine Tür hinaus zum Dienstboteneingang. Dort gingen beide hinaus. Maigret drehte den Schlüssel herum und stand direkt vor dem Bauern Liewens, der ihm über die Schulter schaute.

»Beetje?«

Wieder waren die Sprachschwierigkeiten im Spiel. Sie konnten sich nicht verständigen. Maigret konnte nichts anderes tun, als mit seinem breiten Körper den Bauern zurückhalten, Zeit gewinnen und vermeiden, daß sein Gegenüber in Wut geriet.

Kurz darauf kam Jean Duclos wieder herunter und setzte eine gelassene Miene auf.

»Sagen Sie ihm, daß er seine Tochter heute abend wiederbekommt, daß wir auch ihn für die Rekonstruktion des Verbrechens brauchen.«

»Muß das sein?«

»Verflucht noch mal, übersetzen Sie, wenn ich es Ihnen sage!«

Duclos tat es mit süßlicher Stimme. Der Bauer schaute beide an.

»Sagen Sie ihm auch noch, der Mörder säße heute abend hinter Schloß und Riegel.«

Auch das wurde übersetzt. Und dann konnte Maigret gerade noch aufspringen und Liewens überwältigen, der nach einem Revolver gegriffen und versucht hatte, ihn gegen seine Schläfe zu richten.

Der Kampf war kurz. Maigret war so schwer, daß er seinen Gegner sofort bewegungsunfähig gemacht und entwaffnet hatte; dabei fiel ein Stapel Stühle, an den die beiden gestoßen waren, polternd um und verletzte den Kommissar an der Stirn.

»Schließen Sie die Tür ab«, rief Maigret Duclos zu. »Es braucht niemand hereinzukommen.«

Und schweratmend stand er auf.

9 Der Lokaltermin

Die Wienands kamen als erste, genau um halb acht. In diesem Augenblick warteten im Festsaal des Hotels Van Hasselt nur drei Männer; jeder stand für sich und redete nicht mit den anderen: Jean Duclos, der nervös im Raum auf und ab ging; der Bauer Liewens, der griesgrämig und regungslos auf einem Stuhl saß; und Maigret, der mit der Pfeife im Mund am Klavier lehnte.

Niemand hatte daran gedacht, die Lampen anzuknipsen. Eine einzige große Glühlampe hing sehr hoch und verbreitete ein trübes Licht. Die Stühle im Hintergrund waren aufeinandergestapelt, außer der ersten Reihe, die Maigret wieder hatte aufstellen lassen.

Auf dem kleinen leeren Podium ein Tisch mit einer grünen Decke und ein Stuhl.

Die Wienands waren in Sonntagskleidung. Sie waren den brieflichen Anweisungen, die ihnen gegeben worden waren, gefolgt und hatten beide Kinder mitgebracht. Man spürte, daß sie in Eile zu Abend gegessen und das Eßzimmer unaufgeräumt zurückgelassen hatten, um pünktlich zu sein.

Wienands nahm beim Hereinkommen den Hut ab, suchte jemanden, den er begrüßen konnte, zog aber, nach einer Bewegung in Richtung auf den Professor, seine Familie in eine Ecke und wartete schweigend. Sein Stehkragen war zu hoch, seine Krawatte schlecht gebunden.

Cornelius Barens kam ganz kurz darauf, so blaß und nervös, als ob er beim geringsten Anlaß wegrennen wollte. Auch er suchte jemanden, dem er sich anschließen oder zu dem er sich gesellen konnte, aber er traute sich nicht, zu jemandem hinzugehen, und lehnte sich an den Stapel Stühle.

Inspektor Pijpekamp brachte Oosting mit, der Maigret anstarrte. Und dann kamen die letzten: Madame Popinga und Any, die schnell hereinkamen, eine Sekunde stehenblieben und zu der ersten Stuhlreihe gingen. »Lassen Sie Beetje herunterkommen!« sagte Maigret zum Inspektor. »Einer Ihrer Polizisten soll Liewens und Oosting bewachen. Sie waren am Abend des Dramas nicht hier. Wir brauchen sie erst nachher. Sie können hinten im Saal bleiben . . .«

Als Beetje hereinkam, zuerst verwirrt, dann, beim Anblick von Madame Popinga und Any, sich in einer Aufwallung von Stolz unwillkürlich straffend, schienen alle einen Augenblick den Atem anzuhalten.

Nicht weil es dramatisch war. Das war es nicht. Im Gegenteil, es war erbärmlich – diese Handvoll Menschen in diesem großen, leeren Saal, den eine einzige Lampe erhellte!

Nur mit Mühe konnte man sich vorstellen, daß ein paar Tage zuvor Leute, die Honoratioren von Delfzijl, dafür bezahlt hatten, sich auf einen dieser aufgestapelten Stühle setzen zu können, daß sie sich beim Hereinkommen für die hinteren Ränge in Pose geworfen, sich zugelächelt und Hände geschüttelt und sich dann in Sonntagskleidung vor das Podium gesetzt und Jean Duclos' Erscheinen beklatscht hatten.

Es war genauso, als würde man sich dasselbe Schauspiel plötzlich durch das entgegengesetzte Ende des Fernrohrs anschauen!

Das Warten und die Ungewißheit über das Kommende ließen in den Gesichtern nicht einmal Unruhe oder Schmerz sichtbar werden. Es war etwas anderes! Stumpfe, nichtssagende Blicke. Müde, verstimmte Gesichter.

Und die Beleuchtung machte die Haut grau. Selbst Beetje hatte nichts Aufregendes mehr an sich.

Es war ohne Glanz, ohne Größe. Es war erbärmlich oder lächerlich. Draußen hatten sich Grüppchen gebildet, die stumm dastanden, denn am Spätnachmittag hatte sich herumgesprochen, daß irgend etwas geschehen würde. Aber sicher hatte sich keiner ein so wenig aufregendes Schauspiel vorgestellt.

Maigret ging zuerst auf Madame Popinga zu. »Würden Sie sich bitte auf den gleichen Platz wie an jenem Abend setzen?« sagte er.

Vor ein paar Stunden, bei sich zu Hause, hatte sie feierlich ausgesehen. Das war vorbei. Sie erschien älter. In ihrem schlecht geschnittenen Kostüm wirkte eine Schulter breiter als die andere, und sie hatte große Füße. Und auch eine Narbe am Hals unterhalb des Ohrs.

Bei Any war es noch schlimmer, denn ihr Gesicht wirkte so asymmetrisch wie noch nie. Ihre Aufmachung war albern, alles war zu eng, ihr Hut zeugte von schlechtem Geschmack.

Madame Popinga setzte sich in die Mitte der ersten Reihe auf den Ehrenplatz. An jenem Abend, mit all den Lichtern, mit ganz Delfzijl hinter sich, war sie sicher ganz rosig gewesen vor Stolz und Freude.

»Wer saß neben Ihnen?«

»Der Direktor der Marineschule.«

»Auf der anderen Seite?«

»Monsieur Wienands.«

Er wurde gebeten, seinen Platz einzunehmen. Er hatte seinen Mantel nicht ausgezogen. Er setzte sich verlegen und schaute woandershin.

»Madame Wienands?«

»Ganz außen in der Reihe, wegen der Kinder.«

»Beetje?«

Diese setzte sich von allein auf ihren Platz, ließ einen Stuhl frei zwischen sich und Any: den Stuhl von Conrad Popinga.

Pijpekamp stand in einiger Entfernung, war verwirrt, verblüfft, fühlte sich unbehaglich und war unruhig.

Jean Duclos wartete, bis er an die Reihe kam.

»Gehen Sie aufs Podium!« sagte Maigret zu ihm.

Vielleicht war er derjenige, der am meisten an Ausstrahlung verlor. Er war dürr, schlecht gekleidet. Man konnte sich nur mit Mühe vorstellen, daß sich an jenem Abend hundert Personen aufgemacht hatten, um ihn zu hören.

Die Stille war so beklemmend wie dieses Licht, das grell und schwach zugleich von der hohen Decke herunterfiel. Hinten im Saal hustete der Baes ein paarmal und gab damit dem allgemeinen Unbehagen Ausdruck.

Maigret selber verriet auch eine gewisse Unruhe. Er überwachte seine Inszenierung. Sein schwerer Blick glitt von einer Person zur anderen, hielt sich bei kleinen Details auf, bei der Haltung Beetjes, beim zu langen Rock Anys, bei den unsauberen Fingernägeln Duclos', der ganz allein vor seinem Rednertisch saß und Haltung zu bewahren versuchte.

»Wie lange haben Sie gesprochen?«

»Eine Dreiviertelstunde.«

»Haben Sie Ihren Vortrag abgelesen?«

»Aber nein! Ich hielt ihn zum zwanzigstenmal. Ich brauche nicht einmal mehr meine Notizen.«

»Dann haben Sie also in den Saal geschaut.«

Und er setzte sich einen Augenblick zwischen Beetje und Any. Die Stühle standen ziemlich eng nebeneinander. Sein Knie berührte Beetjes Knie.

»Wann war die Veranstaltung zu Ende?«

»Kurz vor neun Uhr. Denn vorher hatte ein junges Mädchen Klavier gespielt.«

Dieses Klavier stand noch offen da mit einer Polonaise von Chopin auf dem Notenständer. Madame Popinga begann an ihrem Taschentuch herumzunagen. Oosting rumorte im Hintergrund. Seine Füße bewegten sich andauernd über den mit Sägespänen bedeckten Boden. Es war kurz nach acht Uhr. Maigret stand auf, ging hin und her.

»Würden Sie mir bitte kurz den Inhalt Ihres Vortrags zusammenfassen, Monsieur Duclos?«

Aber Duclos war nicht imstande, etwas zu sagen. Oder vielmehr wollte er seinen Vortrag wortwörtlich bringen. Nach einigem Hüsteln murmelte er: »Ich möchte der intelligenten Bevölkerung Delfzijls nicht zu nahe treten, wenn . . .«

»Entschuldigen Sie! Sie sprachen von der Kriminalität! In welchem Sinn?«

»Von der Verantwortlichkeit der Verbrecher.«

»Und Sie behaupten?«

»Daß unsere Gesellschaft verantwortlich ist für die Vergehen, die in ihr begangen werden und die man Verbrechen nennt. Wir haben das Leben zum optimalen Wohl aller organisiert. Wir haben soziale

Klassen eingerichtet, und es ist notwendig, daß jedes Individuum zu einer gehört.«

Er schaute unentwegt auf den grünen Teppich, während er redete. Seine Stimme klang belegt.

»Das genügt!« brummte Maigret. »Ich kenne das: ›Es gibt Ausnahmen, Kranke oder Unangepaßte ... Sie stoßen auf unüberwindliche Hindernisse ... Sie werden von beiden Seiten abgelehnt und werden kriminell ...‹ So etwas wollten Sie doch sagen, oder? Das ist nichts Neues. Folgerung: ›Keine Gefängnisse mehr, sondern Umerziehungszentren, Krankenhäuser, Sanatorien, Kliniken.‹ «

Duclos war ärgerlich und antwortete nicht.

»Kurz, das haben Sie in einer Dreiviertelstunde mit einigen schlagenden Beispielen erklärt. Sie haben Lombroso, Freud und Konsorten zitiert.«

Er schaute auf seine Uhr und wandte sich vor allem an die erste Stuhlreihe. »Ich bitte Sie, sich noch ein paar Augenblicke zu gedulden.«

Genau in diesem Augenblick fing eins der Kinder der Wienands an zu weinen. Und seine nervöse Mutter schüttelte es, um es zu beruhigen. Als Wienands sah, daß sie nichts erreichte, nahm er das Kind auf die Knie, streichelte es liebevoll und kniff ihm dann in den Arm, um es zum Schweigen zu bringen.

Man mußte den leeren Stuhl zwischen Any und Beetje betrachten, um sich daran zu erinnern, daß es sich um ein ernstes Geschehen handelte! Und noch etwas! War es überhaupt verständlich, daß Beetje, mit ihrem frischen, aber banalen Gesicht, eine Ehe durcheinanderbringen konnte?

Nur eins an ihr war anziehend, und es war die Hexerei dieser Inszenierung, daß sie die reine Wahrheit hervorhob, die Ereignisse auf ihren unmittelbaren Anlaß zurückführte: auf zwei schöne Brüste, die unter der Seide noch verführerischer waren, die Brüste einer Achtzehnjährigen, die sich unter der Bluse kaum bewegten, gerade so viel, um noch lebendiger zu wirken.

Etwas weiter weg saß Madame Popinga, die auch mit neunzehn Jahren keinen solchen Busen gehabt hatte, Madame Popinga mit ihren zugeknöpften, dunklen Kleidern, geschmackvoll, aber ohne jede sinnliche Anziehungskraft.

Daneben Any, spitz, häßlich, flachbusig, aber rätselhaft.

Popinga war Beetje begegnet, ein lebenslustiger Popinga, ein Popinga, der so gern alles Schöne genießen wollte! Und er hatte nicht

Beetjes Gesicht gesehen, ihre blauen Augen, er hatte vor allem auch nichts von diesem Ausbruchswillen gemerkt, der sich hinter diesem Puppengesicht verbarg. Er hatte diesen bebenden Busen, diesen gesunden, anziehenden Körper gesehen.

Madame Wienands war auch keine Frau mehr. Sie war die Mutter, die Hausfrau. Sie putzte gerade ihrem Kleinen die Nase, der nicht mehr die Kraft hatte weiterzuweinen.

»Soll ich hier bleiben?« fragte Duclos vom Podium herunter.

»Ich bitte Sie darum.«

Maigret ging zu Pijpekamp hinüber, redete leise mit ihm. Der Polizeibeamte aus Groningen ging etwas später mit Oosting hinaus.

Im Café spielten Leute Billard. Man hörte, wie die Kugeln aneinanderstießen.

Und im Saal waren alle bedrückt. Das Ganze erinnerte an eine spiritistische Sitzung, an das Warten auf etwas Entsetzliches. Any traute sich als einzige plötzlich aufzustehen und nach einem Augenblick des Zögerns zu sagen: »Ich weiß nicht, worauf Sie hinauswollen. Es ist ... Es ist ...«

»Es ist Zeit ... Entschuldigung! Wo ist Barens?«

An ihn hatte er nicht mehr gedacht. Er fand ihn ziemlich weit hinten im Saal an eine Wand gelehnt.

»Warum haben Sie sich nicht auf Ihren Platz gesetzt?«

»Sie haben gesagt: Wie an jenem Abend!« Er wich Maigrets Blick aus, redete stockend. »An jenem Abend saß ich zusammen mit den anderen Schülern auf einem Platz zu fünfzig Cents.«

Maigret ging nicht weiter darauf ein. Er öffnete die Verbindungstür zur Vorhalle, von der aus man auf die Straße gelangte, ohne durch das Café gehen zu müssen. Er sah nur drei oder vier Gestalten in der Dunkelheit.

»Ich nehme an, daß es nach dem Vortrag unten am Podium ein Gedränge gab. Der Direktor der Schule, der Pastor, ein paar Honoratioren, die den Redner beglückwünschten ...«

Niemand antwortete, doch diese Worte genügten, um die Szene wieder lebendig werden zu lassen: die Zuhörer, die zum Ausgang strömten, lautes Stuhlrücken, Gespräche, und dort nahe am Podium, eine Gruppe, Händeschütteln, lobende Worte ... Der Saal, der sich leerte, die letzte Gruppe, die schließlich auch ging, Barens, der die Popingas einholte ...

»Kommen Sie, Monsieur Duclos.«

Alle standen auf. Und alle schienen unsicher über die Rolle, die sie spielen sollten. Man sah auf Maigret. Any und Beetje schauten aneinander vorbei. Wienands trug verlegen und unbeholfen sein Jüngstes auf dem Arm.

»Folgen Sie mir.« Und kurz vor der Tür: »Wir gehen zum Haus in derselben Reihenfolge wie am Tag des Vortrags. Madame Popinga und Monsieur Duclos!«

Sie schauten sich an, zögerten, gingen ein paar Schritte in der dunklen Straße.

»Mademoiselle Beetje! Sie gingen neben Popinga. Gehen Sie weiter. Ich komme gleich.«

Sie traute sich kaum, allein in Richtung Stadt zu gehen, vor allem fürchtete sie sich vor ihrem Vater, der in einer Ecke des Saals von einem Polizisten bewacht wurde.

»Monsieur und Madame Wienands!«

Sie benahmen sich am natürlichsten, weil sie sich um die Kinder kümmern mußten.

»Mademoiselle Any und Barens!«

Dieser fing beinahe zu schluchzen an, biß sich auf die Lippen und ging am Kommissar vorbei.

Dann drehte sich der Kommissar zu dem Polizisten um, der Liewens bewachte.

»Am Abend des Vorfalls war er um diese Zeit zu Hause. Bringen Sie ihn nach Hause, und er soll genau das tun, was er damals getan hat!«

Alles ähnelte einem schlecht organisierten Aufmarsch. Die ersten blieben stehen und wußten nicht, ob sie weitergehen sollten. Es kam zu Verzögerungen, Halten.

Madame Van Hasselt beobachtete von der Tür aus den Vorgang und antwortete auf die Fragen der Billardspieler.

In der Stadt schliefen beinahe alle, die Läden waren geschlossen.

Madame Popinga und Duclos gingen direkt zum Kai, und man konnte sehen, wie der Professor seine Begleiterin zu beruhigen versuchte.

Licht und Dunkelheit wechselten einander ab, denn die Gaslaternen standen weit auseinander.

Man konnte das schwarze Wasser erkennen und die schaukelnden Schiffe, die alle eine Laterne am Mast hängen hatten. Beetje, die Any hinter sich wußte, versuchte möglichst ungezwungen zu gehen, aber weil sie allein lief, fiel es ihr nicht leicht.

Zwischen jedem Paar lag ein Abstand von ein paar Schritten. Hundert Meter weiter sah man deutlich Oostings Schiff, denn es war als einziges weiß angemalt. Die Bullaugen waren nicht erleuchtet. Der Kai war menschenleer.

»Bleiben Sie bitte stehen, wo Sie gerade sind«, rief Maigret so, daß ihn alle hören konnten.

Sie blieben stehen. Es war ganz dunkel. Der Lichtstrahl des Leuchtturms glitt ganz hoch über ihren Köpfen hinweg und beleuchtete nichts.

Dann wandte sich Maigret an Any: »Waren Sie genau an diesem Platz im Zug?«

»Ja.«

»Und Sie, Barens?«

»Ja, ich glaube ...«

»Sind Sie sicher? Gingen Sie neben Any?«

»Ja. Warten Sie ... Nicht hier, sondern zehn Meter weiter machte mich Any darauf aufmerksam, daß der Mantel von einem der Kinder auf dem Boden schleifte.«

»Und Sie sind ein Stück vorgegangen, um es Wienands zu sagen?«

»Madame Wienands.«

»Hat das nur ein paar Sekunden gedauert?«

»Ja. Die Wienands sind weitergegangen. Ich habe auf Any gewartet.«

»Sie haben nichts Ungewöhnliches bemerkt?«

»Nichts!«

»Gehen Sie alle zehn Meter weiter!« befahl Maigret.

Und da zeigte sich, daß Madame Popingas Schwester genau auf gleicher Höhe mit Oostings Schiff stand.

»Gehen Sie nach vorn zu den Wienands, Barens.«

Und zu Any: »Heben Sie die Mütze vom Deck auf!«

Man brauchte nur drei Schritte zu machen, sich nach der Mütze zu bücken, die dort lag, schwarz auf weiß, gut sichtbar mit ihrem metallglänzenden Schirm.

»Warum soll ich ...«

»Heben Sie sie auf!«

Man merkte, wie die anderen, die weiter weg standen, zu verstehen suchten, was los war.

»Aber ich habe nicht ...«

»Unwichtig! Wir sind nicht vollzählig. Jeder muß mehrere Rollen spielen. Das ist nur ein Experiment.«

Sie hob die Mütze auf.

»Verstecken Sie sie unter Ihrem Mantel! Gehen Sie zu Barens.«

Er selber ging an Deck und rief: »Pijpekamp!«
»Ja!«
Und der Polizeibeamte tauchte vorn an der Luke auf. Es war die Luke der Kajüte, in der Oosting schlief. Die Kajüte war so niedrig, daß man nicht aufrecht darin stehen konnte, und es einleuchtete, daß jemand, der zum Beispiel eine letzte Pfeife rauchen wollte, den Kopf hinausstreckte und sich mit den Ellbogen aufs Deck stützte.
Oosting war genau in dieser Haltung. Vom Kai aus, von dem Platz aus, wo die Mütze lag, konnte man ihn nicht sehen, aber er sah den Dieb der Mütze genau.
»Gut! Er soll das gleiche tun wie in jener Nacht.«
Und Maigret kehrte zu der Gruppe zurück.
»Gehen Sie weiter! Ich nehme Popingas Platz ein.«
Er fand sich neben Beetje, vor ihm gingen Madame Popinga und Duclos, hinter ihm die Wienands, schließlich Any und Barens. Weiter hinten hörte man Geräusche: Oosting, der sich, überwacht vom Inspektor, in Bewegung setzte.
Jetzt gingen sie nicht mehr durch erleuchtete Straßen. Hinter dem Hafen kam man an der verlassenen Schleuse vorbei, die das Meer vom Kanal trennte. Dann kam der Treidelweg mit Bäumen zur Rechten und einen halben Kilometer weiter das Haus der Popingas.
Beetje stotterte: »Ich verstehe nicht . . .«
»Pst! Die Nacht ist ruhig. Man kann uns hören, und wir hören die Stimmen von denen, die vor und hinter uns laufen . . . Also hat Popinga laut mit Ihnen von allem möglichen gesprochen, auch von dem Vortrag.«
»Ja.«
»Und Sie haben ihm leise Vorwürfe gemacht.«
»Woher wissen Sie das?«
»Unwichtig . . . Warten Sie! Beim Vortrag saßen Sie neben ihm! Sie haben versucht, seine Hand zu fassen. Hat er sie nicht zurückgestoßen?«
»Doch!« stammelte sie beeindruckt und schaute ihn mit großen Augen an.
»Und Sie haben es wieder versucht.«
»Ja. Bisher war er nie so vorsichtig gewesen. Er küßte mich sogar zu Hause, hinter der Tür. Einmal sogar im Eßzimmer, als Madame Popinga im Wohnzimmer stand und mit uns redete. Erst in letzter Zeit war er so ängstlich.«
»Also, Sie haben ihm Vorwürfe gemacht. Sie haben ihm noch ein-

mal gesagt, daß Sie mit ihm fortgehen wollten, und unterhielten sich dann wieder laut mit ihm.«

Und vorn und hinten hörte man Schritte, Stimmengemurmel und Duclos, der sagte: »... versichere Ihnen, daß dies keiner polizeilichen Untersuchungsmethode entspricht.«

Und hinter ihnen schimpfte Madame Wienands mit einem ihrer Kinder.

Im Dunkeln konnte man das Haus erkennen. Es brannte kein Licht. Madame Popinga blieb auf der Schwelle stehen.

»Sie sind neulich auch so stehengeblieben, nicht wahr? Weil Ihr Mann den Schlüssel hatte?«

»Ja.«

Die Gruppen waren vor dem Haus angekommen.

»Schließen Sie auf!« sagte Maigret. »Schlief das Mädchen schon?«

»Ja, wie heute.«

Sie machte die Tür auf und knipste das Licht an. Der Flur und die Garderobe aus Bambus zur Linken wurden erhellt.

»War Popinga von diesem Augenblick an sehr fröhlich?«

»Ja! Aber unnatürlich ... Er redete zu laut.«

Man legte die Mäntel und die Hüte ab.

»Verzeihung! Haben alle hier abgelegt?«

»Nur Any und ich nicht!« sagte Madame Popinga. »Wir sind ins Zimmer hinaufgegangen, um uns ein bißchen zurechtzumachen.«

»Ohne dabei vorher in ein anderes Zimmer zu gehen? Wer hat im Wohnzimmer Licht angemacht?«

»Conrad.«

»Gehen Sie bitte hinauf.«

Und er ging mit.

»Hat sich Any nicht in Ihrem Zimmer aufgehalten, durch das sie gehen mußte, wenn sie in ihres wollte?«

»Nein, ich glaube nicht.«

»Ich bitte Sie, benehmen Sie sich genauso wie an dem Abend. Mademoiselle Any, legen Sie in Ihrem Zimmer bitte Mütze, Mantel und Ihren Hut ab. Was haben Sie beide gemacht?«

Madame Popingas Unterlippe schob sich vor. »Etwas Puder aufgelegt«, sagte sie mit kindlicher Stimme. »Kurz gekämmt ... Aber ich kann nicht ... Es ist schrecklich. Ich meine ... Unten hörte ich Conrads Stimme ... Er redete vom Radio, wollte Radio Paris einstellen.«

Madame Popinga warf ihren Mantel aufs Bett. Sie weinte tränenlos vor Erschöpfung.

Any wartete, kerzengerade aufgerichtet, im Arbeitszimmer, das ihr als Schlafzimmer diente.

»Sind Sie zusammen hinuntergegangen?«

»Ja ... Nein! ... Ich weiß nicht mehr ... Ich glaube, Any kam kurz nach mir herunter ... Ich wollte Tee machen.«

»Würden Sie in diesem Fall bitte hinuntergehen?«

Er blieb allein mit Any, redete kein Wort, nahm ihr die Mütze aus der Hand, schaute sich um und versteckte sie auf dem Sofa.

»Kommen Sie.«

»Glauben Sie ...«

»Nein! Kommen Sie. Sie haben sich nicht gepudert.«

»Nie!«

Sie hatte Ringe unter den Augen. Maigret ließ sie vorgehen. Die Treppenstufen knarrten. Unten herrschte völliges Schweigen, so daß die Szene im Wohnzimmer ganz unwirklich anmutete. Es war wie in einem Wachsfigurenkabinett. Niemand hatte gewagt, sich zu setzen.

Madame Wienands strich ihrem Ältesten die unordentlichen Haare glatt.

»Setzen Sie sich, wie an jenem Abend. Wo ist das Radio?«

Er sah es selber, drehte an den Knöpfen, Pfeifen und Stimmengewirr war zu hören, dann Musikfetzen; schließlich stellte er einen Sender ein, auf dem zwei Komiker einen Sketch auf französisch spielten:

»Der Oberst sagte zum Hauptmann ...«

Die Stimme wurde lauter, als er den Sender scharf einstellte. Es pfiff noch zwei- oder dreimal.

»... und das ist ein guter Kerl, der Hauptmann. Aber der Oberst, mein Lieber ...«

Und diese volkstümliche, spöttische Stimme hallte durch das ordentlich aufgeräumte Wohnzimmer, in dem alle völlig unbeweglich dastanden.

»Setzen Sie sich!« donnerte Maigret. »Machen Sie Tee! Reden Sie ...«

Er wollte durch das Fenster schauen, aber die Läden waren heruntergelassen. Er öffnete die Tür und rief: »Pijpekamp!«

»Ja«, sagte eine Stimme im Dunkeln.

»Ist er da?«

»Hinter dem zweiten Baum, ja!«

Maigret ging wieder hinein. Die Tür klappte zu. Der Sketch war zu Ende, und die Stimme des Sprechers kündigte an:

»*... die Platte Odéon Nummer achtundzwanzigtausendsechshundertfünfundsechzig ...*«

Ein kratzendes Geräusch. Eine Jazzplatte. Madame Popinga preßte sich an die Wand. Hinter dem Sender hörte man eine andere näselnde, ausländisch wirkende Stimme, und manchmal knackte es, dann kam die Musik wieder. Maigret suchte Beetje mit dem Blick. Sie kauerte in einem Sessel. Sie weinte heftig und stammelte zwischen zwei Schluchzern: »Armer Conrad! Conrad!«

Und Barens, weiß im Gesicht, biß sich auf die Lippen.

»Der Tee!« befahl Maigret Any.

»Der ist noch nicht an der Reihe ... Man hatte den Teppich aufgerollt ... Conrad tanzte.«

Beetje schluchzte noch heftiger. Maigret schaute auf den Teppich, auf den Eichentisch mit der bestickten Decke, auf das Fenster und auf Madame Wienands, die nicht wußte, was sie mit ihren Kindern machen sollte.

10 Jemand wartet ab

Maigret überragte sie alle mit seiner Gestalt oder eher mit seiner ganzen Masse. Das Wohnzimmer war klein. Wie er an der Tür lehnte, schien der Kommissar zu groß dafür zu sein. Er war ernst. Vielleicht war er nie menschlicher als jetzt, als er langsam, mit etwas tonloser Stimme sagte: »Die Musik spielt. Barens hilft Popinga, den Teppich aufzurollen. In einer Ecke redet Jean Duclos und hört sich reden, sitzt Madame Popinga und Any gegenüber. Wienands und seine Frau wollen wegen der Kinder gehen, sprechen leise miteinander. Popinga hat ein Glas Kognak getrunken, genug, um ihn in Stimmung zu bringen. Er lacht. Er trällert. Er geht zu Beetje und fordert sie auf.«

Madame Popinga schaute unverwandt auf den Boden. Any richtete ihre fiebrig glänzenden Augen weiter auf den Kommissar. Dieser fuhr fort: »Der Mörder weiß schon, daß er töten wird. Jemand beobachtet Conrad beim Tanzen und weiß, daß dieser Mann, der ein bißchen zu laut lacht, der sich trotz allem amüsieren will, der lebens- und liebeshungrig ist, in zwei Stunden eine Leiche sein wird ...«

Man spürte buchstäblich den Schock. Madame Popinga machte

den Mund auf und wollte schreien, brachte aber keinen Ton heraus. Beetje schluchzte noch immer.

Mit einem Schlag hatte sich die Stimmung geändert. Beinahe hätte man Conrad gesucht, Conrad, der tanzte, Conrad, den die Augen des Mörders belauerten.

Allein Jean Duclos ließ fallen: »Das ist unerhört!«

Und da ihm niemand zuhörte, redete er mit sich selber, in der Hoffnung, Maigret würde ihn hören: »Jetzt habe ich Ihre Methode begriffen, die nicht neu ist: den Schuldigen in Angst und Schrecken versetzen, ihn beeinflussen, ihn in die Atmosphäre des Verbrechens zurückversetzen, um ihn zu einem Geständnis zu zwingen. Es gab welche, die in einer solchen Situation wider Willen ihre Bewegungen wiederholten.«

Aber dies wurde nur undeutlich gemurmelt. Wer achtete in einem solchen Augenblick schon auf solche Worte?

Das Radio übertrug weiterhin Musik, die Stimmung wurde dadurch ein wenig lockerer.

Nachdem seine Frau ihm etwas ins Ohr geflüstert hatte, stand Wienands schüchtern auf.

»Ja, ja! Sie können gehen!« sagte Maigret, bevor er etwas gesagt hatte.

Arme Madame Wienands, diese guterzogene Frau aus kleinbürgerlichen Verhältnissen, die sich von jedem verabschieden wollte, ihre Kinder grüßen lassen wollte und nicht wußte, wie sie es anstellen sollte, die Madame Popinga die Hand drückte und nicht wußte, was sie sagen sollte.

Auf dem Kamin stand eine Pendeluhr. Sie zeigte fünf Minuten nach zehn Uhr.

»Ist es noch nicht Zeit für den Tee?« fragte Maigret.

»Doch!« antwortete Any, stand auf und ging in die Küche.

»Entschuldigen Sie, Madame! Gingen Sie nicht mit Ihrer Schwester hinaus, um den Tee zu kochen?«

»Etwas später.«

»War sie in der Küche?«

Madame Popinga strich sich mit der Hand über die Stirn. Sie gab sich einen Ruck, um nicht in Apathie zu verfallen. Sie starrte verzweifelt auf das Radio. »Ich weiß nicht mehr ... Warten Sie! ... Ich glaube, Any kam aus dem Eßzimmer, weil der Zucker dort im Schrank steht.«

»War Licht an?«

»Nein. Vielleicht doch ... Nein! Ich glaube nicht.«

»Haben Sie nichts miteinander geredet?«

»Doch! Ich habe gesagt: ›Conrad darf nicht mehr weitertrinken, sonst beginnt er sich danebenzubenehmen!‹ «

Maigret ging in den Flur, als die Wienands gerade die Haustür hinter sich zumachten. Die Küche war sehr hell und blitzsauber. Wasser kochte auf einem Gasherd. Any nahm den Deckel von der Teekanne.

»Sie brauchen keinen Tee zu machen.«

Sie waren allein. Any schaute ihn an. »Warum haben Sie mich gezwungen, die Mütze aufzuheben?« fragte sie.

»Das ist unwichtig. Kommen Sie.«

Niemand redete im Wohnzimmer, niemand rührte sich.

»Wollen Sie diese Musik vielleicht bis zum Schluß anlassen?« entschloß sich Jean Duclos zu protestieren.

»Vielleicht ... Es ist noch jemand da, den ich gern sehen möchte: das Dienstmädchen.«

Madame Popinga schaute Any an, und diese antwortete: »Sie schläft. Sie geht immer um neun Uhr ins Bett.«

»Nun, dann sagen Sie ihr, sie solle einen Augenblick herunterkommen. Sie braucht sich nicht extra anzuziehen.«

Und mit derselben deklamierenden Stimme wie zu Anfang wiederholte er hartnäckig: »Beetje, Sie tanzten mit Conrad. In der Ecke wurden ernsthafte Gespräche geführt. Und einer wußte, daß jemand sterben würde ... Einer wußte, daß dies Popingas letzter Abend war ...«

Man hörte Geräusche, Schritte, Türenschlagen im zweiten Stock des Hauses, wo nur die Dachzimmer lagen.

Gemurmel kam näher. Any kam zuerst herein. Im Flur blieb eine Gestalt stehen.

»Kommen Sie!« brummte Maigret. »Jemand soll ihr sagen, sie braucht keine Angst zu haben, sie soll hereinkommen.«

Das Mädchen hatte ein weiches, großes, ausdrucksloses und verwirrtes Gesicht. Über ihrem Nachthemd aus kremfarbenem Molton, das bis zu den Füßen reichte, hatte sie einen Mantel gezogen. Sie sah verschlafen aus, ihre Haare waren unordentlich. Sie roch nach warmem Bett.

Der Kommissar wandte sich an Duclos.

»Fragen Sie sie auf holländisch, ob sie Popingas Geliebte war.«

Madame Popinga wandte gequält den Kopf ab. Der Satz wurde übersetzt. Das Hausmädchen schüttelte ganz energisch den Kopf.

»Wiederholen Sie die Frage! Fragen Sie, ob ihr Herr nie etwas von ihr gewollt hat.«

Neuerlicher Protest.

»Sagen Sie ihr, sie kann ins Gefängnis kommen, wenn sie nicht die Wahrheit sagt! Hat er sie mal geküßt? Ging er manchmal auf ihr Zimmer, wenn sie dort war?«

Das Mädchen im Nachthemd fing plötzlich heftig zu weinen an und rief: »Ich habe nichts getan! Ich schwöre, ich habe nichts getan.«

Duclos übersetzte. Mit zusammengekniffenen Lippen starrte Any das Dienstmädchen an.

»War sie seine Geliebte?«

Aber das Dienstmädchen war nicht fähig, etwas zu sagen. Sie widersprach. Sie weinte. Sie entschuldigte sich. Sie stotterte etwas, das halb von ihrem Schluchzen erstickt wurde.

»Ich glaube nicht!« sagte schließlich der Professor. »So wie ich es verstehe, stellte er ihr nach. Wenn er allein mit ihr zu Hause war, strich er in der Küche herum. Er küßte sie. Einmal kam er in ihr Zimmer, als sie sich gerade anzog. Er schenkte ihr heimlich Schokolade. Aber nicht mehr!«

»Sie kann wieder hinaufgehen!«

Man hörte, wie das Mädchen die Treppe hinaufging. Etwas später lief sie in ihrem Zimmer hin und her.

Maigret sagte zu Any: »Würden Sie bitte nachsehen, was sie macht?«

Sie erfuhren es sehr schnell.

»Sie will sofort weg! Sie schämt sich! Sie will keine Stunde länger im Haus bleiben! Sie bittet meine Schwester um Entschuldigung ... Sie sagt, sie gehe nach Groningen oder anderswohin, aber sie will nicht länger in Delfzijl bleiben ...« Und Any fügte in gereiztem Ton hinzu: »Wollten Sie das erreichen?«

Die Uhr zeigte zehn Uhr vierzig. Eine Stimme im Radio sagte:

»Unsere Sendung ist beendet. Gute Nacht, meine Damen und Herren ...«

Dann war von fern, ganz gedämpft, Musik eines anderen Senders zu hören.

Maigret schaltete nervös ab, und jetzt war es plötzlich ganz still. Beetje weinte nicht mehr, verbarg aber das Gesicht in ihren Händen.

»Ging die Unterhaltung weiter?« fragte der Kommissar spürbar müde.

Niemand antwortete. Die Gesichtszüge wirkten hier noch versteinerter als im Saal des Hotels Van Hasselt.

»Ich bitte Sie um Verzeihung für diesen unangenehmen Abend ...« Maigret wandte sich dabei vor allem an Madame Popinga. »... aber vergessen Sie nicht, daß Ihr Mann noch am Leben war. Er war hier, ein bißchen beschwipst vom Kognak. Er hat sicher weitergetrunken.«

»Ja.«

»Er war verurteilt, verstehen Sie? Von jemandem, der ihn beobachtete. Und andere, die in diesem Augenblick hier sitzen und sich weigern, das zu sagen, was sie wissen, machen sich zu Komplizen des Mörders!«

Barens bekam einen Schluckauf, fing an zu zittern.

»Nicht wahr, Cornelius?« sagte Maigret geradeheraus und schaute ihn an.

»Nein! Nein! Es ist nicht wahr!«

»Warum zittern Sie dann?«

»Ich ... ich ...«

Er war nahe daran, wieder zu weinen, wie auf dem Rückweg vom Bauernhof.

»Hören Sie mir zu! Es ist gleich die Zeit, zu der Beetje mit Popinga losgefahren ist. Sie sind gleich danach gegangen, Barens. Sie sind kurz hinter ihnen hergefahren. Sie haben etwas gesehen!«

»Nein! ... Es ist nicht wahr!«

»Warten Sie! Nachdem diese drei Personen gegangen waren, blieben nur noch Madame Popinga, Any und Professor Duclos hier im Haus. Diese drei Personen sind in den ersten Stock gegangen.«

Any nickte.

»Jeder ist in sein Zimmer gegangen, nicht wahr? ... Sagen Sie mir, was Sie gesehen haben, Barens!«

Er wand sich vergebens. Maigret hielt ihn, der völlig aufgelöst war, mit seinem Blick fest.

»Nein! ... Nichts! ... Nichts!«

»Haben Sie nicht Oosting gesehen, der sich hinter einem Baum versteckt hielt?«

»Nein!«

»Und trotzdem sind Sie um das Haus gestrichen. Also haben Sie etwas gesehen!«

»Ich weiß nicht ... Ich will nicht ... Nein! Es ist unmöglich!«

Alle sahen ihn an. Er traute sich nicht, jemanden anzusehen.

Und Maigret, unbarmherzig: »Zuerst haben Sie auf dem Weg etwas gesehen. Die beiden waren mit ihren Rädern losgefahren und mußten an der Stelle vorbei, die vom Leuchtturm angestrahlt wurde. Sie waren eifersüchtig. Sie warteten. Und Sie mußten lange warten. Länger, als es der Wegstrecke entsprach.«

»Ja . . .«

»Anders ausgedrückt, das Pärchen hatte im Dunkeln bei den Holzstößen angehalten. Das allein entsetzte Sie nicht. Es machte Sie nur wütend oder verzweifelt. Also haben Sie etwas anderes, Schreckliches gesehen . . . Etwas, das jedenfalls so schrecklich war, daß Sie dablieben, obwohl Sie eigentlich zurück in die Schule mußten . . . Sie standen in der Nähe des Holzstoßes. Sie konnten nur ein Fenster sehen . . .«

Mit einem Ruck richtete sich Barens auf und verlor die Fassung. »Es ist unmöglich, daß Sie es wissen. Ich . . .«

»Das Fenster von Madame Popinga. Jemand stand an diesem Fenster. Jemand, der wie Sie gesehen haben muß, daß das Pärchen viel zu spät in den Lichtkegel des Leuchtturms fuhr, jemand, der also wußte, daß Beetje und Conrad lange im Dunkeln angehalten hatten.«

»Ich!« sagte ganz deutlich Madame Popinga.

Und jetzt verlor Beetje die Nerven, schaute sie entsetzt mit weit aufgerissenen Augen an.

Entgegen allen Erwartungen stellte Maigret keine weiteren Fragen. Das machte die Stimmung noch gedrückter. Man hatte das Gefühl, daß man auf dem Höhepunkt der Spannung plötzlich innehielt.

Der Kommissar ging die Haustür öffnen und rief: »Pijpekamp! Kommen Sie bitte! Oosting soll an seinem Platz bleiben. Ich nehme an, Sie haben gesehen, daß bei Wienands das Licht an- und wieder ausging. Sie schlafen sicher.«

»Ja.«

»Und Oosting?«

»Er steht noch hinter dem Baum.«

Der Inspektor aus Groningen schaute sich erstaunt um. Alle waren unbegreiflich ruhig. Und die Gesichter waren wie die Gesichter von Leuten, die nächtelang nicht geschlafen hatten.

»Bleiben Sie bitte einen Augenblick hier! Ich gehe mit Beetje hinaus, wie es Popinga getan hat. Madame Popinga geht in ihr Zimmer hinauf, ebenso Any und Professor Duclos. Ich möchte Sie bitten, sich genauso zu verhalten wie an jenem Abend.« Und er drehte sich zu Beetje um: »Kommen Sie.«

Draußen war es kühl. Maigret ging um das Haus herum, fand im Schuppen Popingas Fahrrad und zwei Damenfahrräder.

»Nehmen Sie eins.«

Während sie langsam auf dem Treidelweg in Richtung des Holzstoßes fuhren, fragte er: »Wer hat den Vorschlag gemacht, anzuhalten?«

»Conrad.«

»War er immer noch lustig?«

»Nein. Sobald wir draußen waren, merkte ich, daß er traurig wurde.«

Sie waren schon bei dem Holzstoß angekommen.

»Steigen wir ab. Wurde er zärtlich?«

»Ja und nein ... Er war traurig. Ich glaube, es kam vom Kognak. Zuerst war er dadurch lustig geworden ... Hier hat er mich in den Arm genommen. Er hat mir gesagt, er sei sehr unglücklich und ich sei ein liebes kleines Mädchen. Ja, das hat er gesagt ... daß ich ein liebes, kleines Mädchen sei, aber zu spät in sein Leben getreten sei und daß alles unglücklich enden werde, wenn wir nicht aufpassen würden.«

»Die Räder?«

»Wir hatten sie hier angelehnt ... Ich spürte, daß er am liebsten geweint hätte. Ich hatte ihn schon früher so erlebt, an Abenden, an denen er etwas getrunken hatte ... Er sagte noch, er sei ein Mann, für ihn sei das alles nicht so wichtig, daß aber ein junges Mädchen wie ich sein Leben nicht wegen eines Abenteuers aufs Spiel setzen sollte ... Dann schwor er, daß er mich sehr liebe, und sagte, er habe nicht das Recht, mein Leben zu zerstören, daß Barens ein lieber Junge sei und ich bestimmt mit ihm glücklich werden würde.«

»Dann?«

Sie atmete schwer. Sie brach in Schluchzen aus. »Ich habe geschrien, er sei ein Feigling, und wollte wieder aufs Fahrrad steigen.«

»Was hat er getan?«

»Er hielt die Lenkstange fest. Er wollte mich nicht fahren lassen. Er sagte: ›Laß es dir erklären. Es ist nicht meinetwegen ... Es ist ...‹ «

»Was hat er erklärt?«

»Nichts! Weil ich ihm gesagt habe, ich würde schreien, wenn er mich nicht losließe. Er hat dann losgelassen. Ich bin losgefahren. Er fuhr mir hinterher und redete immer noch, aber ich fuhr schneller. Ich hörte nur: ›Beetje, Beetje! Hör doch einen Augenblick zu!‹ «

»Ist das alles?«

»Als er sah, daß ich am Holzzaun angekommen war, kehrte er um. Ich habe mich noch einmal umgedreht. Ich habe gesehen, wie er sich über sein Fahrrad beugte und traurig war.«

»Und Sie sind ihm hinterhergefahren?«

»Nein! Ich haßte ihn, weil er wollte, daß ich Barens heirate. Er wollte seine Ruhe haben, nicht wahr? Doch als ich die Haustür aufmachte, merkte ich, daß ich meinen Schal verloren hatte. Es war möglich, ihn noch zu finden. Ich bin noch einmal losgefahren, um ihn zu suchen. Ich bin niemandem begegnet. Aber als ich schließlich nach Hause kam, war mein Vater nicht da . . . Er kam später. Er hat mich nicht begrüßt. Er war blaß, schaute böse. Ich dachte, er habe uns beobachtet und sei vielleicht hinter dem Holzstoß versteckt gewesen.

Am nächsten Tag hat er wohl mein Zimmer durchsucht. Er hat Conrads Briefe gefunden, denn seitdem habe ich sie nicht mehr gesehen. Dann hat er mich eingeschlossen.«

»Kommen Sie!«

»Wohin?«

Er antwortete nicht. Er fuhr zum Haus der Popingas. Das Fenster von Madame Popinga war erleuchtet, aber sie war nicht zu sehen.

»Glauben Sie, sie ist es?«

Der Kommissar murmelte vor sich hin: »Er ist zurückgekommen, unruhig. Er ist abgestiegen, sicher an dieser Stelle. Er ging ums Haus und hielt sein Rad an der Lenkstange. Er fühlte, daß es mit seiner inneren Ruhe vorbei war, aber er war nicht imstande, mit seiner Geliebten zu fliehen . . .« Und plötzlich gebieterisch: »Bleiben Sie dort stehen, Beetje!«

Er lenkte das Rad entlang der Straße, die sich ans Haus anschloß. Er kam auf den Hof, ging zum Schuppen, in dem das glänzende Boot wie eine lange Spindel lag.

Das Fenster bei Jean Duclos war erleuchtet. Es war anzunehmen, daß der Professor an seinem kleinen Tisch saß. Zwei Meter daneben das Badezimmerfenster, halb offen, aber dunkel.

»Er hatte es sicher nicht eilig, nach Hause zu kommen«, redete Maigret weiter vor sich hin. »Er beugte sich, um sein Rad unter das Dach zu schieben . . .«

Er zögerte. Es sah aus, als ob er auf etwas warten würde. Und es geschah tatsächlich etwas, aber etwas vollkommen Unerwartetes: oben am Badezimmerfenster ein ganz leises Geräusch, ein metallenes Geräusch, das Abdrücken eines ungeladenen Revolvers.

Und gleich darauf hörte man ein eigenartig dumpfes Geräusch von zwei Körpern, die zu Boden fielen.

Maigret rannte durch die Küche ins Haus, in den ersten Stock, stieß die Tür zum Bad auf und machte Licht.

Zwei Körper wälzten sich auf dem Boden: Inspektor Pijpekamp und Barens, der als erster still liegenblieb, seine rechte Hand öffnete und den Revolver fallen ließ.

11 Das erleuchtete Fenster

»Dummkopf!«

Das war das erste, was Maigret sagte, als er Barens im wahrsten Sinn des Wortes zusammenlas und auf die Füße stellte. Er stützte ihn einen Augenblick, denn sonst wäre der junge Mann sicher gleich wieder umgefallen. Türen gingen auf. Maigret donnerte: »Alle sollen hinuntergehen!«

Er hatte den Revolver in der Hand und nahm sich nicht besonders in acht, denn er war es gewesen, der an Stelle richtiger Kugeln blinde Munition geladen hatte.

Pijpekamp wischte seine staubige Jacke mit dem Handrücken ab. Jean Duclos zeigte auf Barens und fragte: »Ist er es?«

Der junge Kadett der Marineschule sah erbärmlich aus, nicht wie ein großer Verbrecher, sondern wie ein Schüler, der bei einem dummen Streich ertappt wurde. Er wagte niemanden anzuschauen. Er wußte weder, was er mit seinen Händen anfangen sollte, noch wohin er blicken sollte.

Maigret machte die Lampen im Wohnzimmer an. Any kam zuletzt herein. Madame Popinga lehnte es ab, sich zu setzen, und man sah, wie ihre Knie unter ihrem Kleid zitterten.

Zum erstenmal war der Kommissar verlegen. Er stopfte seine Pfeife, zündete sie an, ließ sie ausgehen, setzte sich in einen Sessel, um aber gleich wieder aufzustehen.

»Ich habe mich in einen Fall eingemischt, der mich nichts anging!« sagte er sehr schnell. »Ein Franzose wurde verdächtigt, und man hat mich geschickt, die Sache aufzuklären.«

Er zündete seine Pfeife wieder an, um Zeit zum Nachdenken zu gewinnen. Er drehte sich zu Pijpekamp. »Beetje ist draußen, ihr Vater und Oosting ebenfalls. Man soll ihnen sagen, sie sollen entweder nach Hause gehen oder hereinkommen ... Das kommt darauf an ... Möchten Sie die Wahrheit erfahren?«

Der Inspektor ging zur Tür. Ein paar Augenblicke später kam Beetje herein, bescheiden und schüchtern, dann Oosting, starrköpfig, schließlich, zugleich mit Pijpekamp, Liewens, der blaß und zornig aussah.

Dann öffnete Maigret die Tür zum Eßzimmer. Man hörte, wie er etwas in einem Schrank suchte. Als er zurückkam, hatte er eine Flasche Kognak und ein Glas in der Hand.

Er trank als einziger. Er war schlechtgelaunt. Alle standen um ihn herum, und er schien eingeschüchtert.

»Wollen Sie es wissen, Pijpekamp?« Und übergangslos: »Schade, nicht wahr? ... Ja, schade, wenn Ihre Methode die richtige ist! ... Wir kommen aus verschiedenen Ländern, gehören zu einer anderen Rasse. Und das Klima ist anders ... Als Sie ein Familiendrama witterten, stürzten Sie sich auf die erste Aussage, die Ihnen eine Einordnung des Falls erlaubte: Verbrechen eines ausländischen Matrosen. Das ist vielleicht für das öffentliche Wohl vorzuziehen. Nur kein Skandal! Nur kein schlechtes Vorbild für das Volk! Doch ich sehe immer Popinga hier vor mir, wie er das Radio anmacht und unter den Augen des Mörders tanzt ...«

Er brummte, ohne dabei jemanden anzusehen. »Der Revolver ist im Bad gefunden worden. Also kam der Schuß aus dem Haus. Denn es ist idiotisch zu glauben, daß der Täter nach der Tat die Geistesgegenwart besaß, auf ein halb offenes Fenster zu zielen und die Waffe hineinzuwerfen ... Und auch noch eine Mütze in die Badewanne und einen Zigarrenstummel in das Eßzimmer zu legen!«

Er ging auf und ab, vermied dabei noch immer, seine Gesprächspartner anzusehen. Oosting und Liewens, die ihn nicht verstanden, schauten ihn unverwandt an, um den Sinn seiner Ausführungen zu erraten.

»Diese Mütze, dieser Zigarrenstummel und schließlich die Waffe, die aus Popingas Nachttisch ... das ist zuviel. Verstehen Sie! Man wollte zuviel beweisen. Man wollte die Karten zu sehr mischen. Ein Oosting oder irgend jemand anders, der von draußen gekommen wäre, hätte vielleicht die Hälfte der Indizien hinterlassen, aber nicht alle! Also geschah es mit Vorbedacht, mit dem Vorsatz, der Strafe zu entgehen ...

Man braucht nur noch der Reihe nach auszuschalten ... Der Baes kommt als erster nicht als Täter in Frage. Aus welchem Grund sollte er zuerst in das Eßzimmer gehen, dort seine Zigarre lassen, ins Zimmer hinaufgehen, einen Revolver holen und schließlich seine Mütze in der Badewanne liegenlassen?

Dann scheidet Beetje aus; Beetje, die im Laufe des Abends nicht in den ersten Stock gegangen ist, also die Mütze nicht dorthin legen, sie auch nicht vom Deck stehlen konnte, denn sie ging neben Popinga.

Ihr Vater hätte ihn töten können, nachdem er sie mit ihrem Liebhaber überrascht hatte. Aber in diesem Augenblick war es zu spät, als daß er noch ins Bad hinauf hätte gehen können.

Bleibt Barens ... Er ist ebenfalls nicht hinaufgegangen. Er hat die Mütze nicht gestohlen. Er war eifersüchtig auf seinen Lehrer, aber eine Stunde vorher besaß er noch gar keine Gewißheit.«

Maigret schwieg, leerte seine Pfeife, indem er sie ohne Rücksicht auf den Teppich am Absatz ausklopfte.

»Das ist ungefähr alles. Es bleibt uns die Wahl zwischen Madame Popinga, Any und Jean Duclos. Gegen keinen der drei liegt ein Beweis vor. Aber allen dreien wäre es möglich gewesen, die Tat auszuführen. Jean Duclos kam mit dem Revolver in der Hand aus dem Bad. Man kann das als Beweis für seine Unschuld nehmen ... Doch als er mit Madame Popinga aus der Stadt zurückkam, konnte er die Mütze nicht stehlen. Auch nicht Madame Popinga, die neben ihm ging.

Die Mütze konnte nur von der letzten Gruppe gestohlen werden: Barens oder Any. Und vorhin wurde bewiesen, daß Any einen Augenblick allein bei Oostings Schiff geblieben ist ...

Ich rede nicht von der Zigarre. Es genügt, sich irgendwo zu bükken und einen alten Stummel aufzuheben.

Von all denen, die am Abend des Mordes hier waren, ist Any die einzige, die ohne Zeugen obengeblieben ist und die außerdem in das Eßzimmer gehen konnte.

Aber für den Mord hat sie das beste Alibi von allen ...«

Und Maigret, der noch immer jedem Blick auswich und seine Gesprächspartner nicht ansah, legte die von Duclos aufgestellten Pläne auf den Tisch.

»Any kann das Bad nur über das Zimmer ihrer Schwester oder über das des Franzosen erreichen. Eine Viertelstunde vor dem Mord ist sie in ihrem Zimmer. Wie kommt sie in das Badezimmer? Woher hat sie die Gewißheit, im entscheidenden Augenblick durch eines der beiden Zimmer gehen zu können? Vergessen Sie nicht, daß sie nicht nur Jura, sondern auch Werke der Kriminologie studiert hat. Sie hat mit Duclos darüber gesprochen, sie haben beide von der Möglichkeit des mathematisch exakten, straflosen Verbrechens gesprochen ...«

Any stand ganz aufrecht und leichenblaß da, behielt aber trotzdem ihre Kaltblütigkeit.

»Ich muß etwas einfügen. Ich bin der einzige hier, der Popinga nicht gekannt hat. Ich mußte mir aufgrund der Zeugenaussagen ein Bild von ihm machen: Er war ein Genießer, scheute vor jeder Verantwortung zurück und distanzierte sich von den etablierten Moralvorstellungen. Er hat Beetje in feuchtfröhlicher Laune geküßt. Sie ist seine Geliebte geworden ... Vor allem, weil sie es wollte! Ich habe vorhin das Dienstmädchen gefragt; er hat sie auch geküßt, einfach so, im Vorbeigehen. Aber er ist nicht weitergegangen, weil er dazu eigentlich nicht ermuntert wurde! Anders ausgedrückt, er möchte alle Frauen haben. Er begeht kleine Unvorsichtigkeiten. Er stiehlt sich hier einen Kuß, dort eine kleine Liebkosung ... Aber immer ist er auf seine Sicherheit bedacht.

Er war Kapitän auf Überseelinien. Er hat den Zauber des kurzen Landurlaubs an Orten, die man nie mehr sieht, erlebt. Aber jetzt ist er Beamter Ihrer Majestät, und er hängt ebensosehr an seiner Stellung wie an seinem Haus, an seinem Heim, an seiner Frau.

Das ist ein Kompromiß zwischen Begierde und Selbstkontrolle, zwischen Leichtsinn und Vernunft!

Beetje mit ihren achtzehn Jahren hat ihn nicht verstanden und geglaubt,er würde mit ihr weggehen. Any lebte in seinem Haus. Es ist unwichtig, daß sie nicht hübsch ist, sie ist eine Frau. Das ist das Geheimnis. Eines Tages ...«

Die Stille um ihn herum war bedrückend.

»Ich behaupte nicht, daß er ihr Geliebter wird. Aber daß er auch bei ihr unvorsichtig geworden ist. Sie hat es für bare Münze genommen. Sie hat sich in ihn verliebt ... weniger blind verliebt als Madame Popinga.

So haben sie alle drei zusammen gelebt. Madame Popinga vertraute ihm. Any war verschlossener, leidenschaftlicher, eifersüchtiger, empfindlicher ...

Sie ahnte seine Beziehungen zu Beetje. Sie fühlte die Rivalin. Vielleicht hat sie die Briefe gesucht und gefunden ... Sie nahm es hin, den Mann mit der Schwester zu teilen! Nicht aber mit diesem jungen und hübschen Mädchen, mit dem er fliehen wollte.

Sie beschloß, ihn zu töten.«

Und Maigret schloß: »Das ist alles! Eine Liebe, die sich in Haß verwandelt! Eine Haßliebe! Ein kompliziertes, ungezügeltes Gefühl, das zu allem befähigt! Sie hat beschlossen, ihn zu töten. Sie hat es kalt und berechnend beschlossen. Zu töten, ohne den geringsten Verdacht auf sich zu lenken ...

Der Professor hat an jenem Abend vom ungestraften Verbrechen, von wissenschaftlich vorgehenden Mördern gesprochen ...

Sie ist ebenso stolz auf ihre Intelligenz wie leidenschaftlich. Sie hat das vollkommene Verbrechen begangen, ein Verbrechen, das unvermeidlich einem Landstreicher zur Last gelegt werden wird. Die Mütze ... Die Zigarre ... Und das einwandfreie Alibi: Sie konnte ihr Zimmer nur verlassen und ihre Tat ausführen, indem sie durch das Zimmer ihrer Schwester oder durch das des Franzosen ging.

Während des Vortrags hat sie Hände gesehen, die sich suchten. Auf dem Weg ging Popinga neben Beetje. Sie haben getrunken und getanzt. Sie sind zusammen auf den Rädern weggefahren ...

Man mußte nur noch Madame Popinga an ihrem Fenster festhalten, den Argwohn in ihr wecken ...

Und während man sie in ihrem Zimmer glaubte, konnte sie, schon im Unterkleid, hinter ihrem Rücken vorbei. Alles war vorbereitet. Sie gelangte ins Bad. Sie hat geschossen. Der Deckel der Badewanne war abgenommen. Dort lag die Mütze drin. Sie brauchte nur noch hineinzusteigen ...

Nach dem Schuß kam Duclos herein, fand die Waffe auf dem Fensterbrett, ist hinausgestürzt und mit Madame Popinga, der er auf dem Flur begegnete, hinuntergelaufen. Any, schon bereit und halb ausgezogen, ging ihnen nach ... Wer konnte ahnen, daß sie nicht aus ihrem Zimmer kam, daß sie nicht fassungslos war, sie, deren Prüderie legendär war und die sich nun in diesem Aufzug zeigte!

Kein Mitleid! Keine Gewissensbisse! Dieser Haß aus Liebe erstickt alle anderen Gefühle. Nur der Wille zu triumphieren existiert.

Oosting, der gesehen hatte, wie seine Mütze gestohlen wurde, hat geschwiegen. Aus Respekt vor dem Toten und aus Liebe zur Ordnung. Es sollte keinen Skandal um Popingas Tod geben! Er hat Barens sogar eine Aussage diktiert, die glauben machen sollte, daß ein unbekannter Matrose das Verbrechen begangen hat.

Liewens, der sah, daß seine Tochter nach Hause kam, nachdem Popinga sie heimgebracht hatte, und der am nächsten Tag die Briefe las, glaubte an Beetjes Schuld, hat sie eingeschlossen, hat sich geweigert, die Wahrheit herauszufinden.

Als er annahm, ich würde sie verhaften, hat er versucht, sich zu töten.

Und schließlich Barens ... Barens, der alle verdächtigte, sich gegen das Geheimnis wehrte und sich selber verdächtigt fühlte.

Barens, der Madame Popinga an ihrem Fenster gesehen hatte ... War nicht sie es, die geschossen hatte, nachdem sie entdeckt hatte, daß sie betrogen wurde?

Er wurde hier wie ein eigenes Kind behandelt. Als Halbwaise hatte er in ihr eine neue Mutter gefunden.

Er wollte sich opfern. Er wollte sie decken ... Man hatte ihn bei der Rollenverteilung vergessen. Er holte den Revolver und ging ins Badezimmer. Er wollte schießen ... den einzigen Menschen töten, der die Wahrheit wußte, und dann sich selber töten!

Ein armer tapferer Kerl, großmütig, wie man es nur mit achtzehn ist.

Das ist alles! ... Wann fährt ein Zug nach Frankreich?«

Keiner redete. Alle standen starr vor Entsetzen, vor Angst, vor Furcht und Schrecken da. Schließlich sagte Jean Duclos: »Sie haben es ja weit gebracht!«

Indessen ging Madame Popinga hinaus, steif wie ein Automat, und ein paar Augenblicke später fand man sie mit einem Herzanfall auf ihrem Bett.

Any hatte sich nicht gerührt. Pijpekamp versuchte etwas aus ihr herauszubekommen: »Haben Sie dazu etwas zu sagen?«

»Ich rede erst in Gegenwart des Untersuchungsrichters.«

Sie war ganz bleich. Tiefe Ringe zogen sich unter ihren Augen hin.

Nur Oosting blieb ruhig, schaute Maigret aber vorwurfsvoll an.

Und um fünf Uhr morgens nahm der Kommissar ganz allein den Zug auf dem kleinen Bahnhof von Delfzijl. Niemand hatte ihn begleitet. Niemand hatte ihm gedankt. Bis auf Duclos, der behauptete, er könne erst mit dem nächsten Zug fahren!

Es wurde Tag, als der Zug über eine Brücke, einen Kanal fuhr. Schiffe warteten mit schlaffen Segeln. Ein Beamter stand bereit, um die Brücke zu drehen, sobald der Zug passiert hatte.

Erst zwei Jahre später traf der Kommissar Beetje in Paris wieder, die einen Vertreter einer holländischen Lampenfabrik geheiratet hatte und dicker geworden war. Sie errötete, als sie ihn erkannte. Sie erzählte ihm, sie habe zwei Kinder, sei aber nicht allzu glücklich.

»Und Any?« fragte er sie.

»Wissen Sie das nicht? Alle Zeitungen in Holland haben darüber berichtet. Sie hat sich am Tag, als der Prozeß beginnen sollte, mit einer Gabel umgebracht, ein paar Minuten, bevor sie vor Gericht erscheinen sollte.« Und sie sagte noch: »Besuchen Sie uns doch! Avenue Victor Hugo 28. Warten Sie aber nicht zu lange, denn nächste Woche fahren wir in die Schweiz zum Skifahren.«

An jenem Tag fand Maigret dauernd einen Grund, seine Inspektoren anzubrüllen.

Mai 1931

Maigret und der Minister

1 Der Bericht des verstorbenen Calame

Wie immer, wenn er abends nach Hause kam, blickte Maigret an der gleichen Stelle des Gehsteigs, kurz hinter der Gaslaterne, zu den erleuchteten Fenstern seiner Wohnung hinauf – ganz unbewußt. Hätte ihn jemand plötzlich gefragt, ob dort Licht brenne oder nicht, so hätte er vielleicht mit der Antwort gezögert. Und genauso war es schon zu einer Art Manie geworden, daß er auf der Treppe zwischen dem zweiten und dritten Stock seinen Mantel aufzuknöpfen begann, um den Schlüssel aus seiner Hosentasche zu holen, obwohl sich, sobald er den Fuß auf die Matte setzte, regelmäßig die Tür seiner Wohnung öffnete.

Dies waren Riten, die sich im Laufe der Jahre herausgebildet hatten und an denen er mehr hing, als er hätte zugeben mögen. Da es heute nicht regnete, streckte ihm freilich seine Frau nicht, wie sonst immer, die Hände entgegen, um ihm seinen nassen Schirm abzunehmen, wobei sie zugleich den Kopf vorbeugte, um ihn auf die Wange zu küssen.

Er sagte sein übliches: »Kein Anruf?«

Sie antwortete, während sie die Tür schloß: »Doch. Ich fürchte, es lohnt nicht die Mühe, daß du deinen Mantel ausziehst.«

Es war ein grauer Tag gewesen, weder kalt noch warm, mit einem heftigen Unwetter um zwei Uhr nachmittags. Am Quai des Orfèvres hatte Maigret sich nur mit den laufenden Angelegenheiten beschäftigt.

»Hast du gut zu Abend gegessen?«

Das Licht in der Wohnung war angenehmer und gemütlicher als im Büro. Neben seinem Sessel standen die Pantoffeln bereit, und auch die Zeitungen hatte seine Frau für ihn hingelegt.

»Ich habe mit dem Chef, Lucas und Janvier in der Brasserie Dauphine gegessen.«

Danach hatten sich alle vier zu der Versammlung des Polizeihilfswerks begeben. Seit drei Jahren war Maigret jedesmal gegen seinen Willen zum Vizepräsidenten gewählt worden.

»Nun, für eine Tasse Kaffee hast du doch Zeit. Zieh also ruhig deinen Mantel aus. Ich habe gesagt, du kämst nicht vor elf Uhr zurück.«

Es war halb elf. Die Sitzung hatte nicht lange gedauert. Zu mehreren hatten sie dann noch ein Glas Bier in einem Lokal getrunken, und Maigret war mit der Metro zurückgefahren.

»Wer hat angerufen?«

»Ein Minister.«

Maigret, der mitten im Salon stand, runzelte die Brauen. »Was für ein Minister?«

»Der Minister für Öffentliche Arbeiten, er heißt Point, wenn ich den Namen richtig verstanden habe.«

»Auguste Point, ja. Er hat hier angerufen? Persönlich?«

»Ja.«

»Hast du ihm nicht gesagt, er solle am Quai des Orfèvres anrufen?«

»Er will dich sprechen. Er muß dich dringend sehen. Als ich ihm sagte, du seist nicht da, hat er mich gefragt, ob ich das Mädchen sei. Er schien verärgert. Ich habe gesagt, ich sei Madame Maigret. Darauf hat er sich entschuldigt, wollte wissen, wo du seist und wann du zurückkommen würdest. Er machte auf mich den Eindruck eines schüchternen Mannes.«

»Das entspricht aber nicht seinem Ruf.«

»Ich mußte ihm sogar sagen, ob ich allein sei oder nicht. Dann hat er mir erklärt, sein Anruf müsse geheimbleiben, er rufe nicht vom Ministerium, sondern aus einer öffentlichen Telefonzelle an, und es sei für ihn wichtig, so schnell wie möglich mit dir in Verbindung zu kommen.«

Während sie sprach, blickte Maigret sie mit gerunzelten Brauen und einer Miene an, die verriet, wie wenig er der Politik traute. In seiner Laufbahn hatte er mehrmals erlebt, daß ein Politiker, ein Abgeordneter, ein Senator oder irgendeine andere hochgestellte Persönlichkeit sich an ihn gewandt hatte, aber das war jedesmal auf dem Dienstweg geschehen. Jedesmal war er zum Chef gerufen worden, und das Gespräch hatte immer so begonnen: »Mein armer Maigret, ich muß Ihnen leider einen Auftrag übergeben, der Ihnen mißfallen wird.«

Und wirklich: es waren ziemlich unerfreuliche Aufträge gewesen.

Er kannte Auguste Point nicht persönlich, war ihm auch noch nie begegnet. Er gehörte nicht zu den Männern, von denen in den Zeitungen viel gesprochen wird.

»Warum hat er nicht am Quai angerufen?«

Die Frage stellte er sich eigentlich selbst, aber Madame Maigret antwortete trotzdem: »Wie soll ich das wissen? Ich kann nur wiederholen, daß er aus einer öffentlichen Zelle anrief . . .«

Dies hatte auf Madame Maigret besonderen Eindruck gemacht, denn für sie war ein Minister der Republik eine bedeutende Persönlichkeit, zu der es schlecht paßte, daß sie sich abends fast heimlich in eine Telefonzelle an der Ecke irgendeines Boulevards schlich.

»... dann, daß du nicht ins Ministerium kommen solltest, sondern in seine Privatwohnung, die er beibehalten hat...«

Sie sah auf einem Blatt Papier nach, auf das sie ein paar Worte geschrieben hatte.

»... Boulevard Pasteur 27. Du brauchst die Concierge nicht zu bemühen. Es ist im vierten Stock links.«

»Er erwartet mich dort oben?«

»Er wartet, so lange wie nötig, wenn er auch eigentlich vor Mitternacht ins Ministerium zurück müßte.«

In verändertem Ton fragte sie: »Glaubst du, daß das ganze ein billiger Scherz ist?«

Er schüttelte den Kopf. Gewiß, das war ungewöhnlich, merkwürdig, aber nach einem Scherz sah es nicht aus.

»Trinkst du deinen Kaffee?«

»Danke, nein. Nach dem Bier nicht.«

Im Stehen goß er sich einen Schluck Prunelle ein, nahm eine saubere Pfeife vom Kamin und ging zur Tür.

»Bis nachher.«

Als er wieder auf dem Boulevard Richard-Lenoir stand, begann die Feuchtigkeit, die man schon den ganzen Tag in der Luft gespürt hatte, sich zu einem Nebel zu verdichten, der einen Dunstkreis um die Laternen bildete. Er nahm kein Taxi; zum Boulevard Pasteur kam er genausoschnell mit der Metro. Vielleicht tat er es auch darum nicht, weil er nicht amtlich unterwegs war.

Während der ganzen Fahrt starrte er unbewußt einen bärtigen Herrn an, der ihm gegenübersaß und eine Zeitung las, und fragte sich, was Auguste Point von ihm wollen könne, und vor allem, warum er sich so dringend und so geheimnisvoll mit ihm verabredet habe.

Er wußte von Point nur, daß er aus der Vendée stammte – aus La Roche-sur-Yon genauer gesagt –, daß er Anwalt gewesen und erst spät zur Politik gestoßen war. Er gehörte zu den Abgeordneten, die wegen ihres Charakters und ihres Verhaltens während der Besatzungszeit ins Parlament gewählt wurden. Was genau er gemacht hatte, war Maigret unbekannt. Immerhin war er, obwohl manche seiner Kollegen in die Kammer kamen, ohne dort Spuren zu hinterlassen, mehrmals wiedergewählt worden, und vor drei Monaten hatte er bei der Bildung des neuen Kabinetts das Ministerium für Öffentliche Arbeiten erhalten.

Der Kommissar hatte keinerlei Klatsch über ihn gehört, wie er den meisten Politikern anhängt. Über seine Frau wurde auch nicht geredet und ebensowenig über seine Kinder, wenn er überhaupt welche hatte.

Als Maigret an der Station Pasteur aus der Metro stieg, war der Nebel dicht und gelb geworden, und er spürte die feuchten Luftpartikelchen auf den Lippen. Auf dem Boulevard war niemand zu sehen, nur in der Ferne, in Richtung Montparnasse, hörte man Schritte und einen Zug, der pfeifend aus dem Bahnhof fuhr.

Einige Fenster waren noch erleuchtet und erweckten in dem Nebel den Eindruck von Frieden und Geborgenheit. In diesen weder reichen noch armen, weder neuen noch alten Häusern mit den fast gleichen Wohnungen wohnten vor allem Leute des Mittelstandes, Professoren, Beamte, Angestellte, die jeden Morgen zur gleichen Zeit in ihre Metro oder ihren Autobus stiegen.

Maigret drückte auf den Klingelknopf und murmelte, als die Tür sich öffnete, einen Namen, während er sich zum Fahrstuhl wandte. Dieser war so eng, daß kaum zwei Personen darin Platz fanden. Er begann, in dem schwach beleuchteten Treppenhaus langsam hinaufzufahren, was ohne Rucken und ohne Geräusch vor sich ging. Die Türen in den verschiedenen Stockwerken waren alle von dem gleichen dunklen Braun, und die Matten davor glichen einander wie ein Ei dem anderen.

Maigret läutete an der Tür links, die sich unmittelbar darauf öffnete, als ob schon jemand mit der Hand auf der Klinke gewartet hätte.

Es war Point, der zunächst zum Fahrstuhl ging, um ihn wieder herunterzulassen, woran Maigret nicht gedacht hatte.

»Entschuldigen Sie bitte, daß ich Sie noch so spät bemüht habe«, murmelte er. »Kommen Sie bitte herein . . .«

Madame Maigret wäre enttäuscht gewesen, denn Point entsprach so gar nicht dem Bilde, das sie sich von einem Minister machte. In Größe und Umfang war er nahezu das Pendant des Kommissars, nur noch vierschrötiger, bäurischer, hätte man sagen können, und seine hartgeschnittenen Züge, seine starke Nase und sein Mund erinnerten an eine zurechtgeschnitzte Kastanie.

Er trug einen grauen Allerweltsanzug und eine fertiggebundene Krawatte. Zweierlei fiel an ihm vor allem auf: seine ungewöhnlich buschigen Brauen und die fast ebensolangen Haare, die seine Hände bedeckten. Er musterte Maigret, ohne zu versuchen, es zu verbergen, ohne ein höfliches Lächeln.

»Setzen Sie sich bitte, Herr Kommissar.«

Die Wohnung, kleiner als die am Boulevard Richard-Lenoir, bestand wohl nur aus zwei, höchstens drei Zimmern und einer winzigen Küche. Von der Diele, in der ein paar Kleidungsstücke hingen, waren die beiden in einen Raum gegangen, der an eine Junggesellenklause erinnerte. Auf einem Ständer an der Wand waren Pfeifen aufgereiht, zehn oder zwölf, mehrere aus Ton und eine sehr schöne aus Meerschaum. Ein altmodischer Schreibtisch, ganz ähnlich dem, den Maigrets Vater einst besessen hatte, war mit Papieren und Asche bedeckt, darüber befand sich ein Aufbau mit vielen Fächern und einer Unzahl kleiner Schubladen.

Maigret wagte nicht sofort, die Fotos an den Wänden zu betrachten. In schwarz-goldenen Rahmen, wie man sie auf den Höfen in der Vendée findet, hingen dort die Fotografien von Points Mutter und Vater.

Point, der sich auf einen Drehsessel gesetzt hatte (auch dieser glich genau dem von Maigrets Vater), griff mit einer fahrigen Bewegung nach einer Zigarrenkiste.

»Sie rauchen wohl . . .«, begann er.

Der Kommissar lächelte und murmelte: »Ich ziehe meine Pfeife vor.«

»Tabak?«

Der Minister reichte ihm ein angebrochenes Päckchen Tabak und zündete sich selber seine Pfeife wieder an, die er hatte ausgehen lassen.

»Sie waren gewiß überrascht, als Ihre Frau Ihnen gesagt hat . . .«

Er versuchte, das Gespräch in Gang zu bringen, war aber mit dem Anfang nicht zufrieden. Es war eine ziemlich seltsame Situation. In dem stillen, warmen Zimmer saßen zwei fast gleich große und fast gleichaltrige Männer einander gegenüber, die sich gegenseitig beobachteten, ohne es voreinander zu verbergen. Es war, als entdeckten sie Ähnlichkeiten und als wären sie darüber beunruhigt und zögerten, sich als Brüder zu erkennen.

»Hören Sie, Maigret, es führt zu nichts, daß wir voreinander Redensarten machen. Ich kenne Sie nur aus den Zeitungen und von dem, was ich über Sie gehört habe.«

»Ich Sie auch nur soweit, Herr Minister.«

Mit einer Handbewegung schien Point andeuten zu wollen, daß dieser Titel hier nicht angebracht sei.

»Ich sitze in einer Klemme. Niemand weiß es bis jetzt, niemand ahnt es auch nur, weder der Ministerpräsident noch meine Frau, die sonst über all mein Tun und Lassen im Bilde ist. Mit Ihnen allein möchte ich darüber sprechen.«

Er wandte einen Moment den Blick ab und zog an seiner Pfeife, als sei er verlegen über das, was in seinem letzten Satz als banale oder beabsichtigte Schmeichelei wirken konnte.

»Ich wollte nicht den Dienstweg beschreiten und mich nicht an den Leiter der Kriminalpolizei wenden. Was ich tue, ist nicht korrekt. Sie waren nicht verpflichtet zu kommen, und Sie sind ebensowenig verpflichtet, mir zu helfen.«

Mit einem Seufzer erhob er sich. »Trinken Sie einen Schnaps?«

Mit dem Anflug eines Lächelns setzte er hinzu: »Seien Sie unbesorgt, ich will Sie nicht bestechen. Es ist nur so, daß ich heute abend wirklich Appetit auf etwas Alkohol habe.«

Er ging in das Nebenzimmer und kehrte mit einer angebrochenen Flasche und zwei Gläsern ohne Fuß zurück, wie sie in Landgasthöfen benutzt werden.

»Das ist nur ein gewöhnlicher Bauernschnaps, den mein Vater in jedem Herbst destilliert. Dieser ist allerdings schon zwanzig Jahre alt.«

Mit dem Glas in der Hand blickten sie einander an.

»Auf Ihr Wohl.«

»Auf das Ihre, Herr Minister.«

Diesmal schien Point den Titel zu überhören.

»Wenn ich nicht weiß, wo ich beginnen soll, dann nicht darum, weil ich mich Ihnen gegenüber gehemmt fühle, sondern weil die Geschichte sich nur schwer klar verständlich erzählen läßt. Lesen Sie die Zeitungen?«

»Abends, falls die Verbrecher mir die Muße dazu lassen.«

»Verfolgen Sie die Politik?«

»Ziemlich wenig.«

»Sie wissen, daß ich nicht das bin, was man einen Politiker nennt?«

Maigret nickte.

»Gut! Sie sind natürlich über die Katastrophe von Clairfond im Bilde.«

Diesmal konnte Maigret nicht umhin, leicht zusammenzuzucken, und ein gewisser Verdruß, ein gewisses Mißtrauen schienen sich in seinem Gesicht zu spiegeln, denn sein Gesprächspartner senkte den Kopf und fügte leiser hinzu: »Um das gerade handelt es sich leider.«

Vorhin in der Metro hatte Maigret zu ergründen versucht, was der Minister ihm wohl anvertrauen wolle. Aber die Affäre von Clairfond war ihm dabei nicht in den Sinn gekommen, obwohl die Zeitungen seit einem Monat voll davon waren.

Das in Haute-Savoie zwischen Ugines und Mégève vierzehnhundert Meter hoch gelegene Sanatorium von Clairfond war einer der spektakulärsten Bauten der Nachkriegszeit.

Maigret erinnerte sich nicht, wer die Idee gehabt hatte, für die ärmsten Kinder eine solche Heilstätte zu schaffen, die sich mit den modernsten Privatsanatorien vergleichen ließ. Das war nämlich schon eine Reihe von Jahren her. Man hatte damals viel davon gesprochen. Manche hatten darin ein rein politisches Unternehmen gesehen, und es hatte leidenschaftliche Debatten in der Kammer gegeben. Eine Kommission war berufen worden, um das Projekt zu studieren, das, lange bekämpft, schließlich verwirklicht worden war.

Vor einem Monat hatte sich die Katastrophe ereignet, eine der schlimmsten seit Menschengedenken. Zu einer ungewöhnlich frühen Zeit war die Schneeschmelze eingetreten. Die Gebirgsbäche waren zu reißenden Strömen geworden und ebenso die Lize, ein unterirdischer Fluß von so geringer Bedeutung, daß er nicht einmal auf den Karten verzeichnet ist. Nichtsdestoweniger hatte er die Grundmauern eines ganzen Flügels von Clairfond ausgehöhlt.

Die Untersuchung, die gleich am Morgen nach der Katastrophe begonnen hatte, war noch nicht beendet. Die Sachverständigen waren sich nicht einig. Und auch die Zeitungen verfochten, je nach ihrer Richtung, verschiedene Thesen.

Hundertachtundzwanzig Kinder hatten bei dem Einsturz eines der Gebäude den Tod gefunden. Die übrigen hatte man schleunigst von dort weggebracht.

Nach kurzem Schweigen murmelte Maigret: »Sie gehörten doch dem Kabinett nicht an, als Clairfond erbaut wurde, nicht wahr?«

»Nein. Ich war nicht einmal Mitglied der Parlamentskommission, die die Kredite bewilligt hat. Um es genau zu sagen, bis in die letzten Tage wußte ich von der ganzen Sache nur das, was alle Welt aus den Zeitungen von ihr weiß.«

Er machte eine Pause und fuhr dann fort: »Haben Sie von dem Calame-Bericht gehört, Herr Kommissar?«

Maigret sah ihn überrascht an und schüttelte den Kopf.

»Sie werden noch davon hören. Sie werden wahrscheinlich noch viel zuviel davon hören. Ich nehme an, daß Sie die kleinen Wochenblätter, wie zum Beispiel ›La Rumeur‹, nicht lesen.«

»Nein, nie.«

»Kennen Sie Hector Tabard?«

»Dem Namen und dem Ruf nach. Meine Kollegen in der Rue des Saussaies kennen ihn bestimmt besser als ich.«

Er spielte damit auf die Sûreté an, die, weil sie unmittelbar dem Innenministerium unterstand, oft mit mehr oder weniger politischen Angelegenheiten zu tun hat.

Tabard war ein Winkeljournalist, dessen Wochenzeitung, die nur Klatsch brachte, als Erpresserblatt galt.

»Lesen Sie dies hier. Es ist sechs Tage nach der Katastrophe erschienen.«

Es war kurz und geheimnisvoll:

Wird man sich unter dem Druck der öffentlichen Meinung eines Tages entschließen, den Inhalt des Calame-Berichts bekanntzugeben?

»Ist das alles?« wunderte sich der Kommissar.

»Hier ein Auszug aus der folgenden Nummer:«

Entgegen der allgemeinen Annahme wird die gegenwärtige Regierung nicht wegen einer außenpolitischen Frage noch wegen der Ereignisse in Nordafrika bereits vor Ende des Frühlings gestürzt werden, sondern wegen des Calame-Berichts. Wer besitzt den Calame-Bericht?

Das Wort Calame-Bericht hatte einen fast komischen Klang, und Maigret lächelte bei der Frage: »Wer ist Calame?«

Point dagegen lächelte nicht. Während er seine Pfeife über einem kupfernen Aschenbecher ausleerte, erklärte er: »Ein Professor an der Hochschule für Straßen- und Brückenbau. Er ist vor zwei Jahren gestorben, an Krebs, wenn ich mich nicht täusche. Sein Name ist in der breiten Öffentlichkeit kaum bekannt, für Bautechniker und Architekten jedoch ist er eine Berühmtheit. Calame ist als Berater bei umfassenden Arbeiten in so verschiedenen Ländern wie Japan oder Südamerika hinzugezogen worden, und er war eine unumstrittene Autorität auf dem Gebiet der Materialfestigkeit, vor allem des Betons. Er hat ein Buch geschrieben, das weder Sie noch ich gelesen haben, das aber alle Architekten besitzen. Es trägt den Titel: ›Die Krankheiten des Betons‹.«

»Hat Calame an der Erbauung von Clairfond mitgearbeitet?«

»Indirekt. Lassen Sie mich die Geschichte anders erzählen, nach einer persönlicheren Chronologie. Als sich die Katastrophe ereignete, wußte ich, wie ich Ihnen schon gesagt habe, über das Sanatorium nur das, was in den Zeitungen gestanden hatte. Ich erinnerte mich nicht einmal, ob ich vor fünf Jahren für oder gegen das Projekt gestimmt hatte. Ich mußte erst im Parlamentsbericht nachsehen, um zu entdecken, daß ich dafür gestimmt hatte. Ich lese ›La Rumeur‹ auch nicht. Erst nach der zweiten Veröffentlichung dort hat mich der Ministerpräsident beiseite genommen und gefragt: ›Kennen Sie den Calame-Bericht?‹

Ich habe ihm ehrlich geantwortet: ›Nein.‹

Ihn schien das zu überraschen, und ich bin nicht sicher, ob er mich nicht mit einem gewissen Mißtrauen angeblickt hat.

›Er muß sich aber doch in Ihrem Archiv befinden‹, hat er dann gesagt. Und er hat mir berichtet, daß bei den Debatten um Clairfond vor fünf Jahren, als die Parlamentskommission darüber geteilter Meinung war, irgendein Abgeordneter vorgeschlagen hat, von einem bedeutenden Bausachverständigen einen Bericht anzufordern, und zwar von Professor Julien Calame von der Hochschule für Straßen- und Brückenbau. Dieser hat die Baupläne genau studiert und ist dann sogar nach Haute-Savoie gefahren, um sich alles an Ort und Stelle anzusehen. Er hat daraufhin einen Bericht verfaßt, den die Kommission hätte bekommen müssen.«

Maigret glaubte zu verstehen. »War der Bericht ungünstig?«

»Warten Sie. Als der Ministerpräsident mir von der Affäre berichtete, hatte er schon Recherchen im Archiv der Kammer angeordnet. Man hätte den Bericht in den Akten der Kommission finden müssen. Aber nicht nur dieser, sondern auch ein Teil der übrigen Unterlagen ist verschwunden. Ist Ihnen klar, was das bedeutet?«

»Daß einige daran interessiert sind, daß der Bericht niemals veröffentlicht wird.«

»Lesen Sie dies hier.«

Es war ein neuer Auszug aus »La Rumeur«, ebenfalls kurz, aber nicht weniger drohend.

Wird Herr Arthur Nicoud mächtig genug sein, das Erscheinen des Calame-Berichts zu verhindern?

Maigret kannte diesen Namen, wie er hundert andere kannte. Er kannte vor allem die Firma Nicoud & Sauvegrain, weil man das Firmenschild fast überall sah, wo Straßen, Brücken oder Schleusen gebaut wurden.

»Das ist das Bauunternehmen, das Clairfond erbaut hat.«

Maigret begann zu bedauern, daß er gekommen war. Bei aller Sympathie, die er für Auguste Point empfand – aber bei der Geschichte, die er ihm da erzählte, war ihm ebenso unbehaglich, wie wenn in Gegenwart einer Frau schmutzige Witze erzählt werden. Widerwillig versuchte er, die Rolle zu erraten, die Point in dieser Tragödie, die hundertachtundzwanzig Kindern das Leben gekostet hatte, spielte. Fast hätte er ihn geradeheraus gefragt: Was haben Sie damit zu schaffen?

Er merkte, daß Politiker, vielleicht sogar hochgestellte Persönlichkeiten, darin verwickelt waren.

»Ich will versuchen, mit meiner Erzählung schnell fertig zu werden.

Der Ministerpräsident hat mich also gebeten, genaue Nachforschungen im Archiv meines Ministeriums anzustellen. Die Hochschule für Straßen- und Brückenbau untersteht dem Ministerium direkt. Logischerweise müßten wir zum allermindesten irgendwo in unseren Akten eine Abschrift des Calame-Berichts haben.«

Da war wieder der vielzitierte Calame-Bericht.

»Haben Sie nichts gefunden?«

»Nichts. Ohne jedes Ergebnis sind vom Keller bis zum Dachboden Tonnen verstaubter Akten durchstöbert worden.«

Maigret begann unruhig auf seinem Sessel hin und her zu rutschen, und sein Gesprächspartner merkte es.

»Sie lieben die Politik nicht?«

»Das kann man wohl sagen.«

»Ich liebe sie auch nicht. So seltsam das scheinen mag: um gegen die Politik zu kämpfen, habe ich mich vor zwölf Jahren zur Wahl gestellt. Und als man mich vor jetzt drei Monaten zum Eintritt ins Kabinett aufforderte, habe ich mich dazu nur aus der Hoffnung bewegen lassen, ein wenig Sauberkeit in die öffentlichen Angelegenheiten hineinbringen zu können. Meine Frau und ich sind einfache Menschen. In dieser Wohnung leben wir, seit ich Abgeordneter bin, während der Sitzungsperioden der Kammer. Es ist eigentlich mehr eine Junggesellenabsteige. Meine Frau hätte in La Roche-sur-Yon bleiben können, wo wir unser Haus haben, aber wir sind es nicht gewohnt, uns zu trennen.«

Er sprach natürlich, ohne jeden sentimentalen Beiklang.

»Seit ich Minister bin, wohnen wir offiziell im Ministerium am Boulevard Saint-Germain, aber sooft wie nur möglich flüchten wir uns hierher, vor allem sonntags.

Nun, das ist ja unwichtig. Ich habe Sie aus einer öffentlichen Telefonzelle angerufen. Ihre Frau hat Ihnen das gewiß berichtet, denn Sie haben, wenn ich mich nicht täusche, die gleiche Art Frau wie ich. Ich habe Sie also aus einer öffentlichen Zelle angerufen, sagte ich, weil ich der Telefonzentrale im Ministerium mißtraue. Ich glaube – ob zu Recht oder Unrecht, weiß ich nicht –, daß meine Telefongespräche aus dem Ministerium, vielleicht sogar die aus meiner Wohnung, irgendwo abgehört werden, und ich will lieber gar nicht wissen, wo. Ich will ganz offen gestehen, daß ich heute abend, bevor ich hierher kam, in einem Kino am Boulevard durch die eine Tür hinein- und durch eine andere hinausgegangen bin und zweimal das Taxi gewechselt habe. Dennoch könnte ich nicht beschwören, daß das Haus nicht überwacht wird.«

»Ich habe, als ich kam, niemanden bemerkt.«

Es war ein gewisses Mitleid, das Maigret jetzt empfand. Bisher hatte Point versucht, in ruhigem Ton zu sprechen, aber nun, da er zum entscheidenden Punkt ihrer Besprechung kam, stockte er, ging wie eine Katze um den heißen Brei herum, als fürchte er, Maigret könne sich von ihm eine falsche Meinung bilden.

»Das Archiv des Ministeriums ist um und um gekehrt worden, und Gott weiß, was für Aktenberge es dort gibt, von denen kein Mensch mehr eine Ahnung hat. Während dieser Zeit wurde ich mindestens zweimal täglich vom Ministerpräsidenten angerufen, und ich bin nicht sicher, ob er mir vertraut.

In der Hochschule für Straßen- und Brückenbau hat man ebenfalls danach gesucht, bis gestern morgen jedoch ohne jedes Ergebnis.«

Maigret konnte nicht umhin zu fragen, wie man nach dem Ende eines Romans fragt: »Ist der Bericht inzwischen gefunden worden?«

»Jedenfalls etwas, das der Calame-Bericht zu sein scheint.«

»Wo?«

»Auf einem Speicher der Hochschule.«

»Von einem Professor?«

»Von einem Aufseher. Gestern nachmittag hat man mir den Anmeldezettel eines gewissen Piquemal gebracht, von dem ich noch nie etwas gehört hatte, und auf dem Zettel stand mit Bleistift geschrieben: *Betrifft Calame-Bericht*. Ich habe den Mann sofort empfangen. Vorher habe ich allerdings dafür gesorgt, daß meine Sekretärin, Mademoiselle Blanche, die schon seit zwanzig Jahren für mich arbeitet – sie stammt auch aus LaRoche-sur-Yon und war in meiner Anwaltskanzlei tätig –, aus dem Zimmer verschwand. Sie werden gleich sehen, daß dies wichtig war. Mein Kabinettschef war ebenfalls nicht im Zimmer, und so befand ich mich dort allein mit einem Mann mittleren Alters, der mit starrem Blick stumm vor mir stand und ein in graues Papier eingewickeltes Paket unter dem Arm hielt.

›Herr Piquemal?‹ habe ich ein wenig unruhig gefragt, denn einen Augenblick lang hatte ich den Eindruck, es mit einem Irren zu tun zu haben. Er hat genickt.

›Nehmen Sie bitte Platz.‹

›Das ist nicht der Mühe wert.‹

Ich hatte das Gefühl, daß er mich nicht gerade wohlwollend ansah. Fast grob hat er mich dann gefragt: ›Sind Sie der Minister?‹

›Ja.‹

›Ich bin Aufseher in der Hochschule für Straßen- und Brückenbau.‹

Er kam zwei Schritt näher, reichte mir das Paket und sagte im gleichen Ton: ›Öffnen Sie es und geben Sie mir eine Empfangsbestätigung.‹

Das Paket enthielt ein Dokument von etwa vierzig Seiten, eindeutig Durchschriften; es trug den Titel: *Bericht über den Bau eines Sanatoriums in Clairfond, Haute-Savoie.*

Das Dokument war nicht mit der Hand unterschrieben, sondern der Name Julien Calame war nebst Titel und Datum mit Schreibmaschine auf der letzten Seite verzeichnet.

Immer noch stehend, wiederholte Piquemal: ›Ich möchte eine Empfangsbestätigung haben.‹

Ich habe ihm handschriftlich eine ausgestellt, er hat sie gefaltet, in eine abgenutzte Brieftasche gesteckt und sich dann zur Tür gewandt. Ich habe ihn zurückgerufen. ›Wo haben Sie diese Papiere entdeckt?‹

›Auf dem Speicher.‹

›Sie werden wahrscheinlich eine schriftliche Erklärung abgeben müssen.‹

›Man weiß ja, wo ich zu finden bin.‹

›Sie haben dieses Dokument niemandem gezeigt?‹

Er hat mich verächtlich angesehen. ›Niemandem.‹

›Weitere Abschriften waren nicht vorhanden?‹

›Nicht daß ich wüßte.‹

›Ich danke Ihnen.‹ «

Point blickte Maigret verlegen an. »Hier habe ich einen Fehler begangen«, fuhr er fort. »Vielleicht, weil sich dieser Piquemal so seltsam benahm. So stelle ich mir einen Anarchisten vor, der im Begriff ist, eine Bombe zu werfen.«

»Wie alt ist er?« fragte Maigret.

»Vielleicht fünfundvierzig. Weder gut noch schlecht gekleidet. Sein Blick ist der eines Irren oder eines Fanatikers.«

»Haben Sie Erkundigungen über ihn eingezogen?«

»Nicht sofort. Es war fünf Uhr. In meinem Vorzimmer warteten noch vier oder fünf Personen, und ich mußte am Abend einem von Ingenieuren veranstalteten Essen präsidieren. Nachdem meine Sekretärin sich vergewissert hatte, daß mein Besucher fort war, ist sie wieder ins Zimmer gekommen, und ich habe den Calame-Bericht in meine Aktentasche gesteckt. Natürlich hätte ich den Ministerpräsidenten anrufen müssen. Ich habe es nur deshalb nicht getan, das kann ich Ihnen schwören, weil mir noch nicht klar war, ob Piquemal nicht vielleicht doch ein Irrer sei. Nichts bewies, daß das Dokument nicht gefälscht war. Wir erleben es fast täglich, daß Geistesgestörte zu uns kommen.«

»Wir auch.«

»Nun, dann verstehen Sie mich vielleicht. Meine Audienzen haben bis sieben Uhr gedauert. Ich hatte gerade noch Zeit, in meine Wohnung zu fahren, um mich umzuziehen.«

»Haben Sie Ihrer Frau etwas von dem Bericht gesagt?«

»Nein. Ich hatte meine Aktentasche mitgenommen. Ich habe ihr nur gesagt, ich würde nach dem Diner noch zum Boulevard Pasteur gehen. Das kommt ziemlich oft bei mir vor. Wir kommen nämlich nicht nur sonntags her, um hier gemeinsam ein kleines, von ihr schnell zubereitetes Essen zu uns zu nehmen, sondern ich gehe manchmal auch allein hierher, wenn ich eine wichtige Arbeit habe und ungestört sein will.«

»Wo fand das Bankett statt?«

»Im Palais d'Orsay.«

»Haben Sie die Aktentasche mitgenommen?«

»Sie ist verschlossen in der Obhut meines Chauffeurs geblieben, dem ich voll und ganz vertraue.«

»Sind Sie unmittelbar danach hierhergekommen?«

»Gegen halb elf. Minister haben den Vorteil, nach ihrer Rede nicht mehr bleiben zu müssen.«

»Waren Sie im Gesellschaftsanzug?«

»Ehe ich mich hier an den Schreibtisch setzte, habe ich mich umgezogen.«

»Haben Sie den Bericht gelesen?«

»Ja.«

»Ist er Ihnen authentisch erschienen?«

Der Minister nickte.

»Hätte es tatsächlich die Wirkung einer Bombe, wenn er veröffentlicht würde?«

»Zweifellos.«

»Weshalb?«

»Weil Professor Calame die eingetretene Katastrophe sozusagen vorausgesehen hat. Obwohl man mir die Öffentlichen Arbeiten zugewiesen hat, fühle ich mich unfähig, seine Überlegungen zu wiederholen und vor allem die technischen Details, mit denen er seine Meinung untermauert. Jedenfalls hat er klar und deutlich gegen das Projekt Stellung genommen, und jeder, der den Bericht gelesen hatte, mußte gegen den Bau von Clairfond stimmen, so, wie er geplant war, oder zumindest eine ergänzende Untersuchung fordern. Verstehen Sie?«

»Ich beginne zu verstehen.«

»Wie das Blatt ›La Rumeur‹ Kenntnis von dem Dokument bekommen hat, weiß ich nicht. Ebensowenig, ob die Zeitung eine Abschrift davon besitzt. Allem Anschein nach war ich gestern abend der einzige, der ein Exemplar des Berichtes besaß.«

»Was ist dann geschehen?«

»Um Mitternacht wollte ich den Ministerpräsidenten anrufen, aber er war bei einer politischen Versammlung in Rouen. Fast hätte ich ihn dort angerufen . . .«

»Sie haben es nicht getan?«

»Nein, eben weil ich an den Abhördienst dachte. Ich hatte das Gefühl, eine Kiste Dynamit hier bei mir zu haben, die nicht nur die Regierung in die Luft sprengen, sondern auch manche meiner Kollegen ins Verderben stürzen konnte. Es ist unverzeihlich, daß jene, die den Bericht gelesen haben, darauf bestehen konnten . . .«

Maigret glaubte das folgende zu erraten.

»Haben Sie den Bericht in dieser Wohnung gelassen?«

»Ja.«

»Im Schreibtisch?«

»Er ist verschließbar. Ich glaubte, der Bericht sei hier sicherer als im Ministerium, wo zu viele Leute ein und aus gehen, die ich kaum kenne.«

»Ist Ihr Chauffeur die ganze Zeit, während Sie den Bericht studierten, unten geblieben?«

»Ich hatte ihn nach Hause geschickt. Ich habe mir später an der Ecke des Boulevards ein Taxi genommen.«

»Haben Sie nach Ihrer Rückkehr mit Ihrer Frau darüber gesprochen?«

»Nein. Bis zum nächsten Tag um ein Uhr mittags, als ich den Ministerpräsidenten in der Kammer traf, habe ich zu niemandem ein Wort darüber gesagt. In einer Fensternische habe ich ihn davon informiert.«

»Hat er sich darüber aufgeregt?«

»Ich glaube schon. Jeder Regierungschef hätte das wohl getan. Er hat mich gebeten, den Bericht zu holen und ihn persönlich in sein Arbeitszimmer zu bringen.«

»Der Bericht war nicht mehr in Ihrem Schreibtisch?«

»Nein.«

»Ist die Tür aufgebrochen worden?«

»Ich glaube nicht.«

»Waren Sie noch einmal beim Ministerpräsidenten?«

»Nein. Ich fühlte mich wirklich krank. Ich habe mich zum Boulevard Saint-Germain fahren lassen und alle meine Verabredungen verschoben. Meine Frau hat den Ministerpräsidenten angerufen und ihm mitgeteilt, ich fühlte mich nicht wohl, ich wäre ohnmächtig geworden und würde am nächsten Morgen zu ihm kommen.«

»Weiß Ihre Frau jetzt davon?«

»Zum erstenmal in meinem Leben habe ich sie belogen. Ich weiß nicht mehr genau, was ich ihr erzählt habe, und es kam wohl ziemlich stockend heraus.«

»Weiß sie, daß Sie hier sind?«

»Sie glaubt, ich sei in einer Versammlung. Ich frage mich, ob Sie meine Situation verstehen. Ich bin plötzlich ganz allein, habe das Gefühl, daß, sobald ich den Mund auftue, alle Welt über mich herfallen wird. Diese Geschichte kann mir niemand glauben. Ich habe den Bericht in Händen gehabt. Ich bin der einzige, außer Piquemal, der ihn besessen hat. Außerdem bin ich im Laufe der letzten Jahre mindestens dreimal bei Arthur Nicoud, dem betreffenden Unternehmer, auf seinem Besitz in Samois zu Gast gewesen.«

Er fiel plötzlich in sich zusammen. Seine Schultern verloren ihre Eckigkeit, sein Kinn die Härte. Es war, als ob er sagen wollte: Macht, was ihr wollt. Ich bin am Ende.

Ohne ihn um Erlaubnis zu bitten, goß Maigret sich ein Glas Schnaps ein, und erst, als er einen Schluck getrunken hatte, dachte er daran, auch das Glas des Ministers zu füllen.

2 Der Anruf des Ministerpräsidenten

Wohl schon so manches Mal im Laufe seiner Karriere hatte er dieses Gefühl gehabt, aber nie, schien es ihm, hatte er es so intensiv gespürt. Die Intimität dieses kleinen warmen Zimmers, ebenso der Geruch des Bauernschnapses, der Schreibtisch, der dem seines Vaters ähnelte, die Fotos der »Alten« an den Wänden, dies alles trug zu der Illusion bei, daß Maigret sich tatsächlich vorkam wie ein Arzt, den man in höchster Not gerufen und in dessen Hände der Patient sein Schicksal gelegt hat. Das Seltsamste war, daß der Mann, der ihm hier gegenübersaß und auf seine Diagnose zu warten schien, ihm so ähnlich war, wenn nicht wie ein Bruder, so doch zumindest wie ein Vetter. Und die Ähnlichkeit war nicht nur äußerlich. Ein Blick auf die Familienfotos sagte dem Kommissar, daß Point und er ungefähr dieselbe Herkunft hatten. Beide waren sie auf dem Lande geboren, beide kamen aus einer Bauernfamilie, die schon recht fortschrittlich dachte. Wahrscheinlich hatten die Eltern des Ministers wie auch Maigrets Eltern schon seit der Geburt ihres Jungen den Ehrgeiz gehabt, aus ihm einen Arzt oder Anwalt zu machen. Point hatte ihre Hoffnungen weit übertroffen. Lebten sie noch, um sich darüber freuen zu können?

Er wagte nicht gleich, solche Fragen zu stellen. Vor ihm saß ein zusammengebrochener Mensch, und der Grund dafür, das spürte er, war nicht Schwäche. Als er ihn so anblickte, stiegen in Maigret die verschiedensten Gefühle hoch: Ekel und Zorn, aber auch Mutlosigkeit.

Einmal in seinem Leben hatte er sich in einer ähnlichen, wenn auch weniger dramatischen Situation befunden, und das ebenfalls durch eine politische Affäre. Er war ganz zufällig da hineingestolpert. Er hatte genauso gehandelt, wie er handeln mußte, hatte sich nicht nur wie ein anständiger Mensch verhalten, sondern auch ganz so, wie es seine Pflicht als Beamter gebot.

In den Augen aller oder fast aller war er trotzdem im Unrecht gewesen. Er hatte vor einem Disziplinargericht erscheinen müssen, und da alles gegen ihn sprach, war man gezwungen gewesen, ihm die Schuld zuzuschieben.

Darum hatte er für eine Weile aus der Kriminalpolizei ausscheiden müssen, sah sich für ein Jahr zur Verkehrspolizei nach Luçon in der Vendée verbannt, genau dasselbe Departement, das Point in der Kammer vertrat. Wie seine Frau und seine Freunde es ihm immer wieder bestätigten, hatte er nach bestem Wissen und Gewissen gehandelt, und dennoch, unbewußt nahm er manchmal die Haltung eines Schuldigen an. Während der letzten Tage in der Abteilung der Kripo zum Beispiel wagte er nicht, obwohl man höheren Ortes über seinen Fall noch nicht endgültig entschieden hatte, seinen Untergebenen, nicht einmal einem Lucas oder Janvier, Befehle zu erteilen, und wenn er die große Treppe hinunterging, schlich er immer dicht an der Wand entlang.

Auch Point war nicht mehr imstande, mit nüchterner Klarheit über seinen eigenen Fall nachzudenken. Er hatte jetzt alles gesagt, was er zu sagen hatte. In den letzten Stunden hatte er sich benommen wie ein Mensch, der fühlt, daß er rettungslos versinkt, und der nur noch auf ein Wunder hofft.

War es nicht seltsam, daß er gerade an Maigret, den er nicht kannte und nie zuvor gesehen hatte, diesen Hilferuf richtete? Und unbewußt nahm Maigret jetzt diesen Ruf entgegen und stellte Fragen, die denen eines Arztes glichen, der versucht, eine Diagnose zu stellen.

»Haben Sie sich vergewissert, wer Piquemal eigentlich ist?«

»Ich habe meine Sekretärin in der Hochschule für Straßen- und Brückenbau anrufen lassen, und man hat ihr bestätigt, daß Jules Piquemal dort seit fünfzehn Jahren als Aufseher beschäftigt ist.«

»Ist es nicht sonderbar, daß er persönlich zu Ihnen gekommen ist, statt das Dokument dem Rektor der Hochschule zu übergeben?«

»Ich weiß es nicht. Ich habe nicht darüber nachgedacht.«

»Das scheint doch darauf hinzuweisen, daß er um die Bedeutung des Schriftstückes gewußt hat.«

»Ich glaube, ja.«

»Piquemal ist jedenfalls außer Ihnen der einzige, der seit dem Auffinden des Berichtes Gelegenheit gehabt hat, ihn zu lesen.«

»Wenn man von dem oder denen absieht, die ihn jetzt in Händen haben.«

»Damit wollen wir uns noch nicht beschäftigen. Wenn ich mich nicht täusche, hat außer Piquemal eine einzige Person seit Dienstagnachmittag, ein Uhr, gewußt, daß Sie im Besitz des Dokuments sind.«

»Sie meinen den Ministerpräsidenten?«

Point blickte Maigret entsetzt an. Der jetzige Regierungschef, Oscar Malterre, war ein Mann von fünfundsechzig Jahren, der seit seinem vierzigsten Lebensjahr fast allen Kabinetten angehört hatte.

Schon sein Vater war Präfekt gewesen, einer seiner Brüder war Abgeordneter und ein anderer Gouverneur einer Kolonie.

»Ich hoffe, Sie vermuten nicht . . .«

»Ich vermute nichts, Herr Minister. Ich versuche, mir ein Bild zu machen. Der Calame-Bericht befand sich gestern abend hier in diesem Zimmer. Heute nachmittag ist er nicht mehr hier. Sind Sie sicher, daß die Tür nicht aufgebrochen worden ist?«

»Sie können selbst nachschauen. Am Holz oder an dem Schloß sind keinerlei Spuren zu sehen. Vielleicht hat man einen Dietrich benutzt.«

»Und das Schloß an Ihrem Schreibtisch?«

»Hier, sehen Sie, es ist ein ganz einfaches Schloß. Wenn ich meinen Schlüssel mal vergessen hatte, genügte schon ein Stück Draht, um es zu öffnen.«

»Erlauben Sie mir, Ihnen weiter die üblichen Fragen eines Polizeibeamten zu stellen – nur, um die Möglichkeiten abzustecken. Wer außer Ihnen besitzt einen Schlüssel zu der Wohnung?«

»Meine Frau natürlich.«

»Sie haben mir gesagt, daß sie von dem Calame-Bericht nichts weiß.«

»Ich habe mit ihr nicht darüber gesprochen. Sie weiß nicht einmal, daß ich gestern und heute hier war.«

»Verfolgt sie die Politik näher?«

»Sie liest die Zeitungen, hält sich einigermaßen auf dem laufenden, damit wir gemeinsam über meine Arbeit sprechen können. Als man mir vorschlug, mich für die Wahl aufstellen zu lassen, hat sie versucht, mich davon abzubringen. Sie wollte auch nicht, daß ich Minister würde. Sie hat keine Ambitionen dafür.«

»Stammt sie auch aus La Roche-sur-Yon?«

»Ihr Vater war dort Anwalt.«

»Kommen wir wieder auf die Schlüssel zurück. Wer hat sonst noch einen?«

»Meine Sekretärin, Mademoiselle Blanche.«

»Wie heißt sie mit Nachnamen?«

Maigret machte sich in seinem schwarzen Büchlein Notizen.

»Blanche Lamotte. Sie ist . . . warten Sie . . . einundvierzig . . . nein, zweiundvierzig Jahre alt.«

»Kennen Sie sie schon lange?«

»Sie ist mit siebzehn, gleich nach Abschluß der Handelsschule, als Stenotypistin in meinen Dienst getreten und seitdem immer bei mir geblieben.«

»Ist sie auch aus La Roche?«
»Aus einem Dorf in der Nähe. Ihr Vater war Metzger.«
»Hübsch?«
Point schien nachzudenken, als ob er sich noch nie diese Frage gestellt hätte. »Nein, das kann man nicht sagen.«
»Ist sie in Sie verliebt?«
Maigret lächelte, als er sah, wie der Minister errötete.
»Woher wissen Sie das? Sagen wir mal, sie ist auf ihre Art verliebt. Ich glaube nicht, daß in ihrem Leben je ein Mann eine Rolle gespielt hat.«
»Ist sie eifersüchtig auf Ihre Frau?«
»Nicht im üblichen Sinn des Wortes. Ich nehme an, sie ist eifersüchtig auf das, was nur sie zu betreffen hat.«
»Das heißt, daß sie während der Bürostunden über Sie wacht.«
Obwohl Point selbst vieles erlebt hatte, war er überrascht über die so alltäglichen Wahrheiten, die Maigret aufdeckte.
»Sie war in Ihrem Büro, haben Sie mir gesagt, als Piquemal gemeldet wurde, und Sie haben sie hinausgeschickt. Hatten Sie, als Sie sie wieder hereinriefen, den Bericht noch in der Hand?«
»Ich glaube, ja . . . aber ich versichere Ihnen . . .«
»Verstehen Sie richtig, Herr Minister, ich klage niemanden an, ich verdächtige niemanden. Wie Sie versuche ich, in der Sache klarzusehen. Sind noch weitere Schlüssel zu dieser Wohnung vorhanden?«
»Meine Tochter hat einen.«
»Wie alt ist sie?«
»Anne-Marie? Vierundzwanzig Jahre.«
»Verheiratet?«
»Sie will, genauer gesagt, sie wollte im nächsten Monat heiraten. Aber bei dem Gewitter, das sich über uns zusammenbraut, weiß ich nicht, ob es noch möglich sein wird. Kennen Sie die Familie Courmont?«
»Dem Namen nach.«
So berühmt wie die Malterres in der Politik waren die Courmonts seit mindestens drei Generationen in der Diplomatie. Robert Courmont, der eine Villa in der Rue de la Faisanderie besaß und einer der letzten Franzosen war, die ein Monokel trugen, war dreißig Jahre lang Botschafter gewesen, unter anderem in Tokio und London, und war Mitglied des Instituts von Frankreich.
»Sein Sohn?«
»Alain Courmont, ja. Obwohl er erst zweiunddreißig ist, war er

schon Attaché an zwei oder drei Botschaften, und jetzt leitet er eine wichtige Abteilung im Außenministerium. Er hat eine Berufung nach Buenos Aires, wohin er sich drei Monate nach seiner Hochzeit begeben soll. Sie verstehen jetzt, daß die Situation noch tragischer ist, als es scheint. Ein Skandal, wie er mich morgen oder übermorgen erwartet . . .«

»War Ihre Tochter oft hier?«

»Seitdem wir offiziell im Ministerium wohnen, nicht mehr.«

»Ist sie nicht trotzdem manchmal hergekommen?«

»Ich will Ihnen lieber alles sagen, Herr Kommissar. Ich hätte Sie sonst nicht hierherbemühen müssen. Anne-Marie hat ihr Abitur gemacht und dann Geistes- und Literaturwissenschaften studiert. Sie ist kein Blaustrumpf, aber auch anders als die jungen Mädchen unserer Zeit. Vor etwa einem Monat habe ich hier einmal Zigarettenasche gefunden. Mademoiselle Blanche raucht nicht, ebensowenig meine Frau. Ich habe Anne-Marie gefragt, und sie hat mir gestanden, daß sie hin und wieder mit Alain in diese Wohnung käme. Ich habe nicht mehr darüber zu erfahren versucht. Ich erinnere mich noch genau an die Bemerkung, die sie ohne zu erröten und mit einem offenen Blick gemacht hat: ›Man muß realistisch sein, Vater. Ich bin vierundzwanzig Jahre alt und er zweiunddreißig.‹ – Haben Sie Kinder, Maigret?«

Der Kommissar schüttelte den Kopf.

»Heute haben Sie wohl keine Zigarettenasche hier gefunden?«

»Nein.«

Seit Point nur noch auf Maigrets Fragen antworten mußte, war er nicht mehr so niedergeschlagen wie zuvor. Er war ein Kranker, der dem Arzt antwortet, weil er weiß, daß dieser ihm schließlich helfen wird. Vielleicht hielt sich Maigret absichtlich bei dieser Schlüsselgeschichte auf?

»Und sonst hat niemand einen?«

»Mein Kabinettschef.«

»Wer ist das?«

»Jacques Fleury.«

»Kennen Sie ihn schon lange?«

»Ich war mit ihm zusammen auf dem Gymnasium und später auch auf der Universität.«

»Stammt er auch aus der Vendée?«

»Nein. Er ist aus Niort. Das ist nicht weit von dort. Ungefähr mein Alter.«

»Anwalt?«

»Er war nie in der Anwaltskammer eingeschrieben.«

»Warum nicht?«

»Er ist ein seltsamer Kerl. Seine Eltern hatten Geld. In seiner Jugend verspürte er keinerlei Bedürfnis, regelmäßig zu arbeiten. Alle halbe Jahre begeisterte er sich für etwas Neues. Eine Zeitlang zum Beispiel hatte er es sich in den Kopf gesetzt, eine Fischfangflotte auszurüsten, und er hat auch mehrere Schiffe besessen. Dann hat er sich mit einem Unternehmen für die Kolonien befaßt, das aber scheiterte. Ich habe ihn danach aus den Augen verloren. Als ich zum Abgeordneten gewählt worden war, bin ich ihm hin und wieder in Paris begegnet.«

»Ruiniert?«

»Ja, voll und ganz. Äußerlich sah man ihm das freilich nicht an, er wirkte immer sehr gepflegt und äußerst sympathisch, ja, er ist geradezu der Typ des sympathischen Gescheiterten.«

»Hat er Sie um Unterstützung gebeten?«

»Mehr oder weniger. Aber es war nicht der Rede wert. Kurz bevor ich Minister wurde, wollte es der Zufall, daß ich ihn öfter traf, und als ich einen Kabinettschef brauchte, war er gerade verfügbar.« Point runzelte seine buschigen Brauen. »Ich muß Ihnen hierzu noch etwas erklären. Sie haben gewiß keine Vorstellung, was es heißt, von einem Tag auf den anderen Minister zu werden. Nehmen Sie meinen Fall: Ich bin Anwalt, ein kleiner Provinzanwalt, gewiß, aber ich habe trotzdem umfassende Rechtskenntnisse. Nun, auf einmal war ich Minister für Öffentliche Arbeiten. Ich bin ohne Übergang, ohne Lehrzeit Chef eines Ministeriums geworden, in dem es von sachverständigen hohen Beamten und von so berühmten Leuten wie dem verstorbenen Calame wimmelt. Ich habe es wie die anderen gemacht. Ich habe eine sichere Haltung vorgetäuscht. Ich habe getan, als ob ich alles wüßte. Nichtsdestoweniger spürte ich rings um mich Ironie oder Feindseligkeit. Ich merkte auch, daß allerlei Intrigen im Gange waren, von denen ich aber nichts verstand.

Selbst mitten im Ministerium bleibe ich ein Fremder, denn auch dort befinde ich mich unter Leuten, die seit langem mit allen Schleichwegen der Politik vertraut sind.

Einen Mann wie Fleury bei mir zu haben, vor dem ich mich nicht zu verstellen brauche . . .«

»Ich verstehe. Als Sie Fleury zum Kabinettschef machten, hatte er da schon politische Ambitionen?«

»Er hatte nur jene vagen Beziehungen zur Politik, die man in Bars und Restaurants anknüpft.«

»Ist er verheiratet?«

»Er ist es gewesen. Ja, er ist es wohl noch, denn ich glaube nicht, daß er sich hat scheiden lassen. Zwei Kinder sind aus der Ehe hervorgegangen. Er lebt aber von seiner Frau getrennt. Er hat mindestens noch eine andere Wohnung in Paris, vielleicht sogar zwei. Er hat die Gabe, sich das Dasein zu komplizieren.«

»Sind Sie sicher, daß er nichts davon wußte, daß Sie im Besitz des Calame-Berichts waren?«

»Er hat nicht einmal Piquemal gesehen, als dieser im Ministerium war. Und ich habe ihm nichts davon gesagt.«

»Wie sind die Beziehungen zwischen Fleury und Mademoiselle Blanche?«

»Äußerlich freundlich. Im Grunde aber kann Mademoiselle Blanche ihn nicht riechen, denn innerlich ist sie recht spießbürgerlich, und Fleurys Liebesleben beleidigt sie und bringt sie auf. Sie sehen, wir kommen da zu nichts.«

»Sind Sie sicher, daß Ihre Frau nichts von Ihrer Anwesenheit hier ahnt?«

»Sie hat heute abend gemerkt, daß ich bedrückt war. Sie wollte, daß ich mich ins Bett legte, da dies mal ein Abend war, an dem ich keine wichtige Verpflichtung hatte. Ich habe ihr etwas von einer Versammlung erzählt ...«

»Hat sie Ihnen geglaubt?«

»Ich weiß es nicht.«

»Belügen Sie sie öfter?«

»Nein.«

Es war fast Mitternacht. Diesmal hatte der Minister die kleinen Gläser neu gefüllt und war dann seufzend zu dem Ständer gegangen, dem er eine gebogene Pfeife mit Silberring entnommen hatte.

Als sollte Maigrets Ahnung bestätigt werden, läutete das Telefon. Point blickte den Kommissar an, wie um ihn zu fragen, ob er den Hörer abnehmen solle.

»Das ist bestimmt Ihre Frau. Sie werden ihr nachher sowieso alles erzählen müssen.«

Der Minister nahm den Hörer ab. »Hallo ... ja ... ich bin's ...« Er machte bereits ein schuldbewußtes Gesicht. »Nein ... es ist jemand bei mir ... Wir hatten eine sehr wichtige Sache zu besprechen ... Ich werde dir nachher davon berichten ... Ich weiß nicht ... Es wird nicht mehr sehr lange dauern ... Sehr gut ... Ich versichere dir, ich fühle mich sehr gut ... Wie? ... Der Ministerpräsident? ... Er will, daß ...? Gut ... Ich werde sehen ... Ja, ich tue es sofort ... Bis gleich ...«

Er hatte Schweißtropfen auf der Stirn und blickte Maigret erneut an wie ein Mensch, der weder ein noch aus wußte.

»Aus dem Büro des Ministerpräsidenten ist dreimal angerufen worden. Der Ministerpräsident läßt mir sagen, ich solle mich telefonisch bei ihm melden, ganz gleich wann.«

Er wischte sich den Schweiß ab. Bei alldem hatte er vergessen, seine Pfeife anzuzünden.

»Was soll ich tun?«

»Sie rufen ihn an, vermute ich. Spätestens morgen früh müssen Sie ihm ja doch gestehen, daß Sie den Bericht nicht mehr haben, denn es ist ganz ausgeschlossen, daß wir ihn noch in dieser Nacht finden.«

Es hatte fast etwas Komisches an sich, Points Verwirrung zu sehen und zugleich das instinktive Vertrauen zu spüren, das er, wie so manche Leute, in die Macht der Polizei setzte.

»Glauben Sie?« kam es wie von selbst heraus. Er ließ sich auf seinen Stuhl fallen und wählte die Nummer, die er auswendig wußte.

»Hallo! Hier der Minister für Öffentliche Arbeiten ... Ich möchte den Ministerpräsidenten sprechen ... Entschuldigen Sie, Madame ... Hier spricht Point ... Ich glaube, Ihr Gatte erwartet ... Ja ... Ich bleibe am Apparat ...«

Er leerte sein Glas in einem Zug, wobei er auf einen der Knöpfe an Maigrets Jackett starrte.

»Ja, verehrter Herr Ministerpräsident ... Entschuldigen Sie bitte, daß ich Sie nicht eher angerufen habe ... Es geht mir besser, ja ... Es war nichts weiter ... Vielleicht nur Erschöpfung ... und auch ... ich wollte Ihnen sagen ...«

Maigret hörte in dem Apparat das Vibrieren einer Stimme, die nichts Beruhigendes hatte. Point wirkte wie ein gescholtenes Kind, das sich vergeblich zu rechtfertigen sucht.

»Ja ... ich weiß ... Glauben Sie mir ...«

Endlich ließ man ihn sprechen. Er suchte nach Worten.

»Ach, es hat sich etwas Entsetzliches ereignet! ... Wie meinen Sie? ... Es handelt sich um den Bericht, ja ... Ich hatte ihn gestern in meine Privatwohnung mitgenommen ... Boulevard Pasteur, ja ...«

Wenn man ihm doch wenigstens erlaubt hätte, die Sache so zu erzählen, wie er wollte. Aber immer wieder wurde er unterbrochen und kam daher ganz aus dem Konzept.

»Ja ... ich pflege hier zu arbeiten, wenn ... Wie? ... Ja, im Augenblick bin ich hier ... Nein, meine Frau wußte nichts davon, sonst hätte sie mir Ihre Nachricht übermittelt ... Nein! Ich habe den Bericht nicht mehr ... Das will ich Ihnen ja die ganze Zeit erklären ... Ich hatte ihn hiergelassen, weil ich glaubte, daß er hier sicherer sei als im Ministerium, und als ich ihn heute nachmittag nach unserer Besprechung holen wollte ...«

Maigret wandte den Kopf ab, als er sah, wie eine Träne der Erregung oder Demütigung unter den großen Lidern hervortropfte.

»Ich habe die ganze Zeit danach gesucht. Nein! Natürlich habe ich das nicht getan ...«

Die Hand auf die Sprechmuschel haltend, flüsterte er Maigret zu: »Er fragt mich, ob ich die Polizei benachrichtigt hätte ...«

Dann hörte er wieder resigniert zu und murmelte manchmal: »Ja ... ja, ja, ich verstehe.«

Sein Gesicht war schweißbedeckt. Maigret war versucht, das Fenster zu öffnen.

»Ich schwöre Ihnen, verehrter Herr Ministerpräsident ...«

Die Deckenlampe war nicht eingeschaltet. Die beiden Männer in der Zimmerecke wurden nur von einer Lampe mit grünem Schirm beleuchtet, die das übrige Zimmer im Dunkel ließ. Hin und wieder hörte man durch den Nebel des Boulevards ein Taxi hupen, und ganz selten pfiff ein Zug.

Die Bilder an der Wand zeigten zum einen Points Vater, als er etwa fünfundsechzig Jahre alt war. Nach Points jetzigem Alter zu urteilen, mußte die Aufnahme schon vor mindestens zehn Jahren gemacht worden sein. Auf dem anderen Bild war seine Mutter als kaum dreißigjährige Frau dargestellt. Sie trug ein Kleid und eine Frisur, wie sie zu Anfang des Jahrhunderts modern waren. Maigret schloß daraus, daß sie starb, als ihr Junge noch ganz klein war – wie seine eigene Mutter.

Es gab Möglichkeiten, von denen er dem Minister noch nichts gesagt hatte, und die er unbewußt zu überdenken begann. Angeregt durch den Telefonanruf, den er zufällig mithörte, dachte er an Malterre, den Ministerpräsidenten, der zugleich Innenminister war und dem deshalb die Sûreté unterstand. Hatte Malterre am Ende Wind von Piquemals Besuch am Boulevard Saint-Germain bekommen und Auguste Point überwachen lassen? Oder hatte er sogar nach der Besprechung, die er mit ihm gehabt hatte ...

Man konnte sich das alles vorstellen, ebenso auch, daß er das Dokument in seinen Besitz bringen wollte, um es zu vernichten oder als

Trumpf in der Hand zu behalten. Der gängige journalistische Ausdruck stimmte in diesem Fall wirklich: der Calame-Bericht war eine Bombe, die dem, der sie in Händen hielt, ungeahnte Möglichkeiten gab.

»Ja, verehrter Herr Ministerpräsident ... Nicht die Polizei, ich sage es Ihnen noch einmal ...«

Der andere schien ihm mit Fragen zuzusetzen, die ihn aus dem Gleichgewicht brachten. Sein Blick flehte Maigret um Hilfe an, aber hier war keine Hilfe möglich. Er wankte schon.

»Die Person in diesem Zimmer befindet sich hier nicht als ...«

Und dabei war er doch ein moralisch und physisch starker Mann. Maigret hielt sich ebenfalls für stark, und trotzdem war er einst selbst auch weich geworden, als man ihn, wenn auch nicht so heftig, in die Zange genommen hatte. Was ihn damals am meisten niedergeschmettert hatte, erinnerte er sich – und würde er sich sein ganzes Leben lang erinnern –, war das Gefühl, es mit einer Macht ohne Namen und Gesicht zu tun zu haben, die sich nicht fassen läßt. Und auch, daß diese Macht, das Wort »Macht«, von jedermann mit dem Wort »Recht« gleichgesetzt wurde. Point gab auf.

»Es ist Kommissar Maigret ... Ich habe ihn gebeten, privat zu mir zu kommen ... Ich bin sicher, daß er ...«

Man unterbrach ihn. Der Hörer vibrierte.

»Keine Spur, nein ... Niemand ... Nein, meine Frau weiß auch nichts darüber ... Meine Sekretärin ebensowenig ... Ich schwöre es Ihnen, Herr Ministerpräsident ...«

Er vergaß das übliche »verehrter« und wurde ganz demütig.

»Ja ... um neun Uhr. Ich verspreche es Ihnen ... Sie möchten ihn sprechen? ... Einen Augenblick ...« Beschämt blickte er auf Maigret. »Der Ministerpräsident möchte ...«

Der Kommissar ergriff den Hörer. »Ich höre, Herr Ministerpräsident.«

»Sie sind, wie ich von meinem Kollegen von den Öffentlichen Arbeiten erfahre, über die Angelegenheit bereits im Bilde.«

»Ja, Herr Ministerpräsident.«

»Ich brauche Ihnen wohl nicht zu wiederholen, daß die Sache streng geheim bleiben muß. Es kann also nicht davon die Rede sein, eine amtliche Untersuchung einzuleiten. Die Sûreté wird sich ebenfalls nicht damit befassen.«

»Ich habe verstanden, Herr Ministerpräsident.«

»Wenn Sie natürlich persönlich und ohne irgendeinen offiziellen Schritt zu unternehmen, ohne sich auch nur den Anschein zu geben, daß Sie sich mit dem Fall beschäftigen, irgend etwas bezüglich des Berichts entdecken, dann lassen Sie mich ...«

Er verbesserte sich. Er selbst wollte nicht in die Affäre hineingezogen werden.

»... dann lassen Sie es meinen Kollegen Point wissen.«

»Ja, Herr Ministerpräsident.«

»Das ist alles.«

Maigret wollte dem Minister den Hörer reichen, aber am anderen Ende der Leitung hatte man schon eingehängt.

»Verzeihen Sie mir, Maigret. Er hat mich so in die Enge getrieben, daß ich von Ihnen sprechen mußte. Bevor er seine politische Laufbahn begann, soll er ein berühmter Verteidiger gewesen sein, und ich glaube das gern. Es ist mir sehr peinlich, Sie in eine Situation gebracht zu haben ...«

»Sehen Sie ihn morgen früh?«

»Um neun Uhr. Er will nicht, daß die anderen Minister des Kabinetts etwas von der Sache erfahren. Am meisten beunruhigt es ihn, daß Piquemal auspacken könnte oder gar schon ausgepackt hat, weil er außer uns dreien der einzige ist, der weiß, daß das Dokument wiedergefunden worden ist.«

»Ich werde versuchen herauszubekommen, was für ein Mensch er ist.«

»Ohne sich dabei zu erkennen zu geben, nicht wahr?«

»Ich mache Sie allerdings in aller Aufrichtigkeit darauf aufmerksam, daß ich verpflichtet bin, mit meinem Chef darüber zu reden. Ich werde aber nicht auf die Einzelheiten eingehen, das heißt also, nicht von dem Bericht sprechen. Er muß jedoch unbedingt wissen, daß ich für Sie arbeite. Wenn es sich nur um mich handelte, könnte ich mich mit der Affäre außerhalb meiner Dienstzeit befassen, aber ich brauche gewiß einige meiner Mitarbeiter dazu ...«

»Werden sie davon erfahren?«

»Sie werden nichts von dem Bericht erfahren, das verspreche ich Ihnen.«

»Ich war bereit, ihm meinen Rücktritt anzubieten, aber er ist mir zuvorgekommen, indem er sagte, er habe nicht einmal die Möglichkeit, mich aus dem Kabinett zu entlassen, denn dann würde die Wahrheit aufgedeckt oder zumindest würden jene Verdacht schöpfen, die die letzten politischen Ereignisse verfolgt haben. Von jetzt an bin ich das räudige Schaf, und meine Kollegen ...«

»Sind Sie ganz sicher, daß die Papiere, die Sie besaßen, tatsächlich eine Abschrift des Calame-Berichts waren?«

Point sah überrascht auf.

»Sie denken, daß es vielleicht eine Fälschung war?«

»Ich denke nichts. Ich prüfe nur weiter alle Hypothesen. Indem man Ihnen einen Calame-Bericht, sei es nun der echte oder ein falscher, in die Hand gibt und ihn dann verschwinden läßt, bringt man Sie und die Regierung automatisch in ein schiefes Licht, denn man wird Sie beschuldigen, ihn vernichtet zu haben.«

»In diesem Fall werden wir davon schon morgen sprechen hören.«

»Nicht unbedingt so schnell. Ich möchte gern wissen, wo und unter welchen Umständen der Bericht gefunden worden ist.«

»Glauben Sie, Sie können das herausbekommen, ohne daß es jemand merkt?«

»Ich werde es versuchen. Sie haben mir nun wohl alles gesagt, Herr Minister? Wenn ich Sie so bedränge, dann nur, weil es unter den gegenwärtigen Umständen wichtig ist, daß ...«

»Ich weiß. Eine winzige Einzelheit habe ich bis jetzt noch nicht erwähnt. Wir haben am Anfang unseres Gesprächs über Arthur Nicoud gesprochen. Als ich ihn kennenlernte – ich weiß nicht mehr, bei welchem Diner –, war ich ein einfacher Abgeordneter, und es wäre mir nicht im Traum der Gedanke gekommen, daß ich eines Tages an der Spitze des Ministeriums für Öffentliche Arbeiten stehen würde. Ich wußte, daß er einer der Teilhaber der Firma Nicoud & Sauvegrain in der Avenue de la République war.

Arthur Nicoud benahm sich nicht wie ein emsiger Geschäftsmann, sondern wie ein Mann von Welt. Entgegen dem, was man denken könnte, ist er weder der Typ des Neureichen noch des Geldmenschen. Er ist gebildet, er versteht zu leben. In Paris verkehrt er in den besten Restaurants, immer umgeben von hübschen Frauen, vor allem von Schauspielerinnen und Filmstars. Ich glaube, alles, was in der Welt der Kunst und Politik einen Namen hat, ist mindestens einmal zu seinen Sonntagen in Samois eingeladen worden.

Ich habe dort viele Kollegen aus der Kammer, Zeitungsverleger und Gelehrte getroffen, Leute, für deren Lauterkeit ich mich verbürge. Nicoud selbst wirkt in seinem Landhaus wie jemand, dem es auf nichts so sehr ankommt, wie seinen Gästen in einem erlesenen Rahmen die feinsten Delikatessen vorzusetzen.

Meine Frau hat ihn nie gemocht.

Wir waren vielleicht sechsmal dort, aber nie seine einzigen Gäste. Wir waren nie vertraut miteinander. An manchen Sonntagen saßen dort beim Mittagessen bis zu dreißig Personen an kleinen Tischen, und hinterher versammelte man sich in der Bibliothek oder rings um das Schwimmbassin.

Bis jetzt habe ich Ihnen noch nicht erzählt, daß vor ein oder zwei Jahren, wenn ich mich nicht täusche, ja, es war vor zwei Jahren, meine Tochter zu Weihnachten einen winzigen goldenen Füllfederhalter geschenkt bekommen hat, auf dem Nicouds Initialen eingraviert waren und dem seine Visitenkarte beilag.

Eigentlich wollte ich ihm das Geschenk zurückschicken. Ich weiß nicht mehr, mit welchem meiner Kollegen ich darüber gesprochen habe, aber ich war ziemlich verstimmt darüber. Mein Kollege sagte mir, Nicouds Geste habe nichts zu bedeuten, es sei sein Stekkenpferd, zu jedem Jahresende den Frauen oder Töchtern seiner Gäste ein kleines Angebinde zu verehren. In jenem Jahr waren es Füllfederhalter, die er gewiß zu Dutzenden bestellt hatte. In einem anderen Jahr waren es Puderdosen gewesen, auch alle aus Gold. Er scheint eine Leidenschaft für Gold zu haben.

Meine Tochter hat den Füllfederhalter behalten. Ich glaube, sie benutzt ihn noch.

Wenn nun morgen die Geschichte von dem Calame-Bericht in allen Zeitungen steht und dazu noch, daß die Tochter Auguste Points den goldenen Füllfederhalter bekommen und angenommen hat . . .«

Maigret nickte. So ein Detail ließ sich nicht bagatellisieren.

»Sonst nichts? Hat er Ihnen kein Geld geliehen?«

Point errötete bis an die Haarwurzeln. Maigret begriff, warum. Nicht weil sich der Minister etwas vorzuwerfen hatte, sondern weil von nun an jeder das Recht hatte, ihm diese Frage zu stellen.

»Niemals! Ich kann es beschwören . . .«

»Ich glaube es Ihnen. Sie besitzen keine Aktien der Firma Nicoud & Sauvegrain?«

Der Minister verneinte mit einem bitteren Lächeln.

»Ich werde gleich morgen früh mein möglichstes tun«, versprach Maigret. »Sie sind sich klar darüber, daß ich über die ganze Sache weniger weiß als Sie und daß ich mit den politischen Kreisen so wenig vertraut bin, wie man es nur sein kann. Ich bezweifle, wie ich Ihnen schon gesagt habe, daß wir den Bericht finden können, bevor jener, der ihn in Händen hat, sich seiner bedient.

Hätten Sie selbst den Bericht vernichtet, um diejenigen Ihrer Kollegen, die er kompromittiert, zu schützen?«

»Bestimmt nicht.«

»Selbst wenn der Parteivorsitzende Sie darum gebeten hätte?«

»Selbst wenn der Ministerpräsident mir das nahegelegt hätte.«

»Ich war fast sicher. Verzeihen Sie, daß ich Ihnen diese Frage gestellt habe. Jetzt ist es Zeit, daß ich gehe, Herr Minister.«

Die beiden Männer erhoben sich. Point reichte Maigret seine große behaarte Hand.

»Ich muß Sie um Verzeihung bitten, daß ich Sie in das alles hineinziehe. Ich fühlte mich so entmutigt, so aus dem Gleichgewicht gebracht ...«

Jetzt war ihm wieder leichter ums Herz, denn er hatte sein Schicksal in die Hände eines anderen gelegt. Er sprach mit normaler Stimme, knipste die Deckenbeleuchtung an, öffnete die Tür.

»Sie können mich nicht im Ministerium aufsuchen, denn Sie sind zu bekannt und es würde darum auffallen. Sie können mich auch nicht anrufen, denn ich mißtraue dem Abhördienst, wie ich Ihnen schon gesagt habe. Diese Wohnung ist für niemanden ein Geheimnis. Wie können wir also in Kontakt bleiben?«

»Ich werde schon Mittel und Wege finden, Sie zu treffen, wenn es notwendig sein wird. Sie können, wie Sie es heute getan haben, abends, von einer öffentlichen Telefonzelle aus, immer bei mir zu Hause anrufen, und wenn ich nicht da bin, hinterlassen Sie meiner Frau eine Nachricht.«

Sie hatten beide im gleichen Augenblick den gleichen Gedanken und konnten sich nicht eines Lächelns erwehren. Glichen sie nicht, wie sie da vor der Tür standen, Verschwörern?

»Gute Nacht, Herr Minister.«

»Danke, Maigret. Gute Nacht.«

Der Kommissar machte sich nicht die Mühe, den Fahrstuhl heraufzuholen. Er stieg die vier Treppen hinunter, ließ sich unten die Tür öffnen und stand dann draußen auf der Straße im Nebel, der noch dichter und kälter geworden war. Wenn er ein Taxi finden wollte, mußte er bis zum Boulevard Montparnasse gehen. Die Pfeife zwischen den Zähnen und die Hände in den Taschen, bog er rechts ein, und als er etwa zwanzig Meter gegangen war, leuchteten vor ihm zwei starke Scheinwerfer auf, und im selben Augenblick wurde der Motor eines Autos angelassen. Der Nebel hinderte Maigret daran, die Entfernung abzuschätzen. Einen Moment lang hatte er das Gefühl, daß das Auto, das anzufahren begann, direkt auf ihn zukam. Aber es fuhr an ihm vorbei, nachdem es ihn ein paar Sekunden lang mit seinen Lampen angestrahlt hatte.

Er hatte nicht die Zeit gehabt, die Hand zu heben, um sein Gesicht zu bedecken, was ihm übrigens auch ganz sinnlos erschienen wäre. Wahrscheinlich hatte jemand versucht herauszubekommen, wer an diesem Abend so lange bei dem Minister gewesen war, in dessen Wohnung die Fenster erleuchtet waren.

Maigret zuckte die Schultern und setzte seinen Weg fort. Nur noch ein Liebespaar begegnete ihm, das langsam, Arm in Arm und Kopf an Kopf, dahinschritt und ihn fast anstieß.

Er fand schließlich ein Taxi. Bei ihm zu Hause am Boulevard Richard-Lenoir brannte noch Licht. Wie immer zog er seinen Schlüssel heraus, und wie immer öffnete ihm seine Frau, bevor er das Schloß gefunden hatte. Sie war im Nachthemd und barfüßig, hatte ganz verschlafene Augen und legte sich auch gleich wieder ins Bett.

»Wie spät ist es?« fragte sie mit einer fern klingenden Stimme.

»Zehn nach eins.«

Er lächelte im Gedanken daran, daß in einer anderen, eleganteren, aber unpersönlichen Wohnung ein anderes Paar in diesem Augenblick fast das gleiche erlebte.

Point und seine Frau allerdings fühlten sich dort nicht heimisch. Es war weder ihr Schlafzimmer noch ihr Bett. Sie wohnten als Fremde in dem gewaltigen Amtsgebäude, das ihnen voller Fallen erscheinen mußte.

»Was wollte der Minister von dir?«

»Ehrlich gesagt, ich weiß es auch nicht recht.«

Sie schlief noch halb und bemühte sich, ganz wach zu werden, während er sich auszog.

»Du weißt nicht, warum er dich sehen wollte?«

»Wohl, um mich um einen Rat zu bitten.«

Er wollte das Wort Trost, das angebrachter gewesen wäre, nicht benutzen. Es war seltsam: hier in der vertrauten, fast greifbaren Atmosphäre seiner Wohnung reizte das Wort Calame-Bericht geradezu zum Lachen ... Vor einer halben Stunde am Boulevard Pasteur klang dieses Wort dramatisch. Ein Minister in einer verzweifelten Lage sprach es in einer Art Entsetzen aus. Ein Ministerpräsident hatte sich extra bemüht und davon wie von der bedeutendsten Staatsaffäre gesprochen. Es handelte sich um etwa dreißig Blätter Papier, die jahrelang auf einem Speicher gelegen hatten, ohne daß sich jemand um sie gekümmert hatte und die von einem Aufseher vielleicht durch puren Zufall entdeckt worden waren.

»Woran denkst du?«

»An einen gewissen Piquemal.«

»Wer ist das?«

»Ich weiß es selbst nicht genau.«

Es stimmte, er dachte an Piquemal, oder vielmehr, er wiederholte sich die drei Silben seines Namens und fand sie sehr komisch.

»Schlaf gut.«

»Du auch. Übrigens, weck mich morgen früh um sieben.«

»Warum so früh?«

»Ich muß telefonieren.«

Madame Maigret hatte schon den Arm ausgestreckt, um den Lichtschalter, der sich neben ihrem Bett befand, auszudrehen.

3 Der Unbekannte aus der kleinen Bar

Eine Hand berührte sanft seine Schulter, und zugleich flüsterte ihm eine Stimme ins Ohr: »Maigret! Es ist sieben Uhr.«

Aus der Kaffeetasse, die seine Frau in der Hand hielt, stieg Maigret ein verführerischer Duft in die Nase. Seine Sinne und sein Hirn begannen zu funktionieren; es war ungefähr so, wie wenn die Mitglieder eines Orchesters ihre Instrumente stimmen. Noch fehlte der Einklang. Sieben Uhr. Dieser Tag unterschied sich also von den anderen, denn gewöhnlich stand er erst um acht Uhr auf. Ohne die Lider aufzuschlagen, spürte er, daß die Sonne schien, obwohl der Tag zuvor nebelig gewesen war. Noch bevor ihm bei dem Gedanken an den Nebel der Boulevard Pasteur ins Gedächtnis kam, spürte er einen schlechten Geschmack im Munde, wie er ihn seit langem beim Aufwachen nicht mehr gehabt hatte. Hatte er etwa einen Brummschädel? Dabei fielen ihm wieder die kleinen Gläser ohne Fuß und der Bauernschnaps des Ministers ein. Verdrossen öffnete er die Augen, setzte sich in seinem Bett auf und stellte dabei erleichtert fest, daß er keine Kopfschmerzen hatte. Es war ihm gestern abend gar nicht bewußt geworden, daß sie beide ihre Gläser einige Male geleert hatten.

»Müde?« fragte ihn seine Frau.

»Nein. Es geht schon.«

Mit verschwollenen Augen trank er seinen Kaffee in kleinen Schlucken, wobei er um sich blickte und mit einer verschlafenen Stimme brummte: »Es ist schönes Wetter.«

»Ja. Wir haben Rauhreif.«

Die Sonne war herb und frisch wie weißer Landwein. Das Leben am Boulevard Richard-Lenoir erwachte mit den verschiedensten vertrauten Geräuschen.

»Mußt du schon so früh fort?«

»Nein. Ich muß nur mit Chabot telefonieren, und nach acht Uhr erreiche ich ihn unter Umständen nicht mehr zu Hause. Wenn in Fontenay-le-Comte Markttag ist, geht er sogar schon um halb acht aus dem Haus.«

Julien Chabot, Untersuchungsrichter in Fontenay-le-Comte, wo er zusammen mit seiner Mutter in seinem großen Geburtshaus wohnte, war einer von Maigrets Freunden aus der Zeit, als er in Nantes studiert hatte. Vor zwei Jahren, auf der Rückreise von einem Kongreß in Bordeaux, hatte ihn Maigret zum letztenmal gesehen. Die alte Madame Chabot besuchte immer die Frühmesse um sechs Uhr, und schon um sieben herrschte reges Leben im Hause. Um acht Uhr ging Julien fort, aber nicht ins Gerichtsgebäude, wo er mit Arbeit nicht gerade überhäuft war, sondern um in den Straßen der Stadt oder entlang der Vendée spazierenzugehen.

»Gib mir bitte noch eine Tasse Kaffee.«

Er zog sich das Telefon heran und verlangte das Fernamt. In dem Augenblick, da die Telefonistin die Nummer wiederholte, ging es ihm plötzlich durch den Kopf, daß, wenn eine seiner Hypothesen vom Vorabend stimmte, seine Gespräche jetzt bereits überwacht wurden. Das machte ihn noch verdrießlicher. Auf einmal spürte er wieder den Ekel, den er empfunden hatte, als er gegen seinen Willen in eine politische Machenschaft hineingezogen worden war. Darum grollte er auch Auguste Point, den er überhaupt nicht gekannt hatte, dem er nie begegnet war und der es für gut gehalten hatte, sich an ihn zu wenden, damit er ihm aus der Patsche helfe ...

»Madame Chabot? ... Hallo! ... Ist Madame Chabot am Apparat? ... Hier Maigret ... Nein! Maigret! ...«

Sie war schwerhörig. Er mußte seinen Namen fünf- oder sechsmal wiederholen und dann noch hinzufügen: »Jules Maigret, der von der Polizei ...«

Da rief sie: »Sind Sie in Fontenay?«

»Nein. Ich telefoniere aus Paris. Ist Ihr Sohn da?«

Sie sprach so laut und so dicht am Apparat, daß er kein Wort verstand. Es dauerte gut eine Minute, bis er die Stimme seines Freundes Chabot vernahm.

»Julien?«

»Ja.«

»Kannst du mich verstehen?«

»So deutlich, als ob du vom Bahnhof telefoniertest. Wie geht es dir?«

»Sehr gut. Hör mal, ich muß dich um einige Auskünfte bitten. Warst du gerade beim Frühstück?«

»Ja, aber das macht nichts.«

»Kennst du Auguste Point?«

»Den Minister?«

»Ja.«

»Ich bin ihm oft begegnet, als er noch Anwalt in La Roche-sur-Yon war.«

»Was hältst du von ihm?«

»Er ist ein bemerkenswerter Mann.«

»Erzähl mir mehr von ihm. Alles, was dir einfällt.«

»Sein Vater, Evariste Point, besitzt in Sainte-Hermine, der Stadt Clémenceaus, ein nicht nur wegen seiner Zimmer, sondern auch wegen seiner guten Küche berühmtes Hotel. Feinschmecker von überallher kommen zum Essen dorthin. Er muß schon in den Achtzigern sein. Vor einigen Jahren hat er den Betrieb seiner Tochter und seinem Schwiegersohn übergeben, aber er kümmert sich immer noch selbst darum. Auguste Point, sein einziger Sohn, hat ungefähr zur gleichen Zeit wie wir studiert, aber in Poitiers und dann in Paris. Hörst du noch?«

»Ja.«

»Soll ich fortfahren? Er war ein tüchtiger Schüler, ein wahrer Büffler. Nach dem Studium hat er eine Anwaltskanzlei in La Roche-sur-Yon an der Place de la Préfecture eröffnet. Du kennst ja die Stadt. Er hat sich dort einige Jahre lang vor allem mit Prozessen zwischen Pächtern und Eigentümern befaßt. Dann hat er die Tochter eines Anwalts, Arthur Belion, geheiratet, der vor zwei oder drei Jahren gestorben ist und dessen Witwe noch in La Roche lebt.

Ohne den Krieg würde Auguste Point wohl nach wie vor friedlich in der Vendée und in Poitiers plädieren.

In den Besatzungsjahren hat er nicht von sich reden gemacht, sondern sein bescheidenes Leben weitergeführt, als ob alles wie immer wäre. Alle waren überrascht, als die Deutschen ihn wenige Wochen vor ihrem Rückzug verhafteten und erst nach Niort und dann irgendwohin ins Elsaß brachten. Bei derselben Aktion haben sie noch drei oder vier andere Männer festgenommen, darunter einen Chirurgen aus Bressuires, und da hat man erfahren, daß Point während des ganzen Krieges auf einem ihm gehörenden Bauernhof in der Nähe von La Roche englische Agenten und aus deutschen Lagern geflüchtete Flieger beherbergt hat. Einige Tage nach der Befreiung ist er dann sehr abgemagert und elend zurückgekommen. Er hat nicht versucht, sich in den Vordergrund zu schieben, ist keinem Komitee beigetreten, in keinem Umzug mitmarschiert.

Du erinnerst dich ja wohl noch an den Wirrwarr damals. Auch in der Politik ging alles drunter und drüber. Man wußte nicht mehr, wer sauber war und wer nicht.

Als man sich schließlich überhaupt nicht mehr zurechtfand, hat man sich an Point gewandt.

Er hat gute Arbeit geleistet, ohne es an die große Glocke zu hängen und sich den Kopf verdrehen zu lassen, und wir haben ihn dann als Abgeordneten nach Paris geschickt.

Das ist so etwa seine ganze Geschichte. Die Points haben ihr Haus an der Place de la Préfecture behalten. Nur während der Sitzungsperioden der Kammer wohnten sie in Paris und kamen immer gleich im Anschluß daran zurück. Point hat neben seiner Tätigkeit als Abgeordneter auch immer noch als Anwalt gearbeitet. Ich glaube, seine Frau hilft ihm viel. Sie haben eine Tochter.«

»Ich weiß.«

»Nun, dann weißt du ja so viel wie ich.«

»Kennst du seine Sekretärin?«

»Mademoiselle Blanche? Ich habe sie oft in seinem Büro gesehen. Wir nannten sie immer den Drachen, weil sie ihren Chef so streng bewachte.«

»Sonst hast du nichts von ihr zu berichten?«

»Ich nehme an, daß sie nach Art der alten Jungfern in ihn verliebt ist.«

»Sie hat aber schon für ihn gearbeitet, bevor sie eine alte Jungfer war.«

»Ich weiß. Aber das ist eine andere Frage, und ich kann dir nicht darauf antworten. Was ist denn los?«

»Noch nichts. Kennst du einen gewissen Jacques Fleury?«

»Wenig. Es ist schon mindestens zwanzig Jahre her, daß ich ihn zwei- oder dreimal getroffen habe. Er muß in Paris leben. Ich weiß nicht, was er tut.«

»Hab jedenfalls schönen Dank und verzeih noch einmal, daß ich dich von deinem Kaffee abgehalten habe.«

»Meine Mutter hält ihn warm.«

Maigret, der nicht wußte, was er sonst noch sagen sollte, fügte hinzu: »Ist bei euch schönes Wetter?«

»Die Sonne scheint, aber die Dächer sind bereift.«

»Hier ist es auch kalt. Auf bald, mein Lieber. Empfiehl mich deiner Mutter.«

»Auf Wiedersehen, Jules.«

Für Julien Chabot war dieser Telefonanruf ein Ereignis, und er dachte auf seinem Spaziergang durch die Straßen der Stadt gewiß darüber nach, wobei er sich fragen mochte, warum Maigret sich mit dem Tun und Lassen des Ministers für Öffentliche Arbeiten beschäftigte.

Der Kommissar frühstückte nun ebenfalls, noch immer mit einem Nachgeschmack von Alkohol im Mund. Als er aus dem Haus trat, beschloß er, zu Fuß zu gehen, begab sich auf dem Weg für einen Augenblick in ein Bistro an der Place de la République, um sich den Magen mit einem Glas Weißwein auszuspülen. Entgegen seiner Gewohnheit kaufte er alle Morgenzeitungen und traf am Quai des Orfèvres pünktlich zum Rapport ein. Solange seine Kollegen im Zimmer des Chefs versammelt waren, sagte er nichts, hörte er kaum zu und blickte nur hin und wieder einmal auf die Seine und die Fußgänger auf dem Pont Saint-Michel. Als die anderen dann gingen, blieb er noch. Der Chef wußte, was das zu bedeuten hatte.

»Was gibt's, Maigret?«

»Eine peinliche Geschichte«, antwortete er nur.

»In der Abteilung?«

»Nein. In Paris ist es nie so ruhig gewesen wie in den letzten fünf Tagen. Nur, gestern abend bin ich von einem Minister persönlich angerufen worden, und er hat mich gebeten, mich mit einer Affäre zu befassen, die ich nicht schätze. Ich konnte es aber nicht abschlagen. Ich habe ihm gesagt, daß ich mit Ihnen darüber sprechen würde, ohne allerdings Einzelheiten zu erwähnen.«

Der Leiter der Kriminalpolizei runzelte die Brauen. »Eine unangenehme Sache?«

»Eine sehr unangenehme.«

»Die was mit der Clairfond-Geschichte zu tun hat?«

»Ja.«

»Ein Minister gibt Ihnen von sich aus einen Auftrag?«

»Der Ministerpräsident weiß davon.«

»Ich habe kein Verlangen, mehr darüber zu wissen. Machen Sie's, mein Lieber, wenn es nun mal sein muß. Aber seien Sie vorsichtig.«

»Ich will's versuchen.«

»Brauchen Sie ein paar Männer?«

»Drei oder vier bestimmt. Sie werden aber nicht erfahren, worum genau es sich handelt.«

»Warum haben die sich nicht an die Sûreté gewandt?«

»Verstehen Sie das nicht?«

»Doch. Aber gerade das beunruhigt mich für Sie. Nun denn ...«

Maigret ging in sein Büro zurück und öffnete die Tür zu dem Zimmer der Inspektoren.

»Kannst du einen Augenblick kommen, Janvier?«

Dann sah er Lapointe, der sich gerade zum Fortgehen fertigmachte, und sagte zu ihm: »Hast du eine wichtige Arbeit?«

»Nein, Chef. Nur das Übliche.«

»Dann übergib das einem anderen und warte auf mich. Du auch, Lucas.«

Als er mit Janvier in seinem Büro allein war und die Tür geschlossen hatte, sagte er: »Ich habe einen Auftrag für dich. Du hast dabei keinen schriftlichen Bericht abzufassen oder irgend jemand anderem als mir darüber Bescheid zu geben. Wenn du unvorsichtig bist, kann dich das teuer zu stehen kommen.«

Janvier lächelte, glücklich darüber, daß man ihm eine delikate Aufgabe anvertraute.

»Der Minister für Öffentliche Arbeiten hat eine Sekretärin, die Blanche Lamotte heißt und etwa dreiundvierzig Jahre alt ist.«

Er hatte sein Notizbuch aus der Tasche gezogen.

»Ich weiß nicht, wo sie wohnt und wie ihre Dienststunden sind. Ich muß Näheres über ihr Tun und Treiben erfahren, über ihr privates Leben und über die Leute, mit denen sie verkehrt. Aber weder sie noch sonst jemand darf auch nur das geringste davon merken, daß die Kripo sich mit ihr befaßt. Vielleicht kannst du, wenn du mittags den Angestelltenausgang im Ministerium beobachtest, herausbekommen, wo sie zu Mittag ißt. Schau, wie du dabei zurechtkommst. Wenn sie dennoch merkt, daß du dich für sie interessierst, spiele notfalls den Verliebten.«

Janvier, der verheiratet war und eben sein viertes Kind bekommen hatte, verzog das Gesicht.

»Verstanden, Chef. Ich werde mein Bestes tun. Soll ich etwas Bestimmtes herausfinden?«

»Nein. Berichte mir alles, was du erfährst, und ich werde dann sehen, was davon zu gebrauchen ist und was nicht.«

»Ist es dringend?«

»Sehr. Du sagst aber niemandem ein Wort davon, nicht einmal Lapointe oder Lucas, verstanden?«

Er öffnete von neuem die Verbindungstür.

»Lapointe, komm rein!«

Der kleine Lapointe, wie ihn alle nannten, weil er als letzter in die

Abteilung gekommen war und eher wie ein Student als wie ein Kriminalbeamter aussah, begriff schon, daß es sich um eine Vertrauensmission handelte, und war sehr erregt darüber.

»Kennst du die Hochschule für Straßen- und Brückenbau?«

»Rue des Saint-Pères, ja. Ich habe oft in einem kleinen Restaurant, das fast gegenüber liegt, zu Mittag gegessen.«

»Gut. Es gibt dort einen Aufseher namens Piquemal. Mit Vornamen heißt er Jules, wie ich. Ich weiß nicht, ob er in der Schule wohnt oder nicht. Ich weiß überhaupt nichts von ihm und möchte soviel wie möglich erfahren.«

Dann wiederholte er fast genau dasselbe, was er schon zu Janvier gesagt hatte.

»Ich weiß nicht, warum er mir nach der Beschreibung, die man mir von ihm gegeben hat, Junggeselle zu sein scheint. Vielleicht wohnt er in einer kleinen Pension. In diesem Fall nimmst du dir dort ebenfalls ein Zimmer und gibst dich als Student aus.«

Zum Schluß kam Lucas an die Reihe, dem der Kommissar eine ähnliche Rede hielt, nur mit dem Unterschied, daß Lucas beauftragt wurde, über Jacques Fleury, den Kabinettschef des Ministers, Erkundigungen einzuziehen. Von den drei Inspektoren war selten ein Foto in den Zeitungen erschienen. Sie waren in der Öffentlichkeit nicht bekannt. Genauer gesagt, Lucas war kaum dem Namen nach bekannt.

Wenn natürlich die Sûreté sich der Affäre annahm, würde man sie sofort erkennen, aber das war nun einmal nicht zu vermeiden. In diesem Fall waren übrigens, wie es Maigret schon am Morgen durch den Kopf gegangen war, seine Telefongespräche, seien es die, die er zu Hause oder die, die er am Quai geführt hatte, bereits von der Rue des Saussaies abgehört worden. In der vergangenen Nacht hatte ihn absichtlich jemand angeleuchtet, soweit das bei dem Nebel möglich war, und wenn dieser Jemand Auguste Points Privatwohnung kannte und wußte, daß der Minister an dem Abend dortgewesen war und Besuch gehabt hatte, dann hatte er gewiß auch Maigret sofort erkannt.

Wieder allein in seinem Büro, öffnete Maigret das Fenster, als hätte die Beschäftigung mit dieser Affäre in ihm das Verlangen nach frischer Luft geweckt. Auf seinem Schreibtisch lagen die Zeitungen. Er war nahe daran, sie aufzuschlagen, erledigte dann aber lieber erst die laufenden Angelegenheiten, unterschrieb Berichte und verglich Aussagen miteinander.

Dabei kamen ihm die kleinen Diebe, Gauner und Übeltäter aller

Art, mit denen er sich gewöhnlich befassen mußte, fast liebenswert vor. Er telefonierte mehrmals und ging dann wieder in das Zimmer der Inspektoren, um ihnen Instruktionen zu geben, die aber weder mit Point noch mit dem verfluchten Calame-Bericht etwas zu tun hatten.

Zu dieser Stunde hatte sich Auguste Point gewiß schon zum Ministerpräsidenten begeben. Hatte er seiner Frau vorher alles erzählt, wie es ihm der Kommissar geraten hatte?

Es war doch kälter, als Maigret gedacht hatte, und er mußte darum das Fenster wieder schließen. Er setzte sich in seinen Sessel, nahm die oberste Zeitung von dem Stoß und schlug sie auf.

Alle sprachen von der Katastrophe von Clairfond, und alle, von welcher Partei auch immer, mußten wegen der öffentlichen Meinung dringend eine Untersuchung fordern.

Vor allem Arthur Nicoud nahmen sie sich vor. Ein Artikel unter anderen trug die Überschrift:

Das Monopol Nicoud-Sauvegrain

Man veröffentlichte die Liste der Aufträge, die die Firma in der Avenue de la République von der Regierung und von verschiedenen Stadtverwaltungen erhalten hatte. Die Preise, die für diese Arbeiten gezahlt worden waren und deren Gesamtsumme sich auf mehrere Milliarden belief, waren fettgedruckt.

Der Artikel schloß:

Es wäre interessant, eine Liste der offiziellen Persönlichkeiten, Minister, Abgeordneten, Senatoren, Stadträte von Paris und anderen Städten aufzustellen, die auf Arthur Nicouds fürstlichem Besitz Samois zu Gast gewesen sind.

Vielleicht würde auch die aufmerksame Prüfung der Scheckcoupons von Monsieur Nicoud manches enthüllen.

Eine einzige Zeitung, »Le Globe«, hinter der der Abgeordnete Mascoulin stand, wenn sie ihm nicht gar gehörte, hatte eine Schlagzeile in der Art des berühmten »Ich klage an« von Zola:

Ist es wahr, daß ...

Es folgten dann in besonders großen Lettern und durch eine Einrahmung noch mehr hervorgehoben, eine Anzahl von Fragen:

Ist es wahr, daß die Idee zum Bau des Sanatoriums Clairfond nicht den Köpfen der um die Gesundheit der Kinder besorgten Gesetzgeber, sondern einem Betonhändler eingefallen ist?

Ist es wahr, daß diese Idee vor fünf Jahren bei einigen von diesem Betonhändler auf seinem Besitz Samois gegebenen üppigen Essen mehreren hohen Persönlichkeiten eingeimpft worden ist?

Ist es wahr, daß es dort nicht nur erlesene Weine und Speisen gab, sondern daß die Gäste häufig mit einem Scheck in der Tasche aus den Privaträumen des Geschäftsmannes herauskamen?

Ist es wahr, daß, als das Projekt Formen annahm, jene Leute, die den vorgesehenen Bauplatz für das sagenhafte Sanatorium kannten, den gefährlichen Wahnsinn des Unternehmens durchschauten?

Ist es wahr, daß die Parlamentskommission, die damit betraut ist, Empfehlungen an die Kammer zu geben, und deren Vorsitzender der Bruder des amtierenden Ministerpräsidenten ist, sich an einen Sachverständigen von unbestrittenem Ruf wenden mußte?

Ist es wahr, daß dieser Sachverständige, Julien Calame, Professor für Architektur und Statik an der Hochschule für Straßen- und Brükkenbau, drei Wochen mit den Plänen an der vorgesehenen Baustelle verbracht hat . . . daß er nach seiner Rückkehr den Zuständigen einen für alle Befürworter des Projekts katastrophalen Bericht übergeben hat?

. . . daß die Kredite trotzdem bewilligt worden sind und daß der Bau von Clairfond einige Wochen später begonnen hat?

Ist es wahr, daß Julien Calame bis zu seinem Tod vor zwei Jahren auf alle, die mit ihm in Berührung gekommen sind, den Eindruck eines Menschen gemacht hat, dem eine Last auf der Seele liegt?

Ist es wahr, daß er in seinem Bericht die Katastrophe von Clairfond fast genauso vorausgesehen hat, wie sie dann eingetreten ist?

Ist es wahr, daß der Calame-Bericht, von dem doch mehrere Exemplare haben existieren müssen, aus dem Archiv der Kammer ebenso wie aus den Archiven der verschiedenen beteiligten Ministerien verschwunden ist?

Ist es wahr, daß mindestens dreißig von den Verantwortlichen seit der Katastrophe in der Angst leben, daß ein Durchschlag des Berichtes wieder ans Licht kommen könnte?

Ist es wahr, daß trotz aller Vorsichtsmaßregeln dieser Durchschlag vor kurzem entdeckt worden ist?

. . . und daß der wie durch ein Wunder erhaltene Durchschlag den Zuständigen übergeben worden ist?

Eine große Überschrift lief quer über die Seite:

Wir wollen wissen:

Ist der Calame-Bericht noch immer im Besitz dessen, dem er übergeben worden ist?

Ist er vernichtet worden, um die vielen dadurch kompromittierten Politiker zu retten?

Wenn nicht, wo befindet er sich im Augenblick und warum ist er noch nicht veröffentlicht worden, obwohl die öffentliche Meinung mit Recht die Bestrafung der an einer Katastrophe Schuldigen fordert, die hundertachtundzwanzig französischen Kindern das Leben gekostet hat?

Schließlich stand unten auf der Seite in demselben Schriftgrad wie die beiden anderen Überschriften:

Wo ist der Calame-Bericht?

Maigret überraschte sich dabei, wie er sich den Schweiß von der Stirn wischte. Es war nicht schwer, sich vorzustellen, wie die Lektüre dieses Artikels auf Auguste Point wirken mußte. »Le Globe« hatte keine große Verbreitung. Es war ein Meinungsblatt. Es vertrat keine große Partei, sondern eine kleine Gruppe, deren Führer Joseph Mascoulin war.

Die anderen Zeitungen starteten ebenso eine Untersuchung, jede für sich, um die Wahrheit ans Licht zu bringen.

Auch Maigret wünschte, daß die Wahrheit ans Licht käme, freilich die ganze Wahrheit. Er hatte jedoch den Eindruck, daß man gerade darauf am wenigsten aus war. Wenn es zum Beispiel Mascoulin war, der den Bericht augenblicklich besaß, warum veröffentlichte er ihn dann nicht in ebensogroßen Lettern wie seinen Artikel, in dem er nur Fragen stellte?

Er hätte damit sofort eine Regierungskrise heraufbeschworen, eine radikale Säuberung des Parlaments erreicht und in den Augen der Öffentlichkeit als der Verteidiger der Interessen des Volkes und der politischen Moral dagestanden.

Dies war für ihn, der immer hinter den Kulissen gearbeitet hatte, die einzigartige Gelegenheit, sich in den Vordergrund des Tagesgeschehens zu schieben und in den kommenden Jahren eine womöglich entscheidende Rolle zu spielen.

Wenn er das Dokument besaß, warum veröffentlichte er es nicht?

Wie der Artikel stellte Maigret jetzt seinerseits Fragen.

Wenn Mascoulin den Bericht nicht besaß, woher wußte er dann, daß man ihn gefunden hatte?

Wie hatte er erfahren, daß der Bericht von Piquemal einer offiziellen Persönlichkeit übergeben worden war?

Und wie konnte er vermuten, daß Point ihn seinerseits nicht an eine höhere Stelle weitergegeben hatte?

Maigret war über die politischen Machenschaften nicht auf dem laufenden und wollte es auch nicht sein. Er brauchte auch gar nicht genau im Bilde zu sein über all die Intrigen, die hinter den Kulissen angezettelt werden, um zu erkennen:

1. daß in einer verdächtigen, wenn nicht erpresserischen Zeitung, in »La Rumeur«, die Hector Tabard gehörte, seit der Katastrophe von Clairfond der Calame-Bericht dreimal erwähnt worden war;

2. daß nach dieser Veröffentlichung die Entdeckung des Berichts unter recht seltsamen Umständen erfolgt war;

3. daß Piquemal, ein einfacher Aufseher an der Hochschule für Straßen- und Brückenbau, sich unmittelbar zum Minister begeben hatte, statt den Dienstweg zu beschreiten, das heißt zunächst den Rektor der Hochschule davon zu informieren;

4. daß Joseph Mascoulin von der Übergabe dieses Berichtes wußte;

5. daß er auch von dem Verschwinden des Berichtes zu wissen schien. Spielten Mascoulin und Tabard dasselbe Spiel? Spielten sie es zusammen oder jeder für sich?

Maigret öffnete wieder das Fenster und blickte, während er seine Pfeife rauchte, eine Weile auf die Seine-Quais hinaus. Nie hatte er sich mit einer so verworrenen Affäre befaßt, nie bei einem Fall so wenig in der Hand gehabt.

Wenn es sich um einen Einbruch oder einen Mord handelte, bewegte er sich von vornherein auf einem vertrauten Feld. Hier dagegen ging es um Leute, deren Namen und Ruf er flüchtig aus den Zeitungen kannte. Er wußte zum Beispiel, daß Mascoulin jeden Tag an dem gleichen Tisch eines Restaurants an der Place des Victoires, des »Filet de Sole«, zu Mittag aß, wo ihm jeden Augenblick jemand die Hand drückte oder ihm Informationen zuflüsterte.

Es hieß von Mascoulin, daß er über das Privatleben aller Politiker Bescheid wisse. Er ergriff selten in der Kammer das Wort; sein Name erschien in den Zeitungen fast immer nur an Vorabenden einer wichtigen Abstimmung. Man las dann:

Der Abgeordnete Mascoulin sagt voraus, daß die Vorlage mit dreihundertzweiundvierzig Stimmen angenommen wird.

Die Leute vom Metier nahmen diese Voraussagen als Evangelium, denn Mascoulin täuschte sich selten und wenn, dann höchstens um zwei oder drei Stimmen. Er gehörte keiner Kommission an, war nicht Vorsitzender irgendeines Ausschusses, und dennoch fürchtete man ihn mehr als den Führer einer großen Partei.

Maigret hatte Lust, am Mittag ins »Filet de Sole« zu gehen und dort zu essen, und sei es bloß, um den Mann aus der Nähe zu betrachten, den er bisher nur bei offiziellen Feierlichkeiten gesehen hatte.

Mascoulin war Junggeselle, obwohl er schon über die Vierzig hinaus war. Man wußte nicht, ob er eine Geliebte hatte. Man traf ihn weder in den Salons noch in Theatern oder Nachtkabaretts an.

Er hatte einen langen, eckigen Kopf und sah schon am Mittag unrasiert aus. Er zog sich schlecht an, genauer gesagt, seine Kleidung war ihm gleichgültig. Seine Anzüge waren nie gebügelt, und er wirkte immer etwas schmuddelig.

Warum, sagte sich Maigret, sollte Piquemal nach der Beschreibung, die ihm Point von ihm gegeben hatte, nicht auch so ein Mann sein? Er mißtraute Junggesellen, Leuten, die keine offene Leidenschaft haben.

Schließlich ging er dann doch nicht ins »Filet de Sole«, denn dies hätte wie eine Kriegserklärung ausgesehen. Er begab sich in die Brasserie Dauphine, wo er zwei Kollegen traf, mit denen er eine Stunde lang über anderes als den Calame-Bericht sprechen konnte.

Eine der Nachmittagszeitungen griff die Veröffentlichungen im »Le Globe« zum Teil wieder auf, vorsichtiger allerdings, in verhüllten Andeutungen. In dem Artikel wurde lediglich gefragt, was nun eigentlich mit dem Calame-Bericht sei. Ein Redakteur hatte den Ministerpräsidenten darüber interviewen wollen, war aber nicht von ihm empfangen worden.

Von Point war nicht die Rede, denn der Bau des Sanatoriums unterstand dem Gesundheitsministerium.

Um drei Uhr klopfte es an Maigrets Tür. Er murmelte: »Herein«, und gleich darauf öffnete sich die Tür. Es war Lapointe; mit sorgenvoller Miene trat er ein.

»Hast du was Neues erfahren?«

»Nichts Endgültiges, Chef. Vorläufig kann das noch ein Zufall sein.«

»Erzähle im einzelnen.«

»Ich habe versucht, mich an Ihre Instruktionen zu halten. Sie werden mir nachher bitte sagen, ob ich Fehler gemacht habe. Zuerst habe ich in der Hochschule für Straßen- und Brückenbau angerufen und dabei vorgegeben, ich sei ein Vetter von Piquemal, sei eben in Paris angekommen, wollte ihn gerne sehen, hätte aber seine Adresse nicht.«

»Hat man sie dir gegeben?«

»Ohne das geringste Zögern. Er wohnt im Hôtel du Berry in der Rue Jacob. Es ist eine bescheidene Pension mit nur etwa dreißig Zimmern. Die Wirtin erledigt einen Teil der Putzarbeiten selbst, und der Wirt kümmert sich um das Büro. Ich bin bei mir zu Hause vorbeigegangen und habe mir einen Koffer geholt, um mich in der Rue Jacob, wie Sie es mir geraten haben, als Student einzumieten. Ich habe Glück gehabt, daß gerade ein Zimmer frei war. Ich habe es für eine Woche gemietet. Es war fast halb elf, als ich wieder hinuntergegangen bin. Ich bin dann eine Weile in dem Büro geblieben, um mit dem Wirt zu sprechen.«

»Hast du mit ihm über Piquemal geredet?«

»Ja. Ich habe ihm gesagt, ich hätte ihn im Urlaub kennengelernt und glaubte mich zu erinnern, daß er hier wohne.«

»Und was hat er dir gesagt?«

»Piquemal sei ausgegangen. Er verläßt das Hotel jeden Morgen um acht Uhr und geht in eine kleine Bar an der Ecke, wo er Kaffee trinkt und Hörnchen ißt. Um halb neun muß er nämlich in der Hochschule sein.«

»Kommt er tagsüber ins Hotel zurück?«

»Nein, er kommt regelmäßig gegen halb acht wieder, geht dann in sein Zimmer hinauf, das er abends nur ein- oder zweimal in der Woche verläßt. Er scheint der solideste Mann der Welt zu sein. Nie kommt jemand zu ihm, er verkehrt nicht mit Frauen, raucht nicht, trinkt nicht, verbringt seine Abende und einen Teil seiner Nächte mit Lesen.«

Maigret spürte, daß Lapointe noch mehr auf Lager hatte und wartete geduldig.

»Vielleicht habe ich es falsch gemacht, ich dachte jedenfalls, es sei richtig. Als ich erfuhr, daß sein Zimmer in meinem Stock lag und ich die Nummer herausbekam, habe ich mir gedacht, daß Sie bestimmt gern wissen würden, was in dem Zimmer sei. Tagsüber ist im Hotel fast kein Mensch. Nur im dritten Stock spielte jemand Saxophon, sicherlich ein Musiker, der übte, und ich hörte das Mädchen in der Etage über mir. Auf gut Glück habe ich mit meinem Schlüssel die Tür zu öffnen versucht. Es sind einfache Schlösser, wie man sie früher hatte. Das Schloß ging nicht gleich auf, aber als ich etwas daran herumgefingert hatte, ließ sich die Tür öffnen.«

»Ich hoffe, Piquemal war nicht im Zimmer?«

»Nein. Wenn man meine Fingerabdrücke sucht, wird man sie überall finden, denn ich hatte keine Handschuhe an. Ich habe die Schubladen und den Schrank geöffnet und auch einen nicht verschlossenen Koffer, der in einer Ecke stand. Piquemal besitzt nur einen dunkelgrauen Anzug zum Wechseln und ein Paar schwarze Schuhe. In seinem Kamm fehlen Zacken, seine Zahnbürste ist abgenutzt. Er benutzt keine Rasiercreme, wohl aber einen Rasierpinsel. Der Wirt des Hotels täuscht sich nicht, wenn er sagt, daß Piquemal seine Abende mit Lesen verbringe. Überall im Zimmer liegen Bücher herum, vor allem philosophische, wirtschaftspolitische und geschichtliche Werke. Die meisten sind Gelegenheitskäufe von den Bouquinisten. Drei oder vier tragen den Stempel öffentlicher Bibliotheken. Ich habe mir einige Namen aufgeschrieben: Engels, Spinoza, Kierkegaard, der Heilige Augustinus, Karl Marx, Pater Sertillange, Saint-Simon . . . Sagen sie Ihnen etwas?«

»Ja. Fahr fort.«

»In einer der Schubladen ist ein Pappkarton, der alte und neue Mitgliedskarten enthält. Einige sind zwanzig Jahre, andere erst drei Jahre alt. Die älteste ist die des Verbandes der Feuerkreuzler, eine andere aus dem Jahre 1937 ist von der *Action Française* ausgestellt. Gleich nach dem Krieg ist Piquemal einer Sektion der Kommunistischen Partei beigetreten. Die Karte ist dreimal, jeweils für ein Jahr, erneuert worden.«

Lapointe sah in seinen Notizen nach.

»Er hat auch der Internationalen Theosophischen Liga angehört, die ihren Sitz in der Schweiz hat. Kennen Sie sie?«

»Ja.«

»Zwei Bücher, das habe ich zu sagen vergessen, handeln von Yoga, und in der hintersten Ecke liegt ein Lehrbuch über Judo.«

Piquemal hatte jedenfalls alle Religionen und philosophischen oder sozialen Lehren ausprobiert. Er war einer jener Extremisten, die man mit starrem Blick bei den Umzügen der Parteien hinter den Fahnen hermarschieren sieht.

»Ist das alles?«

»Was sein Zimmer betrifft, ja. Keine Briefe. Ich bin dann hinuntergegangen, und auf meine Frage, ob Piquemal nie einen Brief bekomme, hat der Wirt mir geantwortet, er sähe in seiner Post fast nur Prospekte und Einladungen. Daraufhin bin ich in das Bistro an der Ecke gegangen. Leider war gerade Apéritif-Stunde. Rings um die Theke standen viele Leute. Ich mußte lange warten und zwei Bier trinken, ehe ich mit dem Wirt sprechen konnte, ohne daß es nach einer Untersuchung aussah. Ich habe ihm denselben Schwindel aufgetischt, daß ich aus der Provinz käme und Piquemal dringend sprechen müsse.

›Den Professor?‹ hat er erwidert, was darauf hinzudeuten scheint, daß Piquemal sich in gewissen Kreisen als Professor ausgibt.

›Wenn Sie um acht Uhr gekommen wären ... Jetzt hält er sicher gerade seine Vorlesung ... Ich weiß nicht, wo er zu Mittag ißt ...‹

›War er heute morgen hier?‹

›Ja, er hat sich neben den Hörnchenkorb gestellt, wie gewöhnlich. Er ißt immer drei Stück. Selbst heute morgen, als jemand, den ich nicht kenne und der schon vor ihm hier war, zu ihm ging und mit ihm sprach. Gewöhnlich ist Monsieur Piquemal nicht sehr verbindlich. Er hat wohl zu viel im Kopf, um seine Zeit mit nutzlosen Gesprächen zu vertun. Höflich, aber kalt, verstehen Sie? Guten Tag! Wieviel macht's? Guten Abend ... Nun, mich berührt das nicht weiter, denn ich habe noch mehr solche Gäste, die mit dem Kopf arbeiten, und bei denen muß das wohl so sein. Am meisten hat es mich überrascht, daß Monsieur Piquemal mit dem Unbekannten fortgegangen und statt nach links, wie sonst morgens, nach rechts abgebogen ist.‹ «

»Hat man dir den Gast beschrieben?«

»Ungenau. Ein Mann in den Vierzigern, der wie ein Angestellter oder Handelsreisender wirkt. Er ist, ohne ein Wort zu sagen, kurz vor acht hereingekommen, hat sich an das Ende der Theke gestellt und einen Kaffee mit Rum bestellt. Er trägt keinen Bart und ist ziemlich korpulent.«

Maigret mußte daran denken, daß diese Beschreibung auf einige Dutzend Inspektoren von der Rue des Saussaies paßte.

»Weiter weißt du nichts?«

»Doch. Nach dem Mittagessen habe ich wieder in der Hochschule für Straßen- und Brückenbau angerufen und Piquemal verlangt. Diesmal habe ich aber nicht gesagt, wer ich bin, und man hat mich auch nicht danach gefragt. Man hat mir nur geantwortet, er sei den ganzen Tag nicht dortgewesen.«

»Ist er auf Urlaub?«

»Nein, er ist einfach nicht gekommen. Das Erstaunliche dabei ist, daß er sie nicht einmal telefonisch von seinem Fernbleiben unterrichtet hat. Das ist vorher noch nie bei ihm vorgekommen.

Ich bin dann wieder in das Hôtel du Berry in mein Zimmer gegangen. Schließlich habe ich an Piquemals Tür geklopft und sie geöffnet. Es war niemand im Zimmer und alles noch genauso wie bei meinem ersten Besuch.

Da Sie möglichst viel Einzelheiten wissen wollten, bin ich zur Hochschule gegangen und habe die Rolle des Freundes aus der Provinz gespielt. Ich habe herausbekommen, wo er mittags ißt, nämlich in einem Restaurant in der Rue des Saint-Pères, das von Leuten aus der Normandie geführt wird und sich nur hundert Meter von der Hochschule entfernt befindet. Ich habe mich in das Lokal begeben. Piquemal hat heute nicht zu Mittag gegessen. Auf dem Tisch, an dem er immer sitzt, lag eine Serviette in einem Ring mit einer Nummer darauf, und daneben stand eine angebrochene Flasche Mineralwasser. Das ist alles, Chef. Habe ich Fehler gemacht?«

Er stellte diese letzte Frage voller Unruhe, weil Maigrets Stirn sich umwölkt hatte und er ein düsteres Gesicht machte. Würde es ihm bei dieser Affäre ebenso gehen wie bei der anderen politischen Affäre, die ihm seine Strafversetzung nach Luçon eingetragen hatte?

Auch damals war es eine gewisse Rivalität zwischen der Rue des Saussaies und dem Quai des Orfèvres gewesen, warum alles so gekommen war. Die eine wie die andere Polizei bekam ihre besonderen Direktiven und verteidigte, gern oder ungern, wegen des Streits zwischen hochgestellten Persönlichkeiten entgegengesetzte Interessen.

Um Mitternacht erfuhr der Ministerpräsident, daß Point sich an Maigret gewandt hatte ...

Um acht Uhr morgens wurde Piquemal, der Mann, der den Calame-Bericht entdeckt hatte, in der kleinen Bar, wo er friedlich seinen Kaffee trank, von einem Fremden angesprochen und folgte diesem ohne Widerstand, ohne ein Wort der Entgegnung ...

»Du hast gut gearbeitet, mein Lieber.«

»Nichts falsch gemacht?«

»Ich glaube nicht.«

»Und nun?«

»Ich weiß noch nicht. Vielleicht bleibst du am besten im Hôtel du Berry für den Fall, daß Piquemal dort wieder auftaucht.«

»Soll ich Sie dann anrufen?«

»Ja. Hier oder bei mir zu Hause.«

Einer der beiden Männer, die den Calame-Bericht gelesen haben konnten, war verschwunden.

Blieb noch Point, der ihn ebenfalls gelesen hatte, der aber, weil er Minister war, schwerer zu entführen war.

Beim Gedanken daran spürte Maigret wieder den Nachgeschmack des Schnapses im Mund, den er in der Nacht getrunken hatte, und es verlangte ihn nach einem Glas Bier an einem Ort, wo man mit harmlosen Leuten zusammensitzt, die sich mit ihren alltäglichen Angelegenheiten beschäftigen.

4 Lucas ist nicht zufrieden

Maigret kam gerade aus der Brasserie Dauphine, wo er ein Glas Bier getrunken hatte, als er Janvier erblickte, der mit schnellen Schritten dem Polizeipräsidium zustrebte.

Jetzt am Nachmittag war es fast warm. Die Sonne schien nicht mehr so blaß, und zum erstenmal in diesem Jahr hatte Maigret seinen Mantel im Büro gelassen. Er rief zwei- oder dreimal »He!«, dann blieb Janvier stehen, bemerkte ihn und kam auf ihn zu.

»Würdest du gern was trinken?«

Ohne eigentlich zu wissen, warum, hatte Maigret keine Lust, sofort zum Quai des Orfèvres zurückzukehren. Irgendwie schien das am Frühling zu liegen und auch an der verworrenen Situation, mit der er sich seit gestern abend auseinandersetzen mußte.

Janvier machte eine seltsame Miene: wie ein Mann, mußte Maigret denken, der nicht genau weiß, ob man ihn tadeln oder beglückwünschen wird. Statt an der Theke zu bleiben, setzten sie sich in die Gaststube, in der um diese Zeit niemand war.

»Trinkst du ein Glas Bier?«

»Wenn's Ihnen recht ist.«

Sie schwiegen, bis das Bestellte gebracht war.

»Wir sind nicht die einzigen, die sich mit dem Fräulein beschäftigen, Chef«, murmelte Janvier dann. »Ich habe sogar den Eindruck, daß sich ein ganzer Haufen von Leuten für sie interessiert.«

»Erzähl!«

»Als erstes habe ich mich heute morgen in die Gegend des Ministeriums am Boulevard Saint-Germain begeben. Ich war kaum hundert Meter von dort entfernt, da sah ich Rougier auf der anderen Straßenseite, der so tat, als ob er spazierenginge.«

Sie kannten beide Gaston Rougier, einen Inspektor aus der Rue des Saussaies, mit dem sie übrigens auf bestem Fuße standen. Er war ein gutmütiger Bursche, der in einem Vorort wohnte und immer die Taschen voller Fotos von seinen sechs oder sieben Kindern hatte.

»Hat er dich auch gesehen?«

»Ja.«

»Hat er mit dir gesprochen?«

»Es war fast kein Mensch auf dem Boulevard, und ich konnte nicht mehr umkehren. Als ich in gleicher Höhe mit ihm war, hat er mich gefragt: ›Du auch?‹

Ich habe mich dumm gestellt. ›Ich auch was?‹

Da hat er mir zugezwinkert. ›Nichts. Du brauchst mir nichts zu verraten. Ich finde nur, es wimmelt hier heute früh von bekannten Gesichtern. Ein Jammer, daß es nicht wenigstens diesem Sch . . .-Ministerium gegenüber ein Bistro gibt.‹

Von der Stelle, wo wir standen, konnten wir den Innenhof sehen, und ich habe Ramiré vom Erkennungsdienst entdeckt, der mit dem Pförtner äußerst vertraut zu sein schien.

Ich habe die Komödie bis zum Ende weitergespielt und meinen Weg fortgesetzt. Erst in der Rue de Solférino bin ich in ein Café gegangen und habe dort auf gut Glück in einem Telefonbuch nachgesehen. Den Namen Blanche Lamotte und ihre Adresse habe ich gefunden. Sie wohnt Rue Vaneau Nummer 63, nur ein paar Schritte von dort.«

»Bist du noch mal auf jemand von der Sûreté gestoßen?«

»Nicht direkt. Sie kennen ja die Rue Vaneau. Es ist eine stille, fast provinzielle Straße mit Gärten, in denen sogar Bäume stehen. Das Haus Nummer 63 ist ein schlichtes, aber ganz komfortables Mietshaus. Die Concierge saß in ihrer Loge und war gerade dabei, Kartoffeln zu schälen.

›Ist Mademoiselle Lamotte zu Hause?‹ habe ich gefragt. Ich hatte sofort das Gefühl, daß sie mich spöttisch musterte. Trotzdem habe ich hinzugefügt: ›Ich bin Versicherungsinspektor. Mademoiselle Lamotte hat einen Antrag auf eine Lebensversicherung gestellt, und ich muß die üblichen Auskünfte einholen.‹

Sie hat mich zwar nicht gerade ausgelacht, aber doch ein wenig gefeixt, als sie erwiderte: ›Wieviel Arten von Polizei gibt es eigentlich in Paris?‹

›Ich weiß nicht, was Sie damit sagen wollen.‹

›Nun, erstens habe ich Sie schon einmal mit einem dicken Kommissar gesehen – seinen Namen habe ich vergessen –, als die junge Dame aus der 57 vor zwei Jahren zuviel Schlafmittel genommen hatte. Und zweitens haben Ihre Kollegen hier schon einander die Hacken abgetreten.‹

›Waren viele hier?‹ wollte ich wissen.

›Der erste kam gestern morgen.‹

›Hat er Ihnen seine Marke gezeigt?‹

›Ich habe ihn nicht danach gefragt. Ich frage Sie auch nicht danach. Wenn mir nämlich ein Polizist vor Augen kommt, erkenne ich ihn sofort.‹

›Hat er Ihnen viele Fragen gestellt?‹

›Vier oder fünf: ob Mademoiselle Lamotte allein lebe, ob sie manchmal den Besuch eines etwa fünfzigjährigen, ziemlich korpulenten Mannes empfange ... Ich habe geantwortet: Nein.‹

›Ist das die Wahrheit?‹

›Ja. Und dann, ob sie, wenn sie nach Hause komme, gewöhnlich eine Aktentasche bei sich habe. Ich habe geantwortet: Das kommt vor, sie hat in ihrer Wohnung eine Schreibmaschine und bringt sich ziemlich oft abends Arbeit mit. Ich nehme an, Sie wissen ebensogut wie ich, daß sie die Sekretärin eines Ministers ist.‹

›Ich weiß es, ja.‹

›Er hat dann noch wissen wollen, ob sie am Abend vorher ihre Aktentasche bei sich gehabt habe. Ich mußte gestehen, daß ich darauf nicht geachtet hatte. Dann hat er so getan, als ob er ginge. Ich bin in den ersten Stock hinaufgegangen, wo ich jeden Morgen bei einer alten Dame aufräume. Kurz darauf habe ich ihn im Treppenhaus gehört. Ich habe mich ihm aber nicht gezeigt. Trotzdem weiß ich, daß er in den dritten Stock hinaufgegangen ist, wo Mademoiselle Blanche wohnt, und daß er die Wohnungstür geöffnet hat.‹

›Sie haben ihn nicht daran gehindert?‹

›Wissen Sie, ich bin lange genug Concierge, um zu wissen, daß man die Polizei gewähren lassen muß.‹

›Ist er lange geblieben?‹

›Ungefähr zehn Minuten.‹

›Haben Sie ihn noch einmal gesehen?‹

›Den nicht.‹

›Haben Sie Ihrer Mieterin etwas davon gesagt?‹ «

Maigret starrte auf sein Glas, hörte zu und versuchte dabei, diesen Zwischenfall mit den ihm schon bekannten Ereignissen in Einklang zu bringen.

Janvier fuhr fort: »Sie hat mit der Antwort gezögert, dann aber gemerkt, daß sie rot wurde und mir darum lieber die Wahrheit gesagt.

›Ich habe ihr berichtet, es sei jemand dagewesen, der sich über sie erkundigt habe und in ihre Wohnung gegangen sei. Ich habe aber nichts von Polizei gesagt.‹

›Schien sie überrascht?‹

›Im ersten Augenblick ja. Dann hat sie gemurmelt: Ich glaube, ich weiß, wer das ist. Und heute morgen, wenige Minuten, nachdem sie zur Arbeit gegangen war, sind schon wieder zwei gekommen. Sie haben mir auch gesagt, sie seien von der Polizei. Der Kleinere hat seine Marke herausgezogen, aber ich habe nicht hingesehen.‹

›Sind sie ebenfalls nach oben gegangen?‹

›Nein. Sie haben mir die gleichen Fragen gestellt und auch noch andere.‹

›Was für welche?‹

›Ob sie oft ausgehe, mit wem. Wer ihre Freunde und Freundinnen seien, ob sie viel telefoniere, ob . . .‹ «

Maigret unterbrach den Inspektor: »Was hat sie dir über sie berichtet?«

»Sie hat mir den Namen einer ihrer Freundinnen genannt, einer gewissen Lucile Christin, die auch in dem Quartier wohnt, in einem Büro zu arbeiten scheint und schielt. Mademoiselle Blanche ißt mittags am Boulevard Saint-Germain in einem Restaurant mit dem Namen ›Aux Trois Ministères‹. Abends macht sie sich ihr Essen selbst. Die Lucile Christin ißt ziemlich oft bei ihr. Ihre Adresse habe ich noch nicht herausbekommen.

Die Concierge hat mir auch noch von einer anderen Freundin erzählt, die sich seltener in der Rue Vaneau sehen läßt, aber bei der Mademoiselle Blanche jeden Sonntag zu Mittag ißt. Sie ist mit einem Monsieur Hariel verheiratet, der in der Markthallenverwaltung tätig ist, und wohnt in der Rue de Courcelles. Die Concierge glaubt, daß sie wie Mademoiselle Blanche aus La Roche-sur-Yon stammt.«

»Bist du in die Rue de Courcelles gegangen?«

»Sie haben mir gesagt, ich solle nichts außer acht lassen. Da ich nicht einmal weiß, um was es sich handelt . . .«

»Fahr fort.«

»Die Auskunft hat gestimmt. Ich bin zu der Wohnung von Madame Hariel hinaufgegangen, der es materiell sehr gut zu gehen scheint und die drei Kinder hat; das jüngste ist acht Jahre alt. Ich habe wieder den Versicherungsinspektor gespielt. Sie hat keine Miene verzogen, und ich schließe daraus, daß ich der erste war, der sie aufsuchte. Sie kennt Blanche Lamotte aus La Roche, wo sie zusammen zur Schule gegangen sind. Sie haben sich dann aus den Augen verloren und sich vor drei Jahren zufällig in Paris wiedergetroffen. Madame Hariel hat ihre Freundin zu sich eingeladen, und so ist es zur Gewohnheit geworden, daß sie jeden Sonntag bei ihnen ißt. Im übrigen wußte sie nichts Besonderes von ihr zu berichten. Blanche Lamotte führt ein geregeltes Leben, kennt nur ihre Arbeit und spricht mit Wärme von ihrem Chef, für den sie durchs Feuer ginge.«

»Ist das alles?«

»Nein. Vor etwa einem Jahr hat Blanche Monsieur Hariel gefragt, ob er nicht eine Stellung für einen ihrer Bekannten wisse, der sich in einer schwierigen Lage befinde. Es handelte sich um Fleury. Hariel, der mir ein redlicher Mann zu sein scheint, hat ihn in sein Büro genommen. Fleury mußte dort jeden Morgen um sieben Uhr anfangen.«

»Und wie ist das weitergegangen?«

»Er hat dort drei Tage gearbeitet, und danach hat er sich nicht mehr blicken lassen und sich auch nie entschuldigt. Mademoiselle Blanche war das natürlich äußerst peinlich, und sie konnte sich nur noch tausendmal entschuldigen.

Ich bin dann zum Boulevard Saint-Germain zurückgekehrt, um mir das Lokal ›Aux Trois Ministères‹ anzuschauen. Von weitem habe ich nicht nur Gaston Rougier bemerkt, der dort noch immer auf Posten stand, sondern auch einen seiner Kollegen, dessen Name mir aber entfallen ist . . .«

Maigret versuchte, sich aus alldem einen Reim zu machen. Am Montagabend war Auguste Point in seine Wohnung am Boulevard Pasteur gegangen und hatte dort den Calame-Bericht zurückgelassen, im Glauben, daß er da sicherer sei als anderswo.

Aber schon am Dienstagmorgen erschien jemand, angeblich von der Polizei, in dem Haus in der Rue Vaneau, in dem Mademoiselle Blanche wohnte, und drang nach einigen unwichtigen Fragen an die Concierge in ihre Wohnung ein. War das wirklich jemand von der Polizei gewesen?

Wenn ja, dann roch die Sache noch fauler, als der Kommissar befürchtet hatte. Dennoch glaubte er, daß dieser Besuch nichts mit der Rue des Saussaies zu tun hatte. War es derselbe Mann, der, weil er bei der Sekretärin nichts gefunden hatte, dann zum Boulevard Pasteur gegangen war und den Calame-Bericht an sich genommen hatte?

»Hat sie ihn dir nicht beschrieben?«

»Nur undeutlich. Ein Mannsbild in mittleren Jahren, ziemlich korpulent, der sich genügend darauf zu verstehen scheint, die Leute auszufragen, so daß sie ihn für einen Polizisten gehalten hat.«

Das war fast die gleiche Beschreibung, die der Wirt der Bar in der Rue Jacob von dem Mann gegeben hatte, der Piquemal angesprochen und ihn fortbegleitet hatte.

Was dagegen die beiden von heute morgen betraf, die nicht in die Wohnung der Sekretärin gegangen waren, so sah es ganz so aus, als ob sie der Sûreté angehörten.

»Was soll ich jetzt machen?«

»Ich weiß es noch nicht.«

»Ich habe übrigens noch eines vergessen: Als ich wieder über den Boulevard Saint-Germain zurückging, schien es mir, als ob ich Lucas in einer Bar hätte sitzen sehen.«

»Das ist er wahrscheinlich gewesen.«

»Hat er mit dem gleichen Fall zu tun?«

»Mehr oder weniger.«

»Soll ich mich weiter mit dem Fräulein befassen?«

»Wir reden noch darüber, wenn ich Lucas gesprochen habe. Warte einen Augenblick hier.«

Maigret ging zum Telefon und wählte die Nummer seines Büros.

»Ist Lucas schon wieder da?«

»Noch nicht.«

»Bist du es, Torrence? Sobald er zurück ist, schick ihn bitte zu mir in die Brasserie Dauphine.«

Auf der Straße kam ein Junge mit den eben erschienenen Nachmittagszeitungen vorüber, die alle eine fettgedruckte Überschrift trugen. Maigret suchte in seiner Tasche nach Kleingeld und ging zur Tür. Nachdem er eine Zeitung erstanden hatte, setzte er sich wieder neben Janvier und breitete sie vor ihnen aus. Die quer über die Seite laufende Schlagzeile lautete:

Arthur Nicoud auf der Flucht?

Die Nachricht war so sensationell, daß man die ganze erste Seite der Zeitung hatte neu setzen müssen.

Die Affäre Clairfond nimmt jetzt eine unerwartete Wendung, worauf manche allerdings vielleicht hätten gefaßt sein müssen.

Man weiß, daß seit dem Tag nach der Katastrophe die Öffentlichkeit erregt gefordert hat, rücksichtslos nach den Verantwortlichen zu fahnden.

Die Firma Nicoud & Sauvegrain, die vor fünf Jahren das inzwischen leider zu trauriger Berühmtheit gelangte Sanatorium gebaut hat, hätte nach Ansicht der Eingeweihten sofort einer strengen Untersuchung unterzogen werden müssen.

Warum ist das nicht geschehen? Wahrscheinlich werden wir es erst in den nächsten Tagen erfahren. Fest steht bereits, daß Arthur Nicoud aus Angst, sich in der Öffentlichkeit zu zeigen, es für gut befunden hat, sich in seinem Jagdhaus in Sologne zu verbergen.

Die Polizei wußte scheinbar davon. Man behauptet sogar, sie hätte ihm geraten, sich eine Zeitlang unsichtbar zu machen, um jeden Zwischenfall zu vermeiden.

Erst heute morgen, vier Wochen nach der Katastrophe, hat man sich an hoher Stelle entschlossen, Arthur Nicoud vorzuladen, um ihm Fragen zu stellen, die jedermann auf den Lippen liegen.

Zu früher Stunde haben sich zwei Inspektoren der Sûreté in dem Jagdhaus eingefunden, wo sie aber außer einem Jagdhüter niemanden antrafen. Der Jagdhüter hat ihnen gesagt, sein Herr sei am Vorabend mit unbekanntem Ziel abgereist.

Das Ziel ist aber nicht lange unbekannt geblieben. Vor zwei Stunden nämlich hat uns unser Brüsseler Sonderkorrespondent mitgeteilt, daß Arthur Nicoud im Laufe des Vormittags dort angekommen ist und ein luxuriöses Appartement im Hôtel Métropole bezogen hat.

Es ist unserem Korrespondenten gelungen, den Unternehmer aufzusuchen und ihm einige Fragen zu stellen, die wir hier, ebenso wie die Antworten, in vollem Wortlaut wiedergeben:

»Stimmt es, daß Sie Ihr Jagdhaus in Sologne plötzlich verlassen haben, weil Sie erfahren hatten, daß die Polizei dort erscheinen würde?«

»Das stimmt ganz und gar nicht. Ich hatte und habe keine Ahnung von den Absichten der Polizei, die seit einem Monat ganz genau weiß, wo ich zu finden bin.«

»Haben Sie Frankreich verlassen, weil Sie eine Wendung in dem Fall voraussahen?«

»Ich bin lediglich nach Brüssel gefahren, weil mich neue Bauvorhaben hierherriefen.«

»Was für Bauvorhaben?«

»Der Bau eines Flugplatzes, für den ich ein Angebot abgegeben habe.«

»Haben Sie die Absicht, nach Frankreich zurückzukehren und sich den Behörden zur Verfügung zu stellen?«

»Ich habe nicht die Absicht, irgend etwas an meinen Plänen zu ändern.«

»Soll das heißen, daß Sie in Brüssel bleiben werden, bis die Affäre Clairfond vergessen ist?«

»Ich wiederhole: Ich werde so lange bleiben, wie mich meine Geschäfte hier festhalten.«

»Selbst wenn ein Auslieferungsantrag gegen Sie ergehen sollte?«

»Man hat einen ganzen Monat lang Zeit gehabt, mich zu verhören. Es ist nicht meine Sorge, wenn man das nicht getan hat.«

»Haben Sie von dem Calame-Bericht gehört?«

»Ich weiß nicht, wovon Sie sprechen.«

Mit diesen Worten hat Arthur Nicoud das Gespräch beendet, das unser Korrespondent uns sofort telefonisch übermittelt hat.

Es scheint, aber wir konnten noch keine Bestätigung dafür erhalten, daß eine elegante blonde junge Frau, deren Name noch nicht bekannt ist, eine Stunde nach Nicoud in Brüssel eingetroffen ist und sich sofort in sein Appartement hat führen lassen, wo sie sich wohl im Augenblick noch befindet.

In der Rue des Saussaies hat man uns bestätigt, daß zwei Inspektoren nach Sologne gefahren sind, um dem Unternehmer bestimmte Fragen zu stellen. Als wir von einem Auslieferungsantrag gesprochen haben, hat man uns geantwortet, daß im Augenblick nicht davon die Rede sei.

»Ist das unsere Affäre?« brummte Janvier und schnitt ein Gesicht.

»Ja, so ist es.«

Janvier öffnete den Mund, gewiß, um zu fragen, wie es komme, daß Maigret sich mit einer so verdächtigen politischen Affäre wie dieser befasse, aber er sagte dann doch nichts.

Sie sahen, wie Lucas den Platz überquerte, wobei er gewohnheitsmäßig das linke Bein ein wenig nachzog. Er blieb nicht an der Theke stehen, sondern setzte sich mit verdrießlicher Miene den beiden Männern gegenüber und wischte sich den Schweiß von der Stirn.

Auf die Zeitung deutend, sagte er in einem vorwurfsvollen Ton, den er sonst nie in Maigrets Gegenwart anschlug: »Ich habe es gerade gelesen.«

Und der Kommissar fühlte sich seinen beiden Mitarbeitern gegenüber ein wenig schuldig. Auch Lapointe hatte jetzt gewiß schon begriffen, worum es sich handelte.

»Ein Bier?« fragte Maigret.

»Nein, einen Pernod.«

Auch das paßte schlecht zu Lucas' Charakter. Sie warteten, bis das Bestellte gebracht war, und unterhielten sich dann halblaut.

»Ich nehme an, du bist überall auf Leute aus dem ›Großen Haus‹ gestoßen.«

»Großes Haus«, das war die vertrauliche Bezeichnung für die Sûreté.

»Das war ein schöner Rat von Ihnen, diskret zu sein«, knurrte Lucas. »Wenn es darum gehen sollte, sie durch Schnelligkeit zu schlagen, dann will ich Ihnen lieber gleich sagen, daß sie uns einige Längen voraus sind.«

»Erzähle.«

»Was?«

»Was du gemacht hast.«

»Ich bin zuerst auf dem Boulevard Saint-Germain herumgeschlendert, wohin ich wenige Minuten nach Rougier kam.«

»Rougier?« fragte Janvier, der sich nicht eines Lächelns über die Komik der Situation erwehren konnte.

»Er hatte sich mitten auf den Gehsteig gepflanzt und hat mich kommen sehen. Ich habe so getan, als ginge ich nur zufällig vorüber und als hätte ich es eilig. Grienend hat er mich gefragt: ›Suchst du Janvier? Der ist gerade um die Ecke der Rue de Solférino gebogen.‹

Es macht immer besonderes Vergnügen, von einem aus der Rue des Saussaies gehänselt zu werden.

Da ich mich nicht im Ministerium nach Jacques Fleury erkundigen konnte, habe ich ...«

»Hast du im Telefonbuch nachgesehen?« fragte Janvier.

»Daran habe ich nicht gedacht. Da ich wußte, daß er in den Bars an den Champs-Elysées verkehrt, bin ich zu ›Fouquet's‹ gegangen.«

»Ich wette, er steht im Telefonbuch.«

»Mag sein. Aber laß mich bitte ausreden.«

Janvier befand sich jetzt in einer leicht schadenfrohen Stimmung, wie jemand, der sich gerade die Finger verbrannt hat und nun sieht, wie es einem anderen ebenso ergeht.

Alle drei, Maigret wie seine beiden Mitarbeiter, fühlten sich auf dem unvertrauten Terrain unsicher, und es fiel ihnen nicht schwer, sich auszumalen, wie die lieben Kollegen von der Sûreté über sie frotzelten.

»Ich habe mit dem Barkeeper gesprochen. Fleury ist dort bekannt wie ein bunter Hund. Meistens sitzt er tief in der Kreide, und wenn die Summe zu groß wird, bekommt er nichts mehr. Dann verschwindet er für ein paar Tage, bis er in allen Bars und Restaurants seinen Kredit erschöpft hat.«

»Bezahlt er am Ende?«

»Eines schönen Abends taucht er strahlend wieder auf und bezahlt mit lässiger Miene seine Schulden.«

»Und dann beginnt das wieder von vorn?«

»Ja. Seit Jahren geht das schon so.«

»Auch seit er im Ministerium ist?«

»Nur mit dem einen Unterschied, daß ihn jetzt, wo er Kabinettschef ist und man ihn für einflußreich hält, mehr Leute zum Essen und Trinken einladen. Vorher ist er manchmal monatelang von der Bildfläche verschwunden. Einmal hat man ihn in der Markthalle arbeiten sehen, wo er die von den Lastwagen abgeladenen Kohlköpfe zählte.«

Janvier blickte Maigret vielsagend an.

»Er hat eine Frau und zwei Kinder, die irgendwo in der Gegend von Vanves wohnen. Er ist verpflichtet, für ihren Unterhalt zu sorgen. Nun, zum Glück hat seine Frau eine Stellung als Hausdame bei einem alleinstehenden alten Herrn, und die Kinder arbeiten ebenfalls.«

»Mit wem besucht er die Bars?«

»Lange war es eine Frau in den Vierzigern, eine üppige Brünette, wie man sagt, die alle Marcelle nannten und in die er sehr verliebt zu sein schien. Einige behaupten, er habe sie an der Kasse eines Restaurants an der Porte Saint-Martin aufgetan. Man weiß nicht, was aus ihr geworden ist. Seit mehr als einem Jahr wohnt er mit einer gewissen Jacqueline Page in einer Wohnung in der Rue Washington über einem italienischen Delikatessengeschäft.

Jacqueline Page ist dreiundzwanzig Jahre alt und spielt hin und wieder als Statistin in einem Film mit. Sie bemüht sich, allen Produzenten, Regisseuren und Schauspielern, die bei ›Fouquet's‹ verkehren, vorgestellt zu werden, und ist ihnen in jeder Hinsicht willfährig.«

»Liebt Fleury sie?«

»Es scheint so.«

»Ist er eifersüchtig?«

»Man sagt es. Nur, er wagt nicht zu protestieren, spielt den Ahnungslosen.«

»Hast du sie gesehen?«

»Ich glaubte, es sei richtig, in die Rue Washington zu gehen.«

»Was hast du ihr erzählt?«

»Ich brauchte ihr gar nichts vorzumachen. Als sie die Tür öffnete, rief sie gleich: ›Wieder einer!‹ «

Janvier und Maigret konnten nicht umhin, sich lächelnd anzublicken.

»Wieder wer?« fragte Maigret, der die Antwort im voraus wußte.

»Jemand von der Polizei natürlich. Zwei waren schon vor mir dagewesen.«

»Getrennt?«

»Zusammen.«

»Haben sie sie über Fleury befragt?«

»Sie haben sie gefragt, ob er manchmal abends arbeite und aus dem Ministerium Schriftstücke mitbringe.«

»Was hat sie geantwortet?«

»Daß sie abends anderes zu tun hätten. Sie ist ein Mädchen, das nicht um eine Antwort verlegen ist. Merkwürdigerweise ist ihre Mutter Stuhlvermieterin in der Picpus-Kirche.«

»Haben sie die Wohnung durchsucht?«

»Sie haben nur einen Blick in die Zimmer geworfen. Von einer Wohnung kann man übrigens kaum sprechen. Es ist mehr ein Feldlager. Die Küche wird nur morgens zum Kaffeekochen benutzt. In den übrigen Räumen, einem Salon, einem Schlafzimmer und dem, was eigentlich das Eßzimmer sein sollte, sieht es wüst aus. Überall liegen Schuhe, Damenwäsche, Zeitschriften, Schallplatten, Romane herum, gar nicht zu reden von den Flaschen und Gläsern, die man in jeder Ecke stehen sieht.«

»Trifft Jacqueline ihn zum Mittagessen?«

»Selten. Meistens bleibt sie bis zum späten Nachmittag im Bett. Hin und wieder ruft er sie morgens an, um sich mit ihr in einem Restaurant zu verabreden.«

»Haben sie viele Freunde?«

»All jene, die in den gleichen Lokalen verkehren.«

»Ist das alles?«

Zum erstenmal hatte Lucas' Stimme einen fast pathetisch-vorwurfsvollen Klang, als er antwortete: »Nein, das ist nicht alles! Sie haben mir ja den Auftrag gegeben, soviel wie möglich in Erfahrung zu bringen. Ich habe darum zuerst einmal eine Liste von einem Dutzend früherer und jetziger Liebhaber von Jacqueline aufgestellt.«

Mit angewiderter Miene legte er ein Blatt Papier, auf das mit Bleistift Namen geschrieben waren, auf den Tisch.

»Hier. Sie können sehen, daß zwei Politiker dabei sind. Dann habe ich beinahe die Marcelle wieder aufgestöbert.«

»Wie?«

»Zu Fuß. Ich bin in allen Lokalen auf den Grands Boulevards gewesen, von der Oper angefangen. Natürlich war erst das letzte das richtige. Es liegt an der Place de la République.«

»Arbeitet Marcelle dort wieder als Kassiererin?«

»Nein. Aber man erinnert sich noch genau an sie und hat sie auch in dem Viertel wiedergesehen. Der Wirt glaubt, daß sie in der Nähe wohnt, zur Rue Blondel hin. Da er ihr oft in der Rue du Croissant begegnet ist, meint er, sie arbeite bei einer Zeitung oder in einer Druckerei.«

»Hast du es nachgeprüft?«

»Noch nicht. Soll ich es tun?«

Er sagte dies in solch einem Ton, daß Maigret sauersüß murmelte: »Verärgert?«

Lucas zwang sich zu einem Lächeln. »Nein. Aber Sie müssen doch zugeben, daß das eine merkwürdige Arbeit ist. Besonders wenn man dann hinterher aus der Zeitung erfährt, daß es sich um diese Schweinerei handelt. Wenn ich weitermachen muß, mach ich weiter. Aber ich sage Ihnen offen . . .«

»Glaubst du, mir macht das mehr Spaß als dir?«

»Nein, ich weiß.«

»Die Rue du Croissant ist nicht sehr lang. Dort kennen sich alle.«

»Und ich werde wieder einmal später kommen als die Burschen aus der Rue des Saussaies.«

»Das kann gut sein.«

»Na schön, ich gehe. Kann ich noch einen trinken?«

Er deutete auf sein Glas, das er eben geleert hatte. Maigret gab dem Kellner einen Wink, dasselbe noch mal zu bringen, aber im letzten Augenblick bestellte er für sich selbst statt Bier auch einen Pernod. Inspektoren aus anderen Abteilungen, die mit ihrer Tagesarbeit fertig waren, kamen herein, tranken an der Theke einen Apéritif und winkten ihnen zu.

Maigret machte ein düsteres Gesicht. Er mußte an Auguste Point denken, der gewiß den Artikel gelesen hatte und darauf gefaßt war, daß von einer Minute zur anderen sein Name in ebenso großen Lettern in den Zeitungen erschien.

Seine Frau, der er bestimmt alles gebeichtet hatte, war genauso unruhig wie er. Hatte er Mademoiselle Blanche auch etwas gesagt? Wußten sie alle drei von dem heimlichen Wirken um sich herum?

»Was soll ich tun?« fragte Janvier im Ton eines Menschen, den seine Arbeit anwidert, der sich aber mit ihr abgefunden hat.

»Traust du dich, die Rue Vaneau zu überwachen?«

»Die ganze Nacht?«

»Nein. Um elf Uhr werde ich dir Torrence zur Ablösung schikken.«

»Meinen Sie, daß da irgend etwas passieren wird?«

»Nein«, gestand Maigret.

Er hatte überhaupt keine Idee, oder vielmehr, er hatte so viele und so verwickelte, daß er sich selbst nicht mehr darin zurechtfand.

Es galt immer auf die einfachsten Tatsachen zurückzukommen, auf jene, die man nachprüfen konnte. Sicher war, daß Piquemal sich am Montagnachmittag im Ministerium für Öffentliche Arbeiten eingefunden hatte. Er hatte bei der Anmeldung einen Zettel ausfüllen müssen. Maigret hatte den Zettel nicht gesehen, aber er war bestimmt abgelegt. Point hätte diesen Besuch nicht erfunden.

Zwei Personen mindestens, die sich in den Nebenzimmern befanden, konnten das Gespräch mitgehört haben: Mademoiselle Blanche und Jacques Fleury.

Die Sûreté hatte daran auch gedacht, denn sie hatte in der Wohnung der beiden Nachforschungen angestellt.

Hatte Piquemal Auguste Point wirklich den Calame-Bericht übergeben?

Maigret hielt es für unwahrscheinlich, daß dieser nur Komödie gespielt hatte, was ja auch völlig zwecklos gewesen wäre.

Point hatte sich in seine Privatwohnung am Boulevard Pasteur begeben. Er hatte das Schriftstück in seinen Schreibtisch eingeschlossen. Auch dies glaubte ihm der Kommissar.

Derjenige also, der am nächsten Morgen bei Mademoiselle Blanche erschienen war und ihre Wohnung durchsucht hatte, wußte nicht genau, wo der Bericht lag. Und am Nachmittag war das Dokument verschwunden.

Am Mittwochmorgen verschwand Piquemal ebenfalls.

Zur gleichen Zeit sprach Joseph Mascoulins Zeitung zum erstenmal von dem Calame-Bericht und fragte offen, wer das Schriftstück verborgen halte.

Maigret sagte leise vor sich hin: »Es gibt zwei Möglichkeiten: Entweder hat man den Bericht gestohlen, um ihn zu vernichten, oder aber man hat ihn gestohlen, um ihn zu benutzen. Bisher scheint sich jedoch niemand seiner bedient zu haben.«

Lucas und Janvier hörten, ohne ihn zu unterbrechen, zu.

»Es sei denn ...« Er trank langsam sein Glas halb leer und wischte sich dann die Lippen ab. »Das scheint alles recht kompliziert, aber in der Politik sind die Dinge selten einfach.

Eine oder mehrere, durch die Affäre Clairfond kompromittierte Personen haben einzig ein Interesse daran, das Dokument zu vernichten. Wenn also dieses Dokument wenige Stunden, nachdem es wieder aufgetaucht ist, verschwunden ist, richtet sich der Verdacht automatisch gegen sie.«

»Ich glaube, ich verstehe«, murmelte Janvier.

»Dreißig Politiker mindestens, Nicoud nicht mitgerechnet, haben einen Skandal oder noch Schlimmeres in dieser Affäre zu befürchten. Wenn es einem gelingt, den Verdacht auf eine einzige Person zu richten, wenn man Beweise gegen sie herbeischafft und die betreffende Person verwundbar ist, hat man den idealen Sündenbock gefunden. Auguste Point kann sich nicht verteidigen.«

Seine beiden Männer blickten ihn überrascht an. Maigret hatte ganz vergessen, daß sie nur über einen Teil der Affäre im Bilde waren. Aber nun brauchte er keine Geheimnisse mehr vor ihnen zu haben.

»Er steht auf der Liste von Nicouds Gästen in Samois«, sagte er, »seine Tochter hat von dem Unternehmer einen goldenen Füllfederhalter bekommen.«

»Haben Sie ihn gesprochen?«

Er nickte.

»Er ist es, der ...« Lucas vollendete seine Frage nicht. Maigret hatte dennoch verstanden, was er meinte. Der Inspektor hatte fragen wollen: Er ist es, der Sie um Hilfe gebeten hat?

Das vertrieb endgültig die Scheu, die die drei Männer bis dahin gehemmt hatte.

»Ja, er ist es. Es würde mich überraschen, wenn nicht andere bereits davon wüßten.«

»Kann man jetzt mit offenen Karten spielen?«

»Jedenfalls vor der Sûreté.«

Sie blieben noch eine Viertelstunde vor ihren Gläsern sitzen. Maigret erhob sich als erster, verabschiedete sich und schaute für alle Fälle noch mal in seinem Büro vorbei. Es hatte sich inzwischen aber nichts ereignet. Weder Point noch sonst jemand, der in die Affäre Clairfond verwickelt war, hatte angerufen.

Beim Abendessen merkte Madame Maigret an seiner Miene, daß es besser war, ihn nichts zu fragen. Er verbrachte den Abend damit, in einer internationalen Polizeizeitschrift zu lesen, und ging um zehn Uhr ins Bett.

»Hast du viel Arbeit gehabt?«

Sie waren kurz vor dem Einschlafen. Sie hatte die Frage schon lange auf der Zunge gehabt.

»Nicht viel, aber höchst unerfreuliche.«

Zweimal war er nahe daran, die Hand zum Telefon auszustrekken, um Auguste Point anzurufen. Er wußte zwar nicht, was er ihm hätte sagen sollen, aber er hätte gern Verbindung mit ihm aufgenommen.

Um acht Uhr stand er auf. Hinter den Vorhängen sah man einen leichten Nebel, der die Scheiben beschlug und die Geräusche auf der Straße dämpfte. Maigret ging zu Fuß bis zur Ecke des Boulevard Richard-Lenoir, um dort in seinen Autobus zu steigen, und vor dem Zeitungskiosk blieb er stehen.

Die Bombe war geplatzt. Die Zeitungen stellten keine Fragen mehr, sondern verkündeten in Riesenlettern:

Die Affäre Clairfond

Jules Piquemal, der den Calame-Bericht gefunden hatte, verschwunden.

Der einem hohen Beamten übergebene Bericht soll ebenfalls verschwunden sein.

Mit den Zeitungen unter dem Arm bestieg er die Plattform des Autobusses, beschloß aber, alles weitere erst am Quai des Orfèvres zu lesen. Als er durch den Flur ging, hörte er in seinem Büro das Telefon läuten, beschleunigte den Schritt und nahm den Hörer ab.

»Kommissar Maigret?« fragte der Telefonist. »Schon zum drittenmal in einer Viertelstunde werden Sie vom Ministerium für Öffentliche Arbeiten angerufen. Kann ich Sie verbinden?«

Er hatte noch den Hut auf dem Kopf und den vom Nebel leicht feuchten Mantel an.

5 Die Skrupel des Professors

Die Stimme war die eines Menschen, der in der Nacht kein Auge zugetan, der auch in den vorangegangenen Nächten kaum geschlafen hat und sich nicht mehr die Mühe gibt, seine Worte zu wählen, weil er über das Stadium hinaus ist, wo man darauf bedacht ist, das Gesicht zu wahren. Diese tonlose, energielose Stimme ist bei einem Mann ungefähr dasselbe wie ein bestimmtes Weinen bei einer Frau, dem alles Theatralische fehlt und bei dem es ihr gleichgültig ist, ob es sie häßlich macht.

»Können Sie gleich zu mir kommen, Maigret? So wie die Dinge jetzt liegen, besteht ja kein Grund mehr, daß Sie nicht ins Ministerium kommen sollten, es sei denn, daß Ihnen das persönlich peinlich ist. Ich will Ihnen gleich sagen, daß es in meinem Vorzimmer von Journalisten wimmelt, und das Telefon läutet unaufhörlich. Ich habe ihnen für elf Uhr eine Pressekonferenz zugesagt.«

Maigret sah auf seine Uhr. »Ich komme sofort.«

Es klopfte an die Tür. Während Maigret noch den Hörer in der Hand hielt, die Stirn runzelte, trat der junge Lapointe ein.

»Hast du mir etwas zu sagen?«

»Ja, was Neues.«

»Wichtig?«

»Ich glaube schon.«

»Setz deinen Hut auf und komm mit. Du kannst es mir unterwegs berichten.«

Er blieb einen Augenblick an der Anmeldung stehen, um zu bitten, man möge dem Chef sagen, daß er zum Rapport nicht da sein werde. Auf dem Hof ging er auf eines der kleinen schwarzen Polizeiautos zu.

»Setz dich ans Steuer.«

Und als sie auf den Quai hinausfuhren, sagte er: »So, nun los, erzähle!«

»Ich habe die Nacht im Hôtel du Berry verbracht, in dem Zimmer, das ich dort gemietet habe.«

»Ist Piquemal nicht wieder erschienen?«

»Nein. Die ganze Nacht hat einer von der Sûreté auf der Straße Posten gestanden.«

Maigret hatte es schon geahnt. Das war nicht weiter beunruhigend.

»Ich wollte Piquemals Zimmer nicht bei Dunkelheit betreten, denn ich hätte Licht machen müssen, was man von der Straße aus gesehen hätte. Ich habe darum bis zum Morgengrauen gewartet und dann alles genauer durchsucht als beim erstenmal. Unter anderem habe ich jedes Buch in die Hand genommen und durchgeblättert. In einem wirtschaftspolitischen Werk habe ich diesen Brief gefunden, der wie ein Lesezeichen darin lag.«

Eine Hand am Steuer, angelte er mit der anderen seine Brieftasche heraus und reichte sie Maigret.

»In der Tasche links. Der Brief, der oben den Aufdruck der Abgeordnetenkammer trägt.«

Es war ein Blatt von kleinem Format, eines von denen, die die Mitglieder der Kammer für kurze Briefe benutzen. Der Brief trug das Datum vom letzten Donnerstag. Die Schrift war klein und nachlässig, mit ineinander verschlungenen Buchstaben und fast unleserlichen Wortenden.

Sehr geehrter Herr,

ich danke Ihnen für Ihre Mitteilung. Ich bin sehr interessiert an dem, was Sie mir sagen, und bin gern bereit, Sie morgen abend um acht Uhr in der Brasserie du Croissant, Rue Montmartre, zu treffen. Bis dahin bitte ich Sie, mit niemandem über die Angelegenheit zu sprechen.

Ihr

Eine eigentliche Unterschrift fehlte. Der Brief war nur mit einem Schnörkel unterzeichnet, aus dem sich kein Name erkennen ließ.

»Ich nehme an, der Brief ist von Joseph Mascoulin«, murmelte der Kommissar.

»Ja, von ihm. Ich bin heute in aller Frühe zu einem Kameraden gegangen, der Kammerstenograf ist und die Handschriften der meisten Abgeordneten kennt. Ich brauchte ihm nur die erste Zeile und den Schnörkel zu zeigen.«

Sie waren inzwischen am Boulevard Saint-Germain angelangt, und vor dem Ministerium für Öffentliche Arbeiten bemerkte Maigret mehrere Presseautos. Er blickte zum anderen Gehsteig hinüber, sah dort aber niemand aus der Rue des Saussaies. Hatte man jetzt, da die Bombe geplatzt war, die Überwachung eingestellt?

»Soll ich auf Sie warten?«

»Das ist vielleicht das beste.«

Er durchquerte den Hof, stieg die große Treppe hinauf und befand sich kurz darauf in einem Vorzimmer mit dunkelrotem Teppich und gelblichen Säulen. Einige der Anwesenden kannte er.

Zwei oder drei Journalisten wollten auf ihn zugehen, aber ein Bürodiener war ihnen schon zuvorgekommen.

»Bitte, Herr Kommissar. Der Minister erwartet Sie.«

In dem riesigen, dunklen Arbeitszimmer, in dem die Lampen brannten, erschien ihm Auguste Point, der sich bei seinem Eintritt erhob, kleiner und massiver als in der Wohnung am Boulevard Pasteur. Er reichte Maigret die Hand und hielt sie einen Augenblick in der seinen, wie jemand, der eben etwas Schreckliches erlebt hat und nun für den geringsten Sympathiebeweis dankbar ist.

»Ich danke Ihnen, daß Sie gekommen sind, Maigret. Ich mache mir jetzt große Vorwürfe, daß ich Sie in das alles hineingezogen habe. Sie sehen, ich habe mich nicht zu unrecht beunruhigt.«

Er wandte sich einer Frau zu, die eben ein Telefongespräch beendete und den Hörer auflegte.

»Darf ich Sie meiner Sekretärin, Mademoiselle Blanche, vorstellen, von der ich Ihnen schon berichtet habe?«

Mademoiselle Blanche starrte Maigret mißtrauisch an. Man spürte, sie war auf der Hut. Sie gab ihm nicht die Hand, sondern nickte flüchtig. Sie hatte ein Durchschnittsgesicht, dem alles Anziehende fehlte, aber unter ihrem sehr schlichten schwarzen Kleid, dem nur eine schmale weiße Spitze am Hals etwas von seiner Strenge nahm, verbarg sich zu Maigrets Erstaunen ein junggebliebener, molliger, noch sehr begehrenswerter Körper.

»Wenn es Ihnen nichts ausmacht, gehen wir in meine Wohnung. Ich habe mich nie an dieses Büro gewöhnen können, wo ich mich immer unbehaglich fühle. Sie nehmen die Anrufe entgegen, Blanche.«

»Ja, Herr Minister.«

Point öffnete eine Tür im Hintergrund und murmelte mit der noch immer tonlosen Stimme: »Darf ich vorgehen? Es ist ein etwas komplizierter Weg.«

Er fand sich selbst hier noch immer nicht ganz zurecht, wirkte wie ein Fremder in diesen verlassenen Fluren, blieb hin und wieder zögernd vor einer Tür stehen.

Sie kamen zu einer schmalen Treppe und gingen dann oben durch zwei große leere Räume. Ein Mädchen in weißer Schürze, das mit einem Besen in der Hand vorüberging, ließ erkennen, daß sie die Amtsräume hinter sich hatten und in den Privatgemächern angelangt waren.

»Ich wollte Ihnen eigentlich Fleury vorstellen. Er war im Nebenzimmer, aber im letzten Augenblick ist mir das leider entfallen.«

Man hörte eine Frauenstimme. Point stieß eine Tür auf, und sie betraten einen Salon, der kleiner als die anderen Räume war. Eine Frau saß dort am Fenster, und ein junges Mädchen stand bei ihr.

»Meine Frau und meine Tochter. Ich habe es für besser gehalten, vor ihnen zu sprechen.«

Madame Point hätte irgendeine Kleinbürgerin reiferen Alters sein können, wie sie einem auf ihren Besorgungsgängen auf der Straße begegnen. Auch sie sah übernächtigt aus und hatte glanzlose Augen.

»Ich muß mich zuerst einmal bei Ihnen bedanken, Herr Kommissar. Mein Mann hat mir alles erzählt, und ich weiß, wie wohl ihm die Besprechung mit Ihnen getan hat.«

Die Zeitungen mit ihren sensationellen Schlagzeilen lagen auf einem Tisch verstreut.

Maigret achtete anfangs kaum auf das junge Mädchen, das ihm ruhiger und selbstbeherrschter vorkam als ihr Vater und ihre Mutter.

»Möchten Sie nicht eine Tasse Kaffee trinken?«

Die ganze Atmosphäre hier erinnerte ihn ein wenig an die eines Sterbehauses, wo das alltägliche Einerlei plötzlich unterbrochen ist, wo die Leute kommen und gehen, sprechen und sich bewegen, ohne zu wissen, wo sie sich setzen oder was sie überhaupt tun sollen.

Er hatte noch immer seinen Mantel an. Es war Anne-Marie, die Maigret aufforderte, ihn abzulegen, und die ihn dann über die Lehne eines Sessels legte.

»Haben Sie die Morgenzeitungen gelesen?« fragte der Minister endlich, ohne sich zu setzen.

»Ich hatte nur Zeit, die Überschriften zu überfliegen.«

»Mein Name wird noch nicht erwähnt, aber bei der Presse wissen alle Bescheid. Sie müssen die Informationen um Mitternacht erhalten haben. Ich habe es von einem mir bekannten Mann erfahren, der Metteur in der Rue du Croissant ist. Ich habe daraufhin sofort den Ministerpräsidenten angerufen.«

»Wie hat er es aufgenommen?«

»Ich weiß nicht, ob er überrascht gewesen ist oder nicht. Ich fühle mich nicht mehr fähig, die Leute zu beurteilen. Natürlich habe ich ihn aus dem Schlaf gerissen. Er schien mir ein wenig überrascht, aber doch weniger erregt, als ich es erwartet hatte.«

Es war immer noch so, als spräche er ohne jede Überzeugung, als hätten die Worte keine Bedeutung mehr.

»Setzen Sie sich bitte, Maigret. Entschuldigen Sie, daß ich stehen bleibe, aber seit heute morgen kann ich nicht mehr stillsitzen. Ich bekomme dabei Angstzustände. Ich muß stehen und umhergehen. Als Sie kamen, war ich schon eine Stunde lang in meinem Büro auf und ab gegangen, während meine Sekretärin die Telefonanrufe entgegennahm. Wo war ich stehengeblieben? Ach ja, der Ministerpräsident hat mir ungefähr folgendes gesagt: ›Nun, mein Lieber, jetzt müssen Sie dem Getrommel standhalten.‹

Ja, eben die Worte hat er wohl gebraucht. Ich habe ihn gefragt, ob die ihm unterstehende Dienststelle Piquemal festhalte. Statt direkt darauf zu antworten, hat er gemurmelt: ›Wie kommen Sie darauf?‹

Dann hat er mir erklärt, er könne nicht mehr als ich oder ein anderer Minister einen Eid darauf ablegen, was in seinen Dienststellen geschehe. Er hat in diesem Punkt alles völlig im unklaren gelassen.

›Man macht uns für alles verantwortlich‹, hat er dann gesagt, ›ohne zu begreifen, daß wir nur vorübergehend in unseren Ämtern sind, daß jene, denen wir Befehle geben, genau wissen, daß sie noch am Tag zuvor einen anderen Herrn gehabt haben und vielleicht schon am nächsten Tag wieder einen neuen haben werden.‹

Ich habe darauf erwidert, das beste wäre zweifellos, daß ich ihm gleich morgen früh meine Demission erklärte.

›Sie sind zu voreilig, Point, Sie überfallen mich ja geradezu. In der Politik gehen die Dinge selten so, wie man es vorausgesehen hat. Ich werde über Ihren Vorschlag nachdenken und Sie nachher anrufen.‹

Wahrscheinlich hat er mit einigen Kollegen telefoniert; vielleicht haben sie sogar eine Sitzung gehabt. Ich weiß es nicht. Sie haben jetzt jedenfalls keinen Grund mehr, mich darüber zu informieren. Den Rest der Nacht bin ich in meinem Zimmer auf und ab gegangen, während meine Frau mich zu beruhigen versuchte.«

Diese blickte Maigret an, als wollte sie sagen: Helfen Sie mir! Sie sehen ja, wie es mit ihm steht.

Ja, es stand schlecht mit ihm. An dem Abend in seiner Wohnung am Boulevard Pasteur war Point Maigret wie ein Mann erschienen, der unter dem Schlag, den man ihm eben versetzt hat, taumelt, der noch nicht weiß, wie er ihn parieren soll, aber den Kampf noch nicht aufgegeben hat. Jetzt sprach er, als gingen ihn die Ereignisse nichts mehr an, als hätte er, da sein Schicksal nun einmal endgültig entschieden war, auf den Kampf verzichtet.

»Hat er Sie wieder angerufen?« fragte Maigret.

»Um halb sechs. Wie Sie sehen, sind wir nicht die einzigen, die in der letzten Nacht nicht geschlafen haben. Er hat mir erklärt, meine Demission würde nichts nützen, man würde sie als ein Schuldgeständnis betrachten, und alles, was ich zu tun hätte, sei, die Wahrheit zu sagen.«

»Auch zum Inhalt des Calame-Berichts?« warf der Kommissar ein.

Point lächelte mühsam. »Nein. Das nicht gerade. In dem Augenblick, als ich glaubte, das Gespräch sei beendet, hat er noch hinzugefügt: ›Ich nehme an, man wird Sie fragen, ob Sie den Bericht gelesen haben.‹

Ich habe geantwortet: ›Ich habe ihn gelesen.‹

›Das habe ich mir schon gedacht. Es ist gewiß ein ziemlich umfangreicher Bericht, vollgestopft mit technischen Details über einen Gegenstand, der einem Juristen nicht notwendigerweise vertraut ist. Es wäre richtiger, Sie sagten, Sie hätten ihn überflogen. Sie haben den Bericht nicht mehr zur Hand, um Ihr Gedächtnis auffrischen zu können. Ich sage Ihnen das nur, lieber Freund, um Ihnen schlimmere Verdrießlichkeiten zu ersparen als die, die Sie erwarten. Sprechen Sie von dem Inhalt des Berichts, beschuldigen Sie jemand, wer es auch sei – mich geht das gar nichts an, und mir macht das auch nichts aus –, dann wird man Sie beschuldigen, Anklagen zu erheben, die Sie nicht beweisen können. Verstehen Sie mich?‹ «

Zum drittenmal seit Beginn des Gesprächs zündete Point sich seine Pfeife an, und seine Frau sagte zu Maigret: »Rauchen Sie doch auch, bitte. Ich bin es gewohnt.«

»Seit sieben Uhr heute morgen läutet das Telefon unaufhörlich. Es sind vor allem Journalisten, die mir Fragen stellen wollen. Zuerst habe ich erwidert, ich hätte keine Erklärung abzugeben. Dann merkte ich, daß der Ton immer drohender wurde. Zwei Zeitungsverleger haben mich sogar persönlich angerufen. Ich habe schließlich alle für heute früh um elf Uhr zu einer Pressekonferenz in meinem Arbeitszimmer eingeladen. Ich hatte das dringende Verlangen, Sie vorher zu sprechen. Sie haben wohl . . .«

Er hatte es über sich gebracht, vielleicht aus Scham, vielleicht aus Furcht oder Aberglauben, diese Frage bis jetzt zurückzuhalten.

». . . Sie haben wohl nichts entdeckt?«

War es, um seinem Tun mehr Nachdruck zu verleihen und dem anderen etwas Vertrauen einzuflößen, daß Maigret den Brief langsam aus der Tasche zog und ihn stumm dem Minister reichte? Es hatte etwas Theatralisches, das sonst nicht seine Art war.

Madame Point rührte sich nicht vom Sofa, auf dem sie saß, aber Anne-Marie ging zu ihrem Vater und las über seine Schulter mit.

»Von wem ist er?« fragte sie.

Maigret wandte sich an Point: »Erkennen Sie die Handschrift?«

»Sie kommt mir irgendwie bekannt vor, aber vertraut ist sie mir nicht!«

»Dieser Brief ist am letzten Donnerstag von Joseph Mascoulin abgeschickt worden.«

»An wen?«

»An Jules Piquemal.«

Es gab ein Schweigen. Ohne ein Wort reichte Point den Brief seiner Frau. Jeder versuchte offensichtlich, die Bedeutung dieses Fundes zu ermessen.

Als Maigret wieder das Wort ergriff, war es, wie am Boulevard Pasteur, zu einer Art Verhör.

»Wie sind Ihre Beziehungen zu Mascoulin?«

»Ich habe überhaupt keine zu ihm.«

»Haben Sie eine Auseinandersetzung mit ihm gehabt?«

»Nein.«

Point war ernst und sorgenvoll. Wenn Maigret sich auch nie um die Politik kümmerte, so wußte er um die parlamentarischen Sitten doch ein wenig Bescheid. Selbst die Abgeordneten von entgegengesetzten Parteien unterhalten, sogar wenn sie sich auf der Rednerbühne wild bekämpfen, im allgemeinen freundschaftliche Beziehungen, die an die in der Schule oder Kaserne erinnern.

»Sprechen Sie nie mit ihm?« drang Maigret weiter in ihn.

Point strich sich mit der Hand über die Stirn.

»Das liegt schon viele Jahre zurück, in jener Zeit, als ich neu in die Kammer kam. Es war eine ganz neue Kammer, wie Sie sich gewiß erinnern werden, in der man sich geschworen hatte, daß man keine üblen Geschäftemacher mehr dulden würde.

Es war kurz nach dem Krieg, und eine Woge von Idealismus ging durch das ganze Land. Man dürstete nach Sauberkeit. Die meisten meiner Kollegen, jedenfalls sehr viele, waren wie ich Neulinge in der Politik.«

»Mascoulin aber nicht.«

»Nein. Es gehörten der Kammer noch einige Mitglieder aus früheren Kammern an, aber jeder war davon überzeugt, daß die Neugewählten die Atmosphäre bestimmen würden. Nach einigen Monaten traute ich dem nicht mehr so ganz. Nach zwei Jahren hatte ich alle Hoffnung aufgegeben. Erinnerst du dich noch daran, Henriette?«

Er hatte sich an seine Frau gewandt.

»Ja, er war so entmutigt«, sagte sie, »daß er sich entschlossen hatte, sich nicht wieder zur Wahl zu stellen.«

»Als ich bei einem Diner das Wort nehmen mußte, habe ich mir alles vom Herzen geredet, und die anwesenden Journalisten machten sich eifrig Notizen. Es würde mich wundern, wenn man mir in diesen Tagen nicht einen Teil meiner Rede vorhalten würde. Ihr Thema waren sozusagen die schmutzigen Hände. Damit wollte ich vor allem ausdrücken, daß nicht unser politisches Regime angekränkelt ist, sondern das Milieu, in dem die Politiker, ob gewollt oder ungewollt, leben.

Ich brauche mich darüber nicht zu verbreiten. Sie erinnern sich an das berühmte Buch ›Die Republik der Kameraden‹. Man trifft sich jeden Tag, man drückt sich die Hand, wie es alte Freunde tun. Nach einigen Sitzungswochen duzen sich alle, und man erweist sich gegenseitig kleine Dienste.

Mit jedem Tag drückt man mehr Hände, und wenn diese nicht mehr sauber sind, zuckt man nachsichtig die Schultern. ›Na, das ist doch kein schlechter Kerl.‹ Oder auch: ›Er muß das für seine Wähler tun.‹

Verstehen Sie mich? Ich habe erklärt, daß, wenn jeder von uns sich ein für allemal weigerte, schmutzige Hände zu drücken, Hände von üblen Geschäftemachern, die politische Atmosphäre im Nu gesäubert wäre.«

Nach einer kurzen Pause setzte er mit Bitterkeit hinzu: »Ich habe getan, was ich gepredigt habe. Ich bin gewissen Journalisten und zweideutigen Geschäftsleuten, die in den Fluren des Palais Bourbon herumlungern, aus dem Weg gegangen. Ich habe einflußreichen Wählern Dienste verweigert, die ich ihnen nicht leisten zu dürfen glaubte.

Und als eines Tages im Sitzungssaal Mascoulin mit ausgestreckter Hand auf mich zukam, habe ich so getan, als ob ich ihn nicht sähe, und mich ostentativ zu einem anderen meiner Kollegen umgedreht.

Ich weiß, daß er vor Wut erblaßt ist und mir das nie verziehen hat. Solche Leute vergeben nie etwas.«

»Haben Sie es mit Hector Tabard, dem Chefredakteur von ›La Rumeur‹, ebenso gemacht?«

»Ich habe es zwei- oder dreimal abgelehnt, ihn zu empfangen, und er hat dann auch nicht mehr darum ersucht.« Er sah auf seine Uhr. »Es bleibt mir noch eine Stunde, Maigret. Um elf Uhr muß ich mich den Journalisten stellen und auf ihre Fragen antworten. Ich hatte daran gedacht, ihnen ein Kommuniqué zu übergeben, aber das würde ihnen nicht genügen.

Ich muß ihnen sagen, daß Piquemal mir den Calame-Bericht gebracht hat und daß ich mich in meine Wohnung am Boulevard Pasteur begeben habe, um ihn zu lesen.«

»Und daß Sie ihn nicht gelesen haben!«

»Ich werde versuchen, das weniger kategorisch zu behaupten. Am schwersten, ja ganz unmöglich wird es sein, sie davon zu überzeugen, daß ich den berühmten Bericht unbewacht in meiner Wohnung gelassen habe und daß er am nächsten Morgen, als ich ihn holen wollte, um ihn dem Ministerpräsidenten zu übergeben, verschwunden war.

Niemand wird mir das glauben. Piquemals Verschwinden vereinfacht nichts. Im Gegenteil. Man wird behaupten, daß ich auf diese oder jene Weise einen peinlichen Zeugen beseitigt habe.

Meine einzige Rettung wäre gewesen, wenn ich ihnen den Dieb des Schriftstückes hätte ausliefern können.«

Als ob er sich für diese herausfordernden Worte entschuldigen wollte, fügte er hinzu: »Ich konnte natürlich selbst von Ihnen nicht erwarten, daß das in achtundvierzig Stunden gelingen würde. Was, meinen Sie, soll ich tun?«

Energisch warf Madame Point ein: »Du demissionierst, und wir kehren nach La Roche-sur-Yon zurück. Die Leute, die dich kennen, wissen, daß du nicht schuldig bist. Um die anderen aber brauchst du dich nicht zu kümmern. Du hast doch ein reines Gewissen.«

Maigret blickte Anne-Marie an und sah, wie sie die Lippen zusammenkniff. Er verstand, daß sie der Meinung ihrer Mutter nicht zustimmen konnte, daß ein solcher Rückzug ihres Vaters für sie nichts anderes bedeuten würde, als daß sie all ihre Hoffnungen begraben müßte.

»Was ist Ihre Meinung?« murmelte Point unsicher.

Diese Frage schob dem Kommissar eine Verantwortung zu, die er nicht auf sich nehmen konnte. »Und die Ihre?«

»Ich habe das Gefühl, daß ich durchhalten muß. Jedenfalls solange die geringste Hoffnung besteht, daß der Dieb entdeckt wird.«

»Ich hoffe immer bis zur letzten Minute«, antwortete Maigret auf diese indirekte Frage. »Sonst würde ich niemals eine Untersuchung beginnen. Da ich nicht mit der Politik vertraut bin, habe ich meine

Zeit mit Schritten vertan, die unnütz erscheinen können. Aber ob sie wirklich nutzlos sind, da bin ich mir durchaus nicht sicher.«

Bevor Point vor den Journalisten erschien, mußte er ihm Vertrauen oder wenigstens eine gewisse Sicherheit einflößen. Deshalb begann Maigret ein ungeschminktes Bild der Lage zu zeichnen.

»Sehen Sie, Herr Minister, wir sind jetzt auf ein Terrain gelangt, wo ich mich mehr zu Hause fühle. Bisher mußte ich grundsätzlich so arbeiten, daß niemand etwas davon merkte, was indessen nicht verhindert hat, daß wir auf Schritt und Tritt auf Leute aus der Rue des Saussaies gestoßen sind. Ob vor dem Portal Ihres Ministeriums, ob an der Tür Ihrer Sekretärin, bei Piquemal oder vor der Wohnung Ihres Kabinettschefs, überall fanden meine Männer Leute von der Sûreté auf Wache.

Ich habe mich einen Augenblick gefragt, was sie suchten und ob die beiden Dienststellen mit derselben Untersuchung befaßt wären.

Jetzt denke ich, daß sie einfach wissen wollten, was wir entdekken würden. Weder Sie noch Ihre Sekretärin, weder Piquemal noch Fleury wurden überwacht, sondern ich und meine Männer.

Von dem Augenblick an, da das Verschwinden Piquemals und des Dokuments amtlich bekannt wird, fällt die Untersuchung in die Zuständigkeit der Kriminalpolizei, weil beides auf Pariser Boden erfolgt ist. Ein Mensch verschwindet nicht, ohne Spuren zu hinterlassen.

Und jeder Einbrecher wird schließlich gefaßt.«

»Früher oder später«, murmelte Point mit einem traurigen Lächeln.

Maigret erhob sich und blickte ihn fest an.

»Bis dahin müssen Sie durchhalten.«

»Das hängt nicht von mir allein ab.«

»Das hängt vor allem von Ihnen ab.«

»Wenn Mascoulin hinter dieser Geschichte steckt, dann wird er nicht zögern, bei der Regierung zu interpellieren.«

»Es sei denn, er benutzt lieber das, was er weiß, um seinen Einfluß zu verstärken.«

Point sah ihn überrascht an. »Sie wissen darüber Bescheid? Ich dachte, Sie beschäftigen sich nicht mit Politik.«

»So etwas gibt es nicht nur in der Politik. Mascoulins findet man auch in anderen Kreisen. Ich glaube – unterbrechen Sie mich, wenn ich mich täusche –, daß er nur eine Leidenschaft hat: die Machtgier. Aber auch, daß er kaltblütig genug ist, auf seine Stunde warten zu können. Von Zeit zu Zeit löst er ein Gewitter in der Kammer und in der Presse aus, indem er Mißstände oder irgendeinen Skandal enthüllt.«

Point hörte plötzlich voller Interesse zu.

»Er hat sich damit allmählich den Ruf eines erbarmungslosen Weltverbesserers erworben. So kommt es, daß alle Fanatiker, alle Mißvergnügten, alle Revolutionäre von der Art Piquemals sich an ihn wenden, wenn sie irgend etwas Unsauberes entdecken oder zu entdecken glauben. Ich nehme an, er erhält dieselbe Art von Briefen, die wir bekommen, wenn ein geheimnisvolles Verbrechen begangen worden ist. Geistesgestörte, Narren aller Art und auch Leute, die da eine Gelegenheit wittern, ihren Haß gegen einen Verwandten, einen ehemaligen Freund oder Nachbarn stillen zu können, schreiben uns in solchen Fällen. In dem ganzen Wust gibt es aber auch Briefe, die uns wirkliche Fingerzeige geben und ohne die viele Mörder noch frei herumlaufen würden.

Für jemanden wie Piquemal, den einsamen Junggesellen, der die Wahrheit in allen möglichen Parteien, in allen Religionen, in allen Philosophien gesucht hat, ist es typisch, daß er, als er den Calame-Bericht entdeckte, nicht einen Augenblick auf den Gedanken gekommen ist, ihn seinen direkten Vorgesetzten, denen er mißtraut, zu übergeben.

Er hat sich an den berufsmäßigen Weltverbesserer gewandt, weil er davon überzeugt war, daß so der Bericht Gott weiß welcher Verschwörung des Schweigens entgehen würde.«

»Wenn Mascoulin den Bericht besitzt, warum hat er sich seiner dann noch nicht bedient?«

»Aus dem Grund, den ich Ihnen schon aufgezeigt habe. Er muß von Zeit zu Zeit einen Skandal auslösen, um seinen Ruf aufrechtzuerhalten. Aber auch Erpresserblätter wie ›La Rumeur‹ veröffentlichen nicht sämtliche Informationen, die sie besitzen. Die Affären, von denen sie nicht sprechen, sind nämlich gerade die, die ihnen etwas einbringen. Der Calame-Bericht ist ein zu dicker Brocken, um ihn der Öffentlichkeit zum Fraß hinzuwerfen.

Wenn Mascoulin ihn besitzt: wie viele Persönlichkeiten in hohen Stellungen – einschließlich Arthur Nicoud –, glauben Sie, hat er dann in der Hand?«

»Viele, mehrere Dutzend.«

»Wir wissen nicht, wieviel Calame-Berichte er in den Fingern hat. Jeden Augenblick kann er sich ihrer bedienen, und sie werden ihm erlauben, an dem Tag, wenn er sich stark genug fühlen wird, seine Ziele zu erreichen.«

»Daran hatte ich auch gedacht«, gestand Point. »Und gerade das erschreckt mich. Wenn er den Bericht besitzt, dann befindet sich das Schriftstück an sicherer Stelle, und es würde mich sehr überraschen, wenn wir es wiederfänden. Aber wenn uns das nicht gelingt oder wenn wir nicht den stichhaltigen Beweis haben, daß jemand es vernichtet hat, dann kommt Schimpf und Schande über mich, weil man mich beschuldigen wird, ich hätte es verschwinden lassen.«

Maigret sah, daß Madame Point den Kopf abwandte, weil ihr eine Träne über die Wange lief. Point, der das ebenfalls bemerkte, verlor einen Augenblick seine Haltung, während Anne-Marie sagte: »Mama!«

Madame Point schüttelte den Kopf, als wolle sie damit sagen, es sei weiter nichts, und ging hastig aus dem Zimmer.

»Da sehen Sie's«, sagte ihr Mann, als bedürfe dies keines weiteren Kommentars.

Hatte Maigret unrecht? Ließ er sich von der dramatischen Atmosphäre, die ihn umgab, beeinflussen? Selbstsicher erklärte er: »Ich verspreche Ihnen nicht, daß ich den Bericht wiederfinden werde, aber ich werde die Person fassen, die sich in Ihre Wohnung geschlichen hat, um ihn an sich zu nehmen. Denn das ist mein Beruf.«

»Glauben Sie?«

»Ich bin sicher.«

Maigret rüstete sich zum Gehen. Point flüsterte: »Ich gehe mit Ihnen hinunter.«

Und zu seiner Tochter gewandt: »Geh schnell zu deiner Mutter und wiederhole ihr, was der Kommissar mir eben gesagt hat. Das wird ihr guttun.«

Sie gingen den gleichen Weg wieder zurück, den sie gekommen waren, und gelangten so in Points Arbeitszimmer, wo außer Mademoiselle Blanche, die die Telefongespräche annahm, ein großer, schlanker Mann mit grauen Haaren anwesend war und die Post öffnete.

»Darf ich Ihnen Jacques Fleury, meinen Kabinettschef, vorstellen – Kommissar Maigret . . .«

Maigret hatte das Gefühl, diesem Mann schon einmal begegnet zu sein; gewiß war es in einer Bar oder einem Restaurant gewesen. Er sah gut aus und war mit einer Eleganz gekleidet, die die Allerweltskleidung des Ministers noch augenfälliger werden ließ. Er war genau der Typ, wie man ihn in Begleitung hübscher Frauen in den Bars an den Champs-Elysées trifft.

Seine Hand war trocken, sein Händedruck unbefangen.

Von fern wirkte er jünger und energischer als aus der Nähe. Unter den Augen hatte er Tränensäcke, und seine Lippen waren etwas welk, was er mit einem nervösen Lächeln zu verbergen suchte.

»Wie viele sind's?« fragte ihn Point, auf das Vorzimmer deutend.

»Gut dreißig. Die Korrespondenten ausländischer Zeitungen sind auch da. Ich weiß nicht, wie viele Fotografen darunter sind. Es kommen immer noch welche dazu.«

Maigret und der Minister wechselten einen Blick. Der Kommissar schien mit einem ermunternden Zwinkern sagen zu wollen: Halten Sie sich wacker!

Point fragte ihn: »Gehen Sie durch das Vorzimmer hinaus?«

»Da Sie ihnen ja sagen werden, daß ich mich mit der Untersuchung befasse, macht das nun nichts mehr aus. Im Gegenteil.«

Er spürte den noch immer mißtrauischen Blick von Mademoiselle Blanche auf sich ruhen, den zu besänftigen er noch keine Zeit gehabt hatte. Offenbar konnte sie sich noch kein klares Bild von ihm machen. Die Ruhe ihres Chefs indessen ließ sie vielleicht vermuten, daß Maigrets Erscheinen eher etwas Gutes bedeutete.

Als der Kommissar durch das Vorzimmer ging, stürzten sich die Fotografen als erste auf ihn, und er tat nichts, um ihnen zu entgehen. Die Reporter ihrerseits bestürmten ihn mit Fragen.

»Befassen Sie sich mit dem Calame-Bericht?«

Er schob sie lächelnd beiseite. »In wenigen Minuten wird der Minister selbst Ihre Fragen beantworten.«

»Sie leugnen aber doch nicht, daß Sie sich damit befassen?«

»Ich leugne überhaupt nichts.«

Einige folgten ihm bis auf die Marmortreppe, in der Hoffnung, ihm doch noch eine Erklärung entlocken zu können.

»Fragen Sie den Minister«, wiederholte er.

»Glauben Sie, daß Piquemal ermordet worden ist?« wollte einer wissen.

Es war das erstemal, daß diese Vermutung klar formuliert wurde.

»Sie kennen meine Lieblingsantwort«, erwiderte er. »Ich glaube nichts.«

Kurz darauf, nachdem sich ihm noch ein paar Journalisten in den Weg gestellt hatten, stieg er in das Polizeiauto, in dem Lapointe wartend saß. Der Inspektor hatte seine Zeit mit Zeitunglesen verbracht.

»Wohin fahren wir? Zum Quai?«

»Nein. Zum Boulevard Pasteur. Was schreiben die Zeitungen?«

»Sie sprechen vor allem von Piquemals Verschwinden. Eine von ihnen, ich weiß nicht mehr welche, hat Madame Calame interviewt, die immer noch in der Wohnung, in der sie schon mit ihrem Mann lebte, am Boulevard Raspail wohnt. Sie scheint ein ganz energisches Frauchen zu sein, das um keine Antwort verlegen ist und nicht versucht hat, Fragen auszuweichen. Sie hat den Bericht nicht gelesen, erinnert sich aber ganz deutlich, daß ihr Mann vor etwa fünf Jahren mehrere Wochen in Haute-Savoie verbracht hat. Nach seiner Rückkehr von dort hat er eine sehr arbeitsreiche Zeit gehabt und oft bis in die Nacht hinein an seinem Schreibtisch gesessen.

›Er ist niemals so viel angerufen worden‹, hat sie gesagt. ›Unzählige Leute haben ihn aufgesucht, die wir bis dahin überhaupt nicht kannten. Er wirkte unruhig und sorgenvoll. Als ich ihn fragte, was ihn quäle, erwiderte er, seine Arbeit und seine Verantwortung. Er hat in jener Zeit oft von seiner Verantwortung gesprochen. Ich hatte den Eindruck, daß er immer mehr verfiel. Ich wußte, daß er krank war. Schon ein Jahr vorher hatte der Arzt mir erklärt, daß mein Mann an Krebs leide. Ich erinnere mich, wie er eines Tages seufzte: Mein Gott, wie schwer ist es für einen Menschen zu wissen, wo seine Pflicht ist.‹ «

Sie fuhren die Rue Vaugirard hinunter, wo ein Autobus sie nur langsam vorankommen ließ.

»Das Interview nimmt eine ganze Spalte ein«, sagte Lapointe.

»Was hat sie mit den Papieren ihres Mannes gemacht?«

»Sie hat in seinem Arbeitszimmer alles so gelassen, wie es war, und macht dort immer regelmäßig sauber, als wäre er noch da.«

»Hat sie in der letzten Zeit keine Besucher empfangen?«

»Zwei«, erklärte Lapointe, wobei er seinem Chef einen bewundernden Blick zuwarf.

»Piquemal?«

»Ja, das war der erste Besuch. Das ist jetzt ungefähr eine Woche her.«

»Kannte sie ihn?«

»Ziemlich gut. Zu Lebzeiten Calames erschien er oft bei ihm, um sich Rat zu holen. Sie glaubt, daß er sich mit Mathematik befaßte. Er hat erklärt, er brauche eine seiner Arbeiten, die er seinerzeit dem Professor anvertraut habe.«

»Hat er sie gefunden?«

»Er hatte eine Aktentasche bei sich. Sie hat ihn in dem Arbeitszimmer allein gelassen, und er ist dort etwa eine Stunde geblieben. Als er wieder herauskam, hat sie ihn gefragt, ob er das Gesuchte gefunden habe, und er hat ihr geantwortet: ›Leider nein.‹ Seine Arbeiten schienen nicht mehr da zu sein. Sie hat nicht in seiner Aktentasche nachgesehen. Sie hatte keinerlei Mißtrauen gegen ihn. Erst zwei Tage später . . .«

»Wer war der zweite Besucher?«

»Ein Mann in den Vierzigern, der behauptet hat, ein ehemaliger Schüler Calames zu sein, und sie gefragt hat, ob sie die Akten des Professors aufbewahrt habe. Er hat ebenfalls von Arbeiten gesprochen, die sie gemeinsam erstellt hätten.«

»Hat sie ihn in das Arbeitszimmer hineingelassen?«

»Nein. Das seltsame Zusammentreffen hat sie stutzig gemacht, und sie hat dem Mann darum gesagt, alle Papiere ihres Mannes seien in der Hochschule für Straßen- und Brückenbau verblieben.«

»Hat sie diesen zweiten Besucher beschrieben?«

»Davon steht nichts in der Zeitung. Wenn sie es getan hat, dann behält der Reporter die Auskunft für sich und ist wahrscheinlich dabei, selbst den Detektiv zu spielen.«

»Halt hier am Gehsteig. Hier ist es.«

Der Boulevard wirkte am Tag ebenso friedlich wie in der Nacht und verleugnete seinen Charakter als Straße des Mittelstandes nicht.

»Soll ich auf Sie warten?«

»Nein, komm mit. Wir werden vielleicht Arbeit bekommen.«

Die Glastür der Loge befand sich links vom Flur. Die Concierge war eine ältere Frau, hatte ein ganz würdiges Aussehen, machte aber einen müden Eindruck.

»Was gibt's?« fragte sie die beiden Männer, ohne sich von ihrem Sessel zu erheben, während eine rostbraune Katze von ihrem Schoß heruntersprang und sich an Maigrets Beinen rieb.

Der Kommissar nannte seinen Namen, zog dabei den Hut und sagte in höflichem Ton: »Minister Point hat mich mit der Untersuchung des Diebstahls beauftragt, der vor zwei Tagen in seiner Wohnung geschehen ist.«

»Ein Diebstahl? Hier im Haus? Und er hat mir nichts davon gesagt?«

»Er wird es Ihnen bestätigen, sobald er Sie sieht, und wenn Sie Zweifel haben, brauchen Sie ihn nur anzurufen.«

»Das ist nicht nötig. Da Sie ja Kommissar sind, muß ich Ihnen wohl glauben, nicht wahr? Aber wie hat das bloß geschehen können? Es ist ein so ordentliches Haus. In den fünfunddreißig Jahren, die ich schon hier bin, ist die Polizei noch nicht einmal hiergewesen.«

»Denken Sie doch einmal nach, was am Dienstag war, vor allem am Morgen.«

»Dienstag ... warten Sie ... das war vorgestern ...«

»Ja. Am Abend zuvor ist der Minister in seine Wohnung gekommen.«

»Hat er Ihnen das gesagt?«

»Ich war an dem Abend ja selbst bei ihm. Sie haben mir kurz nach zehn Uhr geöffnet.«

»Ich glaube, ich erinnere mich jetzt.«

»Er muß bald nach mir wieder fortgegangen sein.«

»Ja.«

»Haben Sie in der Nacht anderen Personen die Tür geöffnet?«

»Bestimmt nicht. Selten einmal kommt ein Mieter nach Mitternacht nach Hause. Es sind alles ruhige Leute. Wenn das der Fall gewesen wäre, würde ich mich daran erinnern.«

»Wann schließen Sie morgens die Tür auf?«

»Um halb sieben, manchmal um sieben.«

»Bleiben Sie dann in der Loge?«

Die Loge bestand nur aus einem Raum, in dem ein Gasherd, ein runder Tisch, ein Spülstein und hinter einem Vorhang ein dunkelrot bedecktes Bett standen.

»Außer, wenn ich die Treppe kehre.«

»Wann tun Sie das?«

»Nicht vor neun. Vorher trage ich die Post hinauf, die um halb neun ankommt.«

»Da der Fahrstuhl durchsichtige Scheiben hat, sehen Sie doch wohl, wenn Sie auf der Treppe sind, wer hinauf- und wer herunterfährt?«

»Ja, ich gucke immer ganz automatisch hin.«

»Haben Sie an jenem Morgen jemanden zum vierten Stock hinauffahren sehen?«

»Ganz gewiß nicht.«

»Hat niemand am Morgen oder am frühen Nachmittag Sie gefragt, ob der Minister zu Hause wäre?«

»Niemand. Es ist nur angerufen worden.«

»Bei Ihnen?«

»Nein, in der Wohnung.«

»Woher wissen Sie das?«

»Weil ich gerade auf der Treppe vom vierten zum fünften Stock war.«

»Um welche Zeit war das?«

»Vielleicht um zehn. Vielleicht etwas früher. Meine Beine erlauben mir nicht mehr, schnell zu arbeiten. Ich habe das Telefon hinter der Tür läuten hören. Es hat lange geklingelt. Als ich dann eine Viertelstunde später mit dem Kehren fertig war und wieder hinunterging, hat es von neuem geläutet, so lange, daß ich schließlich gemurmelt habe: ›Läute nur weiter!‹ «

»Und dann?«

»Nichts.«

»Sind Sie wieder in die Loge zurückgekehrt?«

»Ja, um mich etwas herzurichten.«

»Sind Sie nicht aus dem Haus gegangen?«

»Wie jeden Morgen war ich etwa fünfzehn bis zwanzig Minuten fort, um meine Besorgungen zu machen. Der Gemüseladen ist gleich nebenan, der Metzger an der Ecke. Von dem Gemüseladen aus kann ich genau sehen, wer hier hineingeht und wer herauskommt. Ich passe immer auf das Haus auf.«

»Und von der Metzgerei?«

»Da kann ich es nicht sehen, aber ich bleibe nie lange weg. Ich lebe hier allein mit meiner Katze und kaufe fast jeden Tag das gleiche. In meinem Alter hat man keinen Appetit mehr.«

»Wissen Sie genau die Zeit, zu der Sie beim Metzger waren?«

»Nicht genau, nein. Über der Kasse hängt zwar eine große Uhr, aber ich sehe nie hin.«

»Haben Sie, als Sie wieder zurück waren, jemanden herauskommen sehen, den Sie nicht hatten hineingehen sehen?«

»Ich kann mich nicht erinnern, nein. Ich kümmere mich weniger um die Leute, die hinausgehen als um die, die hereinkommen. Außer bei den Mietern natürlich, weil ich da wissen muß, wenn jemand nach ihnen fragt, ob sie zu Hause sind oder nicht. Es kommen ja immer Lieferanten, Gasableser, Verkäufer von Staubsaugern . . .«

Maigret merkte, daß im Augenblick aus ihr nicht mehr herauszuholen war und daß, wenn ihr später noch etwas einfiele, sie es ihm bestimmt sagen würde.

»Wir, der Inspektor und ich, werden jetzt Ihre Mieter befragen«, sagte er.

»Bitte schön. Sie werden sehen, daß das alle brave Leute sind. Außer der Alten im dritten Stock vielleicht, die . . .«

Hier, wo es die vertraute Arbeit zu leisten galt, fühlte sich Maigret wieder sicherer.

»Wenn wir fertig sind, kommen wir noch mal bei Ihnen vorbei«, versprach er, und beim Verlassen der Loge vergaß er nicht, die Katze zu streicheln.

»Du nimmst dir die Wohnungen links vor«, sagte er dann zu Lapointe, »und ich gehe in die rechts. Hast du verstanden, was ich suche?«

Kameradschaftlich fügte er hinzu: »An die Arbeit, mein Lieber!«

6 Das Mittagessen im »Filet de Sole«

Bevor er an der ersten Tür läutete, besann er sich eines anderen und drehte sich zu Lapointe um, der eben die Hand nach dem Klingelknopf ausstreckte.

»Hast du keinen Durst?«

»Nein, Chef.«

»Na, dann fang schon an. Ich bin gleich wieder da.«

Eigentlich hätte er bei der Concierge das Telefongespräch führen können, das ihm eben einfiel, aber er sprach nicht gern vor Zeugen, und außerdem fand er es gar nicht so schlecht, irgend etwas zu trinken, ein Glas Weißwein zum Beispiel.

Er mußte hundert Meter gehen, um ein ganz kleines Bistro zu finden, wo außer dem Wirt keine Menschenseele war.

»Ein Glas Wein«, bestellte er, aber gleich darauf winkte er ab: »Lieber einen Pernod.«

Das paßte besser zu seiner Stimmung und dem Wetter und ebenso zu dem Geruch dieser sauberen kleinen Bar, in die nie jemand zu kommen schien. Er wartete, bis er sein Glas bekam, und nachdem er es zur Hälfte geleert hatte, ging er zur Telefonzelle.

Wenn man in den Zeitungen den Bericht über eine Untersuchung liest, hat man den Eindruck, daß die Polizei von Anfang an eine gerade Linie verfolgt, daß sie genau weiß, was sie zu tun hat. Ein Ereignis fügt sich logisch an das andere, so wie das Kommen und Gehen der Personen in einem gut aufgebauten Theaterstück.

Selten ist von den vergeblichen Bemühungen, von den langweiligen Recherchen, die nur in Sackgassen führen, von den wahllos vorgenommenen Ermittlungen die Rede.

Maigret hätte nicht eine einzige Untersuchung nennen können, in deren Verlauf er nicht dann und wann im dunkeln getappt hätte.

Heute morgen im Büro hatte er nicht die Zeit gehabt, sich bei Lucas, Torrence und Janvier zu erkundigen, die er am Tag vorher mit jetzt ganz zwecklos erscheinenden Aufträgen betraut hatte.

»Ist da die Kriminalpolizei? Verbinden Sie mich bitte mit Lucas. Wenn er nicht da ist, geben Sie mir Janvier.«

Lucas kam an den Apparat.

»Sind Sie's, Chef?«

»Ja. Zuerst mal das Wichtigste. Du mußt dir ein Foto von Piquemal beschaffen, dem Mann aus der Hochschule für Straßen- und Brückenbau. Es hat aber keinen Zweck, in seinem Hotelzimmer danach zu suchen, dort ist keines. Es würde mich jedoch wundern, wenn es in der Schule nicht ein Gruppenbild gäbe, wie es gewöhnlich zu Semesterschluß aufgenommen wird, das dem Erkennungsdienst von Nutzen sein könnte.

Sie sollen sich aber sputen, damit das Bild noch in den Abendzeitungen erscheinen kann. Es muß auch sofort an alle Polizeidienststellen weitergegeben werden. Um nichts zu versäumen, geh doch mal schnell im Gerichtsmedizinischen Institut vorbei.«

»Verstanden, Chef.«

»Gibt's bei dir was Neues?«

»Ich habe die Marcelle aufgestöbert. Mit Nachnamen heißt sie Luquet.«

Maigret hatte diese Spur im Geist schon aufgegeben, aber er wollte nicht, daß Lucas denken könnte, er habe umsonst gearbeitet.

»Und was ist mit ihr?«

»Sie arbeitet als Korrektorin in der Druckerei Croissant, wo sie zur Nachtschicht gehört. Dort werden aber weder ›La Rumeur‹ noch ›Le Globe‹ gedruckt. Sie hat von Tabard gehört, kennt ihn jedoch nicht persönlich. Mascoulin ist sie nie begegnet.«

»Hast du mit ihr gesprochen?«

»Ich habe sie zu einer Tasse Kaffee in der Rue Montmartre eingeladen. Sie ist eine anständige Frau. Sie hat, bis sie Fleury kennenlernte und sich in ihn verliebte, allein gelebt. Sie ist auch jetzt noch in ihn verliebt und grollt ihm nicht, daß er sie verlassen hat. Ja, wenn er morgen käme und sie wieder zu sich nähme, würde sie ohne einen Vorwurf zu ihm zurückkehren. Ihrer Meinung nach ist er ein großes Kind, das Hilfe und Liebe braucht. Sie behauptet, er sei zwar zu kleinen kindischen Schwindeleien fähig, aber etwas wirklich Unsauberes könne er nicht begehen.«

»Ist Janvier in deiner Nähe?«

»Ja.«

»Gib ihn mir.«

Janvier hatte nichts zu berichten. Er hatte gegenüber dem Haus in der Rue Vaneau bis Mitternacht, als ihn Torrence abgelöst hatte, Wache gestanden.

»Blanche Lamotte ist gegen elf Uhr allein zu Fuß nach Hause gekommen, und in ihrer Wohnung hat dann ungefähr eine halbe Stunde Licht gebrannt.«

»War niemand von der Rue des Saussaies in der Nähe?«

»Niemand. Die Leute auf der Straße, die aus dem Kino oder Theater kamen, waren zu zählen.«

Torrence hatte eine noch ruhigere Nacht gehabt. Insgesamt hatte er nur sieben Passanten in der Rue Vaneau gesehen.

»Das Licht wurde um sechs Uhr morgens angemacht. Wahrscheinlich steht sie so früh auf, um ihre Zimmer aufzuräumen. Um zehn nach acht ist sie aus dem Haus gekommen und in Richtung Boulevard Saint-Germain gegangen.«

Maigret ging zur Theke zurück, um seinen Pernod auszutrinken. Da er nicht zu stark war, bestellte er sich noch ein zweites Glas und stopfte sich eine Pfeife.

Als er in das Haus am Boulevard Pasteur zurückkehrte, hörte er, daß Lapointe schon bis zum dritten Stock vorgedrungen war, und begann geduldig die Tour auf seiner Seite.

Manchmal dauert es eine Ewigkeit, bis man aus den Leuten etwas herausgequetscht hat. Zu dieser Stunde fanden die beiden Männer nur mit ihrem Haushalt beschäftigte Frauen, die unwillkürlich die Tür erst einmal wieder schlossen, denn sie hielten sie für Verkäufer irgendwelcher Apparate oder für Versicherungsvertreter. Bei dem Wort Polizei zuckte die eine wie die andere zusammen. Während man mit ihnen sprach, waren ihre Gedanken anderswo, bei dem Essen, das sie auf dem Herd stehen hatten, bei dem Baby, das am Fußboden spielte, bei dem elektrischen Staubsauger, der sinnlos weiterlief. Einige waren verlegen, weil man sie im Negligé überrascht hatte, und strichen mit einer automatischen Bewegung das Haar glatt.

»Versuchen Sie, sich an Dienstagmorgen zu erinnern ...«

»Dienstag, ja ...«

»Haben Sie zum Beispiel zwischen zehn und zwölf einmal Ihre Tür geöffnet?«

Die erste, die Maigret befragte, war am Dienstag nicht zu Hause gewesen, sondern im Krankenhaus, wo man ihre Schwester operierte. Die zweite, eine noch junge Frau, die ein Kind im Arm hielt und es auf ihrer Hüfte abstützte, verwechselte unaufhörlich Dienstag und Mittwoch.

»Ich war hier, ja. Ich bin morgens immer hier. Meine Besorgungen mache ich erst am Spätnachmittag, wenn mein Mann wieder da ist.«

»Haben Sie einmal Ihre Tür geöffnet?«

Es bedurfte unendlicher Geduld, um sie in die Atmosphäre des Dienstagmorgens zurückzuversetzen. Hätte man sie unvermittelt gefragt: »Haben Sie im Fahrstuhl oder auf der Treppe einen Fremden gesehen, der sich in den vierten Stock begab?«, hätte sie guten Glaubens geantwortet: »Nein«, ohne sich die Mühe zu machen, darüber nachzudenken.

Im dritten Stock holte Maigret Lapointe ein, weil in der Wohnung im zweiten Stock links niemand zu Hause war.

So friedlich, wie das Haus äußerlich wirkte, war auch das Leben, das die verschiedenen Familien hier führten. Nur der Geruch und die Farbe der Tapeten waren in den einzelnen Stockwerken verschieden, aber all die Menschen hier gehörten zur gleichen fleißigen und anständigen Schicht, der die Polizei immer einen kleinen Schrecken einjagt.

Maigret quälte sich mit einer alten tauben Frau ab, die ihn nicht aufgefordert hatte, hereinzukommen, und der er jede Frage wiederholen mußte. Er hörte Lapointe hinter der Tür gegenüber sprechen.

»Warum«, schrie die Taube, »sollte ich meine Tür geöffnet haben? Beschuldigt mich dieses Biest von Concierge vielleicht, daß ich hinter den Mietern herspioniere?«

»Aber nein, Madame, man beschuldigt Sie in keiner Weise.«

»Nun, warum kommt dann die Polizei zu mir, um mich auszufragen?«

»Wir versuchen festzustellen, ob ein Mann . . .«

»Was für ein Mann?«

»Ein Mann, den wir nicht kennen, aber suchen.«

»Was suchen Sie?«

»Einen Mann.«

»Was hat er getan?«

Maigret versuchte noch immer, sich verständlich zu machen, als die Tür gegenüber sich öffnete. Mit einem Zeichen bedeutete Lapointe dem Kommissar, daß er etwas erfahren hatte, und Maigret verabschiedete sich daraufhin hastig von der verärgerten alten Frau.

»Darf ich Ihnen Madame Gaudry vorstellen, Chef? Ihr Mann arbeitet in einer Bank am Boulevard des Italiens. Sie hat einen fünfjährigen Jungen.«

Maigret sah, wie sich dieser mit beiden Händen am Rock seiner Mutter festhielt.

»Manchmal schickt sie den Jungen morgens in die Nachbarschaft zu irgendeinem Kaufmann, aber nur zu denen, deren Läden sich auf dieser Seite des Boulevards befinden.«

»Ich lasse ihn nie allein über die Straße gehen. Solange er draußen ist, bleibt die Tür immer halb offen. So kam es, daß ich Dienstag . . .«

»Haben Sie jemanden hinaufgehen hören?«

»Ja. Ich wartete auf Bob und glaubte einen Augenblick, er sei es. Die meisten Leute benutzen den Fahrstuhl, aber das erlaube ich ihm noch nicht.«

»Ich könnte es aber!« behauptete der Junge. »Ich habe ihn schon mal fahren lassen.«

»Du bist aber dafür bestraft worden. Nun, gerade in dem Augenblick, als ein Mann zum vierten Stock hinaufging, habe ich hinausgeschaut.«

»Um wieviel Uhr war das?«

»Etwa um halb elf. Ich hatte eben mein Ragout aufs Feuer gesetzt.«

»Hat der Mann Sie angesprochen?«

»Nein. Ich habe ihn erst nur von hinten gesehen. Er trug einen ziemlich leichten, beigefarbenen Mantel, vielleicht einen Gabardine, ich habe nicht so genau darauf geachtet, und er hatte breite Schultern und einen ziemlich dicken Hals.«

Sie warf einen Blick auf Maigrets Hals.

»Hatte er meinen Umfang?«

Sie zögerte und errötete. »Nicht so ganz. Er war jünger. In den Vierzigern, meiner Meinung nach. Als er an der Biegung der Treppe war, habe ich sein Gesicht gesehen, und er hat mich auch kurz angeblickt. Es schien ihn zu verdrießen, daß ich da war.«

»Hat er im vierten Stock haltgemacht?«

»Ja.«

»Hat er an einer Tür geläutet?«

»Nein. Er ist in die Wohnung von Monsieur Point gegangen, wenn er auch eine ganze Zeit gebraucht hat, bis er die Tür geöffnet hatte.«

»Als ob er mehrere Schlüssel ausprobierte?«

»Das kann ich nicht sagen, aber als ob er mit dem Schloß nicht Bescheid wüßte, so klang es.«

»Haben Sie ihn wieder herunterkommen sehen?«

»Nein. Auf dem Rückweg hat er den Fahrstuhl benutzt.«
»War das viel später?«
»Kaum zehn Minuten.«
»Sind Sie die ganze Zeit auf dem Treppenabsatz stehengeblieben?«
»Nein. Aber Bob war immer noch nicht da, und die Tür stand deshalb noch offen. Ich habe den Fahrstuhl nach oben fahren, im vierten Stock halten und dann wieder herunterkommen hören.«
»Können Sie den Mann noch etwas genauer beschreiben?«
»Das ist schwierig. Er hatte eine frische Gesichtsfarbe, wie jemand, der gut ißt.«
»Trug er eine Brille?«
»Ich glaube nicht. Nein, bestimmt nicht.«
»Rauchte er eine Pfeife oder eine Zigarette?«
»Nein, warten Sie ... ich bin fast sicher, daß er eine Zigarre rauchte ... das ist mir aufgefallen, weil mein Schwager ...«
Bis auf die Zigarre entsprach dies der Beschreibung, die der Wirt in der Rue Jacob von dem Mann gegeben hatte, der Piquemal angesprochen hatte. Sie konnte auch auf den Unbekannten zutreffen, der zu Mademoiselle Blanches Wohnung in der Rue Vaneau hinaufgegangen war.
Ein paar Minuten später standen Maigret und Lapointe wieder auf der Straße.
»Wohin fahren wir jetzt?«
»Setz mich am Quai ab. Du fährst dann gleich von dort zur Rue Vaneau und zur Rue Jacob, um zu erkunden, ob der Mann zufällig eine Zigarre geraucht hat.«
Als Maigret in sein Büro kam, hatte Lucas bereits ein Foto beschafft, auf dem Piquemal zwar leider nur im Hintergrund, aber dennoch so deutlich zu sehen war, daß die Spezialisten vom Erkennungsdienst etwas damit anfangen konnten.
Maigret ließ sich beim Leiter der Kripo melden und verbrachte dann fast eine halbe Stunde bei ihm, um ihn über alles in Kenntnis zu setzen.
»So gefällt es mir schon besser«, seufzte der Chef, als Maigret mit seinem Bericht fertig war.
»Mir auch.«
»Aber ganz beruhigt werde ich erst sein, wenn wir wissen – wenn wir es überhaupt herausbekommen –, wer der Mann ist.«
Sie hatten beide denselben Hintergedanken, sprachen ihn aber lieber nicht aus. Konnte der Mann, auf dessen Spur sie nun schon

dreimal gestoßen waren, nicht dem Haus in der Rue des Saussaies angehören? Maigret hatte dort gute Freunde, darunter vor allem einen namens Catroux, dessen Sohn er über das Taufbecken gehalten hatte.

Er zögerte aber, sich an ihn zu wenden, denn wenn Catroux etwas wußte, kam er dadurch möglicherweise in eine schiefe Situation.

In wenigen Stunden würde Piquemals Bild in den Abendzeitungen erscheinen. Wäre es nicht eine Ironie, wenn er jetzt, wo die Kriminalpolizei ihn suchte, sich im Gewahrsam der Sûreté befände?

Diese hatte ihn womöglich eine Weile von der Bildfläche verschwinden lassen, weil er zuviel wußte. Vielleicht hatte man ihn auch in die Rue des Saussaies gebracht, um ihm die Würmer aus der Nase zu ziehen.

Die Zeitungen würden berichten, daß die Kriminalpolizei und insbesondere Maigret sich der Affäre annahmen.

Es wäre ein gefundenes Fressen für die Sûreté, Piquemal aufs Land zu schicken und dann einige Stunden später zu melden, sie habe ihn gefaßt.

»Sie glauben natürlich, daß Point ehrlich ist und Ihnen nichts verbirgt?«

»Ich könnte darauf schwören.«

»Und die Leute aus seiner Umgebung?«

»Für sie gilt dasselbe. Ich habe mich über jeden erkundigt. Gewiß, ich weiß nicht alles über ihr Leben, aber was ich darüber erfahren habe, läßt mich vermuten, daß man anderswo suchen muß. Der Brief, den ich Ihnen gezeigt habe . . .«

»Mascoulin?«

»Er ist offensichtlich in die Affäre verwickelt. Der Brief beweist es.«

»Was werden Sie jetzt tun?«

»Es bringt mich vielleicht nicht weiter, aber ich habe Lust, ohne genau sagen zu können, warum, ihn mir ein wenig aus der Nähe anzusehen. Ich brauche zu diesem Zweck nur im ›Filet de Sole‹ an der Place des Victoires zu essen, wo er, wie es heißt, seine Versammlungen abhält.«

»Seien Sie vorsichtig.«

»Ich weiß.«

Er ging durch das Büro der Inspektoren, um einige Anweisungen zu geben. Lapointe war eben zurückgekommen.

»Nun, was ist mit der Zigarre?«

»Seltsamerweise ist das ausgerechnet einer Frau aufgefallen. Der

Wirt des Lokals vermag nicht zu sagen, ob der Mann Pfeife, Zigarre oder Zigarette rauchte, obwohl er länger als eine Viertelstunde lang an seiner Theke gestanden hatte. Am ehesten vermutet er, daß der Mann eine Zigarre geraucht hat. Die Concierge von Mademoiselle Blanche dagegen hat auf meine Frage ›Rauchte er eine Zigarre?‹ steif und fest behauptet: ›Nein, eine Zigarette. Er hat den Stummel auf die Treppe geworfen und ihn mit dem Absatz ausgetreten.‹ «

Es war ein Uhr, als Maigret das berühmte Restaurant an der Place des Victoires betrat. Ganz wohl war ihm dabei nicht zumute, denn es ist nicht klug, sich mit einem Mascoulin messen zu wollen, wenn man nur ein Beamter ist.

Er hatte keinen Beweis gegen diesen Mann, außer einem kurzen Brief, den der Abgeordnete mit hundert plausiblen Gründen erklären konnte. Und hier war Mascoulin auf seinem Feld. Maigret wirkte wie ein Eindringling. Der Geschäftsführer sah ihn auf sich zukommen, machte sich aber nicht die Mühe, ihn zu begrüßen.

»Haben Sie einen Tisch?«

»Für wieviel Personen?«

»Ich bin allein.«

Die meisten Tische waren besetzt, und man hörte ein unausgesetztes Stimmengemurmel, zu dem das Klappern der Bestecke und das Klirren der Gläser die Begleitmusik bildeten. Der Geschäftsführer schaute sich um und ging dann auf einen Tisch zu, der kleiner als die anderen war und dicht am Windfang stand.

Es waren zwar noch drei andere Tische frei, aber hätte der Kommissar darauf hingewiesen, hätte die Antwort wahrscheinlich gelautet, sie seien reserviert; was allerdings auch stimmen konnte. Auf einen Wink hin näherte sich schließlich die Garderobenfrau, um ihm Mantel und Hut abzunehmen. Er mußte dann noch lange warten, bis er etwas bestellen konnte, und so hatte er Muße, seine Augen im Raum umherschweifen zu lassen.

In dem Restaurant verkehrten bedeutende Leute, und zum Mittagessen sah man hier fast nur Männer: Finanzgewaltige, bekannte Anwälte, Journalisten, Politiker, die alle mehr oder weniger aus dem gleichen Milieu stammten und einander von weitem grüßten.

Einige hatten den Kommissar erkannt, und an mehreren Tischen schien man über ihn zu tuscheln.

Joseph Mascoulin saß auf der Bank in der rechten Ecke mit dem Rechtsanwalt Pinard, der für sein leidenschaftliches Temperament ebenso berühmt war wie der Abgeordnete.

Der dritte Gast an dem Tisch drehte Maigret den Rücken zu. Es war ein älterer Mann mit schmalen Schultern und schütterem grauen Haar, das schräg über seine Glatze gekämmt war. Erst als Maigret ihn im Profil sehen konnte, erkannte er in ihm Sauvegrain, den Schwager und Teilhaber Nicouds, dessen Bild er in den Zeitungen gesehen hatte. Schon hatte Mascoulin, der ein Entrecôte aß, Maigret erspäht und starrte ihn nun unverwandt an, als gäbe es im ganzen Raum nichts Interessanteres zu sehen. In seinen Augen hatte sich anfänglich Neugier gespiegelt, dann hatten sie ironisch geblitzt, und jetzt schien er amüsiert die nächsten Bewegungen des Kommissars abzuwarten.

Maigret konnte endlich sein Essen bestellen, dazu verlangte er eine halbe Flasche Pouilly und rauchte bedächtig seine Pfeife weiter, wobei er dem Blick des Abgeordneten standhielt. Der Unterschied zwischen ihnen war, daß, wie immer in solchen Fällen, Maigrets Augen ganz leer erschienen. Man hätte glauben können, daß er den anderen fixierte, als sei dieser so belanglos, so uninteressant wie eine weiße Wand, und daß er nur an die Seezunge dachte, die er eben bestellt hatte.

Von Nicouds Leben und seiner Firma wußte er herzlich wenig. Es hieß, daß Sauvegrain, der Schwager, der bis zu seiner Verheiratung mit Nicouds Schwester vor zehn Jahren nur ein kleiner Handwerker gewesen war, an der Firma lediglich nominell beteiligt war. Er hatte ein Büro in der Avenue de la République, unweit von dem Nicouds. Es war ein großes, elegant eingerichtetes Büro, aber Sauvegrain verbrachte dort nur seine Tage, um unwichtige Besucher zu empfangen, die man ihm schickte, um ihn zu beschäftigen.

Wenn Mascoulin sich in aller Öffentlichkeit mit ihm an einen Tisch setzte, so mußte er seine Gründe dafür haben. Und Pinard, war er da, weil er Sauvegrains Interessen vertrat?

Der Chefredakteur einer Zeitung blieb beim Hinausgehen bei Maigret stehen und drückte ihm die Hand.

»Mitten in der Arbeit?« fragte er ihn.

Und da der Kommissar tat, als ob er die Anspielung nicht verstünde, fuhr er fort: »Ich glaube nicht, daß ich Sie schon einmal hier gesehen habe.«

Sein Blick wanderte dabei zu Mascoulins Ecke. »Ich wußte nicht, daß die Kriminalpolizei sich mit solchen Affären befaßt. Haben Sie Piquemal wiedergefunden?«

»Noch nicht.«

»Immer noch auf der Suche nach dem Calame-Bericht?« Er

fragte das in einem spöttischen Ton, als existiere der Calame-Bericht nur in der Phantasie gewisser Leute oder als könne Maigret ihn niemals finden.

»Wir suchen«, antwortete der Kommissar nur.

Der Journalist öffnete den Mund, sagte aber nicht, was er eigentlich sagen wollte, und ging, leutselig mit der Hand winkend, hinaus. Im Flur stieß er fast mit einem Mann zusammen, der eben hereinkam und den Maigret wahrscheinlich nicht gesehen hätte, wenn er nicht dem anderen nachgeblickt hätte.

In dem Augenblick, da der Mann die zweite Tür aufstieß, sah er den Kommissar durch die Scheibe, und eine gewisse Betroffenheit zeichnete sich in seinem Gesicht ab. Normalerweise hätte er Maigret, den er seit Jahren kannte, grüßen müssen, er war auch nahe daran, es zu tun, warf dann aber einen scheuen Blick zu Mascoulins Tisch hinüber und machte, in der Hoffnung vielleicht, daß Maigret ihn nicht erkannt hatte, plötzlich kehrt und verschwand.

Mascoulin war in seiner Ecke nichts von der Szene entgangen, obwohl sein Pokergesicht nichts davon verriet.

Was hatte Maurice Labat im »Filet de Sole« gewollt, und warum hatte er, als er Maigret in dem Restaurant bemerkte, schleunigst den Rückzug angetreten? Ein Jahrzehnt lang hatte er einer Abteilung der Rue des Saussaies angehört, und es hatte eine allerdings nur kurze Zeit gegeben, in der er, wie man behauptete, Einfluß auf den Minister gehabt hatte.

Plötzlich hatte man gehört, er habe gekündigt, aber nicht ganz freiwillig, sondern um ernsteren Unannehmlichkeiten zu entgehen.

Seitdem sah man ihn immer wieder in Kreisen auftauchen, wie sie in Lokalen wie dem »Filet de Sole« verkehren. Er hatte nicht wie andere in einer ähnlichen Lage ein Detektivbüro eröffnet. Man wußte weder, was für einen Beruf er ausübte, noch wovon er lebte. Außer seiner Frau und seinen Kindern hatte er eine Geliebte, die in der Rue de Ponthieu wohnte, zwanzig Jahre jünger war als er und ihn bestimmt viel kostete. Maigret vergaß darüber völlig, seine Seezunge so zu genießen, wie sie es verdiente. Das unvermutete Auftauchen Labats nahm seine ganzen Gedanken gefangen.

War die Vermutung nicht ganz natürlich, daß der ehemalige Polizeibeamte im »Filet de Sole« niemand anderen als Mascoulin sehen wollte?

Labat war einer von Tausenden, die man mit gewissen mehr oder weniger zweideutigen Aufträgen betrauen konnte, und er hatte sicher noch so manchen Freund in der Rue des Saussaies.

Hoffte er, indem er so schnell verschwunden war, daß Maigret ihn nicht erkannt hatte? Hatte Mascoulin, den der Kommissar in diesem Augenblick nicht hatte sehen können, ihm ein Zeichen gemacht, nicht hereinzukommen?

Wäre Labat ein Mann in den Vierzigern gewesen mit einem beträchtlichen Leibesumfang und hätte er eine Zigarre geraucht, so hätte es für Maigret festgestanden, eben den Mann entdeckt zu haben, der sich zum Boulevard Pasteur und zur Rue Vaneau begeben und Piquemal entführt hatte.

Aber Labat war kaum sechsunddreißig Jahre alt. Er war Korse und sah auch so aus. Klein und schmal von Statur, trug er Schuhe mit hohen Absätzen, um dadurch größer zu erscheinen, und er hatte einen braunen Spitzbart. Außerdem rauchte er von morgens bis abends Zigaretten, was man schon an seinen gelben Fingern sehen konnte.

Nichtsdestoweniger lenkte sein Erscheinen Maigrets Überlegungen in eine neue Richtung, und er ärgerte sich darüber, daß er sich von der Rue des Saussaies hatte hypnotisieren lassen.

Labat hatte der Sûreté zwar angehört, war aber jetzt nicht mehr dort. Es gab einige Dutzend andere ehemalige Polizeibeamte wie ihn in Paris, deren sich die Sûreté aus mehr oder weniger gleichen Gründen hatte entledigen müssen.

Maigret nahm sich vor, sofort eine Liste dieser Männer aufstellen zu lassen. Er war nahe daran, auf der Stelle Lucas anzurufen, damit er ihm die Liste beschaffe, aber er tat es dann doch nicht, und zwar, so seltsam das scheinen mag, weil es ihm peinlich war, unter Mascoulins spöttischen Blicken durch das Lokal zu gehen.

Dieser, der keinen Nachtisch genommen hatte, war schon beim Kaffee. Maigret bestellte ebenfalls keinen Nachtisch, sondern Kaffee und einen Cognac. Dann begann er seine Pfeife neu zu stopfen und ließ dabei in Gedanken alle aus der Rue des Saussaies, die er kannte, vorüberziehen. Er fühlte sich ein wenig wie jemand, der sich auf einen Namen besinnt, der ihm aber, obwohl er ihm auf der Zunge liegt, nicht einfällt. Seit man ihm von dem korpulenten Mann berichtet hatte und vor allem seit von der Zigarre die Rede gewesen war, war etwas in seinem Gedächtnis aufgerührt worden.

Er war so in seine Gedanken versunken, daß er kaum bemerkte, wie Mascoulin sich erhob, sich den Mund mit seiner Serviette abwischte und etwas zu seinen Begleitern sagte. Genauer gesagt, er sah ihn zwar aufstehen und den Tisch zurückschieben, um sich einen Weg zu bahnen, und dann schließlich langsam auf sich zukommen, aber ihm war, als ginge ihn das gar nichts an.

»Gestatten Sie, Kommissar«, sagte Mascoulin und ergriff die Lehne des Stuhls, der Maigret gegenüber stand.

Er machte ein ernstes Gesicht, nur seine Mundwinkel zuckten ein wenig, was vielleicht ein nervöser Tick bei ihm war.

Einen Augenblick lang war Maigret ganz verwirrt. Darauf war er überhaupt nicht gefaßt gewesen. Er hatte niemals Mascoulins Stimme gehört, die tief war und angenehm klang. Es hieß, daß wegen dieser angenehmen Stimme manche Frauen trotz seines wenig anziehenden Großinquisitorgesichts um die Plätze in der Kammer kämpften, wenn er dort das Wort ergreifen sollte.

»Ein merkwürdiges Zusammentreffen, daß Sie gerade heute hierhergekommen sind. Ich wollte Sie nämlich anrufen.«

Maigret erwiderte nichts darauf. Er wollte dem anderen seine Aufgabe soweit wie nur möglich erschweren, aber den Abgeordneten schien sein Schweigen nicht aus dem Gleichgewicht zu bringen.

»Ich habe eben erfahren, daß Sie sich mit Piquemal und dem Calame-Bericht befassen.«

Wegen der anderen Gäste sprach er nur halblaut, denn von zahlreichen Tischen blickte man zu den beiden herüber.

»Ich habe Ihnen nicht nur wichtige Informationen zu geben, sondern glaube, eine regelrechte Aussage machen zu müssen. Vielleicht schicken Sie mir nachher einen Ihrer Inspektoren in die Kammer, um ein Protokoll aufzunehmen. Jeder kann ihm sagen, wo ich zu finden bin.«

Maigret sagte immer noch nichts.

»Es handelt sich um diesen Piquemal, mit dem ich zufällig in der letzten Woche zusammen gewesen bin.«

Maigret hatte Mascoulins Brief in der Tasche und begann zu verstehen, warum der Abgeordnete das Bedürfnis empfand, mit ihm zu sprechen.

»Ich weiß nicht mehr, an welchem Tag mir mein Sekretär einen der zahlreichen Briefe, die ich täglich empfange und die er beantworten muß, zu lesen gegeben hat. Er war mit Piquemal unterzeichnet, trug die Adresse eines Hotels in der Rue Jacob, dessen Name ich vergessen habe, einen Provinznamen, wenn ich mich nicht täusche.«

Ohne ihn aus den Augen zu lassen, trank Maigret einen Schluck Kaffee und zog weiter bedächtig an seiner Pfeife.

»Jeden Tag bekomme ich, wie Sie sich denken können, einige

hundert Briefe von Leuten aller Art, von Verrückten, Halbverrückten und von braven Menschen, die mir Mißstände mitteilen. Es ist die Aufgabe meines Sekretärs, eines sehr tüchtigen jungen Mannes, zu dem ich volles Vertrauen habe, die Spreu vom Weizen zu sondern.«

Warum fragte sich Maigret, während er das Gesicht des anderen musterte, ob Mascoulin homosexuell sei? Er hatte nie irgendeine Andeutung dieser Art über ihn gehört. Wenn er es war, dann verbarg er es geschickt. Dem Kommissar schien es, daß dies gewisse Züge seines Charakters erklären würde.

»Piquemals Brief ist mir aufrichtig vorgekommen, und ich bin sicher, Sie werden den gleichen Eindruck haben, wenn ich ihn Ihnen, falls ich ihn wiederfinde, schicke. Er hat mir darin mitgeteilt, er sei der einzige in Paris, der wisse, wo sich der Calame-Bericht befinde und der ihn sich beschaffen könne. Er hatte hinzugefügt, er wende sich lieber an mich als an eine Amtsstelle, weil er wisse, daß zu viele Leute ein Interesse daran hätten, die Affäre zu unterdrücken, und daß ich der einzige sei, dem er voll und ganz vertraue. Verzeihen Sie, daß ich seine Ausdrücke wiederhole. Ich habe ihm für alle Fälle ein paar Zeilen geschrieben und ihn um ein Treffen gebeten.«

Ruhig zog Maigret seine Brieftasche heraus, entnahm ihr den Brief mit dem Briefkopf der Kammer, zeigte ihn Mascoulin, jedoch ohne ihn über den Tisch zu reichen, obwohl der Abgeordnete schon nach dem Brief greifen wollte.

»Ist das dieser Brief?«

»Vermutlich. Ich glaube meine Handschrift zu erkennen.«

Er fragte nicht, wie der Brief in Maigrets Besitz gekommen sei, vermied es, die geringste Überraschung zu zeigen, und bemerkte: »Nun, dann wissen Sie ja Bescheid. Ich habe ihn also in der Brasserie du Croissant getroffen, die in der Nähe der Druckerei liegt, wo ich mich abends immer mit verschiedenen Leuten verabrede. Er kam mir ein wenig exaltiert, etwas zu ›geheimbündlerisch‹ für meinen Geschmack vor. Ich habe ihn reden lassen.«

»Hat er gesagt, daß er im Besitz des Berichts sei?«

»Nicht so ganz. So einfach tun das solche Leute nicht. Sie haben immer das Verlangen, sich mit einer Verschwöreratmosphäre zu umgeben. Er hat mir berichtet, daß er in der Hochschule für Straßen- und Brückenbau arbeitet und manchmal auch als Assistent bei Professor Calame tätig gewesen ist. Dadurch glaube er zu wissen, wo sich der seinerzeit von Calame über das Sanatorium Clairfond verfaßte Bericht befinde. Die Unterhaltung hat nur zehn Minuten gedauert, denn ich mußte noch die Korrekturfahnen meines Artikels durchsehen.«

»Hat Piquemal Ihnen dann den Bericht gebracht?«

»Ich habe ihn nicht wiedergesehen. Er sagte mir, er werde ihn mir Montag oder Dienstag, spätestens aber Mittwoch bringen. Ich habe ihm darauf erwidert, daß ich aus Gründen, die Sie verstehen werden, das Dokument nicht in Händen haben wolle. Dieser Bericht ist mit Dynamit geladen, wofür wir ja heute den Beweis erhalten haben.«

»Wem, haben Sie ihm geraten, den Bericht zu übergeben?«

»Seinem Vorgesetzten.«

»Das heißt dem Rektor der Hochschule für Straßen- und Brückenbau?«

»Ich glaube, ich habe keinen bestimmten Namen genannt. Vielleicht ist mir das Wort Ministerium entschlüpft, das mir ganz natürlich in den Sinn kam.«

»Hat er nicht versucht, Sie anzurufen?«

»Nicht daß ich wüßte.«

»Noch Sie aufzusuchen?«

»Wenn er das tun wollte, dann ist er nicht dazu gekommen, denn wie ich Ihnen bereits sagte, habe ich von ihm dann nur noch aus den Zeitungen gehört. Er scheint meinen Rat befolgt zu haben, wenn auch etwas übertrieben, da er direkt zum Minister gegangen ist. Gleich nachdem ich von seinem Verschwinden hörte, habe ich mir vorgenommen, Sie von diesem Vorfall in Kenntnis zu setzen. Das ist hiermit geschehen. In Anbetracht möglicher Rückwirkungen der Affäre ist es mir lieber, daß meine Erklärung zu Protokoll genommen wird. Wenn Sie also heute nachmittag ...«

Das ließ sich nicht umgehen. Maigret war verpflichtet, jemand zu ihm zu schicken, um seine Erklärung zu Protokoll zu nehmen. Der Inspektor, dessen war Maigret sicher, würde Mascoulin mitten in einem Schwarm von Kollegen und Journalisten antreffen. War das nicht der beste Weg, Auguste Point anzuklagen?

»Ich danke Ihnen«, murmelte Maigret nur. »Ich werde das Notwendige veranlassen.«

Mascoulin wirkte ein wenig betroffen, als habe er etwas anderes erwartet. Hatte er sich eingebildet, daß der Kommissar ihm verwirrende Fragen stellen oder ihm auf diese oder jene Art zeigen würde, daß er ihm nicht glaubte?

»Ich tue nur meine Pflicht. Hätte ich vorausgesehen, daß die Ereignisse diese Wendung nehmen würden, hätte ich schon früher mit Ihnen darüber gesprochen.«

Er schien beständig eine Rolle zu spielen und das nicht einmal, man hätte es schwören mögen, zu verbergen. Es war, als sage er: Ich bin schlauer gewesen als du, versuch nur, mir beizukommen!

Hatte Maigret es falsch gemacht? Von einem bestimmten Blickpunkt aus gesehen, gewiß, denn er hatte nichts zu gewinnen, sondern im Gegenteil alles zu verlieren, wenn er sich mit einem so mächtigen und so geriebenen Mann wie Mascoulin maß.

Der Abgeordnete war aufgestanden und reichte ihm die Hand. Maigret mußte plötzlich an Point und seine Geschichte von den schmutzigen Händen denken.

Er nahm sich nicht die Zeit, das Für und Wider abzuwägen, ergriff seine Kaffeetasse, die leer war, und führte sie an die Lippen, womit er die Hand, die ihm der andere hinhielt, ignorierte.

Ein Schatten glitt über das Gesicht des Abgeordneten. Das Zukken an seinen Mundwinkeln wurde stärker. Er sagte nur: »Auf Wiedersehen, Monsieur Maigret.«

Betonte er das »Monsieur« absichtlich, wie es Maigret vorkam? Wenn ja, dann war das eine kaum verhüllte Drohung, denn es bedeutete, daß Maigret sich nicht mehr lange an seinem Titel eines Kommissars freuen würde. Maigret blickte Mascoulin nach, als dieser an seinen Tisch zurückkehrte und sich zu seinen Begleitern hinunterbeugte. Automatisch rief Maigret: »Kellner! Die Rechnung bitte!«

Zehn Leute mindestens, die alle in dieser oder jener Hinsicht eine bedeutende Rolle im Leben des Landes spielten, starrten ihn unverwandt an.

Ohne daß es ihm eigentlich bewußt wurde, trank er seinen Cognac. Erst als er draußen war, spürte er den Geschmack im Munde.

7 Die Taxis des Kommissars

Es war nicht das erstemal, daß er nicht als Chef, sondern als Kamerad zu den Inspektoren ging. Er öffnete die Tür zu ihrem Büro, schob den Hut in den Nacken, setzte sich auf die Ecke eines Tisches, entleerte seine Pfeife auf den Fußboden, wobei er sie am Absatz ausklopfte, und stopfte sich dann eine neue. Nacheinander sah er sie alle an, die mit verschiedenen Arbeiten beschäftigt waren, wie ein Vater, der abends nach Hause kommt und froh, wieder bei den Seinen zu sein, gleichsam seine Schäflein zählt.

Eine kleine Weile verstrich, bevor er murmelte: »Ich wette, du wirst dein Foto in den Zeitungen sehen, mein lieber Lapointe.«

Der junge Inspektor blickte von seiner Arbeit auf, bemühte sich, nicht rot zu werden, und in seinen Augen spiegelte sich eine gewisse Ungläubigkeit. Im Grunde waren sie, außer Maigret, der daran schon zu sehr gewöhnt war, alle heimlich stolz, wenn die Zeitungen ihre Fotos veröffentlichten. Dennoch taten sie jedesmal so, als ob ihnen das gar nicht recht wäre.

»Mit so einer Werbung wird es in Zukunft einfach sein, Versteck zu spielen und dabei nicht entdeckt zu werden!«

Obwohl Maigret eigentlich nur mit Lapointe sprach, hörten die anderen zu, denn mit dem, was er ihm zu sagen hatte, wandte er sich zugleich an alle.

»Nimm dir einen Stenoblock und fahre zur Kammer. Du wirst den Abgeordneten Mascoulin dort bestimmt leicht finden, und es würde mich überraschen, wenn du ihn nicht in einem illustren Kreis träfest. Er wird dir eine Erklärung diktieren, die du sorgfältig mitschreibst. Du wirst sie dann nachher hier auf der Maschine tippen und sie mir auf den Schreibtisch legen.«

Die Abendzeitungen mit dem Bild von Auguste Point und ihm selbst auf der ersten Seite ragten aus seiner Tasche heraus. Er hatte nur einen flüchtigen Blick darauf geworfen, da er sich schon ungefähr denken konnte, was unter den großen Schlagzeilen stand.

»Ist das alles?« fragte Lapointe, während er Hut und Mantel aus dem Schrank nahm.

»Für den Augenblick, ja.«

Maigret blieb auf dem Tisch sitzen und rauchte versonnen.

»Sagt mal, Kinder . . .«

Die Inspektoren hoben die Köpfe.

»Könnt ihr euch an die Leute von der Rue des Saussaies erinnern, die dort rausgeflogen sind oder kündigen mußten?«

»In letzter Zeit?« fragte Lucas.

»Ganz gleich wann. Sagen wir mal, im Lauf der letzten zehn Jahre.«

»Es muß doch eine Liste von denen geben«, warf Torrence ein.

»Nenn mir Namen.«

»Baudelin. Der, der jetzt Erhebungen für eine Versicherungsgesellschaft macht.«

Maigret versuchte, sich Baudelin ins Gedächtnis zurückzurufen, einen großen, blassen Burschen, der aus der Sûreté hatte ausscheiden müssen, nicht weil er sich in irgendeiner Weise etwas hatte zuschulden kommen lassen, sondern weil er sich mit mehr Energie und Geschick befleißigte, Krankheiten vorzutäuschen, als zu arbeiten.

»Weiter.«

»Falconet.«

Dieser war schon über fünfzig, und man hatte ihn gebeten, sich vorzeitig pensionieren zu lassen, da er angefangen hatte zu trinken und somit keinerlei Verlaß mehr auf ihn war.

»Weiter.«

»Der kleine Valencourt.«

»Zu klein.«

Entgegen dem, was sie anfangs geglaubt hatten, fielen ihnen nur wenige Namen ein, und jedesmal, nachdem sich Maigret die Erscheinung des Betreffenden vorgestellt hatte, schüttelte er den Kopf. »Das ist immer noch nicht der richtige. Ich suche einen Dikken, einen, der ungefähr meinen Umfang hat.«

»Fischer.«

Allgemeines Gelächter erhob sich, denn dieser Fischer wog mindestens hundertzwanzig Kilo.

»Danke schön«, knurrte Maigret.

Er blieb noch eine Weile bei ihnen und erhob sich dann seufzend. »Lucas, ruf doch bitte in der Rue des Saussaies an und verlange Catroux für mich.«

Da er sich jetzt nur mit Inspektoren befaßte, die aus der Sûreté ausgeschieden waren, hatte er nicht mehr das Gefühl, seinen Freund zu einem Verrat an seiner Dienststelle zu bewegen. Catroux, der schon seit zwanzig Jahren in der Rue des Saussaies war, konnte leichter als die Leute von der Kripo seine Frage beantworten.

Man spürte, daß der Kommissar eine bestimmte Idee hatte, die freilich noch vage, noch nicht ganz hieb- und stichfest war. An seiner geheuchelt mürrischen Miene, an seinen großen Augen, die die Leute anstarrten, ohne sie dabei zu sehen, konnte man aber trotzdem ablesen, daß er jetzt wußte, wo er die Fährte zu suchen hatte.

Noch immer bemühte er sich, wieder auf den Namen zu kommen, den er vorhin schon auf der Zunge gehabt hatte. Lucas telefonierte und sprach mit dem, den er an der Strippe hatte und der ein guter Freund von ihm zu sein schien, in vertrautem Ton.

»Catroux ist nicht da, Chef.«

»Du wirst mir doch nicht sagen, daß er gerade etwas am anderen Ende Frankreichs zu tun hat?«

»Nein. Er ist krank.«

»Im Krankenhaus?«

»Zu Hause.«

»Hast du nach seiner Adresse gefragt?«

»Ich dachte, Sie kennten sie.«

Sie waren nämlich gute Freunde, Catroux und er. Dennoch hatten sie einander nie zu Hause besucht. Maigret erinnerte sich nur, daß er seinen Kollegen einmal am Boulevard des Batignolles vor seiner Tür abgesetzt hatte; rechts davon hatte sich ein Restaurant befunden.

»Ist Piquemals Foto erschienen?«

»Auf der zweiten Seite.«

»Ist deswegen schon angerufen worden?«

»Noch nicht.«

Maigret ging durch sein Büro, öffnete im Stehen einige Briefe, gab Torrence Schriftstücke, die ihn betrafen, und ging dann in den Hof hinunter, wo er einen Augenblick überlegte, ob er eines der Autos der Kriminalpolizei benutzen sollte. Aber er nahm dann doch lieber ein Taxi. Obwohl sein Besuch bei Catroux völlig harmlos war, hielt er es für klüger, nicht einen Wagen vom Quai des Orfèvres vor seinem Haus halten zu lassen.

Maigret fand nicht gleich das richtige Haus, weil es dort mittlerweile zwei Restaurants gab, die fünfzig Meter voneinander entfernt waren. Aber schließlich entdeckte er es, und er fragte die Concierge: »Monsieur Catroux?«

»Zweiter Stock rechts. Der Fahrstuhl wird gerade repariert.«

Er läutete. Madame Catroux öffnete ihm. Er erinnerte sich nicht an sie, aber sie erkannte ihn sofort.

»Kommen Sie bitte herein, Monsieur Maigret.«

»Liegt Ihr Mann zu Bett?«

»Nein, er sitzt in seinem Sessel. Es ist nur eine häßliche Grippe. Sonst holt er sie sich immer am Anfang des Winters, aber diesmal hat sie ihn zum Winterende erwischt.«

An den Wänden hingen Fotos von zwei Kindern, einem Jungen und einem Mädchen, aus den verschiedensten Jahren. Beide hatten inzwischen geheiratet, und Bilder von den Enkelkindern erweiterten nach und nach die Sammlung.

»Maigret?« hörte er Catroux erfreut rufen, schon bevor er die Tür des Zimmers erreicht hatte, in dem sich der andere aufhielt.

Es war kein Salon, sondern ein großer Raum, dem man anmerkte, daß sich darin der größte Teil des häuslichen Lebens abspielte. Catroux saß, in seinen dicken Morgenrock gehüllt, dicht am Fenster. Auf seinem Schoß und auf einem Stuhl neben ihm lagen Zeitungen, und auf einem Tischchen stand eine Tasse Hustentee. Er hielt eine Zigarette in der Hand.

»Darfst du denn rauchen?«

»Pscht! Schlag dich bloß nicht auf die Seite meiner Frau. Ich tue nur hin und wieder ein paar Züge, um mal einen etwas anderen Geschmack zu bekommen.«

Er war heiser, und seine Augen glänzten fiebrig.

»Zieh deinen Mantel aus. Es ist hier furchtbar heiß. Meine Frau will durchaus, daß ich schwitze. Setz dich.«

»Darf ich Ihnen etwas anbieten, Monsieur Maigret?« fragte Madame Catroux. Zu Maigrets Überraschung wirkte sie schon ziemlich alt. Catroux und er waren fast gleichaltrig, und seine eigene Frau kam ihm viel jünger vor.

»Natürlich, Isabelle. Warte nicht erst seine Antwort ab und hol den Krug mit dem alten Calvados.«

Die beiden Männer schwiegen verlegen. Catroux wußte natürlich, daß sein Kollege von der Kripo nicht zu ihm gekommen war, um sich nach seiner Gesundheit zu erkundigen, und er war vielleicht auf peinlichere Fragen gefaßt als die, die Maigret im Kopf hatte.

»Hab keine Angst, mein Lieber. Ich habe kein Bedürfnis, dich in die Patsche zu bringen.«

Catroux warf einen Blick auf die erste Seite der Zeitung und schien sagen zu wollen: Es geht wohl darum, wie?

Maigret wartete, bis ihm Madame Catroux ein Glas Calvados gebracht hatte.

»Und ich?« protestierte sein Freund.

»Du darfst das nicht.«

»Der Doktor hat nichts davon gesagt.«

»Das weiß ich auch, ohne daß er es ausdrücklich sagt.«

»Wenigstens ein Tröpfchen, um die Illusion zu haben.«

Sie goß ihm ein wenig ein und verschwand dann diskret, wie auch Madame Maigret es getan hätte.

»Ich habe etwas auf dem Herzen«, gestand Maigret. »Vorhin habe ich mit meinen Inspektoren versucht, eine Liste der Leute aufzustellen, die bei euch gearbeitet haben und vor die Tür gesetzt worden sind.«

Catroux blickte noch immer auf die Zeitung und versuchte, Maigrets Worte mit den eben gelesenen in Verbindung zu bringen.

»Warum vor die Tür gesetzt?«

»Aus irgendwelchen Gründen. Du weißt, was ich meine. Bei uns kommt das auch vor, nur nicht so häufig, weil wir nicht so viele sind.«

Catroux lächelte neckend. »Glaubst du?«

»Und vielleicht auch, weil wir mit weniger verschiedenen Fällen zu tun haben. Deshalb ist die Versuchung weniger stark. Wir haben uns vorhin den Kopf zerbrochen, aber es sind uns nur ein paar Namen eingefallen.«

»Welche?«

»Baudelin, Falconet, Valencourt, Fischer . . .«

»Das sind alle?«

»So ungefähr. Ich habe mich darum lieber zu dir auf den Weg gemacht. In dieser Kategorie suche ich nämlich nicht. Mich interessieren die, die etwas Dreck am Stecken haben.«

»So wie Labat?«

War es nicht seltsam, daß Catroux gerade diesen Namen aussprach? Konnte man nicht glauben, daß er es absichtlich tat, um Maigret wie aus Versehen einen Tip zu geben?

»An den habe ich auch gedacht. Er hat wahrscheinlich auch etwas damit zu tun. Trotzdem ist er nicht der, den ich suche.«

»Hast du einen Namen im Kopf?«

»Einen Namen und ein Gesicht. Man hat mir eine Beschreibung gegeben. Sie hat mich gleich an jemanden erinnert. Seitdem . . .«

»Was für eine Beschreibung? Wir kommen so schneller weiter, als wenn ich dir eine ganze Liste gebe. Zumal ich die Namen auch nicht mehr alle im Kopf habe.«

»Zunächst einmal hat man ihn schon beim ersten Anblick für einen Polizeibeamten gehalten.«

»Das kann auf viele zutreffen.«

»Mittleren Alters. Etwas überdurchschnittlich dick. Etwas weniger dick als ich.«

Catroux schien den Umfang seines Freundes abzumessen.

»Wenn ich mich nicht sehr täusche, macht er weiter Ermittlungen auf eigene Rechnung oder auf Rechnung bestimmter Personen.«

»Ein privates Detektivinstitut?«

»Vielleicht. Sein Name braucht nicht unbedingt an der Tür eines Büros zu stehen, und er braucht auch nicht unbedingt in den Zeitungen Inserate aufzugeben.«

»Es gibt mehrere, einschließlich der ehemaligen sehr anständigen Abteilungsleiter, die nach der Pensionierung ein Detektivbüro eröffnet haben. Louis Canonge zum Beispiel. Und Cadet, der mein Chef gewesen ist.«

»Solche haben wir auch. Ich meine aber die anderen.«

»Hat man ihn dir nicht genauer beschrieben?«

»Er raucht Zigarren.«

Maigret sah sofort, daß Catroux an einen Namen dachte. Seine Stirn legte sich in Falten. Eine Art Ekel war in seinem Gesicht zu lesen.

»Sagt dir das etwas?«

»Ja.«

»Wer kann das sein?«

»Ein Lump.«

»Einen Lumpen suche ich ja gerade.«

»Ein kleiner, aber gefährlicher Lump.«

»Warum?«

»Nun, erstens sind diese Lumpen immer gefährlich, und zweitens soll er für gewisse Politiker schmutzige Geschäfte machen.«

»Das paßt ja ganz genau.«

»Glaubst du, daß er in deine Geschichte verwickelt ist?«

»Wenn er der Beschreibung entspricht, die ich dir gegeben habe, wenn er Zigarren raucht, wenn er in der Politik schmutzige Geschäfte macht, dann bestehen Chancen, daß er mein Mann ist. Du meinst doch nicht etwa . . .«

Plötzlich sah Maigret ein ziemlich breites Gesicht, geschwollene Augen, dicke Lippen, zwischen denen ein Zigarrenstummel steckte, vor sich.

»Warte, jetzt habe ich ihn gleich. Das ist . . .«

Aber der Name fiel ihm immer noch nicht ein.

»Benoît«, flüsterte Catroux. »Eugène Benoît. Er hat am Boulevard Saint-Martin im Zwischenstock eines Hauses, über einem Uhrmachergeschäft, ein Privatdetektivbüro eröffnet. Sein Name steht auf der Glastür, die aber, glaube ich, mehr geschlossen als geöffnet ist, denn das Personal besteht allein aus ihm.«

Es war tatsächlich der Mann, an den der Kommissar sich seit vierundzwanzig Stunden zu erinnern versuchte.

»Es wird vermutlich nicht leicht sein, sich sein Foto zu beschaffen.«

Catroux überlegte. »Das hängt von dem genauen Datum ab, zu

dem er den Dienst quittiert hat. Das war ...« Er rechnete leise vor sich hin und rief dann: »Isabelle!«

Seine Frau, die sich in der Nähe aufhielt, kam angelaufen.

»Hol doch mal aus dem untersten Fach des Bücherschrankes das Jahrbuch der Sûreté. Es ist nur das eine da, das schon einige Jahre alt ist. Zwei- oder dreihundert Fotos sind darin.«

Seine Frau brachte es ihm, und er blätterte es durch, zeigte mit dem Finger auf sein eigenes Bild, fand das gesuchte aber erst auf einer der letzten Seiten.

»Halt! Da ist er! Er ist inzwischen zwar einige Jahre älter geworden, hat sich aber nicht so sehr verändert. Ganz hübsch dick ist er immer gewesen.«

Maigret erkannte ihn auch wieder, denn er war ihm gelegentlich begegnet.

»Macht es dir was aus, wenn ich das Foto herausschneide?«

»Aber bitte. Bring doch mal eine Schere, Isabelle.«

Maigret steckte das Stück Glanzpapier in seine Brieftasche und stand auf.

»Hast du es eilig?«

»Ja, ziemlich. Im übrigen, glaube ich, ist es dir lieber, wenn ich dir nicht allzuviel von dieser Affäre berichte.«

Catroux verstand. Solange Maigret nicht wußte, welche Rolle die Sûreté bei dem ganzen spielte, war es für Catroux besser, daß sein Kollege ihm so wenig wie möglich darüber erzählte.

»Hast du keine Angst?«

»Keine sehr große.«

»Glaubst du, daß Point ...«

»Ich bin davon überzeugt, daß man versucht, ihn zum Sündenbock zu machen.«

»Trinkst du noch ein Gläschen?«

»Nein danke. Werd bald wieder gesund!«

Madame Catroux geleitete ihn zur Tür. Unten nahm er wieder ein Taxi, um sich zur Rue Vaneau fahren zu lassen. Auf gut Glück wählte er diese Adresse. Er klopfte an die Loge der Concierge. Die Frau erkannte ihn gleich wieder.

»Entschuldigen Sie, daß ich Sie noch einmal störe. Es wäre mir lieb, wenn Sie sich ein Foto genau betrachteten und mir sagten, ob das der Mann ist, der oben in Mademoiselle Blanches Wohnung war. Lassen Sie sich aber bitte Zeit.«

Aber das war nicht nötig. Ohne Zögern schüttelte sie den Kopf.

»Bestimmt nicht.«

»Sind Sie sicher?«

»Völlig.«

»Selbst wenn ich sage, daß das Foto schon vor einigen Jahren aufgenommen worden ist und der Mann sich inzwischen äußerlich verändert hat?«

»Selbst wenn er einen falschen Bart trüge, könnte ich sagen, daß er es nicht ist.«

Er musterte sie einen Augenblick scharf, weil ihm plötzlich der Gedanke kam, die Antwort könnte ihr von jemandem eingegeben sein. Aber nein! Man spürte, daß sie ehrlich war.

»Ich danke Ihnen«, seufzte er, während er die Brieftasche wieder einsteckte.

Das war ein harter Schlag. Er war fast sicher gewesen, auf der richtigen Fährte zu sein, und schon bei der ersten Stichprobe stellte sie sich als falsch heraus. Sein Taxi wartete draußen noch, und weil die Rue Jacob am nächsten von hier lag, ließ er sich zuerst dorthin fahren und ging in das Bistro, in dem Piquemal immer gefrühstückt hatte. Um diese Zeit war dort fast niemand.

»Sehen Sie sich mal dieses Foto an, Herr Wirt.«

Er wagte kaum, den Wirt dabei anzublicken, so sehr fürchtete er dessen Antwort.

»Ja, das ist er. Nur ein wenig älter ist er mir vorgekommen.«

»Ist das der Mann, der Monsieur Piquemal angesprochen und mit ihm fortgegangen ist?«

»Genau der.«

»Sie haben keinerlei Zweifel?«

»Nicht den geringsten.«

»Ich danke Ihnen.«

»Möchten Sie nichts trinken?«

»Danke, im Augenblick nicht. Ich komme wieder.«

Diese Aussage veränderte alles. Bis jetzt hatte Maigret angenommen, daß ein und dieselbe Person an den verschiedenen Orten aufgetaucht war: bei Mademoiselle Blanche, in Piquemals kleiner Bar, im Hôtel du Berry, bei der Witwe des Professors und am Boulevard Pasteur.

Plötzlich entdeckte er, daß es mindestens zwei Personen waren. Der folgende Besuch galt Madame Calame, die gerade mit Zeitunglesen beschäftigt war.

»Ich hoffe, Sie werden den Bericht meines Mannes wiederfinden. Jetzt verstehe ich, warum er sich in seinen letzten Lebensjahren so gequält hat. Mir ist die schmutzige Politik immer zuwider gewesen.«

Sie musterte ihn mißtrauisch, weil sie vielleicht glaubte, daß Maigret gerade im Namen dieser schmutzigen Politik zu ihr kam.

»Was wollen Sie heute schon wieder?«

Er reichte ihr das Foto. Sie betrachtete es aufmerksam und blickte dann erstaunt auf.

»Soll ich den Mann darauf wiedererkennen?«

»Nicht unbedingt. Ich dachte nur, es wäre vielleicht der, der zwei oder drei Tage nach Piquemals Besuch bei Ihnen war.«

»Ich habe ihn nie gesehen.«

»Ist jeder Irrtum ausgeschlossen?«

»Jeder. Vielleicht ist es ein ähnlicher Typ, aber der, der bei mir war, ist es bestimmt nicht.«

»Ich danke Ihnen.«

»Was ist mit Piquemal? Glauben Sie, daß sie ihn umgebracht haben?«

»Warum?«

»Ich weiß es nicht. Wenn sie um jeden Preis verhindern wollen, daß der Bericht meines Mannes wieder ans Licht kommt, werden sie gewiß alle beseitigen müssen, die ihn kennen.«

»Ihren Mann haben sie nicht beseitigt.«

Diese Antwort brachte sie völlig aus der Fassung. Sie glaubte, Calames Andenken verteidigen zu müssen.

»Mein Mann verstand nichts von Politik. Er war Gelehrter. Er hat nur seine Pflicht getan, als er den Bericht schrieb und ihn der zuständigen Stelle übergab.«

»Ich bin überzeugt, daß er seine Pflicht getan hat.«

Er hielt es für besser, zu gehen, bevor sie ihn zwang, genauer auf die Frage einzugehen.

Der Taxichauffeur blickte ihn fragend an. »Und wohin jetzt?«

»Zum Hôtel du Berry.«

Er fand dort zwei Journalisten vor, die versuchten, Näheres über Piquemal zu erfahren. Sie stürzten auf Maigret zu, aber er schüttelte nur den Kopf. »Habe euch nichts zu sagen, Kinder. Es handelt sich hier nur um eine gewöhnliche Erkundung. Ich verspreche euch, daß . . .«

»Hoffen Sie, Piquemal lebend wiederzufinden?«

Auch sie fragten danach! Er ließ sie im Flur stehen, während er dem Wirt das Foto zeigte.

»Was soll ich damit?«

»Mir sagen, ob das der Mann ist, der mit Ihnen über Piquemal gesprochen hat.«

»Welcher von beiden?«

»Nicht mein Inspektor, der hier ein Zimmer gemietet hat, sondern der andere.«

»Nein«, lautete die kategorische Antwort.

Bis jetzt stand nur fest, daß Benoît derjenige war, der in Piquemals Begleitung die kleine Bar verlassen hatte, aber er war nirgendwo anders aufgetaucht.

»Ich danke Ihnen.«

Er stieg eilig in den Wagen. »Fahren Sie los . . .«

Erst unterwegs, wo ihn die Journalisten nicht mehr einholen konnten, gab er als Fahrtziel das Haus am Boulevard Pasteur an. Er hielt sich nicht bei der Concierge auf, sondern stieg gleich zum dritten Stock hinauf. Da auf das Klingeln aber niemand öffnete, mußte er wieder hinuntergehen.

»Ist Madame Gaudry nicht zu Hause?«

»Sie ist vor einer halben Stunde mit ihrem Jungen fortgegangen.«

»Wissen Sie nicht, wann sie zurückkommen wird?«

»Da sie keinen Hut aufhatte, wird sie sicher nur Besorgungen machen. Das wird nicht lange dauern.«

Statt vor dem Hause zu warten, ging er lieber in die kleine Bar, in der er schon am Morgen gewesen war, und rief für alle Fälle bei der Kripo an. Im Büro der Inspektoren meldete sich Lucas.

»Nichts Neues?«

»Zwei Anrufe wegen Piquemal. Der erste von einem Taxichauffeur, der behauptet, ihn gestern zur Gare du Nord gefahren zu haben. Der andere von einer Kinokassiererin, die ihm gestern abend ein Billett verkauft haben will. Ich lasse es nachprüfen.«

»Ist Lapointe schon zurück?«

»Seit ein paar Minuten. Er hat noch nicht mit dem Tippen begonnen.«

»Gib ihn mir bitte.«

Und zu Lapointe sagte Maigret dann: »Nun? Waren Fotografen da?«

»Ja, Chef, und sie haben unaufhörlich geknipst, während Mascoulin sprach.«

»Wo hat er dich empfangen?«

»Im Saal der Säulen, der an die Halle der Gare Saint-Lazare erinnert. Die Amtsdiener mußten die Neugierigen zurückdrängen, damit wir überhaupt noch Luft bekamen.«

»War sein Sekretär dabei?«

»Das weiß ich nicht. Ich kenne ihn nicht. Man hat ihn mir nicht vorgestellt.«

»Ist die Erklärung lang?«

»Ungefähr drei Schreibmaschinenseiten. Journalisten haben ebenfalls mitstenografiert.«

Das bedeutete, daß Mascoulins Erklärung noch am selben Abend in der letzten Ausgabe der Zeitungen erscheinen würde.

»Ich soll ihm die Abschrift zur Unterschrift bringen.«

»Was hast du darauf erwidert?«

»Ich hätte darüber nicht zu entscheiden. Ich müßte Ihre Anordnungen abwarten.«

»Weißt du, ob heute in der Kammer eine Nachtsitzung ist?«

»Ich glaube nicht. Soviel ich gehört habe, ist um fünf Uhr Schluß.«

»Gut. Tippe jetzt die Erklärung und warte, bis ich komme.«

Die kleine Madame Gaudry war noch immer nicht zurück. Er ging auf dem Gehsteig auf und ab und sah sie dann endlich mit einer Einkaufstasche am Arm kommen. Der kleine Junge trottete neben ihr her.

Sie erkannte ihn sofort wieder. »Wollten Sie zu mir?«

»Nur auf einen Augenblick.«

»Kommen Sie bitte herauf. Ich habe eben meine Einkäufe gemacht.«

»Ich glaube, es lohnt gar nicht erst, daß ich hinaufkomme.«

Der Junge zog sie am Arm und fragte: »Wer ist das? Was will der von dir?«

»Sei still! Er will mich nur um eine Auskunft bitten.«

»Was für eine Auskunft?«

Maigret hatte das Foto aus der Tasche gezogen.

»Erkennen Sie ihn wieder?«

Sie stellte ihre Tasche ab, beugte sich über das kleine Stück Glanzpapier und sagte spontan: »Ja, das ist er.«

So war also Eugène Benoît, der Mann mit der Zigarre, hier am Boulevard Pasteur gewesen, wo er wahrscheinlich den Calame-Bericht entwendet hatte, und ebenso in der Bar in der Rue Jacob, wo er Piquemal angesprochen hatte, mit dem man ihn dann in die der Hochschule für Straßen- und Brückenbau entgegengesetzte Richtung hatte gehen sehen.

»Haben Sie ihn ausfindig gemacht?« fragte Madame Gaudry.

»Noch nicht. Aber das wird wohl nicht mehr lange dauern.«

Er rief ein anderes Taxi heran, um sich zum Boulevard Saint-Martin fahren zu lassen, und bedauerte, daß er nicht ein Auto der Kripo genommen hatte, denn er würde dem Buchhalter wieder Rechenschaft wegen seiner Spesen ablegen müssen.

Es war ein altes Haus. Die unteren Fenster im Zwischenstock bestanden aus Milchglas, und man las darauf in schwarzen Lettern:

Detektei Benoît. Überwachungen aller Art.

Zu beiden Seiten der Toreinfahrt sah man die Schilder eines Zahnarztes, einer Firma, die künstliche Blumen herstellte, einer schwedischen Masseuse und noch die von einigen anderen, die man hier nicht vermutet hätte. Die Treppe zur Linken war dunkel und staubig. Der Name *Benoît* stand auch noch auf einem an einer Tür befestigten Emailleschild. Maigret klopfte an, obwohl er von vornherein wußte, daß man ihm nicht öffnen würde, denn unter der Tür ragten Prospekte hervor. Pflichtbewußt wartete er dennoch einen Augenblick, ging dann wieder hinunter und fand nach einigem Suchen endlich die Conciergeloge hinten im Hof. Es saß dort aber keine Frau, sondern ein Mann, ein Schuhmacher, dem die Loge zugleich als Werkstatt diente.

»Haben Sie Monsieur Benoît schon lange nicht mehr gesehen?«

»Ich habe ihn heute nicht gesehen, wenn es das ist, was Sie wissen möchten.«

»Und gestern?«

»Ich weiß es nicht. Ich glaube nicht. Ich habe nicht darauf geachtet.«

»Und vorgestern?«

»Vorgestern auch nicht.«

Er schien die ganze Welt zum Narren zu halten. Maigret hielt ihm seine Marke unter die Nase.

»Ich habe Ihnen gesagt, was ich weiß. Ich habe gegen nichts verstoßen. Die Angelegenheiten der Mieter gehen mich nichts an.«

»Wissen Sie seine Privatadresse?«

»Sie muß in dem Buch stehen.«

Er erhob sich widerwillig und holte aus einem Küchenbüfett ein zerfledertes Heft, das er mit seinen pechgeschwärzten Fingern durchblätterte.

»Die letzte, die ich habe, ist Hôtel Beaumarchais, Boulevard Beaumarchais.«

Da es nicht weit war, ging Maigret zu Fuß dorthin.

»Er ist vor drei Wochen ausgezogen«, sagte man ihm. »Er hat hier nur zwei Monate gewohnt.«

Man schickte ihn diesmal in eine recht verdächtige Pension in der Rue Saint-Denis. Ein übermäßig dickes Mädchen stand davor und öffnete schon den Mund, um ihn anzusprechen, schien ihn aber im letzten Augenblick zu erkennen und zuckte die Schultern.

»Er hat das Zimmer neunzehn, aber er ist nicht zu Hause.«

»Hat er die letzte Nacht dort verbracht?«

»Emma! Hast du Monsieur Benoîts Zimmer heute morgen gemacht?«

Ein Kopf beugte sich über das Geländer im ersten Stock.

»Wer fragt nach ihm?«

»Kümmere dich nicht darum, antworte!«

»Nein, er hat nicht hier geschlafen.«

»Und die Nacht davor?«

»Auch nicht.«

Maigret verlangte den Zimmerschlüssel. Das Mädchen, das ihm vom ersten Stock her geantwortet hatte, begleitete ihn bis zum dritten unter dem Vorwand, ihm den Weg zu zeigen. Da jede Tür eine Nummer hatte, brauchte er sie nicht, dennoch stellte er ihr einige Fragen.

»Lebt er allein?«

»Sie meinen, ob er alleine schläft?«

»Ja.«

»Ziemlich oft.«

»Hat er eine feste Freundin?«

»Er hat viele.«

»Was für welche?«

»Solche, denen es nichts ausmacht, mit hierherzukommen.«

»Sind es oft dieselben?«

»Zwei- oder dreimal habe ich schon dasselbe Gesicht gesehen.«

»Liest er sie auf der Straße auf?«

»Ich bin nicht dabei, wenn er sie sich aussucht.«

»Seit zwei Tagen war er nicht mehr im Hotel?«

»Seit zwei oder drei. Ich weiß es nicht mehr genau.«

»Empfängt er manchmal Männer?«

»Wenn ich recht verstehe, was Sie damit sagen wollen, so einer ist er nicht, und solche verkehren hier auch nicht. Für derlei Leute gibt es ein Hotel weiter unten in der Straße.«

In dem Zimmer konnte Maigret nichts Besonderes entdecken. Es war das typische Zimmer dieser Art von Hotels, mit Eisenbett, alter

Kommode, einem altersschwachen Sessel und einem Waschbecken mit fließendem warmem und kaltem Wasser. Die Schubladen enthielten Wäsche, eine angebrochene Kiste Zigarren, eine Uhr, die nicht mehr ging, eine Zellophantüte mit Angelhaken in verschiedener Größe, aber nicht ein einziges Schriftstück. In einem Koffer fand er nur Schuhe und schmutzige Hemden.

»Kommt es öfter vor, daß er nicht hier schläft?«

»Er ist öfter nachts weg, als er hier ist. Und von Sonnabend bis Montag fährt er immer aufs Land.«

Maigret ließ sich zum Quai des Orfèvres fahren, wo Lapointe schon lange mit dem Abschreiben der Erklärung Mascoulins fertig war.

»Ruf in der Kammer an und erkundige dich, ob die Abgeordneten noch da sind.«

»Soll ich ihm sagen, daß Sie ihn sprechen möchten?«

»Nein. Sag nicht, wer du bist, und erwähne auch nicht mich oder die Kriminalpolizei.«

Als er sich zu Lucas umwandte, sagte dieser: »Außer den beiden ersten Anrufen ist noch ein weiterer gekommen. Es ist alles nachgeprüft worden. Torrence ist noch unterwegs. Die Fährten sind falsch.«

»Es handelt sich nicht um Piquemal?«

»Nein. Der Taxichauffeur war seiner Sache ganz sicher, aber man hat seinen Fahrgast in dem Haus, vor dem er ihn abgesetzt hat, ausfindig gemacht.«

Es würden noch weitere Hinweise kommen, vor allem morgen früh mit der Post.

»Die Kammersitzung ist schon seit einer halben Stunde beendet«, meldete Lapointe. »Es ging nur um die Abstimmung über . . .«

»Ist mir schnuppe, worüber sie abgestimmt haben.«

Er wußte, daß Mascoulin in der Rue d'Antin ganz dicht bei der Oper wohnte.

»Hast du gerade etwas zu tun?«

»Nichts Dringendes.«

»Dann begleite mich, und nimm die Erklärung mit.«

Maigret steuerte nie selbst ein Auto. Er hatte es versucht, als die Kriminalpolizei mehrere der kleinen schwarzen Autos angeschafft hatte, aber es war ihm passiert, daß er, ganz in seine Gedanken versunken, vergessen hatte, daß er am Steuer saß. Zwei- oder dreimal hatte er erst in letzter Sekunde daran gedacht zu bremsen. Und so hatte er es lieber ganz sein lassen.

»Nehmen wir einen Wagen?«

»Ja.«

Er wollte sich damit gleichsam ein wenig bei der Buchhaltung für die vielen Taxis, die er am Nachmittag benutzt hatte, entschuldigen.

»Wissen Sie die Nummer in der Rue d'Antin?«

»Nein, aber es ist das älteste Haus.«

Es war ein trotz seines Alters ansehnliches Haus und in ausgezeichnetem Zustand. Maigret und sein Begleiter blieben vor der Loge stehen, die wie ein kleinbürgerlicher Salon wirkte und in der es nach Bohnerwachs und Plüsch roch.

»Monsieur Mascoulin?«

»Sind Sie bestellt?«

Maigret sagte für alle Fälle ja. Im selben Augenblick sah ihn die schwarzgekleidete Frau scharf an, blickte dann auf die erste Seite der Zeitung und musterte ihn von neuem.

»Dann muß ich Sie wohl hinaufgehen lassen, Monsieur Maigret. Es ist im ersten Stock links.«

»Wohnt er schon lange hier?«

»Im Dezember werden es elf Jahre.«

»Wohnt sein Sekretär bei ihm?«

Sie lächelte. »Bestimmt nicht.«

Er hatte den Eindruck, daß sie seinen Gedanken erraten hatte.

»Arbeiten sie bis spät in den Abend?«

»Oft. Fast immer. Ich glaube, Monsieur Mascoulin ist einer der am meisten beschäftigten Männer von Paris. Allein die viele Post, die er hier und in der Kammer bekommt und die er beantworten muß.«

Maigret war nahe daran, Benoîts Foto zu zeigen und sie zu fragen, ob sie ihn schon gesehen hätte, aber sie würde das gewiß ihrem Mieter berichten, und darum wollte er lieber noch nicht seine Karten aufdecken.

»Sie haben eine direkte Telefonverbindung zu seiner Wohnung?«

»Woher wissen Sie das?«

Es war nicht schwer zu erraten, denn außer dem gewöhnlichen Apparat hing an der Wand noch ein anderer, kleinerer. Mascoulin war vorsichtig. Sie würde ihm also melden, daß Maigret da sei, sobald er und Lapointe auf der Treppe waren. Aber das war gleichgültig. Er hätte es verhindern können, indem er Lapointe in der Loge warten ließ.

Auf sein Klingeln wurde nicht gleich geöffnet, aber kurz darauf erschien Mascoulin selbst an der Tür und versuchte nicht einmal, den Überraschten zu spielen.

»Ich habe mir schon gedacht, daß Sie mich lieber hier aufsuchen würden. Treten Sie bitte ein.«

Schon in der Diele bedeckten Stöße von Zeitungen, Zeitschriften, Parlamentsberichten den Fußboden. Das gleiche Bild bot sich in einem Zimmer, das als Salon diente und kaum einladender wirkte als das Wartezimmer eines Zahnarztes. Mascoulin machte sich allem Anschein nach nichts aus Luxus oder Gemütlichkeit.

»Ich nehme an, Sie möchten mein Büro sehen.«

Es war etwas Beleidigendes in seiner Ironie, in seiner Art, so zu tun, als erriete er die Absicht seines Besuchers, aber der Kommissar bewahrte die Ruhe. Er erwiderte nur: »Ich bin keine Verehrerin, die Sie um ein Autogramm bitten will.«

»Bitte hier.«

Durch eine gepolsterte Doppeltür betraten sie ein großes Büro, dessen beide Fenster auf die Straße gingen. An zwei Wänden standen Regale voller grüner Aktenordner. Auf einem weiteren Regal sah man juristische Bücher stehen, wie sie bei allen Anwälten zu finden sind, und auf dem Fußboden waren wiederum so viele Zeitungen und Akten gestapelt, daß man sich in einem Ministerium glauben konnte.

»Darf ich Ihnen René Falk, meinen Sekretär, vorstellen?«

Er war ein blonder, schwächlicher junger Mann von kaum fünfundzwanzig Jahren mit einer seltsam kindlichen, schmollenden Miene.

»Sehr erfreut«, murmelte er, wobei er Maigret genauso ansah, wie ihn Mademoiselle Blanche beim erstenmal angesehen hatte. Wie sie schien er ein fanatischer Bewunderer seines Chefs zu sein und jeden Fremden als Feind zu betrachten.

»Haben Sie das Dokument? In mehreren Exemplaren, nehme ich an?«

»Es sind drei. Zwei bitte ich Sie zu unterschreiben, wie Sie es gern wollten. Das dritte können Sie für Ihr Archiv oder für jeden beliebigen Zweck verwenden.«

Mascoulin ergriff die Schriftstücke und reichte eines René Falk, der es zugleich mit ihm durchzulesen begann.

An seinem Schreibtisch sitzend, nahm er eine Feder in die Hand, fügte hier und dort ein Komma hinzu, strich dieses oder jenes Wort aus und murmelte dabei, zu Lapointe gewandt: »Ich hoffe, das kränkt Sie nicht.«

Dann setzte er seine Unterschrift darunter und übertrug die Verbesserungen auf die zweite Abschrift, die er ebenfalls unterzeichnete.

Maigret streckte die Hand aus, aber Mascoulin gab ihm die Blätter nicht zurück. Er übertrug die Verbesserungen auch nicht auf die dritte Kopie.

»In Ordnung?« fragte er seinen Sekretär.

»Ich glaube ja.«

»Laß sie durch den Apparat laufen.«

Er warf dem Kommissar einen spöttischen Blick zu.

»Ein Mann, der so viel Feinde hat wie ich, kann nicht vorsichtig genug sein«, sagte er. »Besonders, da so viele Leute daran interessiert sind, daß ein gewisses Dokument nicht ans Tageslicht kommt.«

Falk öffnete eine Tür, schloß sie aber nicht hinter sich, so daß man in einen kleinen Raum sehen konnte, eine ehemalige Küche oder ein ehemaliges Badezimmer, wo auf einem Tisch aus rohem Holz ein Fotokopiergerät stand.

Der Sekretär drückte auf die Knöpfe, worauf ein leichtes Surren in dem Apparat zu vernehmen war. Eines nach dem anderen legte er dann die Blätter hinein, zusammen mit anderen aus einem Spezialpapier. Maigret, der das System kannte, aber selten solch einen Apparat bei einem Privatmann gesehen hatte, verfolgte den Vorgang mit offenkundiger Gleichgültigkeit.

»Eine schöne Erfindung, nicht wahr?« sagte Mascoulin mit einem noch immer spöttischen Zug um die Lippen. »Es gibt Leute, die sich nicht scheuen, die Echtheit eines Schreibmaschinendurchschlags zu bestreiten. Aber eine Fotokopie läßt sich unmöglich ableugnen.«

Ein flüchtiges Lächeln huschte über Maigrets Gesicht, das dem Abgeordneten nicht entging.

»Woran denken Sie?«

»Ich überlege eben, ob unter denen, die kürzlich den Calame-Bericht in Händen gehabt haben, jemand ist, der den Gedanken gehabt hat, ihn zu fotokopieren.«

Nicht unabsichtlich hatte Mascoulin ihn den Apparat sehen lassen. Falk hätte mit den Dokumenten einen Augenblick verschwinden können, ohne daß der Kommissar ahnte, was er im Nebenzimmer machte.

Die Blätter kamen durch einen Spalt heraus, und der Sekretär legte die feuchten Papiere nebeneinander auf den Tisch.

»Damit könnte man denen einen schönen Streich spielen, die so sehr daran interessiert sind, den Fall zu begraben, nicht wahr?« höhnte Mascoulin.

Maigret sah ihn stumm an, gleichgültig und durchdringend zugleich.

»Ein schöner Streich, ja«, wiederholte er.

Man konnte ihm dabei unmöglich anmerken, daß es ihm kalt über den Rücken lief.

8 Die Fahrt nach Seineport

Als Maigret und Lapointe um halb sieben durch den um diese Zeit leeren Hof des Ministeriums am Boulevard Saint-Germain auf die Treppe zugingen, rief jemand hinter ihnen her: »He! ... Sie beide da! ... Wo wollen Sie hin?«

Der Wächter hatte sie nicht hereinkommen sehen. Sie blieben mitten auf dem Hof stehen und drehten sich nach ihm um.

Er kam humpelnd heran, warf erst einen Blick auf die Marke, die Maigret ihm hinhielt, und dann auf das Gesicht des Kommissars.

»Verzeihen Sie, ich habe Ihr Foto vorhin gesehen.«

»Sie haben ganz recht getan. Aber da Sie nun einmal hier sind, sagen Sie mir doch ...«

Es wurde schon fast zu einer Gewohnheit, daß er das Foto aus der Tasche nahm.

»Haben Sie den schon einmal gesehen?«

Der Mann, ängstlich bemüht, nicht noch einen Fehler zu begehen, betrachtete es aufmerksam, nachdem er sich eine Brille mit dikken Gläsern und einem Stahlgestell auf die Nase gesetzt hatte. Er sagte weder ja noch nein. Man hatte den Eindruck, daß er, ehe er sich dazu äußerte, gern gefragt hätte, um wen es sich da handelte, es aber nicht wagte.

»Er ist jetzt etwas älter, nicht wahr?«

»Ein paar Jahre.«

»Er hat ein zweisitziges schwarzes Auto von alter Bauart.«

»Das ist möglich.«

»Nun, dann ist es wahrscheinlich der, den ich erwischt habe, als er seinen Wagen auf dem für die Autos des Ministeriums reservierten Platz abstellte.«

»Wann war das?«

»Den Tag weiß ich nicht mehr genau. Es muß so Anfang der Woche gewesen sein.«

»Hat er nicht seinen Namen genannt?«

»Er hat nur die Schultern gezuckt und den Wagen dann auf der anderen Seite des Hofes geparkt.«

»Ist er die große Treppe hinaufgegangen?«

»Ja.«

»Versuchen Sie, während wir oben sind, sich an den genauen Tag zu erinnern.«

Im Vorzimmer im ersten Stock war der Amtsdiener noch auf seinem Posten und las Zeitungen. Maigret zeigte auch ihm das Foto. Er schüttelte den Kopf.

»Wann soll er hiergewesen sein?« fragte er.

»Anfang der Woche.«

»Da war ich nicht hier. Ich mußte vier Tage Urlaub nehmen, weil meine Frau gestorben ist. Sie müssen Joseph danach fragen. Er hat nächste Woche Dienst. Soll ich Sie dem Herrn Minister melden?«

Fast im selben Augenblick öffnete Auguste Point die Tür seines Arbeitszimmers. Er wirkte erschöpft, aber ruhig. Ohne Fragen zu stellen, ließ er Maigret und Lapointe eintreten. Seine Sekretärin, Mademoiselle Blanche, und sein Kabinettschef waren beide anwesend. Der Rundfunkapparat schien nicht Eigentum des Ministeriums zu sein. Es war ein kleiner, tragbarer Apparat, der wahrscheinlich Point gehörte. Er stand auf einem Tischchen, und die drei schienen gerade zugehört zu haben, als der Amtsdiener sie unterbrochen hatte.

». . . die Sitzung war nur kurz und ausschließlich laufenden Angelegenheiten gewidmet, aber in den Couloirs herrschte den ganzen Nachmittag lebhafter Betrieb. Die verschiedensten Gerüchte liefen um. Man erwartet am Montag eine sensationelle Interpellation, aber man weiß noch nicht . . .«

»Stellen Sie ihn ab«, sagte Point zu seiner Sekretärin. Fleury wollte sich zu einer der Türen wenden, Maigret hielt ihn jedoch zurück.

»Sie können ruhig bleiben, Monsieur Fleury. Sie auch, Mademoiselle Blanche.«

Point beobachtete ihn unruhig, denn es war schwer zu erraten, warum der Kommissar gekommen war. Andererseits sah er wie jemand aus, der eine bestimmte Idee verfolgt und so von ihr gefangen ist, daß er alles übrige darüber vergißt.

Man hätte meinen können, daß er im Geist einen Plan des Büros anfertigte. Er betrachtete Wände und Türen.

»Gestatten Sie, Herr Minister, daß ich Ihren Mitarbeitern zwei oder drei Fragen stelle?«

Zuerst wandte er sich an Fleury: »Bei Piquemals Besuch waren Sie doch wohl in Ihrem Büro?«

»Ich wußte nicht, daß . . .«

»Natürlich. Aber jetzt wissen Sie es. Wo waren Sie zu der Zeit?«

Er deutete auf eine Flügeltür, die halb offen stand.

»Ist dort Ihr Büro?«

»Ja.«

Der Kommissar warf einen Blick in das Zimmer.

»Waren Sie allein?«

»Das kann ich nicht sagen. Ich bin selten mal lange allein. Die Kette der Besucher reißt den ganzen Tag nicht ab. Der Minister empfängt die wichtigsten, und ich befasse mich mit den anderen.«

Maigret öffnete eine Tür, die von dem Zimmer des Kabinettschefs unmittelbar in das Vorzimmer führte.

»Kommen sie hier durch?«

»Gewöhnlich. Außer denen, die der Minister vorher empfangen hat und die er dann aus irgendeinem Grund zu mir führt.«

Das Telefon läutete. Point und Mademoiselle Blanche blickten sich an. Mademoiselle Blanche nahm den Hörer ab.

»Nein. Der Herr Minister ist nicht da . . .«

Mit starrer Miene hörte sie sich an, was man am anderen Ende der Leitung sagte. Auch sie schien völlig übermüdet.

»Dasselbe?« fragte Point, als sie wieder eingehängt hatte.

Sie nickte. »Er sagt, sein Sohn sei . . .«

»Ich will nichts weiter davon hören.« Er wandte sich an Maigret: »Seit heute mittag läutet das Telefon sozusagen ununterbrochen. Ich habe einige Anrufe selbst angenommen. Es sind fast immer die gleichen Worte: ›Wenn du die Affäre Clairfond unterdrückst, geht es dir an den Kragen.‹

Es ist unterschiedlich. Manche sind höflicher, einige nennen sogar ihren Namen, und das sind Eltern von Kindern, die bei der Katastrophe ums Leben gekommen sind. Eine Frau hat mich pathetisch angeschrien: ›Sie werden doch nicht die Mörder decken! Wenn Sie den Bericht nicht vernichtet haben, dann zeigen Sie ihn doch, damit ganz Frankreich weiß . . .‹ «

Er hatte Ringe unter den Augen und die graue Haut jener, die keinen Schlaf mehr finden.

»Der Präsident meines Wahlkampfkomitees in La Roche, der mit meinem Vater befreundet ist und mich schon in kurzen Hosen kannte, hat mich vorhin, fast unmittelbar nachdem der Rundfunk meine Erklärung bekanntgegeben hat, angerufen. Er hat mich nicht beschuldigt, aber ich habe gespürt, daß er Zweifel hatte.

›Hier versteht man das alles nicht, mein Junge‹, hat er mit trauriger Stimme gesagt. ›Man hat deine Eltern gekannt, und man glaubt, dich zu kennen. Selbst wenn du sie alle kompromittierst, mußt du sagen, was du weißt.‹ «

»Sie werden es bald sagen«, erwiderte Maigret.

Point hob hastig den Kopf. Er war sich nicht ganz sicher, ob er richtig verstanden hatte, und fragte: »Glauben Sie das wirklich?«

»Ich bin jetzt sicher.«

Fleury stand an einen Pfeiler am anderen Ende des Zimmers gelehnt. Maigret reichte dem Minister Benoîts Foto, der es verständnislos betrachtete.

»Wer ist das?«

»Kennen Sie ihn nicht?«

»Das Gesicht kommt mir völlig unbekannt vor.«

»Hat er Sie nicht in letzter Zeit einmal aufgesucht?«

»Wenn er das getan hat, dann steht sein Name in dem Besucherbuch im Vorzimmer.«

»Würden Sie mir bitte mal Ihr Büro zeigen, Mademoiselle Blanche?«

Fleury hatte aus der Entfernung das Bild nicht sehen können, und Maigret bemerkte, daß er an seinen Nägeln knabberte, als wäre das bei ihm eine Gewohnheit aus Kindertagen.

Zum Büro der Sekretärin, das gleich hinter dem des Kabinettschefs lag, führte eine normale Tür.

»Sind Sie hierhergegangen, als Piquemal kam und Ihr Chef Sie bat, ihn mit ihm allein zu lassen?«

Sie nickte gespannt.

»Haben Sie die Tür hinter sich geschlossen?«

Wieder das gleiche Nicken.

»Können Sie hören, was nebenan gesprochen wird?«

»Wenn ich das Ohr an die Tür preßte und man ziemlich laut spräche, wahrscheinlich.«

»Haben Sie es nicht getan?«

»Nein.«

»Tun Sie das nie?«

Sie zog es vor, die Frage nicht zu beantworten. Lauschte sie, wenn zum Beispiel Point eine Frau empfing, die sie für hübsch oder gefährlich hielt?

»Kennen Sie diesen Mann?«

Sie war schon darauf gefaßt, denn sie hatte, während der Minister es betrachtete, einen Blick auf das Foto werfen können.

»Ja.«

»Wo haben Sie ihn gesehen?«

Sie sprach leise, damit die anderen sie nicht hören konnten.

»Im Nebenzimmer.«

Sie deutete mit dem Finger auf die Wand, die ihr Zimmer von dem Fleurys trennte.

»Wann?«

»An dem Tag, als Piquemal kam.«

»Danach?«

»Nein, vorher.«

»Saß er, stand er?«

»Er saß, hatte den Hut noch auf dem Kopf und eine Zigarre im Mund. Die Art, wie er mich musterte, war mir nicht sympathisch.«

»Haben Sie ihn wiedergesehen?«

»Ja, danach.«

»Sie meinen damit, daß er noch da war, als Piquemal schon gegangen war und daß er, solange der da war, im Nebenzimmer geblieben ist.«

»Vermutlich ja. Er war vorher und nachher da. Glauben Sie, daß ...«

Sie wollte ihm wohl etwas über Fleury sagen, aber er unterbrach sie: »Pscht! ... Kommen Sie.«

Als er in das Arbeitszimmer des Ministers zurückkehrte, sah ihn Point vorwurfsvoll an, weil er Mademoiselle Blanche so lange verhört hatte.

»Brauchen Sie Ihren Kabinettschef heute abend, Herr Minister?«

»Nein ... Warum?«

»Weil ich mich gern mit ihm unterhalten würde.«

»Hier?«

»Lieber in meinem Büro. Es macht Ihnen doch wohl nichts aus, mich zu begleiten, Monsieur Fleury?«

»Ich bin zum Essen verabredet, aber wenn es sein muß ...«

»Sagen Sie die Verabredung doch telefonisch ab.«

Fleury tat es. Er ließ die Tür zu seinem Büro offen und rief bei »Fouquet's« an.

»Bob? ... Hier Fleury ... Ist Jacqueline schon da? ... Noch nicht? ... Bist du sicher? ... Wenn sie kommt, sag ihr doch bitte, daß sie schon ohne mich mit dem Essen anfangen soll ... Ja ... Ich komme wahrscheinlich nicht zum Essen ... Später, ja ... Bis nachher ...«

Lapointe betrachtete ihn aus den Augenwinkeln. Point, der aus allem nicht mehr klug wurde, blickte Maigret mit dem deutlichen Verlangen nach einer Erklärung an. Aber der Kommissar schien es gar nicht zu bemerken.

»Haben Sie für heute abend etwas vor, Herr Minister?«

»Ich sollte eigentlich einem Bankett präsidieren, aber ich habe mich selbst ausgeladen, bevor man mich auslud.«

»Es kann sein, daß ich Sie noch einmal anrufe, wahrscheinlich ziemlich spät.«

»Selbst wenn es mitten in der Nacht ist ...«

Fleury war mit Mantel und Hut wieder erschienen und wirkte wie ein Mann, der sich nur durch die Macht der Gewohnheit aufrechterhält.

»Kommen Sie? Kommst du, Lapointe?«

Alle drei gingen sie stumm die große Treppe hinunter und dann zu dem Auto, das am Gehsteig stand.

»Steigen Sie ein ... Zum Quai, Lapointe ...«

Unterwegs wechselten sie kein Wort. Fleury setzte zweimal an, eine Frage zu stellen, tat es dann aber doch nicht und kaute unaufhörlich an seinen Nägeln.

Auf der staubigen Treppe ließ ihn Maigret vorangehen und dann als ersten in sein Büro eintreten, wo er selbst das Fenster schloß.

»Sie können Ihren Mantel ausziehen. Machen Sie es sich bequem.«

Er gab Lapointe ein Zeichen, der daraufhin mit ihm in den Flur hinausging.

»Du bleibst bei ihm, bis ich wiederkomme. Es wird lange dauern. Es kann sein, daß ein Teil der Nacht dabei draufgeht.«

Lapointe wurde rot.

»Hast du eine Verabredung?«

»Das macht nichts.«

»Kannst du anrufen?«

»Ja.«

»Wenn sie dir Gesellschaft leisten will ...«

Lapointe schüttelte den Kopf.

»Laß aus der Brasserie Brötchen und Kaffee bringen und laß

Fleury nicht aus den Augen. Hindere ihn daran, wenn er jemand, wer es auch sei, anrufen will. Wenn er dir Fragen stellt, weißt du von nichts. Er soll in seinem Saft schmoren, verstehst du?«

Das war die klassische Behandlung. Obwohl Lapointe an der Untersuchung stark beteiligt gewesen war, begriff er nicht, was sein Chef damit bezweckte.

»So, und nun geh zu ihm und leiste ihm Gesellschaft. Vergiß die Brötchen nicht!«

Er ging in das Büro der Inspektoren und fand dort noch Janvier vor.

»Hast du heute abend etwas Besonderes vor?«

»Nein. Meine Frau ...«

»Erwartet dich? Willst du sie anrufen?«

Er setzte sich auf einen der Tische, nahm den Hörer eines anderen Apparates ab und verlangte die Nummer von Catroux.

»Hier Maigret ... Entschuldige, daß ich dich schon wieder störe. Ich habe vorhin ein paar Angelhaken gefunden, und da ist mir wieder etwas eingefallen ... Ich habe Benoît einmal an einem Samstag an der Gare de Lyon getroffen, von wo aus er zum Angeln fuhr ... Was sagst du? ... Er ist ein begeisterter Angler? ... Du weißt nicht, wo er gewöhnlich angelt? ...«

Maigret war jetzt ganz sicher, daß er auf der richtigen Fährte war, und nichts schien ihn mehr aufhalten zu können.

»Wie? ... Ein Häuschen irgendwo? ... Kannst du nicht herausbekommen, wo das ist? ... Ja ... Gleich ... Ich bleibe in der Nähe.«

Janvier sprach noch immer mit seiner Frau, erkundigte sich nach jedem seiner Kinder, die ihm dann nacheinander gute Nacht sagten.

»Gute Nacht, Pierrot ... Schlaf gut ... Ja, wenn du aufwachst, bin ich wieder da ... Bist du es, Monique? ... Ist dein kleiner Bruder brav gewesen? ...«

Maigret wartete seufzend. Als Janvier wieder einhängte, murmelte er: »Möglicherweise werden wir eine sehr bewegte Nacht haben. Ich will darum lieber auch meine Frau anrufen.«

»Soll ich die Nummer für Sie verlangen?«

»Ich erwarte erst noch ein wichtiges Gespräch.«

Catroux telefonierte inzwischen mit einem Kollegen, der selbst Angler war und manchmal Benoît ans Flußufer begleitet hatte.

Es war jetzt eine reine Glücksfrage. Der Kollege konnte nicht zu Hause sein. Er konnte sich auf einer Dienstreise fern von Paris befinden. Zehn Minuten blieb es im Büro ganz still, und Maigret seufzte schließlich: »Ich habe Durst!«

Im selben Augenblick läutete das Telefon.

»Catroux?«

»Ja. Kennst du Seineport?«

»Das liegt doch etwas höher die Seine hinauf, in der Nähe einer Schleuse?«

Maigret erinnerte sich einer Untersuchung vor langer Zeit ...

»Ja, das ist es. Ein Dörfchen am Seineufer, das vor allem von Anglern besucht wird. Benoît besitzt unweit davon eine Hütte, ein verfallenes ehemaliges Jagdhüterhaus, das er vor zehn Jahren für ein Butterbrot gekauft hat.«

»Ich werde es schon finden.«

»Viel Glück!«

Er vergaß nicht, seine Frau anzurufen, aber er hatte keine Kinder, die an den Apparat kommen mußten, um ihm gute Nacht zu wünschen.

»Kommst du?«

Im Vorbeigehen öffnete er die Tür seines Büros einen Spaltbreit. Lapointe hatte die Lampe mit dem grünen Schirm angeknipst und sich in Maigrets Sessel niedergelassen. Er las in einer Zeitung, während Fleury, der mit übereinandergeschlagenen Beinen auf einem Stuhl saß, mit halbgeschlossenen Augen vor sich hin starrte.

»Bis nachher, mein Lieber.«

Der Kabinettschef zuckte zusammen, erhob sich, um eine Frage zu stellen, aber der Kommissar hatte die Tür schon wieder geschlossen.

»Nehmen wir einen Wagen?«

»Ja. Wir fahren nach Seineport. Das sind ungefähr dreißig Kilometer.«

»Ich bin schon mal mit Ihnen dortgewesen.«

»Stimmt ja. Hast du Hunger?«

»Wenn es dort lange dauert ...«

»Halt an der Brasserie Dauphine an.«

Der Kellner wunderte sich, als er sie hereinkommen sah. »Brauche ich Ihnen die Brötchen und das Bier, die Monsieur Lapointe bestellt hat, nicht mehr ins Büro zu bringen?«

»Doch. Aber erst bring uns mal etwas zu trinken. Was nimmst du, Janvier?«

»Ich weiß nicht.«

»Pernod?«

Maigret hatte Appetit darauf, wie Janvier merkte, und so bestellte er dasselbe.

»Mach für jeden von uns auch noch zwei schöne Brötchen zurecht.«

»Womit?«

»Mit irgend etwas. Mit Streichwurst, wenn welche da ist.«

Maigret war die Ruhe selbst.

»Wir sind zu sehr an kriminelle Affären gewöhnt«, murmelte er, das Glas in der Hand, vor sich hin.

Man brauchte ihm nicht darauf zu antworten. Er gab sich die Antwort selbst.

»In einem Kriminalfall gibt es gewöhnlich einen einzigen Schuldigen oder eine Gruppe von Schuldigen, die an einem Strick ziehen. In der Politik ist das anders, wie die Zahl der vielen Parteien in der Kammer beweist.«

Dieser Gedanke erheiterte ihn.

»Eine Menge Leute interessiert sich aus ganz verschiedenen Gründen für den Calame-Bericht. Nicht nur die Politiker, die die Veröffentlichung des Berichtes in eine schlimme Lage bringen würde. Nicht nur Arthur Nicoud, sondern auch jene, für die der Besitz des Berichts ein Kapital und auch die, für die er die Macht bedeuten würde.«

Es waren nur wenige Gäste an diesem Abend hier. Die Lampen brannten, und es herrschte eine schwüle Atmosphäre, wie vor einem Gewitter. Sie aßen ihre Brötchen an Maigrets gewohntem Tisch, und er mußte dabei an Mascoulins Tisch im »Filet de Sole« denken. Sie hatten jeder ihren Tisch in verschiedenen Lokalen und in noch verschiedeneren Milieus.

»Kaffee?«

»Bitte.«

»Cognac?«

»Nein, ich muß fahren.«

Maigret nahm auch keinen, und bald darauf verließen sie Paris durch die Porte d'Italie und fuhren auf der Straße nach Fontainebleau.

»Es ist ein seltsamer Gedanke, aber wenn Benoît Pfeife statt der Stänkerzigarren geraucht hätte, wäre unsere Aufgabe unendlich viel schwerer gewesen.«

Sie kamen durch die Vororte. Danach sahen sie nur noch große Bäume zu beiden Seiten der Straße und die aufgeblendeten Scheinwerfer der in beiden Richtungen fahrenden Autos. Viele überholten das kleine schwarze Auto.

»Ich muß doch nicht schneller fahren, oder?«

»Das ist nicht nötig. Entweder sie sind da oder . . .«

Er kannte Männer von der Art Benoîts zur Genüge, um sich an ihre Stelle versetzen zu können. Benoît hatte keine große Phantasie. Er war nur ein kleiner Gauner, dem seine schmutzigen Geschäfte alles andere als ein Vermögen eingebracht hatten.

Er brauchte Frauen, ganz gleich was für welche, ein Bohèmeleben an Orten, wo er das große Wort führen und den starken Mann spielen konnte, und ein oder zwei Tage Angeln am Wochenende.

»Soweit ich mich erinnere, gibt es auf dem Platz von Seineport ein kleines Lokal. Halt dort an, damit wir uns erkundigen können.«

In Corbeil überquerten sie die Seine und fuhren dann die Straße am Fluß entlang, an deren anderer Seite sich Wälder erstreckten. Vier- oder fünfmal mußte Janvier mit dem Wagen Hasen ausweichen, wobei er jedesmal brummte: »Geh doch aus dem Weg, kleiner Dummkopf.«

Hin und wieder stach ein Licht in das Dunkel, schließlich sahen sie eine ganze Reihe von Lichtern, einige Laternen, und der Wagen hielt vor einem Lokal, in dem Männer Karten spielten.

»Soll ich mit hineinkommen?«

»Wenn du was trinken willst.«

»Jetzt nicht.«

Maigret stellte sich an die Theke und trank einen Schnaps.

»Kennen Sie Benoît?«

»Den, der bei der Polizei ist?«

In Seineport hatte Benoît es all die Jahre nicht für nötig befunden, zu berichten, daß er nicht mehr der Sûreté angehörte.

»Wissen Sie, wo er wohnt?«

»Kommen Sie aus der Richtung Corbeil?«

»Ja.«

»Dann sind Sie genau bei ihm vorbeigefahren. Haben Sie nicht anderthalb Kilometer von hier einen Steinbruch gesehen?«

»Nein.«

»Nun, im Dunkeln sieht man den nicht. Sein Haus liegt genau gegenüber, auf der anderen Straßenseite. Wenn er da ist, werden Sie Licht sehen.«

»Ich danke Ihnen.«

»Er ist da«, ließ sich einer der Kartenspieler vernehmen.

»Woher weißt du das?«

»Weil ich ihm gestern eine Hammelkeule gebracht habe.«

»Eine ganze Hammelkeule für ihn allein?«

»Er lebt wohl gern gut.«

Einige Minuten später deutete Janvier, der fast im Schritt fuhr, auf einen hellen Fleck im Wald.

»Das muß der Steinbruch sein.«

Maigret blickte zu der anderen Straßenseite hinüber und bemerkte hundert Meter weiter am Flußufer ein erleuchtetes Fenster.

»Du kannst den Wagen hier stehenlassen. Komm.«

Obwohl kein Mondschein war, entdeckten sie einen von Unkraut überwachsenen Pfad.

9 Die Nacht im Ministerium

Leise gingen sie hintereinanderher; vom Haus her hörte man sie nicht kommen. Dieser Teil des Flußufers hatte einst zu einem großen Gut gehört, und das jetzt verfallene Haus hatte in jener Zeit ein Jagdhüter bewohnt.

Der ehemalige Gemüsegarten, um den sich ein an mehreren Stellen eingestürzter Zaun bog, wurde nicht mehr bestellt. Durch das erleuchtete Fenster sahen Maigret und Janvier die Deckenbalken, die weiß gekalkten Wände und einen Tisch, an dem zwei Männer Karten spielten.

Janvier blickte Maigret im Dunkeln an, wie um ihn zu fragen, was sie nun tun würden.

»Bleib hier«, flüsterte ihm der Kommissar zu.

Er selbst ging zur Tür. Da sie abgeschlossen war, klopfte er.

»Was ist los?« kam eine Stimme von drinnen.

»Mach auf, Benoît!«

Einen Augenblick war es still, dann hörte man Schritte.

Janvier konnte durchs Fenster den ehemaligen Polizeibeamten sehen, der überlegte, wie er sich verhalten sollte, und dann den Mann, der bei ihm war, in ein Nebenzimmer schob.

»Wer ist da?« fragte Benoît, während er auf die Tür zuging.

»Maigret.«

Wieder Schweigen. Endlich wurde der Riegel zurückgeschoben, die Tür öffnete sich, und Benoît starrte Maigret sichtlich bestürzt an. »Was wollen Sie von mir?«

»Mich ein bißchen mit dir unterhalten. Du kannst kommen, Janvier.«

Die Karten lagen immer noch auf dem Tisch.

»Allein?«

Benoît, der ahnte, daß Janvier durchs Fenster gespäht hatte, antwortete nicht gleich.

»Du hast wohl die Karten befragt?«

Janvier deutete auf eine Tür und sagte: »Der andere ist da drin, Chef.«

»Das habe ich mir schon gedacht. Hol ihn.«

Piquemal hätte schwerlich flüchten können, denn die Tür führte in eine Kammer, die keine Verbindung ins Freie hatte.

»Was wollen Sie von mir? Haben Sie eine Vollmacht?« sagte Benoît, der sich bemühte, kaltes Blut zurückzugewinnen.

»Nein.«

»In dem Fall ...«

»In dem Fall nichts! Setz dich! Sie auch, Piquemal. Es ist mir gräßlich, mit Leuten zu sprechen, die stehen.«

Er fuhr mit der Hand durch die Karten.

»Warst du gerade dabei, ihm Sechsundsechzig beizubringen?«

Das stimmte wahrscheinlich sogar. Piquemal war so ziemlich der Typ, der noch nie in seinem Leben eine Karte angerührt hatte.

»Setzt du dich an den Tisch, Benoît?«

»Ich habe nichts zu sagen.«

»Gut, dann werde ich sprechen.«

Auf dem Tisch standen eine Flasche Wein und ein Glas. Piquemal, der nicht Karten spielte, trank und rauchte auch nicht. Ob er schon einmal mit einer Frau geschlafen hatte? Wohl kaum.

Er blickte wie ein in seinem Schlupfwinkel lauerndes Tier wütend auf Maigret.

»Arbeitest du schon lange für Mascoulin?«

Im Grunde machte Benoît hier einen weniger unsympathischen Eindruck als in Paris, vielleicht, weil er hier mehr an seinem Platz war. Er war ein Bauer geblieben; er hatte gewiß den starken Mann im Dorf gespielt, das er törichterweise verlassen hatte, um sein Glück in Paris zu versuchen. Seine Listen und Schliche waren die eines Bauern auf dem Markt.

Um sich Mut zu machen, goß er sich Wein ein und sagte ironisch: »Darf ich Ihnen auch einschenken?«

»Danke. Mascoulin braucht Leute wie dich, und sei es nur, um die Angaben nachzuprüfen, die er von allen Seiten bekommt.«

»Sprechen Sie nur weiter.«

»Als er Piquemals Brief erhielt, begriff er, daß dies die schönste Gelegenheit seiner Karriere war und daß er jede Chance hatte, wenn er seine Karte richtig ausspielte, eine ganze Menge Politiker von sich abhängig zu machen.«

»Was Sie nicht sagen!«

»Was ich nicht sage!«

Maigret stand noch immer. Die Hände auf dem Rücken und die Pfeife im Mund, ging er zwischen der Tür und dem Kamin hin und her und blieb hin und wieder vor einem der beiden Männer stehen, während Janvier, der sich auf die Ecke des Tisches gesetzt hatte, aufmerksam zuhörte.

»Am meisten hat mich verwirrt, daß er Piquemal zum Minister für Öffentliche Arbeiten geschickt hat, nachdem er sich den Bericht doch gleich bei diesem Treffen hätte besorgen können.«

Benoît lächelte überlegen.

»Dann, als ich vorhin bei Mascoulin ein Fotokopiergerät stehen sah, habe ich verstanden. Soll ich dir alles in der gleichen Reihenfolge wiederholen, wie es geschehen ist, Benoît? Unterbrich mich, wenn ich mich täusche.

Mascoulin erhält Piquemals Brief. Als vorsichtiger Mann läßt er dich kommen und beauftragt dich, Erkundungen einzuziehen. Du erkennst, daß die Sache stimmt, daß der Mann tatsächlich in der Lage ist, sich den Calame-Bericht zu beschaffen. Daraufhin sagst du zu Mascoulin, du kenntest jemanden vom Ministerium für Öffentliche Arbeiten, den Kabinettschef. Wo hast du ihn kennengelernt?«

»Das geht Sie nichts an.«

»Ist auch gleichgültig. Er erwartet uns in meinem Büro, und wir werden nachher schon alle Einzelheiten erfahren. Fleury ist ein armer Teufel, der immer knapp bei Kasse ist. Nur, er hat den Vorteil, in Kreisen zugelassen zu sein, wo einem Sch . . . kerl wie dir die Tür vor der Nase zugeschlagen wird. Gewiß ist es vorgekommen, daß er dir für ein paar Scheinchen vertrauliche Informationen über einige seiner Freunde geliefert hat.«

»Reden Sie nur weiter.«

»So, jetzt streng mal deinen Kopf etwas an. Wenn Mascoulin den Bericht von Piquemal erhält, ist er praktisch verpflichtet, ihn zu veröffentlichen und damit den Skandal auszulösen, denn Piquemal ist auf seine Art ein anständiger Mensch, ein Fanatiker, den man töten müßte, wenn man ihn zum Schweigen bringen wollte.

Wenn Mascoulin den Bericht der Kammer übergäbe, stünde er damit zwar für eine Weile im Vordergrund, aber das ist viel weniger interessant für ihn, als ihn bei sich zu behalten und damit jene, die der Bericht kompromittiert, in der Hand zu haben.

Ich habe lange darüber nachgedacht. Ich bin nicht lasterhaft genug, um mich in seine Haut versetzen zu können.

Piquemal begibt sich also zu Madame Calame, bei der sich, wie er weiß – er hat sie nämlich früher dort gesehen –, eine Abschrift des Berichts befindet. Er steckt sie in seine Aktentasche und stürzt zu Mascoulin in dessen Wohnung in der Rue d'Antin.

Sobald er dort ist, brauchst du dich um ihn nicht mehr zu kümmern, denn du weißt, wie die Dinge sich weiter abspielen werden, und eilst darum ins Ministerium für Öffentliche Arbeiten, wo Fleury dich in seinem Büro empfängt. Unter irgendeinem Vorwand hält Mascoulin Piquemal fest, während sein anmutiger Sekretär den Bericht fotokopiert.

Er spielt den anständigen Mann und schickt seinen Besucher mit dem Dokument zu der zuständigen Stelle, das heißt zu dem Minister. Stimmt das so?«

Piquemal starrte Maigret entgeistert an. Eine heftige Erregung war über ihn gekommen.

»Du bist dort in Fleurys Büro, als Piquemal den Bericht übergibt. Du brauchst nun nur noch von Fleury herauszubekommen, wo und wie du am leichtesten an das Dokument kommst.

So wird, dank dem edlen Mascoulin, der Bericht der Öffentlichkeit zur Verfügung gestellt werden.

Aber dank dir wird Auguste Point, der verantwortliche Minister, ihn nicht der Kammer vorlegen können.

Es wird also einen Helden in der Geschichte geben: Mascoulin. Ebenso aber auch ein schwarzes Schaf, das man beschuldigt, das Dokument vernichtet zu haben, um damit seine Stellung wie auch die seiner kompromittierten Kollegen zu retten: einen gewissen Auguste Point, der das Unrecht begangen hat, ein anständiger Mensch zu sein und sich zu weigern, schmutzige Hände zu drücken. Nicht dumm, wie?«

Benoît goß sich von neuem Wein ein und trank ihn langsam, wobei er Maigret zögernd anblickte. Er schien sich wie beim Spiel zu fragen, welche Karte er am besten ausspielen sollte.

»Das ist so ungefähr alles. Fleury hat dir mitgeteilt, daß sein Chef den Bericht zum Boulevard Pasteur mitgenommen hatte. Wegen der Concierge hast du es nicht gewagt, bei Nacht dort einzudringen, und am nächsten Morgen hast du gewartet, bis sie ihre Besorgungen machte. Hat Mascoulin den Bericht verbrannt?«

»Damit habe ich nichts zu schaffen.«

»Nun, es ist nicht so wichtig, ob er ihn verbrannt hat oder nicht da er ja eine Fotokopie besitzt. Sie genügt ihm, um eine Reihe von Leuten in der Hand zu haben.«

Es war falsch, wie Maigret dann selber merken sollte, Mascoulins Macht so zu betonen. Hätte Benoît sich sonst zu einer anderen Haltung entschlossen? Wahrscheinlich nicht, aber man mußte es eben darauf ankommen lassen.

»Die Bombe ist, wie vorauszusehen war, geplatzt. Aus verschiedenen Gründen waren auch noch andere Leute auf der Jagd nach dem Dokument, darunter ein gewisser Tabard, der sich als erster an die Rolle von Calame erinnerte und darauf in seiner Zeitung hinwies. Du kennst diesen Lumpen Tabard, wie? Ihm hätte der Bericht zwar nicht Macht, aber klingende Münze eingebracht. Labat, der für ihn arbeitet, mußte Madame Calames Haus beobachten.

Hat er Piquemal beim Verlassen des Hauses gesehen?

Ich weiß es nicht, und es ist möglich, daß wir es nie erfahren werden. Das hat übrigens auch nichts zu sagen. Fest steht jedenfalls, daß Labat einen seiner Männer zu der Witwe des Professors und dann zu der Sekretärin des Ministers geschickt hat . . .

Bei deinem Milieu muß ich immer an Krabben denken, die in einem Korb herumwimmeln.

Auch andere haben sich, freilich in amtlicher Funktion, gefragt, was eigentlich vorging, und versucht, etwas in Erfahrung zu bringen.«

Er spielte damit auf die Rue des Saussaies an. Es war ganz selbstverständlich, daß, nachdem der Ministerpräsident über den Fall im Bilde war, von den Abteilungen der Sûreté eine mehr oder weniger diskrete Ermittlung vorgenommen wurde.

Im nachhinein betrachtet, war das fast komisch. Drei verschiedene Gruppen waren dem Bericht nachgejagt, und jede aus ganz bestimmten Gründen.

»Der schwache Punkt war Piquemal, denn man wußte nicht, ob er, in die Zange genommen, nicht alles verraten würde.

War das deine Idee, ihn hierher zu entführen? Oder Mascoulins? Du willst nicht darauf antworten? Na schön, das ändert auch nichts. Jedenfalls mußte er für einige Zeit von der Bildfläche verschwinden. Ich weiß weder, wie du das angefangen, noch was du ihm vorgemacht hast.

Du siehst, ich verhöre ihn nicht. Er wird sprechen, wenn es ihn danach verlangt, das heißt, wenn er erkannt hat, daß er nur ein Spielball in den Händen zweier Lumpen, eines großen und eines kleinen, gewesen ist.«

Piquemal zuckte zusammen, schwieg aber weiter.

»Damit habe ich alles gesagt, was ich auf dem Herzen hatte. Wir befinden uns hier außerhalb des Seine-Departements, worauf du mich gewiß aufmerk sam machen wirst, und ich handle ohne jede Befug nis.«

Er machte eine kleine Pause und sagte dann: »Leg ihm Handschellen an, Janvier.«

Benoît schien im ersten Augenblick Widerstand leisten zu wollen, zumal er doppelt so stark war wie Janvier. Aber dann hielt er die Handgelenke hin, wobei er einen glucksenden Ton vernehmen ließ.

»Das wird Sie beide teuer zu stehen kommen. Sie sind sich wohl klar darüber, daß ich nichts gesagt habe.«

»Nicht ein Wort. Sie, Piquemal, kommen auch mit. Obwohl Sie frei sind, werden Sie wohl nicht die Absicht haben, allein hier zu bleiben.«

Als Maigret schon draußen war, kehrte er noch einmal um, das Licht zu löschen.

»Hast du den Schlüssel?« fragte er. »Es ist besser, die Tür ist abgeschlossen, denn es wird einige Zeit vergehen, ehe du wieder zum Angeln kommst.«

Sie zwängten sich in den kleinen Wagen und schwiegen während der ganzen Fahrt.

Am Quai des Orfèvres saß Fleury noch immer auf seinem Stuhl. Als er den ehemaligen Inspektor aus der Rue des Saussaies hereinkommen sah, fuhr er heftig zusammen.

»Ich brauche wohl nicht vorzustellen«, murmelte Maigret.

Es war halb zwölf. Das Polizeipräsidium lag verlassen da, nur in zwei Zimmern des Gebäudes brannte noch Licht.

»Verbinde mich bitte mit dem Ministerium«, wandte sich Maigret an Lapointe.

»Ich gebe Ihnen Kommissar Maigret«, hörte man den Inspektor kurz darauf sagen.

»Verzeihen Sie, daß ich Sie störe, Herr Minister. Waren Sie schon zu Bett gegangen? Sie sitzen mit Ihrer Frau und Ihrer Tochter zusammen? ... Ich habe Neuigkeiten, ja ... eine ganze Menge ... Morgen können Sie der Kammer den Namen des Mannes bekanntgeben, der bei Ihnen am Boulevard Pasteur eingebrochen und den

Calame-Bericht entwendet hat ... Nicht gleich, nein ... Vielleicht in einer Stunde, vielleicht in zwei ... Wenn Sie lieber auf mich warten wollen ... Ich kann Ihnen nicht garantieren, daß es nicht die ganze Nacht dauern wird ...«

Es dauerte drei Stunden. Die jetzige Arbeit war Maigret und seinen Männern vertraut. Sie waren alle lange in dem Büro des Kommissars versammelt, und Maigret redete, wobei er bisweilen vor dem einen oder dem anderen stehenblieb.

»Wie ihr wollt, Kinder ... Ich habe viel Zeit ... Nimm du dir den einen vor, Janvier ... den da ...«

Er deutete auf Piquemal, der noch immer nicht den Mund aufgemacht hatte.

»Du, Lapointe, befaß dich mit Monsieur Fleury.«

So saßen in jedem Büro einander zwei Männer gegenüber; der eine verhörte, der andere zwang sich zum Schweigen.

Es war eine Frage der Ausdauer. Bisweilen erschienen Lapointe oder Janvier im Türrahmen und machten dem Kommissar ein Zeichen, der daraufhin zu ihm in den Flur ging, wo sie leise miteinander sprachen.

»Ich habe mindestens drei Zeugen, die mir meine Geschichte bestätigen können«, sagte Maigret zu Benoît. »Darunter, und das ist wichtig, eine Mieterin aus dem Haus am Boulevard Pasteur, die dich in Points Wohnung hat eindringen sehen. Willst du noch immer nichts sagen?«

Schließlich ließ Benoît eine Bemerkung fallen, mit der er sich ganz bloßstellte.

»Was würden Sie an meiner Stelle tun?«

»Wenn ich solch ein Lump wäre wie du, würde ich das, was man mir eingebrockt hat, auslöffeln.«

»Nein.«

»Warum nicht?«

»Sie wissen es nur allzu gut.«

Nicht gegen Mascoulin! Mascoulin, das wußte Benoît sehr wohl, würde sich immer wieder aus der Schlinge ziehen können, und Gott weiß, was dann mit seinem Komplizen geschehen würde.

»Vergessen Sie nicht, daß er den Bericht hat.«

»Na und?«

»Na und nichts. Ich sage nichts weiter. Man wird mich für den Einbruchdiebstahl am Boulevard Pasteur verknacken. Wieviel werde ich bekommen?«

»Etwa zwei Jahre.«

»Piquemal ist übrigens freiwillig mit mir gekommen. Ich habe ihm nicht gedroht. Ich habe ihn also auch nicht entführt.«

Maigret merkte, daß er nichts mehr aus ihm herausbringen würde.

»Gestehst du, daß du zum Boulevard Pasteur gegangen bist?«

»Wenn mir nichts anderes übrigbleibt, werde ich es gestehen. Aber mehr nicht.«

Einige Minuten später blieb ihm nichts anderes übrig. Fleury war umgekippt und hatte ausgesagt, und Lapointe kam zu Maigret, um es ihm zu berichten.

»Er hat nichts von Mascoulin gewußt, hat auch bis heute abend nicht gewußt, für wen Benoît arbeitete. Gewisser Geschäfte wegen, die er früher einmal mit ihm gemacht hatte, hat er ihm seine Unterstützung nicht verweigern können.«

»Hast du ihn seine Aussage unterschreiben lassen?«

»Ich werde mich darum kümmern.«

Wenn Piquemal ein Idealist war, dann einer, der auf die schiefe Bahn gekommen war. Er schwieg nämlich beharrlich weiter. Hoffte er, auf diese Weise etwas von Mascoulin zu erhalten?

Um halb vier ließ Maigret Janvier und Lapointe mit den drei Männern allein und fuhr in einem Taxi zum Boulevard Saint-Germain, wo er im zweiten Stock noch Licht brennen sah. Point hatte Anweisung gegeben, ihn sofort in seine Wohnung zu führen. Maigret fand die Familie in dem kleinen Salon vor, in dem er schon einmal gewesen war.

Auguste Point, seine Frau und seine Tochter blickten den Kommissar aus müden Augen an, in denen noch kein Hoffnungsschimmer aufzublitzen wagte.

»Haben Sie das Dokument?«

»Nein, aber der Mann, der es am Boulevard Pasteur gestohlen hat, ist in meinem Büro und hat gestanden.«

»Wer ist es?«

»Ein entlassener ehemaliger Polizeibeamter, der für diese und jene arbeitet.«

»Für wen hat er diesmal gearbeitet?«

»Für Mascoulin.«

»Dann . . .«, begann Point, dessen Gesicht sich plötzlich verdüstert hatte.

»Mascoulin wird nichts sagen, er wird sich damit begnügen, bei Bedarf auf jene, die kompromittiert sind, einen Druck auszuüben. Er wird Benoît verurteilen lassen und Fleury . . .«

». . . Fleury?«

Maigret nickte.

»Er ist ein armer Teufel. Er befand sich in einer Lage, in der er es nicht verweigern konnte.«

»Siehst du, das habe ich dir schon gesagt«, fiel Madame Point ein.

»Ich weiß, ich habe es aber nicht geglaubt . . .«

»Du bist nicht für die Politik geschaffen. Wenn dies alles vorüber ist, hoffe ich, wirst du . . .«

»Die Hauptsache ist«, sagte Maigret, »es wird festgestellt, daß Sie den Calame-Bericht nicht vernichtet haben und daß er Ihnen, wie Sie es berichtet haben, gestohlen worden ist.«

»Wird man es glauben?«

»Benoît wird gestehen.«

»Wird er sagen, in wessen Auftrag?«

»Nein.«

»Fleury auch nicht?«

»Fleury hat es nicht gewußt.«

»Und so . . .«

Man hatte dem Minister eben eine Last von der Seele genommen, aber er vermochte sich nicht darüber zu freuen.

Gewiß, Maigret hatte Points Ruf gerettet, aber dieser hatte trotzdem das Spiel verloren.

Es sei denn, daß Benoît sich im letzten Augenblick entschließen würde, alles zu sagen, was aber unwahrscheinlich war: Mascoulin blieb der eigentliche Gewinner.

Der Abgeordnete wußte das schon, bevor Maigret mit seiner Untersuchung fertig war, so genau, daß er ihm absichtlich den Fotokopierapparat gezeigt hatte. Das war ein Wink mit dem Zaunpfahl. Es bedeutete gleichsam: Die Interessierten sind gewarnt!

Alle jene, die irgend etwas von der Veröffentlichung des Berichts zu befürchten hatten, sei es Arthur Nicoud, der sich immer noch in Brüssel aufhielt, seien es Politiker oder wer auch immer, wußten fortan, daß Mascoulin nur mit den Fingern zu schnippen brauchte, um Schimpf und Schande über sie zu bringen und ihre Karriere zu ruinieren.

Es gab ein langes Schweigen in dem Salon, und Maigret war nicht besonders stolz auf sich.

»In einigen Monaten, wenn alles vergessen sein wird, werde ich aus meinem Amt scheiden und nach La Roche-sur-Yon zurückkehren«, murmelte Point und starrte dabei auf den Teppich.

»Versprichst du mir das fest?« rief seine Frau.

»Ich schwöre es.«

Sie konnte sich jetzt unbefangen freuen, denn ihr bedeutete ihr Mann mehr als alles in der Welt.

»Kann ich Alain anrufen?« fragte Anne-Marie.

»Um diese Zeit?«

»Meinst du, es sei nicht wichtig genug, um ihn zu wecken?«

»Wenn du meinst ...«

Auch sie schien alles nicht ganz begreifen zu können.

»Trinken wir etwas?« fragte Point leise, wobei er Maigret einen scheuen Blick zuwarf.

Ihre Blicke trafen sich. Wieder einmal hatte der Kommissar das Gefühl, jemanden vor sich zu haben, der ihm wie ein Bruder ähnelte. Sie hatten beide den gleichen bekümmerten Blick, die gleichen breiten Schultern. Das Trinken war nur ein Vorwand, noch eine Weile beieinander zu sitzen. Das junge Mädchen telefonierte unterdessen.

»Ja ... es ist alles in Ordnung ... Man darf aber noch nicht darüber sprechen ... Papa wird sie morgen in der Kammer damit überraschen ...«

Was hätten die beiden Männer einander noch sagen können?

»Auf Ihr Wohl!«

»Auf das Ihre, Herr Minister.«

Madame Point war aus dem Zimmer gegangen. Anne-Marie verschwand ebenfalls bald darauf.

»Ich werde jetzt schlafen gehen«, murmelte Maigret und stand auf. »Und Sie werden den Schlaf noch mehr brauchen als ich.«

Point reichte ihm verlegen die Hand, als wäre das keine banale Geste, sondern der Ausdruck eines Gefühls, dessen er sich schämte.

»Danke, Maigret.«

»Ich habe getan, was ich konnte ...«

»Ja.«

Sie gingen zur Tür.

»Übrigens, ich habe mich auch geweigert, ihm die Hand zu geben ...«

Und als er schon auf der Treppe stand, drehte er sich noch einmal um und sagte: »Er wird sich eines Tages schon den Hals brechen ...«

23. August 1954

Inhalt

Georges Simenon bei Volk und Welt

Drei Fälle aus dem Leben des Kommissars Maigret

(Maigrets erste Untersuchung / Maigret und das Verbrechen in Holland / Maigret und der Minister) · 1982

Drei Zufälle im Leben des Kommissars Maigret

(Maigret hat Angst / Hier irrt Maigret / Maigret gerät in Wut) · 1984

Dreimal Beifall für Maigret

(Maigrets Pfeife / Maigret und der Mann auf der Bank / Maigret, Lognon und die Gangster) · 1986

Kommissar Maigret und die Frauen

(Maigret und das Dienstmädchen / Maigret und die alte Dame / Mademoiselle Berthe und ihr Geliebter) · 1987

Zusammenstellung der Bände: Gerhard Böttcher

Verlag Volk und Welt Berlin